真的是落后 ◎ 著

沉默的枪刺

中国华侨出版社
·北京·

图书在版编目（CIP）数据

沉默的枪刺 / 真的是落后著. -- 北京：中国华侨出版社，2021.3

ISBN 978-7-5113-8264-1

Ⅰ.①沉… Ⅱ.①真… Ⅲ.①长篇小说－中国－当代 Ⅳ.①I247.5

中国版本图书馆CIP数据核字(2020)第126201号

沉默的枪刺

著　　者 / 真的是落后
责任编辑 / 江冰
策　　划 / 田鑫鑫
封面设计 / 徐钉锤　Masaya
经　　销 / 新华书店
开　　本 / 710mm×1000mm　1/16　印张 / 23　字数 / 440千字
印　　刷 / 北京金特印刷有限责任公司
版　　次 / 2021年3月第1版　2021年6月第2次印刷
书　　号 / ISBN 978-7-5113-8264-1
定　　价 / 48.00元

中国华侨出版社　北京市朝阳区西坝河东里77号楼底商5号　邮编：100028
法律顾问：陈鹰律师事务所
发行部：（010）64443051　传　真：（010）64439708
网　　址：http://www.oveaschin.com　E-mail：oveaschin@sina.com

如发现印装质量问题，影响阅读，请与印刷厂联系调换。

目 录

第一部 孤独的兵者

第一章	新兵下连	1
第二章	侦察连队	5
第三章	魔鬼训练	10
第四章	特种大队	13
第五章	回乡探亲	18
第六章	扎海探亲	24

第二部 特种兵的盛宴

第七章	特种拉练	30
第八章	险中求胜	36
第九章	边城反恐	41
第十章	喋血边城	46

第三部 血染的风采

第十一章	警队特训	51
第十二章	海特回顾	58
第十三章	实战检验	65
第十四章	国境狙击	72
第十五章	丛林追踪	78
第十六章	激战丛林	84
第十七章	血洒战场	91
第十八章	深情别离	100

第四部 秘密任务

第十九章	胸无大志	109
第二十章	命运转折	116
第二十一章	极限等待	122
第二十二章	临时任务	128
第二十三章	监狱卧底	134
第二十四章	接近目标	140

第五部　亡命天涯

第二十五章　越狱谋划　　　　　　149

第二十六章　成功越狱　　　　　　154

第二十七章　绝地逃生　　　　　　161

第二十八章　纵贯南北　　　　　　169

第二十九章　初到外岛　　　　　　178

第六部　杀手生涯

第三十章　　走向黑暗　　　　　　187

第三十一章　投名纳状　　　　　　194

第三十二章　杀手不冷　　　　　　200

第三十三章　海外奇刺　　　　　　206

第三十四章　初见"朱雀"　　　　　211

第三十五章　宿缘扒海　　　　　　216

第三十六章　巧遇故人　　　　　　222

第三十七章　异途知音　　　　　　229

第七部 "刺秦"内斗

第三十八章　狭路惊魂　　　　237

第三十九章　"天星"谈判　　　242

第四十章　　别墅夜会　　　　248

第四十一章　"刺秦"心脏　　　255

第四十二章　替罪羔羊　　　　262

第四十三章　组织接头　　　　267

第四十四章　阴谋交易　　　　275

第四十五章　"棋子"命运　　　283

第四十六章　螳螂黄雀　　　　291

第四十七章　"星庭"交锋　　　300

第八部 在黑暗中守护光明

第四十八章　"原罪"之殇　　　309

第四十九章　营救未果　　　　316

第五十章　　"青龙堂"会　　　323

第五十一章　接驾"青龙"　　　330

第五十二章　自我救赎　　　　339

第五十三章　守望黎明　　　　346

第一部　孤独的兵者

第一章　新兵下连

2001年的冬天，世界战争结束70年后的和平年代，我中专毕业后一直浑浑噩噩地待在家，恨铁不成钢的父亲，将我一脚踹进了镇里征兵办的大院里。然后，是一溜子下来的体检和政审。或许是因为我根正苗红，外公又是老兵的原因，一直都浑浑噩噩的我，在那复杂、烦琐的应征过程中，居然轻轻松松地过了关。

就这样，我换上了肥大的冬季作训服，与一群兴奋的同龄人一起被塞进了接兵的军列，一路呼啸着赶往即将要让我成为一名军人的地方。

走的时候，与有一大群亲友相送的同龄人不同，我是一个人背着背包，拎着个迷彩包上的火车。当我登上列车的那一刻，一直浑浑噩噩的我居然突然间清醒了一点儿。回头，身后的城市灯火辉煌，可我知道那不会属于我。我即将要去的地方，与我出生长大的那座山，将是一样的与世隔绝。

虽然明知父母不会来送我，可我的目光依然在那些送别的人群中搜寻了好一会儿。也许，心里还是存着些许期望吧，然而，结果依旧是失望。几十里的山路，对于两位年近五旬的人来说，并不是件容易的事，更何况，我们那儿还不通汽车。

汽笛长鸣，将我那点儿思绪打压了下去。于是，这一路上，我又变得浑浑噩噩，与周围那些谈兴颇高的同龄人比起来，显得那样的不合群。

也许，正是因为我的浑噩与不合群，让我整个人看起来显得有些孤僻而又冷漠，再加上山里孩子的特性等因素，让我在整节车厢里显得如此与众不同。我不知道，在那一刻，高连长就盯上了我，而我，也拜他所赐，在新训结束之后，便被这高高大大的汉子拽进了他的连队，开始了那炼狱一般的生活。

三天后，一路不断吞吐着新兵的军列终于抵达了终点——我国西南最大的省会城市。

疲倦但又带着兴奋的新兵们，被早已等候多时的运输车拉向了各自的目的地。当汽车"突突突"地驶离城市的繁华时，我知道，我的预感是对的，我将再一次走进大山，而且是更大更深的山。也许，这一进去，就再也出不来了。

新兵训练的日子，与大多数人所认知的是一样的。有苦、有累、有汗水和泪水，也有欢乐。三个月的新训，是一个蜕变的开始。军营中那些有棱有角的直线条框，会将每一个新兵的浮华洗去，锻造得实在而内敛。

在新兵连里，我认识了来到军营的第一个朋友，好像也是唯一的一个朋友。他叫林默，一个从南国小城里来的秀气、阳光的大男孩儿。那时候，一有闲暇，他便会跟我讲那个女孩子，那个长发飘飘、深情地对他说，"长发为君留"的女孩儿。

他们经常写信，而林默也总会拿那一封封字迹娟秀，散发着淡淡清香的信笺在我眼前晃来晃去。

"墨尘，要不要让她给你介绍一个啊？"

林默说这话时，总是带着些促狭的笑。我知道他是想让我开心点儿，让我能多笑一点儿。可不知道为什么，在新兵连那紧张而又热火朝天的日子里，我居然还是浑浑噩噩地过着日子。那由此而来的不合群，最终在班长与战友们的心里演变成了孤僻。这也是林默与我感情好的原因，因为，在整个新兵连里，只有这个浑身充满了阳光与朝气的大男孩儿愿意跟我讲话。

"你看看你这样子，活像个小老头儿似的。怎么样？要不要一个？一定让她给你找个好的。"

他晃着手中清香的信纸，想带给我视觉与嗅觉的双重刺激。

我难得地笑了笑，居然还开了个玩笑："我看她不错，你让给我算了。"

"那可不行，她是我的，你想都不要想。"林默笑着擂了我两拳。我也不躲闪，任由他那日渐粗壮的拳头擂在我的肩膀上。

闹完了，他突然对我说："墨尘，你太沉默了，为什么不能开心点儿？"我没有说话，只是轻轻地拍了拍他的肩膀。

我不知道一向开朗、厚道的父母，为什么会生下我这样一个怪胎来。这个问题一直都困扰着我，可我却始终找不到答案。这大概也是我同意参军的原因，因为，我也希望，在部队这个大熔炉里，能让自己有所改变。可照现在看来，我非但没有改变，反而越发地严重了。

因为这样，我成了连队里所谓的"重点人"。战友们看我的眼光总有些怪怪的，而班长、排长乃至连首长对我也是又爱又恨。对我爱，那是因为我的训练成绩一直很优秀，是整个新兵连乃至新兵团里的尖子。这或许是大山在给我孤僻性格的同时给我的补偿，让在她怀抱中长大的我，从小就拥有一副健壮的体格；对我恨，还是因为我的自闭与孤僻，就算是与战友们一道站在队列中，一起在训练场上摸爬滚打，我似乎也始终是一个孤独存在的个体。

日子就这样一天天过去，在新兵们的渴望与期盼中，三个月的新训终于结束了，而我们这群经历了第一次蜕变与淬炼的新兵们，也迎来了分到连队的日子。

下连的那一天，新兵们背着背包整整齐齐地站在操场上，等着连队的首长将自己领走。

领走了一个、两个、三个……操场上的新兵越来越少，最后，竟只剩下十几个人稀稀拉拉地站在操场上。

"我的愿望实现了。"身旁的林默突然小声对我说。茫然地扭过头去，我不明白他脸上洋溢的兴奋是为了什么。

"你不知道？"他对我的茫然显得很惊讶，但旋即又明白了过来。"算了，一会儿你就知道了。"林默很无奈地说了句，便转回头去不再理我。隐约听见他自言自语地咕哝，"真是的，下连这么大的事儿都不上心，真不知你这家伙脑子里都装了些什么。"

我在心里苦笑，看来我在新兵连过得不是一般的糟糕，因为我真的不知道会被分到哪个连队，更准确地说，是我根本不知道有哪个连队会要我这个在新训团都挂了号的"重点人"。而更糟糕的是，我竟然连一丝不安都没有。

等我们在操场上直挺挺地站了两个小时后，那个在列车里见过的高高大大的影子又一次映入了我的眼帘。听林默后来告诉我，当高连的身影出现在我们面前时，我原本那浑浑噩噩的样子居然一瞬间没了，而那涣散无神的眸子，在那一刻，居然变得如鹰隼般锐利。

就这样，我与剩下的十几个人一起被高连一拨拉到了他的连队——师直侦察连。而这个面膛黝黑、身材高大的汉子，就是我们的连长。然后，我炼狱般的生活开始了。

后来我问高连，为什么他敢要我这个"重点人"？高连当时哈哈大笑，边笑边拍着我的肩膀说："小子，从看到你的第一眼我就注意到你了。你的身上有别人没有的气质，那是天生的猎手的气质。冷静、沉默，还有你那双眼睛，小子你知道吗？当我去领你们回来时，你与我对视了足足三分钟。你知道你当时的眼光有多么锐利吗？那是天生的狙击手的眼睛啊！"

我还是第一次知道自己身上还有这么多的"优点"。那一刻我觉得高连说不定也是个"病人"，因为，他居然能把我的自闭与孤僻说成是冷静和沉默。在怀疑之余，我心里还升起了一丝感激，因为这么多年来，他是第一个夸我的人。

或许是因为这感激，我在侦察连里居然不再像以往那般浑浑噩噩。林默说我仿佛在一夜间变了一个人，变得他都不认识了。说这话的时候，我们刚刚从烂泥坑里爬出来，一个个浑身上下都是臭烘烘的烂泥，让丛林里的蚊子都不愿靠近我们。

"真的吗？"我淡淡回了一句，顺便吐掉嘴里的泥浆。

这样的生活，我们已经过了快三个月了。在近三个月里，我们所经历的生活，放在任何一个平常人眼里，那就是一场噩梦。当初一起分到侦察连的好几个新兵，都因适应不了这炼狱般的生活而被退到了其他连队。而我们这群刚从烂泥中爬出来的人，是为数不多的"幸存者"。

"当然了，你不知道你以前，那简直是让人一看就能气死的。"

他抹掉脸上流淌的泥浆冲我笑，那一口洁白的牙齿因为浸满了黑糊糊的泥浆而失去了原本的色彩。我忽然间想到了那个对他说"长发为君留"的女孩儿。她还能认出现在的林默吗？还能把眼前这泥人一样的怪物与以前那个帅气、阳光的大男孩儿等同在一起吗？

突然间，我升起一丝不好的预感，仿佛脑子里有人在告诉我，他们的爱情只会是昙花一现，虽然美丽，却不能永恒。我不知道自己为什么还有心思去想这些，因为前面还有纵深100米的拟真雷场在等着我们爬过去。于是，我在心里告诫我自己，要集中精神，集中精神，可那思绪偏偏就像开了锅的沸水一般，不受我的控制。

扭头向十米外正咬牙爬行的林默望去，那张黑糊糊的淌着泥与汗的脸，突然变成了一头在微风中飘荡的黑色长发。然后，那长发一寸寸变短、变短……最后竟只剩下那些透着香气的信笺在半空中无力地飘落……

我不知道为什么会这样，不知道为什么在拟真雷场里一寸寸挪动身体的时候，还能有这种感觉。因为，感觉这东西从来都无法给出个正确、合理的解释。可我第一次希望，我的感觉是错的。但它一向都很准确，否则，我也不会被高连说成是"天生的猎手"了。因为我的确有着像猎手一样敏锐的直觉，也正是这直觉，让我在后来的战斗中，一次次地脱离危险，成为那一场场残酷游戏里的幸存者。

当炼狱般的日子终于过去的时候，我们这群侥幸剩下来的"幸运儿"，才真正开始接触到各自的专业。高连的话果然没说错，我成了一名狙击手。当老兵将那支狙击步枪双手递到我手里时，我记住了那句永远都不会忘记的话。"这就是你的命，没有它便没有你。"

也许，我真的天生就是个狙击手，因为每一个科目我都会比别人用更短的时间通过，而且全部都是优秀。老兵经常向他的兄弟们吹嘘我将是最出色的狙击手，这让我在满足虚荣之余，更添了几分压力。

日子，就这么在日复一日的枯燥训练中过去。这段时间，我很少能碰到林默，因为他们电子侦察专业的训练场与我不在同一个地方。

老兵说："小子，你比他们都幸运，这整座山都是你的训练场。"我倒没觉得自己有多幸运，我只感觉很累。因为我得不停地在整座山里转移狙击阵地，而这转移，经常是一寸一寸地爬过去的。在这爬行的过程中，我的动作还不能太大，不能让老兵看出什么明显的动静来，否则，我便得用低姿匍匐的姿势爬行五千米。

林默跟我说，他还在炼狱里煎熬着，老兵们都不把新兵当人看。我笑了，笑得很开心，我拍着他的肩膀说："林默，我已经快到地狱了，而且，我早就没把自己当人了。"

"天杀的，谁让你去当狙击手的？那本来就不是正常人应该干的活儿。"

我沉默，没有回答他关心的抱怨。于是，我们俩就那么大叉着腿，躺在林子里的空地上晒太阳，享受那难得的周末里的闲暇。当时，我在心里说，我本来就不是正常人。

渐渐的，老兵已经不是我的对手了。经常在对抗演练中，十局里面，他能赢我的超不过三次。老兵很欣慰地拍着我的肩膀，一边惬意地吐着烟圈，一边乐呵呵地笑。

"墨尘，你没让我失望，我可以安心地走了。"然后，他便会扔下我，去找他的兄弟们喝酒去了。而每次他都会回过头来吼一声："小子，给我加紧练，你一定要替我进T大队！"

我还是沉默，心里却止不住有些活泛：T大队，那大概是每个侦察兵的梦吧！

第二章　侦察连队

老兵走了，在那个霜叶飘舞的季节。那天的天很冷，营区的地面都铺上了一层厚厚的白霜。

老兵捏着我的胳膊，眼眶里噙满了泪花，"小子，你要加油，你一定要去T大队。"

我点头说："班长，你放心吧，我可是天生的狙击手！"

老兵笑了，狠狠地在我胸上擂了两拳，然后，他头也不回地爬上了汽车。临走前，他最后一次冲着我吼道：

"你一定要替我进T大队！"

老兵走了，带着遗憾离开了他热爱的军营，离开了他视若珍宝的狙击步枪，离开了这座被他爬遍的大山。

我开始玩了命地训练。一开始，高连还很高兴，经常在点名的时候号召大家向我学习。可越到后来，他便越觉得不对劲儿，终于把我叫了过去。

"你小子是不是不要命了？"高连劈头盖脸地问我。

5

"我要进T大队。"我没有理会高连的愤怒,很平静地说出答案。

"那也不能这么玩命吧?你真当自己不是人啊?从今天开始,没有我的同意,不许你再碰枪。这是命令!"满肚子火的高连将我撵了出来,让我好好地反省反省。

我不敢与他争辩,因为我知道高连是个说到做到的人。于是,我的日子闲了下来,由一直的忙碌变得突然间无所事事。这种感觉让我很难受,所以,破天荒地,我第一次将林默拉到了营区后的山坡上喝酒。

"墨尘,不是我说你,你也太玩命了。"林默将一大口酒倒进嘴里,喷着酒气说我。

"我答应过班长,要进T大队的。"我望着太阳西沉的方向,在那一座又一座大山的后面,在那个遥远的地方,是老兵的家。

"T大队啊!"林默沉吟了一声,突然不说话了,只是一口一口地喝着酒。

于是,在那个冬日的下午,在斜阳洒照的半山坡上,两个刚换上上等兵军衔的年轻士兵,就那么你一口、我一口地喝起了闷酒。直到将那一斤装的白酒喝了个底朝天,才相互搀扶着,一步三晃地回到营区。一边走还一边扯着嗓子唱军歌。

过完一年,度过了训练准备期的军营开始忙活起来。从师部开完军事部署会的连长,回来后第一件事情,就是把我们全连137号人拉到了操场上训话。

"小子们,给我好好加把劲儿,这次绝不能再输给红三师那帮家伙了,明白没有?"高连站在队列前大声地问我们。

"明白!"我们扯着嗓子大吼。

每天早晚都是全副武装的10千米越野,吃完早饭后便开始各专业的训练;下午是分队或单兵的对抗演练,全连137号人都满山跑地捉起了迷藏。晚上是夜间科目训练,就算熄灯睡觉了,高连还会时不时地来两次紧急集合,拖着全连的人出来跑一趟武装越野。

那一个月下来,我磨坏了两身迷彩服、三双作训鞋,人也瘦了差不多10斤。林默和其他的战友也比我好不到哪儿去,一个个都是又黑又瘦的。但是,我们的士气依旧高涨。我也是那时才发现,高连,这个从老山回来的老兵油子,没喝过几天墨水的草莽汉子,居然能如此地鼓动一个连队的士气,让我们在一天的疲劳之后,仍能精神饱满地投入到第二天的训练中去。

一个月后,比武开始了。

临出发前,高连在指导员做完动员后带头唱起了军歌。唱完,他一跃身窜到了桌子上,对下面齐刷刷站着的我们吼道:"弟兄们,狭路相逢勇者胜。杀!"

"狭路相逢勇者胜。杀！"我们跟着怒吼，100多号人爆发出的杀气与威势，弥漫了整座大山。

现在回想起来，那场曾让我们全连上下辛苦准备了一个多月的比武，也实在没什么大不了的地方。顶多、顶多，也只能是场贴近实战的演习罢了。贴近实战，但毕竟不是实战，与后来那些真枪实弹的战斗相比，那场比武，就好像一场游戏。虽然说像一场游戏，可我毕竟还是通过它，才拿到T大队的入场券。

对于刚入伍一年的我来说，参加这样大规模的军事比武还是头一次。说不紧张，那纯粹是骗人的，可再紧张，你还是得上。

"你的对手与你同样紧张。"这句话是临上场前，高连对我说的。

他的话很正确，在比武进程中，我遇到了我们连的宿敌，也就是红三师侦察连的一个狙击手。在与他的对抗中，我们俩都因为紧张而丢失了好几次击败对手的机会。但最终，他还是输在了我手里，输在了我这个比他晚当三年兵的新兵手里。而当我们真正面对面地见面时，却是在大比武后的领奖台上。那时，我站在第一名的位置上，而他是第二名。

我们俩是那一次比武中，单兵专业狙击手组里综合成绩最高的两个人。如果不是我，第一名肯定是他的。所以，当他看到我居然只是个刚刚换下列兵军衔的上等兵时，多少有些难以置信。毕竟，不管怎么说，光训练比武的经验，他都要比我多出不知几倍去。他怎么也不能相信，我会比他先0.1秒扣动扳机，让他头上的彩烟罐冒出表示被击毙的红烟。

"小子，不错！"走下领奖台时，他回过头来低声对我说，"有没有兴趣去T大队？我有预感，那儿绝对是你的舞台。"

我说："我就是奔着T大队来的。"他赞了声"好小子，有志气！"说完，我们都偷偷地笑了，就在那数千人瞩目的领奖台上，两个前一刻还拼得你死我活的对手相视而笑。那笑容里，既有相互的欣赏，也包含着一种挑战——善意的挑战。

半个月后，我和林默收到了前往某训练基地集训的通知。高连对我们说，他知道我们这一去很可能再也不回侦察连了。只要熬过那六个月的集训，我们便能进到那每一个侦察兵都向往的地方——军区T大队。而那以后，我们便不再叫侦察兵，将换上另一个更加耀眼的名号——特种兵。高连说："虽然舍不得让你们走，可我知道，你们的成就不限于此，侦察连的舞台太小了，你们是雄鹰、是蛟龙，生就应该在高空中翱翔、在大海里翻浪的。"

高连说着，眼圈竟然红了起来。很难想象，这个一向刚硬的汉子，这个当年在老山上没吃没喝，受了重伤都没掉过一滴泪的汉子，会为我俩而伤怀。

看到高连那难过的样子，我和林默那原本的兴奋立刻便没了，活像两个被霜打过的茄子。

高连不乐意了，他又劈头盖脸地给我们一顿骂："你们俩这像什么？我们侦察连啥时候有你们这样蔫不拉叽的兵？都给我把头抬起来。小子，你们知道吗？在侦察连的历史上，还从没有人能够进T大队的，以前有去参加集训的，但最终都没熬过那被称为'地狱之旅'的半年。你们这次绝不能再给侦察连丢脸了，去了就不要再回来了！如果敢半路就回来，我打断你们的腿！"

高连越说越激动，那高亢的骂声，让我俩不得不把胸膛挺得高高的。最后，他挥挥手说："你们去收拾收拾吧，一会儿师里派车来接你们。记住那句话，'狭路相逢勇者胜！'"

我和林默喊道："放心吧连长，无论走到哪里，我们都是你的兵，都是侦察连的兵，都不会丢咱们连的脸！"

高连半侧过脸去："行了行了，大老爷们哪来那么多腻腻歪歪的东西，快去快去，车一会就来了！"

师里派了侦察科一个参谋来送我们。高连和连里的弟兄们将我俩送到了营门口，最后一次嘱咐我们："狭路相逢勇者胜！"我和林默含着泪花儿，向高连、向全连的战友，敬了一个长长的军礼，再也说不出一句话来。

最后，还是高连将我们攮上了车。那大屁股吉普车将我们"突突突"地带离营房，越来越远、越来越远，直到再也看不到那些熟悉的人、那些熟悉的山，那记载着我们汗水与青春的地方。

傍晚的时候，吉普将我们拉进了城市。这是一年多来第一次离开那座大山。看到眼前繁华、喧嚣的都市，我的心里升起一丝茫然与不安。扭过头看看林默，他的眸子里居然透露着与我同样的茫然。

在火车站附近的小饭馆里吃了两碗面条填饱肚子后，参谋长领着我们进了候车厅，将两张硬座车票递到了我们手里。

"好小子们，加油啊！别丢了咱们师的脸！"参谋长使劲地拍着我俩的肩膀。"我还得到军区去，就不送你们上车了，你们两个要注意安全，路上千万别耽搁，否则过了报到时间，就会被算作弃权的。"

"隆隆"疾驰的列车，将我们又一次带离了那个繁华的都市，如同一年多前，被老旧的汽车拉走一样。第二天下午的时候，我们终于到达了目的地，那座位于我国西南山区密林里的军事基地。一个在C军区所有侦察兵中间，口耳相传的地狱般的地方。

傍晚的时候，所有参加这次集训的人都到齐了，黑压压一片站在操场上，很有些慑人的威势。

这些人都是从军区各部队侦察分队来的训练尖子，有干部、有士官，可义务兵就只有我和林默两个。在上次的比武中，我俩与其中的很多人都或多或少地打过交道，虽然说不上熟悉，但也不致太过生分。有人说军人之间最令人信服的就是实力，我觉得这话真的很对，尤其是在侦察兵这个行列里，越有本事的人，便越能受到他人的尊重。

在等候教官的过程中，队列里有人开始小声地互相询问近况。林默也与一个少尉聊上了，那个少尉黝黑的脸上透着一丝丝的书卷气，看来他与林默应该也是上次比武时认识的，说不定两人还交过手。

正当我试图寻找红三师那个狙击手时，教官来了。这个肩扛着少校军衔的军官一出场，便给了我们所有人一个下马威。

"看看你们现在，像个什么样子？这里是菜市场吗？你们是来赶集的吗？"教官背着手，跨立在队列前训斥我们。"难道军区千选万选，挑出来的所谓尖子，就是像你们这样的一群人？"

在他的嘴里，我们一文不值，可我们不是，我们可是来自各个野战部队最好的侦察兵。

可他显然没理会我们心里的抗议，他还是大大咧咧地站在我们的面前，用鄙夷的目光在我们身上来回扫视。看完了，才用一种更加鄙夷的口气对我们说："现在，丢下你们身上的东西，给我绕着操场跑20圈，25分钟下不来的，捡起你的东西，立刻给我滚蛋。开始！"

于是，我们300多号人纷纷扔下背包、迷彩包，撒开脚丫子狂奔起来，谁都不想刚进门就被撵出去啊。

在跑步的过程中，教官还在不停地骂："看看你们跑的那德性，活像乌龟爬一样。你们是怎么混进侦察兵的队伍里的？又是怎么混到我的基地来的？不过不用担心，我会一个个把你们拎出来，扔出我的基地去。你们现在给我听清楚了，在这里，我就是上帝，一切都是我说了算。"

或许是骂够了，少校终于闭上了嘴，与一帮助教站在操场的中央，盯着我们这群甩着膀子狂奔的他眼中一文不值的兵，时不时还指着我们当中的某一个，发出一阵阵鄙夷的嘲笑。

这严重打击了我们这群人的自尊。在老连队，这里的每一个，谁不是受领导器重，让战友敬佩的对象！可一到了这里，我们似乎变得什么都不是了。无论是哪一方面，落在教官的眼里，我们这群所谓的"侦察尖子"，都只不过是一群毫无用处的人。

我终于开始体会那传说中地狱般的生活了，而且是在我们跨入这座训练营的第一天。

第三章 魔鬼训练

20圈跑完之后，我们喘着粗气，再次集合到了教官面前，又开始忍受着他那粗鲁的谩骂。

"你们打扰了我宝贵的时间，让我不得不在这鸟不拉屎的鬼地方度过六个月。所以，别期望我会仁慈地对你们。当然，如果你们害怕，那现在趁早给我滚蛋，如果你们想证明自己很有勇气，那很好，我会很乐意将你们踢出我的训练营。现在，是我最后给你们站着走出去的机会，我给你们三分钟，想离开的自动出列。"

说完，他开始计时。我们自然不会有人离开，因为能站在这里的，都是各单位出类拔萃的人物。谁会愿意承认自己没用或害怕，又有谁会相信自己会比别人差多少！

三分钟后，教官扫视了我们片刻，见到我们没一个人站出来，他居然露出了个很意外的表情。

"怎么？没人愿意承认自己害怕吗？那就是说你们都很勇敢了？很好，很好！希望你们能把这勇气保留到最后。我再申明一次，我这里不需要废物，所以，我会先把你们这群人好好打理打理。如果达不到我的要求，那么，对不起，我同样会将你们踢出去。现在，我告诉你们这里的规矩，我只说一次，竖起你们的耳朵给我听清楚了！"

教官清了清喉咙，再一次用那冰冷的带着讥讽和鄙夷的眼神从我们每个人的脸上扫过。

"从现在开始，你们没有姓名、没有军衔、没有职务，只有编号。你们是这营地里最差劲、最低等的，所以，你们必须向这营地里的每一个人敬礼。如果你们做不到这一点，我会花时间给你长长记性。最后，也是最重要的一点，从现在起，你们不要再把自己当人看，你们最好把自己当作野兽，为了生存而不断挣扎的野兽。现在，欢迎你们来到魔鬼的营地，开始你们六个月的地狱之旅。"

当我们把身上所有能表明自己身份的东西统统上交后，我们领到了一个绣着号码的布条。我领到的居然是13号，那个西方传说中很不吉利的数字，林默领到的是97号，他用种很怜悯的目光看着我说："墨尘，你很倒霉啊！"我笑笑没有说话，只是按助教的要求把布条缝在了迷彩服的左胸上，在将来的六个月里，这将是我们唯一的身份标识。

我们开始收拾内务，可还没等收拾利索，就又集合了。不过，这次集合吹响的不是哨子，而是扔进屋来，冒着刺鼻浓烟的催泪弹。

猝不及防的我们，被那刺鼻的烟雾熏得涕泪横流，一个个捂着口鼻，连滚带爬地冲向门外。

刚一出宿舍门，迎接我们的便是高压水枪喷出的巨大水柱。那巨大的冲击力将本就站立不稳的我们，冲得更是东倒西歪。

"记住，你们不是到这儿来度假的！"

等我们的"淋浴"结束后，教官背着手，叼着根烟卷出现在我们面前。"如果不想被我踢出去，最好把你们的神经时刻都给我绷紧了！"

把我们狠狠地羞辱一番后，他志得意满地背着手走了，留下我们这群"落汤鸡"，在助教的吆喝下重又收拾起了内务。

与训练营的这六个月比起来，以前在侦察连所受的折磨只能算是小儿科。教官说得没错，这里真的就是地狱，或者说，比地狱还要残酷。

每天都是大强度的体能训练，而且那被我们诅咒了千万遍的教官还会变着法子给我们增加更多的训练量。

我觉得我真的快不是人了。在这个丛林深处的营地里，这个没有一丝丝所谓"文明"的地方，我和所有的难兄难弟一样，变成了活脱脱的野蛮人，或者说是野兽更确切些。更令人可怕的是，这群浑身上下都充满着凛冽杀气的野兽，还会使用各种各样先进的武器。

这群野兽就是我们，一群只有编号的前侦察兵。那些还要讲"人权"或是认为自己是个人，要保持作为人的尊严的人们，早已被训练营残酷的生活所淘汰。

教官说："你们还没有成为特种兵的资格，因为你们这群人还没学会忍受。"

我想，应该是我那天性里的沉默或者说是自闭帮助了我。在那一个个极度摧残人体意志的训练科目里，我就那么咬着牙熬过来了，有的甚至连咬牙都不用。

林默对我说，是我帮了他。如果不是见我一直苦累都不喊一声地坚持着，他早就退出了。

我当时想笑，可刚从泡了一夜的臭水坑里爬出来的我，面部肌肉都被那又臭又冷的水冻僵了，连张开嘴吐出里面的臭水都很困难。

我已经忘记去计算日子了。在那该死的丛林里，居然没有严格的季节区分。早晚能冻得人直打哆嗦，可正午的高温与丛林里的湿气，又能蒸得人中暑。

我都忘了自己因为中暑而晕倒过多少次，只记得每次倒下时都会听见助教喊一声"军医！"然后，就被药水的味道弄醒。

醒来后听到的第一句话便是助教问，"行不行？"如果点头，那就接着练。如果说"不行了"，那倒可以彻底解脱了。可我能说"不行了"吗？所以，尽管心里一百个不情愿，我还是不得不从地上爬起来，再开始忍受那些非人的折磨。

林默说他已经忘了今天是什么日子了。记得最开始的时候，他还会抽每天那点儿少得可怜的休息时间写日记，说是要以后拿给她看。可越到后来，训练的难度和强度越来越大，他再也没有多余的力气去捏笔头了。

我们在那时都有一个共同的愿望，就是希望每天能让我们多睡十分钟。每一天的训练下来，都会觉得自己要崩溃了，可偏偏还差那么一点点，还得在第二天，甚至是当天的夜里接着去忍受教官那变态般的身体与心理上的双重折磨。

我不知道自己是怎么熬过那地狱般的十三周的。当教官把我们这群剩下来的人全部集合在操场上，宣布第一阶段的体能强化训练结束的时候，我才惊讶地发现，自己居然还能活生生地站着。而这时，原来黑压压的一大片人，却只剩下稀稀拉拉一小半不到。

教官说，"你们用自己的实力证明自己不是个废物，但你们不要庆幸，特战专业的训练现在才刚刚开始，你们的地狱生活还没有结束。"又一次，他问我们"有没有人愿意退出？"答案当然是否定的。能从那地狱般的三个月里熬出来，又有谁会愿意前功尽弃？

现在想起来，当一个人真的忘记自己所谓"人"的身份，而选择做一头为了生存而不断挣扎的野兽时，他真的能忍受许多超越极限的痛苦。这，大概也是世界上各个国家的特种部队，都会用种种的手段来折磨他们的新兵的原因吧。因为，没有超人的体能和心理承受能力，是不可能适应特种作战所面临的恶劣、复杂的环境的。

我又开始干回了老本行，每天端着狙击步枪，在那茂密的丛林里爬来爬去。那个红三师的士官在第一阶段快结束时走了，他不想走，可他的腿在攀崖时摔断了，不得不走。

我还记得他走的时候，死命地捶着那条裹满了石膏的断腿痛哭的样子。我知道他不甘心，可我们谁都帮不了他，连那个自称是"上帝"的教官都不能。因为这是纪律，铁一般的纪律。

教官说："保存自己，这是消灭敌人的前提，我也为他惋惜，可你们更应该从中得到教训。那就是如何保护好自己，这也是你们还能不能留在这里的前提。"

在训练营的那段日子，我恨教官，恨得咬牙切齿。可现在我又很想念他，但是却再回不到那基地去了。不是我不想回去，而是我根本不知道路。训练营在山里深处，根本就不知道去的路该怎么走。

最后的三个月训练结束后，教官为我们这仅存的80多号人送行。他向我们敬了一个长长的军礼，他说，"我很高兴，因为你们终于从幼苗长成了大树。我承认，在这半年里，我没少让你们吃苦头，也亲手将一个又一个优秀的战士送出了基地。不管是你们，还是他们，都很优秀。可T大队只需要最优秀的士兵，我不能滥竽充数，否则，我就是渎职，就是犯罪！"最后，他说，"兄弟们，从现在开始，你们就是特种兵了，但不要忘了，在享受这个殊荣的时候，你们所肩负的责任。你们是祖国最锐利的锋刃，是注定要为祖国去战斗、去流血的！"

我终于离开了那丛林深处的营地，那半年来让我忍受着地狱般的生活，切齿痛恨的地方。可当被送走时，我却舍不得了。教官与助教们都在那飘扬的TZ战旗下直直地站着，向我们敬礼，好久、好久，都没有放下。不知为什么，我的眼泪"刷"的就下来了。那是我这半年来，第一次流泪。

第四章　特种大队

我终于加入了T大队。当换上那身挂着闪电与利剑组成的TZ字母臂章的迷彩服时，我又一次将目光投向了那遥远的方向。我对着空旷的天空说，"班长，你看见了吗？我进入T大队了，终于达成你的愿望了，班长，你看见了吗？"

没有进T大队之前，总认为这里是神秘的，充满了种种传奇的色彩。等进来之后才发现，原来这里生活的，是一群与我们同样的人，同样也有着人的喜、乐、哀、愁。

在这里，我认识了我的第二个朋友，他是个比我早当两年兵的士官，叫冷锋，是一个从繁华都市来到这深山老林的真正兵者。他也是狙击手，一个比我更有经验、更冷静沉默的狙击手。

他告诉我：狙击手是个孤独的存在，是沉默的杀手，他们孤独地潜伏在隐秘的角落里，执行着最庄严的任务。

"墨尘，你记住，有些人，天生就是孤独的！"他为我解答了那个困扰我19年的问题。

有些人天生就是孤独，我在心里默默地念着这句话，那压抑了我19年的自闭的阴霾，一瞬间似乎散去了。"我，生来就是孤独的！"我大声地对自己说。在那个暮夏的下午，在斑斑点点洒着片片阳光的树林里，完成了我人生中最重要的一次蜕变。

是他帮助了我，帮我完成了这次决定我将来人生的蜕变。因此，我无限地感激他，把他当成了我最好的朋友之一。可惜的是，他比我更沉默，更不爱说话。无论他走到哪里，似乎总有一个看不见的气场将他与周围的人隔开，如同一个孤独的行者。

他是T大队最好的狙击手,这是公认的。杨中队告诉我,冷锋在全军特种兵比武里,打破了好几项纪录,而且,那成绩绝对可以破世界纪录。更重要的是,他参加过真正的战斗,那是实打实的,血与火,子弹与子弹的对抗,而不是演习。

可他从来不会跟我讲这些,他只会在每次的训练中,用他特有的方式指出我的缺点。那方式就是对抗,只有这种最直接的方式,才能最直观明了地告诉我,训练与实战是有差别的。我们有时候牢守的教范,有时候并不适合实战的需要。

"你会超过我的,你将是最好的狙击手!"这是他跟我说的最后一句话,每当别人夸我是最好的狙击手时,我都会想起他,想起这个与我同样沉默寡言的战友。而他,却永远地沉睡在了那片异国的丛林里,再也回不来了。

记得他与他所在的"猎犬"小队出发的那一天,刚好是梅雨季节,天上下着淅淅沥沥的小雨。这没完没了下个不停的雨让我的心里一阵阵烦躁。这不是一个合格狙击手该有的心境,可看着他们乘着直升机飞离营地,我的烦躁却始终压不下去,还演变成了强烈的不安。现在,我终于知道了那不安的缘由,我终于尝到了失去朋友的滋味,这滋味让我那颗如同死水的心,一阵阵撕裂般的疼。

我们是在一个月后才得到消息的。当时,"猎犬"小队能走着回来的只剩下三个人,另外几个是被担架抬着下的飞机。而冷锋和小队的重火力手,却为了掩护战友们的撤退,将自己留在了那片丛林里,与那些狡猾且又残酷的武装毒贩周旋,然后,就再也没能回来。

我哭了,无声地哭,就那么站在空旷泥泞的操场上,任泪水和着雨水淌满我整个脸颊。

那次惨重的损失,让整个中队乃至整个大队都笼罩在了一层低迷的氛围里。政委为此忧心不已,生怕大队从此一蹶不振。但秦大队说,"不用怕,哀兵必胜,你没看见弟兄们都咬着牙在训练吗?"

秦大队说得没错,我们现在就是一群哀兵,矢志复仇的哀兵。

复仇的机会终于来了,我们又一次前往边境执行打击武装贩毒的任务。而这一次去的,是我们整个中队。

林默与我同在一个小队,我们小队的名字叫"猎鹰"。T大队各个战斗小队的命名与主要执行的任务是相关联的,就拿我们"猎鹰"来说,主要负责的就是侦察。当然,真要战斗起来,我们也不会比任何一个分队差。

我们小队已经在这座丛林里转悠了一个多星期。中间碰到了好几拨走私的,但那些不是我们的目标,我们将情报传给了后方的指挥所,到时,自然会有边防武警和海关的人来处理这些走私者。

丛林里最令人难以忍受的是那些足足有拇指长的蚊子，如果不小心被叮上一口，不死也差不多得脱层皮。为此，我们不得不把自己包裹得严严实实，但换来的却是足以让人窒息的闷热。

林默咬牙切齿地说，千万不要让他碰到那些该死的毒贩，不然，他会把毒品全灌到那些混蛋的肚子里。

我当时正和我的观察手趴在一块高地上，用高倍望远镜观察前方的边境线。听到这句话时，我笑了，尽管已经成为一名合格的特种兵了，但林默的性格还是没能改变多少，他的骨子里，仍然还是当年那个开朗、阳光的大男孩儿。

可我呢？我想到了自己，脸上的微笑变成了冷笑。自从冷锋牺牲后，我变得更加沉默了，用林默的话来说就是，"墨尘，你沉默得让人害怕。"

冷锋曾经说过，"狙击手就是一根沉默的枪刺，是本就应该在沉默中生存，在沉默中死去的。沉默与孤独，那是每一个狙击手的宿命，这宿命里，还包括为国捐躯。"

但我们并不是一直都沉默的，我们也会有爆发的时候。当那悠长的叹息从枪口中发出时，便是狙击手的沉默爆发的时刻。而那爆发带来的，必将是一个罪犯的消亡。

三天后，我终于完成了狙击手最后的蜕变。瞄准镜的十字线早已牢牢地压在了目标的脑门上，可我却迟迟不能扣动扳机。我在害怕，一旦扣下扳机，我就将与我的过去彻底地告别了。

队长一直在耳机里催促我开枪，我感到我的脑门在往外渗着汗水，浸湿了头顶的丛林软帽。我的心里一直在激烈地交战着，翻腾着各种各样的念头，千奇百怪，连我自己都不明白，为什么那短短的三秒钟里，我的脑子里会闪过那么多的念头。

终于，我还是扣动了扳机。

枪响，声音悠长而沉闷，将那5.8毫米的钢芯弹头狠狠地推向了400米处的目标。

随着那一声枪响，我内心深处的某种禁锢似乎被打破了。先前那些莫名的紧张与恐惧，竟然随着那一声枪响，一起烟消云散。

我终于相信了高连当初对我说的话，我是天生的狙击手，而这茂密的丛林，就是我最好的舞台。

我们打了一个漂亮的伏击战，14名武装毒贩被全歼。从俘虏的口中，我们得知，一个月后，将有一次相当大规模的毒品交易在对面那个国家进行，而参加这次交易的人，几乎囊括了这个大陆三分之一的毒枭。

中队将这个消息迅速上报了指挥部，认证这消息的可靠程度，这自然由情报机关负责，我们需要做的，只是最简单与最直接的暴力与暴力的对抗。

不久之后，那个大型毒品交易的消息得到了证实，我们的任务也随之到来，那就是破坏这次交易，并抓捕那些在我国横行多年的毒枭们。

这次行动，算得上是近几年来国内武装缉毒规模最大的一次，不仅我们中队全员上阵，军区还从山地步兵抽调了一个精锐营来配合我们。同时参加到这次行动里来的，还有整个西南边境的所有情治机关以及公安与边防部队。

当然，为了确保作战行动的高度保密性，参加此次行动的所有人员都经过了安全部门的严格筛选。听杨中队说，这次的行动，将直接导致一大批地方与部队的官员被逮捕，因为这些人或多或少都与毒贩们有着利益上的勾当。不过，为了迷惑毒贩，不致打草惊蛇，这些人现在只是被安全机关严密地监控着，等我们的打击行动结束后，便是这群危害国家与人民的蛀虫们受到法律制裁的审判日。

不得不承认，境外行动特工们效率是相当高的。我们现在反复训练的这片建筑，就是工程部队根据特工们传来的有关毒品交易地点的情报，专门为我们搭建起来的模拟训练场。

为了确保行动的效果，在等待行动的这段时间里，我们整个中队的人马，就在这方圆近10里的模拟村庄内来回折腾，将每一栋房屋、每一条小路，甚至是每一个窗户的朝向都牢牢地记在了心里。

扮演毒贩的自然是山地步兵的兄弟们，他们的确不愧是国内最精锐的山地步兵。在丛林战与游击战方面的能力，比起我们来，着实差不了多少。我们比他们占优势的，除了装备更精良外，便只有个人的综合素质与经验了。

在最初的几次对抗中，铆足了劲儿的步兵兄弟们着实让我们吃尽了苦头，全队上下几乎是个个挂彩，被判阵亡的竟然有足足两个小队。而且，还有两个被他们给俘虏了。这对一向眼高于顶的特种兵们来说，那简直就是奇耻大辱。

失败并不可怕，这是秦大队常跟我们讲的话，但如果失败了却不从中接受教训，那就是该杀。通过反复研究、图上作业与兵棋推演，我们终于拿出了一个可行的进攻方案。

总结出新方案后的第二天，我们终于打了一个胜仗，但却是惨胜。于是，方案又一次更改。这种无休止的更改方案与模拟对抗，一直持续到了正式行动的前三天。

短暂的休整后，精气神均处于最佳状态的我们朝边境线出发了。我们整个中队，13个小队按着各自的行进路线，渗透到了邻国的土地上，并在规定时间内，全员全装到达了预定的潜伏地域。

我们小队的潜伏区在毒贩们进行交易的村庄内。我们的任务就是在行动展开后，为其他小队的兄弟提供可靠的战场信息支持，以及清除对方隐藏的火力手。

我藏身的地方是一间房屋的阁楼。这里的视野良好，而且隐蔽系数较高。我的观察手藏在我右前方300米处的一个骡马棚里。昨天晚上，他花了很长的时间才在牲口进食的木槽下掘出了一个供自己藏身的隐蔽体。如果不是预先知道他的位置，现在我根本就看不见他。

我们必须在各自的位置藏上一整天，因为那些毒贩们要等今天晚上才会来到这里进行交易。万幸，这里没有那些可恶的蚊蝇和爬虫，虽然闷热了些，但比起那没日没夜在丛林里的潜伏来说，这个小小的阁楼简直就是天堂。更何况，阁楼下的房间里，还放着轻柔舒缓的歌曲，偶尔还会有一个清丽的声音会跟着音乐歌唱。那如同百灵般的异国少女的声音，让躲在阁楼上的我竟不由自主地勾勒起她的样子来。

应该是个很美丽的女孩子吧，说不定还有一头漂亮的长发呢。我胡思乱想着，等待着时间一分一秒地过去。

入夜后的村庄突然喧闹起来，"突突突"由远及近的汽车声吵得原本宁静的村庄一阵鸡鸣狗吠。

透过狙击镜，我打量着村庄里的动静。有不少房屋的门打开了，然后，一些拎着武器的人探头探脑地走了出来。有几间屋顶上隐约有人影晃动，那应该是各个势力所派出的狙击手，与我站在对立阵线上的同行。

队员们把各自观察到的情况报给了林默，再由林默这通讯官综合他背着的战场战术雷达侦测的信息，传给指挥所。

毒贩们扛着各式各样的武器，在那片空地上为了取得更多的利益而不停争吵着。与影视里那些偷偷摸摸的做贼一般的毒品交易完全不同，仿佛这里进行的，不是一宗数额巨大的毒品交易，而是菜市场的小贩们，在为了一毛、两毛钱而争得面红耳赤。

杨中队说，这是由这个国家的特殊情况所决定的。在这里，种植罂粟与贩卖毒品就像是农民种粮、卖粮一样，因为这里的土地长不出多少粮食，但偏偏那罂粟却能有个好收成。

我们沉默，贫穷恐怕并不是理由，真正的理由应该是人性的贪婪。

也许，村庄里的居民们对于这类的事情早已司空见惯，也或许是迫于那些势力庞大的毒枭们的威胁，对于村子里这如同赶集一样的热闹场面，村民们连个打开窗户看热闹的都没有。

下面的集会似乎已经到了最高潮的阶段，我们的行动也开始了。

毒贩们开始慌乱的还击，几发流弹险些击中正转移阵地的我。不断有人发出受伤或临死的惨叫，再混上密集纷飞的呼啸金属与手雷爆炸的强烈震荡，将这异国小村的夜晚，彻底推向了死亡交响曲的最高潮。

屋顶上的狙击手在第一时间就被清除了，观察手不断地通过耳机向我报告敌人火力点的方位、坐标、风向、风速等射击诸元。我再将能清除的清除掉，无法清除的转给其他战友处理。

战斗进行得很顺利，在毒枭们的增援赶到之前，我们已押运着猎物撤退了。而那些数量惊人的毒品，也在熊熊的烈火中化成了翻滚的烟尘。

邻国的夜色与对面的祖国同样安静，我们如同一群幽灵，无声地行进在这异国的山野间。胜利的喜悦被沉重的心情所代替，战场离我越来越远，我却仿佛还能听到早就消失的"隆隆"的炮火声和毒贩们的嘶吼声。我告诉自己，我所进行的战斗是正义的，是为了不让毒品危害更多的同胞，但那些生命在我手中逝去却是不争的事实。

就这样我们在那片边境的丛林里整整待了一年，以致我们当中很多服役期满的战友都在回营之后换上了高一级的军衔。这其中，自然也包括我和林默，现在，我俩已经是一级士官了。

第五章　回乡探亲

我们回到大队的营房时，已经是第二年的年底了。接连不断的武装打击任务，让我们整个中队的兄弟都变得疲惫不堪。

林默跟我说，他终于明白战争对于人的摧残有多大了，我们就是典型的例子。

我没有说话，只是静静地躺在山坡上，一边享受那丛林里奢望不及的温暖阳光，一边惬意地喷吐着烟圈。在那一年的丛林生活里，我和林默都染上严重的烟瘾。

那天下午，我们聊了许多，我们俩已经很久没这样在一起聊天了。林默说他想回家一趟，很久没有跟她联系了，如今一闲下来，就特别想的厉害。

我也想回家看看，已经有 3 年没回家了，我想念生我养我的那座大山，想念我那已日渐年迈的父母，想念那大山里熟悉的山与水。

中队长同意了我们休假，让我们回家与家人一起过个节，还开玩笑说，让我们顺便把找对象的问题给解决了，他可不想看到队里的兄弟们都变成和他一样的困难户。

3 年了，第一次走出与世隔绝的山林，我对外面愈发繁华的世界感到更加的陌生。与林默对视了一眼，彼此都能看到对方眸子里的无奈。

"墨尘，你说，我们变了，还是这世界变了？"在候车厅等车的时候，置身于与我们截然不同的人群中，林默这样问我。

"都在变吧！"我沉吟着说道。我才刚刚20岁，可我却觉得自己的心已变得苍老无比。

也许林默说的没错，战争对于一个人的摧残，特别是心灵的摧残，是无可比拟的巨大。

我和林默在车站分了手，登上了驶向各自家乡的列车。在那飞驰的列车上，我的心里不断翻滚着的，全是故乡那熟悉的山、熟悉的人，那是我第一次暂时忘记了枪声与硝烟。

列车抵达老家大山脚下的土地。偏远的小镇很少能见到穿军装的人，因此，我刚一下车，便立刻有许多目光汇聚到了我身上。那是善意而又好奇的目光。

在一路不断窥视或大胆直视的目光里，我拎着大包小包走上了那条崎岖的山道。这条足足走了18年的路，如今，还是没有一点儿改变。那山外的繁华与车水马龙，恐怕永远都不会伸展到这贫瘠的山岭来。

走了将近两个小时，我终于回到了阔别3年的山村。那村子里熟悉的一草一木，还有那熟悉的泥土的气息，让我的眼睛禁不住有些潮湿，可是我已经不会再流泪了。在冷锋牺牲后，我便已发誓，从此绝不再流泪。

我这次回家在那个宁静的山村里引起了一阵轰动。邻居们都争先恐后地跑来看我这个穿着一身军装的孩子。

母亲抱着我黑瘦的脸哭个不停，一个劲儿地呢喃着："娃儿，苦了你了，苦了你了。"

我用手指轻轻梳理着母亲已然斑白的头发，把那眼鼻泛酸的感觉压制在心底，微笑着对她说："妈，哭什么呢？你看我这不是好好的吗？我可比以前壮实多了呢。"

母亲还是不停地哭，哭得周围的婶婶、姨姨们也跟着一个劲儿地抹泪。

这让我的心底突然涌起了一股强烈的负罪感。我一直以为自己是个孤独的个体，可我忘了，在这个偏僻的山村，还有两位老人，在无时无刻地为我担心和牵挂。而我，却是如此的不孝，竟然没有给他们多寄来只言片语。

那是我这些年来过得最为闲暇的一段日子。记得以前跟林默开玩笑说，等回家了，一定要把这几年的懒觉都补回来。可真回到家了，没有了每天早上的起床号，我仍然是在那个时候醒过来，无论如何也睡不着了。而且，只要晚上有个细微的风吹草动，我都会被惊醒。

我终于发现，我似乎已不能适应这舒适平淡的生活。我的精神、包括我的身体，都已被那莽莽丛林中的一场场战斗打下了深深的烙印。可我没办法改变这一切，我只能尽力让自己不在父母前表现出一丝一毫的异常来，以免他们为我担心。

为了不让自己有胡思乱想的时间，我跟父亲抢着干活儿。挑水、挑粪、砍树……只要是脏活、累活、重活，我都从父亲手里抢了过来。邻居们都夸我孝顺，可我自己清楚我这到底是为了什么。我那适应了紧张与忙碌的肌体，已经闲不下来了。

俗话说，知儿莫过父母。我虽然竭力表现着正常，可他们知道我的心里肯定藏着事。但是，素来不善言辞的他们却不知道该如何跟我沟通。察觉到他们看我的眼神里，总是含着担忧，我愧疚不已，可我又不能告诉他们原因。我只能拼力地调整着自己的状态，尽力将那些噩梦般的记忆藏得更深，让它们不要来打扰我好不容易得来的安宁。

苏姐姐的到来，让我这种糟糕的状态解脱了少许。腊月二十七那天，母亲让我去接我跟他们说过的那位姐姐。对于这个尚未见面便给他们买了那么多东西，还是他们儿子老师的女儿，两位老人家都有着强烈的好奇心。

……

这是我回家后第一次出门。山外的世界还是那么的繁华与喧嚣，再加上临近过节，人来人往的街道上，显得更加的繁忙与热闹。

没有闲逛的兴趣，我径直向她家走去，谁知道她却没在家。在门口站了小半天，我才想起她给过我她手机号的，我可以打电话给她。

在路边的公用电话厅给她打了个电话，她告诉我，她现在正在百货商场买东西呢，正好想给我这当弟弟的买套衣服，省得我成天穿着身军装到处走，扎眼得很。我笑笑没答话，她说："墨尘你赶紧过来，试试衣服合不合身，姐姐在门口等你啊！"

挂了电话，挤上了一辆公交车往百货商场赶。大概是因为马上就要过节的原因，车上的人多得都快挤不下了。

仗着自己的优势开辟出了一小块立足之地，正打算松口气时，却看见前面有个衣着光鲜的年轻男子将手伸向了一个面朝窗户站着的女子的挎包。

猛然间，心里涌起了一种危险的感觉，那是种被敌意窥视的感觉，迅速地用余光扫视了一下周围，我发现了那令我的肢体下意识进入戒备状态的源头——两个同样衣着光鲜的年轻男人。虽然打扮得派头十足，可眉宇之间闪烁的却是狡诈阴厉的凶光。看来，是我的军装让这两个扒手的同伙把我列入了会对他们造成威胁的行列。

想跟我玩儿？我脸上掠过一丝冷笑，在那个扒手拈着两根手指夹着刀片就要划开挎包的一瞬间，我伸出左手抓住了他的手腕，然后一扭，那个锋利的刮胡刀片就从他的手指间跌落下来，我左脚向前进了一步，用右手的两根指头夹住了刀片，然后右臂顺势划向后方，刚好停在了右侧逼过来的男子的颈动脉上。而这时，他手里的匕首离我的腰还有一尺远。

另一个男子挥着寒光闪闪的匕首向我扑来，在车上引起一阵骚乱和尖叫，那来势汹汹的一扑落在我眼里,却是破绽百出,我毫不犹豫地一脚将他踹了回去。

如果是在空地上,他至少能飞出七米,可这车上挤满了人。所以他没能倒飞出去,倒是撞倒了不少乘客。

他挣扎着爬起来,抓起匕首又想扑过来。可立刻又双手捂着肚子歪了下去,开始"哇哇"地呕吐。那样子,似乎要将胃也一起吐出来。幸亏我那一脚是踹在他肚子上而不是胸口,而且,我只用了三分劲,不然,他这会儿就不是呕吐么简单了,恐怕胸骨、肋骨都剩不下几根好的。

"当兵的,你最好别管闲事。"被我右手两指间的刀片逼得不敢动弹的男子恐吓我。扭过头去,我冷冷地看着他,没有说话,只是将刀片轻轻地动了动。他立刻闭了嘴,眼里方才还色厉内荏的凶光,被惊慌和害怕取代。

被我扣住手腕的男子以为我没注意他,左手掏出匕首想要偷袭。我冷冷一笑,我左手用劲儿一扭,同时左脚离地,踹在了他的膝关节外侧。

他"啊!啊!"地惨叫起来,整个身子都委顿了下去。我有点后悔了,刚才那一脚重了点儿,他的膝关节肯定脱臼了。

我说:"是要我踹你们下去,还是自己下去?"

那个唯一还完好的男子叫了声停车,搀着他的两个同伴艰难地下了车。而这期间,他们一直用一种恐惧和怨毒的目光看着我。

"当兵的,你给我记住了,我们会找你的!"车门关上的瞬间,那个男子凶狠地指着我,仿佛誓要把我碎尸万段,才能解他心头之恨。

我冷笑,右手的两根手指轻轻一弹,那个尚在指间的刀片,"嗖"地从快要关上的车门间射了出去,扎在了他茂密的头发上。一缕血丝从他的额头滑落下来,那个刀片让他知趣地闭上了嘴。

"垃圾!"我轻轻吐出两个字,换了个舒服点的姿势站着。

周围的人都在压低声音对着我指指点点,而且尽可能地把身体挪得离我远一点儿。终于有人好心地提醒我,"你要当心点儿啊,那群人可是什么事都干得出来的。"

我打量着眼前的这些人,这些衣着光鲜的男男女女,心里面又升起一股厌恶与悲凉。我不是为我的见义勇为却没得到表扬而悲哀,我悲哀的是人性。这些、那些,现代的、后现代的文明人的人性。我一直以为我是个天生孤独的人,可现在我才发现,这世界上最孤独的人不是我。我孤独,可我至少还有能生死与共的战友,还有伴着我的大山,可他们呢?除了自己,他们还有什么?

我冷冷地看着这些人，缓缓地摇头。"知道他们为什么敢这样嚣张吗？是因为你们的懦弱和自私！"

在整车人的沉默与愕然中，我下了车。那车里的空气让我感到很不舒服，我打算步行到百货商场。反正只剩下两站路的距离，这对我来说根本就不算什么。

大约半个小时后，我到了百货商场接上了姐姐，在商场逛了逛，买了些东西。我和姐姐便上路回家了。

她在我家待了三天，三天里，她把一个成熟女性的魅力发挥得淋漓尽致。这让我母亲乐得合不拢嘴，常与父亲偷偷地对着我俩指指点点，那神态的寓意，再傻的人恐怕也能一目了然。

村里的婶婶、姨姨们也时不时就跑到我家来串门，其目的也是不言而喻的。无非是东传西传，说老文家的儿子领了个漂亮的城里媳妇儿回来，好奇心重的女人们过来看个究竟罢了。

还好，这令我郁闷、无奈的时间并未持续太久。送姐姐回家后，我的日子又闲淡下来，可母亲却开始有意无意地套我的话了。我明白她的苦心，只能是无可奈何地苦笑和刻意地岔开话题，实在是躲不过了，便干脆沉默以对。这让母亲对我很有意见，可我能有什么办法？难道让我向他们说实话？说我是个今天不知明日，和生命打交道的人吗？

初四的那天，城里的亲戚们来乡下给逝去的长辈们上坟。不知为何，对这些叔叔、姑姑们，我并没有多少好感，似乎从记事那天起，他们看我们的目光里，就有着几丝鄙夷，那是对农民和穷人的鄙夷。这目光在我幼小但又充满了自尊的心灵上，留下了永远都挥之不去的印记。因此，当他们一大群人来到我家时，我找了个借口躲了出去。对于不喜欢的人，我没必要去虚伪的应酬。父亲因此对我很不满意，觉得我失去了一个山里人应有的礼貌和待客之道，只不过当着这么多亲戚的面不好说我罢了。

叔叔、姑姑们一边与父母拉着家常，一边问我在部队的情况。母亲说，这孩子，什么都不跟我们讲的，问得急了，他就说，说了我们也不懂。

听着母亲的唠叨，亲戚们都笑了。一个姑姑笑着问被父亲拽回来的我："墨尘，今年20了吧，找对象了没有啊？听你妈妈说，前几天你可是领了个姐姐回来过节哦！"

在心里埋怨了一句母亲的多嘴，我向那位姑姑说："是的，那是我上中专时心理学老师苏老师的女儿。"

"就这么简单？"亲戚们对我简短的答案明显不满意。我说："是啊，就这么简单。"眼看着场面又要因为我而冷下来，熟知我性格的父亲忙笑着将话接了过去。

"这孩子，都这么大了，还是不爱说话，出去当了3年兵也没把这性子给转过来。"

一个叔叔突然问我："墨尘，你这是当什么兵啊？一去3年连点音信都没有，我当兵那会儿虽然条件差，但也能写个信什么的啊，不会你那里连信都没法寄吧？"

我淡淡地说："我们部队在山沟沟里呢，交通不方便，又没个电话，所以跟家里联系少。"

刚说完，另一个姑姑又把话接了过去。她说："没电话？不可能吧，这都什么年代了？你堂哥在青海那么偏远的地方当兵都还有电话用呢。再说了，刚才不是见你拿着手机吗？"

"他那手机，还是他那姐姐前几天刚买给他的呢。"母亲笑着说。

"哎呀，墨尘，你那姐姐对你不错嘛，衣服也买、手机也买，听你妈说还有两个小姑娘让你捎了不少东西回来，你这小子挺有女人缘的嘛。"

亲戚们又"呵呵"笑了起来，一个个专挑些让我脸红的问题来问。这让我感到很不舒服，真想再找个借口躲开。

最后，一个在总参通信部直属单位工作的叔叔盯着我打量了半天，突然问了我一句："墨尘，去年五月份，你是不是参加了C军区的侦察兵大比武了？"

我一惊，忙问："叔叔，你怎么知道？"

他笑而不答，反倒又说："我还知道你是狙击手的第一名。"

这句话在亲戚们当中引起了一片哗然。也许，他们并不知道全军区的侦察兵比武是多大的规模；也许，他们也不知道狙击手的第一名代表着什么，但他们对第一名的概念总是有的。想一想，曾经那个沉默寡言的孩子，被很多人都评价为没多大出息的孩子，居然能在部队的比武里拿第一名，这实在是让人感到惊讶和不可思议。

乍一开始的慌乱后，我迅速地冷静下来。盯着那个仍笑眯眯望着我的叔叔，我一字一顿地问："叔叔，你怎么知道的？"

看到我那瞬间变得冰冷的眼神，叔叔脸上的微笑没了，被惊愕所取代，好一会儿才缓过神来。他重又笑着说："不愧是狙击手，光那眼神就能让胆小的人吓破胆了。不过，墨尘啊，我可不是你的敌人啊，别用那种杀气凛凛的眼神盯着我行不？叔叔我可是被你看得背上直冒寒气啊！"

他这么一说，我才惊觉自己的失态。一直以来，我都不想让父母知道我在部队的情况，即使是他们问起，我也只是挑一些平常的事讲给他们听，所以，他们至今都不知道我在哪儿当兵，当的是什么兵。

可今天，在同样是军人的叔叔面前，我差一点就露了馅儿。因为，我一直认为是秘密的东西，他居然知道得如此清楚。

好在好奇心是每个人都有的通病，我的疑惑被亲戚们提了出来。

叔叔笑了笑说："去年C军区搞了一次规模很大的军事比武，参赛的对象是军区范围内所有部队的侦察兵。侦察兵，那可都是些厉害的人物啊！我们部队的驻地也是在C军区辖区范围内的，所以也收到了关于这次比武的情况通报。当时看到狙击手的第一名居然是个新兵，而且还和墨尘一个名字，我就在想，那个小伙子是不是他，可又觉得有点不大可能。刚才我也是随便问问，哪能想到我们文家还出了个厉害的侦察兵啊！"

听叔叔这么一说，亲戚们都祝贺起我的父母来，说："没看出来啊，老文你还培养出了个厉害的侦察兵啊！"父母也是乐呵呵地笑着，显然也为有我这么个厉害的儿子感到自豪。

幸亏，那叔叔不再知道更多的东西，否则，我真不知道该如何面对了。我永远都不想让我的父母、亲人、朋友们知道我现在的生活。

我突然间明白了冷锋的孤独，而我，也终将与他同样的孤独。我突然想去冷锋家看看，想将这沉默战友的一切都牢牢地烙在心底，永生不忘。

第六章　扒海探亲

两天后，我坐上了前往扒海的列车。对于我突然间要去那个繁华的城市看望战友的家人，父母很不理解，但出于对我的尊重，他们并没有反对。

冷锋的家在一片高档住宅区内。望着那一栋栋美轮美奂的高楼，我踌躇了，不知自己是不是该走进去。思量一番后，我最终还是迈进了小区的大门。

门口的保安拦住了我，问我找谁。我掏出士兵证递了过去，说我是来找冷天行的，我是他儿子的战友，来探望他们。

一个保安突然问我："兄弟现在部队变咋样了？"看出我的疑惑，他笑着解释："三年前退的伍，去年来这儿打工，找不到合适的工作，就来当保安了。对了，你们是哪个部队的？冷家的事儿我也听说过，我想你们不是一般的部队吧？"

"是特殊点儿，"将士兵证揣回怀里，我答道："不过我不能告诉你，有纪律。"他不好意思地拍着脑袋笑道："你看我，你看我，差点儿连保密守则都忘了。好了，不扯了，兄弟你进去吧，冷家住在C栋302，也代我向烈士的父母问声好吧！"

道了声"谢谢！"，我向冷锋家所在的楼层走去。隐隐听见几个保安在议论着"特种兵"

什么的，到底是当兵出来的，我在心里想，瞒不过的。

按响了门铃，不一会儿就发现有人从猫眼里打量着我，门上的对话器里也传来询问的声音。"这位先生，请问你找谁？"

我很有礼貌地答道："请问这里是冷锋家吗？我是他的战友。"

门里面沉默了片刻，然后，门"啪"的一声开了。一个眉目间与冷锋有几许相似的年轻女子为我打开了门。

那一瞬间，我有些恍惚，仿佛重又见到了冷锋。见我直直地盯着她发愣，她有些不快地咳了两声。我一个激灵醒了过来，看到她脸上挂着的不快，很有些不好意思。于是赶紧道："对不起，刚才我想起冷锋了，你和他长得很像。"

她的神色也黯淡了下来，一边帮我接过手上的包，一边低声说："我是他姐姐，快请进。"

换了鞋，我随她来到客厅，一个雍容的妇女正坐在沙发上看电视。见我们进来了，她微笑着站起来说："孩子，来，坐坐坐！"

我说："阿姨您好，我是冷锋的战友，来看看你们。"她的脸上掠过了一丝痛苦，但旋即又被笑容掩盖。她拉着我的手坐下，抚着我粗糙的手，心疼地说："孩子，吃了不少苦吧？来，让阿姨好好看看，好好看看。啊！对了，孩子，你喝什么？让你若寒姐给你拿。"

阿姨的客气让我很不适应，我说："阿姨，不用客气，不用客气，我不渴。"

"你这孩子，是你客气还是阿姨客气啊？到这儿就跟在家一样，千万别生分啊。"阿姨摸着我黑瘦的脸心疼地说。

若寒姐也说："是啊，不要客气，想喝什么？我去拿给你。"

"喝水就行了。"见推辞不过，我只好答应。可若寒姐却又问："怎么喝水啊？我给你拿饮料吧？要不喝茶也行？白水有什么好喝的。"

我连忙说："姐姐，水就行了，我不习惯喝别的。"她笑着叹了口气说："那好吧，你等等，我去给你倒水。"

这期间，阿姨一直都目不转睛地望着我。我被她看得很不自在，期期艾艾的不知该说什么好。若寒姐端着水出来，正好瞧见了我尴尬的样子，"噗嗤"乐了。这还是自我进门起她第一次笑。

阿姨突然"哎呀"了一声，见我们都因此而愣愣地望着她，她笑着说："人老了就是不中用了，你看看，都进屋这久了，阿姨还没问你叫什么名字呢。"

接过若寒姐递来的水，我轻轻喝了一口，说："阿姨，我叫文墨尘，您叫我墨尘就是了。"

聊了一会儿，我问："冷叔叔呢？"阿姨说："你叔叔上班去了，得晚上才回来。孩子，既然到阿姨这儿来了，就多住几天，让你若寒姐陪你到处转转，好吧？对了，若寒，你去给你爸打个电话，告诉他锋儿的战友来了，让他下班了别耽搁，早点回来。"

不知为什么，阿姨的话总有种让我无法拒绝的感觉，就好像儿子总是无法拒绝母亲的爱一样。见我点头答应，阿姨开心地笑了。我们就这么一直聊着，而这期间，她一直都拉着我的手，没有松开一下。

在我们的聊天中，一直都有意无意地回避着一个话题，那就是冷锋。这是她们永远都无法忘记的痛吧。因此，我打定主意，只要她们不提起，我也绝不去触及她们的伤痛。

快6点的时候，冷叔叔回来了。我连忙站了起来，向他问好。他说："坐坐坐，孩子，别这么客气，快坐下，快坐下。"

然后，我陪着冷叔叔聊天，阿姨和若寒姐去厨房准备晚饭。

吃过晚饭后，我们又回了客厅。闲聊了几句后，冷叔叔终于第一个揭开了那藏在心底的伤疤。

屋里的气氛顿时凝重起来，冷叔叔问我，能不能告诉他们，冷锋到底是如何牺牲的，为什么会连遗体都找不回来？我沉默、犹豫，不知道该不该违反纪律告诉他们实情。

阿姨与若寒姐低声地抽泣起来，这让我的心一阵阵抽搐的疼。一边是亲情，一边是严明的保密纪律，我不知道该如何做。我心里有个声音在说，"告诉他们吧，告诉他们吧"，可我的理智又在说，"不能说啊，这可是违反纪律的啊！"

内心的挣扎让我不敢抬头，不敢面对他们悲悲戚戚的泪眼。"冷锋、冷锋，我的兄弟，你告诉我，我该怎么办？怎么办？"

见我不肯开腔，冷叔叔无奈地叹了口气，他说："又是纪律么？孩子，如果真的不能讲就算了吧，反正、反正锋儿也已经走了，知道与不知道，又有什么区别呢？"

看着眼前悲痛的一家人，我心里涌起一种罪恶感，为什么儿子为国捐躯了，父母却连得知真相的权利都没有呢？我决定告诉他们，在不违反纪律的前提下，用另一种方式告诉他们，他们的儿子是多么的优秀和伟大。

点着了一支烟，对着缭绕的烟雾整理了一下思绪，我轻轻地说："叔叔、阿姨、姐姐，我给你们讲一个故事吧。"

得到他们的同意后，我开始讲述一个省去了人名的真实的故事：

在一座位于大山深处的军营里，有一个沉默的士兵，他是一名狙击手。他不爱说话，总喜欢一个人静静地待着，但他的战友们从未因他的不合群而看不起他，因为他是狙击手，是最好的、最优秀的狙击手。他没什么朋友，或者说他根本就没有朋友，如果有，那也只能是他手中的狙击步枪，因为，那是与他同生共死的伙伴。后来，部队里来了一批新兵，其中也有一个与他同样喜欢安静与沉默的狙击手。新兵问他，为什么自己总是觉得孤独呢？他说，因为，有些人天生就是孤独的，就比如你我。他还告诉新兵，狙击手本就是个孤独的存在，他们在沉默中生存，在沉默中爆发，也在沉默中走向自己宿命的终点——为国捐躯。也许是同样的孤独感吧，他们成为了好朋友，一对都不爱说话的好朋友。可是，命运给这对朋友的时间并不长，在一个梅雨的季节里，他与他的队友们一起出去执行任务，他们去的地方，是一片茂密的丛林，那里是各类蛇虫鼠蚁的天堂。

为了打击日渐猖獗的武装贩毒活动，他们在那片茂密的丛林里日夜潜伏着、追踪着。他们用手中的枪，用自己的青春和热血，用对祖国、对人民的无限忠诚，与那些狡猾、凶残的毒贩们战斗、周旋。他们谱写出了一个又一个可歌可泣的故事，可却不会为人所知。世人不可能想到，在万里河山一片歌舞升平的今天，还有那么一群人在枪林弹雨里穿梭、流血，甚至献出了生命。

在一次越境打击行动中，他们被狡猾的毒贩和当地的军队包围了。为了掩护战友们撤退，他毅然留了下来，与他同时留下的，还有另一个战友。面对蜂拥而至的敌人，他们俨然无惧。战友们安全撤离了，可他们却永远留在了那片异国的丛林里，再也回不来了。

等我讲完时，屋子里早已泣不成声。而我，也因为这记忆的重拾而泪流满面。望着眼前相拥痛哭的一家人，我的心一阵阵地颤抖。终有一天，我也会走向我宿命的终点吧？那时，我的父母、我的亲人们，会不会也同样为我而痛哭流泪呢？一直以来，我都在回避这个问题，可今天，我再也无法回避。我突然间更明白了冷锋的孤独，或许，只有孤独才能让自己彻底地逃避掉这一切吧？如果那样，那我也情愿一生孤独。

从悲痛的记忆中回过神来，冷叔叔抓着我的手说："谢谢你孩子，谢谢你终于让我们知道了一切！"他犹带哽咽的话语，让我的鼻子一阵发酸，白发人送黑发人，人世间，还能有多少比这更令人黯然神伤的事呢？

我不知道该如何回答，那一句"节哀"涌到了嘴边，却无论如何也吐不出去。沉默中，我又点燃了一支烟，将那一口口浓浓的烟雾深深地吸进肺底再吐出，定定地看着那由口中喷出的白烟在空中缭绕、变化，最终消散于无形。

阿姨突然问我："锋儿是不是也抽烟啊？"这突如其来的一句让我愣了愣，好一会儿才吞吞吐吐地答道："是啊，我们那儿都是群烟鬼，酒鬼也不少。"

27

他们被我的话逗笑了，悲伤的气愤也随着笑声而减淡了不少。冷叔叔说："好了，不早了，让墨尘早点歇着吧。大老远地过来，又被我们折腾了这么久，肯定累了吧？"

我忙说："不累，不累，真的一点也不累。"他们又一次被我的反应逗笑了。阿姨摸着我头上短短的头发，爱怜地说："你这孩子，都跟你说了，到这儿了就跟到家一样，怎么还这么客气呢？听你叔叔的话，回房里休息吧。明天，阿姨和你若寒姐陪着你出去好好转转，好吗？"

说着，她拉着我的手，把我带到了卧室。阿姨说："孩子，这是锋儿的房间，这几天，你就睡这儿吧。"阿姨一直都收拾着、收拾着……

阿姨的眼泪又掉了下来。我知道她又想起冷锋了，可我不知道该如何去安慰她，只能傻愣愣地站着干着急。哭了一会儿，阿姨终于将情绪稳定了下来，擦了擦眼泪，她说："孩子，你看阿姨多没用，老是哭。可是，可一想起锋儿，我就、我就控制不住……"

我说："阿姨，我知道的，你们其实很坚强，真的很坚强！"

那天晚上，我躺在床上想了很多、很多。我睡在冷锋的床上，对着挂在墙上的他的遗像说，"冷锋，我的兄弟，你看见了吗？你其实一直都在看吧？你说过，我们这样的人是注定只会下地狱的，天堂的门不会向和死神打交道的我们开放。下地狱就下地狱吧，为了那些爱我们的人，为了那些我们所爱的人，也为了全天下所有伟大的母亲，我宁愿在永恒的地狱里沉沦。兄弟，你放心吧，只要我还活着，就绝不让你的亲人，也是我的亲人们受到一丝一毫的伤害。兄弟，我的兄弟，你安息吧！"

第二天，阿姨和若寒姐带着我去游览这个有着浓郁商业气息的现代化大都市。一路下来，阿姨和若寒姐分别用各自的视角和观点给我讲述这每一个地方的历史。

阿姨说，"在扰海滩光亮的外表下，又有多少人还能记得往昔那些血泪般的历史？有多少人还能记得那些为国捐躯的英雄？历史过去了，人们却连着仇恨与伤痛都忘了。"若寒姐也接着说："是啊，历史的车轮驶过了，连同仇恨与伤痛让它一起带走。"……

在扰海玩了三天，我要回家了。与去的时候不同，我是坐飞机回来的。走的那天，若寒姐一家人都到机场为我送行。

飞机起飞了，透过舷窗，我望着那一朵朵自在飘浮的白云。它们随风飘浮着、变幻着，自由而惬意。仿佛这世界上，没有任何东西可以约束到它们。我羡慕地望着，却也只能是羡慕，因为我永远不可能有那样无拘束的自由。我的身份决定了我的生活，我是个狙击手，一个孤独的行者。我的生活永远与自由惬意无缘。

在那万米的高空上，我的思绪飞出了舱外。短短的几天，我在那里，在他们的身上，感受到了家人一般的关爱。想起他们，我不禁疑惑，我真的天生就是孤独的吗？

回家之后，我老老实实地待在了家里，用剩下不多的几天假期好好陪了陪父母，直到一个月的休假结束了。

第二部 特种兵的盛宴

第七章 特种拉练

我又回到了那莽莽的山林里。林默比我早回来了一个星期，见到他的时候，他冲我笑了笑，但我能感觉到，那笑很苦。

我们又躺在了后山坡上，初春的阳光洒在身上，暖洋洋的说不出的舒服。

一口口地吐着烟圈，林默开始跟我讲他和她的事情。他平静地说着，仿佛在讲一个旁人的故事。其实，从他会提前归队我便想到，我以前那个不好的预感可能还是成为了事实，尽管我一直希望那个预感是错误的。林默说，他本来想回去给她一个惊喜的，所以事先没有告诉她，连家里人都没告诉。可谁知道，他没有给成她惊喜，却让她给了他一个震惊。三年来，日夜思念着的她，一直深爱着的她，曾经对他说"长发为君留"的她，却在三年后的第一次碰面里，依偎在了别人的臂弯里。而那一头乌黑的青丝，也早已经变成了亚麻色的短发。

"墨尘，"林默偏过头对我说："你知道吗？当时我觉得自己的心好像被子弹射穿了一样，就像你的狙击步枪射出的子弹，将我的心一下子击得粉碎那种痛，我想我这一生都无法忘记。"

我静静地听他说着，心神也跟着他去到那座小城。那本应该是个美丽的下午吧，一束清雅的百合，被一个军人双手捧着，即将献给心爱的女孩儿。然而，现实却是如此的残酷，竟让那盛开的百合都失去了本应有的洁白和芬芳。好在，我亲爱的兄弟，他有一个军人的尊严，也有身为军人那如同海天般广阔的胸怀。他送出了那束百合，真诚地祝愿他们幸福。然后，我的兄弟转身离去，带着一个士兵的骄傲，让那金灿灿的军徽，在冬日午后的阳光下，发出了耀眼的光芒。

良久，我说："林默，还记得教官跟我们说的话吗？"他说："记得，'一个军人应该有失去的觉悟'。当时，我还不明白，还以为我们失去的只是同龄人多姿多彩的生活。现在，我终于明白了，这失去里，包括了太多太多。"

我笑了笑，将烟头远远地弹了出去。然后，我坐起身来，望着天边的夕阳说："林默，我们唱首歌吧。"

他说："好啊！"然后我们开始唱，用我们低沉的并不优美的嗓音，唱出有些悲伤的歌词。

军营紧张的生活没有给我们更多的时间去沉湎于儿女情长，我们又一次远行，钻进了大山的最深处，开始了为期一个月的徒步拉练。

作为特种兵，我们的徒步拉练是与野外生存和战术对抗结合在一起的。而作为狙击手，我的拉练又与其他人是分开的，也就是说，在这一个月里，我又将成为一个孤独的行者。

我们被直升机一个个扔进了那人迹罕至的原始森林里。扔下的地点是随机的，每一个机降点至少隔了10千米的直线距离。我们必须独自走完这一个月的行程，而路上等着我们的，不单单只有原始丛林中难以预料的危险，还有扮演敌人的精锐山地步兵。在这一个月里，他们将对我们这群特种兵们围追堵截。如果我们没在规定的时间到达目的地，或是被步兵兄弟们俘虏或"击毙"，那我们的任务就失败了，自然，考评的成绩也将是不合格。对于一向眼高于顶的特种兵来说，"不合格"这三个字是绝不允许出现在自己字典里的。

落地后，我要做的第一件事情便是观察周围的情况。对于一个狙击手来说，狙杀仅仅只是任务的一部分，掌握并控制局势才是最重要的。因此，我们必须首先了解身边的地形地物情况。

确认没有可以威胁到我的东西存在，我又一次检查了一遍身上的装备。这是我的习惯，多检查几次装备并不麻烦，我可不想因为一时的偷懒和疏忽，丢掉了某件在某些时候足以保命的东西。

开山刀、格斗刀、医药包、棉线、针、鱼钩、鱼线、细铜丝、发烟弹、静力拉绳、镁条、不湿火柴、牛油蜡烛、驱虫粉、水壶、雨衣、备用衣袜、压缩干粮、伪装网、指北针、战术手电、地图、画图笔、一支狙击步枪、一把手枪和一把信号枪，还有配发给我的两斤米和一两盐。

那把信号枪被我扔在了背囊的最底层，我可不想用这家伙，虽然这次任务的难度挺大，但我有信心将它完成。仔细检查完所有的装备，将该加固的又加固了一遍，我开始在地图上标注我现在的位置。

用指北针找到我所在的方位后，我在地图上标出了目标方位。看来，命运从来都没想过要照顾我，目标离我的直线距离达到了100千米，加上迂回、绕道等等必须走的路，肯定得超过300千米。也就是说，一个月的时间，我差不多都得花在赶路上，再加上狙杀假设目标和逃命的时间，我能舒舒服服走路的时间少得可怜。

粗略的估算了一下后，我开始赶路。最开始的几天总是轻松的，至少不会有假设敌来骚扰我，我必须在这相对安全的时间段里多走些路，以后，想走快点儿都很难了。

一边赶路一边用开山刀砍了些树枝，再用格斗刀削成弓箭。虽然我有枪，可那子弹是有限的。我们每个人都只配发了20发步枪弹和20发手枪弹，我可不想把弹药浪费在打猎上。更何况，如果打不中猎物，那枪声足以将方圆10来里内的动物都吓跑，我可不想因此而饿上一整天。反正我又不会挑那些大块头的家伙来打，捕猎陷阱和弓箭足够用了。

运气真的没照顾我，一天下来，我连丛林中经常会遇到的爬虫都没撞到一只。倒是有不少硕大的蚊子围着我飞来飞去，可它们不能吃。唯一值得庆幸的是地图很精确，我没费多少劲儿就找到了水源，而且还找到了些蘑菇，将它们炖成汤喝了，好歹补充了些体力。热食确实是补充体力的好东西，如果可以的话，我不准备吃那些像肥皂块的高热压缩干粮。填饱了肚子，顺手做了个捕猎的小陷阱，看能不能逮到倒霉的小动物。做完这些后，我爬上了一根大树杈，撒上点驱虫粉后，用雨衣把自己一裹，就那么睡下了。

晚上的森林里似乎没个安静的时候，风吹动树叶的哗哗声，还有动物们的吼声和惨叫，那是肉食的动物们在捕猎。虽然在树杈上睡觉很难受，让我很想念我的硬板床，但我没打算跑到地上睡，我可不想成为肉食动物们的捕猎对象。

第二天早上起床后，我检查了一下陷阱，运气不错，逮到了两只倒霉的老鼠。花了点时间将它们烤成了肉干，我一边嚼着，一边开始了我今天的行程。

树林里的路很不好走，那些纠缠着的粗长藤蔓让我不得不消耗许多体力去砍断它们。而且，地面上厚厚的散发着腐烂气味的残枝败叶也给我的行进增添了不必要的麻烦。一脚踩在上面，整个脚都能陷下去，还会冒出不少灰黑的腥臭泥浆。这让我在一个上午的时间里没走出20千米，中午稍微休息了一会儿，将就着吞了几口干粮填肚子，我又上路了。

密林里的视野很差，我不得不经常停下来用指北针校定方位，小心些总是没错的，至少可以让我不走冤枉路。

我在那片密林里足足走了四天。虽然说不缺食物，因为林子里少不了各类动物的出没，但却没办法找到水源补充饮水。水壶里的水顶多能管两天，那是救命的水，不到万不得已我决不用它。好在树林里能收集到水的方法很多，比如我这几天都是靠收集树叶和藤蔓上的露水来解决饮水问题的。而且，我还可以靠嚼树木的嫩芽或一些水分多的藤蔓来解渴，虽说味道是差了点儿，但多少能补充点儿水分，而且，那苦涩的味道还有很好的提神作用。

这四天里我耽搁了不少路程，但也不是没有收获。我的食物储备变得很充足，烤制成的肉干足够我十天的用量。同时，我还用动物的骨头磨成了箭头，并用极坚硬但韧性很好的粗山藤重新做了一把弓，这使我弓箭的威力得到了不小的提升。

第五天起我开始抓紧时间赶路，我必须把前几天耽搁了的路程赶回来。如果我没猜错的话，"敌人"的围猎已经开始了，我的时间不多了。

走到第七天的时候，我发现我走错路了，这可不是个好现象。费了不少力气爬上了一座山顶，仔细地对照了地形后，我找到了走错路的原因——地图被故意画错了。我一边咒骂着故意整人的侦察参谋们，一边开始重新校定方位和坐标。

虽说走错了路，但我并没打算原路返回去，那得浪费不少的时间，所以我得重新走条路。仔细对照了地图和实地地形后，我不得不佩服侦察参谋们的聪明，这张地图对错参半，不实地对照，还真看不出来。

费了不少的工夫修订地图，我重新制订了一条行进路线。比较了一下发现，新的路线竟然比以前近了不少，只是得经过一片沼泽，危险性是大了些，不过没准还能躲开"敌人"呢，算是有失必有得吧。

稍做休整后，我按新的路线出发了。天黑前必须赶到今天的宿营地，不到万不得已，我可不想在丛林里走夜路，那实在是太危险了。我是个优秀的战士没错，但与大自然比起来，还是太渺小了，我还没天真到人定胜天的地步。

两天后，我来到了沼泽的边缘。那"咕咚、咕咚"冒着气泡的深黑色泥浆让我心里有点儿打鼓，这要是陷了下去，那谁也救不了我了。

我用开山刀砍了些树，再用野藤将它们扎成了一个简易的木筏。这项工作花去了我三个小时和大量的体力。我决定让自己多休息一会儿，因为我不知道沼泽里会有些什么在等着我，多留点儿力气，总是没错的。

趁休息的这段时间，我补充了一下食物和饮水。这些天来的运气似乎一直都不错，总能轻松地打到猎物。丛林的确是座天然的宝库，只要你了解了它的脾性，那你永远不会为吃的、喝的问题发愁。

我还是第一次独自通过沼泽地，再次确定了前进方向后，我将木筏推进了沼泽。用一根长长的树干一推，木筏便在泥浆中滑行了起来。坐在木筏上，我有些得意，这种行进方式可比走路省劲儿多了，只不过那黑糊糊的腥臭泥浆让人感觉很不舒服罢了。

我还是低估了沼泽的危险性。随着木筏的不断前进，我离沼泽的中心地带越来越近了。附近不时有泥浆像波浪一样翻滚，就好像下面有什么生物在潜行一般。传说里，沼泽中总是存在着许许多多的怪兽的，想到那些血盆大口、长相恐怖的怪物，我背上一阵阵地冒凉气。没错，我害怕，这是每个人类都会有的恐惧，对于未知事物的恐惧。

这一路，有惊也有险。有好几次我的木筏差点被腐烂的树木撞翻，还有像青蛙一样的小东西从泥浆上"吱吱"叫着蹦过来,有时候更有像蛇一样的东西"嗖"一下从沼泽中射了出来。它们大概是因为我侵犯了它们的领地而向我发出警告,也有可能是把我当成了一顿可口的美餐,只是那些驱虫粉的味道让它们不得不放弃罢了。

从沼泽里出来后,我第一件事情就是找了个山泉把自己洗个干净。那股味道实在是太浓了,熏得不少动物都从藏身的地方跑了出来,逃之夭夭。如果不赶紧把这身臭味儿给去掉,那不是明摆着告诉嗅觉像猎犬一样灵敏的山地步兵们我来了吗?

横穿沼泽为我节省了不少时间,但我以后不打算再干这种冒险的事情了,那昏暗的、臭气熏天的环境足可以让一个心志不坚的人崩溃。更何况,那种时刻处于危险中的紧张感,也绝不是谁都愿意去享受的,我还没有自虐的爱好。

第十三天的时候,我不再是孤独的一个人了,我的屁股后面跟了只半大的云豹。这个小家伙大概是刚被母亲从窝里赶出来独自生活的,以致我碰到它的时候,它似乎已经饿了好几天了。

当时我正靠在树干上嚼着肉干休息,这个小家伙大概是被肉干的香味所引诱,不顾一切地扑了出来。我被吓了一跳,掏枪是来不及了,弓箭也不行,来不及拿,而且还不一定能射中反应敏捷的云豹。我手上唯一可用的武器,就只有正用来割肉的那把格斗刀。

一人一豹就那么互相对视着。我握着刀盘算着对策,打算等它扑过来时一个仰身下滑躺到地上,同时用格斗刀划破它柔软的腹部。如果一击不成,那后果可就不敢想了,谁成为猎物还真没准儿。

但一会儿我就发现这小家伙原来根本就没把注意力放在我身上。除了一开始打量了我两眼,剩下的时间,它的目光全都聚焦在了那块肉干上,看来它真的是饿坏了。

我不由得笑了,顺手割了一大块肉扔给它。它被我的动作吓了一跳,龇着牙示威似的冲着我吼了两声,不过底气实在是不太足。

我又割下了一小块肉,对着它晃了晃,然后放到嘴里大嚼起来,还故意发出"吧嗒、吧嗒"的声音。

它的警惕终于被肉的诱惑给战胜了,不放心地望了我两眼,又抽着鼻子细细地闻了一会儿,确认没什么问题了,小家伙终于一口将那块肉叼进了嘴里,狠狠地嚼了起来,一边嚼还一边发出似乎是很满意的哼哼。

吃完那块肉后,小家伙对我的戒心似乎减轻了些,又向前走了几步,两只眼睛一会儿望着我,一会又望着那块还剩下不少的肉干,原来它还没吃饱。

真是个可爱的小家伙,我心想,又割了一大块扔给它。这次它不再犹豫,一口就将那块还未落地的肉咬住，大嚼特嚼起来。

就这样，我原本够吃十天的肉干被这小家伙给吃去了三分之二，而且，它似乎认为我将是它很好的食物来源，从此就吊在我屁股后面不肯走了。这让我的打猎工作繁重了不少，因为我不得不用大量的肉去喂身后那正在长身体，似乎永远都吃不饱的小家伙。

几天下来，它跟我已混得极熟了，不再是吊在我屁股后面，而是跑到我身边跟着我齐头并进了。有时它还会突然一阵风地冲到前面去，一会儿又"呼哧、呼哧"地跑回来，而这时候，它的嘴里一般都会叼着只野鸡、野兔什么的。小家伙把刚捕获的猎物往地上一扔，便会昂起它的头，眼巴巴地望着我。

每当这时候我就想笑，它这是在邀功呢。于是，我会从背囊里掏出块肉干来塞给它，让它好好地享受一番。

我给这小家伙取了个名字，挺可爱的，叫"点点"。虽然它是只云豹，可毕竟还小，所以点点像所有的小动物一样，喜欢闹腾。而且，它似乎对我的大背囊越来越感兴趣了，大概是因为我总是从里面拿美味的肉干出来吧，因此，它经常在休息的时候兴冲冲地想用两只毛茸茸的小爪子将背囊给打开。这让我不得不时刻注意，不让这毛躁的小家伙把背囊给扯坏了。

我和点点一起走了几天，几天里，这小家伙给了我不少快乐，至少不让我那么孤单了。但我们不得不分开了，因为我得去完成我的任务。

那天早上，我摸着它毛茸茸的小脑袋说："点点啊，我们要分开了，以后你得自己打猎了。小家伙，你是天生的猎人，要是还饿肚子那可就丢脸了哦。"点点似乎听懂了我的话，它用只爪子拉住了我的裤脚，低声地吼着。从它大大的眼睛里，我读出了不舍。几天的时间，这小家伙已经对我产生了依赖，就如同它对它母亲的依赖一样。我不禁想到了心理辅导员那句"王者都是孤独的"话。云豹，它们也算这丛林中的王者吧，它们尖利的牙、锋利的爪，以及闪电一般的速度，让它们在丛林中少有敌手。可是，它们也是孤独的，它们的父母在它们能独立觅食时便会将它们撵出来，直到它们找到伴侣，在这一生大部分的时间里，它们都是孤独的，就好像我一样。

我将大部分的肉都留给了它，然后，我拍了拍它的头，离开。它想要跟过来，却被我用弓箭吓了回去。它知道这东西的厉害，因为它亲眼见过我用这东西射杀动物。

它终于不再跟来了，站在那儿冲着我大声地吼着。它在哭，我忍住想要回头的冲动，用我最快的速度跑了起来，跑远了，我还能听见点点的吼声。回头，我望着它吼声传来的方向说："点点，你是王者，你是天生的猎手，所以，你要学会坚强，学会忍受孤独。再见了，点点。"

第八章　险中求胜

　　第二十一天的时候，我终于接近了目标区域。这是一个临时的营地，从营地的规模和车辆的数量看，这里应该是个营级指挥所。我在离目标约 2 千米的山坡上用望远镜观察，把地形地物一个个印在脑子里。他们大概有 200 人，还真不少，一人吐口唾沫也差不多能将我淹个半死了。营地的周围拉着铁丝网，应该是通了电的。铁丝网内外都有好几块地方插着个"雷区"的木牌子，居然还有人在上面画了个骷髅头，搞得跟剧毒物品似的。当然，那里不会真的有地雷的，不过按演习规则，这些地方我是不能通过的。营地的出入口有塔楼，一边一个，都装着探照灯，而且每个哨兵都还像模像样地把着挺重机枪，很有点杀气凛凛的味道。

　　我的"目标"也找到了，那是一个穿着军装的假人，被孤零零地摆放在营地中央的空地上。看来步兵的兄弟们也很无聊，他们居然还在军装上中规中矩地挂了一副上校的肩章。测算了一下，我发现我只能从山上狙杀目标，而且，他们显然把距离和射击方位精心算过了，如此一来，可供我选择的狙击阵地并不多，要么我得在 1000 米开外的山上，要么就得抵近到 400 米以内，中间的低洼地是绝对不能选的，只要一开枪，我铁定得被山地步兵们的铁脚板给活活踩死。

　　我在心里默默盘算，在 1000 米以外开枪，首先就得考虑一个命中精度的问题。况且，这附近是有巡逻队的，三枪打不中，那我的任务差不多就失败了，因为我得逃命，被枪声惊动的巡逻队和步兵们会撵得我像鸭子一样到处窜。

　　我不由得又在心里问候起那些参谋来。当然，这主意不一定是他们想的，可在我不知道是谁算计得如此准确之前，他们只好先做一回替罪羊了。

　　只要是网，它就会有孔，而只要有孔，它就会有漏洞。现在，我必须把这张防御网的漏洞给找出来，不然我是完成不了任务的。为了找到这张网的漏洞，我在山上趴了两天。这两天里，总共有 5 支巡逻队的出发或回营。其中有一支差点从我身上踩了过去，更要命的是，他们居然还带着猎犬。如果不是我事先准备了一块野猪的干粪便引开了猎犬，那我就只有当俘虏的份儿了。要是真被俘虏了，我想我会很窝囊的，因为我是被一条狗给逮住的。

　　晚上的时候，"目标"会被摆放在东南角的帐篷里，巡逻队每 4 小时出来一拨，搜索附近，远程巡逻自从上次差点踩到我的那队回去后，就再没有出来过，看来他们也有些松懈了，他们不知道我就在附近。演习时，他们只知道有可能会是目标，但他们不知道我会不会来、什么时候来，主动权永远掌握在进攻者的手里。

　　看来我的运气还不算太糟糕，第三天傍晚的时候我听到了汽车的声音。我想这可能是个机会，于是我从潜伏位置摸到了简易公路旁的草丛里，等着汽车从我身边经过。

　　半小时后，汽车来了，是辆送水的车。正当我想着怎样才能爬上这辆车时，车居然在我前面停下来了。我当时吓了一跳，还以为自己被发现了，正当我犹豫是不是要先发制人时，却发现原来停车的原因，是因为司机要下来小解。

　　赞美了一下当时能想得到的神明，虽然我从不信他们，可当时我是真的觉得他们在照顾我，居然给了我这么好一个机会。我从草丛里蹿了出来，溜到了汽车的底下，牢牢地把自己贴在了车底盘上。我不由庆幸自己事先想得周到，把用不着的零碎都埋起来藏好了，现在我是轻装上阵，不然我可不敢保证，这样趴在车底盘上进去会不会出点什么纰漏，那可就前功尽弃，追悔莫及了。

　　汽车在营区内慢速行驶，一路转着给各个储水灌加水。等车开到西南角的时候，我瞅准机会从车底下滚了出来，迅速地躲到了汽车后视镜无法看到的地方。蹲在帐篷外的角落观察了一下，这个时间是部队吃晚饭的时间，所以营区内没有人活动，营区内的巡逻哨现在也还没上岗，真的是个好机会，我顺利地溜进了"目标"所在的帐篷。

　　根据我的观察，这里应该是个储物仓库，里面应该不会有人。如我所料，帐篷里整整齐齐地码着各类战备物资，大概看了一下，我发现了好东西，里面成箱的罐头堆了一大堆。现在不是动手的时间，我得等到天完全黑。趁这段时间我可以美餐一顿，里面这么多现成的罐头，不吃白不吃。

　　吃饱歇足，我晃到了"目标"跟前，这位可怜的"上校"被步兵兄弟们随随便便地摆放在了帐篷里，歪歪斜斜地靠箱子撑着才没有倒在地上。

　　将假人衣服上的胸条撕下来，顺手用伪装油彩将他涂成了一个大花脸。欣赏着自己的杰作，我有点陶醉，这是一次完美的渗透，本想再加上个某某某到此一游的字样，不过那样的话恐怕步兵兄弟们会气疯，再说了，我也不是那么无聊的人，给"他"上点妆表示表示就行了。

　　任务算是完成了一半，现在该想想如何出去了。好在这里是战备库，物品倒是挺齐全的。在里面找了套迷彩服换下了自己的吉利服，我躲在门口等着巡逻的哨兵过去后，轻手轻脚地溜了出去。

　　我打算摸到车场去，那辆水车送完水后应该会停到那儿。按照这营地的规模，一车水只能够他们用一天的，明天早上那辆水车肯定还得出去拉水。我准备再蹭这车出门，就像来的时候一样。也就是说，我得在车场躲一晚上了。

可惜，运气并没有一直拂着我，从一顶帐篷后面摸过去的时候，我与一个起夜的战士面对面地撞上了。我们都吓了一跳，我正想是不是应该把他打晕时，他却打着哈欠说话了。

"兄弟，有烟没有？给我一根。"看来他没睡醒，也有可能是天色晚他看不清，所以把我当自己人了。我不由得庆幸自己换了衣服，不然他再怎么迷糊也看出来了。

从兜里掏出根烟给他，随即我就发觉自己大意了，因为他打着了火机。我脸上还涂着油彩，这足够让他知道我不是自己人了。果然，他愣了愣，旋即想张嘴大喊。

我当然不能让他喊出来，所以我一个纵身冲了上去，左手捂向他嘴巴，右手一记手刀向他脖子上砍去。

轻手轻脚将晕过去的他放在地上，我蹲在地上观察四周的情况，刚才的动作很轻微，所以没惊动到帐篷里的人。我悄悄吁了口气，俯下身子将他搬回了帐篷里。里面住了一个班的人，睡得很熟，想来这段时间的拉练他们也累得够呛。

将他放好后，我轻轻退了出去，一路躲着哨兵往车场摸了过去。好不容易躲到了水车底下，我总算松了口气。在防备森严的营地里行动，可不是件轻松的事情，一个不小心，就足以让我前功尽弃了。

正当我想放松一下时，凄厉的哨子声响了起来，那是紧急集合的哨声。我知道糟了，肯定有人发现我的行踪了，可他们是怎么发现的呢？可现在我没时间去想这问题了，我得赶紧从这里逃出去，不然的话，我迟早会被他们像王八一样给捉住。

已经有人往车场这边过来了，全都荷枪实弹，一副气势汹汹的样子。心里暗暗叫了声苦，我紧紧地贴在水车的底盘上思索着脱身的对策。

我突然冒出了个大胆的相当冒险的想法，我决定混进他们的搜索队伍里，反正天黑，大家都忙着找敌人，应该不会注意突然多出个跟自己同样打扮的人来。

机会来了，他们搜遍整个车场也没发现什么可疑的东西后，便准备转到别的地方去。刚好听见有人对领头的军官说，让他们这队人向营地外搜索，还说，营长很生气，那个特种兵肯定没跑远，一定要逮住他。

趁他们离开的时候，我混了进去，脸上的油彩已经被我擦掉了，免得又露了馅。一边跟着他们往营地外跑，一边听前面的军官和身边的战士谈论我的事。那个军官大概是个连长，他说："这次咱们老虎营长动真火了，那个特种兵也太过分了，把胸条撕走就得了呗，还把假人给涂成了个大花脸，这不是故意掉我们营长的面子嘛。"

一群人低声地笑了起来，我也在偷笑。原来这次的对头是山地步兵里一个出了名的火药筒，绰号叫"雷老虎"的步兵少校营长。

总算是混出了营地，我暗暗松了口气，现在就等着找机会开溜了。不一会儿，搜索队散开了，这可是好机会，我瞅了个空儿躲进了一堆灌木丛里。看着搜索自己的步兵们渐渐走远，我不由庆幸老天保佑，总算逃过了一劫。

但我并没有因此而安枕无忧，没能抓到我的"雷老虎"暴跳如雷，把他手下的兵都给撒了出来，漫山遍野地搜我，说什么一定要抓活的，"打死的"不要。

接下来的几天，我的日子难过了，不得不在像疯了一样的步兵们的搜捕中不停地东躲西藏，简直就是一个过街的老鼠。

要知道，他们是扮敌人的，因此，他们占尽了天时、地利与人和。他们有跟我耗下去的本钱，可我没有，我的时间只剩下三天了。虽然明知道只要翻过前面的山我就能到达目的地，可我就是过不去。我就像一只猎物一样，被步兵们拉成的网给牢牢地兜在了里面。

"雷老虎"显然找到了我的死穴，他不再像前几天一样对我穷追猛打了，反而歇下来跟我比谁更能耗。这好歹给了我一点儿喘息的时间，这几天的逃命不说别的，连蹲下来大解的时间都没有，这么多年来，我还从没这么窝囊过。这次也算是长记性了，千万别跟山地步兵们比捉迷藏，那可是他们吃饭的本事。

我是不可能跟他们耗下去的，所以我不得不冒险。我想典故中所谓的"明知山有虎，偏向虎山行"，大概就是讲的我这种了。只不过，人家那是有胆气，而我呢？却是不得已而为之，有苦难言。

我的铤而走险并没有给我带来胜利，我还是没能完成任务。我是特种兵，是优秀的狙击手，但我不是超人，我不会飞，也不会刀枪不入。我是个人，会累、会饿，会陷入绝境的人。作为一个人，就永远不要相信电视里、电影里、小说里那些绝境逃生的成人童话，那绝对会让你死无葬身之地。我就是属于死无葬身之地的那种，因为我面对的是足足一个营的兵力构成的搜捕网，而且，他们还是训练有素的精锐战士，丛林战和游击战的老手。

因为"雷老虎"一门心思要活捉我，而我自然不会让他如愿以偿，丹商军人的传统是宁死不降的。所以，想要抓我的步兵们付出了惨重的代价。我的"垂死挣扎"令老虎营长更加恼怒，为了活捉我，他的弟兄已经前前后后被判阵亡了十好几个。这让他更下定了决心要抓活的，也更给我增加了"杀一个赚一个"的机会。我知道我已经完不成任务了，就算我能从他们的包围圈中逃出去，也没有足够的时间跑到目的地了。

本着拼个鱼死网破的打算，我开始大肆"猎杀"围剿我的步兵。他们是精锐的战士没错，可比起我这天生的猎手来说，还是差了点儿。所以，步兵们的伤亡越来越多。

最后,"雷老虎"不得不承认,他生擒不了我,这让他觉得很没面子。山地步兵营的兄弟们也是恨不得吃我的肉、喝我的血。我估计他们现在眼睛都是红的,要是真落到他们手里,那绝对讨不了好,一顿海扁是怎么都逃不掉的。谁叫我这些天下手太狠了呢,可我有什么法子,你们要抓我,我总不能乖乖地让你们抓吧?

我终于无处可逃了,我被红着双眼的步兵们围在了一丛灌木里,只要他们老虎一声令下,这群咬牙切齿的男人们就会像狼一样扑上来将我生吞活剥。

"小子,还想反抗吗?"那只老虎拎着支手枪冲我吼。

我嘿嘿笑着从灌木丛里走了出来,一屁股坐在了地上。将一个演习手雷拿在右手里,左手扯着保险栓,我对他说:"营长,我还有光荣弹呢,你活捉不了我。"

他被我吓住了,赶紧地说:"小子你疯啦?那手雷炸不死人没错,但也能炸伤啊!"我说:"没办法啊,我总不能乖乖地让你捉吧?"

沉默了一会儿,他一拍大腿说:"好小子,有种,是个爷们儿,我'雷老虎'服你了!"说着,他一挥手吼道:"弟兄们,开火,给我们的特种兵兄弟一个痛快!"

我也算是有幸体验了一次什么叫枪林弹雨。几十支枪对着我一起"突突突",橡胶的教练弹头虽说打不死人,但打在身上绝对是青一块紫一块的钻心地疼。

我是被"雷老虎"开车送到集合点的,因为我实在是没力气了。在车上,他问我刚才有没有注意到他的兄弟们看我的眼神。我说:"没有啊,我太累了,一歇下来就只想闭上眼睛好好睡一觉。"他哈哈大笑着,使劲儿在我肩膀上拍了两下,疼得我一阵龇牙咧嘴。他说:"那是敬佩的眼神啊,小子!你赢得了我的兄弟们的尊重!"

我摇着头说:"得了吧,我看他们想把我撕了还差不多。"

他说道:"你懂什么,小子,知道什么叫'男人'不?你就是响当当的好男儿,所以,我的兄弟们才会尊重你、佩服你,你这朋友我'雷老虎'交定了!"

我说:"行啊,不过你能不能让我先睡会儿?我真的不行了。"

他大笑道:"臭小子,看你那德性!睡吧,到了地头我叫你!"

拉练结束了,我的任务最终以失败告终。不过,我并不是唯一一个没完成任务的,许多兄弟都是灰头土脸地回来的,而且还有被俘虏的。在事后的总结分析会上,秦大队虎着脸说:"这次拉练我们很多人都没能完成任务,原因是什么我想大家自己心里都有数。在这里,我想让大家都记住一个事实,特种兵不是不败的,这世界上也没有不败的神话。希望大家回去之后好好反省反省。这次只是演习,如果真要是有任务了,我们该怎么办?"

是的，这世上没有不败的神话。"雷老虎"告诉过我，我被他们发现的原因，其实很简单，是因为我给那个被我打晕的兄弟的那根烟。他们山地步兵营里没人抽那种牌子的烟。我恍然大悟，知道了自己错的有多厉害。当时我只顾着把那兄弟弄回帐篷去了，却忘了将掉到地上的烟给捡走，让查铺查哨的干部给发现了，真是悔之晚矣啊！说白了就是我自己大意了，忘了我的烟都是休假时带回来的，这里当然没那种牌子。

当时"雷老虎"说："怎么样？这下子明白什么叫'细节决定成败'了吧？小子，你可是狙击手啊，这种事情可不应该发生在你身上啊！"我说："得了吧你，人还有不犯错误的时候？你跟我唠叨半天的目的不就是想蹭我的好烟么？给你！"

他嘿嘿笑着将那一包烟给抓到手里，拽了一根点着了才问我："墨尘，你哪去弄的这么多好烟啊？"

我白了他一眼，没好气地说："朋友送的。"他不信地道："送的？你家多大官啊？这可是特供的啊？咋没人送我？"

"特供的？"这我倒一直没注意，因为这烟也是若寒姐给我的，从她家走的时候，她足足给我塞了十条。要不是我的包装不下了，估计她塞一箱给我都有可能。看着"雷老虎"一副吞云吐雾的享受样子，我恨得牙痒痒，心里无奈地呻吟，"若寒姐啊，这次可被你害死了啊！"

第九章　边城反恐

"战争来去，军人长存"，我已不记得这句话出自哪里，但它确实是对军人这个特殊职业贴切的诠释。有人的地方就会有战争，而同时也必将催生一批为战斗而存在的人，那就是军人。

军人，为战争而生，同样也会为战争而死。八月的时候，我们中队在执行反恐任务时，遭受了自组建以来最为惨重的一次损失，那也是整个大队最惨重的损失。但那不是我们的责任，更不是指挥者的责任。因为，有人走漏了消息，那是一个可以接触到许多秘密的地方高官，一个跟恐怖分子有着利益勾结的地方干部。

时至今日，我仍会时不时想起那场惨烈的战斗，想起那些已然逝去的战友们黝黑的脸庞。17条鲜活的生命，17名优秀的战士，就此长眠在了青山下的陵园里，还有7个人不得不带着严重的残疾度过余生。谁来为他们负责？谁来为这些对祖国献出了青春和热血，原本不应该牺牲的战士负责？是的，丹商军人从来不畏惧死亡，可如果是被人出卖呢？即使有一个烈士的称号，恐怕也难以抚平他们灵魂的愤怒吧？背叛，在任何时代、任何国家都是可耻的，而作为视忠诚为生命的军人，对于背叛者，更是深恶痛绝。

那一天是八月四日。按预定计划，我们中队13个小队同时在7个城市展开了对残余恐怖分子的定点清剿。

我们"猎鹰"小队与"苍鹰"小队执行任务的地方是位于苍西大陆西南部边缘的一座边城。"苍鹰"小队的人已经提前两天潜入了城内，等与我们汇合后再一起行动。

八月四日凌晨4点，睡眠中的边城。我们分乘两辆挂着地方牌的卡车进入了城内，在建筑物的暗影里向城市东北的×××机械加工厂摸去。简报上说，那是恐怖分子在这个地区一个中等规模的秘密训练营，专门训练爆破和刺杀等方面的人员，境内许多起爆炸事件和暗杀事件都出自该基地之手。

4时16分，我们进入了预定汇合地域，距工厂后门约200米的一座民房内。"苍鹰"的弟兄们似乎已经等急了，我们一进去，他们的队长就拉住我们队长一边抱怨这两天潜伏遭的罪，一边详细地介绍这两天观察的情况。

他说："从表面来看这里似乎就是一个普通工厂，每天工人正常上下班，还有人加班到半夜。本来想摸进去看看的，但又怕打草惊蛇，只好一直干等着，有什么消息全靠当地安全局的人传递。工厂内的地图也是安全局的人弄来的，他们实地比对了一下，基本上符合地形地物。值得警惕的是，昨天半夜突然来了一大批人，40个左右，坐3辆小卡车进来的，都带着家伙，然后就没有出去，你看，那3辆车都还扔在空地上。今天我们注意观察了上下班工人的人数，也没发现昨天那批人跟着混出去，所以，他们应该还在里面，而且很可能是从别的地方过来的。也就是说，现在里面这个组织的人数至少在80人以上，而不是简报上所说的37个人。"

4时25分，我们开始检查装备，并重复各自的任务、行进路线、突发情况处置预案、撤退路线等等。

4时28分，当地安全局的侦察员发来表示一切正常的暗语信号"今夜无云"。"苍鹰"小队何队长下令进入各自预定攻击位置待命，他是此次行动的战地指挥。

4时30分，行动开始。作为A组的"苍鹰"从工厂大门方向率先突入了工厂内。我们"猎鹰"是B组，3分钟后从后门突入。

我趴在离工厂100米左右的一座10米高的水塔顶上，透过瞄准镜我静静观察着下面安静得几近诡异的工厂。A组的狙击手与我成犄角位置，我们两把枪可以为战友们提供很好的战术支持。我的观察手小宋在我左侧50米处，那是一座民房的房顶，太阳能热水器的贮水罐为他提供了很不错的掩护。

看来工厂内的恐怖分子们都还沉浸在梦乡之中，战友们没有遇到任何障碍，已经开始逐屋搜索了。观察手在耳机里跟我说："墨尘，看来这次行动会很轻松啊！"我皱了皱眉，很模糊地"嗯！"了一声，我总觉得，事情不会那么简单。恐怖分子不是傻子，也不是所有的人都是那种只会拿着枪冲锋的武装农民。夜视瞄准镜下的视野带着些诡异的惨绿，让我觉得，那座安静的工厂像一张狰狞的巨兽的口。

但战友们传来的消息却是一切正常，已经有好几个"匪徒"在睡梦中被收拾了。5分钟后，A组传来消息，他们找到了一个地下室，里面有大量的枪支和炸药。现在可以肯定这里不是什么简单的机械加工厂了，可那些匪徒呢？不是有80多个人吗？现在找到的连十分之一都还不到啊！难道有秘道？

我的猜测被证实了，B组在一间仓库里发现了一个地道入口，可是却打不开，被从里面封死了。也就是说，那些匪徒们已经从这条秘道逃走了，刚才稀里糊涂就死掉的那几个，要么就是被抛弃的小喽啰，要么就是毫不知情的普通工人。

被人摆了一道的滋味是很不好受的，"苍鹰"的弟兄们更是郁闷得想跳楼。几十号人啊，就这么从眼皮底下溜走了，不说别的，光面子上也挂不住啊！

何队长向指挥部汇报了情况，然后，弟兄们开始撤离。恐怖分子居然给我们来了出"金蝉脱壳"。可是，如此秘密的行动，他们怎么会得知呢？是有人走漏了消息，还是"苍鹰"在潜伏时露出了什么马脚呢？

耳机里一片沉默，看来大伙儿现在的心情都不大好。突然，林默和A组的技术器材侦察手报告有情况，有近百个目标正往工厂这边靠拢。

"螳螂捕蝉，黄雀在后"？恐怖分子想伏击我们？

意识到这一点，何队长立刻命令就地建立防线，准备战斗。我现在的位置无法进行有效的狙击，我必须换个阵位。架好枪，出现在瞄准镜视场里的是一大群无丝毫战斗队形可言的武装分子。他们拎着长长短短的火器，朝工厂蜂拥而来。

瞄准了一个正在催促手下的头目，我正准备压下扳机，一声"轰然"的巨响突然从我身后传来，那是大量的烈性炸药爆炸的声音。强烈的冲击波让水塔一阵摇晃，这让毫无准备的我错觉自己是不是要从水塔上掉下去。

回头，我看见一个巨大的火球从工厂的厂房里升了起来，滚滚的浓烟和肆虐的大火，让这前一刻还安静得出奇的工厂，一瞬间变成了人间炼狱。今晚，将是个不平静的夜晚，周围房屋的玻璃在刚才那强烈的冲击波下纷纷碎裂，原本还在梦乡中的人们被惊醒，发出惊恐的哭声和尖叫，间或还有狗吠夹杂在里面，将这本应安静的黎明变成了灾难降临时的时刻。

"队长！"我在耳机里急急地喊，小宋和林默他们也通过耳机在拼命地呼叫队友。好一会儿，我才听见队长的咳嗽，他一边咳一边吩咐我狙击敌人，尽量迟滞他们的进攻。

"明白！"，我招呼小宋与我一起开始猎杀。

匪徒们慌乱起来，一边胡乱地向我的方向还击，一边找地方躲避。

子弹从我的头顶和身边"嗖嗖"地飞过，那尖利的撕破空气的呼啸让我浸入了一种莫名的兴奋状态，每当那一朵朵的血花溅起，每当那一具具的尸体倒下，我似乎都能听见手中的步枪发出畅快的清鸣，它在渴望战斗，它是死神手中锋利的镰刀渴望消灭世上每一个邪恶势力。

射向我的弹雨越来越密集，不断有弹头撒在混凝土的水塔壁上，在"噗噗"的响声中，溅起一蓬蓬灰白的烟尘。

该换阵地了，冷冷地打量了那些匪徒一眼，他们仍然躲在建筑物的角落里漫无目的地射击。时不时有人会哀号着倒在血泊里，那是小宋手中的枪喷出的死亡金属。

刚刚溜下水塔，我便听见了令人心悸的破空声，那是迫击炮的声音。这群混蛋居然有迫击炮！吃惊的同时我在耳机里通知所有人注意，"敌人有迫击炮！"可还是晚了，一蓬金属的焰火在一座房顶上炸响，那是小宋藏身的地方。

"小宋！小宋！"我在通信器里大声地呼唤，可是，他却再也没有回音。小宋牺牲了，我失去了我的观察手，失去了每一个狙击手最忠实的伙伴。冷锋的死，让我第一次知道了失去战友的痛，可那毕竟不在眼前，而小宋呢？前一刻他还在我的耳边笑着说，"这些匪徒不过是群乌合之众，站着让他们打都不一定能打中。"我恨自己为什么不早点提醒他，恨自己为什么不早点发现敌人有迫击炮，恨自己为什么明明知道敌人的迫击炮肯定是用来对付狙击手的还不去找到它、消灭它！

"兄弟，你放心，我会为你报仇！"我默默地说了一句，转身扑进了建筑物的暗影里，我要去找到那门迫击炮，不打掉它，我们这群只有轻武器的特种兵，将很难突围。

没有了狙击手的威胁，匪徒们又开始叫嚣着往工厂冲了过去。可我没有办法，我必须先收拾掉他们的迫击炮，不然别说拖延他们的进攻，自己的命都很难说保得住。

还好，匪徒们到底不是训练有素的军人，所以，他们的迫击炮阵地并不难找，而且，我还没有遇到可以威胁到我的敌人。一路过来，我用手枪解决了几个莽撞的家伙。

工厂那边传来了激烈的枪声和爆炸声，队长他们一定打得很辛苦，从耳机里，我能不断地听到战友受伤后痛苦的呻吟。迫击炮阵地就在我的前面，离我大概有200米。他们显然没有发现死神已经临近，还在不停地装弹、发射。迫击炮的旁边还有辆皮卡，车顶上还架着一挺重机枪。那是个威胁，也必须除掉。

那个正在操炮的匪徒已被我套在狙击镜里，只要轻轻地一动食指，他的脑袋立刻就会变成一个破碎的西瓜。可我突然感觉到了一股危险的气息，那是特属于狙击手的杀气。他们有狙击手！意识到这一点，我不得不放弃眼前唾手可得的猎物，我得先把那该死的同行处理掉，否则，只要我一开枪，被处理掉的人就是我了。

我从瞄准镜里一寸寸地搜索可疑的地方，那家伙隐蔽得很好，应该是个专业的狙击手。看来他的任务就是保护这门迫击炮，他们肯定知道特种兵们一定会来人收拾掉这巨大的威胁，所以就把狙击手放在了这里，顺便还放了挺重机枪。从战术的安排上来说，这绝对很合理，威力巨大的重机枪与隐藏在暗中的狙击手，绝对能让特种兵不敢轻越雷池。

这么说来，这帮匪徒里应该有个军师级人物，知道怎么排兵布阵。也就是说，从一开始，我们就掉进他们的陷阱里了。

想到这里，我感到背脊一阵阵发麻，他们居然早就准备好了一个套子让我们钻，而我们居然没有发觉？

可现在不是想这些问题的时候，何况这些也不是我一个士兵应该去思考的问题。我现在该想的、该做的，是先除掉那个狙击手，再打掉那门该死的迫击炮和那挺重机枪。

想了一下对策，我开始慢慢地挪动位置，我现在的位置不太好，能观察的角度有限，我必须绕过这栋房子。如果我没猜错的话，那个狙击手应该在迫击炮阵地后面的楼上，那里的视界良好，基本上能控制住他正面和左右侧面的整个区域。

刚才我一路杀过来时肯定已经惊动了他，所以我现在得更加小心，猎手和猎物的关系不是绝对的，往往在一瞬间角色就会调换。蹲在墙脚，我用瞄准镜细细地搜索，还是没能发现他。这家伙藏得不错，我得把他引出来。

第十章　喋血边城

正在我思索怎样才能引诱他暴露时,耳机里传来了林默的声音,他也是来收拾迫击炮的。他问我是不是在找对方的狙击手。我说:"是的,这家伙藏得很好,得想办法引他暴露。"他说:"墨尘,我引他出来,你干掉他!"

想了想,现在也只能这样了,因为我身边实在是没有可以诱敌的东西。我嘱咐他"小心",他说:"放心吧,我的反应不比你差,你数到三,我开始行动,别的就交给你了!"末了,他还不忘开句玩笑:"墨尘,你可别让我白冒险啊!"

我说:"放心,我开始了。"然后我开始数,"一……二……三",耳机里先传来林默开枪的声音,他打了一梭子扫射来吸引敌人注意,然后是他奔跑的脚步声和快速喘气的声音。

"砰!"楼顶上的枪口闪起了火焰,随后才是沉闷粗重的响声。那混蛋用的居然是12.7毫米的大口径战术狙击步枪,谁要是被这玩意儿打中,那绝对没有活下去的机会。可我没时间为林默担心了,趁他暴露的这一瞬间,我的瞄准镜捕捉到了他。那混蛋把楼顶的女墙挖了一个小洞,整个人都趴在女墙的遮蔽下,难怪我怎么都找不到他。

早已预压到击发位置的扳机随着食指的轻轻一动,机簧推动击针撞向子弹底火,发出一声清脆的撞击。然后,手中的狙击步枪兴奋地抖动了一下,火光伴着熟悉的声响向猎物飞射而去。透过因后坐力而跳高的瞄准镜,我看到了在夜视瞄准镜淡绿色视场下那点点飞溅的白色痕迹。终于除掉了这个最大的威胁,我轻轻吁了口气,刚才短短的5秒钟,汗水竟然湿透了我的城市迷彩。

"墨尘,干得漂亮!"耳机里传来林默的声音,在那一刻,他熟悉的声音居然让我有种久别重逢后的亲切。

"林默,你没事吧?"我有些紧张地问。

"嘿!没事,不过就是刺激了点,以后打死也不玩了,刚才感觉心脏都快蹦出来了。"他在那头调侃,"机枪手交给你,迫击炮交给我。OK?"

"都交给我吧!"我答道,知道他没事,我紧张的心情立刻放松了不少。没有了狙击手,剩下的这些就好打发了。手里的狙击步枪发出了三声畅快的欢叫,如同复仇之神挥舞巨斧时愤怒的咆哮。

"小宋，我给你报仇了！"我轻轻说了一句，扣动了扳机。"砰！"又是一声清脆的枪响，那门给我们带来巨大威胁的迫击炮在穿甲弹的强力撞击下变成了一堆废铁。

林默向队长报告，告诉他迫击炮已经被我打掉了。这里有辆皮卡，上面的重机枪应该是个不错的重火力支援。队长急迫地道："好！赶紧把它弄过来，我们伤亡很大，那群王八蛋疯了，一个个不要命地往前冲。"

林默说了句他来操作重机枪，就跳上了皮卡的后货厢。见他已经把住了重机枪，我也不好再争，于是钻进驾驶室打着了车子，一脚把油门踩到了底，"站稳了！"我吼了一声，一松刹车，皮卡喷出一股浓黑的烟气向前飞蹿了出去。

正如队长所说的那样，匪徒们像发狂了一样往工厂里面冲锋，一点也不顾忌特种兵精确射击所带来的伤亡。进口武器在这些武装分子手里炒豆般响个不停，与受伤或临死时的惨叫声混在一起，连同特种兵们手中武器的奏鸣，以及时不时响起的爆炸物的巨响，汇成了一幕盛大的死亡金属的交响曲。

我开着车从后门方向往工厂里冲。林默手底下的重机枪开始愤怒地咆哮起来，弹壳像雨点一样打在车顶上"乒乒乓乓"地响个不停。

重机枪狂猛的火力给匪徒们带来了一阵骚乱。趁这骚乱，战友们开始反击。在精锐的特种兵战士愤怒的反击下，匪徒们由骚乱变成了慌乱。也许他们不怕死，也许他们可以把生命毫不犹豫地献给他们所谓的理想，可那些暴烈的金属不会理会这一切，它们会狠狠地穿透、撕裂这些阻挡在它们面前的血肉组成的人体。

突然，一股火焰的闪光闪现在倒车镜里，"火箭筒！"我大喊一声提醒后面的林默，同时一脚踹开车门从车上滚了下来。刚冲出两步，40毫米火箭弹那携带着强烈死亡气息的尖啸便狠狠地撞在了皮卡上，将皮卡和那挺重机枪变成了一朵爆裂的金属礼花。车上绚爆的弹药"噼噼啪啪"漫天飞舞，让我不得不抱着头、缩着身子滚到一堆瓦砾的掩护里。

"墨尘，你怎么样？"林默在不远处的一堆碎砖后面冲我喊。

打了个OK的手势，我打开了狙击步枪的保险，将一发发子弹，射向我所能看见的每一个敌人。

战斗在增援部队赶来之后结束了，全副武装的武警和驻军将那些末路穷途的匪徒们团团包围起来。匪徒们彻底乱了，开始四散逃窜。看着这些从刚才的亡命徒一瞬间变得如同丧家犬般的人，我没有了开枪的欲望。这些人，就让那些增援的部队去解决吧。

天空中传来了直升机旋翼搅动气流的轰鸣声，抬头，两架直升机熟悉的身影已经跃入了我的视野。

我突然想到了刚才击毁皮卡的火箭弹，虽然那个家伙已经被我狙杀了，但不能保证匪徒们只有一具火箭筒。我在耳机里通知大家小心敌人的火箭筒手，那对直升机的威胁太大了。

话还没说完，40毫米火箭弹那熟悉的破空声便从一间民房的窗户里传了出来，在夜空中拉出了一条猩红的轨迹。定定地望着那一条猩红的轨迹，我的大脑陷入了短暂的短路，怎么就会这么巧？

还好，直升机驾驶员的反应力一流。直升机笨重的身子在空中来了个灵巧的跃升，堪堪躲过了那枚要命的火箭弹。武装直升机愤怒了，居然有人敢在它的护航下攻击直升机，20毫米的机炮怒吼起来，将一串致命的金属扫向了那栋民房。

那家伙肯定活不了了，发泄完怒气的武装直升机似乎还不太满意，射击结束时又将一发火箭弹从那破烂不堪的窗口送了进去，将那间房子彻底葬送在了爆裂的金属礼花中。

接着，两架武装直升机像忠诚的骑士一般在空中盘旋、警戒。直升机在骑士的保护下缓缓降落在激战后的工厂空地上。那一刻，它那笨拙的身子落在我们的眼里，是如此的美丽和可爱。

战斗终于结束了，可我们却付出了惨重的代价，尤其是"苍鹰"小队。匪徒们在工厂里埋设了大量的炸药，而且埋藏得极为隐蔽，两个组的人在搜索的时候都没有发现。然后，是那一声震撼了整个城市的巨响，那应该是被无线引爆的。突如其来的爆炸让毫无防备的战友们遭受了惨重的打击。牺牲的17名战友中，有一大半倒在了这声爆炸下，连遗言都没来得及留下一句，这其中，就有何队长。

这是我们T大队伤亡最为惨重的一次，整整一个星期，我们所有人的脸上都没露出过一丝笑容。当我们从直升机上下来时，秦大队愤怒了。他抓住身边那个安全局处长的脖子，一字一顿地说："我需要一个解释，我的弟兄们也需要一个解释！"

是的，我们需要一个解释，不然，无法慰藉战友们的亡灵。我们不需要知道这个城市的居民如何看待这个夜晚，善后的工作不需要我们来做。我们需要的是一个合理的解释，为什么恐怖分子会得知这次绝密的行动？所有的迹象都可以表明，他们早有准备，这不可能是"苍鹰"小队的潜伏出了问题，就算是，匪徒们也不可能在短短两天的时间里做出如此周密的布置。那就只有一个可能，有人泄露了消息，而这个人，是可以接触到这些绝密的人。

三天后，我们小队被接到命令去执行一项抓捕任务。目标是一个地方官员，他就是那个向恐怖分子出卖情报，导致我们重大损失的人。

那位安全局的处长请求我们尽量活捉，看来他们是想从那混蛋身上挖到更多潜藏在政府部门内部的"鼹鼠"。

这次是杨中队亲自带队，他说："我们尽一切可能活捉他，但如果条件不允许，我们只能将他击毙。"

处长很不自然地笑了笑说："那是当然，那是当然。"他知道我们现在恨不得将那个混蛋碎尸万段，要我们放弃杀人而活捉，的确不太容易。

最后，还是杨中队给他吃了颗定心丸。杨中队说："处长，你放心吧，我们又不是嗜杀的屠夫，我们知道那混蛋的价值，所以，我们会尽一切努力将他抓回来交给你。"

我们又一次坐上了直升机，往边境飞去。那混蛋已经得知事情败露，在安全部门的特工去抓捕他之前就跑掉了。情报显示那家伙在一队武装分子的保护下往逃往了边境，应该是想要越境逃亡。

我们在边境截住了这队逃亡的恐怖分子。然后是战斗，对于那些恐怖分子，我们没有丝毫的同情，对敌人的同情，只能是对自己的残忍。

这是一场轻松的战斗，我总共只开了两枪，因为那两个家伙试图带着目标溜走。然后，我的十字线一直压在那个明显是油水吃得太多的混蛋的腿上，只要他敢动一下，我就会打掉他的一条肥腿。

不过，那混蛋显然已经被吓坏了，瘫坐在那儿一个劲儿地发抖。有句话说的没错，越是贪婪的人就越怕死，眼前这家伙就是最好的例子。

战斗很快就结束了，除了那个胖子，我们没有留一个活口。

我们走到了那胖子面前，他哆哆嗦嗦地求我们放过他，他可以给我们钱，很多钱。杨中队冷笑说："你能吃到这么肥，也真不容易啊，得吃不少家吧？"那家伙看来没听懂杨中队的意思，来回望着脸上涂抹着油彩、杀气凛凛的我们，抽动着嘴不知道在嘟囔些什么。

没有跟他废话的必要，杨中队一挥手，两个弟兄便走上去一左一右将他架了起来，扔到了直升机上。那家伙还在不甘心地向我们说他有很多钱，很多很多钱，只要我们放了他，他就把钱给我们。

弟兄们都被他搞烦了，杨中队一个手刀砍在了他的后颈上，然后朝那晕过去的家伙狠狠地啐了一口，"还没完了呢？非逼老子动手。"

回去的路上，杨中队指着那像头死畜一样趴着的胖子对我们说："弟兄们，你们看，就是这混蛋害死了我们那么多的弟兄，可我们还不能宰了他报仇，因为我们还得从他嘴里挖出更多潜藏在国家内部的蛀虫。看看他那一身肥肉，那里有多少民脂民膏？"

有战友接口说，"贪污也就罢了，可他居然还卖国？像这样的家伙，早就该杀了，杀一个少一个！"

杨中队说："是啊，贪污是个问题，需要国家的制度和法律来解决。我们的国家还很年轻，还正在建设，难免就会有些人钻空子，可兄弟们，我们要相信一点，人民的眼睛是雪亮的，邪恶永远不可能战胜正义。如果有邪恶胆敢向正义挑战，我们就是那把正义的利剑，用我们锐利的锋刃，去斩断那邪恶的手。"

是的，我们是丹商最锐利的锋刃，任何胆敢危害国家利益者，我们都将坚决斩断那罪恶的手。

"狭路相逢勇者胜，枕戈达旦保国家！"我又想起了高连曾经对我们侦察连说的话。现在，我们不正是那枕戈达旦保国家的勇者吗？

"狭路相逢勇者胜，枕戈达旦保国家！"轻轻念着这句话，我的目光投向了机舱外湛蓝的天空。多美啊，这就是祖国的蓝天，下面是广阔而肥沃的土地，还有祖祖辈辈生活在这土地上的人。我们要保卫的，不正是这一切吗？为了那些爱我们和我们所爱的人能够幸福安宁的生活，我们情愿献出自己的一切，哪怕流尽最后一滴血。

第三部 血染的风采

第十一章 警队特训

九月初，L军区特种大队接手了反恐工作，我们得以回营休整。经过一个月的休整期，十月初的时候，我接到任务，让我去指导省特警大队的CQB战术训练。这原本应该是四中队的任务，可四中队上个星期被拉去参加多国联合举行的"和平—2004"联合反恐演习去了。

特警集训共计分两个阶段，分别是基础体能和专业训练，我负责专业训练中的狙击手训练。这次集训进入第三周时，许多不适合特警这职业的人已经被淘汰，剩下的这些，都算是特警队中的精锐了。

这时候集训已经进入了专业训练阶段，特警们按照以前的专业分成了许多个小组进行各自的训练。可以互换共通的专业如突击、掩护、支援、通信、渗透、救护等由袁中校、董参谋和江教员带着，而剩下的专业性较强的狙击手和爆破就由我和黄中尉负责了。狙击手不用说，那自然是归我带着。至于爆破那不关我的事，有个专攻小装药室内定向爆破的专家黄中尉在，这事情他不干谁干！当然，这并不是说我们其余4个人的爆破技术很差劲，对于整个部队来讲，都讲究个一专多能，我们自然也不会例外。不过，真要论到专业的精通上，我们这种半吊子水平肯定是不能与人家专业人士相比的。专业就是专业，那跟懂和会是完全不同的两个概念。

因为专业的不同，我们的训练场地也是分开的，各练各的，基本上互不干扰，除非是组织小队的对抗性训练。不过那是小队协同时才会训练的科目，也是最后的训练科目。

但也偏偏就有那么一些不按常理出牌的人，黄中尉就是这种人当中的典型代表。比如说人家突击组正在进行室内强行突破训练，一个个都按战术队形紧贴着墙准备破门呢，结果那墙突然无声无息地就破了个大洞，让猝不及防的突击组摔了个人仰马翻。这自然逃不了几个教官的一顿臭骂，怎么一点警觉性都没有？怎么对环境不仔细观察，等等。特警兄弟们心里那个委屈呀，明明是有人故意给他们使绊子，而且还绝对是爆破组的人干的，可怎么我们挨骂？突击组的人很郁闷，而黄中尉率领的爆破组一个个却躲在暗地里笑到了肚穿肠烂。连爆破组里为数不多的几个原本文文静静的警花妹妹也被这家伙给带坏了，老爱干些偷鸡摸狗暗设陷阱的事情，而且乐此不疲。自从有好几个不那么细心的特警兄弟被人家小姑娘的陷阱给倒吊在树杈子上来回像快黑布一样飘荡了几次后，一群特警的大老爷们就成天提心吊胆地防着那几个丫头片子，生怕哪天一不小心又被人家给摆一道。

与他们相比，狙击手们的日子怕是过得最沉闷的。因为他们的教官是我，而我又不是那种善于言辞的人。我训练他们的方式很简单，就是两个人一组地对抗，不停地对抗。谁输了谁就在满是碎石的地上匍匐前进2千米，要不就端着枪瞄准目标一个小时，枪管上还得加挂一个装满沙子的水壶。反正我折磨人的法子多的是，而且都是曾经被老兵、被教官、被冷锋用在我身上，有过切身体会的法子。所以，为了不被我这些变态的却又和体罚靠不上边的法子折磨（我完全可以说是在进行针对性的训练，谁叫这是狙击手必须具备的素质），狙击手们不得不打起百分之一百二十的精神来进行相互间的对抗。这也是我要的效果，一个狙击手其实和一个猎手是很像的。一个优秀的猎手，只有通过无数次的狩猎，才能真正地成长为一个合格的猎手。而狙击手同样如此，枪法只是狙击手必须具备的基本素质，而对敌的经验和对各类情况的处置才是最重要的，因为那是你能否从狙击手的战斗中活下来的关键。

不过，我却因为这样的训练方式而与特警队唯一的一个女狙击手结下了仇。战场上只分敌人和战友，而不会分男人和女人。所以，在我的认知里，只要是拿枪打仗的战士，那同样也不会分你是男是女，不管男人还是女人，一旦你拿着枪上了战场，你的身份就只剩下一个，那就是战士。你要想活命，你就只能和敌人死掐，掐死，死掐到底。

然而，男人毕竟还是男人，而女人毕竟也还是女人。先天上生理构造的不同，已经决定了很多时候有些事情并不适合女人去做。可我没这概念，我脑子里压根就没有过这概念。所以那天我让那个对抗输了的唯一的女狙击手在地上爬行了2千米，而且姿势要标准，动作要轻，不能激起灰尘。

我当时真的没有注意她的脸色很苍白，似乎在强忍着某种痛苦的苍白。也许是我冷冷的目光和没有一丝表情的脸刺激了她，也许她的性格本身就很要强，所以，她的眼睛里虽然噙满了泪花，但却没有一丁点示弱的表情。在我冰冷目光的注视下，她紧紧地咬着下唇，一言不发地一个上步卧倒，按照我所要求的姿势缓缓地爬着，有些艰难，却又坚定地往前爬着。

看着地上慢慢挪动的身影，我心里有些感慨，这个女孩子很坚强，也很要强。正当我转过身准备继续盯着那些还在训练的狙击手时，我突然发现她爬行过的地方留下了一道红色的痕迹，在灰白色的碎石地面上，是如此的醒目与扎眼。

血！我的第一反应是她受了伤，而且伤得还不轻，不然不可能会流那么多血。意识到这一点，我拔腿便冲了过去，蹲在地上，一把拉住了仍用双手艰难地扒着地面的碎石一寸寸爬行的她。

　　我当时真的是急了,我居然不知道自己的学员在什么时候受了伤,受的什么样的伤,更要命的是,我居然还让明显是腹部受伤的她在满是碎石的地上低姿匍匐前进2千米。虽然我对他们的训练严格而又显得残酷,但我并不是不顾他们的性命,相反,我比他们自己更重视他们的身体情况。那是一个教官必须具备的素质,一个不了解学员身体状况的教官是教不出好学员的。所以,我对自己竟会犯下如此低级的错误感到很惭愧、很自责。我必须立即纠正自己的错误,我得对她的身体状况负责。

　　感到有人拉住了她,她明显地愣了一下,扭过头发现居然是我,眼眶里转动的泪花越发多了,全靠细密洁白的牙齿死死地咬着下唇才没滚落下来,可那细细的唇却已被牙齿咬得渗出了红红的鲜血。

　　她用力摔开了我抓住她胳膊的手,狠狠地扭过头去,再次伸出已被碎石磨破的手指往前爬。她明显是在跟我赌气。

　　我心里觉得有点好笑,却又发现自己根本就笑不出来,我不得不承认我被她的坚韧和顽强感动了。我再次抓住了她的手,不由分说地将她拉起来仰躺在地上准备给她包扎。她仍旧挣扎着想摔开我的手,可她已经脱力全靠一股不服输的意志撑着的身子对我来说构不成任何困难。她被我强行按住肩膀躺在地上,一双漂亮的大眼睛睁得大大的,狠狠地瞪着我,那眼眶里滚动的泪花此刻再不受控制,顺着黑黑的沾满灰尘的脸滑落了下来。她的牙齿仍旧死死地咬着下唇,瘦削的肩头连同整个身体都在轻轻地颤抖,她在强压着哭泣。

　　可我没时间管这些了,因为她小腹以下都被血浸透了。我吼了一声"医生!"然后从口袋里掏出急救包,伸出手准备撩起她的衣服看她伤到了哪儿。

　　"不要!"她不知道是从哪儿来的力气,死死地抓住了我的手。我有些疑惑地看着她,发现她脸上居然腾起了一抹红晕,不由觉得又是好气又是好笑,这都什么时候了,你还有心思害羞?

　　我说:"肖凝,我得赶紧给你止血,你怎么会受伤的?算了,这回头再说,你把手拉开,我先给你止血!"

　　可她的手还是死死地抓着,说什么也不肯松开。我急了,一把拔开她的手就要将她的衣服撩开。

　　"我没受伤,我那个来了!"她沙哑的哭腔让我的手愣在了她的腹部,一时间竟不知该如何是好。我都不知该如何来形容我当时的心境,尴尬、羞愧、郁闷、无奈……反正我当时就愣在那儿了,就像一瞬间被石化了一般,连思考的能力都丧失了。我从来没碰到过这样的事情，真的从来都没碰到过。

好在医生很快赶来了，同为女人，她自然一眼就能看出是什么事情。所以她毫不客气地轰开了我，然后把仍然躺在地上抽泣的肖凝扶了起来往回走。从我面前经过时，这位中年阿姨狠狠地瞪了我一眼，丢下一句："你还有没有点人性啊？"说完，她搀着趴在她肩头轻声抽泣的肖凝，不再理会仍然木头般立在那儿的我，一步一步缓缓地走向了医务室。

我愣愣地站着，我的脑子里依然是一片的混乱和迷糊。我一向的冷静和沉着这会儿都不知道跑去了哪儿，我就那么傻愣愣地站着，直到她们消失在我的视线里，还没能回过魂来。

打那之后，这个叫肖凝的女特警就从来没给我过任何好脸色，就连我被两个中尉哥哥拎着去向她道歉时，也被她连人带东西的砸了出来，苹果、香蕉、梨子洒了一地。黄中尉摇头说："墨尘，你小子算是和她结下仇了，而且还是很深很深的那种。"

我苦笑，摇着头说不出话来。我还是觉得自己没有错，如果硬要说有，那也只能是忘了"男女有别"这句老话。可我哪知道这些啊？从出生到现在，我和女孩子打交道的时候屈指可数。而且她们会把这女孩儿家的隐私告诉我吗？就算她告诉我，我敢不敢听还不一定呢。

虽然为此感到挺郁闷，也觉得自己挺冤屈，但我没那么多时间来为自己打抱不平了。因为训练已经接近尾声了，还有一群狙击手等着我去训练他们，那可是不能耽搁的事情。所以，我只好把因为肖凝而带来的烦恼先扔到一边。当时我想，结仇就结仇吧，她爱怎么恨我就怎么恨去，反正训练一结束我就拍屁股走人，滚回我那山沟沟去了，这辈子见不见得着还不一定呢。再说了，她就算恨不得剥我的皮抽我的筋，我也少不了一根头发，犯不着为这么点事情自个儿找不自在。

黄中尉说："你小子也太没人性了吧，都害得人家躺病床上了，也不去看看，这可说不过去啊！难不成你一个大老爷们还跟人家杠上了，你这斗的是哪门子气啊？"

我瞪了他一眼，没好气地回道："谁说没去看啊？上次不是被轰出来了吗？再说医生不是说了没什么大问题，休息段时间就好了吗？我还去干吗？还嫌糗得不够啊！要去你自己去，我可不去。"

黄中尉嘿嘿笑道："说你小子跟人家斗气吧，还不承认了。你爱去不去，反正那是你自己的事儿，嘿！我这做哥哥的不过是好心提醒你一下罢了。'唯女子与小人难养也'啊！小子，你好自为知吧，哥哥我可不陪你了，我得回去收拾那帮小家伙去了。"

说完，他吐掉嘴里的烟头，站起来拍了拍屁股，哼着小调大摇大摆地走了，扔下还在寻思那句"唯女子与小人难养也"的我，一个人坐在地上发呆。

狠狠地将燃尽的烟头扔掉,我从地上站了起来,大步往狙击手的训练场走去。我想通了,管他什么难不难养,反正又不要我来养,操那些心干什么?还是回去接着折腾那帮狙击手来得实在,至少能让我不那么气闷。

说实话,其实我还是有些担心肖凝的,不过,我那该死的性格让我的潜意识里始终存在着一种大男子主义思想。这让我不能第二次拉下脸皮去对她赔礼道歉。更何况,我一直认为我并没有做错什么,这只是训练,真要上了战场,谁会管你是男是女,谁会管你是不是有什么特殊情况。战争是残酷的,残酷到人们根本就无法去想象。那不是电影,也不是电视,更不是会催生许多浪漫故事的小说,那是实打实的,用人的鲜血和肢体堆砌起来的坟墓,生命的坟墓。

同样是因为这件事情,特警队的狙击手们包括所有参训的特警,尤其是女特警们对我都产生了一种敌视和抵触。对于这种情况,我倒是无所谓,可袁中校却不无担心地找到了我。他说,"墨尘,你是不是应该当着大家的面向肖凝那女娃娃道个歉。这马上就要进行小分队的协同作战训练了,他们带着抵触情绪参加训练,会影响训练的士气和训练效果的。"

沉默了一会儿,我才抬起头缓缓说道,"袁头儿,你也觉得我做错了?我错在哪儿了?就算我真错了,真委屈了他们,可他们好歹是特警吧,连这点委屈都受不了,还当什么特警?"

听我这样回答,袁中校摇头叹气道,"我并不是说你做错了,只是,兄弟,我们得明白一点,他们和我们是不一样的啊。他们不是军人,他们更没有真正地参加过战斗。所以,你别指望他们会想明白,会理解你的想法。我们是代表各自的部队来训练他们,我们现在并不只代表个人,我们还代表着部队的形象。我们总不能让人说咱们部队的人只是群会打仗的莽夫吧?兄弟啊!听大哥一句,再向那丫头道个歉。上次把你轰出来那是人家小姑娘使性子呢,你一次不行去两次,两次不行就去三次。这人心都是肉长的嘛,她总不可能每次都轰你出来吧?嘿,就算每次都轰你出来,你就不会发挥咱们部队愈挫愈勇、愈战愈强的优良传统?咱大老爷们儿,跟一个小姑娘斗气,那可不是爷们儿的作风啊!"

我还是不太乐意,我说,"她还小姑娘?袁头儿,你没弄错吧?她比我还大两岁啊!"

袁中校盯着我嘿嘿直笑,笑够了才说道,"不能这么比嘛,别说她比你大两岁,就算这社会上多少年纪比你大一圈的人,也没有你那样的经历啊。经历不同,对事情的看法自然不会一样。所以,你不能期望他们的想法跟你一样对吧?"

我无话可说了,我觉得他当副参谋长简直是屈才了,就他这忽悠人的水平,给他个支队政委干也绝对没问题。

就这样,我又一次拎着一大堆东西去了病房,而且,还是集训队总教官、袁中校同志亲自出马把我押进去的。敲开病房门的那一刻，我突然觉得，自己好像才是最委屈的那个。

也许是看在袁中校面子上的原因，那个比我大两岁的"小姑娘"没再像上次一样，用苹果、梨子将我给砸出门去。她微笑着对问候她的袁中校说"谢谢"，却对明显有点儿言不由衷道歉的我照样不理不睬。这让我很没面子，犟牛脾气"腾"地又起来了，眼看着就要发作，却被早就料到的袁中校一脚把我给踩住了。

他一副笑脸地跟肖凝说话，一只大脚却死死地踩在我的脚背上，让我肚子里翻腾的火气一点也发不出来。而且，这个很有些不良中年倾向的家伙，还完全不顾及我的感受，在肖凝那丫头面前使劲地编排我的不是，好像我就是罪大恶极的人民公敌一般。

他笑眯眯地说："肖凝啊，这件事情完全是你们文教官不对，我已经严肃地批评过他了。这不，我都把他押过来向你赔礼道歉来了。不管这小子多可恶、多可恨，看在我的面子上，你就别跟他一般见识了啊！虽说这小子是你们教官，可他年龄还小嘛，才22岁，比你都还小两岁呢。呵呵，说起来，你可是姐姐哟，你看，你这当姐姐的怎么能和弟弟一般见识呢是吧？"

听他这样一说，原本看都不看我一眼的肖凝扭过头来，狠狠地瞟了我两眼，只不过那神情要多骄傲有多骄傲。打量我两眼后，她鼻子里轻轻地哼了一声，"谁愿意当他姐姐？哼，我要有这样的弟弟，迟早被气死！"

我不能不佩服袁中校的厚脸皮，只听他继续呵呵地笑着忽悠，说什么，"是啊是啊，谁要有他这样的弟弟啊，准保被气个半死。不过，那是因为他从来就没姐姐啊。肖凝你看啊，这小子18岁就当兵了，他们那单位可不是一般人能待的地方啊。你能想象地狱什么样吗？他们那儿就是那个样。汗没少流，苦没少受，再加上一年到头都关在那山沟沟里，也不知道该怎么跟女孩子打交道，更不知道怎么哄女孩子。所以啊，你这当姐姐的可不能学人家小姑娘一样耍脾气、使性子啊！你这不是让他笑话你吗？再说，这小子这几天也挺后悔，挺担心你的，只不过上次被你轰出去后，拉不下脸过来罢了。"

等袁中校忽悠完后，肖凝的目光也停在我的脸上了。我下意识地低下头去，以躲避她已经变得柔和的目光。不知为什么，对于别人的关心，尤其是女孩子的关心，我的潜意识里是畏惧和逃避的。虽然不敢看她，可我能感觉到她在我身上缓缓巡视的目光。从我的头到我的脸，再到我看起来并不强壮和魁梧的身体。就那么缓缓地打量着，让我差点控制不住夺门而逃。

可袁中校那只有力的脚板还死死地踩在我右脚上，让我一步也退不了。大概是看出了我心里的想法，袁中校在我耳边低声吼了一嗓子："是个男人就把头给我抬起来！"

我被这句话震得一个激灵，猛地抬起头来，正好与肖凝的目光撞在了一起。那柔柔的目光竟然是如此的清澈，我一瞬间失神，再一次变成了一根呆立着的木头。

不知道过了多久，我被她的声音唤醒。有些茫然地望了望四周，却发现袁中校居然已经不知什么时候退了出去，小小的病房里，就只剩下我和她两个人。

她注视着我的目光不再是从前的高傲和不屑，而变成了爱怜一般的温和、柔软、亲切。看到我突然间像傻子一样的表情，她轻轻地笑了，细细的鼻翼轻轻地皱着，很是好看。好久，她才轻轻地说："弟弟，我原谅你了！"

她居然真的叫我弟弟？我不由得有种哭笑不得的感觉，我可是她的教官啊？前一刻还恨我恨得不行的那个被她们叫作"没人性的魔鬼的变态教官"啊！怎么这一下子就变成了"弟弟"这个亲切而又温暖的称呼呢？

直觉告诉我，应该是刚才我失神时，袁中校对她说了什么。可我那时正陷入被这段时间的生活所中断的回忆里，根本就没听见他们之间的对话。我不知道该怎么回答她，更不知道自己应该说什么。于是，我再一次沉默，在沉默中静静地彼此对视。

不知道过了多久，她终于打破了这令人难耐的沉默，她的声音还是轻轻的、柔柔的，让我觉得不容拒绝。"能坐下陪我说会儿话么？天天躺在这儿，真的好闷。"

我木然地点头，然后拉过一把椅子坐下。她却不肯，非要我坐在床上。不敢再开罪她，我只好认命地坐在床边，双手放在膝盖上，腰板挺直，规规矩矩、端端正正地坐着。只是眼睛却不敢再看她，只好将目光定在了雪白的墙壁上。

"说话啊！"她幽幽地叹了口气，似乎对我这种木头一般的反应有点气恼。

我不由得又习惯地挠起了脑勺，半天才期期艾艾地说道："你，真的不生我气了？"

听我这么一问，她又笑了。那眯起的眼和洁白的牙让我感到一阵眩晕，我又想逃跑了。

笑完了，她才歪着头说："你要再不陪我说话，我就生气了。"这次轮到我想笑了，她这个样子，跟个撒娇的小姑娘有什么区别？我觉得有点亏了，咋就稀里糊涂地被她叫成了弟弟呢？都是袁头儿那家伙惹的祸，回头非好好敲诈他一下不可。听黄中尉说袁头儿那好像有瓶特供的好酒，那可是有钱都买不到的东西，不把它弄出来喝了，怎么消得了我心头之恨。

"再像根木头一样我可真生气了哟！"我的思维又被眼前的女孩儿给拉了回来，让我不得不暂时放弃那瓶好酒。

我苦着脸说："大姐，你让我说什么啊？我不知道说什么啊！"

她还是歪着头看着我，眼睛一眨不眨，看得我心里一阵阵发毛，恨不得立刻从床沿上蹿起来，夺门而出。

好半晌,她才轻轻地说:"能跟我讲讲你们的生活么?听袁教官说你过得很苦、很累、很压抑,这是真的吗?告诉我好吗?我一直都想知道,你为什么会那么严格地对待我们。你知道吗?你在我们的印象里就像一块冰一样,冷酷、不近人情。还有你每次看我们的眼神,都是没有一丁点儿活力和生气的那种,可那眼神却让我们感到背上一阵阵发冷,就好像有一把刀子搁在我们身上一样。弟弟,你能告诉我为什么会这样吗?我想知道,真的很想知道!"

我沉默,彻底的沉默。虽然在这段训练他们的日子里,我跟两个中尉哥哥之间经常会开点玩笑,甚至一起搞点恶作剧。可我自己知道,我的骨子里,还是那个沉默、孤独或者说是自闭的人,我仍然是那个和生死打交道的狙击手。只不过,因为环境的不同,我学会了把自己伪装起来,将那根锋利的散发着死亡气息的枪刺深深地藏在刀鞘里,仅此而已。

见我不说话,她轻轻地唤了一声"弟弟",将我从沉默中唤醒。我的沉默让她感到难受,似乎我的身上突然出现了一层看不见的气场,散发着浓浓的沉闷气息。

她突然伸出了手,很纤细,却因为前段时间的训练而变得有些粗糙,还布满了细小裂口的手。她的手轻轻地攀上了我的脸庞,轻轻地抚摩着。她又一次幽幽地叹气,她说:"其实,你不说我也知道的,知道你们的生活是多么的苦和累。弟弟,你知道我为什么要当狙击手吗?"

我闻言愣了愣,有点好奇,因为我的确想不明白,狙击手这个职业并不是女性适合的。于是我问她为什么?她又轻轻地笑了,只是那笑里多出了份缅怀的感伤。

"我的哥哥是狙击手,我从小当作偶像的哥哥,他没有听爸爸的安排进公安局,而是瞒着家里去当了兵,是跟你一样的特种兵,也是狙击手……"她轻轻地述说着,流着眼泪向我讲述又一个关于狙击手的悲壮故事。

第十二章　海特回顾

8年前,丹商国最南端的海礁并不太平。最令沿海渔民痛恨和害怕的便是海盗,这是有着另一个国家政府或军方背景,杀人劫船的"海盗"。

渔民们的悲惨遭遇和血泪控诉令无数的海军将士义愤填膺,纷纷请战要求彻底肃清"海盗"之祸。当时海舰队司令员,在得到上级的批准后,将清剿其中最为猖獗的一股"海盗"的任务交给了海军特种大队。

对于海盗们的嚣张和渔民们的遭遇，海特将士们早有耳闻，可他们除了愤怒之外，便只能是在心里深深地自责。因为他们是军人，不是路见不平，拔刀相助的侠客，他们必须服从命令。所以，他们只好用玩命似的训练来发泄满腔的怒火。现在，发泄的机会终于来了，他们终于可以将憋了不知多久的恨和气撒出去了。

为了彻底消灭这股"海盗"，海特派出了一个精锐的小队乘潜艇渗透进海盗老巢所在的那座礁岛，为后面的主力部队肃清障碍和提供战场情报。肖凝的哥哥，便在这个小队里，他是一个和我同样年轻也同样优秀的狙击手。

这个精锐的特战小队，在那个月黑风高的夜晚乘坐潜艇出发了。整个渗透过程是很顺利的，他们轻而易举地登上了那座海岛，并进入了潜伏位置。那时候，离预定的攻击时间还有两个小时。在不时有"海盗"巡逻的敌人老巢里潜伏两个小时，那并不是件轻松的事情。一个不小心，便有可能暴露，而一旦暴露，那后果不言而喻。

海特的战士们就在那样危险的环境下，顶着冰凉彻骨的海风潜伏了两个小时。两个小时后，战斗开始了。而主力部队就在这时乘渔船登上了海岛。

与任何一场战斗一样，枪声、火光、人的惨叫声，还有不时响起的爆炸，是战争这曲乐章中必不可少的音符。

这是一场不对称的战斗，一边是携怒而来，要为沿海渔民报仇雪恨的精锐海军特种战士，而另一边只是一群倚仗有个嚣张小国为其提供庇护的乌合之众。所以，战斗很快就结束了，战士们押着俘虏和"海盗"们的赃赃，带着胜利的喜悦登上了返航的渔船。

可就在这个时候，一艘那个小国的军舰气势汹汹地追了上来，并在高音喇叭里喝令渔船停船，接受他们的检查。其理由是我们的渔船擅自闯入了"他们的领海"。这根本就是无稽之谈，更是强词夺理。这跟强盗有什么区别？

来者不善，带队的参谋长一边紧急与上级联络，一边盼咐与敌人周旋。现在的情况是敌强我弱，一旦发生冲突，只有三艘渔船和轻武器的己方只能在敌人军舰强大的火力下覆灭。

见渔船没有停下的意思，那艘军舰很是恼怒，不但将雪亮的探照灯一直死死地打在渔船上，更是将几门舰炮的炮口对准了渔船。

参谋长有些后悔，但更多的是愤怒。后悔的是自己明明知道这附近有该国军舰的影子却抱着他们不敢公然越过领海分界线干涉他国执法的侥幸心理；愤怒的是那个混蛋国家竟是如此的狂妄，居然明目张胆地把军舰开进了我国的领海，简直是无视丹商海军的存在。这叫身为海军一员的他如何忍得下这口气？要是这不是渔船而是军舰，自己早一炮轰过去了，哪还轮得到这群小国猖狂！

可现在不是逞意气的时候，我们的军舰虽然已经紧急起航，可要赶到这里，至少还得半个小时。半个小时啊！如果敌舰真要不顾什么公约、条款发起攻击，自己和手下这100多号兄弟恐怕都得交代在这儿了。诚然，他不怕死，他也坚信自己的兄弟每一个都不会在死面前皱一下眉头。可这样的死法多冤枉啊！参谋长焦急地思索着对策，浑不觉汗水已然湿透了重衣。

那是一场紧张而又危险的周旋，敌人的军舰数次从渔船中间张扬地穿过再掉过头来围着3艘渔船游弋，将渔船往分界线上赶。参谋长恨得在驾驶舱里直骂娘，敌人的用意很明显，就是要把渔船赶到领海分界线上去，那他们就可以名正言顺地扣留、甚至是攻击了。

敌人的用心险恶，可我们的渔船却无法与相对来说庞大的军舰抗衡，不得不在敌舰的驱赶下越来越靠近分界线。横冲直撞的敌舰毫无顾忌地驱赶着渔船，激起的巨大海浪好几次差点将小小的渔船打翻。海特战士们躲在舱底死死地抓着手中的枪，牙都快咬碎了。对于这群骄傲的战士来讲，这样的侮辱简直要比让他们死还难受。这是在自己的海洋里啊，我们是保卫这片海洋的海军啊，可现在却只能忍气吞声地躲在船舱里，眼睁睁地看着那铁家伙不可一世的耀武扬威。

如果说目光可以杀人，恐怕那艘军舰早已经被战士们愤怒的目光射得千疮百孔。我们的战士就这样无奈地龟缩在渔船的舱底忍耐着、等待着，等待我们自己的军舰将这不要脸的强盗赶回他的老家去。

这紧张的周旋持续了近20分钟，这20分钟对于海特的战士们来说，简直是度分如年。不过，这难耐的等待总算熬到头了，因为他们已经能够听见超音速战斗机划破空气的呼啸了。那是自己的战鹰，是海空的兄弟们来驱赶恶狼了。

紧接着，我们的军舰也来了，闪烁的信号灯打出严厉的驱赶信号。已经开机的火控雷达把刚才还威风八面的敌舰牢牢锁定，只要敌人一有异动，那愤怒的长戟就会让那闯进家门的强盗变成一堆沉入海底的废铁。

发现自己再不能逞威，敌舰仓皇逃窜，再无复初时的骄横与跋扈。可那该死的强盗居然在逃走时还不忘要占点便宜，竟直直地朝着一艘渔船撞了过去。与马力全开，航速几十节的军舰相比，渔船的任何反抗都是徒劳的。于是，我们的海军将士，只能眼睁睁地看着载着战友的渔船被敌人的军舰拦腰撞成了两截，在漫天扬起的木屑中，缓缓沉入海底，只在海面上留下两个黑黑的旋涡。

肖凝的哥哥与他所在的小队都在这艘渔船上，小小的渔船被军舰钢刀般的舰首拦腰斩断，突如其来的撞击让这些获胜归来的英雄根本来不及躲避，更无处可避，因为他们都挤在窄小的船舱里。因此，当抢救打捞结束时，生还的人竟不到五分之一，而打捞起来的遗体竟不到一半！湍急的海流将这些英雄的遗体，不知道带向了哪里，他们真正将自己的一切奉献给了这片蓝色的海疆。而这其中，就有那个年轻而又优秀的狙击手，那个不惜与父亲闹翻也要从军报国的年轻士兵。

一场本来是胜利的归航，却变成了战友的永别，这怎能不让海特的兄弟们虎泪盈眶。可是，为了不引起国际纠纷，空中的战鹰、海上的战舰，却只能眼睁睁地看着那艘逃出分界线的敌舰扬长而去。还有什么能比这更让海军兄弟们愤怒和无奈的？可是，没有命令，我们不能首先开火。我们只能隐忍，不论是海军、空军、陆军，还是二炮，我们只能隐忍。我们在不甘、无奈与痛苦的隐忍中等待，等待杀敌报国的那一天，等待那刀锋所指、所向披靡的那一天。

她说："弟弟你知道吗？当得到哥哥牺牲的消息时，我爸爸，一直很强硬地说打死也不再认这个儿子的爸爸，抱着我哥哥的照片把自己关在屋里痛哭了足足两个小时。那时，我才16岁，我还不知道什么叫狙击手，什么叫特种兵。我只知道我哥哥走了，再也回不来了。所以，那时候，我就对自己说，长大后，我也要去当兵，我也要当狙击手，我要帮哥哥做还没有做完的事。可是，谁知道部队里没有女子特种兵，而我，也不能丢下已经越来越年迈的爸爸、妈妈。所以，我选了个折中的法子，那就是考进特警队，在特警队里当一名狙击手。我也知道狙击手并不适合女人干，可我当初向哥哥发过誓，一定要当狙击手的，一定要当狙击手的……"

轻轻地搂着她因为哭泣而不住颤抖的身体，我的心也跟着那颤抖一阵阵地抽搐。那一刻，我真的觉得自己错了，而且错的罪该万死。一直以来，我都是通过我自己的想法去看待这世间的一切，主观的、封闭的、甚至是偏激的想法去看。我很少去在意别人的想法，也很少去理会别人的感受。我终于明白心理辅导员曾经告诉我的"王者都是孤独的"这句话的含义。王者是孤独的，因为他始终只生活在自己的世界里，他只会在意自己的想法，他不会去关心别人、理解别人，所以他也会拒绝、逃避别人的关心。他把自己封闭在孤独的宫殿里，一个人生，一个人灭，哪怕周围有众多的仆从，也改变不了他孤独的宿命——王者，都是孤独的！

与肖凝莫名其妙结下的那所谓很深很深的仇，就这么莫名其妙地化解了。几位教官有事没事就爱调笑我说，"你小子艳福不浅啊，这还不到一个月就赚到了个漂亮的警花姐姐。"我苦笑，只能是苦笑。这种事情往往就是越描越黑的那种，你越要解释，就越解释不清楚。所以我也只能苦笑着任由他们说笑去，谁叫我真的又多了个姐姐呢？

在我的劝说下，肖凝，也就是突然间从"仇人"变成了我姐姐的这位漂亮的女警花，退出了狙击手分队，转到了比较适合她的通讯组里。一开始她当然不肯，说她为了当狙击手付出了那么多的辛苦，现在眼看这集训就要结束了，为什么要退出？那不是前功尽弃吗？她怎么向哥哥的在天之灵交代？

我默默地看着因激动而脸颊通红的她，许久才缓缓地说："既然你把我当作弟弟，那么去做完你哥哥还未做完的事情，自然由我来做。狙击手并不适合女性，至少并不适合你。这不是枪法好、技术好就可以胜任的职业。你可以不带一丝感情地去终结一个生命吗？可以毫不在乎地从瞄准镜看着人的头颅被子弹爆开吗？"

　　那个时候我的眼神是那么地平淡和冷静，连我讲述那一个个血腥场景的语言时也不带一丝波澜。我静静地说着，毫不理会她越发不忍和快要呕吐的表情。终于，她再也忍不住，抓着我的手让我不要再说了。

　　于是，我见好就收，再一次默默地看着她。她被我直直的目光看得有些不好意思，如害羞的小女孩般垂下了头，用低低的有若蚊蝇的声音说："我……我答应你就是了。"

　　这答案让我松了口气，就算她们以后会面临的战斗不会像我们那般残酷和激烈，可她毕竟是女人。在我的意识里，女人本就不应该上战场，那是属于男人角逐的地方。我轻轻地扶着她的肩说："姐姐，你知道吗？我相信你哥哥和我一样，都希望你能幸福快乐地活着，都希望你能代替他在父母面前尽儿女之孝，所以，我们都不希望你当狙击手。"

　　她抬起头，望向我的眼睛里竟然已充满了迷蒙的水气。她问我："杀人真的那么痛苦吗？"

　　我淡淡地笑了笑，然后摇头说："杀人最可怕的不是痛苦，而是你不得不面临死亡。"

　　她又一次垂下头去，露出一截白玉般无瑕的脖颈。这让我的心禁不住怦然加速了跳动，吓得我忙不迭地转过头去，再不敢看她。

　　我在心里暗骂自己的无用，竟然连这么一点抵抗力都没有。看来，我的意志还是不够坚强啊！这对我来说可不是个好现象，可让我忧心的却是我不知道该怎么去避免这些事情。这就好像我每天早上起床时，身体上某个部位会出现的异状一样。虽然心理辅导员曾说过，"每一个身体正常的处于青春期的大男孩儿都会有这样的情况，这不过是一个人原始的最为正常不过的生理反应，是无法避免的。所以，你必须要用正常和科学的态度来看待，而不应该畏若猛虎，那样对你的身体并没有好处。"

　　话是这样说没错，可当你真正遇到这些事情时，那种尴尬只有自己才会明白。还好，像眼前这种类似的情况我不会有多少机会遇到，只要我回到了那座山里，我们基本上便是与世隔绝。用某位兄弟的话来说就是，"那鬼地方，连母猪都见不到一头"，更不用说异性的同类了。

　　为期一个月的特警队专业集训画上了休止符。照例是训练结束的汇报表演，领导讲话，表彰先进。照例是一群人整整齐齐地站在操场上，抬头挺胸，气势昂扬，天塌下来都不会皱一下眉头。只不过，你要再细细地观察一下，你会发现他们的身上相比一个月前，多出了一股气势，那是杀气，从身上、从眼里透露出来的凌厉杀气。他们已经从精铁炼成了好钢，他们现在需要的是一场战斗，一场用来检验他们这脱胎换骨般转变的实战。

还真应了"无巧不成书"那句老话，特警队实战的机会说来就来了。那是集训结束后的第二天，我们几位教官正顶着昨晚会餐带来的宿醉后的头疼整理个人的东西，准备下午撤回各自的单位。就在这时候，警铃突然拉响，那是紧急集合的铃声。我先是一愣，心想训练已经结束了啊？怎么又突然搞紧急集合的科目？难不成是哪位教官还想在临走前给特警们来段深刻的回忆？那也不对啊？几个教官都在屋子里收拾自个儿的东西呢，谁会那么无聊还跑去折腾这帮刚刚盼得云开见月明的特警们玩儿？

正疑惑着，突然听见特警队王大队长的声音在喇叭里吼了起来。

"全体队员注意，立即带齐装备到作战会议室集合，这不是演习，再重申一次，这不是演习！"

"来真的了？"我先是一呆，紧接着便升起一股子莫名的兴奋。回头，刚好撞上黄中尉那兴奋到狂躁的眼神。这家伙属于那种典型的战争狂，绝对闲不住的那类角色。只要一听说有仗打，那绝对是挤破脑袋也要往上凑。也只有这号人物才能将一群爆破组的男女特警给操练成那副样子。用句粗俗点的话来说，那样子就是"欠扁"！

"兄弟，走！瞅瞅去，看看咱带出来的徒弟怎么样？"

不出我所料，这家伙果然来撺掇我了。我心想，去就去呗，还没正儿八经地见过特警执行任务呢，更何况还可以如他所说的那样，看看自己带出来的徒弟到底是个啥水平。何乐而不为呢？

也许这人觉得只我们两个去不太过瘾，又把剩下的袁中校、参谋哥哥和江教员也给撺掇上了。也许，他们3个人想法和我们也差不了多少，因此，想都没想便同意了。于是，5个人风风火火地直向作战会议室杀去。

刚走到楼门口，就迎头撞上了"呼呼"跑进门来的曹警督。还真是巧了，他居然是跑来请我们去参加作战会议的。这还用说吗？本来就是想来个不请自到的，现在有人来请了，那还犹豫啥？当然是更要去了。

一进会议室，王队长立刻就迎了上来。然后是一群特警"唰"地起立，直挺挺地立正站好。偷偷瞄了袁中校一眼，只见他眼里闪过一丝不易察觉的赞赏，看来他对于特警们的表现还是很满意的，这说明这一个月的集训没有白费，还是很有效果的。

在王队长的示意下，值班的警官下了"坐下"的口令，特警们这才"啪"地坐回了位置上，坐姿端端正正，和一个训练有素的军人没什么差别。

由于是作战会议，那套诸如"欢迎教官来为大家作指导"之类的客套自然就免了，会议立刻进入正题。负责情报的副队长开始用投影为大家讲述任务内容、目标人物、任务地点等等。这次任务的目的是铲除一群地下黑势力团伙，该团伙主要成员有5人，今晚的任务是抓捕正在本市的3人及其团伙成员。该团伙涉及贩毒、贩枪、卖淫等多起犯罪。副队长说："这本来是刑警队负责的，但由于该团伙拥有自动武器等重火力武器，而且其成员都经过了一定程度的军事训练，所以上级将抓捕任务转交给我们特警队。详细的行动计划将下发到各分队长手中，大家还有半小时时间熟悉自己的任务，现在请队长作指示。"

王队长站起来清了清喉咙说："队员们，经过这一个月辛苦的训练，我相信你们比以前更有能力和信心完成此次任务。但是，我们也不能掉以轻心，因为这伙罪犯是出了名的凶狠和狡诈。为了他们，刑侦队已经失去了两名侦察员，而且，连尸体都找不到。我们不能让我们的兄弟不明不白地死去，我们必须要把罪犯绳之以法。大家能不能做到？"

"能！"特警们齐声怒吼。80多号人发出的声音，让钢筋混凝土构筑的楼层都禁不住微微颤抖。

王队长满意地望着自己手下的队员，满意地望着这群呼号间杀气腾腾的特警，感到由衷地欣慰。一个月前与一个月后，发生在这群年轻特警身上的改变，他这个直接领导再清楚不过了。如果说以前的特警是训导有方的"猎犬"，那么现在的他们已经变成了一群"狼"，一群被严格甚至是严酷训练而出的凶狠的"狼"。

接着，王队长又请作为总教官的袁中校给大家讲两句。袁中校想了想说，"兄弟们、姐妹们，我们几位教官应该教给大家的，都已经教了，现在我问你们，在我们教给你们的东西里，有没有胆怯、害怕，有没有贪生怕死？"

"没有！"特警们齐声大吼道。

"好！"袁中校笑着点了点头，接着说："那么你们有没有信心完成任务？"

"有！"同样是齐声的大吼，特警们的情绪被他简简单单的三言两语就给撩拨起来了。

袁中校满意地点头，他说："我要讲的就这么多，最后，借用文教官他们部队的一句话送给你们，叫作'狭路相逢勇者胜！'我，包括我们所有的教官，也包括你们所有的领导，都希望你们，这群公安战线上的精英，能成为那狭路相逢的勇者！将所有敢向正义挑战的邪恶通通打倒！'狭路相逢勇者胜！'"

"狭路相逢勇者胜！"特警们，包括特警队的领导们，都齐齐站起来大吼。作战前的动员，因为袁中校这句话而达到了最高潮，而且，这句本是我们侦察连的连训，就这样被特警队毫不客气地借用了，变成了他们的队训。

10分钟后，会议结束，然后是等待出击的命令，这一等，就从中午等到了晚上。在这等待的期间，我们几位教官也分派好了各自跟随的分队。本来我是想跟战斗分队一起行动的，可惜被黄哥哥从中作梗，把我塞到了抓捕分队里面。这让我很不满意，我是个战士，是个狙击手啊，他居然让我跟着一帮子警察去抓人。这根本就不对路嘛！

可这家伙却笑嘻嘻地说什么："这种小儿科级的战斗哪还用劳驾你这王牌狙击手出马，你这不是抢自己徒弟的功劳么？所以啊，你小子老老实实跟着你的肖凝姐姐去蹦D吧，那里面可有个目标人物等着你抓呢？嘿嘿，D厅那地方可是很乱的哦，我这也是为你那美女姐姐好，不派个凶悍的人在身边护着，可是会吃亏的哦！"

论口才我是绝对讲不过他的，而且他这馊主意在教官队伍里居然以4∶1的绝对优势通过，我再不满意也没用，只好暗叹自己命苦，咋就碰到了这么一群损人。

与我的郁闷不同，肖凝听说我会跟她们一起行动后，反倒是开心得不得了。还拖着两个小姐妹过来要教我蹦D，其理由是怕我不会蹦那个什么D，到里面去露了马脚。这更加阴损的主意立刻让那四个混蛋大声叫好，就连平时被我训得一愣一愣的特警们也开始跟着起哄。心里面真是好气又好笑，偏偏还发作不得。人家说"秀才遇到兵，有理说不清"，可我这算啥啊？所以，我不得不落荒而逃，靠躲进厕所才逃过了这一劫。

"君子报仇，十年不晚，何况老子还不是什么君子。姓黄的你给我等着，哪天非让你丢人丢到天边不可！"蹲在厕所里，我叼着根烟恶狠狠地咆哮。将那"滋滋"燃烧的烟卷当成了那姓黄的混蛋，一口口地狠狠吞进肺里再使劲儿吐出去。

晚22时30分，王队长下达出击命令，行动开始，代号居然就是"狭路相逢！"

第十三章　实战检验

23时05分，换穿便装的我们走进了位于城北的一家名叫"尖叫"的D厅内。我们这个分队共有14人，男女各占一半，分两组间隔10分钟进入。我和肖凝在第二组，我们这个分队的任务是抓捕正在D厅内消遣的一名目标人物，那家伙的真名叫什么我不记得了，不过那绰号我还有点印象，叫什么"灰龙"。来的时候见过这"灰龙"的照片，满脸的横肉，右脸上还有一条长长的刀疤，给人的第一感觉就是不属于善类的那种。

简报上说刑侦队有两名侦察员已经潜伏在了那家D厅里，他们将给我们提供必要的情报，并协助我们的抓捕工作。

推开厚厚的玻璃门走进这家建在地下的D厅，那疯狂的刺耳的不知道应该叫音乐还是噪声的东西立刻钻进了我的耳内，让我不由得皱了皱眉头。

突然感觉手被人轻轻握住了，扭过头去，正好看见肖凝微笑着的脸，在D厅昏暗而又不住晃动的灯光下，显得异常的妩媚。

"弟弟，忍忍就好了！"她关切的话语让我的心不由得一暖。轻轻点了点头，任她牵着手将我拉了进去。

以前也听说过D厅里是如何的疯狂和混乱，不过那只是听说，如今真真切切地见到了，才觉得这句话真是一点都不假。歇斯底里的重金属音乐、昏暗的闪烁不停的灯光，还有那在宽大的叫作舞池的场子里不住扭动肢体的疯狂的人群。男男女女都随着那音乐疯狂地扭动着、摇晃着，似乎在借此宣泄年轻过剩的精力一般。

这是我无法理解的生活方式，因此，我不住摇头。我们的精力永远没有过剩的那一天，就算是有，也被高强度的训练消耗光了，哪还有力气和心情来蹦这什么D？

记得教官曾跟我说过，有两种环境最容易潜伏危险，一种是过分的安静，而另一种就是极度的嘈杂。我现在所处的环境就属于第二种，所以，我的身体已经不需要大脑的通知，下意识地便进入了戒备的状态。

一个狙击手必须在任何环境、任何情况下，保持对周围局势的完全掌控，这是一个狙击手必须具备的素质。因此，我走进D厅后的第一件事便是迅速地打量四周的情况。只是，那震耳欲聋噪声一般的音乐和昏暗的晃动不停的灯光严重干扰了我的听觉和视觉，这让我很不舒服，虽然这样的环境也能为我提供很好的掩护，但我还是不喜欢这里。我想，这应该是性格的原因，和别的没关系。

我们7个人在靠近吧台的角落里坐了下来。吧台旁边有个小门，情报上说，这个小门是个可以通向外面的出口，我们得把它守住。至于大门那边，先期进来的7个人已经守在那儿了。我们接下来的事情，便是坐着等候刑侦队的侦察员传来最新的情报。

趁等情报的这个间隙，我好好地打量起周围的情况来，这似乎已经成为我的习惯了。不管是到哪儿去，第一反应便是打量四周的情况，并计算进攻和撤退的最佳路线。只不过，在D厅这种相对封闭的环境里，进攻和撤退并没有多少路线可选，而且这次任务的负责人并不是我，这个分队有一个分队长全权负责这项抓捕任务。说白了，我不过是个跟着来长长见识的，整个任务基本上用不着我出手，老老实实地坐一边看都行。因此，我现在做的不过是出于一种习惯罢了，习惯这东西，一旦形成，要想改掉是件很困难的事情。

见我不停地打量来打量去，肖凝轻轻地笑我。她说："你呀，老东张西望地干吗？想看美女啊？真是的，旁边坐着好几个美女呢，也不见你看一眼。"

她的话让同来的几位男女特警一个个抿着嘴直笑，这让我郁闷不已，习惯性地又挠起了脑勺说："不是，你看那边那几个小孩，他们好像在吸毒。"

肖凝顺着我手指的方向看了过去，那是离我们大概十几步远的一张桌子，几个十六七岁，穿得花花绿绿的少男少女正凑在一起吸食一堆白色的粉末。吸完后，仿佛一瞬间被抽去了筋骨一般，软软地倒在了沙发上。

肖凝轻轻地叹了口气，声音也变得轻微和无奈起来。"是啊，这些孩子，哎！算是毁了。该死的毒品！"

我问她这家D厅是不是那个团伙开的，她摇头说："不是，这个城市的地下势力各有各的地盘，也各有各盘根错节的关系网，他们靠各种非法的手段牟取暴利，同时也分给幕后者利益，而真正受害的却是最普通不过的老百姓。而我们身为执法者，却在很多时候不能为那些受了冤屈的人申冤，墨尘，你说，这是不是很悲哀？"

我默默地点了点头说："是啊！"

这个沉重的话题让我们都失去了说话的欲望，只是静静地坐着，看着舞池里仍旧扭动不停的人群，那刺耳的音乐和躁动的音符似乎在瞬间从感官内抽离了出去，让我们变成一个个独立的存在，静静地观望着下面的闹剧。

就在这时候，分队长开始通过耳麦分配任务，看来他已经和侦察员接上头了。分队长说，目标在二楼的一间包房内，一共三个人，另外两个人一个是他的跟班，另一个是这家D厅的老板。目标还有一个情妇，现在正在下面的舞池里跳舞，就是舞池东北方，那个穿蓝裙子的年轻女人。

不出所料，我果然是个看客，不过分队长显然不想给我这个印象，临时派了个守厕所门的任务给我。这让我很郁闷，堂堂T大队的王牌狙击手，居然被派去守D厅的厕所门，传出去还不叫兄弟们笑话死？

我心里恨得牙痒痒，咒骂那该死的黄某人把我给塞到这儿来。可肖凝这丫头还不放过我，动手前还附在我耳边笑话我说："你的责任重大哟，可别让人从厕所跑了哦！"

我…………

郁闷归郁闷，我还是老老实实地走到了厕所边，守起了这个所谓的"责任重大"的厕所。

无聊地靠在墙上，我的目光从舞池中那些犹自不住扭动的人群间划过。一具具年轻的躯体、一张张年轻的脸，在这封闭、幽暗的空间内，在歇斯底里的音乐中，在充斥着酒精味和各类体味、香水味的空气里,不停地扭动出各种各样的姿势。有诱惑的、有暧昧的,但更多的却是随着那扭动的肢体而一起散发出来的赤裸裸地宣泄和欲望。这让我忍不住去想,他们,除了这具躯壳外,还剩下什么?是我的思维已经完全落伍,完全与这社会脱节了吗?还是,这社会本身就已经变得混乱和疯狂,变得让这些年轻人不再拥有理想和信仰,而只剩下对金钱和欲望的追逐,变成只懂得享乐,只懂得如何才能为自己争取更大的利益?难道,在这个时代,我们一直所坚守的无私奉献的信念已经成为一个故去的历史名词了吗?

苦笑着摇了摇头,强行终止掉已经陷入混乱的思绪。这些问题不是我这个小兵能够考虑的,更不是我可以解决的。那是政治家、教育家们的事情。我只要做好我应该做的,尽到我身为战士应该尽到的责任,这就够了。不管这社会怎么变,至少那无数的山林里,还有一群和我同样的人,在坚守着那个信念。即使在这个信仰危机的时代,我们仍然固执地守卫着我们的信仰,正如那一首歌所唱的那样:"什么也不说,祖国知道我,战士的心中有团火,将钢枪暖热!"

突然,一声尖锐的枪响从那如同磨骨头的电乐声中穿透出来,紧接着又是更多更密集的枪响。原本还疯狂摇晃着身体的人群先是一愣,紧接着便爆发出一声高比一声的尖叫,本就显得混乱的舞池更加混乱。无数的男女,在那一声声的枪响中,如同无助的受惊小兽一般纷纷抱头鼠窜,整个D厅内瞬间混乱到无法控制。

没时间去理会这些混乱的男女,我把视线投向了枪声传来的方向。那是二楼的一个包间,看来那条什么"灰龙"就在那里了。十几个身材魁梧的男子正在向二楼靠拢,看来应该是这D厅里看场子的打手。我对这些家伙没什么兴趣,像这些顶多学过两招散打的家伙,根本不是那群特警的对手。不是我说大话,就算是肖凝那样看上去柔柔弱弱的小姑娘,也能放倒他们两个。记得集训的时候,袁中校就专门给特警上过格斗课,而且还挑的全是那种一招克敌、阴损毒辣的东西来教。这些东西要拿出来用在人身上,其后果可想而知。

原来特警们抓人也是用这简单暴力的法子,这和我们T大队有时执行的任务还真差不了多少,都是采取最简单直接的暴力打击方式。不过也是,特警队说白了就是一个专攻战斗的单位,你总不能让他们去搞那些偷偷摸摸的侦察,或者是像刑警查案取证一样,去一点一点地抽丝剥茧吧?担负的任务不同,采用的手段自然不会一样。当然了,我是说有时候,并不是全都是一样的,都一样了还要我们特种部队干什么啊?要从职能上说,暴力打击类的任务其实只是我们的副业,我们的主要任务还是侦察,战争期间的战场信息侦察。特种兵其实只是个简化了的称呼,我们的全称是特种侦察兵,侦察才是我们的老本行。

正当我在心里比对着特警和特种兵的差别时,一袭跑动的蓝影引起了我的注意。转过目光,正好看见一个穿着蓝裙子的年轻女子从厕所里跑了出来,似乎很是紧张和仓皇。

目标的情妇？应该是，看她那惊惶的样子肯定是被枪声的惊吓所致。作为人家的情妇，她肯定知道自己的情人是个什么货色，仇家不少，警察也要抓他。那么，她现在应该是要趁这混乱的机会逃跑。

意识到这一点，我不假思索地便是一个正蹬向她踢了过去。毫无防备的她被我结结实实地一脚印在了小腹，还没反应过来是怎么回事便倒飞了回去，重重地摔在了厕所光滑的地板砖上，"滋溜溜"滑出老远。

我不禁苦笑了一下，暗骂自己踢人也不看看对象，这下子出手又重了些。不过，这也不能全怪我吧，我可都留了一半的力气了啊！只用一半力还能让她飞出去这么远，要怪就只能怪她自个儿体质太弱，没本事还学人家在外面混个什么劲儿啊？

见她躺在地上半天不动弹，连个哼哼的声音都没有，我有点心虚了，该不会死了吧？那我可麻烦了，虽说不是没杀过女人，可那是在执行任务，对付的也都是天天拎着脑袋过日子的亡命徒。眼前这个可不一样啊，说不定她还掌握着不少有用的情报呢，真要就这么被我一脚给踢死了，那我的罪过不是大了？

想到这里，我连忙跑了过去，蹲下身一看，总算松了口气。原来这女人还没从那一脚里缓过劲儿来呢，你让她怎么哼得出来！

虽然对这种女人我打心眼儿里看不起，可想想让一个女人就这么躺在地上也说不过去；虽说她很可能也是个犯罪嫌疑人，但怎么说也是个女人吧。自从接受过肖凝的教训后，对于男女有别这句话我可是时刻牢记在心，打死也不敢再犯第二次了。所以，我还是把她从地上拽了起来，这一拽可真是把我吓到了，她……她竟然不是那个什么"灰龙"的情妇！

意识到自己犯了多大的错误，我愣住了。虽说我可以给自己找很多的理由，比如说什么光线太暗看不清认错了人啊，她慌张跑动的样子很令人怀疑啊等等，可踢错人就是踢错人了，这事实是改变不了的。更何况，我也不是那种明明做错了事，还要找理由来为自己开脱的人，错了就是错了，那就得担着。

不过她似乎还没缓过劲儿来，也可能是根本就没看到是谁踢的她，反而对扶她起来的我露出了个感激的笑容，只是那笑容从仍旧痛苦的脸上硬挤出来，要多难看有多难看。这让我心里更不是滋味儿，心里面那个沮丧啊，就别提了。

把步履艰难的她扶出去之后，D厅里的战斗已经结束了。大量的警察正在打扫战场。人群按性别分成了泾渭分明的两拨，一个个抱着头蹲在地上，战战兢兢地接受警察们的检查和问话。

见我居然扶着个女孩子从厕所里走了出来，特警们的眼瞬间睁得浑圆，全都用一副惊讶的表情望着我。肖凝更是两步就冲了过来,瞪大着眼睛,小嘴鼓鼓地望着我。不用她开口我也能明白,她是想质问我怎么回事呢?咋一会儿工夫就扶上了一个陌生的女子,而且还是从厕所里出来的。

将仍旧站立不稳的女子交到了一位女警手里,我将气鼓鼓的肖凝拉到了一边,苦着脸向她解释事情的经过。没想到她听完不禁不同情我,反倒指着我笑个不停,还笑得很辛苦,连眼泪都快掉出来了。

等笑够了,她才叹着气说:"墨尘啊!我的好弟弟啊!你这下麻烦大咯!哼,以为是'灰龙'的情妇,真不知道你是怎么看的?好像某人还是什么王牌狙击手吧?咋眼光就这么差劲儿呢?你也不看看被你踢倒的那女孩子,人家那气质是那种做情妇的人么?真是的,白痴!笨蛋!我看你怎么跟人家解释去?哼!"

我苦着脸说,"大姐,我的好姐姐,拜托你饶了我吧,别说了行不?我知道自己不是当警察的料行了不?你就帮帮我吧,我是真不知道该怎么处理啊!"

见她还是偏着头不理我,我恨恨地说:"你不帮我也行,那我就来个杀人灭口,毁尸灭迹,保证谁也看不出来。"

一听我这样说,她立刻"啪"地给了我个响头。"杀、杀、杀!你就知道杀,那么漂亮的女孩子你也下得了手,你个死墨尘,死没人性的!算了、算了,谁叫我是你姐姐。哎!真是倒霉了,怎么就会摊上你这么个弟弟,早晚被你给气死!"

我知趣地不再说话,任由她在那儿倒霉啊、命苦啊的絮叨,像个做错事的小孩儿般老老实实地跟在她后边向那个女孩子走去。

到底是当警察的,跟当兵的就是不一样。在见识到肖凝处理这事儿的方法后,我由衷地感叹。想想我们这些当兵的,生怕把老百姓给得罪了,就算有时吃点亏也是自个儿打掉了牙齿往肚里吞,不情愿也得忍着。谁叫咱是人民的子弟兵呢?可人家警察就是牛,你看肖凝这小女警,站在那女孩子面前上上下下打量了一番,然后对那些普通的警察说:"先带回去,有些事情得请她协助调查一下。"

等到了公安局,再对那姑娘说:"对不起,我们的一位警员认错人了,您在这儿签个字就可以走了,给您带来的不便,请多原谅。"

一听说是被人抓错了,也就是说那差点要了自己命的一脚也是白挨了,人家姑娘当然不干,说什么也不肯签字,非要找那个踢她的混蛋讨回个公道。我当时就站在门外边,一听这话就想冲进去自首,要打要骂随她去了,谁叫咱做了错事呢。

可肖凝却把我拉住了,她恨恨地瞪了我一眼,那意思说:打人的时候挺厉害,打完了就蔫了,这会儿又想充男人了是吧?老老实实给我待着!

然后,我们肖凝就出马了,她把以前当狙击手那点本事发挥得淋漓尽致。先是用充满杀气的眼神直直地打量了那姑娘几秒钟,看得人家小脸煞白,然后才慢吞吞地说,"你不签也行,这样吧,我们还有些情况没有调查清楚,希望你能够协助一下。对了,按照《丹商治安管理条例》,我们有权对嫌疑人扣留24小时。如果证实你和'灰龙'那伙人没有任何关系,我们会在24小时后将你释放。"

虽然百般不情愿,但那姑娘显然不想在公安局里待上24个小时。所以,她还是签下了自己的名字,带着一脸怒气走了。目送着她离开,我总算长长地松了口气。心里面不禁感慨,以前看不起警察,可没想到这警察也不好当啊!这回,可真算是长见识了。

肖凝邀功似地晃了晃手中的文件,指着上面那女孩子娟秀的笔迹笑眯眯地对我说:"墨尘,你看,人家这名字多有诗意,多有气质啊,你居然敢怀疑人家是那恶棍的情妇,真是瞎眼了!哼,你该看到那混蛋的情妇了吧?长得妖里妖气的,哪能跟人家姑娘比?你倒是没事了,可怜姐姐我啊,为了你这家伙不得不在这里装恶人,现在人家姑娘肯定恨透我了,你说说你怎么赔吧?"

我连忙赔小心地说:"还是姐姐厉害,三言两语就把人给打发走了。弟弟我是有眼无珠,人家姑娘那么漂亮、那么有气质,就'灰龙'那打扮得妖精一样的情妇怎么能跟人家比呢?……"好话说了一大堆,好歹算把这姑奶奶给哄住了,最后偷眼瞅了一眼蛮冤枉地挨了我一记重脚的那姑娘的名字,的确是挺有诗意、挺有气质的,叫"陆韵诗"。上面还有她工作的单位、地址、电话什么的,不过我都没看清,因为肖凝晃了一下就把它给收起来了。只是隐约看见了个什么"星宇公司"的字样,看来应该是这个公司的白领吧。

除了我这个不和谐的插曲外,整个"狭路相逢"行动圆满完成,只有几名队员受了点无伤大雅的轻伤。对于这样的战果,特警队、公安厅的领导们相当满意,一位二级警监拉着袁中校的手说:"袁教官啊,你们一定要多留两天,你看,这段时间忙着训练,我们也不好意思来打搅,现在训练结束了,如果我们不好好地谢谢你们,那不是让人戳我们公安厅的脊梁骨嘛。"

袁中校也笑着跟人家忽悠,说什么"不用客气啦,首长们的心意我们心领了,这款待就不用了吧。前天晚上的会餐已经够盛情的了,再让你们款待下去,我们也怕回去被人戳脊梁骨说我们搞腐败啊!"

不管他们在那可劲儿地忽悠来忽悠去,我找了个稍微清净点的地方一屁股坐了下去,点着了一支烟,开始好好地梳理有些凌乱的思绪。

那灰白的烟雾还是一如既往地缭绕翻腾，再自由自在地随风飘散。而我呢，经过这一个月相对悠闲的生活之后，我又将回到那座与世隔绝的山里，继续我一成不变的生活。

第十四章　国境狙击

还没好好休息，第二天一大早便被直升机旋翼搅动气流的巨大声音惊醒。

还没等直升机落地，杨中队那粗犷的嗓门便通过扩音器响了起来。他在喇叭里吼道："文墨尘，赶紧下楼！马上出发！紧急任务！"

我当时的动作已经不能用利索来形容了，那完全就是条件反射的应激，起床、穿衣，连门也不走直接从窗户翻了出去。三楼而已，对我们来说不算什么。

刚刚在楼前的空地上站定，直升机也颤巍巍地停在了地上，桨翼仍旧"呼呼"地转着，让我不得不低下头，眯起眼来躲避它卷起的灰尘。

"上来！"随着舱门"刷"地拉开，杨中队探出半个身子冲我招手。

来不及跟相处一个月的人们告别了，我头也不回地冲后面的宿舍楼挥了挥手，猫着腰跳上了直升机。

就在机舱门将要关上的时候，肖凝从楼里冲了出来，她一边用手护着被风刮得不住乱舞的头发，一边冲着我喊："文墨尘，你要是敢不跟我联系，看姐姐我怎么收拾你！别以为你那什么特种大队是个鸟都飞不进的地方，姑奶奶要去，谁也拦不住！"

杨中队歪着个脑袋瞪着我看，机舱里的兄弟们都捂着嘴偷偷笑，还有那些在宿舍窗户前探头探脑的特警以及那几个大小不良的教官这会儿的德性也绝对好不到哪儿去。可我还不敢对这大小姐怎么地，反正，反正我文某人的形象算是毁在特警队这地方了。

对于肖凝这番明显带着威胁意味的话，我丝毫不敢怀疑她不会说到做到。在特警队里，谁不知道她肖大小姐是谁？而且，我们大队的参谋长，也就是我来的时候让我对特警队手下留情的那个姓肖的老头，跟我们这位大小姐还有那么点亲缘关系。你说 T 大队的大门能不能拦住她？

所以，我只好扯着嗓子打包票说，"放心吧！绝对不会，绝对不会！"现在我算明白黄中尉那句"唯女子与小人难养也"是啥意思了。"近之则不逊，远之则怨"啊！

冲肖凝挥了挥手，我"刷"的一声关上了舱门。肖凝眸子里那亮晶晶的东西让我的心没来由地"咯噔"了一声，似乎自己又犯了什么错误一样。

杨中队拍了拍我的肩膀，笑着说："墨尘你小子行啊，这才一个月就攻下目标了？咦，弟兄们，你们刚才看到没有，那丫头好像是咱参谋长的侄女儿啊！"

机舱里立刻热闹起来，一个家伙接嘴道："是啊是啊！墨尘你小子不简单啊！兄弟我对你的景仰有如长江之水那个滔滔不绝，又如黄河泛滥……"

他话还没说完，就被另一个哥们儿把嘴捂住了。"你小子有完没完啊？这对白早过时了还在这儿念叨，丢不丢人？墨尘，别理这小子，跟我们说说这次捞到啥战利品没？"

立刻有人接话道："还有什么战利品比刚才那更好的啊？兄弟们说是不是啊？哈哈！"

一群人哈哈大笑起来，只是这笑声在发动机巨大的轰鸣面前，显得那么微弱，跟蚊子的"嗡嗡"声，没多大区别。

任由他们在那儿折腾，我默默地检查着装备。衣服不用换，反正身上一直都穿着迷彩服，只要在外面套个防弹战术背心就行了。至于其他林林总总的玩意儿，全部穿戴整齐也用不了一分钟。至于那所谓的什么"战利品"，倒确实是有的，特警队为了感谢我们这些教官，在训练结束后送了不少东西给我们。比如那条半巴掌宽的纯牛皮武装板带，往腰上一扎不仅威风而且特舒服，比部队的武装带好多了。至于其他还有不少小玩意儿，像什么特警的作战服还有警徽什么的，不过那都是纪念意义大于实用价值。虽说东西是不少，可由于走得匆忙，这些东西都被扔在宿舍里了，这一走，还不知道能不能回来取呢。

我敢打赌，这会儿特警队大院里的人绝对是用一种羡慕之极的眼神看着我们坐直升机离开的，透过舷窗都能看到他们在窗户前直勾勾仰起的脖子。仿佛是故意显摆一样，直升机肥胖的身躯在驾驶员的操纵下绕着宿舍楼轻盈地兜了个圈，这才一昂头向西南方飞去，带着巨大的轰鸣声扎进了朝阳初升的天空。

在我整理装备的同时，杨中队开始宣读任务简报。简报上说，根据情报机关证实的消息，某邪教组织近期在理南地区活动频繁，而且，其组织内一重要人物李JACK已在两个星期前从星国飞往了威南，该人是邪教组织在国内活动的骨干分子之一。与李JACK同时抵达威南的还有星国老牌雇佣军组织"地狱火"的一个丹商裔人种分队，共16人，双方是雇佣关系。他们极有可能是想从丹商与威南的边境非法入境。而且，根据威南的情报人员发来的消息，在李JACK到达威南的当天，曾与一地下军火商和一名毒枭秘密会面，但其谈话内容不详。情报机关推JACK应该是要用这些雇佣兵保护其非法越境并运送相当数量的毒品和军火。而我们的任务，就是截住这些人，并抓住那个李JACK。至于那些什么"地狱火"雇佣兵，看来只能是送他们去该去的地方了。

读完简报之后，杨中队又开始给我们讲一些关于"地狱火"的基本资料：

地狱火雇佣军团，始建于星国南北战争时期。其第一任军团首脑为 B. 史密斯，一个北方军少尉。他首先将铁丝网运用到了战场上，以至于南军士兵纷纷诅咒这种"魔鬼发明的武器"。

战争结束后，在南北军战士家族的私人寻仇行动中，地狱火开始崭露头角，以致在相当长的时间内既被南北双方唾弃，也被南北双方接受和默许。

再后来，"地狱火"逐渐在星国政府的暗中支持下发展壮大，鼎盛时期甚至参加了星国政府在西洲的一系列行动，在袭扰战和破袭战中担当了相当重要的角色。

"地狱火"走过一段下坡路，但在星国政府雇佣其执行暗杀行动后便又逐渐恢复元气。

现在的"地狱火"雇佣军团实际上就是星国特种部队的外围机构，专门负责清除一些不方便政府部门亲自出面的人物，成员结构大部分由特种部队退役人员组成。

现任"地狱火"雇佣军团首脑的是斯克·巴维尔上校，总部设在一座岛上。常驻雇佣兵五百名左右，拥有一个自主的私人训练基地培训新人。

这次被李 JACK 雇佣来的丹商裔人种分队，是"地狱火"为发展丹商区域业务而专门组建的，其成员有星国本土长大的丹商人后裔，还有就是从特种部队退役的军官和士兵，以及一些亡命徒。所以说，兄弟们，我们这一仗的难度可不小啊，我们特种大队成立才多少年？可人家"地狱火"那可是有上百年历史了。作为一个雇佣兵组织，能够存在这么长的时间，虽然有政府的背后支持，但其本身的实力是我们不可小觑的。

杨中队最后的话在我们中引起了一片不满意的嘘声，这让他感到很没面子，拉着张黑脸骂道："干吗？别用那种眼神看着我！怪我长他人志气，灭自己威风是吧？我是要你们注意，别以为'老子天下无敌'。咱们是特种兵不错，是有牛气的本钱，是可以谁都不服，谁都不鸟。可用你们的脑子好好想一想，咱们也他妈是人，一颗子弹照样能要我们的命！"顿了顿，他又接着说："更何况，我们这还是第一次和国外特种部队面对面的交手，这可不是那个什么国际侦察兵比武。那是比武，不是打仗明白吗？别以为我们年年能扛几个第一回来就打败天下无敌手了。比武是什么？打仗是什么？你们这群人自己清楚，打败一个人和杀死一个人，那完全是两码事！"

大概是一口气说这么多有点累了，杨中队抓起水壶往嘴里狠狠地倒了两口，然后点上一支烟，吐了两口烟雾后才一字一顿地说："兄弟们，我把你们带出来，所以，我也要把你们一个不落地带回去。听明白没有？"

"明白！"我们齐声吼道。那随着吼声喷薄而出的腾腾杀气让杨中队很是满意，环视了我们一圈后，他开始分配任务。

这次任务，大队一共派出了我们中队的两个小队，一个是我所属的"猎鹰"，另一个是"山猫"。按照计划，两个小队分头行动，我们"猎鹰"负责敌人行进路线的侦察和拦截，"山猫"的弟兄们会累一点，他们得穿插到佣兵们的屁股后面去。用"山猫"队长的话来说就是，"要把那群假洋鬼子的屁股打开花"。

杨中队笑骂道："别的洋鬼子我不管，李JACK那小子必须保证抓活的，这可是上面反复交代的。所以，你们都给我记住了，别一顺手把那小子也送回老家去了，那你自己跟上头解释去，我可不帮你们顶锅！"

杨中队的话让我们20多号人一阵好乐，等乐够了，两个小队的队长便开始按照所属的任务制定行动计划、人员编组等等。这些事情自然不需要我们去费心，我们现在该做的就是抓紧时间休息，一旦任务开始，要想睡个安稳觉那只能是种奢望。

直升机一直沿着空中看不见的航线往西南飞行，途中在某陆航团进行了一次油料补给，并给我们这群在机舱里憋了大半天的爷们儿排除体内垃圾的时间。然后，直升机肥胖的身子又被旋翼搅起的气流托到了空中，继续它还未完成的路程。

直升机的终点站，在边境线上茂密的丛林里。我们这20来号人将会被它扔在一个边防部队的军营里进行短暂的休整以及必要的训练。那座军营将是这次行动的总指挥部，任何有关此次任务的情报、消息都会经由此发出。

下午17时21分，直升机降落在那座边境线上的营地内。走出舱门，扑面而来的便是丛林那特有的气息。这气息是如此的熟悉，让我血液里那天生的猎人因子都禁不住躁动起来。似乎是自然而然地，我浑身的肌肉就已经进入了一种兴奋状态，完全不需要经过大脑的同意。

再看看周围站着的弟兄们，竟发现他们的样子也和我差不到哪儿去。我不由得苦笑，对于这丛林，我们已经太熟悉了啊！我们在丛林里留下了太多的东西，青春、汗水、鲜血、梦想、生命……

我下意识地握住了背在身后狙击步枪的枪管，枪身的冰凉透过手上厚厚的老茧传入掌心的皮肤，让我感到了它与我的血脉相连。一年前，同样是在丛林，同样是用这支狙击步枪，我扣动了扳机，将那颗高速旋转的钢芯弹头送入了人的脑袋。然后，我彻底地告别了我的过去，成为了一名合格的狙击手。一年后，我又回来了，可我却不是来找回已经失去的过去，我是来完成一个军人的使命。

那一刻，我站在营地的土质操场上，目光环视着周围高大的树木，紧握着狙击步枪那冰冷的枪管，在心里大声喊道："丛林，我回来了！"

由于两个小队都有或多或少的人员变动，所以我们在这座基地里进行了三天的小组战术协同训练。对于特种作战来说，良好的战术配合往往是战斗胜利的关键，所以，这种训练是极其必要的。每一个特种战士都必须记住一个常识或者说是一条规则，这里需要的是士兵而不是英雄。所以，特种兵绝不是什么电影里的孤胆英雄。

因为林默学习还没回来，所以小队的技侦手是从别的小队抽调来的。而我的观察手也是刚刚从预备队里补充上来的，所以，他们与我们原班人马的配合还需要磨合。别说他们，就连我在离开了一个月后，也需要在进攻、防守以及撤退等战术上与战友们进行磨合，使自己能跟得上他们的节奏。这样的训练是相当必要的，这就好比踢足球一样，就算你个人的球技再高超，如果没有你的队友和你配合，你也不可能带着球突破对方11个人的防守。自然，取得球赛的胜利那也只能是妄想。

正确、熟练的战术配合，能使整个小队在战斗中的所有动作如同行云流水般顺畅，不但能有效地压制、打击敌人，更能最大限度地保存自己。因此，团队的协同乃至团队的协作精神对每一个特战分队来说至关重要，不可或缺。只是，由于任务紧迫，我们的训练时间并不多。3天后，我们进入了丹商与威南边境绵延千里的丛林里。

情报机关一直没有新的情报过来，这让我们无法确定李JACK和"地狱火"的雇佣兵们会在什么时间、什么地方越境。杨中队很恼火，因为这会给我们的任务带来许多麻烦和困难。边境线上可供越境的地方很多，而且对方是擅长小范围特种作战的雇佣兵，因此，从边境守卫部队的防线中渗透进去，对他们来说实在是太容易了。而我们的任务是在他们越境前截住他们，就目前我们所掌握的情报来说，这显然只能是一种单方面的期望。其实，抓他们最简单的法子就是放他们进来，再关门打狗。不过，这种方法上头显然是不会同意的，而且，这也不符合我国军人的作风。不论是上面还是我们，一贯的原则就是杀敌于境外，尽可能不在国内造成损失和影响。军人的职责，不就是这个吗？

我们已在这片丛林里足足转悠了两天，除了发现一些走私者和贩毒者的踪迹外，我们没有任何收获。可我们还不得不继续这种似乎纯粹是浪费体力的搜索，战场上是没有侥幸和万一存在的，只要你有瞬间的疏忽，结局便很可能改写。

2005年11月21日，22时45分，新的情报终于通过分队战术电台以密码电报的形式发了过来。情报上只是说，李JACK与"地狱火"雇佣兵们已经于两天前离开了藏身地，而且连他们的行进路线都不清楚。如此笼统的情报按理说不是我国特工的工作作风才对，可看完电报才发现我们错怪了境外的情报员们了。为了这次任务，我们在威南的潜伏人员已经被迫暴露了好几个人，而且，不知道李JACK用了什么手段，竟然让威南情报部门对我在其境内的情报人员进行大肆搜捕，从李JACK一出现在威南就开始，监视他的两位特工就没有任何消息了，生死不明。在谍报界，这只能说明一个问题，两位特工兄弟已经被人灭口、毁尸灭迹，唯一还能证明他们曾经存在过的东西，恐怕只剩下情报部门里那打着"绝密"标记的档案了。

记得我们在上安全保密教育课的时候，保卫科一名干事就跟我们说过，隐蔽战线的斗争从来都没有停止过，那是没有硝烟的战争，却远比真正的战争危险和残酷。每一个情报人员，从他加入的那一天起，就注定永远被阳光抛弃，在黑暗中默默地战斗、流血、牺牲。他们才是真正被世人所遗忘的人群，除了相关的人员，不会有人知道他们存在过。他们，才是真正当之无愧的无名英雄，才是最伟大的战士。

那种悄无声息的较量，对于我包括我周围的人来说，都是陌生的，那不是我们适合的战场。所以，对于这些已经默默离去的人，我们只能为他们静静的默哀。秦大队说的没错，"离去的已经离去了，而我们这些还活着的人，还得继续去战斗、去流血，直到我们也倒下的那一天。"

读完了电报，大家的心里都像压了一块石头，变得沉甸甸的。杨中队说："弟兄们，把对英雄的哀悼留在心底，现在，是该我们去为他们报仇的时候了，只有用那群混蛋的血才能祭奠他们的在天之灵！"

原定的作战计划因为情报的延误和不确切，不得不临时更改。原本打算踢人家屁股的"山猫"小队也只好跟我们一样在丛林里转悠。我们两个小队之间相隔了大约20千米，这是单兵电台的极限通信距离。按照新的方案，两个小队同时进行搜索，任一小队发现敌踪便就地设伏，并立刻通知另一小队迂回支援。考虑到战场的不确定性，杨中队向指挥部请求外围支援，希望边防部队能够加大对边境线的巡逻密度和强度，并将巡逻范围向边境线最大限度地扩大。

指挥部同意了杨中队的请求，整个边境线上的警戒立刻上升了一个战备等级。边境站更是如临大敌，小型出入境通道全部关闭，只留下几个大的人员和物资通道，而且，执勤的武警也全部换成了驻军。指挥部还询问我们需不需要武力增援，杨中队立刻回绝了。他说，"如果连几个假洋鬼子都放不倒，那我们T大队干脆解散算了！"

这句话很合我们的心意，我们需要的是外围支援，以免出现漏网之鱼。更何况那些家伙运送的东西还是军火和毒品，而且数量还不少，这些东西一旦进入国内落到了不法分子的手里，那造成的危害将是难以估计的。至于短兵相接的战斗，不是自己在这儿说大话，我们还真没把那什么"地狱火"的雇佣兵们放在眼里。雇佣兵，其实就是为利益而战斗的群体，说白了就是为了钱。也许在他们的集体当中也有战友情、兄弟情的存在，但总体上还是群为利益生存的动物。所以，他们是不可能与我们相提并论的，我们是什么人？是堂堂的丹商军队，是刺刀杀得卷刃了还能用牙齿咬死他两个敌人的丹商军人，是专门和人玩死掐的丹商特种兵。

记得曾有位别有用心的某国记者问一位丹商将军，"如果您突然间发现自己陷入敌阵，周围全是敌人，而您却只有一个人时，会怎么办？是开枪，还是投降？"我们的将军毫不犹豫地答道："开枪！"那位记者又问，"如果您发现枪里没子弹了呢？"将军答道："刺刀！枪托！"记者似乎不想放弃，又问道，"如果连枪都没有呢？"将军淡淡地看了那记者一眼，依旧是毫不犹豫地回答："没关系，我还有拳头，还有牙齿！"记者有点气馁，可他还是不想放弃，还是想从将军的嘴里挖点别的东西出来，他最后问道："如果您没有任何武器，而且明知自己除了投降之外没有生还的希望，您会怎么办？是战斗还是投降？"将军依旧是淡淡地看着那位记者，然后回过头对着大厅里无数的记者和客人大声说道："这个问题，我代所有的丹商军人回答你：丹商军人的字典里，没有'投降'两个字。所以，我们丹商军人的答案是：死战！战死！死战到底！"顿时，掌声雷动。

是的，丹商军人的字典里从来就没有"投降"这两个字，面对战斗我们绝不会退缩和逃避，我们的选择是死战，拼死而战，直至战死！

第十五章　丛林追踪

2005年11月22日，凌晨3时06分。尚在睡梦中的我被打火机轻微的扣击声惊醒。还未睁开眼，右手便下意识地摸在了狙击步枪的保险上。经过夜露的洗礼，狙击步枪的机体变得冰凉彻骨，那彻骨的寒意让我那点残留的睡意瞬间消失。

将枪从掩体的射击口伸出，打开瞄准镜的护盖，夜视瞄准镜淡绿色的视场跳入了我的眸子里。透过瞄准镜看去，丛林里所有的生物都染上了一层奇怪的淡绿，那顺着夜风轻轻摆动的蒿草以及"哗哗"作响的树叶，从这淡绿色的视场里看去，都给人一种说不出的诡异感觉。

观察了一小会儿，没什么发现，从耳机里询问了一下观察手，他那边也没有特别的发现。确定没什么情况后，我从掩体里退了出来。刚从地上爬起来，就听见杨中队在耳机里骂当班的哨兵，"你小子搞什么名堂，没事儿报什么警，刚刚梦到未婚妻，正准备亲嘴呢，就被你这个混蛋给吵醒了，存心的是吧？"

耳机里立刻响起一阵低声的哄笑，其中一个哨兵兄弟也嘿嘿地笑着解释说："是刚才发现个黑影弯着腰摸了过来，动作相当专业，所以就发声报警了，哪知道那黑影竟是只晚上出来觅食的黑豹，虚惊一场，虚惊一场啊！"

大家又是一阵笑骂，闹完了才发现怎么也睡不着了。最后杨中队说："反正今晚是别想跟我未来老婆亲热了，作为对我的补偿，你们这帮小子就得辛苦点，趁离天亮还有段时间，我们再往前搜索一段距离，争取在天亮前到达593.4高地。"

又是一阵笑骂后，我们开始按"V"字队形前进。担任尖兵的兄弟自然就是那两个打扰了中队长大人美梦的哨兵兄弟。我和观察手按惯例走在队伍的最后，这样安排的好处是在突然遭遇战斗时，狙击手能迅速为前面的战友提供有力的战术支持，而坏处是如果被人从后面包抄，那狙击手就得变成火力接触的第一线，丧失狙击手远程精确射击的优势。因此，我们在队伍的最后面加了一个重火力支援手，他手里经过改装而便于携带的重机枪能够在接敌的瞬间编织出极强大的金属火网压制敌人的火力，再加上狙击手精确射击的辅助，完全可以在一定时间内将敌人压得抬不起头来，为小队的突围提供强力的火力支撑。

严格来说，我们还不算队伍最拖后的人，走在最后面的是小队的卫生救护员，他的任务比我们要繁重得多，因为他得担负起抹去我们行军痕迹的任务。也就是说，这兄弟有许多的路得倒着走，这种说法当然是开玩笑的，但他的任务却不是开玩笑的。小分队行动尤其是敌后的小分队行动，最忌讳的就是暴露行踪。因为一旦你的行踪被敌人所侦知，那你就等着像兔子一样被像蜜蜂一样的敌军撵得满山跑吧。所以说，掩饰行军痕迹的工作是相当重要的，不但可以让敌人不那么容易找到你，而且还可以做些假痕迹来迷惑敌人，将追兵引到别的地方甚至是干脆将他们引到埋设了陷阱或地雷的死亡之路上。如此繁重的工作仅凭他一个人当然无法全部完成，所以，许多时候我们3个人也会抽出1个加入这种弄虚作假的行当里，干点那种造假损人的事情。

比如说现在，我就在帮卫生员秦歌设置一个简单的绊发雷。将一根细渔线绑在两颗破片杀伤手雷的保险栓拉环上，然后将手雷放置在小路两边的灌木丛里，再将渔线调整至离地约2~3厘米的高度。这个高度对那种穿陆战靴或是丛林靴的人来说简直是致命的。因为一般的陆战靴或丛林靴为了保护脚趾，在前部都装有薄钢片，但这也使脚趾对许多细微接触不再敏感，再加上丛林行军尤其是搜索时，为了避免产生过大的响动而暴露行踪，都是放缓脚步，左脚脚尖冲左前，右脚脚尖朝右前，按先脚跟后脚掌的顺序接地前进的。所以，行进时脚掌离地面的高度一般不会超过4厘米。这种布置针对那些人高马大的西方人尤其有效，但这次的对手是跟我们同一个人种的家伙，所以我把鱼线尽量贴地设置，而且在这道鱼线前后方一步左右的位置各加了一条用于迷惑敌人的渔线，高度升到了4厘米。

无论是陷阱还是诡雷，其最终目的都是为了迟滞敌人的行动，为己方的行动赢得时间，所以就算诡计装置被发现也没什么大不了，因为我们设置的诡计装置都是装在对方的必经之道上的，而且，通常都是设置复合陷阱，比如在绊发雷前面或是后面再埋上两个防步兵地雷什么的。他们要想过去，就必须停下来拆除这些小玩意儿，这自然就会耽搁时间，那我们的目的也就达到了。

将一颗防步兵地雷埋好后，秦歌觉得还不满意，又将一个猎人用来夹野猪的铁夹子放在了地上。这夹子放得相当有水平，秦歌先用工兵锹将草皮整块起到一旁，然后在地上小心地抠出一个比夹子撑开后稍大一点的浅坑，深度与夹子差不多高，然后再将撑开的夹子小心地放进去，用土细细盖住后再将草皮放上去，如果不低下身子看，你绝对无法发现这个陷阱。我当时看得目瞪口呆，只觉得秦歌这与他这救生员的身份实在是太不相称了，因为他这害人的勾当干得实在是太拿手了啊。

见我目瞪口呆地看着他，这小伙子居然还很不好意思地笑了笑。他说："墨尘，拜托你别用那种看怪物一样的眼光看我行不？我这只不过是干顺手了而已啊，就跟你玩狙击一样，习惯成自然了而已。"

3个小时后，我们达到了593.4高地北麓。杨中队命令原地休整半小时，哨兵保持高度警戒，因为前方不到2千米的距离就是威南边防军的控制区，而我们所处的地段也在他们的巡逻范围之内。

休息时，杨中队把我叫了过去，还以为有什么事情呢，结果却是他找我一起去抽烟。也就是说，这个抽烟的掩体又得我来挖了。一般来说我们在执行任务时是不会抽烟的，尤其是在这空气流通不畅的丛林里，烟草的味道会在空气中滞留很久，那会给追踪者一个很明显的提示，有人在这里停留过。而且，有经验的追踪者会根据烟头上唾液的干燥程度以及烟头的新旧判断抽烟者离开的时间。所以说，为了隐蔽行踪需要我们在执行任务时一般都不会抽烟的，碰到有经验的对手，那无异于是在找死。

不过呢，抽烟的人想必都体会过那种犯烟瘾时的感觉，不抽上一支，那是很难受的。不过有一点倒是很奇怪，基本上在执行任务尤其是潜伏任务的时候，我都不会犯烟瘾，可一旦闲了下来，一天不抽上一包烟根本就没法活。当然了，并不是每个人都会像我一样能在执行任务时不犯烟瘾，所以烟鬼兄弟们为了能满足需要的同时又不留下痕迹，就想出了很多在丛林中抽烟的法子来。就比如说我现在要做的，就是一个专门用来抽烟的简单掩体。

选了块较软的地面，用工兵锹起掉草皮，然后再掏了个一尺见方，20厘米深的坑，坑挖好后，将水壶里的水倒些进去，再将草皮中间掏个拳头大的窟窿盖在洞上，再用雨衣大致将头顶和周围挡住，尽量减少烟雾的飘散，这个小掩体就算是完工了。然后，我和杨中队就一人点支烟趴在地上开始吞云吐雾，那些灰白色的烟雾全被我们喷进了草皮的窟窿里，再被水和湿润的泥土给沉淀一大部分，极少量能散出来的又被雨衣挡在里面。这种掩体白天晚上都能用，不但能解兄弟们烟瘾来犯时的燃眉之急，还能不暴露行踪，更重要的是设置起来方便快捷，实在是不得不佩服当初发明它的兄弟啊！

等我和杨中队抽完出来，外面已经等了好几个憋得不行的兄弟了。见我俩一露头，几个哥们儿招呼也不打就"嗖"地钻了进去，然后就听见那吞云吐雾时畅快之极的声音。所以说"T大队的都是群怪物"，这话一点不假！而很不幸的是，我居然还被人称作是仅次于大队长的头号怪物。可看看眼前这群人，我真的觉得头号怪物这称谓用在我身上太不恰当了啊！

7时36分，丹威边境红河流域丛林。前出的尖兵突然做了个停止前进、蹲下的手势，前进中的"V"字队形立刻停了下来，并转入警戒状态。

透过瞄准镜，我静静地观察着左前方视线范围内的一切情况，这是我的预定射界。观察手小柯的预定射界是右前方，也许是第一次执行这类任务的原因，这个刚刚20岁出头的小伙子显得有些紧张。不用回过头去，仅从他陡然间变得急促的呼吸上我都能感觉到他的心脏正在加速跳动。虽然紧张，可他端握枪的手依然平稳，并没有因为急促的呼吸和快速的心跳而抖动。

在心里暗暗地赞了一声，我将注意力转回了自己的射界内。怪不得当初杨中队敢拍着胸膛说给我配的这个观察手绝对优秀，看来他还真没吹牛。就现在小柯的表现来说，他已经具备一名合格狙击手的要求了，之所以还会因为紧张而使呼吸急促，不过是因为他还没有参加过真正的战斗罢了，他现在所欠缺的只是一场战斗。任何一个战士，不管他当了多少年兵、有多长的军龄，只要他还没参加过战斗，那他在战场上就是一个新兵，所以，你不能期望一个新兵会表现得和一个久经战阵的老兵一样从容和冷静。

一个新兵要成长为一名老兵其实很容易，只要他能从人生中第一次战斗中活下来，那么他就是老兵了。只有真正经历过战火洗礼的士兵才会明白这两者间的区别，那不仅仅是经历两字可以形容的，还包括心态、生理的适应能力等等。说白了，就是对死亡的恐惧程度。每一个能从战场上活着回来的人都会明白一个道理，人们所忌讳的死亡真的太简单了，仅仅只是一颗小小的弹头，就足以摧毁掉一个鲜活的生命。人们常说生命是无价的，可那时候，生命的价值却只能等同于一颗子弹。而往往那些越怕死的人，在战场上会死得越快。战场从来都是强者的舞台，战争让怯懦者走开。

10分钟后，警戒解除，又是一场虚惊。刚才从我们面前不到20米处经过的是威南边防军的巡逻队，巡逻队有 14 个人，差不多近一个排的兵力。大概是在和平的日子里待得太久了，他们巡逻时居然是排成一路纵队前进的，而且前后之间的距离还很密集，并没有按行军要求间隔五至七步。这种行进队形在丛林中是极度忌讳的，一旦遭遇敌人，这样的队形很难在瞬间形成全方位的防御火力，他国内务部特种部队在反恐战争初期多次被游击队伏击而致死伤惨重，有一部分原因便是在行进中因为麻痹大意采取了这种不适合丛林行军的小间距长蛇队形。

目送着这些漫不经心的巡逻队离开，我们禁不住摇头。这支曾经给不可一世的星国大兵带来巨大恐惧的部队，曾经在丹威战争中发挥丛林战与游击战优势给我军带来伤亡的部队，如今，在经过几十年的和平之后，也变得懈怠了，无复再现当年之勇了。

杨中队低低地叹了口气对我们说："忘战必危啊，弟兄们！国人真的该警醒了，而在他们还未能警醒之前，只能靠我们了！"在看到这支与我国军队有着极深的渊源，处处都残留着我国军队影子的部队后，我们都沉默了。他们，与如今许多地方的我国军队是何其相似啊！在近半个世纪的和平之风吹拂后，歌舞升平的环境已让太多的我国军人、太多的军队中高层人士忘记了战争的威胁。他们穿着军装，可却忘记了军人最基本的职责——打仗，当兵就是要准备打仗的，可我们的军队中却有太多的人忘记了为什么而当兵，他们被这社会的灯红酒绿诱惑，热衷于对权力的争夺、对金钱和利益的追逐，败坏了整个军队的风气。

依旧是沉默的行军，可我敢说我们每一个队友的内心此刻都不会平静。虽然我们不是什么军事家、战略家，发表不出什么长篇大论、这样那样的大道理，可我们知道，丹商从来没有真正安全过。翻开世界地图，你会发现，在丹商周围，全是虎视眈眈的饿狼。从北到南，从东到西，在那漫长的边界线的对面，我们从来没有过真正的朋友。

不得不承认，"地狱火"的雇佣兵们确实是特种作战的老手，在掩饰行踪这方面的造诣一点也不比我们差，到现在为止，我们两个小队还没有发现他们任何的蛛丝马迹。这让我们觉得很是窝火，堂堂的丹商特种兵居然会被一群战争的掮客给难住了，这让我们的面子往哪儿搁？可越是这时候，就越得保持冷静的心态，冲动解决不了任何问题，反而在很多时候会让你受到冲动的惩罚。这同样也是新兵与老兵的区别所在。

不过，杨中队的表现反而是有些兴奋，我知道他的老毛病又犯了，而且这毛病还几乎是全世界特种兵都有的通病，那就是发现实力相当的对手后，迫切想要一战的渴望。不只是他，小队里大多数的兄弟都有这样的想法，所以，虽然持续几天的搜索耗费了我们大量的体力，可大家的精神保持得依然很好，用句军队里常用的词语来说就是"斗志旺盛"。特种兵是个骄傲的群体，哪怕是身处绝境，一个真正的特种战士也不会低下他高贵的头颅。不管对手是如何的强大，他们也不会轻言放弃，他们会战斗，一直战斗，直至战死。

正是这种不屈的信念和意志，才造就了特种兵那无与伦比的单兵作战能力。天性懦弱的人，根本就熬不过那地狱般的筛选。所以，虽然这次的对手比以往的任何一次都要老辣和狡猾，但我们依然没有一丝一毫的松懈。我们仍旧小心仔细地在这莽莽丛林中耐心地搜索着对手的踪迹。只要是人，总会有犯错的时候，因此，我们坚信，不管"地狱火"的雇佣兵们是多么地狡猾和富有经验，他们总会有懈怠的时候，因为这是人天生就存在的缺点。我们现在比的就是谁更有耐心，等的就是他们松懈的时候。有句话不是叫"细节决定成败"么，这个道理在战斗中尤其适用，决定一场战斗最终结果的，往往就是那些容易为人所忽视的细节。

2005年11月25日，14时06分。

我们的耐心搜索终于得到了回报，走在尖兵位置上的突击手大周发现了一小截雪茄。同时我们也在这片区域发现了好几根被不小心踩断的枯枝，上面的断痕很新，应该不超过一天。而且，有几处地面的枯枝败叶还有被重物压过的痕迹，虽然刻意地掩饰过，但还是没能逃脱我们的眼睛。

这种算得上是重大的发现让杨中队咧开嘴笑了，笑得贼开心的那种。他"嘿嘿"地笑着说："小兔崽子，狐狸尾巴终于露出来了吧。"

连日来的窝火因为那一截短短的雪茄带来的发现彻底消失，杨中队大手一挥说道："兄弟们，假洋鬼子们的马脚已经露出来了，都给我打起十二分的精神来，我们得去把那群质地不纯的洋鬼子揪出来，然后用手里的家伙告诉他们跟咱丹商军人硬杠，那是要付出代价的！"

顶替林默的技侦手兼通信官小洛将这一发现通报给了仍与我们保持着大约20千米平行距离的"山猫"小队。同时，杨中队命令他们："立刻加速向前行进，并向我们的方位靠拢，必须在明天天亮前赶到佣兵们的前面设置好防线，我们要给这群大老远跑来的雇佣兵们一个前后夹击，送他们去见他们天天挂在口里的'上帝'！"

"山猫"队长笑嘻嘻地说："头儿你放心，这次'上帝'也救不了他们，因为这片天不是上帝的地盘，他老人家管不到这里。"

"山猫"队长的话在兄弟们当中又引起了一阵哄笑，不过这次不是起哄，而是打心眼里同意他说的话。这是咱丹商的地盘，就算是天上有神仙，那也是咱丹商的神仙，轮不到"上帝"他老人家到这儿来撒野。

杨中队笑骂道："你小子哪来那么多弯弯绕，赶紧给我往前滚，要是完不成任务，'上帝'管不着你，我可管得着！"

大伙儿又是一阵哄笑。你能想象一群大老爷们，端着枪、猫着腰，一边轻手轻脚地往前走，还得一边压着本应哄堂而出的大笑是什么样子吗？再加上脸上涂抹着的伪装油彩，那样子绝对很精彩，小丑都得被咱给比下去。

眼看几天来为搜索这群雇佣兵而遭的罪就要得到回报，弟兄们都很兴奋，连行进的速度都快了不少。小队的指挥权这时也终于交回了队长老洪的手里，这些天来一直抢了老洪位置的杨中队现在得不断协调两个小队的进程，而且还得随时向指挥部通报情况，毕竟是第一次和国外的特种兵交手，更何况还是大名鼎鼎的老牌雇佣军"地狱火"，谁也不敢掉以轻心。同时，这还是只能成功不能失败的任务，所以，虽然没人说出来，可大伙儿的心里都绷紧了一根弦。也许，这落到我们这些最底层的士兵身上还看不出什么，顶多就是有点儿紧张罢了，可负责这次任务的领导们就不同了，他们要考虑的东西更多，不仅仅是丹商军人的面子问题，他们还需要担心更多的东西，而这些东西是我们这些士兵所不能理解的，因为这是政治。

有人说，"军人，说白了就是为政治服务的工具"，我承认这句话没错。因为一个国家需要一个强有力的政权来领导，而要确保这领导能够被贯彻执行，就需要各种各样的强力机关来拱卫。这世界上的任何一个国家，不都是这样子的吗？军人为政治服务，这是军人的职责，就像一个公司的员工要为公司的领导层服务一样，这是必须履行的职责，是你的身份所决定的责任。如果连履行责任都有错的话，那我不知道什么才算是对。

我只是一个兵，不懂什么政治，我只知道，在我们守卫的这片土地上，生活着千千万万的百姓，是他们用自己面朝黄土背朝天种出的粮食在养活我们这群穿军装的人。我们为政治服务，可我们更要守卫他们，守卫这些用汗水养活我们的人。我们吃的大米白面，我们穿的衣帽鞋袜都来自他们，所以，他们是我们的亲人，是我们的父老乡亲，更何况在他们当中，还有生我养我的父母。所以，就算有那么一些人说我们是"为政治服务的工具"，我也认了，因为我要守卫我的父老乡亲。只要能让他们安安稳稳地活着，只要能让他们不再遭受那些满嘴里讲着自由民主，却到处践踏他国土地、杀害他国公民和亲人的强盗们欺凌，就算是当个"工具"，我也认了，谁叫我是一个兵？谁叫我来自老百姓？

第十六章　激战丛林

2005年11月26日，5时37分。

经过一夜的追踪，我们终于在天亮前咬住了李JACK以及担任他保镖的"地狱火"雇佣兵们的尾巴。只是，为了不打草惊蛇，我们不敢跟得太近，只好暂时远远地吊着他们。

一夜的行军让我们很是疲惫，虽然还不至到筋疲力尽的地步，可的确是又困又乏。我又开始想念我的硬板床了，打从钻进这片丛林开始，我们就没能好好地休息过，每天的睡眠时间都没能超过4个小时。严格来说，我们现在根本就是一支疲兵，而雇佣兵们却是休息了一整夜，精神十足。所以，如果现在就发起攻击，那对我们来说是很不利的，因为他们现在是以逸待劳。

我们现在最需要的就是休息，哪怕只是短短的睡上两个小时，也可以在很大程度上缓解疲劳。我们想休息，可雇佣兵们不会给我们休息的时间，我们不得不强打着精神，继续跟踪这群只要有个风吹草动就会立刻进入警戒状态的雇佣兵。

和我们一样，雇佣兵们采用的是常见的"V"字队形。这对疲累交加的我们来说算是个不错的发现，因为这种行进队形的主要防御方向是前方，只要我们的跟踪足够小心，不被他们发现，那就有很大的把握去"踢他们的屁股"，与正往前面猛赶的"山猫"小队前后配合，包他们的饺子。

"不愧是大名鼎鼎的雇佣兵组织啊，光从这陷阱的设置上就能看出来。"爆破手雷田一边小心翼翼地拆着佣兵们留下的分三重设置的诡计装置，一边发着感慨。

雷田说的没错，"地狱火"的雇佣兵们的确不负盛名，自我们咬住他们的尾巴追踪开始，就拆掉了不下二十起诡雷和陷阱，还有很多的诡雷和陷阱设置得相当复杂，根本就没时间去拆除，令我们好几次不得不绕道而行，耽搁了不少的时间。

队长老洪说："看来假洋鬼子们很小心啊，兄弟们千万不要大意，这帮家伙可能已经意识到有人在跟踪他们了。"

正说着，已经换到尖兵位置的雷田又打出了停止前进的手势，接着他立起的手掌迅速握成了拳头，示意我们蹲下。

有队友发出了低低的骂声："这才走几步啊，就又碰到陷阱了，这帮孙子累不累啊？还真当自己在丛林里打猎呀！"

听到队友窝火的咒骂，正蹲在地上检查陷阱的雷田突然转过头来，伸出根手指竖在嘴唇前示意大伙儿噤声。

"怎么回事？"老洪用手语问道。

雷田用手指了指嘴，接着又指了指耳朵。同时嘴唇开合着，从口型上大家都读出了"地狱火"的雇佣兵们给我们留下了什么东西。那是星国某军火集团专为军队的信息战部队开发出来的小玩意儿——战场传感器。这些玩意儿的个头很小，而且还能伪装成附近地物的形状。雷田刚才发现的就是一个形状像截小树枝的声响传感器。

这一发现无疑增加了我们追踪的难度，因为我们现在没有趁手的器材来对付这玩意儿。记得在以前星军就曾经使用过各种战场传感设备，声响传感器便是其中一种。不过，这些高科技含量的装备却并没让星军在战争中收到希望的效果。当时的威南军民与入威支援的丹商国解放军援威部队仅用一些土办法就让这些代表着星军先进技术水平且造价不菲的电子设备，彻底变成了一堆无用的电器。

就拿这种声响传感器来说，威南人民对付它的办法就有很多种。比如说将一群羊从星军布散了传感器的地带赶过去，传感器便忠实地将侦测到的声音传到了星军的接收设备上。然而，工具毕竟是工具，虽然它能侦测到其作用范围内的声音，却无法分辨出这到底是人还是动物。所以，在星军的接收设备上显示的，自然是一大堆杂乱的代表有大量生物运动的波形。自然，以为发现威南军队时星军便会派出他们的轰炸机对此区域进行一番狂轰滥炸。一次两次也许还没什么，可要是一天这样来个十次八次，那帮飞行员就得喊吃不消了。更何况，那时的威南人民对星军的飞机可以说是深恶痛绝，只要是有飞机过来，各种火器，不管是高炮、机枪还是步枪都会对着天空一起开火。星军的轰炸机虽然飞得高，但战场上的事情谁能说得准，有时候还真有那么几个倒霉的会被威南人的轻武器给打下来。所以，星国人也怕出来执行轰炸任务，怕自己被那些装备简陋的威南人民用猎枪给揍下来。

可现在不是 20 世纪的威南战争，几十年之后，这些小玩意儿已经被星军不断地改进、完善，再也不是当初那种没脑子的报警器了。而且，我们现在面对的也不是只会坐在监听设备前喝咖啡的技术员，而是狡猾到了骨头里的雇佣兵。

小洛阻止了雷田想要拆除声响传感器的动作。他说，按照惯例，为了避免传感器被人拆除，旁边都布有震动类的传感器，当然也有可能是诡雷什么的。因此我们最好还是不要理会它，绕道过去比较好。在技术器材这方面，我们虽然多少都了解点，但毕竟不像小洛搞这专业的懂得多。

然而，现实往往就是那样的无奈，正当老洪与杨中队商量后决定绕道前进时，"山猫"小队发来了已经就位的信号，而且，他们已经发现了雇佣兵的前出搜索分队，双方距离不到 2 千米。

时间紧迫，如果我们仍然选择绕道的话，就无法与"山猫"小队及时形成对雇佣兵们的前后夹击之势。我们可以选择将"地狱火"的前出搜索分队放过阻击线，但是那样太冒险了。毕竟这次的对手不弱，在我们对雇佣兵的本队发起攻击时，越过阻击线的搜索队肯定会折回来对阻拦在本队前方的"山猫"小队进行攻击。那会让"山猫"小队陷入腹背受敌的危险局面，这显然是不行的。虽然他们的本队同时也受到我们的前后夹击，但有句俗话说得好——"困兽犹斗"，而且这头困兽还是只牙尖嘴利，战力并不逊于我们的恶兽。

所以，我们不能拿兄弟们的生命来跟对手赌，就算那样能取得胜利，也只会是一场"杀敌三千，自损八百"的惨胜。我们不需要那种用惨重代价换来的胜利，我们要的是完胜，是以最小的损失去换去最大的战果。

面对这种情况，杨中队的眉头皱在了一块儿。而我们这十几个兄弟就静静地望着他，等着他的命令。我们大家都希望他会大手一挥，然后用他那粗犷的嗓门大吼一句"前进！"。

只要他一声令下，我们这静静等待着的14位弟兄，就会眉头也不皱一下地冲向前去，跟那群大老远跑来，要去祸害我们国家和百姓的假洋鬼子面对面的死掐、掐死、死掐到底！我们静静地蹲在地上，默默地望着眉头仍然紧紧皱在一起的杨中队，紧紧地握着手中的武器，静静地等着，等着他的一声令下。

5时55分，一直眉头紧锁的杨中队在与指挥部紧急联络后，终于下达了出击的命令。持续几昼夜的追踪在那一刻宣告结束，丹商特种兵与"地狱火"雇佣兵，或者说是与外国特种兵真正的生与死的较量，也在那一刻正式开始。

我带着观察手小柯率先脱离了小队，我俩必须在攻击开始前找到合适的狙击阵位，并设置好阵地，为即将追上去与佣兵们生死搏杀的战友提供必要的战术支撑。同时，我们还必须找到雇佣兵的狙击手，尽可能在攻击发起之前干掉他。如果不抢先干掉他，那么我的兄弟们就会面临对方狙击手精确狙杀的威胁，那是致命的威胁。因为，谁也不知道一个沉默潜伏的狙击手，会在什么时候、什么地方开枪，不知道通过那黝黑枪管喷射出的致命金属，会在什么时候击打在自己身上。

6时07分，我与小柯运动到了雇佣兵本队的右后侧，与雇佣兵相距约600米，距我们"猎鹰"小队约300米，将三个点用线条连接起来，刚好是一个锐角三角形的形状。

6时08分，观察手小柯向队长报告："狙击手就位，视野、射界良好，发现目标李JACK，正在寻找敌狙击手。"

6时11分，"山猫"小队报告，敌前出分队突然加速，双方现相距约1千米，预计10分钟后接触。

"山猫"小队的报告让我们又一次陷入沉默，看来，雇佣兵们已经察觉到了什么。只是，他们究竟察觉到了多少，是不是已经通过种种的迹象分析出，有两个精锐的丹商特种兵小队就要形成对他们的包围？

6时12分，杨中队命令"山猫"小队出击，"以最快的速度消灭雇佣兵前出分队，然后，继续向前挺进，攻击雇佣兵本队。攻击雇佣兵本队时要注意虚张声势，以迫使雇佣兵向后撤退。如果雇佣兵不顾一切向前突击，就立刻建立防线，切断雇佣兵本队的去路，把他们死死压在防线前。'猎鹰'全体转入防御状态，立刻就地建立火力阻击线，以阻止当'山猫'小队发起攻击后，雇佣兵本队向后撤退。"最后，他又补充道，"假如在'山猫'发起攻击后，雇佣兵本队加速向前突进的话，'猎鹰'便立刻转入攻击状态，追击雇佣兵本队。在此之前，'猎鹰'小队禁止通过战场传感器的工作区域，以避免暴露目标。"

6时15分，一声悠长而又熟悉的清鸣打破了丛林里表面上的平静。那是狙击步枪熟悉的声音，是"山猫"小队的狙击手打响了丹商特种兵与"地狱火"雇佣兵之间的第一枪。紧接着，5.8毫米口径与5.56毫米口径的火器都开始喷吐致命的火舌，那"乒乓砰砰"的子弹击发的鸣叫与弹头撕破空气的尖啸组合在一起，连同手雷爆炸时"轰然"沸腾的气浪，一起将那股在这丛林间潜涌多日的暗流掀成了密林间战斗的狂涛。

透过瞄准镜，我缓缓地搜索着视线范围内的每一蓬枯枝、每一丛灌木，连同那铺满了腐败落叶的地面，也用那相交的十字线去一寸一寸地扫描。

我相信，雇佣兵的狙击手也在找我，也同样隐藏在某个隐秘的角落里，透过那两条相交的十字线在搜索着他的同行，属于对立阵营的同行。

作为优秀的猎手，我们都有着比常人、比其他战友更加敏锐的直觉，因此，我们都能感觉到对方的存在。然而，我们又是同样地精于伪装，同样地擅长将那致命的杀机隐藏，将那冰冷的杀气融化到周围的一草一木、一土一石，甚至是每一寸空气之中。我们都是如此地拥有耐心和冷静，可以在那漫长枯燥的潜伏中静静地等待、寻找，只要谁先沉不住气显露出痕迹，哪怕只是一点点，也足够给自己招来死神手中冰冷的镰刀。这就是狙击手之间的较量，没有绚丽的动作和眩目的灯光，有的只是沉寂的等待，以及沉寂之后短暂而又激烈的爆发。

冷锋曾经说过，"当两个狙击手在对决开始时，周围的一切就会变得离你很遥远。哪怕是熟悉的战友一个个在眼前倒下，哪怕是身边的观察手就在离你不足1米远的地方被那呼啸的金属打碎头颅，那仍然温热的血液、碎肉、脑浆喷溅在你的身上，你也不能有丝毫的颤动，不能有丝毫的愤怒，更加不能有恐惧和惊慌。在你还没能杀死对手之前，你只能将所有的一切，不管是愤怒、惊慌，还是恐惧，都摒弃在思维之外。你的脑里、你的眼里、你的心里，只能有一个声音，那就是找到他，然后，开枪。把所有的愤怒与恐惧，都通过那不再沉默的步枪喷射出去。"最后，他对我说，"墨尘，你要记住，当我们拿起步枪搜索敌人时，我们的选择便只剩下两个，要么杀人，要么被杀。"

是的，当狙击手的对决开始时，我们的世界便只剩下那两条相交的十字线下的世界，而其余的一切，不管是喜悦、愤怒，还是悲伤，都会离我们很遥远，直到，你终结掉对手的生命，或是被对手终结。如果是后者，那么，你所有的一切，便会在那一声悠长的叹息下终止，仅余下一具仍然温热的躯体。

我在瞄准镜中寻找着我的对手，仍然是一寸一寸地挪动着那十字线下的视界，仿佛，那密集的枪声和剧烈的爆炸，根本就没有发生在我的身边。我又进入了那冷静而沉默的世界里，那个本就属于我的世界里，在这个世界，我是王者，孤独的王者。

观察手小柯在耳机里报告他的发现。他说，雇佣兵们既没前进也没后退，他们就地建立了环形防线。而这个时候，"山猫"小队与雇佣兵前出分队的战斗还未停止。

小柯的报告让队伍再次沉默，"地狱火"的实力果然不容小觑。仅仅是6个人的前出侦察搜索分队，就硬扛住了我们整个小队的进攻。而他们的本队，却既不去支援苦苦迎敌的前出分队，也不急于撤退，反倒是立刻组建起一个环形的防御圈。是他们已经知道丹商特种兵已经阻断了他们的后路？还是，他们对自己的前出分队有足够的自信，自信能够击退整整一个小队的精锐丹商特种兵？抑或者是，他们的指挥官还有别的什么计划？

"山猫"对于现在这战况很是恼火，可偏偏又没有一点办法。除去一开始被狙击手干掉的那个雇佣兵外，这个前出分队还剩下5个人。可就是这5个人，在枪响的那一刹那就抛出了胶溶烟雾弹，在周围形成了纵深约20米的遮蔽烟雾。同时，还迅速地隐蔽，并进行有序的还击。

缺乏热成像设备的"山猫"小队只好对佣兵们的大概位置进行盲射，战斗因此而陷入胶着状态。如果是只有这么几个敌人，那这仗倒好打了。"山猫"只需派出兄弟迂回到敌人的后方和侧翼，就可以直接包了他们的饺子。可是，在这个前出分队的后面，还有敌人的本队，那里还有人数众多、经验丰富且战斗力强悍的"地狱火"雇佣兵。

后来有人说我们没有按原定的任务计划展开行动，指责这次的出击是莽撞的行为，是纯粹逞匹夫之勇的冲动。可我知道那不是，我们所有参加那场战斗的兄弟，回来的和没回来的都知道那不是某些人所说的莽撞和冲动。那些从不会亲临一线的人永远也不会明白"战场"这两个字到底意味着什么，也不会真正理解"计划赶不上变化"这个俗语在战斗中代表着什么。

我们是士兵，我们在战斗中的最高指挥者也不过是一名上尉，更何况，我们身在那战局中。所以，我们不可能有某些人那样的高瞻远瞩，也做不到像他们那般，只需要一份报告就可以在事后掌控全局，在战斗结束后一条条指出我们这样的失误、那样的错误。我们都做不到这些，因为当时能够提供给我们的选择，只有一个，那就是攻击。

虽然我们一直努力去避免惨胜的结局，可事实上，我们最后取得的仍然是惨胜。战斗结束后，我们一起出去的29个兄弟，有6个人将自己的最后一滴血撒在了那片边境线上的丛林里，浸染了丛林中那厚厚的落叶，就像许多年前的那场反击战争一样。虽然没有那种在生命的最后一刻将被鲜血染红的战旗插上山头的镜头，可那满地枯枝与落叶上那一片片触目惊心的猩红,同样是鲜血染成的风采。

面对这种无奈的情况,紧锁着眉头的杨中队只好让"猎鹰"小队提前发起攻击。从雇佣兵们所建立的环形防线来看,他们已经察觉到了自己的身后同样有丹商特种兵的存在,所以,这时候行踪暴露与不暴露,已经没有多大意义了,反而是如何能尽快地结束战斗,尽量减少人员伤亡更为重要。

6时27分,战斗开始后12分钟,一直潜伏着的"猎鹰"小队向雇佣兵的环形防线发起攻击。当队长老洪用他那双粗糙的大手发出攻击的手势后,那些已然逝去的战友所留给我们的,仅余下那最后一回眸的坚强的涂满着伪装油彩的年轻的脸,还有那空寂山岭中尚未被青苔爬满的青石墓碑。他们,与山岭间那些更先他们而去的战友和前辈,一起静静地沉睡。他们在山岭间沉睡着,可就算是沉睡,也依然保持着身为军人的威武与尊严。他们在那一块块的青石下沉睡,在沉睡中还不忘用那最后能证明自己存在过的青石组成一个方阵,一个鬼雄的方阵。

6时30分,"猎鹰"与"地狱火"正式接火。原本就不再平静的丛林,在这双方火器激烈的、毫无间隙的对射中变得更加地喧嚣。那密集纷飞的弹雨尖啸着撕裂空气,在这丹威边境黎明的曙光中,拉出了一条条猩红杂乱的弹道。

那些旋转着的,携带着死亡气息的金属在空气中肆无忌惮地横冲直撞,将敢于阻挡在它们前进路线上的一切狠狠地撕裂。被打断的树枝,木屑纷飞的树干,还有那一片片提前坠落的绿叶,都在记录着这场惨烈的战斗。

爆炸、枪声,还有人体中弹后沉闷的响声与飞溅或是喷射的血花,以及敌人或战友受伤、临死时的惨叫声,都在这片密林中盘旋,在这方空气中游荡,折磨着我们每一个人的耳朵和神经。

小柯的呼吸再一次变的急促,连同身体都因为紧张或是其他什么原因而变得微微颤抖。通过眼角的余光看去,他涂满了伪装油彩的脸上已满是流淌的汗珠,他的唇紧紧地闭着,似乎靠拼力地咬住牙齿才能迫使自己不发出声来。而他握着望远镜的手也不再平稳,也随着身体的颤动而不住地颤抖着。

"放慢呼吸,告诉自己,我是一块石头,我是一座冰山,我保持冷静,我一动不动,周围的一切都是不真实的幻觉,它们不能左右我的注意。"一边通过瞄准镜一寸一寸地搜索着前方那安静的,又似乎无处不潜藏着杀机的丛林,我一边轻轻地说着,既是对他说,也是在对自己说。因为,此刻,我的脸上同样淌满了汗水。

也许是这种自我的心理催眠产生了作用,小柯的呼吸明显地轻缓下来。这让我悄悄松了口气,也不由暗暗地感叹,他到底还是年轻啊!虽然已经是一名特种战士了,可作为还从未真正上过战场的新兵,他仍然是稚嫩的。不过,他马上就要成熟了,只要经过这次战火的洗礼,这个年轻的战士,将会与我当年一样,彻底地与过去告别。只是不知道,这样的成熟对他来说,是好,还是坏。

前方的战斗激烈地进行着,可那样的战斗不属于我,我仍然得继续保持着沉默,仍然得在这沉默中继续去寻找那个属于我的对手。而他现在,也同样在寻找我。我们都在寻找对方,都在进行一场独属于狙击手的战争,而这战争本就是沉默的,哪怕周围喧闹异常,但在我们彼此的世界中,只能有冷静与沉默。

第十七章 血洒战场

2005年11月26日,6时36分,交火后21分钟。"山猫"小队终于解决了那5个拦在他们进攻路线上的雇佣兵,加入对雇佣兵本队的攻击中。

在前后火力的夹击下,雇佣兵们的防线被不断压缩,只是反击的火力非但没有减弱,反倒比先前更加的浓烈与密集。加挂有35毫米榴弹发射器的突击步枪在那些与我们同样肤色,甚至是同样种族的雇佣兵们手上不甘地吼叫着,不断把高爆枪榴弹抛入丹商特种兵隐藏的林木间,将锐利的碎片散射到它覆盖范围内的任何地方。

从耳机里,我能不断地听到战友们急促的喘息以及受伤后那强行压抑着痛苦的低微闷哼声。他们在那由无数高速飞行的金属编织而成的死亡之网中不断地穿行、突击、前进,不断将同样携裹着死亡的金属用手中的火器喷向那群顽抗的困兽。

突然,耳机里传来了突击手大周呼唤雷田的声音。"雷子,你来一下,我踩到了个东西。"

然后,是雷田喘息着的声音,"大周,你别动,千万别动,我这就过来。"

再然后,是大周中弹后的闷哼和无奈的苦笑,"来不及了……"接着是一声沉闷的爆炸,以及雷田带着哭腔的吼叫:"大周!!!……"

大周走了,被一颗因有人打扰了它安静的睡眠而愤怒的地雷带走了。而大周留给我们最后的声音,只是一句还未说完的"来不及了……"。如果,他没有踩到地雷;如果,他在踩到地雷后没被流弹击中;如果,那颗流弹不是刚好打在他踩着地雷的脚上;如果……可这世界上没有如果,从来都不曾有过。

忽然间，我又听见了那独属于狙击步枪的悠长叹息，"山猫"小队的狙击手开始在佣兵们当中收割生命了。那每一声的叹息响起，便会有一具躯体绽放出一朵猩红的血花，那花朵是如此的凄丽与扎眼，仿佛在代它的主人向这丛林诉说他对生命的不甘与留恋。

猛然，一个粗暴的声音打断了狙击步枪悠长的叹息。那声音如同一个粗犷汉子愤怒的咆哮，咆哮着将12.7毫米的钢芯穿甲弹头推向了狙击步枪的藏身地。

"反器材步枪！"小柯低声惊叫，"他们居然用反器材武器来攻击人？这是违反国际公约的！"

那粗鲁的咆哮一声接着一声，似乎没个停歇的时候。而狙击步枪的叹息却停止了，再无声息。这让反器材步枪更加的得意，它开始更加肆无忌惮地咆哮，一声又一声，就像一个偶然间得志的小人一般，在这各式武器协奏出的交响中，放肆地高声喊叫，毫无顾忌。然而，它的得意并没持续太久，狙击步枪的咏叹在经过一段时间的沉默后，又响了起来。那悠长的叹息被狙击手的手指扣动，再经由金属枪管中螺旋的膛线不断加强，最后在出膛的瞬间爆发。那悠长的叹息是如此的清晰，仿佛是一个君子再也无法忍受小人的嚣张，用无奈而又带着些怜悯的鄙视，彻底将那粗鲁的咆哮终止。

"兄弟，好样的！"我在心里默默地说，为"山猫"小队那个聪明机警的狙击手兄弟叫好。不发则已，一击必杀，这才是一个优秀"杀手"的奥义。而那个如同小人得志般的家伙，他还配不上"杀手"这个名号，所以，最后被杀的，只能是他。

战友们仍在和雇佣兵们激烈地战斗着，而我却始终一枪未发。小柯有些按捺不住，他说，那该死的狙击手到底藏在哪儿，为什么明明能感觉到他存在，却怎么也找不到他？

我能理解他的心情，眼看着自己的战友、自己的兄弟在战场与敌人拼杀、流血，甚至倒下，而我们这本应为他们提供战术支持的狙击手，却只能悄悄地趴在掩体里，无法支援他们分毫。因为我们得先除掉对方的狙击手，如果我们先开枪，那个同样隐藏在暗处、早已窥视多时的"杀手"，就会毫不犹豫地将那挟着死亡而来的金属送给我们。然后，他不用再担心狙击手的威胁，就可以惬意地用手中的枪去收割我的兄弟们的生命，因为，对付狙击手最好的武器，便是与他同样的沉默"杀手"。

我们都在寻找着对方，都在默默忍受着战友们的怒吼、惨叫乃至死亡带给我们的折磨。我们都在默默地等待，等待那个一击必杀的瞬间。这等待的痛苦，只有自知。

小柯突然说了句让我很生气的话，他居然提出要去把佣兵的狙击手给引出来。如果换一个对手，或许我会考虑他的提议，可现在不行。从这默默对峙的几十分钟里，我已经知道，这次遇到的对手绝不会是像几个月前在边城那样，被林默引得暴露的菜鸟。这是个真正的"杀手"，一个毫不逊色于我甚至比我更有经验的"杀手"。

所以，我自然不会同意他这无疑是去送死的想法，但是，兄弟们现在确实需要我们的战术支援。考虑了一会儿，我说："你现在慢慢地撤下去支援兄弟们，记住一定要慢。一旦感觉到不对劲儿，立刻隐蔽。至于什么样的感觉是不对劲儿，不用我说你也知道的。"

小柯点点头，极缓慢地，一寸一寸地从掩体里挪了出去。他的动作是如此的轻微，甚至能让你觉得，他似乎根本就没有移动。

3分钟后，我听见了小柯的枪声，同样是狙击步枪那悠长而又熟悉的叹息。叹息响起，一个生命终结。在那人体凄丽绽放的血花中，小柯完成了他的蜕变，如同3年前第一次开枪射杀敌人的我一样。从他战胜恐惧扣动扳机的那一刻起，他成熟了，不再是一个只会在训练场上向人体靶倾泄子弹的射手。他成熟了，然而这成熟之后会带给他什么，恐怕只有他自己才能够知道。

就在这时，我发现距离我600米处，11点方向上的一丛灌木极轻微地动了动，但转眼又归于平静。似乎，刚才那微微的晃动，只不过是清风拂过的自然现象。

缓缓地将十字线压在那丛灌木上，我开始仔细地观察。虽然从表面上，我找不到那丛灌木任何的可疑之处，但我的直觉告诉我，我一直寻找着的对手，就在那儿。

他被小柯的枪声引诱了，刚才那轻微的晃动，应该是在调整射角。晃动之后又归于平静，是他在寻找到猎物了，而他的猎物，就是小柯。想到这儿，一股寒意从我的后背直窜上了脑门，让我整个人如同被电流击穿一般。

"小柯！快隐蔽！"我在耳机里急急地呼喊，可还是迟了。狙击步枪悠长的叹息又响了起来，虽然转瞬便转为沉默，可那丛灌木的根部却在叹息响起的瞬间喷出了一团细微的火焰，然后是一声清脆的鸣叫和弹头高速旋转着撕裂空气的呼啸。

"砰！"我咬着牙扣动了扳机，在肩头因枪身后坐而带来的轻微震动中，我听见那呼啸而出的金属在空中划出一条看不见的弹道，带着复仇的愤怒扑向了那丛灌木。

相交的十字线下，我清晰地看见，那肉眼无法捕捉的弹头带着巨大的动能冲开了拦路的枝叶，然后，狠狠地扎在那具尚未从惊愕中反应过来的人体的头部，毫不客气地掀开了他的头骨。在叹息的余韵还未散去前，用那激烈绽放而出的凄艳花朵，为一个生命画上了生命的休止符。

黄灿灿的弹壳跳落在地面的腐叶上，发出一声轻微的闷响。一直萦绕着我的那种被人窥视的感觉就此散去，可我的心却丝毫感觉不到轻松和喜悦。我消灭了那个与我默默对峙良久的对手，在这场狙击手的对决中活了下来，可小柯呢？他能在那死神夺命的镰刀下活下来吗？

"小柯！小柯！"我在耳机里焦急地呼叫，希望能听到他的回答，哪怕是一声轻微的喘息也好。可是，耳机里传来的除了那依旧激烈的枪声和爆炸外，再无其他。

我又一次失去了我的观察手，一个本应成长为优秀狙击手的优秀战士。他还那么年轻，他的狙击人生才刚刚开始，他不像我一样有着糟糕的性格，他以后的生活肯定会比我快乐很多、很多。可是，他却走了，走得那么的快，与所有逝去的战友一样，来不及给我们留下只言片语。

虽然我没有同意他去引出对手，可最终他还是这样做了。也许，他只是想用自己手中的武器为前方激战的战友们提供支持，可是他忘了，我也忘了，我们的对面还隐藏着"杀手"，一个窥视我们多时、虎视眈眈的"杀手"。别人可以忘记，为什么我也会忘记？为什么会忘记小柯他还是一个毫无战场经验的新兵？

小柯走了，与牺牲的战友们一起走了。我还活着，我们还有23个人活着，可在我们这些还活着的人心里，却是沉甸甸的永远也无法抹去的痛。

6时40分，战斗开始后25分钟，佣兵们开始突围，失去了狙击手的他们，不再具有精确射击的支持。而我们，还有两个狙击手，这对他们来说，是致命的。

杨中队在耳机里吼道："想跑？没那么容易！兄弟们，给我往死里揍。除了那个叫李JACK的混蛋，我不想看见他们还有活人！"他的声音有些嘶哑，但那愤怒却没有一点减弱，如同一只被彻底激怒的雄狮。

轻轻地转动枪口，将那象征着死亡的黑色十字线稳稳地压在一个雇佣兵的头上。600米的距离，通过瞄准镜放大的视场，我能清晰地看见他涂满油彩的脸上滴落的汗珠。6管重机枪在他的臂弯里愤怒地吼叫着，将一波波的金属砸向丹商特种兵的攻击阵线。他的牙齿紧紧地咬着，以此来抵挡重机枪扫射时那巨大的后坐力。

战友们的攻击因为这挺怒吼的重机枪而迟滞，那疯狂肆虐的金属射流将我的兄弟们死死地压在了地上，抬不起头来。"再见！"我在心里默默地说，然后，轻轻地扣动扳机。狙击步枪的枪身轻轻一颤，然后是那熟悉的悠长叹息与爆裂的血花。

"清除！"我一边转移阵地一边向队长报告。没有了对方狙击手的威胁，我可以轻松地猎杀任何目标，这郁郁苍苍的丛林，从现在起将由我主宰。只是，这一切的代价却是如此的沉重，沉重到让我几欲窒息。我是"杀手"，冷血的"杀手"，可那仅限于对待敌人。当你看着你的战友倒在敌人的枪口下，而且还是因为自己的失误而倒在敌人的枪口下，我相信，没有谁能觉得轻松。我们不是把一切都能利益化和数字化的政客与商人，也不是"一将功成万骨枯"的名将，我们是战士，而那每一个在战场倒下的战友，都是我们的兄弟，亲如手足，情深义重的兄弟。

　　狙击步枪颤动着,每一次的颤动,便会有一个生命在那悠长的叹息中走到尽头。我这种肆无忌惮地射杀让雇佣兵们愤怒了,他们用手中的火器疯狂地向我所在的区域倾泄弹药。5.56毫米的弹头,35毫米枪榴弹爆裂的金属碎片,如一群愤怒的马蜂,带着刺耳的呼啸向我扑来。

　　将身体死死地压在厚厚的、散发着腐臭气息的枯枝败叶中,我默默忍受着那铺天盖地而来的金属,任它们在我的身前、身侧、头顶宣泄动能。不时有被击起的腐败的枝叶或是被打断的树枝砸在我的身上,竟为一动不动的我加盖了一层天然的伪装。

　　突然,后腰被什么东西狠狠地咬了一下,带着摩擦空气的灼热狠狠地扎进了我的肉里,在里面胡乱地翻滚着,直到被肌肉的纤维死死地缠住,才不甘心地停了下来。

　　咬着牙抵御那肌肉被生生撕裂的痛楚,我开始慢慢地挪动身体。既然他们的疯狂已经结束,那么,就准备接受死神的召唤吧。我会用那根不再沉默的枪刺告诉他们,有丹商军人的地方,容不得任何强盗撒野。

　　又一个目标被我套在了瞄准镜里,十字线随着他压低的身子慢慢移动。没有观察手给我报告距离、风向、风速、气温等射击诸元了,不过这没关系,一个合格的狙击手完全能够独立、完全可以凭经验完成这些射击前的准备工作,而时间不会超过1秒。

　　眯着眼睛,用脸颊感受了一下风向和风速。风向东南,风速大约是3米/秒,很弱,可以忽略不计。气温大约是12℃,也可以忽略,诸元不用调整,射击。

　　食指又一次带动扳机后退,然后是击针撞击子弹底火清脆的响声。抵在肩头的枪托猛地向后一退,在枪声的颤动中,高速旋转的弹头冲出了枪口,沿着那无法用肉眼捕捉的弧线扑向了500米处的目标。又一朵凄丽的血花绽放,高速旋转的金属狠狠地撞在了他的太阳穴上。金属对这阻碍了它前进的人体很是恼怒,将尚未被地心引力耗尽的巨大动能悉数地释放出来。

　　人体坚硬的头骨无法抵御这金属的愤怒,在那威力巨大的能量前土崩瓦解。可这金属还不满意,它还未将自己的怒气宣泄完毕。因此,它在颅腔内肆意地前进着、翻滚着。突然,它又遇到了阻滞,还有头骨挡在它的前面。于是,它又一次愤怒,将那仅剩的头骨再次撕碎,这才惬意地在地心引力的呼唤下,投入大地的怀抱。然而,那个承载了它所有愤怒的头颅,却被它高速转动所攒积的能量破坏得面目全非。而那头颅的主人,也在那金属狂暴的愤怒中,重重地栽倒在地上,仅余一缕不甘的灵魂,飘荡在这仍旧充斥着枪声、爆炸与惨叫的密林间。

　　"第三个。"我默默地数着被自己收割掉的生命。

　　起身,屈身前进,卧倒,架起枪,寻找目标,瞄准,然后射击,再起身,再前进,再卧倒……如同一只精密的机械,我在这充斥着硝烟和战火的丛林中一次次地投射出致命的刺刀,就如同来自地狱的死神，挥舞着手中巨大的镰刀在人间收割人类的生命和灵魂。

"第五个！"我默默地说着，又一次转移狙杀的阵地。已经不需要去观察射击结果了，在那死神呼啸挥舞的镰刀下，不可能有人类存活。

仍然是机械般地转移、射击，但我的动作却越来越迟缓。后腰上的伤口越来越疼，让我好几次无法顺利地完成战术动作。静静地趴在地上喘气，刚才短暂而又激烈的运动让我的肺泡不停地极度收缩与扩张，抽烟过多的后遗症在这时显现了出来，我感觉大脑一阵阵的眩晕，有种窒息的感觉。可是，我现在想做的，竟然是想再抽一支烟。

匍匐着向前移动，如同一只蜿蜒游动的毒蛇。地面腐败的枝叶与身体不住地摩擦，发出"沙沙"的响声。腰部以下有些黏黏的、湿热的感觉，嘴里也有些发干。看来，刚才剧烈的运动使伤口扩大了，那块停留在体内的金属片，随着我的每一次运动而无情地切割着我的肌肉。可是，我没有时间来收拾它，因为战斗还没结束。再一次停止，瞄准镜内的十字刻线套住了400米外那个仓皇奔跑的人体。

一丝冷笑从嘴角勾起，这次被我逮住的家伙，居然是那个假洋鬼子李JACK。只是不知道，当我扣动扳机后，他们所吹捧的"大法"能否也让他圆满？而那个自称无所不能，用自己无上的法力推迟世界末日的邪教组织头领，是否能在世界的另一端，用他那从宇宙初始就存在的法力来拯救他的追随者？

将十字线下划，稳稳地停在了他奔跑着的腿上，只需要轻轻地动一下食指，他就会摔倒在地上，在苟延残喘中等待死去。他们所谓的"大法"救不了他，他们法力无边的教主也救不了他，他的命运现在掌握在我的手里，而我，是死神。

我向老洪报告，告诉他我找到了李JACK，问他用不用放倒这正忙着逃命的家伙。

老洪喘着气说："好！给他一家伙，让他乖乖躺着。"

我冷笑着答应，调整了角度，扳机已经预压，只要再轻轻地勾动一下食指，这个让我们在丛林里折腾了几昼夜的家伙，这个害得我们失去兄弟的罪魁祸首就会像一条死狗一样倒在地上，等待命运最终的裁决。

突然，一股强烈的疼痛从腰部直窜进了大脑，竟让我压在扳机上的食指无法勾动。

"该死！"咬着牙抵御那如同刮骨般的痛楚，我狠狠地扣下了扳机。枪口因为力量的失衡而向上抖动，枪身的后坐居然撞得我的肩膀一阵疼痛。

轻轻地吐了口气，我观察射击的结果。因为刚才的意外，弹道被抬高了，子弹没按预期落在李JACK的小腿上，反而从他的侧腰钻了进去。呼啸的携带着巨大冲击力的弹头让他的身体不由自主地侧倒了下去，而他显然还没有反应过来，瞪着眼睛，哆嗦着嘴，望着正不断往外喷涌着血液的伤口，脸上满是不可置信的神情，居然连惨叫都忘记了。

得赶紧给他止血，不然他活不过10分钟。我向老洪报告，让他尽快派人过去救那个本应下地狱的混蛋。做完这一切，我开始趴在地上狠狠地喘气，失血的眩晕让我移动一根手指都觉得困难。

狠狠地咬了下舌头，疼痛的感觉让眩晕减轻了点儿，我费力地从右臂的口袋里掏出了急救包，拽出一支止痛针扎在右臂上。良好的镇痛效果让后腰上的疼痛减轻了不少，可身体依然没什么力气，我能感觉到那块弹片随着我肌肉的每一次收缩而挠刮着我的脊椎。我苦笑，这么久以来，我这还是第一次真正意义上的负伤，只是，这伤未免有点严重了些。

止痛药的致幻作用让我一直紧绷着的神经开始放松，我又开始想念我的硬板床了，那是我失去知觉前，脑子里最后的念头。

6时55分，持续了整整40分钟的战斗，在朝阳的活力彻底照耀这片丛林时结束，薄薄的晨曦中，初升的太阳如一颗巨大的火球从遥远的地平线上露出了圆润红通的笑脸。温暖的阳光透过枝叶的缝隙撒下，在地面上画出了一块块斑驳的图案。

太阳的热量让我因失血而冰凉的肢体慢慢有了温度。费力地撑开眼睛，视野由模糊逐渐变得清晰，然后，我看见了杨中队那张犹自淌着汗水的花脸。他的表情有些紧张，一双布满红丝的眼睛正紧紧地盯着我的身后，似乎有什么东西牢牢地吸引了他的注意力。轻轻转动了一下眼睛，发现周围的战友居然全是与他同样的神情。我不由得有些疑惑，我身后有什么呢？

突然，一股肌肉被强行撕开的痛从后腰传来，让我不由自主地闷哼了一声。然后，后腰被异物侵入的胀痛感消失，突如其来的轻松让我因疼痛而绷紧的肌肉猛然放松。这放松的感觉让我感到很尴尬，因为，我失禁了。

周围传来一阵低声的哄笑，这群混蛋显然都看到了我这丢人的一幕。脸有些发烫，无力地呻吟了一声，我干脆把眼睛闭上，还是装作什么都不知道的好，不然，非被这群孙子笑到撞豆腐不可。

不过，他们显然没想放过我。杨中队嘿嘿地笑着说：“小子，赶紧给我把眼睛睁开，还想装死到什么时候？”

睁开眼睛，抬起头，战友们关切的却又带着些戏谑的笑脸落进了我的眼里。暗暗地叹了口气，我想从地上爬起来，这趴在地上被人观赏的感觉让我很难受。

可他们却没给我这机会，杨中队先一步按住了我的肩膀，他说：“乖乖趴着，你伤得不轻，直升机一会儿就到。嘿，墨尘，看来你小子得去医院趴一阵子了。”

感觉腰上被带子用力地勒了一下，然后，是秦歌的声音。"墨尘，你的运气还真好，弹片刚好被腰肌卡住了。这块弹片贴在你的腰椎上啊，如果不是被肌肉卡住……"

秦歌的话被杨中队的手势止住，他先是狠狠地瞪了秦歌一眼，才再笑着对我说："嘿，没事了，没事了，你小子是属蟑螂的那种，命硬着呢！"

一群人正笑着，有个不和谐的声音却不自觉地插了进来。扭头看去，竟是那个被我打穿了侧腰的李JACK。他的伤口已经精细地包扎过了，不用猜就知道是秦歌的手笔。很难想象，他那双和我们同样粗糙的大手，竟然能将一个绷带缠绕得精致异常，比起医院里的护士来，一点也不差。

杨中队回头看了看那正仰躺在地上不住呻吟的家伙一眼，脸上的笑容瞬间变冷。他冷笑着说："墨尘，你那一枪打得好，哼哼，没一枪打死他算便宜他了！"

我摇头说："要真一枪打死了他，才真的是便宜他了！"

杨中队先是一愣，接着才嘿嘿地笑道："说的对，一枪打死他太便宜他了。你伤得不轻，好好歇着，不用理会那混蛋，死不了他的。"

我点了点头，不再去看那个从我手下捡了条命的家伙。向杨中队要了一支烟，点着，青灰色的烟雾被我深深地吸进肺里再吐出，那略带着些辛辣的烟草燃烧的味道让人一瞬间觉得，活着的感觉真好。我还活着，所以我可以像现在这样懒懒地趴在地上感受阳光的温暖，可以在阳光的抚慰下静静地享受这烟草的味道。我们还活着，可那些已经离去的兄弟呢？

心猛地一阵抽搐，连鼻孔里喷出的烟雾也随着这突如其来的颤抖而断断续续。

"小柯呢？"我挣扎着想撑起身子，可腰部的伤口却毫不留情地打断了我的动作，让我重重地趴回了地上，发出一声痛苦而又无奈的呻吟。

"小柯？"我的询问让战友们的神情瞬间黯然。对于那些离去的兄弟，那些用自己的生命换来我们这些人继续享受阳光和烟草的兄弟，一直是我们竭力掩饰着的伤痛，那痛是如此的锥心和刺骨，让我们在无数个午夜梦回时泪流满面。

顺着战友们悲伤的目光，我看到了我的兄弟。他们安静地躺在不远处的地面上，闭着眼睛，似乎也在享受这冬日里温暖的阳光。他们在熟睡，神情是如此的安详，可那安详的样子，却让我的身体又一次无法抑制地颤抖，剧烈地颤抖。

我对杨中队说："我想看看他们，抬我过去好吗？"

杨中队先是猛地转过头去，用手擦了擦眼睛，这才回过头来说："秦歌、小洛，你们抬墨尘过去看看，抬他过去看看……"

他的声音有些哽咽、有些颤抖，连同那魁梧的身子也跟着在轻微地抖动。然后，他抬头，目光穿过头顶那重重叠叠的枝叶望向了天空，那上面的浮云舒卷着，自由自在。他就那么直直地站着，在朝阳照耀的丛林间站着，昂首、望天。朝阳的光辉穿过枝叶的间隙拍打在他的身上，编织出一片片斑斓的图案。那些阳光的碎片与他身上的血渍混在一起，如同战袍上精美的花纹。他就那么静静地站着，披着战袍静静地站着，气势威严，仿佛是远古的战神重又回到了人间。

　　秦歌和小洛将我轻轻地放在了小柯的遗体旁，然后默默地转过了身。他们在抽泣，强行压抑着不出声的抽泣。而我，却在微笑，我轻轻地抚摩着小柯熟睡的脸庞，静静地微笑，在微笑中，泪流满面。

　　仔细地端详着小柯沉睡着的脸庞，目光从他尚未抹去的油彩上一寸一寸滑过。那张脸是如此的年轻，嘴角还有来不及刮去的细密的淡青色胡茬。如果不是我的失误，他此刻应该和我们一样享受这初升的阳光，和我们一起抽烟说笑。可是，这世界上从来都没有如果，他走了，匆忙地走了，与每一个离去的战友一样匆忙。

　　目光渐渐地下移，停留在了他那被金属撕开了一个大洞的胸口上。我想，当时他也感觉到了危险了吧，所以他准备躲避。可是，就在他起身转移的瞬间，子弹呼啸着扑来，狠狠地打在了他的胸上……

　　他当时应该也很害怕吧，在死亡面前，谁都会害怕的。可他的表情怎么会这么安详呢？甚至还带着微笑。难道，在那即将离去的瞬间，他想到的却是我？想到的却是我终于找到那个杀手了，终于可以除掉他了？所以，他走得如此的安详？所以，他能微笑着离开？

　　我的心又开始抽搐，比以往的任何一次都要强烈。我的兄弟，我亲爱的兄弟，你为什么不责怪我？如果不是我的失误，你又怎么会早早地离开？为什么你不但不责怪我，反而走得如此的安详？为什么啊？

　　我开始痛哭，什么"男儿有泪不轻弹"，什么"男子汉流血不流泪"。我的兄弟走了，我们朝夕与共的兄弟走了，我为什么不能哭？为什么不能？

　　8时15分。直升机将我们带离了那片战后的丛林。人类文明的武器给这片丛林留下了深深的伤口，然而，用不了多久，这些痕迹又会被绿色掩盖，再看不出一丝硝烟与战火的痕迹。可我们呢？我们心里的伤口，又岂是时间所能抹灭的？

　　20时31分，我被送进了军区总医院的外科手术室。杨中队说的没错，我得在这病床上趴不短的时间，什么时候结束，那得医生说了算。因此，我没能参加战友们的葬礼，但我知道，那安静墓园里鬼雄的方阵，又将添上6块崭新的墓碑。

第十八章　深情别离

　　转眼之间,我已经在这张病床上趴了7天了。这期间,大队的领导和中队的战友都先后来看望过我,都是说些希望我早日康复、早点回去之类祝愿的话,但是,他们的笑容在我看来总有那么些不自然。尤其秦大队和政委来的那天,他们是先找我的主治医师曹医生询问了情况后才进病房的,虽然他们的脸上堆满了笑容,可我总觉得,那笑容下面隐藏着什么。

　　我开始试着打听我的伤到底怎么样,为什么手术都做了一个星期了,后腰处还是有麻痹的感觉,而且连下肢的感觉都有些不正常,总觉得那两条腿好像不是自己的一样。但最令我尴尬和难受的,却是大小便无法自控。听人说,这种情况一般都只出现在下肢瘫痪的人身上,所以,我很担心,也很烦躁,我害怕自己再也站不起来,怕自己从此只能像个废人一样趴在床上,一天天地数着日子等死。真要那样,我还真不如立刻死了算了。

　　可每当我问起时,曹医生总是说,"没事,没事,这现象只是暂时的,等伤口愈合了就没事了。"而秦歌则干脆找些什么打水啊,给我倒便盆啊之类的借口躲了出去,可明明那壶水才刚打没十分钟,便盆也是刚倒过的。一次,两次,我还没觉得有什么,可每次都是如此,我就感觉有问题了。他们,肯定有什么在瞒着我。然而,无论我怎么拐弯抹角去套他们的话,到了最后的关头,他们却都死死地闭上了嘴巴,死活都不肯开口。

　　我很生气,甚至拿绝食来威胁秦歌告诉我实话,谁知道这小子居然比我更狠。他说:"行,你不吃我陪着你不吃。"而且,他还真的说到做到,硬是陪着我一天不吃不喝。最后,我看不下去了,一天没吃饭倒还饿不死,可一天不喝水会是什么样子?秦歌那干得起皮的嘴唇让我一阵阵心疼,可这小子就是这么认死理,我不吃不喝,他也绝对不会去碰一下杯子。

　　我俩就这么耗了一天,医生、护士都被吓坏了,先是给我做工作,见我不理会,又给秦歌做工作,可秦歌也是直挺挺地坐着和我大眼瞪小眼。最后,他们实在没辙了,只好向医院领导报告,说什么"不得了了,T大队那两个战士绝食抗议,怎么做工作都做不通。"

　　医院领导开始还以为是医院有什么地方没做好,惹着了一向都脾气不大好的特种兵。赶过来一看,问明了事情缘由,院领导生气了,指着我俩的鼻子骂:"你们这两个兵咋回事啊?拿自己身体不当回事是吧?有你们这样折腾自己的吗?信不信我现在就给你们秦大队打电话,让他过来收拾你们?"

一通火发完，这个已经头发花白的老院长又叹着气对我说："小伙子啊，我知道你是担心自己的病情，怕自己站不起来，再也摸不了枪，上不了战场了。可你也不能这样子折腾自己啊，你看看这个小伙子，好好看看，你就忍心看着自己的兄弟这样陪你受罪？我们丹商军人是宁可自己挨枪子儿，也绝不让战友受伤害的，你说说，你这哪还像个军人的样子？你对得起你身上这身衣服吗？对得起这每天给你喂吃喂喝，给你端屎端尿的兄弟吗？……"

　　老院长的话还没说完，秦歌就"哇"地哭了，号啕大哭。他抓着我的手说："墨尘，当我求求你，你吃点东西吧，你已经一天没吃没喝了啊。我熬得住，可你有伤啊，你熬不住的啊！我求求你吃东西吧，你先吃东西好不好啊？……"

　　秦歌这一哭，那些医生、护士们也开始跟着抹眼泪，就连老院长的眼眶里也开始转起了泪花儿。最后，这位头发花白的老将军说："小伙子，你是军人，是个战士，你的天职是服从命令！现在，我命令你，马上把这碗粥给我喝了！"

　　我无法拒绝，也无法再用沉默来对他们隐瞒我的病情进行抗议。并不是因为这是个无法抗拒的命令，而是，当一位年纪足以做你的爷爷，一位同样是从生死战场回来的老军人、老将军含着泪，用恳求的语气让一个士兵，一个比他不知低了多少级的士兵吃饭时，试问，你如何能拒绝？总之，我拒绝不了。所以，我只好用沙哑的声音答："是！"抬起我的右手，趴在病床上向老将军敬礼，用自己还能发出的最大的声音，去回答那声"是！"他说的对，我是个军人、是个战士，我今天的所作所为，根本就不是一个军人、一个战士应该做的。

　　老将军向我还礼，一个将军还给一个士兵标准的军礼。然后，他说："小伙子，你放心，我们不会让一个英勇的战士躺在病床上，你们是应该在战场上骄傲地去杀敌的，所以，我们会尽最大的努力去治疗你，让你重新变回高空的雄鹰、陆地的猛虎、海里的蛟龙！"

　　我泪流满面，一边流泪一边大口大口地吞咽秦歌喂给我的粥，那碗已经热了不知多少次的八宝莲子粥。

　　这件事之后，他们终于不再隐瞒我的伤势，曹医生在下午例行检查时对我说，"其实，我们也不想故意隐瞒你的病情，只是，你们部队的领导怕你知道后会承受不了，所以才决定暂时瞒着你。哪知道，你竟能搞出这么大的事来，连院长他老人家都惊动了。你们T大队的兵，还真不是省油的灯啊！"

　　我被他说得不好意思，只好用"嘿嘿"的干笑来混过去。好在他正忙着检查我伤口的愈合情况，没时间来理会我这点儿小心思。检查完后，他似乎很满意，拍着我的肩膀说："小伙子，恢复得不错啊！你知不知道你刚送来的时候，我们可是被吓了一跳的。那伤口面上只有一寸来长，可里面的肌肉却被弹片割得乱七八糟，就像被一个淘气的小孩儿撕烂的布娃娃一样。当我们听说你受伤后还在不停地运动、杀敌时，我们都感到不可思议，或者说是难以置信。你想想啊，腰部的肌肉对与人体的运动来说是相当重要的，一旦受伤，很多动作就根本没办法完成。而你，居然还能带着伤进行那么高难度的运动，实在是让我们不敢想象啊！不过，这也是你的伤势会变得这么严重的原因，剧烈的运动让弹片在伤口里不断改变位置，同时切割你的肌肉，最后被卡在了第四截腰椎的椎体上。这导致你的腰椎椎体有些变形，同时也损伤了植物神经。所以，你才会到现在还没法站起来，而且，大小便也不受控制。不过，不用担心，你伤处的愈合情况很不错，我们也在对你做最好的治疗。老院长说的对啊，你们是骄傲的战士，是应该翱翔空中、搏浪海洋的，如果不治好你，我们怎么对得起军医这个身份，怎么对得起自己的良心啊！"

我觉得自己有点儿脸红了，被他这么一说，自己好像成了那种累不垮、打不死的"未来战士"了。正当我"嘿嘿"傻笑着不知该说什么好时，门被推开了，然后一个我绝对想不到的人出现在了我的眼前。

那一瞬间，我目瞪口呆，张着嘴，直愣愣地望着门口，却是一句话也说不出来。因为来的居然是——肖凝。

曹医生还奇怪这小伙儿怎么突然间就没了声音了呢，先是低下头看了看我，再顺着我的目光回头望向门口。看到正站在门口的肖凝，他"嘿！"的一下乐了，而脸上露出的表情也是那种让我尴尬得不行不行的表情。接着，他还朝我使了个眼色，仿佛在说，"小伙子，真有你的啊！"然后，这四十大几的中年人冲着还站在门口的肖凝微微一笑说："小姑娘，找文墨尘的吧？喏，在这躺着呢。你们应该有很多话要说吧？呵呵，那你们慢慢聊，我就不打扰了！"

肖凝还在门边站着，拎着一大包营养品、水果什么的，看起来分量不轻，因为她的脸都是红扑扑的，还挂着些细密的汗珠。她上身穿着一件淡黄小细花的冬装，下面是条厚厚的咖啡色呢子长裙，蹬着一双白色的小靴子，再配上一顶淡黄色的细毛线织成的小帽，看起来竟说不出的可爱。一时间我有些迷惑，这还是一个月前那个天天玩命般跟一群大男人在操场上摔来打去的女特警吗？脸上薄薄敷着的淡妆，再加上长长的微微颤动着的睫毛，还有那好像会说话的眼睛，一切的一切，让我从她身上再找不到一丁点儿一个月前的影子。仿佛，她根本就不是个特警，更从来没做过什么狙击手，她现在的样子更像一个学生，一个洋溢着青春活力的、美丽的女大学生。

不过，我有点纳闷，照理说她不应该知道我受伤住院的消息才对，对于这类的事情，大队的规定是不许向非直系亲属告知的。她能够知道，而且还能找到医院来，只能证明一个问题，她去大队找过我了，而我受伤住院的消息，也肯定是她那当大队参谋长的伯父告诉她的。

我们就这样望着，我是傻了，不知道该说什么好。可她也不说话，就那么拎着东西站着，一双黑白分明的大眼睛直直地看着我，就那么直直地望着，连眼睛都未曾眨一下。而那眸子里，一层迷蒙的水雾迅速地漫开，转眼便从眼角滑落了下来。

我一下子就慌了，想从床上爬起来叫她不要哭，我最见不得女孩子哭。可我忘了我腰上还有伤，还缠着厚厚的绷带。所以，我刚一动身子，便觉得后腰上那该死的伤口一颤，然后一种叫作疼痛的感觉便迅速从后腰蔓延到了全身，终止了我所有的动作，让我重重地跌回了床上。

狠狠地咬住牙，不使自己叫出声来，可鼻孔里还是不由自主地喷出了一声痛苦的闷哼，而冷汗，也瞬间从额头上滑了下来。我有点恨自己了，不就是腰上挨了块弹片吗？而且还是块没超过2厘米的榴弹碎片而已，怎么就让自己变得这么没用，连爬都爬不起来了呢？

正在心里咒骂自己软弱时，一双手捧住了我的脸，轻轻地抬起了我歪在枕头上的脑袋，将我的视线牢牢地定在了她的脸上，淌着晶莹的泪水，如同雨后梨花般美丽的脸上。

她说："墨尘，苦了你了，苦了你了……"那声音因哭泣而变得走调和哽咽，让我的心也禁不住一阵阵地打战。细细地盯着她的脸，我竟忍不住浅笑了起来。

见我目不转睛地望着她，"墨尘……"一句暖暖的声音又一次传入耳鼓，如一颗细小的石子投入我片刻前还平静的心湖，在湖面上荡起了一圈圈细细的涟漪。

轻轻地吐了口气，平整了一下心绪，我微笑着说："是参谋长告诉你的吧？"

她轻轻"嗯"了一声，然后在床边坐下，不再说话，只是静静地看着我。

病房里又陷入安静，只是，这安静的气氛似乎不再像以往那般沉闷，反倒有一种叫作温馨的东西在里头蔓延。

我们就这样彼此对望着，如同两尊脸上刻着温柔微笑的雕像。不知过了多久，我突然觉得自己应该先说点什么，否则，我很怀疑我俩会不会把这种安静的彼此对望一直持续下去，直到永恒。

"肖凝……"我轻轻地叫她，这个名字对我来说熟悉而又深刻，但一直以来，对这个熟悉的名字我都在选择逃避，不仅仅是在行动上逃避，连它的发音都在心底下意识地拒绝想起。

"嗯！"她轻轻地应了一声，眸子里的目光越发温柔，让我的心又一次忍不住颤抖，而在这一阵阵的颤抖中，我清晰地听见，那层一直包裹在柔软心房外的坚硬的壳，在一寸寸地龟裂、剥落，再无复从前的冷漠和坚强。

"对不起！……以前是我……"我的声音仍旧很轻，这声音因为心脏的抽搐而颤抖。

"不要说话……"一只细小温润的手掌捂上了我的嘴唇,将我还未说出的话全都封回了口内。我有些疑惑地望着她,可她回答我的仍然是脸上的微笑。"不要说话,让我好好看看你!"她轻轻地说着,捂在我唇上的手轻轻地抚上了我的脸颊,在那粗糙、黝黑的皮肤上轻轻滑动。然后,我看见她目光中露出的疼惜,温柔的微笑中,眸子里掩藏不住的怜惜。

"墨尘,你瘦了!又吃了很多苦吧?"

听闻这句话,一种负罪感突然从心底升起,在那一刻我想到了好多好多,特警队里倔强的她、病床上恬静的她、生活里俏皮的她……我曾觉得我们不是同一个世界的人,我们的生命里没有交集,可我现在才发现我错了。或许,我们真的不是同一个世界的人,可这原本完全不同的两个世界,却意外地有了交点,纠结在我们彼此的生命中,再也分不开。

"这里,还疼吗?"她的手掌轻轻摩挲着我的腰间伤口。

抓住她的手,我说:"不疼,一点都不疼。你也知道的,我皮糙肉厚,打不疼的。"

"可我心疼!"她的眼泪终于流了下来,顺着光洁的脸颊往下淌,一滴、两滴……如同坠落的珍珠。"墨尘,是我不好,我知道你过的是什么样的生活,我也知道你经历了什么。我真的很喜欢你!"

听闻这话,不经意间,我也已泪流满面。

泪水迷蒙间,我凝视着眼前的女孩儿,她清丽的脸庞上仍旧挂着点点泪珠,让人禁不住从心底涌起无限的怜惜。就是这个女孩儿,这个坚强、倔强而又善良的女孩儿,用女性那特有的温柔抚慰着我的心灵。那如水的温柔,如同一把柔弱却又坚强的小手,一寸寸撕开我强加在心上的那层叫作坚强的伪装,将我那颗在寂寞和孤独中徘徊已久的心彻底包围。假以时日,那心底最后的坚冰也会被这温柔所融化,那时候,我还会是我吗?还能是那个沉默、冷静、能够忍受孤独的"杀手"吗?我不知道,我现在唯一知道的是,决不能再让面前这个女孩儿受到任何伤害。她,是应该让我用生命去守卫的人。

于是,这份无聊至极的陪床工作,现在被肖凝接手了。

我觉得有些过意不去,因为她是专门向警队请假来照顾我的。而且,还是没有期限的长假。我问她请了多长时间的时候,她抿着嘴笑了笑,同时还伸出手指轻轻地敲了敲我的额头。她说:"你呀!操心那么多干吗?反正啊,我会一直陪着你,直到你出院为止。"我讪讪地说:"那多不好意思啊,要耽搁你那么长时间。"谁知她脸上的笑立刻就敛了起来,嘟着嘴说:"怎么了?不愿意我陪你啊?那我现在就回去!……"

虽然明知道她这是在跟我开玩笑,可我还是不得不赶紧道歉。说什么"我错了,你别跟我一般见识"之类的废话。然而令我感到不解的是,她似乎很爱听这种废话,而且每次听完之后都会很受用地露出一副"算你识趣"的表情。这多少让我有点郁闷,不过,见到她那很高兴的样子,我也真正知趣地不去刨根问底问她为什么。我想,我要真把这个问题给问出口了,那"笨蛋"这两个字用在我身上一点也不会冤了。

有她陪着的日子,似乎不再像以往那般无聊和枯燥了。这丫头几乎每一天都能搞出些小花样来逗我开心,要不就是缠着我给她讲自己在大队的生活。总之,她不会让我闲着,弄得这个科室里的医生、护士都爱来看我的笑话。曹医生半开玩笑半认真地对我说,"墨尘啊,你看现在这样子多好?嘿嘿,小伙子,恋爱的滋味不错吧?"

"恋爱?"这个字眼让我的心莫名地一紧。难道,我现在这样子就是那所谓的"恋爱"么?就是这世间无数男女追求、向往、赞美的恋爱吗?如果说是,可我为什么没有书上说的那种紧张、甜蜜或者说别的一些恋爱应该有的感觉?有她陪着我的日子,我能感到是一种发自心底的恬淡和宁静。这感觉让我很舒服、很惬意,我本就不是那种爱寻求刺激的人。而这种安宁的感觉与人们所说的恋爱的感觉似乎是完全不一样的。所以,我不敢肯定我现在是不是在恋爱,更不知道,她是不是已经把我们现在这种关系看成了男女间的恋爱。虽然,我知道肖凝她喜欢我,可"喜欢"和"爱"还是有一定区别的,它们不能等同,毕竟,我们谁都没有说过那个字啊。

所以,当曹医生对我说这话时,我只能抱以微笑和沉默不语。而他呢,却错误地把我的表情当成了默认。总之,这不知道算不算是误会的误会就这么越来越深了。再到后来,连整个T大队都知道了他们那个沉默得像块石头的狙击手谈恋爱了,而且,那个女孩子还是大队参谋长的亲侄女。

而对于这一切的谣言,肖凝却没有任何反应,好像本来就是这样的。而当我问她我们现在是不是在谈恋爱时,她却笑眯眯地望着我,然后伸出纤长、细白的手指在我额头上轻轻一点说道,"你啊!傻得真是可爱!"

我傻吗?应该不会,如果我真要是"傻"的话,也做不好一个狙击手,更不可能从那枪林弹雨中活着出来。可她为什么会说我"傻"呢?而且,医生、护士们好像都很认同她的说法。也就是说,不明不白的,我就被冠上了一个"傻子"的头衔,这多少令我有些郁闷。

但这丫头可不管我这些,她照旧每天搞些花样出来令我哭笑不得,有时甚至会整出点捉弄人的恶作剧,她却乐此不疲。这让我觉得,她似乎很喜欢看到我吃瘪的样子,让我不得不怀疑她是不是变了一个人,她的温柔、善良和可爱在这短短的时间里都藏到哪儿去了?

但是,不管怎么说,这样的日子令我很舒服,如果这时候有人问我幸不幸福的话,我会说我很幸福。不是因为旁边有个美女陪着,不是因为我如旁人所说的那样在和一个美女谈恋爱,而是因为我喜欢现在这样生活,这种恬淡、宁静的生活。对于我来说,这样的生活,就叫作幸福。

只是,这样的幸福对于我来说,是不是来得有点太快了呢?我有些担心,担心这幸福只不过是我做的一个梦,而再美的梦,总会有醒来的那一天。有句话不就是这样说的吗,越是美好的东西,就越不能持久。幸福这东西,大概也一样吧。

两个月后,我出院了。照例是杨中队来接我,照例是科室里的医生、护士将我送上车。可这次走的时候,对于那间普普通通,一度曾让我无多少好感可言的病房,竟生出了些莫名的不舍。而这不舍的源头,正是她——此时在我身旁乖巧地站着,脸上带着浅浅的微笑,与医生、护士们话别。在她照顾我的这段时间里,人缘好的不知比我强多少倍。医生、护士们都喜欢这个美丽可爱的小女警,以至于很多时候竟把我这病人给晾在了一旁。

临上车的时候,肖凝突然不说话了,一双眼睛就那么直直地望着我,一眨不眨。

杨中队骂了我一声"笨蛋!",然后一巴掌将我给推了过去。"傻愣着干什么?还不赶紧过去,木头啊你!"然后,是一群人压抑着的低笑。

虽然,这两个月的相处,已经让我和她彼此深深地熟悉。可在这么多人面前,如此近距离的讲话却还是头一次。不能不说,我心里是紧张而又忐忑不安的。更何况,自己马上又要走,而这一走,就不知什么时候再能见面。所以,这个时候,我是真不知道应该和她说些什么。而她那眸子中闪动的不舍与渐渐荡漾起来的水光,更是让我失去了开口说话的力气。

就这么彼此默默地对望,那长长睫毛下黑白分明的瞳仁里映着的影子,再熟悉不过。

"墨尘……"不知过了多久,她终于低低地出声。"回去了,要好好照顾自己,别让我担心,好吗?"

我点头答应道:"你放心吧,我会照顾好自己的,你也要把自己照顾好。"

她轻轻点头,忽然间莞尔一笑,在白皙的脸颊上印下了两个浅浅的酒窝。"说话算话哦!我们拉勾勾。"说完,她伸出右手,还将那根微微弯曲的小拇指冲我勾了勾。

"拉勾勾!"这只存在于儿时记忆里的东西,在多少年之后的今天,竟然重又出现在我的眼前。这应该算是最为单纯和简单的承诺了吧?在人们长大之后,又有几个人还能记得这儿时的"拉勾勾"?记得那"拉勾、上吊、一百年,不许变"童稚的诺言?

缓缓地伸出手去,两根小拇指弯曲着扣在了一起。紧紧地拉了拉之后,肖凝跷起了大拇指。"拉完勾勾,盖个手印,谁骗人谁就是小狗!"她轻轻地笑着,眉眼间也全是微微的笑。可望着眼前这张满带着微笑的脸,那藏于微笑下的离别的不舍,在我的眼里,仍是那样的清晰。

这个时候,任何一句话都可能牵动那深深的离愁。所以,我也强迫自己微笑,在微笑中竖起拇指与她的指头贴在了一起。我说："好，我们拉勾勾、盖手印，说话算话，谁骗人谁就是小狗。"

终于，到了分别的时候。汽车的发动机开始"突突"作响，杨中队轻轻按了两下喇叭催我上车。

我赶紧说："肖凝，我走了啊！"她又一次静静地看着我，轻轻点了点头，不说话。她的表情让我很难受，似乎全身一下子失去了力气。可是我不能不走，我是个军人，是T大队的战士，我必须回到那大山中的军营里去。

转身，走到车门旁，拉开门，上车。我不敢回头，不敢回头去看那静静站立的女孩儿，更不敢去看她的眼睛。车子开始缓缓地滑行，她仍在那儿静静地站着，如同一只美丽的人偶。

杨中队轻轻地叹了口气，咕哝了一句什么"问世间情为何物？"然后重重地按了一下喇叭，算是向人们道别。

"墨尘……"在车子即将提速的那一刻，她喊着我的名字跑了过来。而随着她跑动的身影，我看见了那一点点飞溅的泪花。

"唉！"杨中队长长地叹了一口气，然后踩下了刹车。他回过头来看了我一眼，脸上的神色颇为无奈。不过我现在没心情理会他，因为肖凝的手已经搭在了车窗上。

她的脸上满是泪水，可偏偏还要对我露出笑容。抬起手，轻轻替她拭去脸上的泪痕，我轻声说道："肖凝，别哭，哭了就不漂亮了。听话好吗？别哭！"

她点头，重重地点头，可那泪水还是一颗又一颗地从眼角往外跌落。

深深地吸了口气，将涌到眼眶的湿意强压了下去。然后，我向她露出了一个微笑。"肖凝，等我！"我看着她的眸子说道。也许，这只是一句再平常不过的话，可对于我来说，这是一个承诺。这么多年来，第一次对一个女孩子的承诺。

她笑，尽管脸上犹挂着斑斑的泪痕，可这笑却是发自于内心。"墨尘，我等你！"她轻轻地回答。静静地看了我片刻后，突然抱住了我露于车窗外的头，然后，两片温热的唇贴上了我的脸颊。虽然只是短短的一瞬，却让我的心跳立刻停顿。而她呢，我打量着已经退到一旁的肖凝，她的脸上早已布满了深深的红晕。

杨中队很不正经地打了个长长的口哨，脸上的笑容要多可恶有多可恶。"我说两位，缠绵完了没有啊？要不再给你们半小时？"一见我脸色不善，这家伙立刻转了口风。"好了，好了！说笑，说笑啊！肖丫头，你就放心吧，文墨尘这小子呢，我保证帮你看好了！嘿嘿！T大队随时欢迎你来做客。"

"我一定会去的！"这丫头咬着嘴唇回了一句。"到时我要你们列队欢迎我！"

杨中队哈哈大笑:"没问题!别的不敢说,我保证把我们中队的人都拉出来列队欢迎你的到来。对吧,墨尘?"

我苦笑着点了点头,但却不知道该怎么回答。这个时候,还是什么都不说比较好。

杨中队的插科打诨好歹让离别的惆怅减轻了不少,一声清脆的喇叭声后,车子又一次向前滑行。

冲着窗外的肖凝挥了挥手,我轻轻说了声"再见!"。车轮越转越快,而那个仍旧静静站着的人影也变得越来越小,越来越模糊。但她仍一直在那儿站着,不停地挥动着右手,直到我再也看不见。

第四部 秘密任务

第十九章　胸无大志

回到队里，回到熟悉的营房，回到这熟悉的人和事中间，我突然间发现，自己的心态真的与以前不同了。可这不同在哪儿呢，我说不出来，只是觉得，周围的一切看在眼里，不再像以往那样的单调，似乎陡然间多出了些生动的色彩。

林默打趣说："这就叫'爱情的魔力'。嘿嘿！墨尘，感觉不错吧？"

沉吟了一会儿，我说："还好，总觉得心里多了个牵挂似的。可偏偏让人牵挂得心甘情愿。"

他还是嘿嘿地笑，可我看得出来，这笑多少有些不自然。他又想起那个女孩儿了吧？这么多年过去了，他还是忘不掉啊！人说"时间能冲淡一切"，这句话或许是对的吧。可在林默的身上，似乎不太适用。他和她的故事，已经过去了很久很久，可那刻骨铭心的爱情，想要淡忘谈何容易？他，只不过是将所有关于她的记忆埋了起来，藏得更深罢了。虽然不会再经常想起，可每当午夜梦回时，那锥心刺骨的痛，唯有自知。

或许，这也是人待在部队里的一个坏处吧。在有任务的时候，我们的体力和精力全会被牵扯进去，这时候，没有时间给我们考虑个人的事情。可是，一旦闲了下来，那些在执行任务时被强行压住的念头就会像发酵了的面团一般，充塞人的整个脑袋，让你摆不脱、压不住。而一般这个时候，有心事的战友们都会选择用大强度的体能消耗来麻痹自己的神经，让自己没有力气去想那些令人心烦的事情。一次、两次，或许还有点效果，可次数一多，这效果也就差了，就算你把自己练得连爬起来的力气都没有，脑子里的念头仍能像开了锅的沸水一般，"咕咚、咕咚"地翻腾个不停。

"墨尘，我过几天就要走了。"沉默良久，林默突然对我说道。

"走？去哪儿？"我心里一紧，忙问他。

"国际关系学院，通知书都来了。"他的上身向后仰着，靠两只手撑着身下的草地稳住身体,一双清亮的眸子望着头顶被风推动的浮云,淡淡地说道。

我笑着说:"那挺好啊,提干了呢!应该高兴才对,走,一会儿喝点去?"

"你难道就没什么想法吗?"听到我这么回答,他突然坐起身,转过头来问我。

我仍旧笑着说:"我能有什么想法?你希望我有什么想法?嫉妒你?羡慕你?还是恨你?我说兄弟,咱俩认识也不是一天两天了吧?你怎么问我这么低级的问题?"

他摇摇头说:"不是,我不是这个意思。墨尘,你要知道,你可是全大队最好的狙击手啊。这次提干的有四个人,可这四个人里面,偏偏就没有你。"

我笑了笑,从兜里掏出烟盒,拽出一支扔给他,然后再给自己点上了一支。等那一口灰白的烟雾吐出,我才淡淡地说道:"林默,你相信命吗?"

他先是摇了摇头,沉默了一会儿,又点头说:"有时候信的。"

我说:"我信,林默你知道吗?以前,我也不相信命运这东西,可现在我信了。每个人的命,从他出生的那一天起,就已经被命运这只看不见的手给规划好了。就算偶尔会偏离它设定的轨道,可到最后,它还是能把你给拉回来。"

他摇头说:"墨尘,你这想法未免太悲观了点吧?兄弟,你现在可也算有家有口的人了啊,可不能再这样子下去了。不然,你让人家女孩子怎么依靠你?"

我说:"跟这没关系吧!林默,你知道吗?同样是一颗种子,有的它能长成大树,可有的却只能成为小草。这是从它们出生的那一天就决定了的,任谁也改变不了。"

"你是说你是属小草的?"他皱着眉头说了一句,随即又嘿嘿地笑着说:"我记得这话好像是我说过的吧?我那时说什么来着?对了,我说我们是属狗尾巴草的,而且还是生命力特别顽强,'野火烧不尽,春风吹又生'的那种。"

"'狗尾巴草'?"我轻轻念了一句,然后与他一起"嘿嘿"笑。"对啊!我们其实都是不起眼的小草。就像以前那首歌唱的一样,'没有花香,没有树高,我是一棵无人知道的小草……'"

"可我们还是会寂寞和烦恼!"他苦笑着说了一句,然后将已经燃尽的烟头远远地抛了出去。"就此打住,管它是树还是草,管它有没有人知道,谁叫咱当初选了这条路呢?"

我说:"是啊,谁叫咱当初选了这条路呢?既然选择了,那就得走下去,不能后悔。不管是失去还是拥有,我们都只能接受。"

他猛地站了起来,朝着空旷的天空狠狠地嚎了一嗓子,似乎要将所有的郁闷和不快通通发泄出去。发泄完了,他微笑着转过身来看着我,微微开启的唇间,依然是当初那一抹好看的白。"身为军人，就得有失去的觉悟不是吗？墨尘，我想通了呢！"

我也微笑。林默，我亲爱的兄弟，此时此刻，你终于从那个女孩儿带给你的阴影中走出来了吧？就算仍然改变不了小草那平凡而又普通的命运，可不管是我还是你，在彼此都经过了心灵的蜕变之后，我们都会变得更加的勇敢和坚强。

说起来，人的思想或者说是心理，还真是个很奇妙的东西。有时候，许多一直以来都想不通的东西，往往在突然之间就明白过来了。这东西似乎很玄，有点唯心主义的感觉。可事实上，它就是这样子的。而一旦你想通了、想明白了，便会发现，过去一直固执地纠结在心底的东西，原来也没什么大不了。毕竟，已经过去的东西，就像时钟上走过的昨天一样，再也回不来。而明天呢，明天它还没有到，所以我们也掌握不了。因此，留给我们的，就只剩下眼前的今天。今天，才是我们应该抓住的东西。

一瞬间，我也明白了一个道理，人活着为了什么？不管是为了吃、为了穿，还是为了钱，说到底，不就是一个希望么？希望生活更好，希望不要太累，希望钱挣得更多……人活着，其实就是为了个希望。不管那希望是大还是小、是卑微还是崇高，对于生活在这世上的人们来说，都是活着的希望。

几天后，林默走了，背着背包，拎着简单的行李，与一起提干的其他位战友，被大队派出的军车送向市里的火车站。这一走，就会是一年，而一年之后，T大队的队列里，又将多出几位年轻的特战军官。

政委说："同志们，今天的分别，是为了明天更长久的相聚。因此，我建议大家用最热烈的掌声为我们的兄弟壮行，祝愿我们的战友，在这一年学习的日子里，能够戒骄戒躁，能够战胜自己，提高自己。我们，等着你们学成归来的那一天！"

政委说话之后，是秦大队讲话，他的话还是那样的简洁明了和粗俗。他说："政委刚才都说过了，希望也提过了，弟兄们的祝愿也给你们了。所以，你们几个小子都给我记住了，你们生是我T大队的人，死是我T大队的鬼，如果敢在外头丢了T大队的脸，回来我扒了你们的皮！"

在大伙儿的哄笑和嚎叫声中，军车缓缓开出营门。望着那越来越模糊的车影，我在心里说道："兄弟，一年后再见！"

送走林默之后，指导员把我叫进了他的屋里，问我有没有什么想法。他说："文墨尘，你跟我讲实话，别告诉我你心里一点想法都没有。"

我笑了笑说："指导员，说实话，我还真没什么想法。人们不是常说嘛，'有多大饭量吃多少饭，有多大力气干多少活'，自己有什么本事，就干什么事情，想太多了，反而不好。"

听我这么回答，他反而愣了愣，然后摇头失笑。"你小子，看你的眼神还真没跟我耍花枪。嘿！我还在担心呢，生怕你这八竿子打不出一个屁来的闷葫芦心里会有什么想法。没想到，你比我还看得开啊。行了，这思想工作我也不用做了，去吧，该干嘛干嘛去。知道你们这群小子最不乐意的就是有人找你们谈话。"

刚从他屋里出来，就被守在门口的通讯员小郭给拽了过去。"杨中队找你，在训练场。"

杨中队他也找我？不会又是找我谈心吧？这两主官可真有意思啊，好歹在他们手下也待了两年了吧，难不成对我就这么不放心？

一边在心里寻思，一边往训练场跑。从宿舍到训练场的距离可不短，将近有两千米了。杨中队也真是的，不就是谈个话吗，非得跑训练场去干吗？难不成还要考考我体能，检验一下我住了这么长时间的院体能有没有落下？

如果真是这样的话，我还非被他给考住不可。开玩笑，在医院住了这么久，体能想不下降都不可能。还没出院前我就想好了，等一出院，立刻得加强体能训练。要知道，体能这东西，那可是干我们这行最基本的本钱啊！

一溜小跑赶到训练场，才发现自己的体能真是下降得厉害。就这么不到两千米的路，居然得让我张着嘴大口呼吸，放在以前，这点路光靠鼻子呼气就够用了的。看来，又得好好折腾自己才行了啊。

"文墨尘，这边儿！"

闻声望过去，只见杨中队正晃着两条腿坐在新400米障碍的浪木上，一摇一摆的还挺悠闲，快赶上小孩子荡秋千了。

"坐！"他指了指屁股下不断左右晃动的浪木示意我坐下。

看了他一眼，心想，还真考验我呢？不过这难度也太低了吧。浪木的运动就像大海里的波浪一样是有规律的。如果把它左右的运动当作一波一波的海浪，那么这每一浪之间都有一个短暂的止歇时间。而对于浪木来说，这短暂的止歇就是它从左往右，或是从右往左，运动到中间位置的时候，要想一屁股在这上面坐稳，不致左右倾斜身子或是靠手撑着才能稳住重心，还是需要点眼力见儿和身体的平衡性的。

等浪木又一次运动到平衡点时，我一屁股坐了上去，稳稳当当。然后，整个人就随着浪木左右晃动了起来，还真有点儿坐船的感觉。

"不错啊！"杨中队看了我一眼，咧了咧嘴。"抽烟！"他从烟盒里拽出一支扔给我。

又考我？我心里无奈地笑了笑，忙伸手夹住那在空中翻着筋斗的烟卷。

等两个人都开始喷吐起烟雾，他才问我："心里头有什么想法没？"

还真让我给猜中了，我心里苦笑。然后反问他："杨头儿，你就对我这么没信心？"

"废话！"他转过头瞪了我一眼。"你小子心里想什么，我要再不清楚，那就白带这么多年兵了。你那死脾气和冷锋差不多一模一样。我是知道你从来没把这什么提干、考学、立功受奖的事儿放在眼里。哼！能到这儿来的，能穿上T大队这身马甲的人，有几个看重那身外的东西的？"

我赶紧补了一句："那你还这么问我？"

他眼睛又是一瞪。"你以为我想啊？这是政治部下的任务，每个中队的主官都必须找够条件提干，但却又没能选中的人谈话，摸清思想动向。指导员已经找过你了吧？"

我点头说："找过了，刚出来就被你给招呼过来了。"他"嘿嘿"了两声说："怎么着？老大叫你过来，还不乐意啊？"

见他开起了玩笑，那我自然也不客气。我说："那是啊！两个大男人有什么好聊的？跟你说话没激情。"

"文墨尘，你这小混蛋，我踢死你！"杨中队抬脚便踢。不过我早有防备，在他的脚板还没到达我的屁股前，先一步跳离了浪木。

浪木上陡然少了个人，重心自然就变了，他又在拿脚踹我，一个不小心，差点一个趔趄从浪木上掉下来。

见他出糗，我笑得更欢畅。一边"呵呵"乐着，一边往回跑。"杨头儿，没事我先闪了啊！这么大人了，还学人家小孩子玩秋千，头儿你真有意思！"

身后传来杨中队的咆哮。"文墨尘，你个臭小子给我滚回来，看老子今天不踢烂你的屁股。奶奶的，还跟我说话没激情？有了女朋友连老大都不要了……还跑！今天别让我逮住你！"

回头瞄了一眼，发现他还真追上来了。论跑我现在肯定跑不过他，要这么他追我逃下去，铁定会被他抓住。那时候，我连反抗的力气都没了。与其到时候被他修理，还不如现在把他放倒。

主意打定，我立刻停下了步子。他见我突然间停了下来，很是有些诧异。"跑啊！咋不跑了呢？"一边说着，一边放缓步子向我靠近。

一见他这架势，我就知道他已经有了防备，真是精到家了。看来，偷袭是不成了，要放倒他就得硬碰硬。只不过，这家伙可是号称T大队徒手格斗第一人啊！跟他面对面的打，我基本上是没有胜算的。

于是我嘿嘿笑着说:"不跑了,不跑了。老大你也知道的,在医院里待久了,胳膊腿儿都快锈掉了,跑两步就不行啦。"

"那要不要我帮你活动活动,除除锈啊?"杨中队笑得忒阴险。一边笑还一边"喀嘣、喀嘣"地捏着拳头。

还没等我答话呢,这家伙的拳头就已经挥过来了。先是一记势大力沉的右直拳,一见我向右侧身躲过,左手撩掌去抓他的右腕,他的右拳立刻变成虎爪,转个角度反抓向我的手腕,同时左脚也不闲着,朝着我脚踝就是一记勾踢。

本来还想偷袭他一下,趁他不备把他放倒的。哪知道现在却被他抢了主动,害得我只有招架的份儿。

右脚迅速后撤半步避开他的勾踢,左手成拳回手,同时左脚上步,左肘跟进撞向他的右爪。右手立掌格开他的左摆拳,右腿起脚小角度踹向他的左腿外侧。

"好!"杨中队吼了一嗓子,突然一个大步后撤,脱离与我的近距离接触。左脚在前,右脚在后,脚尖刚点地,便以左脚跟为轴,给我来了个转身鞭锤击向我的右颊。

"啪!"支起右小臂挡住他的拳背,骨头与肌肉结结实实地撞在了一起。好沉的拳头,我暗暗咬了咬牙,刚才这一挡竟让我的整个右臂隐隐生疼。杨中队这T大队徒手格斗第一人的绰号还真不是白叫的。

就这么"噼里啪啦",拳来脚往地足足打了两分钟,我这第一狙击手终于不敌他这格斗第一人,被他一个右鞭腿结结实实地扫中了脑袋。晕乎中,又被他一个上步别臂锁喉给钳得死死的,再没有还手的余地。

"还不错嘛!功夫都没落下,就是拳头软绵绵的没了力气。"杨中队放开龇牙咧嘴的我,一边拍着我的肩膀,一边乐呵呵地说。"赶紧给我训练,给你半个月时间,身体状态必须恢复到以前的水准。不然的话……"说到这儿他突然打住,脸上的笑容更是阴险。

"不然怎么样?"晃着脑袋,揉着生疼的胳膊,明知他心里肯定没想什么好事,可我还不得不问他。

"嘿嘿!不然啊,你休想见到你那漂亮的小警花。哈哈……"

"头儿,你够狠!"冲着他哈哈大笑着走开的背影,我恨恨地比画了一下中指。想想都让人憋气,居然拿这事来威胁我,改天非得好好找他算账不可。这些天,先忍着吧,等正式开始训练,小组对抗什么的,你这格斗第一人总有栽到我手里的时候。到时就让你尝尝得罪了自己手下的第一狙击手会是什么后果。今天嘛,我认栽。

一边自我安慰着,一边悻悻地往回走。想着想着,自己都觉得好笑。就我以前的性格和表现来说，这两主官要不担心我才叫怪了。不管一个人他看得再怎么开，一旦事情涉及自身，那多多少少是有点儿不痛快的。尤其是在部队来讲，当兵的又有几个不珍惜荣誉的？尽管说那荣誉确实值不了几个钱，但毕竟是对自己付出的一种肯定。就好比这提干来说吧，虽然自兵役制度改革以后，丹商军队里多出了士官这一编制，一旦从义务兵变成了士官，那就能拿上工资。虽然，这工资不多，像我们这样的一级士官，一个月也就六七百块钱，但人在部队里头，吃、穿、住什么的也不用花钱，只要不铺张浪费、大手大脚，那一个月的几百块钱基本上都能省下来。积少成多，等到探亲休假的时候，腰包里也能有个几千块钱壮胆。虽说这比起那些腰缠万贯的人来说根本就只能算九牛一毛，但作为普普通通的小老百姓，这点钱也基本上够过日子了。谈不上多富裕，但至少温饱是没问题的。

只是，话说回来，士官毕竟不是官，哪怕你这士官做到了五级、六级，你的身份还是一个大头兵，跟人家军官是没法比的。军官，哪怕他就是一个刚从军校毕业的小红牌，他也是军官。他所享受的待遇就是国家干部的待遇。而兵呢，如果不能考上军校，或者说提干，你在部队的前途就只能定在士兵这个位置上。不论是在部队时的待遇，还是退伍、转业回到地方上的安置，都与军官有着明显的差别。因此，提干这档事，毕竟关系到一个士兵的政治前途问题，政治部要各单位主官找我们这些够条件提干，却不能提干的人谈心，那也是有必要的。因为，人的思想本身就是个玄之又玄的东西。有时候，没人给你疏导疏导，钻到牛角尖里去了，还真不容易拔出来。而像我这样算得上怪胎的家伙，别说T大队，全军怕也找不出几个来吧。

"怪胎！"一想到这称呼我就觉着乐。这名号还是那位在大队当心理辅导员的千金小姐送给我的。当时，记得她大小姐对我们整个大队的评价就是："这里是个怪物窝子，从上到下没一个正常人。"而很不幸，我就成了最不正常的那个。就是怪物中的怪物，典型的几百年难遇上一个的怪胎。

就这么一边想着这些乱七八糟的事情，一边往中队的方向走。想着想着，突然觉得自个儿是不是应该去找那位千金小姐咨询咨询了。在医院里的感悟，让我突然间明白了许多东西，可似乎又有很多东西弄不明白。人的心理，的确是这世界上最为玄妙不过的东西了。而像她这样的专业人士，对我进一步了解自己的心理，掌握其规律，再解答我一些疑惑，总是有帮助的吧。

这还是我第一次想到要主动去找她做一下心理咨询。看来，这一次住院，发生在我身上的变化还真是不小啊。我决定抽时间去找找那个也算得上怪物的大小姐聊聊天。

第二十章　命运转折

在中队恢复了一些训练，又进行了一些对抗，这样过去了几个月。突然有一天，秦大队打电话到队里，让我立刻到他办公室去一趟。

那天是5月17日，天有些阴，一个让我的人生轨迹从此改变的日子。

去机关的路上，我就在琢磨，秦大队他找我去有什么事呢？我的直觉告诉我，应该是有什么任务要我去做，不过，那时的我，怎么也想不到，那个普通得不能再普通的一天，竟会改变我接下来的人生。不光我想不到，恐怕，就连那个把我从T大队要走的陆云巍也没有料到，这个他们策划了很久的事情，竟会生出那么多的波折来吧。

秦大队的办公室在机关办公楼的三层，他这儿我不是第一次来了，所以，也算得上驾轻就熟。径直走到那个门框上贴着"大队长"三个字的办公室门口，整理了一下军容，我敲了敲门，然后再喊了声"报告！"

等秦大队在里面说了声"进来！"后，我推开门走了进去。不知道为什么，在我推门进去的那一刹那，我的心底突然升起一丝莫名的紧张，这可是以前从来都没有过的事情。当然，这紧张只有那么一瞬间，在我向秦大队举手敬礼时，这股不明缘由的紧张，就已经被我压了下去。

秦大队当时正和一个我从没见过的大校坐在沙发上聊天，不知道他们在说些什么，不过，从秦大队那并不太好的脸色来看，他们聊得多半不那么开心。

见我进来，秦大队脸色缓和了少许，勉强地挤出了一丝笑容招呼我过去坐下。而那个陌生的大校则从我进门起就一直在盯着我打量，他的目光很冷，刀锋一样的冷，仿佛能直刺到人的心底。这种目光对我来说，算是很熟悉了。在训练营的时候，我的狙击手教官偶尔会露出这样的眼神，冷锋的身上也有这样的眼神，而我自己也有。换句话说，这是种能杀人的眼神，只有那种过过刀头舔血的生活，手上沾染过人血的人才会拥有的，能让胆小的人灵魂都为之战栗的眼神。

他在考验我！当那似乎能把人的思想刺穿的目光投射在我身上时，我立刻明白了他的用意。所以，我毫不犹豫地与他对视，想要用眼神吓到我，没那么容易！再说了，真要被他一个眼神就吓倒了，我这"T大队第一狙击手"的名头算是白叫了。

这种无声的目光交锋持续了近半分钟，半分钟后，他那张如同刀刻出来的脸上突然露出了一丝笑容。"不错！不愧是你们T大队的王牌狙击手！"

秦大队嘿嘿地笑了两声，皮笑肉不笑的那种。他说："人也给你叫来了，这办公室我也借给你，想问他什么你就问吧。"说完，他从沙发里站起来就准备往外走。

那个大校笑了笑，似乎有点无奈。他说："老秦，看你这样子，对我很有意见啊！"

秦大队"哼！"了一声，先是看了看我，接着又回头对着那个大校说："陆处长，你都亲自过来要人了，我秦某人敢有什么意见？"见我还在门口站着，秦大队叹了口气，走到我身边对我说："文墨尘，我给你介绍一下，这位，是从总参过来的陆处长。"

总参？陆处长？我心里不由"咯噔"了一下。虽然想不通他来找我干什么，但还是立刻向他敬了个礼，说了声"陆处长好！"。

"嗯，你好！过来坐吧，我有些问题需要当面问你一下。"陆处长也从沙发里站了起来，示意我过去。

见我还站在那儿不动弹，秦大队在我肩头上拍了一巴掌。"过去啊，傻站着干什么？怎么，还被他的名头给吓倒了不成？"

我越来越觉得不对劲儿了，怎么听怎么觉得秦大队今天跟吃了火药似的，说话很冲。他老人家又不是不知道自己手底下的兵都是些什么德性，再不中用，也不至差劲儿到被人家的来头给吓住吧。

那个从总参来的陆处长又笑了一下，还摇了摇头，一副无可奈何的样子。"老秦啊，你今天的情绪很不对劲儿啊！怎么着，真对我有那么大意见？"

秦大队的嗓门立刻就提高了好几度："废话，你跑到我这儿来挖人，你说我有没有意见？没意见才叫怪了！哼！老陆，我跟你说，今天要换个人过来，我早把他哄出去了，大门都不会让他进！"

秦大队的话刚刚说完，陆处长就哈哈大笑起来，好容易止住了笑，他又走过来往秦大队的肩膀上狠狠地拍了两下。"老秦啊老秦！不愧是跟我一个战壕里爬出来的兄弟，这次就当是我陆云巍对不起你，你也别生气别上火了。回头，我再向你赔不是行了吧？"

秦大队显然不买账，他说："你小子还知道我们是一个战壕里爬出来的啊？那你还好意思跑我这里来挖人？我就纳闷了，丹商军队哪儿挑不出两个狙击手啊？你非得挖我墙脚干什么啊？"

听秦大队说完，陆处长突然苦笑了一下，搁在秦大队肩膀上的手也使劲儿地捏了捏。

117

见他这样子，秦大队说："算了算了，懒得搭理你，我去训练场看看那帮小子有没有偷懒。人我已经给你叫过来了，现在就交给你，要问什么你自己问吧。"说完，他又看了我一眼，嘴唇动了动，似乎想对我说什么。但最终还是什么也没说，在我肩膀上重重地拍了一下之后，一扭头走了。

"老秦！"在秦大队拉开门就要出去的那一刹那，陆处长突然叫了一声。秦大队停在那儿，没说话也没回头，似乎在等着陆处长后面的话。

"你放心，我不会强人所难！"陆处长说道，说完之后，轻轻地叹了口气。

秦大队没答话，"哼！"了一声后走了，偌大的办公室，突然间变得寂静，落针可闻。

"文墨尘，来，过来坐，我们坐着聊。"不知道过了多久，这难言的沉默终于被陆处长的声音打破。

答了声"是！"，我跟在他身后走到了沙发前，规规矩矩地坐下。

"呵！"见我端端正正地坐着，他轻轻笑了下，"放松点坐，不用那么严肃，就是随便聊聊。"

同样答了声"是！"，但我仍旧那样坐着，并没有如他所说的那样放松一点儿。不管怎么说，他都是首长，严整的坐姿，是起码的尊重。

"知道为什么找你来吗？"沉默了一会儿，他突然问我。

我苦笑，心想，我怎么知道你找我干什么啊？但是，这话当然不能这样说出来，于是我说："不知道，首长您找我有什么事？"

"不用'首长、首长'的那么客气。"他笑着说："刚才你们大队长也给你介绍过了，呵呵！不过啊，你们秦大队今天心情不大好，所以，他也没跟你讲清楚。这样吧，我还是先自我介绍一下吧。"

从他接下来的自我介绍里，我终于大概了解了这位从总参来的大校处长的身份。

他说，他的名字叫陆云巍。陆军的陆，白云的云，巍巍昆仑的巍。丹商和威南打仗的时候，他和秦大队都在前指直属侦察大队，一起蹲过猫耳洞，跟威南特工硬碰硬干过仗，刀山火海闯过，尸体堆里滚过，总之，就是从一个战壕里爬出来的生死兄弟。说这些时候，他那张刚毅的脸庞上也露出了些对往昔的缅怀，缅怀那段血与火的岁月。

"现在嘛！"大概是觉得自己在一个小辈面前感慨过去有点失态，他自嘲地笑了笑："你们秦大队成了T大队的大队长，而我呢，因为一些原因去了总参。文墨尘，知道'七部'吗？"

"'七部'？"我有些诧异，什么时候，总参又出来了一个"七部"呢？

"对，就是'七部'！"他接着"哈哈"大笑，笑声里透露着对这个部门的自豪和骄傲。

"不知道……"我轻轻地摇头。"我只知道总参有一、二、三部，从来都没听说过'七部'。"

"嗯，也是！"他点了点头，"你不知道也很正常！呵呵，别说你，好多人都不知道这个部门。"

好多人都不知道，那我自然更不可能知道。我心里又一次禁不住苦笑，这个陆处长还真有意思，明明知道我肯定不会知道他那个什么"七部"的，还这样问我。只不过，听他这样一说，我对他所说的这个"七部"，不禁有了一丝好奇。没有几个人知道的部门，应该，又是一个比较神秘和特殊的地方吧。

大概是猜到了我心里的想法，陆处长说："文墨尘，你心里是不是在猜测'七部'是干吗的？是不是觉得，这又是个神秘特殊的地方？"见我点头，他又呵呵地笑了笑。"小伙子，你猜得没错！'七部'的确是个比较神秘、也比较特殊的地方。但是嘛……"他突然止住了话，可能是想加深我的好奇心，而我也确实如他所愿对这个神秘的部门有了更多的好奇。虽说没有忍不住追问他为什么，但眼神里透露出的信息，已足够让他明白，眼前这个年轻人，已经被他欲言又止的话勾起了兴趣。

似乎很满意自己的言语造成的效果，他又笑了笑。"但是嘛，现在还不能过多地告诉你。呵呵，至于为什么，就不用我说了吧？"

我说："我知道，'保密守则'，一般特殊点的部门都这样。"他嘿嘿笑了两声，"差不多吧，不过呢，要比那个更严格。嗯，现在嘛，你只要知道我是谁，是干什么的就行了，至于为什么找你，你先别着急，我还有些问题需要问你，等问完了，自然会告诉你。"

我心想，绕了一大圈，终于回到正题上了。有问题要问我？问我什么呢？我敢肯定，作为这些特殊部门的人，而且还是个处长，他要了解我这个人，那实在是容易得很，把祖宗三代的老底子查出来，也不是没可能的事儿。他既然会来找我，那肯定早就对我有一定了解了，今天把我找过来，应该只是要口头再证实一下某些东西，或者说，要看看我这个人到底是什么样子，能不能达到他的要求，让他满意罢了。

"来之前，我看过你的档案，也找你们秦大队问了一些关于你的事情。"他接下来的话证实了我的猜测。"呵呵，文墨尘，你不会怪我暗地里调查你吧？"

"不会！"我答道，反正我也没什么见不得人的事情，你爱调查就调查呗。再说了，就算我心里不乐意你悄悄查我的情况，我也不会真的说出来，我还没那么傻。

他也没在这问题上多做纠缠，接着往下说道："今天找你过来呢，主要是想听一下你自己的想法，我希望听到你的心里话。"说到这儿，他的表情变得严肃，"你心里是怎么想的，就怎么回答我。还有就是，不管今天的结果怎么样，我希望我们的谈话仅限于我们两个人知道，文墨尘同志，你能不能做到？"

这么严肃？我暗暗咋了咋舌。"能！首长您问吧！"既然他问得这么严肃，那我也只能同样严肃地回答。

"我仔细地看过你的档案，"他的眼神又变成了先前那种能直刺人心底的冷冽，"最后得出一个结论，你很优秀，确实很优秀，不愧'T大队王牌狙击手'这个称号。"

我苦笑，但没有答话，我知道他要说的肯定不是这些。果然，他也没有等我回答的意思，接着说道："文墨尘，我想你心里一定很疑惑一个问题，那就是我为什么会找上你的，对吧？"

我点头说"是！"，这个问题我确实想不明白，T大队和总参的距离，跨越了半个丹商。虽然，我是个不错的狙击手，但应该也只限于T大队这个范围内，再大点也不会出军区吧。他所在的"七部"，怎么会大老远地跑来找我呢？

陆处长说，他就是在上次剿灭"地狱火"的战斗中注意到我的。他说，不止是他一个人注意到了我，很多人都对我这个年轻的狙击手相当有兴趣，所以，他先下手为强，利用"七部"的特殊权力拿走了我的档案，直接堵死了那些打我主意的家伙到T大队来挖墙脚的机会。

听他这么一说，我不禁有点头大。想不到，我的档案居然没在大队的保密室，而是被这位大校处长利用自己的权力拿到了他们总参"七部"。要是他不还给我，那我还不成了"黑户"了？

既然他已经看过我的档案，那么，对于我当兵前和当兵后所有的经历，都应该了解得差不多了。他今天把我叫过来的目的，和我猜想的一样，就是为了从与我面对面的接触中，对我这个人作出一个客观的评估。其实，这就跟那些求职者应聘时的面试差不多吧，招聘者从你的言谈举止来分析你这个人是不是适合这项工作，能不能达到他们的要求。如果你的自身条件达到了他们的要求，那自然的，这份工作差不多就属于你了，如果达不到，那就不用再说了。

所以，在问了一些无关紧要的问题后，陆处长终于切入了今天的正题，问我愿不愿意去他们"七部"。我当然说不愿意了，因为我舍不得这个我生活了两年多的地方，舍不得这里的人和事。

对于我这样的回答，他似乎早有预料，所以，他的表情没有什么变化，仍旧挂着似有似无的微笑。他静静地打量了我好一会儿，突然开口问道："文墨尘，你爱这个国家吗？"

我说："当然爱了，因为我是一个丹商人，而且是一个丹商军人。"

他微微点了点头："那你是不是早已准备好了为国家而献出个人的一切？"

我说："是的，既然穿上了这身军装，那就应该有必死的觉悟。我永远不会忘记当初在军旗下的誓言：'如果祖国需要我，不管我在哪里、在干什么，我都会毫不犹豫地为她献出一切，包括我的生命。决不言悔！'"

"好！"他突然拍了下身前的木质茶几，发出了一声沉闷的"啪！"。"不愧是我们军队里响当当的好男儿！墨尘，我没看错你！"没等我答话，他又接着说道，"你知道我最欣赏你哪一点吗？"

我摇头："不知道。我觉得自己其实挺平凡的，除了能吃点苦、能受点累之外，好像也没什么特别的地方。"

他摇头道："不是，不是你自己说的这个样子。"他接着说："文墨尘，你身上最让我欣赏的地方，是你性格里的坚韧！"

听他这么一说，我不由得有点儿脸红，不知道该说什么好。"性格里的坚韧"，好像真有那么一点吧。记得刚当兵那会儿，尤其是新兵下连之后，被高连要到他们侦察连之后，那种相对辛苦的训练，我似乎就是靠这所谓"性格里的坚韧"撑过来的。只不过，那时我似乎还没意识到这支撑我完成最初的侦察兵训练，乃至后来帮助我熬过训练营那地狱般的六个月的东西就叫作"坚韧"。因为，在那个时候，我还以为是我天性里那种沉默或者说是自闭的性格帮助我完成了这一切。

"文墨尘同志！"沉默了一会儿，他突然叫我的名字,而他的表情也变得前所未有的严肃。

下意识地答了声"到！"身子也不由自主地瞬间挺直。

"告诉我，如果有那么一些人要对你深爱的这个国家不利，你会怎么做？"他一字一顿地问我。

"杀无赦！"我同样一个字一个字地回答。

"答得好！"他赞了一声，"我再问你，如果为了我们的祖国，需要你背负委屈，得不到他人的理解，甚至连你的亲人、战友、爱人都会误会你，你还愿意为了祖国无怨无悔的付出吗？"

背负委屈，不被人理解，被生命中这些至关重要的人误会，我还能无怨无悔的付出吗？心里有个声音在回响，"我能吗？没有人理解，被亲友误会，我还能做到无怨无悔吗？还能义无反顾地奉献我的一切，包括生命吗？"

那一瞬间，我想到了很多。家里日渐年迈的父母的脸、姐姐的笑容，那个温柔善良、骨子里却带着倔强、爱着我的肖凝；还有我身边的战友们，林默、老洪、秦歌、袁笑……杨中队以及去世的冷锋，如果他们都误会我，都不能理解我，我还能说无怨无悔地为国家奉献、付出吗？

陆处长没有打扰我，他知道我需要思考，所以，他静静地等待，用那双似乎已看清人世的眸子，静静地看着我，等着我的回答。

我的脑子里仍在翻江倒海，那空寂山岭间一座座青石砌成的墓碑；那一个个已经逝去的年轻的生命，冷锋、小宋、小柯……他们，在生命的最后一刻，有没有后悔？有没有舍不得？我想，他们仍然留恋这个世界吧，因为这世界上有他们爱的人，有爱他们的人。谁都会珍惜自己的生命吧？谁也不愿意走得那样匆忙。尽管在这世上，在这个他们用生命捍卫的国家里，仍有那么多人不能理解我们这些穿军装的人，不能理解我的付出，甚至还有人嘲笑我们穷和傻，还有人仗着自己的钱和权欺侮我们这些军人的家人，可他们仍然义无反顾，仍然在祖国需要他们的时候，用自己的生命和鲜血践行了当初在军旗下高举右拳的铮铮誓言：

我是丹商军人，我宣誓：服从政府的领导，全心全意为人民服务，服从命令，严守纪律，英勇战斗，不怕牺牲，忠于职守，努力工作，苦练杀敌本领，坚决完成任务，在任何情况下，绝不背叛祖国，绝不叛离军队。

心里默默背诵着这当初军旗下的誓言，从那一天起，我成了一名真正的军人，也是从那一天起，这身军装真正地溶进了我的生命和血液，再也无法分离。

"处长同志，"沉思良久之后，我终于找到了答案。于是，我的目光迎上了他的眸子，一字一顿地说道："只要是祖国的需要，即使不被人理解，即使被所有人误会，即使我将背负委屈和骂名，但是，我无怨无悔！因为我是军人，是丹商军人！"

第二十一章　极限等待

陆大校他笑了，那种很欣慰的笑。"文墨尘，我没看错你！我相信，你能完成那个任务！"

"任务？"我疑惑地问道。难道，他来找我不是为了把我从T大队调到他们"七部"，而是为了让我去完成一个任务。如果真是这样的话，那这任务会是个什么任务，又为什么会找上我？难道，他们"七部"没人能完成这个任务？这不大可能吧，要知道，老洪可是说过，他们那些人，可是不能用"人"这个字来衡量的啊。

"对，一个任务！"他点头说道。"一个很艰巨的任务！"

"为什么会找上我？"我问出了这个我最关心的问题。"你们那儿，难道没人能去吗？"

"为什么会找上你？"他轻轻笑了笑，"如果，我说是直觉，你相不相信？"

"直觉？"他这回答让我又一次忍不住苦笑。人的直觉，其实是最缺乏科学根据的东西，但是，有的时候，直觉这玩意儿，往往还十分的灵验。尤其是对于那些，从生死线上活着回来的老兵们来说，直觉和经验，远比规规矩矩的教科书管用。

"对，就是直觉！"他扬了扬浓浓的眉毛，"文墨尘，如果我没猜错的话，你也很相信自己的直觉吧？"

我苦笑着点了点头说："是的，我相信自己的直觉，因为它从来都没有犯过错。"

"所以，你能成为T大队的王牌狙击手，因为你有着身为猎人的直觉，对于危险的直觉。我没说错吧？"他望着我，嘴角露着淡淡的笑。"文墨尘，其实，我们是同一种人！"

我不知道他这算不算"语不惊人死不休"，不过，当我听到他说我和他是"同一种人"时，我的心里真的"咯噔"了一下。

"能告诉我是什么样的任务吗？"想了想后，我问道。虽然他说他的直觉让他觉得我能完成这任务，但那只是他的直觉。我自己有多少斤两还是清楚的，不了解一下任务的内容，我可不知道自己是否能够胜任。

"任务的具体内容，现在还不能够告诉你。"他卖了个关子，"我们谈了这么久，相信以你的聪明，多少也能猜到点吧？"

听他这么一说，我脑子里开始思索他这话里藏着的意思。今天我们是说了不少，但对我触动最大的，莫过于那个"背负委屈，不被人理解，被亲人、朋友误会时，还能否无怨无悔地为国付出"的问题。难道，他所说的任务，就是这个样子么？

想到这儿，我忍不住苦笑了一下。"陆处长，我想我明白你的意思了。"

"明白了就好，有些东西，的确不大方便说出来。"他又笑了笑，很是欣慰的样子。"我答应过你们秦大队不强人所难，所以，你要是不愿意的话，我也不勉强你。"说到这儿的时候，他也开始苦笑，语气中满是无奈。"不过，我希望你能去帮我。"

"为什么一定要找我？"我又一次忍不住问他，"难道，除了我之外，就没有再适合的人了吗？"

"也不是。"他轻轻摇了摇头，"但是，我个人觉得，你是最合适的人选。直觉，只是一个方面的因素，我是经过综合考虑的，不然，今天也不会来找你。"

"陆处长，您刚才说过，会尊重我的选择的，对吧？"咬了咬嘴唇，我问道。

"是的，我尊重你的选择。你可以选择去，或者不去。"他仰了仰头，目光投向了天花板上的吊灯。"虽然，我很希望你去，但是，这个任务会给你带来些什么，我现在也说不清楚……"他的目光重又回到了我的脸上，嘴角堆起了浓浓的苦笑。"说实话，你是我见过的最出色的战士，最优秀的狙击手，所以，我的心里其实也很矛盾。既希望你接受这次任务，又担心这任务会给你带来无法预料的后果。墨尘，我知道你们都有着为国捐躯的决心，但是，这次的任务，并不仅仅关系到生命的问题，它，或许会让你失去很多……"

"能让我再想想吗？"轻轻吁了口气，我问道。虽然，我还不知道他所说的任务，到底是个什么样的任务。但从他此刻矛盾的心情看来，这任务，肯定不会简单。不仅仅关系到生命，还可能让我失去很多。所以，我必须得让自己好好考虑考虑。说实话，我也怕死，因为我知道活着是一种幸福。如果死亡无法避免，我诚然可以坦然接受，但是，我害怕在我没死之前，失去一些比生命更加珍贵的东西。如果是那样，我不知道自己能不能接受。

"当然可以！"他点了点头，"好好想想吧，明天中午前给我个答复就行。"

"陆处长，"沉吟了一会儿，我说道："可不可以问你个问题？"

"噢，你说，我看能不能回答你。"

"我想知道到底是个什么任务！给个大概的提示也行。"

听到我这样问，他也开始沉吟起来。他脸上的表情依然没有什么变化，可从他的眸子里，我依旧能读懂他心里的矛盾。

"卧底！"许久，他的齿缝里终于吐出了两个字，很轻微，但足够让我清晰地听见。

"卧底！"这两个字在我的心底掀起了滔天般的巨浪。对于"卧底"，我的了解只限于荧幕上的警匪片或是一些相关题材的小说。执行这种任务的人，不仅时刻面临着因身份暴露而带来的生命危险，还要承受亲人和朋友的误会和不解，也就是说，一旦某个人选择了"卧底"这个身份，那他就得承受一切委屈，直到任务完成，真相大白的那一天。

"墨尘，你先回去吧，好好想想，明天中午前给我个答复就行。"他站起身，轻轻拍了拍我的肩膀。"今天我们谈的东西，仅限于我们俩知道。"

起身，立正，我大声答了声"是！"。

"嗯，回去吧，我等你的答复。"他把我送到了门口，又一次在我的肩膀上拍了两下。

"陆处长！"抬脚准备离去的瞬间，我突然想问他一个问题。"还有个问题想问问您，我也希望，您能说心里话。"

"呵！"他轻轻笑了笑，"好，你问吧，我保证讲心里话。"

"嗯！"我点了点头，"我想问您，如果我不去的话，您怎么办？"

"这个……"他略微沉吟了一下，微微叹了口气，脸上的笑也变得有些无奈，"如果你不去的话，我很可能会自己去。"

他说话的时候，我一直看着他的眼睛，那坚定的眸子告诉我，他没有说谎。那一瞬间，我的心禁不住又一次颤抖。这个"卧底"的任务，到底有多么重要？居然会让他这个大校处长，未来的将军选择自己去执行。

我应该怎么办？答应他，还是拒绝？从秦大队的办公室回来之后，我心里的活动就没有停止过。脑子里来回翻腾的，全都是今天与陆处长的谈话。这个时候，我真希望可以有个人帮我给出答案，可我知道，这不可能。选择的权利在我手上，对于个人来讲，最好的选择就应该是拒绝，因为对于这样的任务，我没有任何的心理准备。可为什么，这看似简单的选择，竟会如此的艰难，让我的心里如此的矛盾呢？

坐在床上，点燃了一支烟，那缭绕的烟雾在阳光下自在的翻腾。我苦笑，自己现在这样子，和失魂落魄有什么区别？居然连太阳什么时候出来都没有发现。陆处长，你还真是给我出了个不小的难题啊！

要是林默还在就好了，我至少可以找个人说说话，就算什么话也不说，我们俩也可以一起坐着发呆。我不禁在想，如果林默他遇到这种事情，他会怎么办？是选择去，还是不去？或者，也会像我一样，陷入这种两难的选择？

或许是从我的表情看出了我的心情这会儿不算太好的缘故，战友们都没有来打扰我。他们熟知我的性格，知道在这个时候，我需要的是一个人的沉思而不是安慰。可他们又怎么能想到，这一刻，我多希望有个人来告诉我应该怎么选择啊。

手指间的烟卷终于燃尽，望着那即将熄灭的烟蒂，我脸上的苦笑更浓了一些。其实，这香烟和人的一生是多么地相似啊。缓慢地燃烧，释放着烟雾，哪怕它燃得再慢，终究会有燃尽的时候。想着想着，心里突然升起了一丝明悟，香烟会燃尽，人生也有尽头，可是，它们毕竟存在过。虽然，这香烟与人生一样，都同样地短暂，可在它短暂的生命中，它燃烧了，释放了，它用短短几分钟的时间完成了自己的一生，证明了自己的存在。也许，对于它来说，燃烧，就是自己生命的全部意义。如果说香烟的宿命就是为了等待燃烧，那人呢？人活着又是在等待什么？是为了活着而活着，还是应该在这短短的几十年里，让自己的生命变得更有意义？哪怕，会因此而在某一刻燃尽自己的生命，可那燃烧生命的短暂瞬间，会不会无比的灿烂和精彩？

很久以后,我问陆云巍,问他是不是早就肯定我一定会答应他。他当时只是嘿嘿地笑,笑得很奸诈。他说:"对啊,从见你第一眼起,我就知道你肯定会答应我的。"

他这回答让我禁不住皱了皱眉头,觉得自己好像被这家伙算计了一样。这感觉让我心里很不舒服,所以,我问他:"为什么?"

"因为你是天生的猎人,所以,你的身体里流淌着猎人冒险的血液。"说这话的时候,他的表情变得很严肃,"所以,我觉得你会答应我。事实证明,我的判断没错。"

"就因为这个?"我愕然,他这回答让我有种哭笑不得的感觉。当我想了整整一个晚上,终于决定选择去的时候,我根本就没想过什么"天生的猎人""冒险的血液"之类的问题。因为当时我在想,我是个军人、是个战士,如果他一定要我去执行这个任务,完全可以用无可违抗的军令命令我去。可是,他没有,他给了我选择的权利,所以,最终我选择了去。而这样的选择,也没有什么别的原因,就跟我问他为什么会选择我时,他的回答是"直觉"一样,我作出这个选择的原因,同样也是"直觉"。但是,我不准备让他这么得意,所以我又问道:"如果,我最后选择的是不去呢,你会怎么办?"

这一次轮到他苦笑了,"如果你选择的是不去,那么,去'卧底'的那个人,就会是我。"

"真的?"我还是有些不大相信,毕竟丹商军队最不缺的就是人,哪儿找不出两个比我更杰出的!

"真的!"他淡淡地说道,"你也知道的,我完全可以下命令让你去执行这次任务。可我没有,因为我知道当你选择这条路之后,会遇到些什么,所以,我让你自己选择。如果你最后的选择是不去,那么我只能自己去。因为,我还没有想到,还有谁比你更适合。"

我忍不住抓狂:"那我是不是还应该感到很荣幸,应该感谢你啊?"

"如果你要这样想的话,我不会介意。嘿嘿,墨尘,老哥我刚好还没吃晚饭,你是不是看着安排一下?哦,还有,你嫂子最近管我管得比较紧,连烟钱都给我克扣了,你看,是不是先借我两包……"

"美的你!"我白了他一眼,"你上次欠我的两包还没还呢,还借,门都没有!信不信哪天我上你家收账去?"

"文墨尘,你这臭小子想害死我啊?"他骂道,"不知道我答应你嫂子戒烟的啊?"

"那你还抽?活该!"

"嘿嘿,大家都是阶级兄弟嘛,这样子多伤感情啊!诶,兄弟,帮帮忙,老哥我烟瘾犯了,先给支解解馋。臭小子你别只顾自己抽啊,存心刺激我是吧?……"

这就是那个第一次见面时，用杀人般的眼光打量我的陆云巍，那个变态"七部"中的一个人。而现在，在我眼里，他也不过是个平常人罢了，如果说非要找到点不平常出来，那就是这家伙非常的为老不尊。而这个时候，我也成了他们这些变态中的一员，再也回不到从前了。

我还记得当我失眠了一整个晚上，第二天答应他去执行那个"卧底"任务之前，曾问过他一个问题。我问他，"任务完成之后，我还能回T大队吗？"

他想了想说："能！只要你愿意回来。"

这个答案让我松了口气，因为我舍不得这里，我担心这一走之后，就再也不能回来。所以，在听到他亲口说我还可以回来的时候，我心里那点担心和顾忌便没有了，我可以放心地当那个什么"卧底"，至于"卧底"之后会碰到些什么，会失去些什么，就不是我所能预料到的东西了。别说当时的我预料不到，就连陆处他自己都没有想到，这个"卧底"计划，在正式实施之后，竟会生出那么多的事情来。

2006年5月18日，也就是我答应陆云巍去执行那个"卧底"任务的那一天。得到我的答复后，他立刻就回到了总参，而他留给我的话竟然只有一个字，那就是"等！"。

他走之后，秦大队和杨中队都问过我，那个陆处长到底都跟我谈了些什么，是不是准备把我调走？听他们这么一问，我就知道陆云巍对他们耍了个花枪，打着要把我从T大队调走的旗号来找我，实际上却是要我去当"卧底"。当然，我只能违心地说没谈些什么，也不知道什么时候走，陆处长他只是让我等着。对于我这样的回答，他们显然很不满意，不过让我感激的是，他们并没有就着这个问题而刨根问底，只是跟我说，"只要在T大队一天，那就是我们T大队的人，该干什么就得干什么，可不能放松对自己的要求。"

我说："我知道，就算我真的调走了，我也不会忘记自己是T大队的兵！"这是我的心里话，没有一点虚假。我知道他们都不想我被调走，其实，我又何尝想离开这里！想来想去，越想越觉得那个陆处长很不厚道，既然要让我去执行任务，可关于任务的内容和细节却是一点也没向我透露，保密工作真是做到家了，以至我现在只知道我会去当"卧底"，可这"卧底"怎么当？怎么去当这个"卧底"，这家伙走之前却一点交代也没有。他只是说让我等，可等什么，等到什么时候呢？我不知道，只能继续等待下去……

第二十二章　临时任务

这一等就等了一个星期。一个星期后，也就是 5 月 25 日那天，陆云巍来了。而就在他来的当天，大队接到了上级的命令，让大队立刻派出一支特战小分队前往某地级市执行"处突"任务。这时候，陆云巍找到了秦大队，让秦大队把我也加到这次的行动人员名单里。

他这做法让秦大队很不理解，秦大队觉得，我既然要被他陆云巍调走，这个时候显然不合适再去执行任务。更何况，"猎鹰"小队的主力已经参加"维和"任务去了，这次"处突"再让我去的话，就得加到别的小队里面，这会打乱小队人员之间的默契，显然不是个好主意。可陆云巍却说，让我参加这次任务有两层意思：一呢，是通过这次任务，让我给自己在 T 大队的生涯画上一个圆满的句号；二呢，是他想看看我参加实战任务时的表现，对我的能力什么的，作出一个更客观的评估。

总之，在他的坚持下，我随"秃鹰"小队参加了这次"处突"。这让我很不好意思，觉得对不起"秃鹰"的那个狙击手兄弟。不过，或许是因为弟兄们都知道我要调走的原因，"秃鹰"的兄弟们并没有因此而对我有意见，尤其让我感激的是他们的狙击手陈彬，这兄弟在得知我要代替他参加这次行动时，非但没有任何不快，反而给我来了一个大大的拥抱。他半开玩笑半认真地对我说，"墨尘，这可是你在 T 大队的最后一枪了哦，可得打漂亮咯！"我使劲搂了搂他，说了声"谢谢兄弟！"，然后，头也不回地登上了直升机。

直升机上，这次行动的总指挥肖参谋长宣读了任务简报。任务的内容其实很简单：一伙武装歹徒抢劫了当地银行的金库后，在公安的追赶下逃向了山区，现在已经被公安和武警撒下包围网兜在了山里。不过，这伙歹徒似乎参加过军事训练，不但武警的几次围剿都被他们逃脱，反而还让进行围剿的武警有了伤亡。而现在，这伙歹徒躲进了一个山村里，并将村子里的人都变成了他们的人质。这样一来，情况就变得比较棘手，一个不好，便会造成人质的伤亡。公安特警和武警特警都先后尝试着发动了两次突击，但都以失败告终。恼怒的歹徒还因此枪杀了 3 名人质作为警告，并放出话来，立刻给他们准备一架直升机，不然的话，他们将每隔 10 分钟杀 1 名人质。而警察们要敢再进攻的话，他们将杀更多的人质作为报复。

为了尽快解救人质，并消灭歹徒，省公安厅在派心理战专家稳住歹徒的同时，将电话打到了军区作战值班室，请我们T大队派特种兵过去帮忙。因为，这种山林地作战，对于擅长城市反恐作战的公安特警和武警特警来说，显然不大合适。而恰好，这类战斗正是我们这群人最为擅长的。所以，要收拾这群歹徒，对于我们来说，不会有多大的悬念，唯一麻烦点的就是人质的问题。

读完简报之后，肖参谋长示意杨中队开始分配任务。根据简报上的情报，那群歹徒现在只剩下9个人，12个人对付9个，基本上是轻松加愉快的任务，唯一麻烦点的就是人质的问题。

陆云巍也坐在机舱里，肩膀上两杠四星的大校军衔很是扎眼。他说他跟着来的目的很简单，就是想亲眼看一下我这个要被他调走的人在实战中的表现。为此，弟兄们还跟我开玩笑说，"他这是在选兵呢，还是在选女婿啊？"对于弟兄们这样的玩笑，我除了苦笑之外，便只能是苦笑。

为了不刺激到歹徒，我们在离村子还有一定距离时便下了直升机。早已等候多时的公安厅和武警的领导立刻迎了上来，然后，是指挥官开始针对当前的态势重新修改行动计划，分配任务。

我的任务很简单，占据一个制高点，控制战场。对于这个靠山的小山村，这样的位置相当好找。就在我同临时派给的观察手出发前往预定位置的时候，一直静观在旁的陆云巍突然塞了一个东西在我手里。

"戴上它，不要让别人知道。"他的声音很轻，刚好能够让我听见。

虽然搞不明白他的葫芦里卖的是什么药，但我还是依言将那个细小的耳塞式通讯器塞在了我的左耳里。这通讯器的色泽和皮肤差不多，不细看的话，还真看不出来。

各组就位之后，行动开始。公安厅给我们的情报没错，那群歹徒中确实有人有过军事训练的经历。虽然他们将村里的男女老幼都集中到了村里最好的那栋三层小洋楼里，但却分成了好几拨进行看管。而且，在通往那栋小楼的所有道路上，都有埋设的陷阱或是地雷。虽说这些玩意儿都是临时制成的，很是粗糙，可杀伤力却一点儿也不小。在渗透组渗透的过程中，就遇到了一个三连环的诡雷，而且上面还连着简易的报警装置。这发现让所有人都倒吸了一口凉气，这伙歹徒里面，绝对有个精通小分队作战战术的人存在，很有可能是个退伍的侦察兵。

公安们的动作也很快，不久就证实了这伙歹徒中确实有两个退伍军人，而且，都还是侦察兵出身。至于他们以前是在哪个部队服役，为什么会走上这条不归路，那就不是我需要考虑的问题了，因为，渗透组的兄弟已经在呼叫狙击手注意了。

瞄准镜下，小小的山村处处透露着一种宁静的美，可惜，这宁静却因为一群不速之客的不请自来而多出了一股危险的血腥。那个三层高的小洋楼离我只有 400 米远，透过瞄准镜，我能清晰地看见那墙壁上面瓷砖的纹路。

歹徒们很狡猾，他们将所有的窗户都遮上了，因此，我无法透过窗户观察屋内的情况。不过，也不是没有收获，我发现了一个躲藏在屋顶上的歹徒，那家伙手里抱着的赫然是一支盗版的突击步枪。

观察手在我旁边轻轻地报着风速、气温、大气湿度，以及射击诸元的建议纠偏。只可惜，现在还不是开枪的时候，否则，那个家伙绝对逃不掉脑袋被爆掉的命运。

公安厅派出的谈判专家仍在不厌其烦地向屋内的歹徒们进行政策攻心，只是，能不能收到效果就不知道了。反正，在那些警匪片里，我是从来没见过谈判专家能把歹徒说服的。从目前的情况来看，要想解救人质，似乎只能选择强攻了。

一个灵巧的身影突然出现在那个歹徒后方的墙头，然后一个跃身，迅速地扑向了还在左右观望的歹徒。一抹寒光突然从他手上亮起，划过了尚未察觉危险已在身后的歹徒。寒光过处，一蓬血线溅起，那歹徒想要喊叫，可嘴巴却被一只戴着黑色作战手套的大手死死地捂住。歹徒的身体无力地抽搐了两下，然后软绵绵地瘫在了身后那名穿着黑色特警作战服的兄弟的怀里。

随即，右耳的耳机里传来一长一短的敲击，那是渗透组已经就位的信号。紧接着，又是一长两短的敲击，这表示强攻组也已经就位。世界似乎瞬间安静了下来，所有人都在屏息等待，等待进一步行动的信号。

猛地，两声短促的敲击在耳畔响起，强攻，指挥部最终还是选择了强攻。

已经就位的渗透组率先开启了这强攻的前奏。一枚气浪破门手雷将紧闭着的大门"轰"地推倒，然后，是两枚强闪光手雷。我当时在想，要是这屋里没有人质的话，就可以使用威力巨大的闪光震撼弹了，剧烈的闪光加上强烈的冲击波，足可以让屋内的人短时间失去战斗力，如果被冲击波直接击中，连内脏都可能被撞移位。与此同时，一楼的窗户也被敲碎，冒着浓烟的催泪瓦斯从破碎的窗口以及洞开的大门同时飞进了屋内，转眼间，浓烈的瓦斯烟雾就从这些破损的开口处冒了出来。

楼下的强攻开始的同时，已经摸上楼顶的弟兄们也开始向楼下突击。耳机里此起彼伏的都是战友们"注意闪光……准备催泪弹……"等等短促的呼喝。紧接着，是枪声，5.8 毫米口径的短点射清脆异常，与突击步枪盲目的扫射形成了鲜明的对比。

突然，突击步枪"乒乒乓乓"的扫射里，响起了清脆短促的点射。然后，耳机里响起攻入楼内的兄弟的呼喊。"'老鹰、老鹰'，A组报告，'秃鹰'5号、'秃鹰'8号受伤，

A组请求支援！A组请求支援！"肯定是那两个退伍的侦察兵，只有他们才能用精度较差的突击步枪打出精确的短点射。

"A组后撤！B组接替进攻！"代号"老鹰"的肖参谋长说道。

"A组明白！"

"B组明白！"

"'老鹰、老鹰'，B组报告！一楼清理完毕！'兔子'击毙3名，4名人质受伤，二楼楼道被堵死，无法继续进攻，完毕！"

"A组掩护人质撤退！C组继续向下突击！B组转移，增援C组！"

"A组明白！"

"B组明白！"

"C组明白！"

耳机里充斥着战友们的声音，我们的狙击小组是D组，照理说应该是最具威胁的存在。可是，歹徒里有两个熟知小分队破袭战术的前侦察兵，他们很清楚狙击手对他们的威胁。所以，他们用那种廉价的隔热布遮住了所有的窗户，然而，正是这种超市中都能买到的隔热布，将让价值不菲的热成像仪成了毫无作用的摆设。

不愧是丹商军队培养出来的侦察兵啊，这种看似简单的反狙击战术，就目前来说，竟然相当的好用。

我想，那两个退伍的侦察兵并没有想到，公安会请特种部队来帮忙吧。他们的防御应该是针对公安或武警的特警的，这些防御措施，虽然简单而又粗糙，但却是相当的实用。更何况，他们还有人质在手里，仅仅这一项，就可以让特警们投鼠忌器、束手无策。

不能不说，他们的计划是相当实用的，只可惜，执行这次任务的是我们，不是公安，也不是武警，而是比他们侦察兵更加擅长小分队作战，单兵战斗力更强的特种侦察兵。

火器对射的声音不再像刚开始时那样激烈，变得断断续续，但是却没有停歇。C组已经扫清了三楼的歹徒，正快速向二楼突进。就是要快，快到让歹徒没有反应的时间，只有这样，才能保证人质的安全。

支援C组的B组利用抛绳器攀到了二楼，只要等里面的C组一行动，他们就会破窗而入发起攻击。

观察手突然苦笑了一下，他说："我怎么觉得我俩今天是多出来的人？"听他这样一说，我也忍不住苦笑道："是啊，到现在为止，我们这个狙击小组，连开枪的机会都没有，心里面不憋火才叫怪了。"

"砰"的一声，二楼的门又被破门手雷推倒，然后，又是闪光弹与催泪弹，与此同时，B组的弟兄们也破窗而入，与从门口向内突击的C组一起，对残余的歹徒进行最后的围歼。

战斗进行到这里，似乎已经不再有任何悬念，看来，今天我是开不了枪了。可就在这个时候，在一楼掩护人质撤退的A组突然倒退着一步步从屋子里走了出来。

"有情况！"转动枪口，已经换成了白光瞄准镜的视场下，一个浑身是血的人正胁持着一个十七八岁的女孩儿一步步往外走，而那个女孩儿腰上，竟然被那混蛋绑上了炸药，"塑5"炸药。要是它爆炸，半径几十米之内，将不会有一个活物。

那个胁持着女孩儿的歹徒应该就是那两个侦察兵中的一个，他将自己的整个身体都躲在了女孩儿的后面，用一把手枪顶着女孩儿往前挪动，等走到门口时，他将那女孩子往回一拽，自己的后背靠在了墙上。真是个狡猾的家伙，这样一来，他就不用担心自己的后背了。然后，他的左手从女孩子的肩头露了出来，手里握着的，赫然是一个引爆器，而他左手的拇指，就停在那个红色的按钮上。

"什么东西！"耳机里传来肖参谋长的怒骂，"狙击手，给我把他解决掉！"

我苦笑，那个家伙显然知道有狙击手在盯着他，所以他才把自己整个人藏了那个女孩子的身后，而且，他的右手用枪指着那个女孩儿，左手还拿着引爆器，如果我不能一枪命中他的眉心，神经的残余反应完全可以让他完成扣动扳机，按下按钮的动作。我没有一击必杀的把握，不对，我现在根本就连开枪的机会都没有，那个混蛋，把自己藏得太好了。

公安的谈判专家又一次走上前去，在A组兄弟们的背后开始向这个孤注一掷的歹徒徒劳地进行政策攻心，劝他放下武器，立即投降。然而，歹徒给予他的回答是一声枪响。谁也没有料到他会向谈判专家开枪，而他的动作也足够的快，虽然在枪响的瞬间，A组的兄弟就已经转身扑向了身后的谈判专家，可还是晚了一步。如此近的距离，突然间的射击，手枪喷出的弹头直接钻进了那个谈判专家的额头，让他直直地倒了下去。

"狙击手！"肖参谋长吼道，如同一只被激怒了的雄狮。"怎么还不开枪?！"

"'老鹰'！"我咬着牙说道，"目标隐藏得太好，无法射击！"

"文墨尘，开枪！"耳朵里突然响起了一个声音，是我左耳内的耳塞，陆云巍塞给我的那个耳塞。他，让我开枪。可我现在怎么开枪？对谁开枪？难道，对那个女孩儿吗？

"开枪！"他的声音又一次响起。"你知道我的意思！"

这个混蛋，他居然叫我向人质开枪！让我连人质一起杀掉！他疯了吗？额头开始有冷汗滴落，扳机上的食指也在颤抖，我的心里，从来没有像这一刻这样的紧张过。

"文墨尘，开枪啊！还等什么？你还记得答应过我的事情吗？现在，你的任务开始了！这是命令！"他再一次在我耳边催促，而同时，他又提到了那个我到现在为止还根本不了解的任务，那个"卧底"的任务。

陆云巍，他在命令我，命令我向人质开枪，而开枪的原因，竟是为了那个任务。黑色的十字线，正对着那个女孩儿的心脏。我知道，只要我轻轻地一扣扳机，她的心脏就会连着她背后那个歹徒一起击碎。

瞄准镜下，那个女孩儿的脸很苍白，清秀的脸上没有一丝的血色。她的头发很凌乱，衣服也有些破损。这时候，她心里应该很害怕吧？她在迫切地希望着被眼前的人们解救吧？可是，陆云巍，这个从总参"七部"过来的大校处长，竟然让我向她开枪，而且，还是命令我。我的呼吸变得急促，心跳也在加快，我是不是该听他的命令，是不是应该开枪？

"文墨尘，我知道你现在心里面很矛盾！但我没时间向你解释那么多。以后，我会给你一个解释的！现在，听我的话，开枪！明白吗?!"

"开枪！开枪！开枪！"我的脑子里全是他的声音，我的良心告诉我，这是不对的，你不能向人质开枪。可不知道为什么，我居然还是瞄准了她，而我的食指还在向后压着扳机，一边颤抖，一边将扳机压到了击发的边缘。

"砰！"在所有人的惊愕中，一声悠长的叹息响起。然后，是血花，一朵凄艳的血花从那个女孩儿的胸前溅起，绽放在了所有人的面前。

"文墨尘，你这混蛋！"肖参谋长的咆哮在耳边响起，"你为什么向人质开枪？为什么向人质开枪?!"

他的声音离我好遥远，仿佛是从另一个世界传来。我已经麻木了，已经忘了再去思考对与错。我真的开枪了，向人质开了枪。那个歹徒也没有想到吧，可等他明白的时候，已经晚了，高速旋转的弹头在穿透那个女孩子身体的同时，会连他的心脏也一起击碎。我不知道等待我的将是什么，我脑子里盘旋着的全是那个女孩儿苍白的脸孔。那脸上的不可思议与错愕，让我失去了思考的力气。

陆云巍给我的耳塞，已经被我捏碎扔掉。这也是他的吩咐，在枪响的第一时间，他就告诉我扔掉耳塞，不要让任何人知道。我没有去想他这样做的用意是什么，我的脑子似乎已经停止了运转，只是下意识地执行着动作。

"墨尘，对不起！请相信我，我会给你一个解释的！"这是在我扔掉耳塞前，他对我说的最后一句话。

给我一个解释？我苦笑。我不知道他的解释会什么时候给我，但我知道，所有人都在等着我的解释，等着我告诉他们，我，为什么会向人质开枪！

第二十三章　监狱卧底

狭窄的空间，幽暗的光线，一张单人床，平展的床单，床头靠墙的一面是叠成豆腐块的薄棉被，这就是我现在生活的地方。没错，这是间囚室，西北荒原上，某座军事监狱的囚室。

离每天一次的放风时间还有两个小时，两小时后，我可以从那扇厚重的铁门走出去，戴上镣铐，晒上一个小时的太阳。

我进来多久了？好像是两个月，又好像更长。我是从什么时候来到这里的呢？脑子里又开始闪烁起那些过往的片段。

我记得我的名字叫文墨尘，在进来这里之前，我是个士兵，准确地说，是个很优秀的士兵。我那时所在的单位是全军赫赫有名的T大队，而我是那其中的一员。我和大队里所有的战友一样，穿着四色系的丛林迷彩，脚上蹬着的是高腰的丛林靴，还有，我的肩膀上也和他们一样，挂着由闪电和利剑组成的"TZ"臂章。那是我们的标志，也是我们的自豪，因为，我们是丹商特种兵。

嘴角不由得泛起一丝苦笑，不管是荣誉还是骄傲，对于我来说，都已不再重要了，都已经过去了，因为，我现在是一个囚犯，而且还是被列为"危险人物"的囚犯。

我是怎么从一个精锐的特种兵变成囚犯的呢？噢，我想起来了，因为我向一个人开了枪，那个人是个女孩儿，她不是罪犯，也不是什么恐怖分子，她是个人质，被一个穷途末路的歹徒胁持的人质。

我并不想向她开枪的，可有个混蛋让我开枪，不对，他是在逼我开枪。那个混蛋就是陆云巍，我答应了他要帮他去执行一个任务。那个任务叫什么名字来着，噢，我想起来了，在我被押送到这个军事监狱之后的第二天，早餐的窝窝头里夹着一张小小的纸条。那个纸条上写着陆云巍这混蛋所说的任务，而这个任务的代号，叫作"沉默的枪刺"。

"哐当！"铁门被打开了，然后一个威严而冰冷的声音在门外响起，"30613，放风的时间到了！"

站起身，我走到了门口，任他们给我的手上脚上都加上精钢铸成的束缚，然后，我拖着这些沉重的家伙一步步往外走，去享受那每天一小时的阳光和相对新鲜的空气。

"30613"，这是我在这个地方的称呼。它不是名字，只是一个编号，这里的人，都没有名字。

从囚室到放风的小操场，要拐两个弯，走372步。这条路我已经走了一个月了，闭着眼睛都能走到。

押着我的两个战士的脸上没有任何表情，偶尔扫过我的目光里也露着深深的厌恶和鄙视，仿佛在说，"你真给身上的军装丢脸，你也配当军人?!"

这里关押的都是重犯，杀人、抢劫、强奸、贪污……形形色色的都有，而关押在这里的人，他们在进来之前的身份，都是军人。不对，有一个人例外，他不是军人，他的防范等级也是这里最高的"极度危险"，而我这个刚进来不到一个月的家伙，在这里的危险等级仅次于他，排在了第二。原因很简单，进来的第一天我就动手将两个想要给我下马威的犯人打成了重伤，听说现在还在医院里躺着，有一个还没醒过来。我也因此而蹲了一个月的黑牢，等我从黑牢出来时，我就被打上了"危险人物"的标签，戴着手铐脚镣放风，成了我和他两个人所享受的特别待遇。

他的编号是"30547"，已经在这里待了快一年了。他的囚室在我隔壁，我们从来没有说过话，但我知道他在注意我，同样的，我也在打量他。

又是372步，从监区走出来，阳光立刻洒在了身上，暖洋洋的，说不出的舒服，这时候，要是再有支烟就好了。我已经很久没抽过烟了，好像打我进来这个地方起，就没有见过香烟的样子。

在得知我因为射杀人质，将被判刑的第二天，那些对我来说比我生命还要重要的人都赶到了军区军事法院的看守所。年迈的父母，红肿着双眼的姐姐，还有肖凝，她那憔悴的样子让我的心一阵阵地疼。

他们都是秦大队带进来的，与秦大队一起来的还有杨中队，我们中队的头儿，我们的老大哥。他们看我的眼神，全都是不解和心痛。是啊，他们怎么都想不明白，我，这个在他们眼里最优秀的狙击手，为什么会向人质开枪？而且是在众目睽睽之下，在报社和电视台那些记者的镜头下向人质开枪。

这是相当恶性的事件，必须从严处理的事件，否则，不足以平息民愤。"作为军人，作为祖国和人民的守卫者，居然向人质开枪，不杀不足以平民愤！"这是一个记者写的报道，但他没能将这篇报道发出来。至于原因，不用想也知道为什么。

秦大队当时就火了，他在隔离窗外指着我的鼻子骂："文墨尘，你这个混蛋，你是不是活腻了你？认罪！认罪！你没看见他们在为你伤心，为你哭泣吗？你还是不是我秦某人的兵？是不是？回答我！"

我说："是！大队长、杨中队，在我心里，你们永远是我的大队长和中队长。但是，我不打算辩护，也不需要律师，我愿意接受法律的制裁。"

如果当时不是有隔离窗隔着，如果当时没有看守所的看守和杨中队他们拦着，我绝对逃不掉秦大队的一顿暴练。我让他生气了，不对，是愤怒了。

杨中队问我为什么，肖凝问我为什么，战友们问我为什么，父母问我为什么，很多人也问我为什么，为什么要这样做？这个问题，其实在那次行动结束时，肖参谋长就问过我，问我为什么要向人质开枪，我当时是怎么回答的呢？我对肖参谋长说："周围有很多人，我没得选择，死一个，总比死一堆好。"

肖参谋长给我的回答是一个响亮的耳光，然后，他颤抖着说："文墨尘，你看看周围，看看周围的情况，你会害死你自己！"

我当时就那么站着，不再说话。陆云巍也在离我不远的地方站着，他在看我，我能感到他目光里一闪而没的痛苦和无奈。我当时在想，这些歹徒来得是不是太巧了点儿？这一切，是否也是他计划里的一部分？

可惜，我没有时间去问他，因为我被肖参谋长下令解除了武装，然后直接押回了大队，关进了禁闭室。而我在禁闭室待了还不到半小时，军区保卫部的人就来了，他们来的目的只有一个，把我带走，等着进一步处理。

然后，我就被关进了看守所，等着接受法律对我的制裁。我的亲人们、我的战友们，他们都在外面为了我的事而奔波，为了让我不至受到太重的惩罚而操劳。这一切，我不可能不知道，可是，我又一次让他们伤心，让他们失望，因为我拒绝了一切的法律援助，而且，为了达到目的，我在看守所里还打了人。既然是看守所，里面自然不会只有我一个人被关着。这类地方，似乎都有那么一个不成文的规定，新进去的人，要被先进去的人打。而大多数人，面对这个规矩，都选择了暂时忍受。可我没有，我将那几个混蛋全都放倒了，带头的那个人直接成了残废，他下半辈子都别想站着走路。而最严重的是，我还打了两个看守。

因此，看守所给我的定义是"不思悔改的危险分子"，于是，我在进看守所的第一天，又享受了黑屋单间的待遇。如果不是秦大队的手腕比较硬，看守所根本就不会让我接受探视。

面对他们的伤心、失望、疑惑和不解的质问，我保持沉默，没有给出任何解释。其实，我很想跟他们说，我也不想这样子，但我有一个任务要去做，我不得不这样做。我不能说，这是只有我和陆云巍知道的计划，也许还有别人知道吧，但肯定不会太多。

在看守所里，我收到了陆云巍通过秘密渠道传给我的小纸条，他告诉我，这是整个行动的第一步，其目的，就是把我送进监狱。他还说，自己被秦大队暴打了一顿，因为他非但没有帮我说话，而且还"义正词严"地说什么，像我这样的人就应该被送进监狱。

"活该！"这是我心里面的想法，谁叫你让我这么难受，让我的亲人，我的战友也这么难受。等老子出去之后，也得暴打你一顿不可。不然，难解我心头之恨。

操场上都是放风的犯人，都或坐或站地享受这难得的阳光。30547也在操场上，和我一样，他的身上也戴着沉重的手铐和脚镣。他在操场的东南角静静地坐着，在我进来之前，他一直仰着头望着头顶的天空发呆。见到我被看守押进来，他回头瞥了我一眼，然后重又仰起头，望着头顶的天，一动不动。

"兄弟，给支烟抽吧！"我对身旁的两个战士说，他们的肩膀上都挂着一级士官的军衔，不过，他们比我年轻得多。

他们看着我，没有任何动作。冲他们淡淡地笑了笑，我说道："帮个忙吧，好久没尝过烟味儿了，看那些人一抽，谗的厉害。"

"何谦，给他一支烟。"右边那个看起来成熟点的士官对左边那个兄弟说道。

"谢谢！"伸出戴着手铐的双手，我从那个叫何谦的士官手里接过了他递给我的烟。放在鼻子下深深地嗅了两口，我的脸上露出了一丝迷醉和贪婪。

"班长，能不能……"我看着手中的烟卷，冲那个叫何谦的士官无奈地笑了笑，"能不能借个火啊？"

"30613，你很烦！"右边那士官瞪了我一眼，然后又对叫何谦的士官说道，"何谦，给他点上，我们该出去了。"

何谦冲我笑了笑，露出了两颗好看的小虎牙。"呵呵，不好意思，忘了你身上什么都没有。诺，给你点上。"

"谢谢！"我深深地吸了一口，久违的烟草燃烧的味道让我的肺泡全都兴奋地扩张起来。

"烟鬼！"右边那个可能是何谦班长的士官带着些鄙夷地咕哝了一声，然后带着何谦走了出去。然后，操场的铁门"哐"的一声关上，不大的小操场上，只剩下我们这些穿着囚服的囚徒。

"兄弟！"突然有个声音从操场的东南角传来，见我没有反应，那声音又喊出了我的编号。"30613！"

"到！"条件反射地答了一声，我扭过身去，正好看到那个"30547"在冲我微笑。

"有事？"我缓缓走了过去，脚镣拖在地上发出刺耳的摩擦声。

"能不能……"他的眼睛盯着我手上燃烧的烟卷，露出了贪婪的目光。

"呵！"我轻轻笑了声，然后把还剩大半的烟卷递了过去，"一人一口。"

"好！一人一口！"他的声音里透着些兴奋，连带着伸出来接烟的双手都有些颤抖。

一屁股在他旁边坐下，我静静地望着他。也许是因为我们俩都被列为了"危险人物"的原因，所以，我们待着的这个地方相对来说比较清净。这个监区的犯人们，都下意识地离得我们远远的。时不时掠过我俩的目光里，也含着些害怕和恐惧。

"怎么进来的？"他突然问我。

接过他递回的烟，狠吸了一口，等那股烟雾在身体里转够了，才十分不舍地慢慢吐了出去。

"杀人！"我淡淡地回了一句，又将还剩下小半截的烟卷递给了他。

"看出来了，"他吐出了一个漂亮的烟圈，"你身上杀气很重，杀过不少人吧？"

轻轻"哼！"了一声，我也学他刚才的样子仰起了头，望向了头顶上天高云淡的天空。"30547，你问得有点多了！"

"呵呵！"他耸了耸肩，"不好意思，一时有点好奇。"顿了顿，他又问我，"兄弟，你判了多少年？"

扭头看了他一眼，我的嘴角撇了一下，"15年，你呢？"

"我？哈哈……"他突然笑了起来，笑声里透露出的味道不知道是得意还是悲凉，"你猜猜！"他饶有兴趣地看着我。

"没兴趣，爱说不说！"我回了一句。

"你这人真没意思！"他摇着头说道。

"我又没说过我有意思！"我依旧望着头顶的天，连眼珠子都懒得动一下。

见我这样子，他无奈地笑了下，然后，我们两个都不再说话，都仰着脖子，望着头顶上那高远湛蓝的天，那天上自在舒卷的浮云，似乎在嘲笑着我们这些失去了自由，被高墙电网禁闭在监狱内的囚徒。

一个小时的放风时间很快就过去了，值班的管教吹响了哨子，看守们则开始驱赶恋恋不舍的囚徒们返回囚室。

从操场回到囚室，同样要拐两个弯，走372步。35047的囚室在我隔壁，要比我多走三步。

"30613，今天我欠了你一支烟，要是有机会，我请你抽雪茄！"临进囚室前，他突然对我说道。

"不许说话！"押着他的看守吼了一句，不过，对于他来说，似乎没多大作用。

"雪茄？"我扭头看了他一眼，"没兴趣！"

"哈哈哈……"他夸张地大笑，"30613，你这家伙真没劲儿！不过，"他话锋陡然一转，"我对你越来越感兴趣了！"

"不好意思，我没你那种嗜好！"头也不回地说了一句，我一低头钻进了囚室，钻进了那狭窄幽闭、充斥着潮湿气味的空间里。

"哈哈哈……"铁门"哐！"的一声关上，隔着厚厚的砖墙，我仍能听见这家伙夸张的笑声。

"开局不错！"我的嘴角勾起一抹冷笑。被关进这座位于大西北荒原上的监狱已经两个月多了吧，今天，终于成功地接近了目标。

编号30547，这座监狱里唯一一个不是军人的囚犯，他就是我来到这儿的目标，是整个"卧底"行动，或者说是陆云巍一手策划的代号为"沉默的枪刺"的计划中，最为关键的一步。为了完成这一步，这混蛋逼我向人质开枪，然后又动用他的力量把我送进了这座用来关押军队重犯的军事监狱，当真算得上用心良苦了。

坐在床上，靠着冰冷的墙壁，军事法庭上法官宣布对我判决的那一幕，重又浮现在了脑海：

"文墨尘，性别：男，年龄：24岁。1983年2月28日出生，C军区T大队战士……证据确凿，犯罪罪名成立，判处有期徒刑15年，立即执行！"

当法官用庄严的声音宣布对我的判决时，我就站在被告席上。我的对面是起诉我的军事检察院，而我的后面，本应坐着辩护人的地方，却是空无一人。

"墨尘……"在纠察即将押走我的瞬间，庭下响起了熟悉的声音。我想回过头去，可我最终没有回头。我知道是谁在叫我的名字，肖凝、满眼热泪的肖凝；还有我的父母，伤心欲绝、恨铁不成钢的老父、老母；还有我T大队的首长、战友，连那个一向只把我当小白鼠研究的千金小姐也来了。

我没有回头，因为我不敢回头。我的心里在一阵阵抽搐地疼，我害怕，害怕面对这些我熟悉的人。所以，我强迫自己不要回头，在纠察的押解下，一步一步走向那个将要把我送上囚车，押至遥远西北的门。

他们对我很失望吧？他们很伤心吧？他们为了能让我减轻甚至避免处罚，想尽了办法、用尽了力气，可惜，却被我统统的拒绝。其实，谁都能看出来，检察院对我的指控有些夸大，军事法庭的判决也太重了些。这会让他们更无法理解吧？为什么，我要承认那些夸大了的指控，为什么我连辩护和上诉的权利都放弃？

他们不止一次地问过我为什么？可我都以沉默来回应，到后来，干脆拒绝了他们的探视。他们想不通这是为什么，可我知道，还有陆云巍那个混蛋也知道。我想，为了能把我顺利地送进这监狱，那混蛋一定费了不少工夫，更花了不少心思吧，搞这些见不得光的阴谋诡计，也真难为这混蛋了。而这一切，都是为了那个该死的计划，那个叫作"沉默的枪刺"的计划。在这计划最终完成之前，我只能保持沉默。

第二十四章　接近目标

陆云巍通过窝窝头传给我的纸条里，写着我在监狱里需要完成的任务，第一步就是要接近这个住在我隔壁，编号 30547 的因犯。小小的纸条不可能写出太详细的内容，所以，我得到的情报很有限。只知道我要接近的这个编号为 30547，真名叫郑建军的家伙是个很危险的人物，为了抓他，G 军区特勤大队的兄弟牺牲了好几个人。而我的任务，就是接近他，取得他的信任，然后再……

"30613！"我的思绪突然被打断，条件反射地答了声"到！"我往声音传来的门口走去。铁门上的小窗"哐！"的一声打开，士官何谦的脸出现在了眼前。

"班长，什么事？"我有些纳闷，这小兄弟找我干什么。

"给你！"一个白色的盒子从窗户递了进来，那是一包烟。

"这个……"我有些迟疑，不知道该不该接。

"快点拿着，被我班长看到就麻烦了，会骂我的。快点儿！"他催促道。

"哦！谢谢你，谢谢！"接过烟盒，我感激地说道。这小兄弟的心肠还挺不错的。

"记住，千万别让我班长知道是我给你的啊！"他微微笑了笑，两颗好看的小虎牙又露了出来。然后，小窗户"哐！"地关上，让我只能听见他渐渐远去的脚步的回响。

吁了口气，我又坐回了床上，来回打量着手里的烟盒。香烟的牌子很普通，里面还有大半盒。这小伙子心挺细，烟盒里还塞着个打火机。

我当时也在思索这个叫何谦的小士官为什么会突然好心的给我烟，他们对我的印象应该都不算太好吧，怎么会突然给我烟呢？我开始还怀疑这是陆云巍安排的，以为烟盒里会有什么东西藏着。要知道，看守给囚犯东西，这可是犯大忌的。可谁知道，任我把那盒烟怎么研究，连打火机都被我拆开研究过了，却是什么也没发现。

无奈之下，我只好放弃研究，我当时在想，与其找不着原因，还不如不找。既然现在有烟了，不赶紧抽一支解解馋，那也太对不住人家冒着被处分的危险给我的烟了。不过，这个问题倒确实困扰了我很久，也是直到很久以后，我再一次以另外一种身份回到这里，找到这个已经当上班长的何谦询问起这件事情时，他才很不好意思地告诉我，他给我烟，包括后来经常私下里关照我的原因，是因为接到了他家里的电话。而给他家里打电话，让这小伙子照顾我的人，竟然是冷锋的妈妈，那个只差没把我当亲生儿子一样疼的，对我关怀备至的阿姨。他说，他父母都在冷叔叔的公司上班，所以……

这证实让我一时间回不过神来，我以为我的沉默早就让所有的亲人都对我失望甚至是绝望，可事实上没有，他们仍在关心着我，虽然他们没有太大的力量来帮助远在西北荒原上，这座军事监狱里服刑的我，可他们却尽了自己最大的努力来照顾我，不为别的，只是为了让我这个孩子能在生活艰苦的监狱里过得好一点儿。幸好，当时我不知道这些，否则我真不知道自己能否狠下心对何谦下手。

说到这个事情时，他很无奈地笑了笑："30613，啊！不对，文墨尘，你下手还真狠，我的脑子足足晕了三天才缓过劲儿来。"

我只能很不好意思地笑，然后满怀歉意地对他说："兄弟，当时，我也是没办法。要不，你也在我脑袋上敲一下？"

他连忙摆手说："可别，可别，你刚才不都已经说了那是为了执行任务嘛！唉！你那任务也真够绝的，竟然还要把自己送进监狱。唉！……"见我满脸的苦笑，他立刻改口道："算了，算了，不说这个了。对了，你有没有去过冷叔叔家啊？"

我摇头，脸上的苦笑更浓了些，我说："还没有，我现在都不敢见他们……"

他也无奈地叹了口气，然后掏出烟盒准备给我递烟。我忙说："抽我的吧，抽我的吧，以前老抽你的烟，现在，该抽我的了！"说完，我忙从兜里掏出刚从陆云巍那混蛋那儿敲诈过来的特供香烟，拽出一支递给他，再给他点上。

抽着烟，吞吐着青灰色的烟雾，我们都陷入了沉默，而我的思绪，在那缭绕醇香的烟雾里，又一次陷入了对那段狱中岁月的回忆。这回忆，从何谦偷偷将大半盒烟给我的时候开始。

那时，我放弃了继续研究这大半盒烟的想法，拽出一支烟，先放在鼻子下深深地嗅了一口，然后，再将手里的火机打着，将烟点燃。青色的烟雾立刻升腾起来，熟悉的烟草味道迅速弥漫了囚室里狭小的空间。

正当我惬意地吞吐着烟雾时，冰冷的墙壁突然传来了几下轻微的敲击。敲击很有节奏，细细一听，原来是国际通用的密码，那敲击的意思是"呼叫"。

嘴角掠过一丝微笑，30547，我的目标，那个叫郑建军的家伙在呼叫我。看来，我的目的达到了，我成功的引起了他的注意，让他对我产生了兴趣。

于是，我也开始敲击墙壁，问他"干什么？"听到我的回应，他似乎很兴奋，敲击的力度也大了不少，问我刚才看守找我做什么。

脸上的微笑更盛，看来，这家伙真的在注意我了，刚才那个叫何谦的小士官偷偷塞给我烟的时候，这家伙没准儿就趴在自己的铁门上偷听吧。

但我不准备回答他，陆云巍的情报里说，这家伙是个心计很重的人，要是刻意地去接近他的话，很可能会被他识破。所以，我决定吊他的胃口，让他对我感兴趣，自己来找我。这也是我一进这监狱就跟那些想要给我下马威的老犯人开打的原因，而且，都还是下的重手。目的就是让他以为我是个很有暴力倾向的人，确实是因为杀人才进的监狱。只不过，蹲黑屋的感觉，真不好受啊。

于是我回道："他找我关你什么事？"大概是早料到我会这样回答，他依旧不疾不缓地敲着墙壁："好奇！"

"好奇？"我不由得想笑，这家伙居然说好奇。既然你好奇，那就我偏不好好告诉你。于是我回道："明天还想抽烟的话，现在就别打扰老子睡觉！"

原本"砰砰"作响的墙壁立刻安静了下来，可没过多会儿，那边又"砰砰"地敲了起来。

"兄弟，我现在无聊得很，咱们聊会天儿怎么样？"

用敲墙来聊天？我不由哑然失笑，这家伙还真想得出来。不过，这也难怪，天天在这光线昏暗的小屋子里关着，连个说话的人都没有，时间长了，憋出一些稀奇古怪的病也不是没可能的事情。我现在突然有点明白陆云巍为什么会找我来干这事儿了。因为，我能忍受这样的生活，不致因此而精神崩溃。

大概是以为我不想理他，他又敲道："兄弟啊，就陪我聊会儿，随便说点什么都行。我保证不问你的事儿，怎么样？"

我偷笑了一下，回道："有什么好聊的，先声明，我可对你没兴趣，我没你那种嗜好！"

那边的声音突然停了，我估计他可能是被我的回答给呛着了，不过，嘿嘿，我是故意的。

果然，一会儿他又敲了起来，"兄弟你误会我了，我可不是'那种人'！"

"我怎么知道你是哪种人？"我回道，"不过，你肯定不是好人！"

他又沉默了，正当我以为我这样说话惹着了他的时候，墙壁又"砰砰"响了起来。

"没错，我不是好人！"他说道，"但是，你也不是什么好人吧？好人还能进这儿来？"

我不是好人？这话让我苦笑了一下，"也许我真的算不上个好人吧！"我心想，可手上的敲击回应他的却是"好人就一定好？"

"说得好！"他在那边继续敲道，"好人不一定好，坏人也不一定都坏！好或者坏，那得看对谁而言了。"

"你不觉得讨论这个问题很没意思吗？"不想和他在"好人""坏人"这问题上纠缠下去，我不耐烦地回敲道。

"说的也是，"他回道，"管他是'好人'还是'坏人'，反正我们现在都不是'人'。"

这家伙，我暗笑，看来心里也憋屈得紧啊。不过，他这话倒也没错，监狱里本就不是人过的日子，尤其是军事监狱，不管你进来之前是多么的风光，到了这里，都能让你变得没有人样。

"兄弟，我要没猜错的话，你是个狙击手吧？我是说以前。"还没等我答话，他又敲了起来。

终于开始打探我底细了？我冷笑。不过，现在可不能告诉你，还得吊着你才行。于是，我刻意等了一小会儿才回道："你这问题过界了吧？"

"不好意思，不好意思！一时好奇，一时好奇！"他忙敲道，"我不问了，不问了！咱们聊点别的！"

我和他就这样隔着一堵墙敲来敲去，很自觉地，我们都刻意地回避打探对方的事情。在这聊天中我发现，这家伙原来很有见识，对事情的看法都有自己独到的见解。怎么说呢，这家伙是个人才，只可惜，他没把自己的才能用在正道上。

天南海北地扯着，也不知道我们这样子敲这墙壁敲了多久，反正我的手都敲得发麻了。于是我说道，"那个，30547，今天就到这儿吧，我的手都麻了！"

他"嗵嗵"地砸了两下墙，似乎在告诉我，他在笑。我也狠狠地擂了两下墙，很明确地向他传达了一个意思："你笑个屁！"

那边立刻没了音儿，紧接着，墙又被他砸了两下，似乎在说，"我就笑了，你能把我怎么样？"

"不怎么样，明天抽烟没你的份儿！"回了一句，不理会他的擂墙抗议，我大笑着躺在了床上，然后沉沉地睡去。今天取得的效果，比我想象中的好，看来，离进行下一步行动的时间，不会太久了。

在陆云巍制订的计划里，这个叫郑建军的家伙是最为关键的人物，只有通过他，我才能打进他们那个组织里。因此，取得他的信任就变得相当重要。为此，我不得不演一出"苦肉计"给他看，打人、蹲黑牢，还和他一样享受着戴着手铐脚镣放风的特殊待遇。这一切，都是为了引起他的注意。现在，我的目的显然是达到了，我不但引起了这家伙的注意，还让他对我产生了兴趣。而这种不敢说后无来者，但绝对是前无古人的敲击墙壁用密码聊天，更使我们两个人之间的距离突然间拉近了不少。虽然，他仍然对我有着相当的戒心，但是，我不担心，他这种人本来就不会完全相信别人，他只相信自己。我相信，过不了多久，他就会因为自己的好奇而落进我和陆云巍精心为他设计的圈套里。

第一次的接触成功后，接下来的交往就变得比较容易了。但是，我对他仍是一副爱理不理的样子。不过，正因为我这样子，他对我的好奇心反而变得更加强烈。不但放风的时候跟我凑在一块边抽烟、边瞎扯，回到囚室后还继续用敲墙的法子来聊天。尤其这用敲墙来交谈的方式，每次在放风的时候说起来，两个人都忍不住一阵好笑。

日子就这样一天天过去，他对我的戒心似乎越来越淡了，也许，是应该进行下一步的行动了。

如果，把整个计划的第一步叫作"入狱"，那第二步就应该被称作"接触"，而接下来要进行的这一步的名字，就叫作"越狱"。

郑建军告诉我他被判的是无期徒刑，说到这个时候他还在笑话我。他说，"文墨尘，你小子的运气也真差劲儿，不就是杀了个人质吗？居然被判了15年。"不理我那变得快杀人的眼神，他接着说道，"如果按你杀一个人判15年的算法来计算。老子下辈子、下下辈子、下下下辈子，都还得坐牢。"见我一副不相信的样子，他说道，"你小子别不信，知道我为什么被关到这监狱来，还被他们视作'极度危险'人物吗？"

遂他的心愿，我问了句"为什么？"，不过，语气还是淡淡的。

他似乎很高兴我的反应，先是咧着嘴嘿嘿地笑了笑，喷出一口浓烟，然后才说道："直接和间接死在我手上的人，就算没一千，也差不多八百了。"说这话的时候，他的声音很平静，连一丝一毫的波澜都没有，似乎，那些人，那些如同所说直接或间接死在他手上的活生生的人，只是一种数量符号。难怪他会被视作"极度危险"人物，因为他这种人，根本就没把人命当回事，不仅仅是别人的生命，还包括他自己的生命。

他跟我说：他有好几次都差点死掉，而死亡对于他来说，只不过是迟早的事情。从他当初走上这条路开始，就已经做好了死的准备。杀人的人，在杀人的同时，也要做好被人杀的准备。

"杀人者，人恒杀之！"他微笑着说。在那一刻，他的样子落在我眼里，竟让我生出一种错觉，仿佛，他不是那个什么被打上"极度危险"标签的囚犯，而是一个看透了人生的智者。

"是不是觉得很奇怪？"他似乎看出了我心里的疑惑，微笑着问我。不得不承认，他的笑容很有魅力，一种让人在不知不觉中就被吸引的魅力。

"是有点奇怪！"我点头承认。

他哈哈大笑，笑完了才说道："人本来就是种奇怪的动物，不是吗？"

我又一次点头，他这话一点都不假，人是种奇怪的动物。他可以说一套，做一套；也可以对不同的人说不同的话；还可以有的时候当君子，有的时候当小人……似乎，人这种动物，从他诞生的那一刻起，就充满了矛盾，种种的矛盾糅合在一起，就变成了令人研究不透的奇怪。

"文墨尘，你不为自己觉得委屈吗？"有一天，在例行的放风里，他突然问我。

"怎么说？"我反问他。

"如果我没猜错的话，你没超过25岁吧？"他望着我，脸上的表情似笑非笑，给人的感觉，是调侃里面夹杂着认真。

"24。"我答道，然后也认真地看着他，等着他下面的话。

"看来我没说错。"他轻轻笑了笑，脸上露出些得意的神情，仿佛是自豪自己眼光的准确，"文墨尘，你才24岁，还很年轻！"他望着我的眼神很专注，似乎想要捕捉我表情的每一个变化。"可你却因为杀了一个人质被判了15年。兄弟，15年啊！就算你好好表现，能被减刑，你至少也得待上10年才能出去。10年，3650天，多么漫长？这可是人生里最宝贵的10年啊！你想想，这10年你可以干多少事？"说到这儿，他突然顿住，不再说话。

他在观察我的反应，明白了他的意图，我露出了思索的神色。诚然，他这话一点都没错，10年，3650天，多么漫长的日子。我能听懂他话里隐藏的意思，他在告诉我，10年的时间，足够我失去太多的东西。

"那又怎么样？"我问道，不过语气却不再像以往那样淡定。

"不怎么样！我只是想告诉你，你还很年轻，不应该把人生最宝贵的年华都扔在这儿。不然，等你出去的时候，你会发现，外面的一切，都已经变得你不再认识。记住，是所有的一切！"他的脸上仍挂着那种似笑非笑的表情，可不得不承认，他的话很能煽动人心。如果我真的是个囚犯，他这番话足以在我心底掀起轩然大波。

我心里不由得露出一丝冷笑，这家伙在引诱我，他的目的不言而喻，果然是个狡猾的家伙。明白了他的目的，我露出了他所期望的反应。我说，"那我能怎么办？"说这话的时候，我故意望着那高高的围墙，目光穿过围墙上的电网，落在了不知道的远方。

他嘿嘿地笑了两声，似乎对我的反应很满意。然后，他对我比画了个手势，那手势的意思，是等回去之后，我们用老方法谈。

这老方法，自然是我俩那前无古人的敲墙聊天。放风结束之后，我立刻敲起了墙壁。在问他"我应该怎么办"的同时，心里却禁不住冷笑。这家伙，看来也在这里待得不耐烦了。原本我还在琢磨怎么拉上他和我一起越狱呢，现在看来，这个最难解决的问题已经解决了。不过，我还是得防着点儿，说不定，他这是在试探我呢。

墙壁的另一边立刻响起了他的回应。得到他的回答之后，我的冷笑显露到了脸上。真是个老狐狸啊，他居然没有正面回答我，而是对我说什么，"大家都是聪明人，还需要我告诉你应该怎么办吗？"

故意迟疑了一下，我才往墙上敲道："你的意思是，越狱？"

他回道："这可是你自己说的，我可没说！"即使隔着冰冷的墙壁，我似乎都能看到他脸上此刻露出的得意之笑。

在心里骂了一声老狐狸，我直接往墙上敲道："郑建军，你真阴险！"

墙壁又被他重重地擂了两下，似乎在告诉我他正在哈哈大笑。然后，他在墙上敲道："你又不是不知道我不是好人，不阴险那还能行？"

"刚好，我也不是什么好人，所以，我也不会笨到给你当枪使！"我故意重重地敲着墙壁，告诉他我现在心情很不爽。

"兄弟，别这么说嘛，多伤感情啊，好歹咱也算难友啊！"这家伙似乎毫不在意我揭穿他的意图，仍旧用那副调侃的德性跟我对话。

"鬼才跟你有感情！"我装作没好气地回道，"明天抽烟没你的份儿！"

"不会吧！兄弟，你不会这么小气吧？"看来后面这句话对他的威胁比较大，这家伙立刻回道，"哥哥我给你道歉还不行吗？"

这家伙，心里暗骂了一句，我无奈地摇了摇头，脸皮还真不是一般的厚。这家伙曾问过我怎么会整到烟抽，他说，"你小子一进来就大打出手，嘿嘿，我来这儿也一年多了，还是第一次见到你这么牛的人。"我当时就回答他说，"怎么着？难不成还要我乖乖抱着头被他们打？好歹老子进来前也是响当当的特种兵，被一帮罪犯欺负，那我还不如直接撞墙死了算了！"

"有性格！我喜欢！"他一边嘿嘿偷笑，一边向我伸出叉开的右手食中二指。他的意思再明显不过了——要烟抽。

然后，他又问我怎么能整到烟的。他说，"这里面的看守都他妈是群白痴，油盐不进的那种。老子想找他们要支烟都不给我，哼哼，我可是装得跟孙子似的跟他们说的啊，说'兄弟啊，你要把我在这照顾好了，绝对少不了你好处。'结果，你猜怎么着？"

白了他一眼，我说道，"郑建军，你是不是在里头关出毛病来了？要说就说呗，还吞吞吐吐的，干吗，想吊我胃口啊？老子可没那兴趣听你的八卦。爱说不说，不说拉倒！一个大老爷们儿，怎么跟个娘们儿似的？"

他骂骂咧咧地冲我狠狠地比画了一下中指。他说，"文墨尘，你小子的嘴巴也太能损人了吧？算了算了，大哥我不跟你一般见识！告诉你吧，我又是明说，又是暗示他们，把我照顾好点，会给他们好处，可谁知道那帮小子居然往上面报告说我意图行贿，情节恶劣，害老子被关了半个月的黑牢。"

我当时哈哈大笑，笑得他很是恼火，要不是那边有看守看着，这家伙肯定会冲过来掐死我。

不理会他那想要杀人的眼神，等笑够了我才说道："想知道我为什么会过得比你好？嘿嘿，跟你说了怕你自卑啊！"

他呸了一口，说道："就你，还想要我自卑？不是大哥我吹，老子当年的生活，让你连自卑的勇气都没有。哼哼，想当年……"

"'好汉不提当年勇！'"我一点没给他面子，直接打断了他的回忆，"我只要知道，你现在过得不如我舒服就行了。嘿嘿，所以，自卑的人还是你！"

他赶紧说："行了行了，一说你还真来劲儿了呢！算哥哥我说错了行不？承认我自卑了行不？兄弟，别吊我胃口了，说来听听，为啥你小子就能过得比我舒服？要知道，你这家伙打从进来的第一天起，表现就不怎么样啊！"

"是不怎么样，"我轻轻回了句，声音变得有点低落，"我都觉得自己有点对不起他们了！"

"他们？"他疑惑地看着我。

"对，他们，那些关心我的、爱我的人！"我摇着头，脸上是无可奈何的苦笑。这个时候我的表情绝不是装的，虽然，那时我还不知道是谁让何谦偷偷照顾我，陆云巍的嫌疑最大，可最不可能找人照顾我的就是他。因为我进来时他就说过，郑建军这家伙很狡猾，稍微不小心就可能被他识破，所以，我在监狱里的一切都得自己想办法，当然，必要的帮助他还是会给我的，不过，这帮助里，绝对不会包括在生活上照顾我。但是，何谦是不可能冒着被处分的危险照顾我的，所以，我敢肯定有人给他打过招呼，而且，这个给他打招呼的人，他还不能拒绝。只可惜，任我想破脑袋，也想不到那个人到底会是谁。如果，不是后来何谦亲口告诉我的话，我就是想破脑袋，也不会想到那个人竟会是阿姨，不对，不应该仅仅是阿姨，还有冷叔叔，他们一家都在关心我这个孩子。也不对，关心我、挂念我的人不会只有他们，爸爸妈妈、肖凝，还有T大队的兄弟们，虽然我让他们每一个人都很失望，可我知道，他们都在挂念着我。

虽然，现在还不知道是谁在背地里关照我，但这突然间的真情流露却是一点都不掺假的，也正是因为这样时不时的、不经意间的真情流露，才让这奸猾似鬼的家伙日渐放松了对我的戒心，而且，如果我的感觉没出错的话，这个家伙已经对我有了那么点"情谊"存在了。毕竟，在这监狱里，敢不把看守的警告当回事，敢给他烟抽，跟他吹牛皮、侃大山的人，在目前来说，还只有我这么一个。

第五部 亡命天涯

第二十五章　越狱谋划

　　从进这监狱的第一天起，我就开始琢磨怎样才能从这里逃出去。我本来就不是为了蹲监狱来的，换句话说，我进监狱来的目的，就是为了越狱，带着那个叫郑建军的混蛋一起越狱。

　　如果要问监狱之中，戒备最为森严的是什么监狱，那就非军事监狱莫属了。而在众多的军事监狱之中，我现在待着的这座监狱的戒备更是森严中的森严。先不说那5米高的围墙以及墙上3米高的高压电网，就以它所处的地理位置来说，监狱周围，方圆百里之内，全都是无人区，就算你能从监狱里逃出去，在这片连鬼影子都见不着的无人荒原上，能不能活下来还是问题，更不用说逃脱追捕了。

　　总之，陆云巍给我出了个很大的难题，可这难题，还属于必须要解决的那种。每次琢磨这事儿的时候，我都会忍不住问候一下陆云巍那混蛋，连杀了他的心都有。

　　我已经在心里推演了无数次越狱的方法，方案也想了好多种，只可惜，每想出一个方案，一经推演，就会立刻流产。我们这个监区关押的都是重犯，所以，在看管上格外严格，除了每天一小时的放风时间，以及政治学习、教育什么的之外，我们基本上都被关在自己的小屋子里。更麻烦的是，我身边连半点金属制品都找不着，连吃饭用的碗和筷子都是塑料的。其实，就算有工具又能怎么样？铁门是从外面上锁的，只有上半部分有个一尺见方，支棱着钢筋条的小窗，只要被关在这屋子里，要想从这里逃出去，那基本上就属于痴心妄想。

　　我开始的设想是趁劳动的时候逃跑，可是，因为我进来第一天就动手打人，还被贴上个"危险人物"的标签，只要出这门就得戴着手铐脚镣之后，我已经被取消了进行体力劳动改造的资格，至于郑建军那混蛋，用他自己的话来说就是：如果不是丹商政府觉得他还有点利用价值，他早被送进阎王殿了，所以，劳动改造这种待遇，他比我更没资格。

　　劳动改造，这应该算得上是监狱的一种特色吧。而且，也确实有很多罪犯在经过监狱里的劳动改造和政治教育后，洗心革面、重新做人的。军事监狱里的劳动改造与普通监狱在形式上其实差不了多少，只不过是劳动量更大些，条件更艰苦而已。尽管如此，但由于这里面关押的都是军人，虽说他们是罪犯，可他们在之前的身份毕竟是军人，所以，尽管苦些累些，生活条件也差得离谱，但这些已经认罪了的前军人们，大多还是能老老实实接受自己的命运。当然，哪儿都少不了那种不服管的人，而且，能从一个军人沦落为罪犯，这种人更不是一般的不安分的主儿，所以，也会有那么一小撮人进监狱后还不老实。对于这类人，监狱收拾他们的法子自然很多，而且，这些法子基本上都和"人道"这两个字挨不上边儿。就比如我蹲了一个月的那种黑屋，就属于最不人道的那种。

所谓黑屋，最突出的就是一个黑字，狭小的不足3平方米的空间里，是绝对的黑暗，然后，便是孤独。狭小的空间，绝对的黑暗、孤独，能让任何一个人从心底升起无法遏制的恐惧。一天两天或许还没什么，可如果时间稍微长上那么一点，对于那些心理承受能力稍差一点的人来说，那绝对是一场永远挥之不去的噩梦。即使以后远离了这种环境，可心里面对于那种绝对的黑暗、孤独，以及由这黑暗和孤独而来的心灵深处的无助绝望和恐惧，仍会时不时让人感到灵魂的战栗。因此，就算是这监狱里再不服管的人，提起这黑屋，仍是禁不住色变。也因此，我又一次被人视作了怪物，因为我是这监狱里第一个进监狱的第一天就下死手打人的人，也是第一个在黑屋里关了一个月，出来后还精神正常的人。

这话是郑建军跟我说的，何谦那小伙子也对我说过。不过，何谦跟我说这话的时候，脸上露出的不是郑建军那种带着点佩服的表情，他脸上的表情是担忧。他说，正因为我关了一个月黑屋还显得没什么事情，所以，监狱对我的防范等级更高了些，已经在"极度危险人物"这条线的边上晃悠了。

听他这样说，我只能在心里无奈地苦笑。关黑屋，对我来说并不是第一次了。早在训练营进行狙击手特训时，教官就曾把我们关了一个星期的黑屋，其目的，就是为了检验和训练我们心理承受能力。我还记得从黑屋里出来后教官问我的第一句话是"感觉如何？"我当时的回答是，"感觉还好，就是太黑了点，我藏在身上的小说都没法看，下次，能不能给个手电什么的，蜡烛也行。"教官当时就照我头上赏了一巴掌，骂道："你还想看书？还要手电、蜡烛？想得倒挺好啊，要不要给你找个星级宾馆住着啊？滚出去，跑个武装越野10千米再回来，不然，晚上别想吃饭。"然后，我就被罚跑了10千米，不过，在这个关黑屋的训练科目上，我的鉴定是优秀。

正因为如此，监狱里关黑屋的处罚对于我来说实在算不上什么，如果非要说有点什么的话，那就是里面确实太黑了点儿，而且，一个月的时间也太长了点儿，所以，真的是很无聊！

反正，就我现在的情况来说，要想从这监狱里逃出去，基本上属于不可能。这让我很是恼火，对陆云巍那混蛋的问候也更加勤奋，只是，恼火归恼火，这该死的任务还是得继续，我仍然得继续琢磨怎么越狱，怎么把这几乎是不可能的事情，变成可能。毕竟，我可不想真在这鬼地方蹲着，那可是15年啊！我甚至觉得，我要不能成功地把郑建军那混蛋从这监狱里带出去，陆云巍那家伙十有八九不会管我。那时，我怕是连后悔的力气都没有了。

自从上次郑建军拐弯抹角地提醒我，要想不把人生最宝贵的十几年荒废在这里，最好的方法就是越狱后，那家伙就再也不谈这件事了。这老狐狸的意图明显得很，他在吊我的胃口，同时，他还在进一步考察我。如果我没猜错，他现在心里正得意得很呢，因为他觉得自己成功地勾起了我渴望脱离牢笼，重获自由的欲望。而且，他更清楚，如果我能逃出监狱，要想在越狱后逃脱军队的追捕，要想过上衣食无缺的生活，那就得找他这个"极度危险分子"。所以，我如果真想越狱，那就得带上他，然后，我就会跟他绑在一个战车上，再也下不了贼船了。

不能不说，这混蛋的算盘是打得相当好的，如果我是个真正的囚犯，如果我真想靠越狱来获得自由，那就非钻进他给我下的套子里不可。只可惜，"螳螂捕蝉，黄雀在后"，他在算计我的同时，又怎么会想到，我身后的那些怪物们，早就开始算计他了。当然，我也在算计他，不过，我只是枚棋子，郑建军也是棋子，而陆云巍这家伙，以及那些和他一起策划这计划的怪物们，才是下棋的人。

陆云巍给我的任务，是尽可能较快的带郑建军越狱，至于这"尽可能较快"应该怎么个快法，他倒没给出个明确的期限。毕竟，要做到不露痕迹，尤其是不让郑建军那老狐狸产生怀疑，越狱这件工作，就得全凭我自己的本事了。

正所谓"工欲善其事，必先利其器"，我要想成功地从这监狱里逃出去，就必须得给自己准备些越狱用的小工具。既然无法趁劳动的时候逃跑，那我的选择就只剩下攀墙了。因此，绳索之类的东西是必不可少的，还有就是墙顶上3米高，向内倾斜的高压电网，那东西可不是吓唬人的，十万伏的高压，谁碰谁死。不过，倒也不是没法子对付它，对付高压电网这类的东西，其实那法子也挺简单的，找两根电线，线的一端搭在电网上，另一端导入地下，如此一来，两根电线之间的部分就成了安全区，只是，我现在上哪儿找电线去？监狱里的库房应该有些我用得着的东西，不过那地方在看守们的住宿区，我根本就没机会去。

也许，还真应了"无巧不成书"那句话，正当我一筹莫展的时候，越狱的机会居然就来了。那天是建军节，丹商军人的节日，虽然这里都是罪犯，但他们毕竟曾经是个军人，所以，那天晚上，监狱组织所有的犯人看电影，而看电影的地方，就在那个小操场上。

电影是部老片子，早在学生时代就看过的战争片，组织我们看这样的片子，教育意义远大于娱乐，其目的就是让我们这些犯了罪的军人们，通过看电影，感受一下革命先辈们为了祖国而付出的努力和牺牲，让我们从中受到教育，反省自己、改造自己。

郑建军就坐在我的旁边，与以往一样，我们这两个"危险分子"的周围都显得比较空旷，没有哪一个犯人愿意离我们太近。郑建军现在的表现让我有点意外，因为这家伙居然看得津津有味，还时不时感叹一下什么的。

他这感叹让我有些纳闷，因为这跟我所知道的郑建军根本就不一样啊。陆云巍给我的情报里说，这家伙可是个典型的恐怖分子，他所在的那个组织，更是近些年来操纵、指挥国内许多反动势力进行各种恐怖活动的黑手，而他，则是这组织里的重要头目之一。陆云巍告诉我，这个组织正在筹划一起大型的恐怖事件，不过，因为郑建军的被捕而暂时搁置了下来。安全部门以及总参三部都曾派特工对该组织进行过渗透，可最终都以失败告终。当这个专案由七部接手后，他们根据手上掌握的郑建军这张王牌，拟订出了一个大胆的渗透计划。而很不幸，执行这个计划的人，就是我。

按照陆云巍的分析，军人是最不可能成为谍报人员的人，因为，军人这个职业决定了军人的性格，那就是爱憎分明，直来直去。换句话说，一个真正的军人，他很难隐藏自己的情感。

所以，他设计了这个局，我就成了他这个局里最为重要的棋子，而最终的目的，是要把郑建军困死在这个局里面。

不能不说，到现在为止，陆云巍的计划都很成功。郑建军已经如他所料地走进了这个棋局里，而且，还自以为得计地对我进行心理策反，而我也很配合地表现出了我对自己遭受这种绝对不能算公平判处的愤怒情绪。我对郑建军说，"我只不过是杀了个人质，而且，当时的情况就是这样子，要么牺牲她一个，要么周围的人一起死，死一个总比死一堆好吧？"

郑建军这老狐狸就嘿嘿地笑，他说，"文墨尘，说你傻吧，还真是一点都不假。你是不是挺为自己委屈啊？可惜啊，你这委屈只能自己受着，想知道为什么吗？"

我说，"当然想知道，你说来听听。"

他还是嘿嘿地笑，冲我伸起了两根手指，那意思是：想听啊？先上烟再说。

我恨恨地瞪了他一眼，然后无可奈何地扔给他一支烟，再给他点上火，等美美地喷出一口烟雾后，这混蛋才慢条斯理地说道："你这小子啊，真是傻得可以，居然不给自己找辩护律师，嘿嘿，怎么，你还为自己杀了一个人质而伤心、愧疚啊？"

我白了他一眼说，"你那不是废话么？不管怎么说，那个女孩子都是无辜的。所以，我觉得我受处罚是应该的，只是没想到……"

"没想到会被判刑，还被判得这么重，得在监狱里蹲15年是吧？"这家伙仍然笑着说。

我点头，算是同意他的说法。

"你有想过这当中的原因吗？"他问我。

"原因？什么原因？"

"为什么会判的你这么重？"他看着我，一字一顿地说道。

我说我想过，可始终想不明白。

他哈哈大笑，然后指着我说，"文墨尘啊，你这个笨蛋，知道什么叫'替罪羊'吗？你就是那个牺牲品，用来封堵舆论嘴巴的牺牲品！"

我愕然的样子让他的笑更加得意，只是那笑容很冷。他说，"你们上的教育课，一直都在强调国家利益、集体利益高于一切对吧？所以，这个时候，就只有牺牲你来保住军队的名声。嘿嘿，你们是人民子弟兵啊，保卫人民的人啊，枪杀人质这类事，要是一被报道出来，再被国外那些看丹商不顺眼的家伙拿出来做点文章，哈哈，那造成的影响就大了。兄弟，这就是政治，懂不？"

"所以，我就是个'牺牲品'？"我沉声反问。

"不错，你就是个牺牲品！"他仍在冷笑，眼睛一眨不眨地盯着我，似乎要从我的眼神变化里观察我内心的活动。

如他所愿，我的眼神变得很复杂，因为我当时在想，如果，我不因为陆云巍这计划而向人质开枪，而是在某一次执行任务时不得不枪杀人质，等待我的将是什么，是不是也和现在一样？

只是，我这反应却令他很满意，他故作友好地在我肩膀上轻轻拍了两下，然后扔给我一句话，"好好想想吧，值得吗？"

"值得"？这两个字似乎在很多时候都能出现，当每一个人为了一件事而付出努力时，都会有人问你值不值得？那么，我呢？我为了这个任务而被所有人误解，背负着无法道出的委屈，我是否值得呢？我也不知道，因为，有时候，有些东西，是不能用"值得"或"不值得"去衡量的，有句话曾说，"我不入地狱，谁入地狱"。当然，我没那么伟大，我只是觉得，不管什么事，总有人要去付出而已，更何况，我是个军人，我今天所有的一切都是军队，都是这个国家给我的。我，本就是应该为她付出的。

我已经开始付出了，不管这付出值不值得，从我被陆云巍逼着向那个无辜的女孩子开枪的时候，我就在付出了，而这一开始，便再也没有机会回头。因此，我还得继续付出下去，直到完成这个任务，直到这根"沉默的枪刺"爆发的那一天。

小操场上很安静，犯人们规规矩矩、端端正正地坐着，比在部队时的坐姿还要标准。放映机就在我身后不远的地方，机子低低的"嗡嗡"声清晰可闻。

郑建军还在专注地看着电影，看着、看着，他突然使劲儿一拳捣在了我的肚子上。如此近的距离，加上又毫无防备，手铐和脚镣又限制着我的动作，所以，虽然我迅速地出手格挡，可还是慢了半拍。小腹结结实实地挨了一拳，疼得我立刻弯下了腰，他居然使的是暗劲儿。

还没等我还手，这家伙突然向我摆了个手势，然后"蹭"地站了起来，大声喊道："报告管教！报告管教！30613生病了，肚子疼得厉害！"

"什么玩意儿！"咬着牙暗骂了一句，我会意地双手捂着肚子蜷在了地上，然后再憋了一小会儿气，让全身的肌肉急剧地收缩和舒张，这样一来，心脏负荷就会增大，呼吸又被憋住，氧气供应就跟不上，所以，等管教过来的时候，我已经是额头见汗，脸色绯红了。

管教一见这情形，立刻招呼人把我往医疗室送。郑建军这家伙一听，立刻抱起我就要往外走。

"30547，你干什么？坐下！"管教立刻吼道。

"报告管教！"郑建军立刻停住，"您不是说要把他送到医疗室吗？"

"那也用不着你来送！何谦、王大鹏，把30613送医疗室去，何谦在那儿盯着。"管教招呼了一下那两个天天把我押来押去的看守，然后又回头对郑建军说，"至于你，30547，你就给我老老实实坐着！"

"是！"郑建军挺着脖子答了一句，把我往两个看守手上一扔，转身就坐了下去，继续看他的电影。不过，在他转身的瞬间，我分明看到这混蛋那颇有深意的眼神。

"他在给我制造机会！"明白了他的意图，我也回给了他一个表示我明白的眼神。然后，继续努力地装出难受的样子，任两个看守一左一右架着我，往医疗室慢腾腾地走去。

第二十六章　成功越狱

医疗室在监舍外面，离监狱的办公楼不远，与戒备森严的监区比起来，这里，简直就是天堂。

因为过节的缘故，除了正常值勤的人员外，监狱里的官兵们几乎都在各自的宿舍里休息，要不就是看看电视、打打牌什么的。也有对着电视，拿着麦克风狼嚎的，跟我们在部队里的样子差不到哪儿去。

"倒霉！"左边那个叫王大鹏的士官突然骂了一句。

"班长，怎么了？"何谦问道。

王大鹏恨恨地瞪了被他俩架在中间的我一眼说道："都是这些垃圾，如果不是他们，我们今晚也可以好好歇歇了。我都好长时间没给家里打电话了，本来打算今天晚上打个电话回家的，谁知道狱里居然组织这些家伙看电影。"

何谦嘻嘻笑了两声："班长，我看，你是想给未来嫂子打电话才是真的吧？"

"臭小子！"王大鹏瞪了何谦一眼，然后又看了看依然表情痛苦的我，"就你嘴多！"

我也在偷笑，这个叫王大鹏的哥们儿一直都看我不大顺眼，不对，他是看这里所的犯人都不顺眼，在他眼里，我们这些犯了罪的军人，那就是一堆垃圾，有辱身上这身军装的渣滓。说白了吧，就是个爱憎分明的人物，憎不用说了，爱嘛，刚才他情不自禁的感慨就知道他爱什么了。

医疗室不算太大，只有三张病床。值班的医生也不在，不知道这会跑哪儿玩去了。

"何谦你先看着他，把他的手铐铐床上，我去找李医生。这家伙，肯定又跑去看电视了。"把我放到病床上之后，王大鹏对何谦说道。

"知道了，班长你去吧。"何谦笑着说，还对我调皮地挤了挤眼睛。

"30613，你小子给我老实点，不然有你好看！"临走前，王大鹏又回过头来狠狠地警告了我一句。不过，我仍在努力地装肚子痛，所以，只是"嗯嗯"了两句表示我明白。

"我给你倒杯水吧，你先忍会儿，医生马上就来了。"等王大鹏一走，何谦一边把我的手用手铐和床架铐在一起，一边微笑着对我说道。

"谢谢！"我"艰难"地点了点头。刚才这一路装得真是辛苦，医生一来我肯定就得露出原形，所以，得趁这空当想出个脱身之计。

"何班长！"我虚弱地叫了一声。

"什么事？"他从饮水机那儿转过身来问我。

"能不能……"我的眼睛斜着与床架铐在一起的手，"能不能帮我解开啊，这样很难受。"见他有些迟疑的样子，我又断断续续地说道，"帮帮忙好吗？"

"嗯……好吧！"他轻轻笑了笑，端着纸杯走了过来，然后，掏出钥匙，给解开了手铐。

"谢谢！"轻轻活动了一下手腕，刚才他铐得不算太紧，所以，活动没受什么影响。

"不客气，来喝点水吧！"他微笑着说道，同时转过身去从床头的小柜子上替我拿装着水的纸杯。

"就是现在!"趁他转身背对我的瞬间,我猛地从床上坐了起来,然后,刚刚恢复自由的右手猛地一个手刀划向他的后脑。他应该听到了动静,想要回过头来查看,可惜还是慢了一步,在他脖子还没转到一半时,我的掌根已经砍在了他的后脑上。

"何谦,对不起!"轻轻地说了声抱歉,我快速将他的衣服脱下换在自己身上,再给他换上我的衣服放到床上,盖上被子。然后,我走到了门边,静静地站着,等着王大鹏的到来。

不一会儿,门外响起了王大鹏的声音,还有一个不情不愿的声音也时不时抱怨一下。

"来了!"我轻轻吸了口气,等着那两个即将推门而入的客人。

脚步声越来越近,已经到了门边,然后,门被"吱"的一声推开,紧接着是王大鹏的大嗓门。

"何谦,那小子怎么样?还没死吧?咦?何谦呢?这小子跑哪儿去了?何谦!何谦!"王大鹏见到何谦居然没在床边守着,有些生气地大声叫道。

我在这门的后面,他们的注意力都在病床上。这时候,那个姓李的医生也进来了,而且,他正把门往回关。

一个箭步冲上去,在那个医生还没明白怎么回事的目瞪口呆中,我的左手搂住了王大鹏的脖子,同时,右手又是一记手刀狠狠地砍在他的后脑上。扔下已经晕死过去的王大鹏,我猛地转过身捂住了那个想要张嘴大叫的医生的嘴巴,然后,左手搁到他的后脑上使劲一摁,也让他昏死过去。

好久没有干过这种活计了,今天小试了一下,功夫还没倒退。轻吁了一口气,我将倒在地上的他俩拖到了病床下塞着。王大鹏的军装也被我扒了下来,这是给郑建军那混蛋准备的。

摆平了他们后,我开始准备越狱用的东西。首先得有爬墙用的绳子,这个好说,医疗室里不缺被套和床单,撕成一定宽度的布条,再连在一起简单地一搓,就成了一根粗绳索。想了想,突然觉得有两根绳子会不会保险点儿,于是,又从储物柜里翻出备用的被褥,又搓了一条十几米长的绳子。要是再有点黑墨水就好了,可以把这白绳子给染黑,那样就更利于隐蔽。只可惜,这里没有那东西,只好将就着拿到外面的泥土上滚两下,多少算是把那白色给染暗了些。还差一个很重要的工具,那就是绳子抓墙用的爪勾。一时半会儿也做不出这玩意儿来。不过,墙上的电网好像很结实,到时直接把绳子缠电网上得了。

现在就剩对付电网用的导线,这个费劲儿点,因为我得从墙上把照明线都拆下来。然后,再将木头椅子的腿给拆了,将线的一端剥掉皮缠在上面,这东西一定得做好,能不能从电网中间钻过去就得靠它了。对了,还差两根地钉,这东西也没有现成的,环顾了一下四周,发现床头的铝合金输液架是个不错的选择,于是,又拆了一根下来,再折成半米长的两截,两根简易的地钉就算是做成了。做完这一切之后,再从这屋子里找了些可能用得着的医疗器械和药品塞在身上,我推门走了出去。

他们3个至少得睡上两个小时,我对自己的手法很有信心。所以,这两个小时内,我暂时不用担心被人发现。不过,万一有人突然跑进医疗室,那就我就没办法了。其实,这也算是一场赌博吧,只不过赌注比较大,风险也更大而已。

不能不说,今晚的运气真的不错。由于过节的原因,外面基本上没人走动。走进监区时,也因为天色晚,光线不是很亮,我又穿着何谦的军装的原因,得以蒙混过关。不过,在走进监区大门时,我的心还真提到了嗓子眼儿,因为那个站岗的兄弟向我打招呼说,"兄弟,那犯人怎么样了?"

我当时心里一紧,浑身的肌肉都已经处在爆发的边缘。我敢打赌,如果当时我克制不住,那后果不用说也能知道会是怎么样的。只是,那哥们儿的注意力似乎根本就没在我身上,在跟我打招呼的时候,已经帮我打开了门。

我决定搏一下,于是,我一边加快脚步往里走,一边头也不转地说,"还好,在输液呢,我得赶紧去向连长报告一下。一会儿还得过去看着他呢。"

那哥们儿笑着说:"你小子运气可真不好,我看你今晚是别想睡觉了。"

我"嗯嗯"了两声算是回答,快步走进了那个大铁门。那兄弟正准备关门,我突然转过小半个脑袋对他说道,"先别关门,我一会儿还要出来呢。到时候又要叫你开门,多麻烦啊。"

他想了想说:"也是哈,那你快点啊,要是被查哨的看到了可不好。"

"嗯"了一声,我加快脚步向小操场走去,我一边走,一边脱着身上的军装。为了不引起门口的哨兵怀疑,我把王大鹏的军装也穿在了身上。还好他们今天穿的都是迷彩服,两套穿在一起除了稍微臃肿点外,也看不出什么破绽,而且,帽子也可以塞在兜里,要是夏常服的话,光那顶大檐帽就不知道怎么带进去了。也是这时候我才发现,自己的后背凉飕飕的,刚才那不到20秒的时间里,我居然出了一身冷汗。

电影仍在继续,门边的看守见有人过来,随意地扫了一眼后又转回了头去。轻吸了一口气,我慢慢向郑建军的方向走去。这会儿,我的心跳变得有些急促,呼吸也有些粗,这么多人啊,除去犯人不说,光是看守的士兵就足有一个排的人,只要一被发现,我绝对跑不了。

也许,老天爷不忍心看到我继续待在这监狱里受罪吧,所以,他突然地发起了好心,帮助我逃离这座监狱。

走到郑建军的身旁,我用脚轻轻往他屁股上踢了一下,等他扭过头来的瞬间,我打了个噤声的手势,然后,将夹在怀里的衣服悄悄扔给了他。

他会意地点了点头，然后眼睛往身上的脚镣和手铐扫了一眼。不好意思地笑了笑，算是向他说道歉自己忘了这档子事儿。然后，从兜里掏出钥匙，扔在了他的手上。

做完这一切后，我站在他的身后，替他挡住后面的目光。不得不承认，我的心里很紧张，肌肉一直绷得紧紧的，我已经做好最坏的打算了，如果被人发现，那就只好杀出去。

还好，幸运女神又一次眷顾了我。郑建军这混蛋的动作很快，三两下就打开了身上的束缚，把衣服套在了身上。

手铐和脚镣怎么处理，现在没时间管这些了，我们得赶紧从这里溜出去，多待一秒钟就有被发现的危险。

等他示意自己弄完之后，我开始慢慢地往外走。突然，有一道目光往这里扫了一眼，这让我吓了一跳，差点停住了脚步。

"不用怕，接着走。"郑建军的声音突然在身后响起。

没有回头，我继续慢慢地往前走。那道目光大概只是无意间的扫视吧，见到我俩都穿着军装，没有停留，直接就扫了过去。尽管如此，可还是让我一颗心差点从嗓子眼儿里蹦出来，同时又有点佩服郑建军这家伙的胆色，不愧是专干恐怖活动的。

走到操场入口的时候，突然有个声音从身后响起，"喂！你们两个偷偷摸摸地干吗去呢？"

还没等我想好怎么回答，郑建军已经接过了腔，"尿憋着了，抽支烟撒泡尿，要不要一起去啊？"

"懒人屎尿多，快点回来啊！"那个声音笑骂道。

"就你事儿多，看着点啊！"郑建军也笑骂了一句，然后推了我一下，低声说道："快走！"

直到远离了操场，我和郑建军才松了一口气。这家伙笑着拍了拍我的肩膀，"小子，不错啊！嘿嘿，越狱这东西，就跟女人的第一次一样，难免有点紧张，习惯了就好！"

我"呸"了一口，回道："习惯就好？老子可不想再来一次！"

他嘿嘿地笑了两声，不再说话，两个人就那么大摇大摆地往监区门口走去。

大门果然没关，看来那个哨兵兄弟倒挺讲义气，不过，他要是知道自己是给两个越狱的囚犯开着门，不知道会被气成什么样。

放松了一下心情，我和郑建军大摇大摆地走了过去。刚才给我留门的那个兄弟见我们出来，笑着说："兄弟你还挺快啊，嘿嘿，我这心可一直悬着呢，生怕被查哨的干部发现了。"

我笑着道了声谢说："麻烦了啊兄弟，我们还得赶紧去医疗室，那家伙可是个'危险人物'，连长让我们两个一起看着他。"

我这么一说，门口的两个哨兵就不再问怎么多出来一个人了。另外一个哨兵也笑着说："哥们儿，那你俩今晚可有得罪受了，小心着点啊！我可是听说那家伙很厉害的！"

郑建军这混蛋"噗嗤"笑了声，我知道这家伙在笑什么，他在笑那两个哨兵说的话——"那家伙很厉害"，他们口中的"那家伙"不就是我吗？想不到，我在这里也这么有名了。还好他们只是在外面负责站岗的哨兵，一般不会进到监区里面去，不然的话，我今天休想能从他们眼皮底下混过去。

身后的铁门"哐啷"一声关上，我和郑建军又一次不约而同地长出了一口气，对望一眼，彼此的眼里都能看到一丝庆幸。这第一关算是过了，有惊无险，还算轻松，但愿接下来仍能这么顺利。

我和郑建军都知道，被发现只是迟早的事情，囚犯们都在看电影，难免有时候会有人打报告上厕所什么的，所以，一个人不见一小会儿倒不会引起人的注意，可问题是，这家伙的手铐、脚镣都在那儿放着，虽然那两件家伙是黑漆漆不容易反光的那种，但那毕竟是个隐患。只要谁的眼睛稍微尖一点，都会发现那个身上标志明显的"极度危险分子"不见了，再细看一下，就会发现手铐、脚镣都扔在地上。这时候，只要有人一报告，谁都会知道这家伙逃跑了，那样一来，警报就会立刻拉响，然后，就不用说了。监狱里所有的战士都会马上行动起来，而我们这两个越狱的家伙要是在这之前还没能逃出去，那就只能等着被抓住了。因此，我们必须要抓紧时间，必须赶在暴露之前，完成我们的越狱行动。

几乎是一路小跑地赶到医疗室，那三个被我打晕的兄弟还在继续昏睡。见我早就准备好了东西，郑建军冲我竖了竖大拇指。没有过多的废话，我们赶紧往围墙边摸去。虽说这边不是监区，但高墙电网可一样都少不了。更何况，还有每个监狱都少不了的探照灯，那雪亮粗大的光柱，只要一被沾上边，那后果不用想也知道会是怎么样了。

从最近的一个可以躲藏的地方到墙根，将近30米的距离上没有任何遮蔽物，更要命的是，墙上还装着全天候作业的摄像头，安装的位置都很刁，与两盏探照灯配合，这片区域基本上不存在盲区。

我和郑建军的脸上都是无可奈何的苦笑，好不容易走到这一步，却发现自己连墙根都近不了，那还谈什么越狱？

可是，我们总不能猫在这儿等着人来抓吧，那不是自己给自己找罪受吗？不行，一定要想个办法，再严密的网也会有漏洞存在，一定要找到它们疏漏的地方。

仔细地观察了一小会儿，终于发现摄像头的视野并非没有死角，而它们监视的死角，正是两盏探照灯光柱的交叉点。探照灯的光柱在不停地来回移动,两道光柱从交叉到分开再到交叉的这一小段时间,就是整个监视系统的盲区,只是,这时间太短了,只有短短的20秒。20秒钟内,我们两个人要越过近30米没有任何遮蔽物的开阔地,还要完成绳索设置和高压电网的导电入地,以及越过总共8米高的高墙电网,这难度,实在是太大了点儿,是近乎不可能完成的任务。

郑建军说:"横竖今天已经豁出去了,兄弟,拼了吧!"

苦笑了一下,我无奈地答道:"想不拼都不行,开始倒数吧,你喊'走',我们就冲出去!"

"好!我们得同时扔绳子,再同时把导线缠电网上,兄弟,看看咱俩这次的配合还够不够默契吧!"他果断地说。

这似乎是现在最好的办法了,没有多做考虑,我点头答应,同时心里面禁不住希望,但愿,运气能继续照拂我。

两道粗大的光柱即将交叉,郑建军低声的倒数声清晰可闻。"5,4,3,2,1,走!"

"走"字出口的瞬间,两条人影箭一般从藏身的地方冲了出去。离墙根还有8米左右,我们开始准备抛绳索,这时候,要是有个抛绳枪该多好。想归想,可手上的动作却是一点都不敢慢,离墙根还有5米,我们的右手向斜上方抛出了前段同样绑上了椅子木腿的绳索。

绳索在木腿的拉扯下从电网最上方的电缆线上飞过,然后再猛地坠下,木腿的惯性带着绳索绕着电缆缠了好几圈。试了一下受力,还真挺结实的。郑建军这家伙的速度也不慢,两根绳索几乎同时缠在电缆上的。这时我们已冲到了离墙2米的地方。右手将导线连着地钉的一头使劲儿插进土里,然后,两手攥住绳索,左手在上,右手在下,同时右脚猛地蹬地,身体向前向上跃起,左脚尖点上墙的同时,左手拽紧绳索,右手向上超越左手抓握绳索,紧接着是右脚尖点墙,左手向上超越右手……两个人就像两只巨大的狸猫,手脚协同交替着向墙顶攀爬。

5米高的墙,对训练有素的特种战士来说,根本没有挑战性,显然,郑建军也受过这方面的训练,不然的话,他的动作不可能这么利索。

离探照灯再次交叉的时间还剩下不到10秒,我们已经爬到了墙头的位置。上面就是电网了,这将是我们今晚最后的障碍。

拔出插在后腰的椅子木腿,与郑建军交换了一下眼色,我们同时将木腿上连着的裸露着铜丝的导线缠在了电网最下方的电缆上。导线与电网碰触的瞬间,明亮的电火花"噗"地在黑暗中亮起,异常地耀眼。

"要糟！"心里无奈地呻吟了一声，可我们现在已经没有回头路了，探照灯的光柱正加速向这边打来，只能拼了。

"走！"郑建军低叫了一声，然后两手抓住墙头用劲将身体上提，同时右脚尽力上勾，搭上墙头后，整个身子横倒着从电网与墙头仅仅30厘米高的缝隙间滑了出去，而滑出去的瞬间，他还没有忘记伸出左手抓住绳索。

我在他的右方，因此，整个动作都是和他反向的。也许危险的环境确实能激发人的潜力吧，我们俩从越墙而出，到拉着绳索下坠到墙外，这整个过程居然没有超过2秒钟。

离地面还有约3米高，我俩差不多是不分先后地用脚蹬墙，身体带着绳索向外飞起的同时，扔掉手中抓着的绳索，身体加速下坠，触地的瞬间，迅速地滚身卸力，然后，再立刻翻身爬起，不敢有丝毫的停歇，甩开脚丫子就开始猛跑。

这时候，如果有谁说我们跑得比兔子还快，我绝对不会怀疑。因为，我们现在根本就是在玩了命儿地跑，全身所有的力气都已经用到了两条腿上。夜风从耳边呼呼地掠过，头上的迷彩帽早就不知道掉在了哪儿。这样剧烈地奔跑是很消耗体力的，可是，我们不得不玩了命地跑，因为，在我们的身后，我们刚刚逃出的那座监狱的上空，正响着凄厉的警报声。

第二十七章　绝地逃生

记得以前曾看过一部电影，忘了主演是谁，也忘了具体的情节，只记得那电影的主题是亡命天涯，我突然在想，我现在算不算得上亡命天涯呢？

在逃亡的间隙，我问了郑建军这个问题，得到的却是这家伙的嘲笑。他说："小子，别跟我说你后悔了吧？嘿嘿，现在就算是后悔也来不及了喔！"

懒得跟他争辩，我一边嚼着草根一边对同样靠嚼草根充饥的他继续说着心里的想法。我说："我只是问你，我以后是不是就得亡命天涯了，你扯到后不后悔上去干什么？既然已经做了，就算后悔也没用了！"

他嘿嘿地笑了笑说："那好，算我说错话了行吧？"等吞下那难以下咽的草根后，他接着说道："文墨尘，你说的没错，从现在开始，你就得亡命天涯了。嘿嘿，亡命天涯，有家难归啊！"说到这儿的时候，他的声音里居然多出了些莫名的感慨，他说："其实，就算你后悔也是很正常的，越狱的时候，你根本就没想过这些吧？"

我点头说："是的，当时哪有工夫想这些东西！"同样将那苦涩的草根咽下肚去，我摇头苦笑了一下，"其实，现在都不是想这些的时候对吧？我们还没能摆脱后面的追兵呢！"

他也苦笑了一下，咕哝道："这些家伙追得还真是狠，尤其是那几头军犬，还好你小子早有准备。嘿嘿，兄弟，我可真没看错你！"

他所说的"早有准备"，是指我从医疗室里带出来的东西。其实，也没什么大不了的，就是一小瓶乙醚。虽然这东西的挥发性很快，但对于嗅觉灵敏的军犬来说，还是能很轻易地分辨出这与周围环境很不和谐的味道。我需要的就是这效果，将身上的衣服撕下一块，扔在我们经过的地方。布片的下面做了一个小小的触发陷阱，这陷阱没有杀伤力，但是，当陷阱被触发时，预先藏在下面的乙醚就会立刻挥发出来。这对人来说或许不会有太大的作用，因为毕竟人的鼻子离它的距离比较远，但对于嗅觉灵敏，又一直在用鼻子分辨物体气味儿的军犬来说，效果是绝对的。就算不能让这些四条腿的家伙昏倒，也能在短时间内让它们的脑袋迷糊一阵子，这无疑会给我俩的逃亡争取到更多的时间。

而显然，我这个小陷阱发挥了作用，让追兵们一时失去了嗅觉灵敏的动物追踪器。没有了军犬的指引，他们要想在黑夜的掩护下追上我们，也就没有那么容易了。

我们逃亡的方向是更远的西北方，也是这片无人区更深更远的地方。按照郑建军的说法，这就是条通向死亡的路，而我们要做的是置之死地而后生。往东南方逃固然可以在较短的时间内找到人烟，得到保障生存必需的食物和饮水，但是，追捕我们的人可不是傻子，这方圆百里的地形他们怕是闭着眼睛也能数出来。有水源、有人烟的地方，绝对是他们优先布设埋伏的对象。

因此，我们能选的路只有更遥远的西北。虽然，这条路会走得很辛苦，但对于两个都有过野外生存经验和极地生存训练的人来说，还是能够应付的。而且，只要越往荒原的深处走，他们继续向内深入追踪的可能性就会变得越小。原因很简单，监狱里是不可能有太多的人手来持续对我们进行追捕的；再说了，他们本身也不具备这种野外远距离追踪的能力；更何况，他们要追捕的对象，还是两个受过特种作战训练，擅长隐匿踪迹的家伙。

所以，一旦有人越狱，在经过初期的追捕后，监狱方面就会放弃，转而把追捕逃犯的任务交给专门的部门进行。对于一般的逃犯，公安局就够用了，下个通缉令悬赏缉拿逃犯，只要你露出点痕迹，那就等着又一次逃命吧。但我们两个不一样，一个曾是部队培养出来的特种兵，另一个是恐怖组织头目，都不是那种普通的杀人越货的囚犯，我们俩可都是被打上"危险"标签的，因此，通缉我们的级别可能要更高一些。

我问郑建军这级别会有多高,这家伙笑得忒得意,他说:"你的级别会有多高我就不知道了,但是我嘛,嘿嘿,至少得在A级以上。而且,抓我的人可不会只有公安,国内的情报部门全都得动起来。这待遇够隆重吧?小子,你算是沾了我的光了!"

我没好气地"呸"了他一口,心里又一次忍不住问候起了陆云巍那混蛋。开玩笑,A级通缉令,国家的情报机关全都动起来,还包括军队的一些特勤部门,我想不亡命都不行。

"怎么,怕了?"见我脸色不对,这家伙笑着问道。

"废话!"我恨恨地回道,"你又不是不知道这是多强大的一股力量,不怕才叫怪了!我就不信你一点都不怕?"

"嘿嘿,我当然怕了!"他挺诚实地点了点头,"所以我们才要赶紧逃命啊,只要能成功躲过这第一次的追捕,以后想要抓住我,可就没那么容易了!"

"是吗?"我怀疑地问道,想趁此套套他的底儿。不过这家伙很聪明,只是说,"到时候你就知道了,反正,只要过得了这一关,以后海阔天空就任我们闯荡了。"

这时候过多地追问,反倒会引起他的怀疑,所以,我知趣地选择了闭嘴。小不忍则乱大谋,这道理我还是懂的。不管以后会怎么样,可至少在现在来说,我和这家伙是绑在同一辆战车上的,怎样齐心协力从追兵们的追捕下逃出升天才是目前最重要的事情。我甚至在想,如果不小心被小股的追兵追上,我会怎么办?会不会为了我的任务而对他们痛下杀手?这个问题让我很是恼火,我不是真正的罪犯,所以,我不可能对那些同样身穿军装的兄弟下狠手,可如果不下狠手的话,能不能逃掉是回事,就算能逃掉,引起郑建军的怀疑怎么办?要知道,这家伙可是个老狐狸啊!

我不知道应该怎样解决这问题,只好在心里希望千万不要遇上这样的情况。然而,老天爷有时候偏偏就是这样的爱开玩笑,我越怕遇到的事情,它就偏偏让我遇上了。

那是我们从监狱里逃出后的第二天早晨,经过一夜的玩命儿狂奔,两个人都已经到了精疲力尽的边缘。因此,我们决定休息一小会儿,顺便找点可以果腹的食物,最大限度地补充一下体力。只可惜,这无人荒原上能够用来填肚子的东西实在是太少,连蚂蚱都见不到一只。所以,我们只好靠嚼那些苦涩的草根来补充点水分,同时聊以果腹。

昨晚的越狱应该算是很成功的,尽管警报响起后,监狱里的追兵反应很迅速,可毕竟天色很暗,一时之间他们也调配不出多少人手来对我们进行追捕。因为他们还得加强对监狱里的戒备,以免有犯人再次越狱。

我想,昨晚大概是这座军事监狱自建立以来最热闹的一个晚上了。在我得到的情报里,这座监狱还从没有人成功地越狱过,我和郑建军,算是破天荒地头一遭吧。但是,正是因为这样，监狱的追捕分队和我们较上了劲儿，基本上就是撑着我俩的脚丫子在追。如果不是他们在追逃的经验上欠缺点火候，如果不是军犬被我的小陷阱暂时放倒，我俩恐怕早就被逮回去了。毕竟，人家有汽车，你两条腿跑得再快，能快过车轮子吗？

我们就是被一辆越野吉普给追上的，发现它的时候，我俩立刻滚进了一片洼地里，死死地趴在地上，尽可能减少被他们发现的机会。本以为，它会像前几次避过的汽车一样呼啸而过，可谁知道，它居然开始减速，然后"吱"一声停在了洼地前。

"被发现了？"我的心里一紧，情不自禁地攥紧了右手中的手术刀。不过，我们似乎是虚惊了一场，他们好像并没有发现我们。那他们停在这儿干吗呢？

车上的四个人先后下了车，然后开始靠在车上抽烟、喝水。他们的神情很疲惫，看来，一夜的追踪也把他们给累坏了。有两个人叼着烟往洼地这边走，一边走还一边在松裤腰带。

"倒霉！"心里暗骂了一句，我算知道他们为什么停下来了，原来是有人要解决点个人问题。可你早不解决、晚不解决，干吗偏要在这个时候，而且，还非得往这片洼地走？

我和郑建军交换了一下眼神，他眸子里闪过的冰冷杀气让我的心禁不住又是一紧，难道，我真要对这些兄弟下杀手？

那两个兄弟越来越近了，他们的枪背在背上，一边咒骂着"那两个该死的逃犯"，一边继续往洼地走来。他们根本就没想到，他们口中的"那两个该死的逃犯"就趴在他们的前面，只要他们再往前走上两步，我们就会暴露在他们面前了。

"上！"郑建军低喝了一声，然后，整个人像被拉满的弓弦弹出去一样，射向了右侧那个浑然不觉危险就在眼前的士兵。我也不敢怠慢，在他"上"字出口的同时，也向另一士兵扑了过去。

突如其来的变故让这两个年轻的士兵一时回不过神来，而这短暂的迷茫，已经足够我和郑建军制住他们了。靠在车前抽烟的士兵反应很快，在经过初时的慌乱后，立刻将枪对准了我们。但是，他们不敢开枪，因为我们手里有两个人质挡在身前，而我和郑建军手中那闪着寒光的手术刀，就搁在身前士兵的颈动脉上。

"放了他们！"那两个士兵吼道，声音里是压不住的紧张。

"放下枪！"郑建军动了动手中的手术刀，一丝鲜红的血液立刻从那个士兵的脖子上流了下来。但是，那个年轻的士兵很坚强，咬着牙硬是一声没吭。

我丝毫不怀疑郑建军会真的杀了他，那我呢？为了逃命，我会不会杀了他们？不！我不能！他们是我的战友。虽然，在他们眼里，我现在就是个穷凶极恶的罪犯，但他们仍是我的战友，在丹商，所有穿军装的人都是战友。我不能为了自己而害死自己的战友，我得救他们。

打定了主意，我猛地敲晕了挡在我身前做人质的士兵，然后，左手搂着他的脖子让他继续保持着姿势挡在我的身前，右手抓住他背在背上的枪从他身侧滑出，指向那两个用枪对着我们的士兵。

"砰！砰！"两声清脆的枪响，他们手中的步枪掉在了地上。郑建军很配合，也是一个手刀敲晕了手中年轻的士兵，然后飞身扑向车前，用脚尖勾起一把枪拿在手上，冷冷地指着那两个仍在震惊中的士兵。

放倒手中的士兵，我端着枪走了过去，现在主客易位，换作他俩不敢动弹了。郑建军冲我做了个"喀嚓"的手势，看到这个手势，两个士兵的脸上露出了一丝绝望，以及无可抑制的愤怒。

我不忍看到这样的表情，所以我摇了摇头，"打晕算了，没必要杀人吧？"我不知道郑建军会怎样看我，但这时候我管不了那么多了，我不能让他们年轻的生命消失在我面前。郑建军似笑非笑地看了我一眼，然后猛地一枪托砸在了前面那个士兵的头上。

"混蛋，我跟你拼了！"另一个士兵见战友被砸得满头是血，蹦起来就要扑过去和郑建军拼命。我当然不能让他做这种傻事，所以我也给了他一枪托，让他和他的三个士兵一样，一起昏睡过去。

"上车吧！"郑建军的脸上仍旧是那似笑非笑的神情。点了点头，我拉开驾驶室的门钻了进去，踩油门，一拧打火钥匙，发动机"轰"的一声响了起来。

"小子，挺重感情的嘛！"郑建军一屁股坐到了副驾驶的位置上，突然冲我笑了笑。松开手刹，再一踩离合，越野车喷出一股尾烟，飞快地窜了出去。我面无表情地看着前方，摇头说道："毕竟，我曾经也是个兵！"

"曾经也是个兵！"他喃喃了一句，然后身子一仰靠在了椅背上，"我先睡会儿，一小时后换你。"

"好！"回了一句，我专心地开着车。虽说这是一眼望不到尽头的荒原，看上去挺平整的，但实际上也少不了坑坑洼洼。因此，我不得不把注意力集中到地面和方向盘上。好不容易有了个代步的工具，这对我们的逃亡太有帮助了，我可不想因为自己一时的大意而翻车，虽然还不至车毁人亡，但那也太不划算了。

郑建军这家伙已经睡着了，发出了轻微的鼾声。从他的脸上，我看不出任何一丝奸恶的样子，可为什么他偏偏会是个"极度危险"的恐怖分子呢？想到这里，我不由得苦笑，或许，每个人都有自己的苦衷吧，不管他是好人还是坏人，都有自己不愿回忆的过去。人啊，还真是个奇怪的动物！

也许，追捕我们的人并没有料到我们居然会抢走他们的汽车，其实，别说他们没想到，连我们自己起初都没有这个打算，一切，只能说是偶然吧。在夺得了代步工具后，我和郑建军轮流驾驶，整个晚上都没有让这辆铁马停过脚步。夜晚行车的危险自然是不小的，尤其还是在这连路都没有的荒原上，但是，为了逃命，我们也顾不上这许多了。反正，这本身就是条广命的旅程，只要能离身后的追兵更远一点儿，我们就有机会早一刻逃出这片荒原，这个险还是值得去冒的。

有了越野吉普代步，我们的逃亡变得容易了些，至少我们不用只靠两条腿来跟追兵赛跑。但是，傻子才会一直坐在吉普上不下来，因为，车轮子再快，也跑不过直升机的螺旋桨。所以，为了避免被搜索的直升机盯上，我们在第二天一大早就扔掉了这辆超负荷狂奔了一夜的吉普，弃车的同时，还把油箱给敲了个窟窿，放掉了里面剩下的燃油。而车上能为我们所用的东西，也一个不剩地被我们带走。其实，也就是些给追捕我们的士兵准备的饮水、干粮以及药品什么的，对于现在的我和郑建军来说，这些再普通不过的东西，不亚于天上掉下来的馅饼。在这片根本没有人烟可言的荒原上，只要解决了食物和饮水的问题，那对于我俩来说，逃亡基本就成功了一大半。而剩下的一小半，就是如何躲避天大亮之后新一拨的追兵，以及用两条腿走出这片荒原了。

那四个被我们打晕的兄弟给我们留下的东西里，最有价值的莫过于那张军事地图，从地图上看，我们至少还得走两天才能进入荒原边缘的山区。只要进了山，那我们的逃亡就算是成功了。

现在，我们基本不用担心地面上的追捕者。一夜的狂奔，足够将他们拉下不短的距离。而且，他们也不可能冒着危险连夜追踪我们。如果我没估计错的话，从今天开始，追捕我们的人手就已经换人了。那么，会是谁来继续对我们这两个越狱者的追捕呢？武警、陆军？甚至是特种部队？

我的猜测让郑建军笑了好半天，他说："文墨尘，你也想得太多了吧？追两个逃犯而已，犯得着那么兴师动众，连特种部队都拉出来吗？"见他一副笃定的样子，我问他："那你认为追捕我们的会是谁呢？"

"按照我的经验，"他一边嚼着干粮一边说道，"今天追我们的人，绝对是武警。嘿嘿，这本身就是他们的职责嘛！"

"为什么不会是军队呢？"我还是有些疑惑。毕竟我们是从军事监狱里逃出来的，而军队的事情武警一般都是不会插手的。

"这你就不懂了吧？"他很是得意地斜了我一眼，"当了这么多年兵了，怎么连这个还想不明白？我问你，军队是干什么用的？"

"军队是干什么用的？"他的反问让我忍不住思索起来。武警和军队，虽然同为国家的武装暴力集团，但其分工是不同的，军队的作用是保家卫国、抵抗侵略，所以它针对的自然是外来的威胁。因此，军队的存在就是为了可能到来的战争做准备，说白了，就是时刻准备打仗。所以，军队的训练内容基本上就是战场上可能遇到的一切，显然地，追捕逃犯这样的事情并不适合军队来做。而武警呢，作为全称是武装警察部队的他们，他们的主要任务就是用强力来维持国家内部的或者说是社会秩序的安全稳定。简而言之就是，武警和军队，一个是对内的，一个是对外的。

"想明白了吧？"他问我。

我点了点头说："明白了，追我们的肯定是武警，但等着抓我们的绝对不会只有他们一家。"

"那是当然，"这家伙脸上还是那副扬扬得意的表情，他说，"你也不想想现在跟你在一起的是谁？嘿嘿，用武警来追捕我们，不过是做做样子罢了，你觉得，他们现在还可能追上我们吗？"

我摇头说："基本上不可能。"他说的是事实，作为两个本身就精于潜行匿踪的人来说，那些普通的战士很难抓到我们的踪迹，更何况，他们还被我们拉下了足足一整夜狂奔的距离，就算他们用直升机进行空中搜索，在这莽莽的荒原上，要想找到两个隐藏极好的人，又谈何容易？

"现在，外面应该已经张好了大网在等着我们俩吧！"望着天的尽头，他的声音突然间变得有些悠远。然后又突然笑着对我说，"小子，你猜猜，等我们的会有哪些人？"

淡淡地笑了笑，学着他的样子望向那天地相交的尽头，我说道："不用猜也知道，国安的人少不了，军队的情报部门肯定也有人参加。"

"回答正确，加十分！"这家伙笑得挺灿烂，似乎现在说的这些跟他没有任何关系一样，"那是一张很大的网啊，可能会比较稀疏，但绝对不会漏。"

"再严密的网也有洞！"我也微笑着答道。

"没错，我们以后就得在这'洞'中求生存。"说到这儿的时候，他突然定定地看着我，然后问道，"老实说，你后悔吗？"

心头一凛，猜测着他这么问的意思，面上的表情也随着变成了无可奈何的苦笑。"后悔？现在就算是后悔也晚了！"我说的是实话，与这个心计过人的老狐狸斗，有时候，还是说实话更好一些。

"呵呵！"他轻笑了两声，"想过以后怎么办没有？"

又一次摇了摇头说："还没想过呢，等从这走出去之后再说吧！"说完这句，我也扭过头看着他，"再说了，不是有你老大在么，怎么着？想过河拆桥？嘿嘿，要是那样，我现在就绑了你送回去。没准儿还能立个大功什么的。"

他愤愤地骂道："好歹咱们现在也在一条船上，说这样的话可是很伤人的呢！"

"得了吧你！"不理他那故作愤慨的样子，我哂道，"就你还会伤心呢？恶不恶心？"

"你小子！"他苦笑着摇了摇头，"我现在都怀疑哪个才是真正的你了。有时候吧，沉默得像座冰山，又冷又硬；有时候吧，就像现在这样子，嘴巴厉害得很。嘿嘿，文墨尘，你还真是个奇怪的家伙啊！"

"我是个奇怪的家伙？"听到他这样评价，我忍不住笑了起来。看来，我这辈子都别想和"怪物"这两个字分开了。我是奇怪没错，因为我认识的人都这样说我。可他郑建军呢，不也同样是个奇怪的家伙吗？像他这样的人，照理说是不会轻易地相信任何人才对，可我分明感觉到，他对我已经产生了信任。为什么会有这样的感觉，我说不清楚，但我偏偏就是这样感觉的，而作为一个优秀的狙击手，我的感觉一向敏锐而又准确。

郑建军所料不差，后面的几天里，追捕我们的人全都换成了武警。或许是警察和罪犯这对天敌之间有着一种特殊的心灵感应吧，那些追捕我们的武警兄弟当天夜里就已经吊在了我们的屁股后面。人不多，十几个人左右，大约一个排的兵力。

被他们吊上肯定不会是件愉快的事情，更何况头顶上还不时有进行空中搜索的直升机飞过。还好，他们似乎并没有确定我们的踪迹，不然的话，前后左右来个围剿，就算我们插上翅膀也飞不掉。

不得不承认，郑建军这老狐狸相当的狡猾。他曾问我，"如果你是追捕我的人，你认为我会选择往哪儿跑？"

看着地图上面那些由各种线条和颜色组成的地形，我用手指轻轻划出了一条线，"从这条线走，我们可以从这大西北的荒原直接通向边境另一边的这个国家。"对于我们这两个应该已经背上了A级通缉令的"危险逃犯"来说，越境潜逃国外，绝对是最安全的选择。然而，郑建军这家伙选的却是完全相反的逃亡路线。按照他这条路线走下去，穿过荒原边缘上的山区，我们到达的地方居然是丹商的西部地区。

"想不到吧？"看到我脸上露出的错愕，让这家伙又是一阵得意的笑。等笑够了，他才解释道："我郑建军是什么人物？国安、公安包括军队的情报部门都清楚得很，只要我逃到国外，丹商可以说拿我一点办法都没有。因此，这会儿在边境上等着抓我的人，那张铺好的网恐怕连苍蝇都飞不过去。"他笑着说:"小子,你说,我们现在往那边去,不是等于自投罗网吗?"

"那你怎么知道,他们不会看破你的意图?要知道,全天下聪明人可不仅只有你一个。"我反问他,因为我想不明白他那笃定和自信从哪来的。

他嘿嘿地笑了笑,"逃命本就是赌博!就跟下注时押大押小一样,押对了,你就赢;而押错了的话,嘿嘿,那就不用我说了吧!"

他这样的回答让我不知道是该气还是该笑,只好咬着牙齿说:"你还真是个亡命徒啊!"话虽这样说,但我敢肯定这混蛋并没有跟我讲实话,他开始信任我了没错,但那信任还实在有限得很,涉及自己逃命的大计,越是身旁的人就越得提防。我甚至在想,如果卖掉我能让他成功逃脱的话,这家伙多半会毫不犹豫这样做。可这样想的同时,心底却又升起一个不同的念头,"他不会这样做!"为什么不会呢?我不知道,只是觉得,他这个人,似乎并不是那种抛弃同伴的人。

摇了摇头,将心底这不合时宜的念头抛掉,不管以后怎么样,至少在现在来说,我得相信他。

第二十八章　纵贯南北

第三天的夜里,我们终于如愿地遁入了山区,虽然这西北的山不像南方那样有密集的植被,但这复杂的山林地形,比之一望无垠、没有多少遮蔽物可言的荒原,对我们这类拼命逃亡的人来说,要轻松和容易许多。总之,从进入山区的那一刻开始,我和郑建军的逃亡计划基本上算是成功了。

这是我有生以来第一次越狱逃亡,如果不出什么差错的话,它也应该是最后一次。我不是那种喜欢寻求刺激的人,而越狱和逃亡这种事情,对任何人来说都是件绝对刺激的事情,更何况,这样的刺激还是与死亡结伴同行的。

在三天四夜的逃亡中,最危险、离死亡最近的一次,是在第二天的夜里。那个晚上,我们成功地摆脱了一直吊在身后的那一个排的武警。正当我们暗自庆幸终于甩掉这个难缠的尾巴,让他们以为我们并没有从这条路逃跑而放弃了对这个方向上的追踪时,我们遇到了一群绝对意想不到的家伙。

那是一群狼，那眼睛里散发着惨绿寒光的狼。它们拖着长长的尾巴，呲着牙咧着嘴，冷冷地看着两个突然出现在它们面前的人类。

那一片幽寒的绿光让我禁不住倒吸了一口凉气，即使被称为"百兽之王"的老虎，在狼群面前也只有逃命的份儿。那不是一匹，也不是两匹、三匹，那是一群，数量至少在30匹以上的狼群。

郑建军说："冷静，冷静，千万不要冲动。"说这话的时候，他的声音在颤抖，要换在平时，我肯定会笑话他也有害怕的时候。可这个时候，我不可能笑得出来，因为，我也害怕。我想，就算换作任何一个人，在这个时候，这种情况下遇到一群恶狼，都会从心底感到恐惧吧。

两个人和一群狼开始了静默的对峙，我能清晰地听见狼群粗重的喘息，甚至能闻到被夜风吹拂而来的那喘息中的腥臭，肉食性动物特有的腥臭。

我的步枪中还有28发子弹，如果按一枪一个来算的话，加上郑建军手中的枪，我们能干掉这群狼。可那只能是一种美好的奢望，就算我和郑建军真能一枪干掉一匹，可眼前有30多匹狼啊，只要它们一个冲锋，我们这两个人类根本就不够它们撕的。所以，我们和狼群开始了对峙，按照野外对付狼的常识来说，我们这时候应该生一堆火，野生动物都怕火。可问题是，现在我们根本就没有生火的条件，更何况，我们还是逃犯，只要一生火，追兵不用多久就能赶过来。虽说被他们抓回去总比被这群狼撕成碎块吃进肚子里强，可是，就算等离我们最近的武警赶过来的时候，我们这两个大活人，恐怕早就进到狼肚子里去了吧。

怎么办？我心里一直在思索脱身的对策。跑？就算我跑得再快也快不过四条腿的狼。打？两个人对付30多匹狼，虽然我们手上有枪，可如此近的距离，用脚趾头也能想到会是什么后果。还有就是，我们怎么会突然遇到狼群？以我和郑建军的直觉，不可能对这样的危险一点感觉都没有。

郑建军问我在想什么，我说："我在想为什么会突然遇到狼群。"我的回答让他也沉默了起来，好一会儿才轻轻地说："是啊，怎么会突然遇到狼呢？而且，事先连一点感觉都没有，奇怪，真是奇怪！"

没有理会他的自言自语，我继续我的思索。我在回忆我野外生存课上，教官曾经介绍的有关的狼的一切。人们都认为狼的天性里带着残忍，或者说，所有肉食性野生动物，也就是说能对人类造成危害的动物都是残忍的。可实际上，并不是如此。不管是以残忍著称的狼，还是"百兽之王"的老虎，以及丛林中天生的"猎手"猎豹，它们一般只在肚子饿的时候才会向别的动物发起攻击，因为它们要填肚子。还有一种情况它们也会发起攻击，那就是有别的动物侵入了它们的领地。为了捍卫自己的地盘，几乎所有的野生动物都会毫不犹豫地向入侵者发起进攻。那么，我们现在遇到的是哪种情况呢？

这种静静的对峙已经持续了10多分钟，狼群依然没有动，依旧只是用那惨绿的目光盯着我们。与此同时，我也发现了那头站在狼群中身形最为高大魁梧，眼睛中的绿光也是最深最亮的头狼，它是这群狼的首领。它在狼群中静静地打量着我们，充满了警惕。是的，它的眼中流露出的是对未知的警惕，而不是对于猎物的那种杀意。

我猛然间想到，对于这些从来没有见过人的狼来说，人类对于它们是种未知的存在，而任何一种动物，对于未知的东西，天性里都有着一种恐惧，恐惧之后才是好奇。也就是说，它们也同样在害怕我们。因此，这个时候，我们绝不能露出一丝的胆怯和软弱，因为狼这东西和狗一样，都有着仗势欺人的臭毛病。

突然，狼群中的头狼发出了一声凄厉的狼嚎，它是在警告我们不要试图入侵它的领地？还是在向我们这两个不速之客挑战？而我们，应该怎么做？后退？那这群兽类不会放过吃夜宵的机会。应战？开玩笑，两个人对30多匹狼？活得不耐烦了。

可是，一直这样对峙着也不是办法，如果就这样跟这群兽耗着，时间一长，它们就会觉得这两个家伙对它们根本就没什么威胁，那时候，危险的就该是我们了。

我突然想到老洪曾给我们讲过的那个故事：那个神秘的"峡谷"部队里，一个蒙古族老兵一个人拎着把开山刀吓跑了7匹饿狼的故事。当然，我不会认为我和郑建军两个人能吓退面前这30多匹狼，我还没有那么傻。之所以会突然想起这档子事，是因为我想到了一个亘古不变的道理，那就是"弱肉强食，适者生存"，不管在什么时候，什么情况下，这八个字都是自然界里所有生物的生存法则。

那么，怎样才能让这些狼觉得我们是比它们更强大的存在，让它们害怕和退却呢？自然界所有的生物都有惧怕强者的通病，因此，在同类之中，最强的那一个便能成为一个群落的首领。也就是说，眼前的狼群，它们中最强的一个，就是那个向我们发出不知道是警告还是挑战嚎叫的头狼了。如果，我们能干掉它们的头儿，剩下的这些狼会不会因此而惧怕我们？

老实说，这想法很冒险，如果狼群因为我们杀了它们的首领而恼羞成怒，誓要撕掉我俩雪耻的话，我们没有活下去的机会。这种可能性相当的大，毕竟我们面对的不是一群人，而是一群狼，狼的天性里有着几近疯狂的嗜血和凶残。

正当我犹豫着到底是不是要杀掉它们的首领以震慑狼群时，头狼又伸长了脖子长长的嚎了一声，而随着这一声狼嚎，一直冷冷地注视着我们的狼群开始向前移动，一步一步，伴着粗重喘息的移动。

"我们慢慢退，实在不行就开枪。"郑建军轻声说道。然后，我们开始慢慢地后退，一步一步，小心而又谨慎，生怕因动作过大而激怒了眼前的狼群。

人和狼之间依旧保持着静默的对峙，只是，这对峙的阵线在缓慢地移动，狼群在前进，而人在后退。无可否认，我的心里很紧张，手中的枪被我攥得紧紧的，搭在扳机上的右手食指已经快不受我的控制，要将扳机压下去了。

"放松！放松！"我在心里告诉自己不要紧张，要冷静，这个时候，绝对不能冲动。

见到两个不速之客开始后退，头狼又是一声长长的嚎叫，这声凄厉的狼嚎落在耳里是如此的令人心惊胆战，让我差点就忍不住扣动了扳机。然而，就在这个时候，往前推进的狼群突然停了下来，然后，所有的狼都昂起头对着夜空长嚎。

"它们这是干什么？"我不解地盯着眼前这仿佛精力过剩，要靠嚎叫来发泄的狼群，搞不懂它们这是什么意思。

"虚惊一场！"郑建军突然说道，说完，还长长地吁了一口气。

"什么？"我问道，不明白他这么说的意思。

"没什么，就是虚惊一场。"他轻声说道，"走吧，还是慢慢地后退，它们应该不会再前进了。"

虽然还是不明白他的意思，可见他又开始缓慢地后退，我也只好跟着，只是，我依旧死死地盯着那已经停止了嚎叫，正用绿油油的眼睛注视着我们的狼群。

狼群果然没再前进，只是，那头狼又伸直了脖子对着天长长地嚎了一声。这一次，我似乎听明白了这嚎叫里的意思。那是胜利的宣言，仿佛在告诉它的臣民，入侵者已经被吓退了，也仿佛是在警告我们，不要再进入它的领地。

我们在狼群的注视下继续后退，直到再看不到那惨绿的、令人骨头发寒的绿光，我和郑建军才转过身拔足飞奔，而等到我们觉得已经跑得足够远停下来的时候，才发现衣服已经被汗水浸透，从心底泛起的疲惫和脱力的感觉，让我们不由自主地瘫在了地上，连手指头都懒得动一下。

等缓过劲儿来时，我和郑建军一人点了一支烟开始死命地抽，似乎那燃烧的烟雾能消除我们心底的后怕一样。随着心情渐渐从紧张中恢复过来，我也想通了狼群为什么会放过我们。原因其实很简单，忙于逃命的我们闯入了这群狼的领地，对于入侵者，狼群当然不会对我们视而不见。所以，它们要将这两个胆敢侵入它们的地盘，打扰了它们休息的不知名的入侵者赶出自己的领地。

我们的镇静救了我们，如果当时我们表现出惊恐和慌张，那这些食肉的恶狼肯定会冲上来将我们撕成碎块吞下肚去。但是，我们的镇静让它们看不透我们的底细，所以，它们选择了示威，将这两个闯进了它们领地的入侵者吓退。

郑建军说："兄弟，咱俩的命还真不是一般的好啊！"对于他的感慨，我只有苦笑的份儿，这也叫命好？命好的话就不会碰到这档子事儿了。这样的好命，不要也罢。不过，想归想，但我还是不得不承认，掌管幸运的女神，又一次照顾了我。

进山之后，一切都变得简单起来。到这个时候对我和郑建军的追捕应该已经告一段落了吧。当然，那张狩猎的网肯定还支着，只是不像一开始那般紧密罢了。

按照郑建军选定的路线，等穿出山区，我们就会抵达平原。郑建军笑着说："'小隐隐于野，大隐隐于世'，只有人多的地方才能为我们这种人提供更多的掩护。"

这混蛋倒把自己比作隐士了，不过，他说的倒也的确是那么回事。越是大的地方，人口的流动就越频繁，频繁的人口流动自然会给警方的布控和监视带来困难。因此，这类地方，也成了那些胆大妄为的通缉犯们最佳的选择。尤其是在现代社会，人们对于自身以外的事情大多持一种漠不关心的态度，所以，只要我们低调行事，不到处乱跑，再稍微易容化妆一下，普通人还真难认出我们。

易容化妆，这也是特种兵的必修课程之一，因为在很多时候，特种兵都得执行敌后侦察任务，既然是敌后侦察，那肯定不能穿着一身作战服，扛着武器到处跑，因此，就需要化妆，尽可能打扮成当地人的样子，暗中搜集情报，或者搞搞破坏什么的。

由于不再担心追兵的威胁，我们的速度快了不少，但穿出这片山区，还是用了我们七天的时间。等从这西北的山林里钻出来的时候，两个人心里都涌起一种再世为人的感觉。

抢来的步枪已经被我们拆成零件埋了起来，看守的迷彩服也被烧掉，现在我们身上穿着的这身，是经过一个小山村时，半夜摸进村民屋偷出来的。堂堂的特种兵，现在竟沦为了偷农民衣服的小贼，怎么想都觉得是种讽刺。不过，郑建军的话却更让我哭笑不得。他说："想我郑建军也算是打个喷嚏也能让很多人抖一抖的人物，今天居然大半夜跟你这小子一起偷人家农民的衣服，传出去那还不被人笑话死？"

于是我毫不客气地反驳说："你不吹牛会死啊！还打个喷嚏就能让很多人抖一抖，你现在打个喷嚏试试，看我会不会抖一抖？"

他嘿嘿地笑着说："哎呀，你小子怎么一点幽默感都没有？没劲儿，没劲儿！"一边说着，他还一边拍我的肩膀，"墨尘啊，不是当大哥的说你，你呀，就是当兵当傻了！嘿嘿，这人嘛，得学会享受生活知道不？什么事儿都那么较真，那还不累死啊？"

"享受生活？"他的话让我心里忍不住又是一阵苦笑。"享受生活"，这看似简单的四个字，在我24年的生命里，似乎从来都没曾出现过。我的父母他们不懂得什么叫"享受生活"，他们每天的生活是日出而作、日落而息，面朝黄土、背朝天。他们总是为了一家人的生计而忙碌，然而，不管他们如何的忙碌，每年的收成都仅够一家人不用饿肚子，连我上学的学费都很难凑齐。

"想什么呢？"郑建军的声音打断了我不合时宜的回忆。

"没什么！"我摇了摇头。

"骗人吧你？看你眼神就知道你心里有事儿。"他笑呵呵地看着我，"想家了吧？"

"是的，有点想爸妈，不知道他们现在怎么样了。"被他道破心中所想，我不由得苦笑。

"唉！"他突然叹了口气，然后又是重重地在我肩膀上拍了一下，"墨尘，老老实实地回答我，后悔吗？"

"后悔？"我扭头看着他，他脸上露出的表情很认真，也很真诚。淡淡笑了笑，我摇了摇头，"后悔又能有什么用？反正都已经走到这一步了！"

"真的？"他似乎不相信我的回答。

"真的！"我肯定地点点头，"这世上又没有后悔药卖，后悔又有什么用？"顿了顿，我反问他，"你问我后不后悔，那你呢，你后悔过吗？"

"呵呵！"他也开始苦笑，然后又在我的肩膀上重重地拍了两下，"你小子，怎么都改不掉身上那股子兵气啊，什么时候都不忘反击是吧？"见我仍然静静望着他，他又叹了口气，"就像你说的那样，后悔又能有什么用？呵呵！墨尘啊，这世上的路有很多，但是，我们走的这条路，是不能回头的。不管是对是错，只要你还想活着，就得一直走下去，直到这条路的尽头。"

那晚的谈话，让我和郑建军的关系似乎又拉近了不少。我的直觉告诉我，郑建军的身上，肯定有故事，而且，这故事还肯定不简单。可惜，陆云巍给我的情报里，没有讲到郑建军的过去，也不知道是这家伙忘了，还是他也不知道郑建军的过去。

等进入人烟稠密的城市后，我们又给自己换了一次装。同时，为了解决荷包空空的问题，我们对几个扒手来了一次黑吃黑。选择扒手下手也是有理由的，因为他的钱是偷来的，所以被人抢了也不敢伸张，因此，就不用担心他跑去找警察报案被人抢了什么的。更重要的是，这会让我的心里没多少罪恶感，我现在是被公安部通缉的逃犯没错，但我这逃犯怎么说也是属于那种比较高级的，抢劫平民这样的事情，我还做不出来。用郑建军的话来说就是，"老百姓赚点钱不容易，打他们的主意不仅丢人而且还该杀！"

他这话怎么都让我觉得有些好笑，你自己都是个专干恐怖活动的恐怖分子呢，一个恐怖分子居然能讲出这种"悲天悯人"的话来，我心里想不笑都难。

于是我反驳道:"你把这些扒手抢了,他今天的收入就没了,所以,他肯定还会去偷,这不是又害得更多人丢钱吗?"

他窒了一窒,好一会儿才从牙齿缝里憋出句话来,"文墨尘,你小子狠,有本事这钱你别用。老子现在吃饭去,有种你别跟着!"

"那可不行,怎么着也不能跟我自己的肚子过不去对不?"我笑得很欠揍,只不过,眼前这家伙显然不会跟我动手,"再说了,反正都已经抢了,不花掉它岂不是对不起我一番辛苦?"

郑建军打量了我好一会儿,最后,狠狠地瞪了我一眼,然后,朝着一家打着个大大的"骨头"招牌的小饭馆,头也不回地走了进去。

望着这家伙的背影,我不由得失笑,也在突然间觉得,这个叫郑建军的亡命徒,有时候也挺逗的。

在这座城市休整了两天后,我们乘长途汽车南下。火车是绝对不能坐的,因为现在火车站内都有民警检查过往人员的身份证。对于我们这两个身上背着 A 级通缉令的逃犯来说,那实在是太危险了。所以,长途汽车这种交通工具在目前来说,是最适合我们的了。

我们的目的地是外岛,丹商管辖的独立行政区,当然,只能是靠偷渡过去。我们搭乘大巴到了海边城市之后,没有做任何停歇,就搭了一辆黑出租赶到了一个靠海的渔村。

到达目的地之后,郑建军便开始运作偷渡的事情,这些事儿我自然是插不上手的,而且,他现在显然还不想让我知道他的关系网。对此,我倒没觉得有什么不对,毕竟他干的事情都是那种绝对见不得光的,警惕心不高一点儿,早不知死了多少回了。反正现在我和他是一条船上的人,我才不担心他会把我给卖了。

我们临时落脚的这个地方也是郑建军找的,离海边不是很远。在海的对面,就是那个繁华的外岛。郑建军对这块儿的地形很熟,看来,这家伙偷渡的次数绝对不会少。不过想想也是,这混蛋怎么说也是在公安和安全部门榜上有名的人物,要按正常途径出入境,除非他脑袋里面进水了。

等他回来的时候,已经是傍晚了。看到我居然老神在在地坐在椅子上看电视,这家伙笑着问我:"小子,你就不怕我甩下你自己跑了啊?"

斜了他一眼,我反问他:"你觉得你甩得掉我吗?"

"好歹我也比你小子大了近一轮吧?怎么说算是你大哥吧?你小子有没有点社会公德啊?就不能尊重我一点儿么?"他有点气急败坏,不过,一眼都能看出那是装的。

于是我说道:"得了吧你,我要真有你这样的大哥,早晚被你气死!"

"算了，算了，不跟你小子一般见识！"他无奈地摆了摆手，然后将拎在手里的几盒便当扔在了我面前，"先吃点东西，凌晨两点的船，我们还能睡一阵子。"

看着桌子上的便当，我心里没来由地升起了一丝感动。真的，就是感动。抛开郑建军"恐怖分子"这身份，从这段时间来的接触中，我突然发现这家伙居然要比许多坏人好上许多，至少他不会像某些人一样鱼肉百姓，更不会仗着手上的权势恃强凌弱。

见我愣愣地看着桌子上的便当，他伸出手在我眼前来回晃了晃，"怎么不吃啊？不会一下子变傻了吧？难不成，你还怕我在饭里下毒啊？"

抬头冲他笑了笑说："不是的，只是，有点感动。"

"感动？"听我这么一说，他明显愣了愣。

"对，感动！"我点头说道，"不过别问我原因，因为我也说不出来。"

"你小子！"他无奈地摇了摇头，"不就是几盒便当嘛，还感动？等去了外岛，带你吃山珍海味，那你还不得感动死啊？吃饭，吃饭，大老爷们儿，哪来那么多腻腻歪歪的东西？"

他这语气和我在T大队的弟兄们是多么的像啊，想到这里，我的心里突然觉得一阵苦涩。我越来越觉得这家伙不像个坏人，郑建军啊郑建军，你要不是那个什么"恐怖分子"该多好啊。

凌晨一点的时候，我被郑建军带着向偷渡船只停靠的地方走去。那是一片靠海的小树林，一只柴油动力的小渔船静静地停靠在岸边。

见我和郑建军过来，负责接应的人举着一个蒙了黑布的手电冲我们晃了晃，示意我们快点过去。

登船的时候，我看到了蛇头，一个40岁左右的男人，满脸的凶戾，一看就不是个什么善主儿。

与我们一起偷渡的有10多个人，有男有女，除了郑建军之外，年龄都没有超过30岁的。这些人偷渡是为了什么，我没有兴趣知道，还是那句话，这世上的每一个人，都各有各的苦衷。如果不是形势所迫，又有谁愿意冒着危险，花上不少的钱来偷渡？

我们这10多个人全都被蛇头的手下赶进了渔船的舱底，等舱板一盖上，不大的空间立刻变得漆黑一片，而且，这么巴掌大的地方一下子挤了10多个人，空气自然不会好到哪儿去。我敢打赌，这个船舱里的卫生，那些只顾着靠偷渡人口挣钱的家伙绝对没有收拾过。好在距离也不算太远，如果不出什么差错，顶多2小时就能过去，现在，就忍一忍吧。再说了，以前执行任务时，比这更差的环境都待过，现在这个，倒也算不上什么。

"轰轰"的马达声突然响起，因为是在舱底，所以，这声音听起来格外的刺耳。然后，我感到船身轻轻地震了一下，接着就开始有规律的起伏。虽然看不到船头破开海水前进的样子，但我知道，这艘载着偷渡客的渔船已经开始了它的航行，它将把我们带去外岛。

船舱里没有人说话，除了刺耳的马达声外，便只剩下人们粗重浑浊的喘息。我不禁在想，这些人，这会儿心里在想些什么呢？是对未来的期待？还是茫然的忐忑？

突然，一阵低低的抽泣从我左边传来，听声音应该是个女的，然后，是一个男人低声的安慰。

"我们还能回来吗？"这是那个女人的声音，那声音里满是无助和迷茫。然后又是那个男人轻声的安慰，"别哭，别哭，我们一定能回来的，等事情过了，我们就回来……"

"我们还能回来吗？"这短短的一句话，竟在我的心底掀起了轩然大波。不知道为什么，我突然间觉得自己已经在这条路上越走越远了，虽然心里不时有个声音在提醒着我所背负的任务，但我却总觉得有些不妥，我也曾寻找过这不妥的原因，可是，不管我怎样努力地去思索，也给不出答案。然而，就是刚才这一句话，终于让我找到了那令我不安的源头，原来，我的心里一直在担心，担心自己还能不能够回来。我还能回来吗？就算能回来，那些已经失去的东西，还有我当初的心情，还能回来吗？

渔船仍在航行，估算了一下时间，已经快一个小时了，如果不出什么差错的话，再过一小时，我就能站在外岛的土地上呼吸了吧。只可惜，老天爷太喜欢和人类开玩笑了，尤其是对那些身处逆境的人，它从没改过自己落井下石的恶习。

偷渡船遇到了武警的巡逻艇，这是所有偷渡客最不愿意遇到的情况。头顶的舱盖被打开，还没来得及让舱内的人们抬头看看夜空中的星光，蛇头的手下们便开始催促我们赶紧爬上去。

"这么快就到了？"这是大多数人的疑问。可等爬上甲板，却发现四周仍是茫茫的大海，而一艘闪着警灯的快艇，正打着探照灯向这艘小渔船快速地靠近。

这一下，偷渡的人们都明白了过来，然后，他们的脸色在瞬间变得煞白。只要有点常识的人都知道，如果在偷渡的时候遇到巡逻的水警，那这些偷渡客的下场将只有一个，那就是被蛇头赶下海去。

郑建军轻轻碰了碰我的胳膊，扭头，我看见了他脸上无可奈何的苦笑。接着，他对我比画了一个游泳的手势。这家伙，我不由得苦笑，被蛇头逼着跳海肯定是免不了的了，可这家伙的意思居然是游到对岸去，想不到老子的第一次偷渡，居然是这么的坎坷。

没有任何悬念，蛇头的手下开始逼着偷渡的人们跳海，哭声、怒骂声立刻在不大的甲板上响成了一片。但是，这样的抗议在冷冰冰的刀片面前显得那样的无力。所有的人都被赶进了海中，我和郑建军自然也不会例外。

渔船开始飞快地往回逃跑，它知道武警的巡逻艇肯定得先救起这些落水的偷渡客，这就给它赢得了逃跑的时间。对于这些被它抛弃在海水中的人，它不会有一丝一毫的怜悯和同情。没有人强迫你偷渡，所以，碰到这种情况，你也只能哀叹自己的命苦，更不要奢望蛇头会对你突然发善心，因为，这是游戏规则。在蛇头的眼里，我们这些活生生的人，不过是他运送的货物而已。在货物和自己的命面前，他当然不会选择前者。

巡逻艇很快就靠了过来，瞅准时机，我和郑建军憋住一口气扎进了水里。我们得从巡逻艇下面游过去，趁它忙着救人的时候，赶紧离开这儿。

虽然已经是八月，可夜晚的海水还是很凉，这会大量地带走我体内的热量，好在剩下的路不算太长，以我的体力，应该能撑得住。

等我从水下露出头的时候，身后的巡逻艇已经开始打捞落水的偷渡客了。这些被救起的偷渡者将会被遣返，虽然他们的心里并不情愿，但是，总比丢了命要强。

身后的水面轻轻地响了一声，然后，郑建军湿漉漉的脑袋钻了出来。到底年龄不饶人，在体力上，他没法和我这年轻人比。

"快走！"他轻轻地催促了一声，有些哆嗦，应该是被海水给冻的。

没有答话，我转回头快速地向前游去，我们得在巡逻艇开始搜索周围海面时逃离这片水域，不然，等着我们的，将不仅仅是遣返那样简单了。

第二十九章　初到外岛

天快亮的时候，我们终于爬上了海滩。长时间的游泳让两个人都耗尽了力气，真想趴在沙滩上一辈子不起来。只是，这愿望显然不现实，我们得在天亮前找个藏身地方，再把身上这身行头给换了。好不容易拼尽力气游过来，我们可不想被人发现然后报警说这有两个偷渡过来的家伙，那可真是前功尽弃了。

以前看过的一些外岛片里，外岛人对于偷渡者都有种本能的厌恶和鄙视，虽然那不过是电影，但怎么都有点真实性。其实，想一想就能明白，外岛这个地方，民主和法制的观念是相当深入人心的，因此，像偷渡这种明显是违法的事情，人家自然不会对你有好感，报警抓你，那更是再平常不过的事情了。

在海滩边的一片树林里休息了一小会儿，等体力恢复些之后，我们开始往前走。郑建军没有告诉我来外岛的目的是什么，根据我自己的推测，这个国际性的大都市里，肯定有他们那个组织的据点，而且，这样的据点还很可能披着合法的外衣。

上岛之后，郑建军明显高兴了不少，他说："小子，过不了多久，咱们就能好好地享受一下了！"说这话的时候，这混蛋脸上的笑容很贱很暧昧，所以，我敢肯定他脑子里的想法很是龌龊，绝对不会是什么好事儿。

虽然我知道他所说的什么"好好享受"之类的话肯定不会有假，但在这之前，我们还是得辛苦上一阵子。原因很简单，我们两个现在是名副其实的穷光蛋，荷包里连一个钢镚儿都找不着。因此，我们不得不又干了一次丢人的事情，那就是偷人家的衣服。也许，人真的就是这么的奇怪吧，任何一件事情，干第一次的时候多少都会害怕和紧张，可如果再干第二次、第三次，那就会变得无所谓了。

郑建军说："我们要去的地方是里环，位于外岛本岛，因此，还有很长一段路要走。"于是他拦了一辆计程车，到了里环的一座贸易大楼面前，我在车里等着，他先进去了。

隔了不大一会儿，从贸易大楼出来一位西装革履的人，付了司机的钱，再将我领到了17楼的总经理办公室。郑建军这家伙正端着一杯冒热气的清茶舒服地靠在宽大的沙发上，他旁边坐着一位戴着金边眼镜的家伙，这应该就是那个所谓的总经理了。

见到我进来，郑建军招呼我过去坐下，而领我进来时已自我介绍过的程志涛，自然是被那位总经理轻轻一个挥手给打发走了。

待我坐下之后，郑建军将一杯早就泡好的清茶推到了我的面前，然后打开茶几上一个做工非常精致的金属盒，从里面取出一根褐色的，拇指粗细，3寸来长的小棍子扔给了我。

我静静地打量这被我夹在食中二指之间的小棍子。这是一根雪茄，从那上面的外文字母可以猜出，这玩意儿的价格不菲。

"怎么样，当哥哥的说话算话吧？说了要请你抽雪茄的！"郑建军笑着说："这一根的价钱足够你买几十条香烟了。来，点上，尝尝味道！"说着，他将一个同样很精致的金属打火机推到了我的面前。

把玩了一会儿手中的雪茄，再学着电视里看到的那些抽雪茄的样子拔掉了雪茄的头，再用打火机点燃，用力啜了一口，一股生烟草燃烧的味道立刻从口腔直冲进了肺底，那与卷烟截然不同的浓郁的芬芳竟让我的大脑在瞬间产生一种晕眩的感觉。

"怎么样？味道不错吧？"郑建军笑嘻嘻地看着我，似乎我现在的样子很有趣一样。那个戴着金边眼镜的家伙也是饶有兴趣地望着我，脸上挂着的淡淡微笑让人觉得他身上有着一种莫名的亲和力。一丝警惕迅速在心头升起，笑里藏刀，杀人于谈笑之间，这种人，最是危险。

瞬间，我把这个还未来得及问姓名的所谓总经理定位在了"极度危险"级别。郑建军是个老狐狸没错，可经过这么长时间的接触，我已经基本摸清了他的脾性，但眼前这位，显然属于那种极工于心计的类型，跟这种人打交道，稍有不慎，那结果就只能是万劫不复了。

轻轻摇了摇头，感觉脑袋里的眩晕减弱不少之后，我冲那个对着我微笑的总经理点了点头，然后，静静地看着郑建军，等着这家伙给我们做介绍。

见我望着他，郑建军先是嘿嘿地笑了两声，然后才说道："哎呀，忘了给你引见一下了。墨尘，来，我给你介绍一下，我身旁这位就是这家公司的总经理。"说到这儿的时候，那家伙冲我点头笑笑，然后说道，"接下来还是我自己说吧，都不是外人，介绍来介绍去的多生分啊！"

如果换作是普通的打交道，仅凭他刚才这句话，绝对就能给人留下好感，拉进人和人间的距离。但正是如此，我对他的警惕又提高了少许，如果我没估计错的话，眼前这家伙，在郑建军他们那个组织里，多半是军师级的人物。

听他这么一说，郑建军打了个哈哈，说道："说的也是，墨尘也算是咱们自己人，那你自己来吧，我就不多嘴了。"

"余文龙，"他站起来向我伸出了右手，"兄弟们相信我，所以让我打理这家公司。痴长你几岁，墨尘兄弟要是不嫌弃的话，可以叫我声'龙哥'。"

他这自我介绍的方式让我第一时间想起的是电视电影里的黑社会，那些人打交道时就是他刚才这副调调。既然人家都做得派头十足，那我自然也不能掉了面子，所以，我也站起来向他伸出了手去。"文墨尘，在逃通缉犯！"

"呵呵！"收回手，他摇头笑了笑，"墨尘你还真是实在啊！"

这时郑建军插嘴道："他啊，就这副德性，当兵当傻了！"这混蛋摆明了是在挑衅，我都怀疑他是不是成天跟我斗嘴斗习惯了，这要是两个人不唇枪舌剑地贫上那么几句，便会觉得不自在。

既然你要挑衅，那我自然就得奉陪，于是，我回道："是吗？那成天跟我这傻子混一块儿，你觉得自己能好到哪儿去？"

"呵呵，小子，说你傻还不服气了是吧？要不，晚上我们验证验证？"郑建军看着我嘿嘿贼笑，那笑容让我心里没来由地一阵慌乱。倒不是说我被他那笑给吓着了，我是突然想到了他在计程车上对我说的那句话，那句要让我在今天晚上好好见识见识什么叫"花花世界"的话。而且，他现在脸上露出的笑容，跟先前一样的龌龊，就连那个原本笑得挺斯文的余文龙在听到他这话之后,脸上的笑都开始变得龌龊起来。

我的预感很不幸地成为了现实,在我和郑建军通过偷渡来到外岛的第二个晚上,我出了一个大大的洋相,而罪魁祸首,就是郑建军。

为了晚上让我这个郑建军口里所谓的,在山沟沟里关傻了的小子见识一下外岛的"花花世界",白天的时间自然被用来休息。刚好,昨天大半夜的"海水浴"消耗了我不少的体力,又一路马不停蹄地赶到这里,身体还真有点疲累,正好趁这个机会好好恢复一下精力。

这一觉睡得很舒服、很安稳,算是我自越狱逃亡这半个月来睡得最踏实的一觉。所以,这一觉一直睡到了夜幕笼罩,醒来的时候床头边的时钟已经指到了晚上10点的位置。

醒来后的第一感觉是舒坦,紧接着就是觉得肚子饿,很饿,已经在"咕隆、咕隆"地向我抗议了。揉着肚子苦笑了一下,我起身去找郑建军。既然他曾放出话来说什么跟着他到外岛之后,什么吃穿玩乐都不用我操心,那我不找他找谁?

我们现在住的地方是余文龙安排的,是一栋位于山下的小别墅,环境不错,很幽雅,也很别致,总之,很有点格调,但这价格就……送我们过来时,余文龙还指着半山上那些隐藏于绿荫中的红墙白瓦告诉我们,"那里是外岛的豪宅区,住在那上面的人,非富即贵,像我们住的这种小别墅,跟人家那一比起来,那只能用'天壤之别'这四个字来形容。"

他的话让我心里禁不住一阵无奈的苦笑,别说那些个半山豪宅了,就眼前这两层楼高的小别墅,也不是我这种人敢想象的。

因此,我现在倒有点怀疑郑建军他们这组织到底是哪路神仙了。说他们是"恐怖组织"吧,可在我的印象里,那些个打着什么"理想"旗号的武装分子,包括被我们抓获或击毙的头头儿们,也没见过一个这么奢侈的。别墅、豪宅、吃香的喝辣的,还能体验"花花世界"的夜生活,恐怕那些天天叫嚣着"理想"的家伙们,连想都没敢想过吧?他们给我的感觉,就是一人人喊打的过街老鼠,天天都只能东躲西藏,猫在人烟荒芜的戈壁荒漠里搞些见不得人的勾当。就算是哪天为了他们那所谓的"理想",铤而走险地进到城市里,也只能是藏在阴暗的角落里,根本就不敢见光。

所以,今天我所遇到的一切,让我一时之间有些转不过弯儿来。难道,这就是郑建军所谓的"小隐隐于野,大隐隐于市"?如果真是这样,那只能说明这个组织的可怕,绝对的可怕。一瞬间,我似乎抓住了陆云巍派我来当这卧底的意图,可仔细一想,又觉得还有很多的疑问。这局棋下到现在,应该已经到了中盘了吧,而我,则成了那个过了河的小卒,除了继续前进之外,再也没有任何退路可走。

郑建军这家伙正躺在客厅的真皮沙发上悠闲地享受着那足有拇指粗的雪茄,看样子他早就起来了。

"醒啦？睡得怎么样？"他笑眯眯地问我。怎么看那笑容都和狐狸没什么区别。

"还不错。"晃了晃脖子，我淡淡地说道，颈椎一阵"咯嚓嚓"响。

"喏，这有套衣服，换上了好出门。"他的眼神往沙发前的茶几瞟了瞟。顺着他的目光，我看到了那套给我准备的衣服，叠得很整齐，看样子是新买的。

"哎呀！"见我换完衣服，这家伙夸张"啧啧"出声，表情很是夸张，"小子，没看出来啊，穿上名牌就是不一样啊！嗯，人模狗样的，又帅又精神！"

有这么评价人的么？我哭笑不得地瞪了他一眼，连说话的欲望都没了。

"走吧兄弟！"他从沙发里站起身来，搂着我的肩膀就把我往门外带，"现在就带你去见识一下什么叫作精彩的花花世界，嘿嘿，保证你会感到无愧人生！"

说实话，我不想去，因为我知道他口中那什么"花花世界"绝对不会是什么好东西。但是，我又不能不去，因为我身上还背着陆云巍给我的任务。所以，我必须让他们相信我能够成为他们的自己人，能够被他们吸纳进组织里去，而这一切，我还必须做到不露痕迹。"卧底"还真不是人干的活儿。

"天上人间"，巨大的霓虹灯闪烁着这四个大字。这是这家大型娱乐城的名字。余文龙说："在这里面，只要你有足够的钱，没有买不到的东西！""没有买不到的东西"，这个范围就很大了，虽然我不知道这范围里都包括些什么，但从余文龙和郑建军脸上那只能用龌龊这两个字来形容的贱笑上，这里面的东西，绝对不是什么正经东西。

余文龙看样子是这里的常客，所以，我们一进门便立刻有个穿着高开衩大红裙子的女人靠上来招呼。对男人很有诱惑力，这是这个女人给我的第一印象。

"感觉如何？"见我的目光在四处打量，郑建军凑过来问我。

"不怎么样！"我说的是实话，对于这种地方，我从来都不感兴趣。

"是吗？"他故意拖长了声音，脸上又浮起了那种奸猾的笑，而且，这笑里还加了一些恶心的暧昧。然后，他扭过头对那个正和余文龙说笑的女人说，"妈妈桑，我这兄弟说，你这不怎么样啊！"

我在心里暗骂了一声。他摆明了是想在今晚出我的洋相，而更令我郁闷的是，我还不得不接招。

果然，听他这么一说，那个女人立刻就向我靠了过来，那张充满了成熟女人魅力的脸上露出的微笑，让我的心禁不住一阵紧张。

"这位兄弟是第一次来吧？"她笑着问我，那眼睛、那脸，让我在瞬间想起了一个用来形容成熟女人的词语——风情万种！

不是没和女性打过交道，但和这样的女人却是头一次。偷偷吸了口气，我故作镇静，那两个人正眼巴巴盼着我出丑呢，可不能让他们如愿。既然不知道怎么和这样的女人打交道，那就索性不甩她，不就是装酷吗，还有谁能比狙击手更会扮冷酷？打定了主意，我微微"哼！"了一声。虽然心里仍旧有点紧张，但脸上的表情绝对冷酷。

我的反应似乎出乎她的意料之外，所以，她先是愣了愣，但马上又笑得更加的风情万种。"余老板，这位小兄弟还真酷啊！"她转过头对余文龙说，声音很腻，听得我头皮一阵发麻。

余文龙更不是东西，他居然说什么，"怎么着？凤姐对我这小兄弟有兴趣了？哎呀，这个我可就帮不了你了，那得看你凤姐的魅力咯！"

郑建军在憋着笑，憋得很是辛苦，脸都有些变形了。而就在这个时候，我开始出洋相了，因为我的肚子很不争气地"咕隆"了一声，虽然不算太响，但足够身边的人听清楚。"关键时候拉稀！"我不由得想起了部队里经常说的一句话，它这么一叫唤，我这酷是怎么也扮不下去了。

郑建军的笑终于憋不住了，拍着我的肩膀只差没弯下腰去。余文龙更不用说，那笑容只能用可恶来形容。而眼前这位叫凤姐的女人，她脸上的笑容，以及那眸子里闪动的笑意，更是让我有了找个地缝钻下去的冲动。今晚这人算是丢大了，而更要命的是，这好像还只是刚刚开始。

"余老板，我带你们去包间吧，你总不能让自己的兄弟饿着肚子吧？再说了，要是一被人传出去说我们'天上人间'让客人饿着肚子，那我可担当不起哦！"不愧是出来混的人，凤姐几句话就转走了我的尴尬。虽然明知这不过是她们的待客之道，但我还是忍不住对她升起了一丝感激。

大概是感觉到了我投射在她身上的感谢眼神，凤姐回头向我露出了一个淡淡的微笑，不似先前那般的风情万种，但在我看来，却觉得更加迷人。这感觉让我感到脸皮有点发烫，不知道它是不是不争气地红了。好在大厅里的灯光比较昏暗，不然，让郑建军这混蛋看见了，那还不笑到肠穿肚烂。

余文龙订的包间在二楼，包间里很宽敞，布置得也很有格调，给人一种幽雅的感觉，与门牌上"兰花"的名字挺相配。

走进包间后，余文龙在凤姐耳边耳语了几句，听不见他们在说什么，但从他俩瞟我的眼神，以及他们脸上那隐藏不住的笑容可以猜到，余文龙这混蛋肯定没安好心。郑建军这会儿已经悠闲地抽起了雪茄，一副事不关己的样子，但我知道，这家伙肯定知道余文龙在安排什么，他心里只怕正在偷笑吧。

郁闷中，我也给自己点着了一支烟。是烟，不是雪茄，那玩意儿味道太浓了，我没那个福气消受，所以，我还是抽我的卷烟比较自在。反正档次也不算低，45元一包，对我来说，也算得上奢侈了。

大概是交代完了，凤姐冲着屋子里表情各异的3个男人又是一个迷人的笑，尤其是眼光掠过我时，那眸子里的笑容更让我的心又一阵不争气的跳。不是说她的眼神很有杀伤力，而是那眸子里隐藏着的顽皮。也不知道用"顽皮"这个词来形容准不准确，反正，当时那眼神给我的感觉就是，她正等着看我的笑话。这让我竟然错觉，这个年龄应该已经30岁左右的成熟女人，正准备像个小孩子一样搞点恶作剧，而恶作剧的对象，除了我之外，不可能再有别人。

"镇静、镇静！"我在心里告诫自己，怎么说也是T大队出来的特战精英，死人堆里爬进爬出都不会变一下脸色的大老爷们儿，说什么也得硬撑着，绝不能让眼前这两个不良中年看老子的笑话。只可惜，这世上的事情，往往就是事与愿违，正当我一边故作镇静地抽着烟，一边在心里寻思接下来会遇到什么，怎么应对时，门被轻轻地推开了。

扭头望去，首先映入眼帘的还是凤姐那职业化的迷人微笑，而跟在她身后摇摆着腰肢走进房间的几个身影，让我瞬间明白了他们那坏笑里的意味。余文龙，还有郑建军果然没安好心，他们，他们居然叫了3个女孩子进来陪酒。

从明白他们意图的那一刻起，我就开始紧张。不能不承认这很丢人，好歹我曾经也算是丹商军队里精英中的精英啊，即使面对再强大的敌人也顶多不过深吸两口气罢了，可现在，现在这情况，竟让我有种冒汗的感觉。

郑建军和余文龙倒是驾轻就熟，显然不会是第一次干这种勾当。所以，等凤姐领着那3个女孩子一进门，就立刻各自招呼了一个坐在自己身边，然后，所有的眼睛都盯向了我，让我更是紧张。

"小子，你倒是说话呀！大老爷们儿的，怎么扭扭捏捏的啊？"郑建军搂着他旁边那个年龄足比他小一轮的女孩儿，笑嘻嘻地说道。

这混蛋摆明了是在落井下石，摆明了是要看我的笑话，虽然明知道他们心里的那点心思，可要命的是，我偏偏想不到一个应对反击的办法。难道，就任这两混蛋看老子的笑话？我苦笑，好像我现在能做的，也只剩下苦笑。

正当我支吾着想要对他们说"我不要行不行？"时，凤姐已经把剩下的那个女孩子按在了我右手边的椅子上。然后,她转身施施然走了,临出门前还不忘回过头来对我们嫣然一笑,"几位好好玩啊,要尽兴哦!"

旁边坐着的女孩子让我有种坐立不安的感觉,而郑建军和余文龙却在那儿搂着自己身旁的女孩儿,一脸坏笑地望着我。这让我很是尴尬,恨不得立刻找个地缝钻下去。而更让我受不了的是,这两混蛋还拿言语来挤对我。

郑建军说:"小子,你这样子可不行哦,男人的脸可都被你给丢光了哦!"余文龙则是哈哈大笑,一边笑还一边说什么,"兄弟,咱们可是男人呢,男人就得主动点!"

"主动点"?还要我主动点?那还不如杀了我算了。我哭笑不得,根本就不敢扭过头去瞧身边那个女孩儿一眼,然而,身旁那只有女性身上才有的幽香却毫不客气地钻进了我的鼻孔里,让我不得不靠一个劲儿地猛吃桌上的东西来掩饰心底的尴尬。因此,我的吃相自然不会好看到哪儿去,以致包间内的人都在用诧异的眼神打量着我,尤其是进来陪酒的3位女孩儿,如果不是怕得罪了客人,恐怕早笑出声来了。

不去理会他们的眼神,我只管往自己嘴里塞东西。肚子确实饿了是一个原因,但不知道怎么去应对眼前的尴尬却是最主要的原因。所以,我只好把桌子上那些什么龙虾、大闸蟹、狮子头、鱼翅……全当成了郑建军和余文龙,对了,还得加上陆云巍那家伙。一边使劲咬、使劲嚼的同时,还一边在心里恶毒地想着,我把你们仨全都吃下肚去,然后再拉出来……

郑建军和余文龙还在那儿冲着我乐。我心想,你们两个就乐吧、乐吧,反正我现在就把桌子上这些东西当作你们往肚子里咽了,叫你们捉弄我,老子对付不了还不会装傻啊?想看老子笑话是吧?就让你笑个够,笑死你们两个。至于旁边那个女孩子,现在才没时间搭理她,她乐意坐那就让她坐着吧。再笨的人也能想明白余文龙这家伙找女孩儿陪酒的用意,我可不想一身清白就这稀里糊涂地交代在了这儿。

吃饭的时候,还可以靠往肚子里塞东西来掩饰尴尬,可吃完饭之后,也就是余文龙口中那什么今晚的"重要节目"里,这种暧昧之极的尴尬,却是再也躲不掉的。其实,也有个法子可以躲掉,那就是溜之大吉。只是,郑建军这家伙好像算准了我会开溜一样,硬是和余文龙一起把我押进了一个小单间,而且,这两混蛋居然还从外面上锁。而最最要命的是,被他们锁进单间里的除了我之外,还有吃饭时坐在我旁边的那个女孩子。

"好好享受!"这是门被锁上前,郑建军这混蛋贱笑着对我说的话。然后,整个空间里都浮动着一股子暧昧气息的单间内,就只剩下我和那个女孩子两个人。而这个时候,那女孩子居然开始脱衣服了。

要命,怕什么来什么!这是当时我心里的想法。要知道,我可是个男人,而且还是个相当正常的男人，这一点是毋庸置疑的。而作为男人来说，在这种诱惑面前，恐怕很难有几个人抵抗得住。因此，抵御诱惑最好的办法，就是在事情发生之前把它给扼杀掉。

女孩子很诧异地望着我，不明白我为什么要阻止她继续脱衣服的举动。深吸了一口气，我露出了一个自认为还算自然的微笑。

"就这么待一会儿吧！"我轻轻说道。然后，点着一支烟，一屁股坐到了床边上，心里盘算着怎么应对接下来的情况。

"先生？"她疑惑地问我，声音很轻，很柔，很好听。

转过头去，她的样子让我没来由地一阵心疼。她还很年轻，也就十八九岁的光景。十八九岁，正是花朵一般的年龄呵，这个年龄，她应该在学校里上学，在家里被人宠着、护着，而不是在这种场所工作。

我不是什么手眼通天的人物，更不是万能的"救世主"，所以，我还没有天真到想要把她救出火坑。就像谁曾经说过的那样，"每个人都有自己的生活方式，不管是高贵还是贫贱，他们都在按自己的方式活着"。因此，不要试图凭一己之力去改变别人的生活。就算你有那个能力去改变，人家愿不愿意你去帮他改变还不一定呢。

"就这么待一会儿吧！"冲她微微笑了笑，我说道，只是，这微笑多少有些不自然。不管她现在从事的职业是否卑贱，可她始终是个女孩子，我想，这就是我觉得不自然的原因吧。更何况，我一直都认为，每一个女性都应该值得尊重的，因为她们是孕育生命的人。当然，这些东西只能是在心里想的，我不会把它说出来。虽然，比之以往，我已经改变了不少，但我的天性还是沉默的，对于一个天生沉默的人，话多并不是他的习惯。

于是，在那个晚上，在那个不夜之城——外岛的夜晚，我和一个陌生的女孩子就那么静静地坐着，直到她耐不住困倦睡去，我才长长地松了一口气。不得不承认，对于大多数人来说，外岛这所谓的"花花世界"很是精彩，然而，可惜的是，这样的精彩显然不适合我。

郑建军后来评价我说，那晚我把全天下男人的脸都丢光了。

第六部 杀手生涯

第三十章 走向黑暗

"这个世界上,每一分钟都会有人死,就算你不杀他,他迟早也是会死的。因此,我们所做的,不过是将某些人死亡的时间提前那么一点点而已。"这句话是石榴告诉我的,算是他的座右铭。

石榴是个杀手,是郑建军他们这组织里最厉害的几个杀手之一。说到这个的时候,石榴嗤之以鼻。他说,"杀手就是杀手,只要会杀人就行,没有厉害与不厉害的区别。再厉害的杀手有一天也会被人杀,谁要认为自己很厉害,那么他离死也就不远了。"

见到石榴之前,郑建军曾告诉我,石榴这家伙是个很有意思的人,甚至在脾气方面和我很像。等见到石榴之后,我发现郑建军的话真的一点不假,石榴这家伙,的确很有意思,而且,那臭脾气也蛮对我胃口的。"他是'刺秦'最优秀的杀手!"这是郑建军对石榴的评价。

"刺秦",是郑建军他们这组织的名字,一个超级恐怖的组织。因为,这个组织里的人,全是杀手。在见不得光的地下世界里,"刺秦"是每一个黑夜生物都害怕它的存在。用句俗点的话来说就是,"刺秦"要杀的人,还没有一个能活下来的。

当然,郑建军并没有告诉我这些,他只是问我愿不愿意跟他混。如果不愿意,他现在就可以给我一笔钱,再帮我办一个新的身份,只要不和以前熟悉自己的人联系,绝对可以活得有滋有味。我问他这笔钱有多少,他嘿嘿地笑了笑,伸出了一根手指头。

"十万?"我疑惑地问,见他笑着不答话,又猜测道:"一百万?"他还是笑着不说话,这让我有点迟疑,"不是十万,也不是一百万,难不成还是一千万不成?"

"没错,就是一千万!"这混蛋很得意地笑了笑,"哥哥我也算是你从号子里给捞出来的,也是一起共过患难的人了,一千万,不算多!"见我张大着嘴巴说不出话来,这混蛋还挥着巴掌在我眼前晃了几晃,"兄弟,别摆出这么一副丢人的德性行不?一千万很多吗?难道哥哥我这条命还不值一千万?"

"不是……不是那个意思……"狠狠地吸了两口气,我的发音有点艰难。一千万啊!对于我来说,这是个从来都不敢想象的数字。如果按照我以前在T大队时的工资,要赚够这一千万,下下下辈子恐怕都不行,"一千万啊,是不是……是不是太多了点儿?我……我从来都没见过那么多钱。"

我的反应让郑建军很是满意,这家伙哈哈大笑,眼泪都快笑出来了。"兄弟,你……你这小子!"他很艰难地止住了笑说:"一千万很多吗?对于我来说那也不过是一堆纸罢了。嘿嘿,再多的钱也是用来花的,假如你肯跟着我干,哼哼,钱,那就是用来擦屁股的纸。"

"这钱我不能要!"我摇了摇头,坚决地说道。

"为什么?"他有点诧异地看着我,好像是看到了某种珍稀动物一样。但旋即他又笑了,笑得很开心的那种,"我就知道你小子会拒绝!嘿嘿,你这小子啊,我还真没看错你!"说到这儿的时候,他突然叹了一口气,"可惜啊可惜,你要肯跟着我干该多好!"

余文龙也在旁边说道:"墨尘,你是个人才。我们最缺的就是你这样的人才!"

我苦笑道:"我是'人才'?我能干什么?我都不知道离开了部队我能干什么。"

余文龙说:"是金子到哪儿都会发光。兄弟,你注定不是那种平庸的人,所以,不要想着自己能过普通人的生活。"我问他那我应该过什么样的生活。他却不说话了,只是微笑着望着我。

"还是我来说吧!"郑建军给自己点燃了一根粗大的雪茄,"墨尘,其实,我们应该算是同一类人。"见我疑惑地看着他,他嘿嘿笑了两声,喷出一股浓浓的烟雾,"真的,我们就是同一类人!因为某些原因,我们失去了作为普通人生存下来的本领,或者说,我们再也不能像一个普通人那样普通地活着。所以,我们要想继续在这个世界上生存下去,就只能用自己擅长的手段去换取生存所需要的一切资源。你应该明白我的意思吧?"

"你是说,如果我最擅长的本事是'杀人',那我要想得到生存需要的资源,钱啊什么的,就得继续去'杀人'?"

"差不多就这个意思。"他耸了耸肩膀,笑得很狡猾。

"那是在犯罪!"

"没错,是在犯罪!"余文龙说道,"可是,你看到没有,这个世界上犯罪的人有多少?他们手中有权、有钱,他们靠着自己手中的钱和权犯罪,赚取了更多的利益,可又有谁敢出来指责他们是在犯罪?"

虽然明知道余文龙的话很偏激,很有问题,可我就是找不到合适的理由来反驳他,因为,他所说的,并不是没有道理,而且,这些现象,在这世界上确实存在着,并且为数不少。

"每个人都想活得有个人样,每个人都不愿意被人压得像个孙子一样地活着。可是,在上位者面前,处于下位的人们,还有那些寻常的老百姓,却不得不夹着尾巴生存。文墨尘,你说你能忍受这样的生活吗?你能在自己的亲人、爱人被那些有权有势者欺辱时忍气吞声吗?以你的性格,绝对做不到吧?那你会怎么样?"

我会怎么样?这根本就不需要考虑。如果有人敢欺辱我的亲人、爱人,我绝对会让他们付出更多的代价,不管他是怎样地有权有势,就算拼个鱼死网破,我也会让他们付出代价。于是,我对余文龙说:"是的,我做不到忍气吞声,我会反击,以最残酷的手段反击!"

余文龙说:"我相信你有这个实力反击,因为我们不是普通人。但是,我想问你,既然我们都不是普通人,那为什么还要去遵守那些给普通人制定的规矩?我们是强者,我们凭什么要去遵守别人的规则?我们凭什么就不能将那些规则打破,过自己的生活?只要我们足够的强,就算是犯罪又能怎么样?"

虽然早有心理准备,但余文龙这番话还是让我一阵心惊肉跳。这分明就是强盗逻辑嘛,可不知道为什么,他这番话,却能让我的血液禁不住一阵涌动。我甚至有点怀疑,如果自己不是来这"卧底"的,如果自己真的是个在逃的通缉犯,我很可能就会被他这番话给拉下水。因此,我在心里把对余文龙的警戒又提高了一层,这个戴着金边眼镜,看上去斯斯文文的家伙,骨子里对这社会的不满竟是如此的狂热。而且,他所说的话太能蛊惑人心了,那些看上去并不特别的话语,却能抓住每个人心底都潜在着的叛逆,让人升起一种破坏的欲望,让人在灵魂深处与他共鸣:"为什么要在别人制定的规则下活着?为什么不能过自己的生活?"

他们在打量我,打量我的反应。现在,我可以肯定,他们想把我拉进他们的组织里。从余文龙那狂热的偏激里,我可以猜测到这个组织的可怕。它,不是我所知道的那些恐怖组织,它是彻头彻尾的对这社会规则的颠覆和破坏。所以,它比那些所谓的恐怖组织还要恐怖,超级恐怖!

这样的组织,无论对于哪一个国家都是必须清除其存在的。我想,我现在算是明白陆云巍的苦心了,郑建军他们这组织对于国家的危害实在是太大了,虽然很多人都不知道它的存在,但等它足够的强大,等它网罗到足够多的对国家和社会现状不满的人之后,它将成为黑暗世界里的霸主,甚至能与政府分庭抗礼。而更可怕的是,它在暗处,暗箭永远比明枪来得可怕。

我也是第一次发现,自己还蛮有表演天赋的。等余文龙一番话说完之后,我相当恰当地表现出了自己的"震惊",当然了,本来他那番话就让我很吃惊。只不过,心里所想的和表面上露出来的含义不同罢了。

"墨尘，"郑建军轻轻拍了拍我的肩膀，"好好想想，不用急着给我答案。如果你决定走，我会给你一千万让你舒舒服服地过完下半辈子；如果你想和我们一起干，那就什么也不用说了。"

我本来想问他怎么不怕我泄露他们，但转念一想就觉得自己这想法幼稚得可笑。因为我自己都还是个在逃的通缉犯呢，就算我泄露他们的存在，可又会有几个人相信我？因此，郑建军大可以放心我不会告发他。而且，给我一大笔钱，让我从此衣食无忧，不但可以让我感激他，还可以不用费力气来杀了我灭口。

老狐狸就是老狐狸啊，我在心里暗叹。我敢打赌，要是我不加入他们组织，他们肯定有过杀我灭口的心思，不过，鉴于我曾经表现出来的实力，他们肯定也知道杀我不是那么件容易的事情。所以，用钱来封我的口，显然是最好的办法，毕竟，吃人家的嘴短、拿人家的手软，不是吗？不过，我本身就没想过"走"这问题，老子千辛万苦把你这家伙从监狱里捞出来，背了那么多的黑锅，不就是为了打进你们这组织里吗？想用一千万就把我给打发了，哪有那么便宜的事儿？你们不是想要我加入组织吗？那好，我就加入，反正这本来就是我的目的。不过，既然是演戏，那怎么也得将戏码做足不是？

打定主意，我抬头看向郑建军。见我望着他，这混蛋冲我笑了笑说："决定了吗？是走还是留下？"顿了一顿他又说道："墨尘，说实话，老哥我很少相信一个人，但你很让我看中，我真心希望你能留下来帮我！"

轻轻笑了笑，我说道："怎么突然间这么有感情啊？这可不像你的作风哟！唉！我是不是应该很感动？"

"臭小子！"他笑骂了一句，"你还有心思开玩笑啊？信不信老子现在就揍你一顿？"

我说："好啊，想过招是吧？你要肯付我工资，我天天陪你玩儿。不过，丑话说在前面，到时候可别怪我欺负你，又说我不知道尊老爱幼什么的。"

"我就知道你这臭小子不会让我失望！"从我的话里听出了我的意思，他乐呵呵地使劲儿拍我的肩膀。这让我一时有点迷惑，他高兴的神色不似作伪，难道，他真的很看重我，而不是因为我的本事对他们组织有利用的价值？

"文龙，你去给墨尘准备一下相关的东西，前天不是刚接到个任务吗，让墨尘先去练练手。嗯，对了，把石榴那小子叫回来，让他带带墨尘。"

余文龙应了一声，笑着对我说了句"欢迎加入强者的殿堂！"之后，便去完成郑建军交代的事情。偌大的屋子里，就只剩下我和郑建军两个人，我看着郑建军，等着他给我解释。

郑建军说："我知道你现在有很多疑问，不要着急，你会慢慢了解的。还有啊，不要怨我说,刚来就让你出任务。虽然你和我很熟,但你毕竟是新人,需要通过执行任务来得到大家的认可。现在,我唯一可以告诉你的是,我们这个组织的名字叫'刺秦',正如文龙所说的那样,这里是'强者的殿堂','刺秦',不需要弱者。"最后他说,"明天你就能见到石榴,他是'刺秦'里最优秀的杀手之一。"

就这样,我认识了石榴,这个在"刺秦"里,传说排名第三的顶级杀手。

郑建军交给我的任务很简单,就是杀一个人。只不过呢,这个人杀起来有点麻烦,因为他有很多保镖。那家伙是个富豪,在郑建军给我的资料里,这位身价不菲的富豪还喜欢做些善事,也就是说,他还有一个身份是"慈善家"。

石榴对这位"慈善家"的评语很精辟——"披着羊皮的狼"。他说:"像这些大富豪们,有几个发家时没干过见不得人的勾当?只不过呢,现在有钱了,当然得做点善事给自己赚点好名声。他真要是媒体上吹的那么好,是个富有爱心的大慈善家,进出还带那么多保镖干什么?不就是怕有人找他寻仇吗?"

我说:"也有可能是他怕被人抢劫、胁持、绑架什么的呢?"石榴又一次嗤之以鼻道:"好歹外岛也是法治社会,治安条件相对来说还是不错的。有几个笨蛋敢不开眼地去绑架一个大慈善家?那不是自己给自己找不自在么?就算真担心这些,有两个保镖在身边也就够了,犯得着这样兴师动众,一出门就是十几二十号人跟着么?知道的呢,还会说这是大慈善家某某,不知道的还以为是黑社会大哥呢。"

我苦笑,我觉得石榴这家伙应该改个名字叫"石头"比较合适,而且,还应该是茅坑里的石头,又臭又硬的那种。也难怪郑建军会说他和我很像了,就这脾气,还真对我胃口。

整个任务我几乎都没出手,基本上是石榴做,我只是全程陪同观看。石榴说:"杀人的方法有很多种,我们自然要选最轻松、最省劲儿的那种。总之,杀手杀人,要的是结果而不是过程。所以,只要能完成任务,什么卑鄙下流的手段都可以用。"

"杀人是门艺术",这话是石榴告诉我的。这让我觉得石榴这家伙的心态很有问题,能把杀人当作"艺术"的家伙,不是心理变态那是什么?大概是猜到了我心里的想法,石榴说:"你是不是觉得我很'变态'?嘿嘿,没关系,反正你又不是第一个这么说我的人。我变态吗?当然不,我比大多数人都要正常。至少,我不会像刚才这位'慈善家'一样,有钱没地方花跑去跟人玩'女王与奴隶'的游戏。嘿嘿,像条狗一样趴在地上被一个妓女用鞭子抽,这要不叫变态,我石榴出门就被车撞死!"

我彻底无语了,因为我亲眼看见了他所说的那能让我把隔夜饭都吐出来的恶心场景。一个大男人,穿着黑色的皮质三角裤,像条狗一样在地上爬来爬去,被一个穿着暴露皮衣皮裙的女人拿根大鞭子抽的时候，还拼命挣扎着去舔那女人的脚趾，而更恶心的是，这混蛋居然还表现出一副很爽的样子。这哪是变态啊，简直就是变异了！

所以，石榴直接用那条鞭子将那位"慈善家"给勒断了气。他说："就这变态，我用刀子抹他喉咙那是对我刀子的侮辱！要是用手拧断他脖子，我回去之后还得洗手。他不是喜欢被鞭子抽么？那就用这鞭子来结果他算了，保证他会很喜欢的。"于是，那位出门都有一大堆保镖护着的"慈善家"，就这么被一条刚刚抽得他很舒坦的皮鞭勒死了，而那个被打晕了的妓女，等她醒过来的时候，看到自己的主顾居然已经变成了一具僵硬的尸体时，恐怕会在第一时间逃之夭夭。

我和石榴用一个硬币打赌，赌的就是那个妓女在醒来后的第一件事情是做什么。石榴说："按照一般人的心理来说，那个女人肯定大喊大叫。"所以，他就赌那个女人会大喊大叫。我说："那好，如果那女人醒来后的第一反应是大喊大叫，那么这一个硬币就归你，如果不是，那就归我。"

"成交！很不好意思地告诉你，这个硬币肯定是我的了！"石榴自信满满地说。

"那可就不一定了，我们要不要留个东西在这儿看看？"我不以为然地回道。

"那就装个摄像头在这儿，省得你小子输了不服气！"石榴得意地说。

于是，我们就在屋子里隐蔽的角落安装了一个摄像头，镜头正好对着那个昏倒在地的女人，然后，我们静悄悄地开溜了。

也活该这个"慈善家"喜欢玩这种恶心变态的调调，不然，要杀他还真得费点儿工夫，毕竟那么多保镖也不是拿来当摆设的。所以说他是活该呢，因为老板要玩这种变态游戏，保镖们当然就得躲远一点儿，不然，老板的丑态被自己不小心看到了，饭碗还想不想要了？盯了这混蛋三天，原本还计划着分一下工对付那些保镖的，谁知道他竟然跑到这鬼地方来玩这游戏，而且还把自己的保镖支得远远的。

收工之后，我和石榴就溜到楼下的房间里等着看我们这一个硬币赌局的结果。"慈善家"的保镖们就待在我们这房间的隔壁，恐怕，他们打破了脑袋也不会想到，杀他们老板的人，与他们的距离就只有一墙之隔吧。

两个小时后，那个扮演"女王"的妓女终于醒了过来，而她醒来后做的第一件事情，则让石榴差点没跳起来骂娘。因为那女人醒来之后的第一反应，既不是大喊大叫，也不是逃之夭夭，而是摸自己仍旧有些疼痛的后脑。这样的反应自然让石榴感到有些难以接受，不情不愿地将那一个硬币扔给我时，嘴里面还不停地咕哝着什么，"你小子，大大的狡猾……"

这是郑建军交给我的第一个任务，用石榴的话来说就是，这样的垃圾任务，实在不应该让他来做。当我问他那应该让谁来做时,这家伙嘿嘿一笑,"谁来做?当然就是你这种刚进门的菜鸟啊!"

"我是菜鸟?"虽然明知道他这话玩笑成分比较大,但我仍然还是忍不住小小地郁闷了一下。好歹我也是曾经的特战精英,有着"冷血杀手"之称的王牌狙击手啊,这家伙居然敢笑话我是"菜鸟",不找回点面子来怎么成?

于是我说道:"你不是说'杀人是门艺术'吗?我看你今天也没'艺术'到哪儿去啊?"

"就他?就那变态?还配享受老子的艺术?"石榴的嗓门一下子高了好几度,"老子没剁了他喂狗就算不错了!"

"把人剁了喂狗也是你的'艺术'?"我继续挑衅。

"林凡你这混蛋别拿言语来挤对我啊,下次我就让你见识见识什么叫'杀人的艺术'!"石榴斜了我一眼,有些气急败坏的样子。

这让我有些奇怪,按石榴这家伙的性格,他是不可能被我两句话搞生气的,而且,就算是生气,他也不会在言语上表现出来。所以说他在性格上和我很像呢,因为我们这类人一般不会为一些小事生气,而一旦生起气来,那后果将相当于一座突然间爆发的沉默火山,属于相当可怕的那种。所以,我觉得他现在这气急败坏的样子有点奇怪,很可能是被那个变态给刺激的吧,我在心里面帮他找解释。没办法,随便找个心态正常的人看到那种场面都会觉得恶心,更何况我们这种大男子主义一向都比较重的爷们儿呢?

石榴说的"林凡"就是我,这是我现在的名字。在余文龙通过他的渠道给我办的新身份证上,我就叫林凡。当我拿到这个可以在外岛证明我是合法居民地位的证件时,我忍不住苦笑,"文墨尘"这三个字,将在很长一段时间离我很遥远、很遥远。"文墨尘",那是个在公安部挂了名的危险通缉犯,而林凡,不过是一个普普通通的外岛居民。至少,在可以查到的资料上,林凡这个人,就是一个普通得不能再普通的平民百姓。

郑建军说:"有个合法的身份,会好办事得多,至少不用再像以前那样成天躲躲藏藏地过日子。"说到这儿的时候,我们想到了逃亡的那段日子,那种成日里都提心吊胆的感觉,的确不好受。

"墨尘,啊!不对,从现在开始你叫'林凡'了。"郑建军在我的肩膀上轻轻拍了两拍,"放心吧,从现在开始,那种日子不会再有了。我知道你忘不掉过去,忘不掉你那段军旅的岁月,忘不掉你那些至亲至爱的人。但是,兄弟,你要记住,那些都属于'文墨尘',而不是现在的你——林凡!所以,把关于'文墨尘'的一切都埋藏在心底吧。你放心,在这里,没有人会去揭你心底的伤疤,如果有人敢这样做,你可以杀了他!"

"我会的，你放心吧。从今天开始，曾经的'文墨尘'已经死了。站在你面前的这个人叫林凡，土生土长的外岛人林凡。"我故作轻松地说。

"我相信你能做好，"郑建军笑着说道，"按'刺秦'的规矩，每个新人要入门都必须完成三次任务，等三次任务都完成后，'北斗'会给出对你的评估，到时候，会根据你的表现安排你的职务。林凡，我相信，你不会让我失望的！"

现在，我已经算是完成了一个任务了，虽然那变态的家伙不是我杀的，但按照惯例，这个任务也算是我完成的。那么，我还剩下两个任务要做，也就是说，我至少还得杀两个人。

下一个目标会是谁呢？郑建军所说的将对我进行评估的"北斗"又是谁呢？它是一个人，还是"刺秦"内又一个组织？郑建军他会不会也是其中的一个呢？而我，在通过这种以杀人为内容的入门考核之后，又会被怎样安排呢？这一切，都在我心里打下了一个个的问号。

而至于下一个目标会是谁，他是好人还是坏人，是高官还是巨富，反而不那么重要了。因为，不管他是谁，我都得杀了他。现在，我就是个杀手，一个叫"林凡"的杀手，杀手的任务，就是杀人。

第三十一章　投名纳状

石榴说："每一个杀手杀人，都有自己的特点。有的喜欢下毒、有的喜欢用枪打心脏，还有的喜欢爆头。而他最喜欢的，是用刀子给目标来一个华丽的抹喉。"他比画了一下接着说："当锋利的刀刃飞快地拉过人体柔嫩的脖颈，你能感受到刀刃切开动脉和气管时，那种摧枯拉朽般的快感。然后，是从那细窄狭长的刀口中喷溅而出的血花，以及徒劳缩张着的肺部从断裂的气管所发出的'哧哧'声。"他看了看我的表情，继续嘚瑟道："每当这个时候，每当一个猎物倒在自己的刀锋下，看着人体因为神经传递的延迟而短暂抽搐时，都有种完成了一件艺术品般的畅快感，所以，杀人这种血淋淋的行当，对于我来说，就是一种艺术。"

在完成第二个任务的时候，我总算见识到了石榴所谓的"杀人的艺术"。不得不承认，这混蛋还真把杀人这项工作当作了艺术来做。我也杀过人，不过都是一枪爆头的杀法。石榴不无夸张地说："你们简直就是一群不懂什么叫美、什么叫艺术的莽夫，动不动就一枪把人的头给打成一个碎西瓜，实在是太血腥、太暴力了，简直就是暴殄天物！"他更自恋地说："一个优秀的杀手，就要像一个真正的绅士一样，举手投足之间都要充满美感和教养，要让人在优雅和愉悦的艺术中走向生命的终结。"

我的第二个任务同样还是杀人，不过，这次的目标换成了一个黑社会头子。黑社会因为这样或那样的原因和利益纠结到了一起，组成了法律限定之外的非法组织。记得武侠小说里有这么一句话，叫作"有人的地方就有江湖"。那个时候的江湖人，不管他是正是邪、是好是坏，大多都有自己的帮派。当然，还有一些比较有个性的家伙喜欢跑单帮，玩点洒脱，因此，这类人就成为了游侠。我记得武侠小说里都喜欢把江湖中的帮派分为白道和黑道，从现在的角度来解释，所谓白道，应该就是政府承认他们结社的组织，而黑道呢，放到如今来说，那就应该是黑社会了。

对于黑社会这东西，我向来没什么好感，甚至说有点憎恶。

我和石榴谈自己对黑社会的看法，这家伙再一次的嗤之以鼻。他说："'黑社会'算个什么东西？"

我故意试探地打趣道："你现在不是跟着郑建军在混吗？咱们好像也属于不能见光的那种啊，比黑社会还不能见光的，我们算什么？"

石榴很认真地想了想说："我们嘛！应该是黑社会中的黑社会，地下世界的王者。因此，我们自然不能和那些小混混们一般见识，那会掉自己身价的。"

这话让我一阵苦笑，这家伙，还真会抬高自己啊。"地下世界的王者"，仅仅这个头衔，就足以证明"刺秦"的可怕，而最可怕的是，这世界上没有几个人知道它的存在。

石榴自信地说："除了少数的中间人知道'刺秦'的存在外，其他知道的人，都已经成了永远都不可能再开口的尸体。毕竟我们都是见不得光的嘛，当然是越少人知道越好了。既然有人知道了不该知道的东西，那我们只好想办法让他们闭嘴了，而死人对于保密来说，那是最安全的，因为他不可能再开口说话。"

杀掉那个黑帮头头儿，用了我们两天的时间。我们花了47个小时来跟踪，在最后1个小时里，仅用了3秒钟就将这个黑帮头头儿了结在了他情妇的床上。

石榴给我展示了他的杀人艺术，那个绝对不辜负"华丽"这个头衔的抹喉。我们花了10分钟成功地潜进这个黑帮头头儿用来金屋藏娇的小别墅。这和我以前经常干的渗透差不多，不过，石榴这家伙用的手段的确很下流，因为他居然用了迷香来对付那些负责保护自己老大的小喽啰。石榴的解释是，"我们是杀手，所以，没必要把自己的力气放在无关紧要的人身上，还是那句话，'只要能完成任务，用什么手段都可以'。"

我故作不解地问他，"用迷香这是不是也算杀人艺术的一部分？"他摇摇头说："当然不是，这是艺术的衬托，就好比鲜花和牛屎的关系是一样的。鲜花是给人看的，所以要足够美丽，牛屎是用来给鲜花提供营养的，臭点难看点都无所谓。杀人是门艺术，但那只是用在杀人身上，别的时候，咱们粗俗下流点没关系。"

他这不知道算不算得上理论的瞎掰，让我一阵哭笑不得。于是，我问他是什么学历，这家伙嘿嘿地笑了两声，表情不大自在，问我"问这个干吗？"，他这样子反倒引起了我的好奇，于是我开始追问，拗不过我，他只好支支吾吾地说道："高中，"后面又小声地补充了一句，"没毕业。"最后又补充道："不许笑啊！"

"哦！"我轻轻地点头，一脸严肃的样子，可心里面却已经笑翻了。这混蛋，我还以为他动不动就讲出那么一套"杀人是门艺术"的歪论有多高的学历呢，原来连我都还不如，至少我还有个中专文凭在那儿放着吧。不过，我却更加怀疑他这套理论是从哪儿"偷"来的了，有机会得好好问问他。

整个任务又一次是他动手，我在一边看。不过，摸进那个黑帮头头儿和他情妇的房间时，场面很是尴尬，因为那家伙正在床上和他情妇卿卿我我。石榴的刀子抹过那黑帮头头儿的脖子时，那家伙还保持着赤身裸体的状态。

大概是泡了个澡，蒸了下桑拿真的把晦气去掉了的缘故，我入门的最后一个任务虽然麻烦了点儿，但总算是没碰到那种恶心倒胃的场面，而这一次，石榴没有跟我抢，是我自己动的手。用石榴这家伙的话说就是，"跟了两次了，也该学到点本人的皮毛了，是该出师的时候了。"

这次任务的地点是在赌城。郑建军给我的资料里，这个叫贾清廉的家伙是丹商某省的一个地级市市长，打着招商考察的名义跑到赌场里豪赌。郑建军没有告诉我为什么要杀他，当然，他也没那个必要告诉我。因为我只是"刺秦"的一个杀手，只需要执行上面的命令就行了。

其实，要杀这么一个连起码的防备都没有的小官是很简单的事情，只是，他一天到晚都窝在赌场里面，而赌场这地方的戒备一向比较森严，更何况，这家伙居然奢侈到在贵宾区赌博，贵宾区的防备比起大厅来说，自然高的不止一个档次。这多少给我的任务增加了些难度，让我不得不客串一回赌徒的角色。

每一个赌博的高手都精于计算，用他们的视觉、听觉甚至是嗅觉去感知赌桌上每一个细小的动作，然后，再进行计算，计算对方手中抓的是什么牌，计算桌面上剩下的会是什么牌……同时，他们也是玩心理战的高手。他们之间的对弈，在多数时候，是在心理上打败对手，其次才是看手中牌的好坏。因此，心理素质的强与弱，便成为了每一个赌徒赌技好坏最明显的区分。其实，这就和狙击手之间的对决差不多吧，只有在心理上战胜了对手，才有可能扣动扳机一击必杀。

我不会赌钱，连扑克牌都打不好，但是我同样精于计算，我的心理承受能力绝对够强。与赌博的高手们一样，每一个优秀的狙击手都必须精于计算。在相当短暂的时间内，测出目标距离、风速、气温、空气的湿度以及目标的运动速度等，然后再极快地换算成射击所需的诸元，表尺的装定量和纠偏量等等，只有精确的计算，才能决定能否成功地一击必杀。

因此，要客串一回赌徒，虽然挑战不小，但应该还是没问题的。反正我们只是装装样子，又不是真的跑过去甩开膀子跟人对赌。更何况，石榴这家伙还是属于那种"万精油"型的人物，临进赌场前，还可以给我恶补一下赌场上的常识和规矩。当然，高深的赌术别指望这一时半会儿就能学会。再说了，从石榴身上也学不到什么高深的东西，因为，他跟人赌博，从来都没有赢的时候，包括那天晚上输给我的一个硬币在内。

石榴问我看过关于赌博的电影没有，我说"看过"。他说："那好，今天我们就多看两遍。"我问他："你的赌术该不会就是从片子里学的吧？"他很是得意地晃了两下脑袋说："那当然。你看，我很聪明吧，光看电影都能学会赌博。哈哈！"

我苦笑道："是挺聪明的，难怪你逢赌必输，连跟我打一个硬币的赌都会输。"他立刻反驳道："谁告诉你我逢赌必输的？我也有赢的时候。"我满脸鄙夷地说："那你告诉我你什么时候赢过啊？"他嘿嘿地笑了两声，很不好意思的样子，他说：有一次他和一兄弟打赌，赌他晚上打麻将绝对会输，那兄弟不相信，就跟他赌了……结果呢，不用说也知道他打麻将输得很惨。

他这也能叫赢？除了再次苦笑外，我连说话的力气都没了。于是，我们俩就猫在屋子里猛看电影。

石榴说，咱们的准备工作还应该再做充分点，于是他又在网上下载了一大堆关于赌博的电影，足足让我看了一个白天。

等到晚上的时候，石榴把自己打扮成了一副有钱没地方花的富家公子模样，派头十足地走进了这家大型赌场。而我呢，自然只能是拎着一个小皮箱跟在后面充当跟班。对于这样的安排，石榴的解释是："小子，论气质，你显然不能和英俊潇洒的石榴哥哥比，所以，给我当跟班，一点都不埋汰你。"而我给他的回答，是一个大大的白眼外加一记老拳。

目标在二楼的贵宾区，在那里面进行赌博的人，基本上都属于那种一掷千金的类型，因此，我们要想进去的话，就必须得装腔作势，摆出一副不屑在大厅里小赌小闹的德性。

对于这种喜欢一掷千金的豪客，赌场自然是绝对欢迎的。因为这些人才是赌场收入来源的大头，不说别的，光是他们打赏给服务生的小费，就能让贵宾区的每一个服务人员笑到肚子痛了。

因此，一进赌场，我们就直接往二楼的贵宾区走去。不得不承认，石榴这家伙装腔作势的本事的确够绝。身上穿的是全套的名牌服装，两手往裤兜里一插，叼着一根雪茄，眼睛望着天，大刺刺地从一群还没回过神来的服务人员面前走进了贵宾区的大门。而等那些服务生、保安什么的终于醒过神来，发现自己还没有检查刚才那位拽得跟二五八万似的富家公子的贵宾卡时，我们两个已经混进了贵宾大厅的人群里。

目光迅速地在这装饰豪华奢侈的大厅里扫视了一圈，今晚的猎物映入了我的眼帘。那个叫贾清廉的家伙正在一张桌子上与人玩"梭哈"，或许是今天他的手气很顺，所以，身前堆了一大堆的筹码。

石榴满脸鄙视地说："看不出来啊，这家伙还挺会享受的！你看，他怀里抱着的那女孩子都可以叫他爸爸了。"

苦涩地笑了笑，我不知道该怎么回答石榴的话。从拿到这老家伙的资料，知道他的名字叫贾清廉开始，石榴就没有停止过他的嘲笑。他说："这家伙的名字取得还真是形象啊，贾清廉、假清廉，也难怪他一个小小的市长都能跑到赌城这地方来豪赌了。"末了他还说，"这几年我还真见识了不少丹商的官员，一个个……"见我的脸色不大好看，这家伙摇头晃脑地叹着气道，"算了算了，不说了，看你小子那德性，我又没说错啊，你拉着一张脸干什么？要怪就只能怪那些官员自己不争气，摆着副苦瓜脸给我看干什么？我又没拿着刀子逼他们贪污腐败……"

"行了，别苦笑了！"石榴轻轻撞了撞我的肩膀，"按计划行事，记得，杀人是艺术，艺术啊！"

心里鄙视了石榴数秒，我们开始在赌场内装作漫无目的的瞎逛。石榴这家伙把个败家二世祖赌徒的形象发挥得很不错，拿着换来的筹码一会儿跟人赌"色子"，一会儿又跑去玩轮盘，反正哪儿热闹就往哪儿凑。而做这一切的目的，就是为了降低大厅内的保安和监控人员对突然闯进来的我们的警觉。

大厅里有不少保安，虽然他们都是一副黑马甲、白衬衣、黑领结的服务生打扮，但耳朵里戴着的耳麦以及相对来说彪悍的体格告诉人们，他们不是普通的服务生。大厅的各个角落还装有摄像头，有明有暗，足够监控整个大厅内的任何一个角落。因此，要想成功地杀死目标并安全地撤离，的确需要点技巧，用石榴的话来说，那就是艺术。

我没有石榴那么多乱七八糟的杀人理论，也天生没有多少叫作"艺术"的细胞。我曾经是个战士，是个狙击手，虽然我对石榴那应该算得上变态的杀人是门艺术的论调不太感冒，但我同样精通暗杀。是暗杀，而不是战斗。战斗可以轰轰烈烈、惊天动地，但暗杀不行。既然是暗杀，那一切都只能在暗中进行，要静悄悄地来、静悄悄地走，即要把一颗石子投进湖面，还不能惊起一丝的涟漪。也许，这真的算得上是门艺术吧。

几乎把大厅内所有的赌桌都转了一遍后，我和石榴又凑到了贾清廉跟人玩"梭哈"的桌子边上。然后，装出一副很随意的样子绕着贾清廉所在的赌桌晃了一圈。我们在每一个座位后面都会停上几秒钟，让人以为我们是那种闲得无聊到处看热闹的家伙。赌场里这种看热闹的人很多，所以，不会引起别人的注意。在贾清廉的身后停留时，我将一粒药片弹进了贾清廉的酒杯里。从弹出药片，到药片彻底溶进那金黄色的液体里，整个过程没有超过0.3秒，我相信，没有人会注意到这个小小的细节，就算是摄像头刚好对着这里也不会被发现，我对自己的速度绝对有信心。

停上几秒钟后，我们又晃到了下一个位置。这期间，我和石榴连一个眼神都没有交换，因为那不需要，我们也没有刻意地去观察贾清廉有没有喝那杯加了料的酒，因为，那同样不需要。

等我们绕着这张桌子转了一圈，石榴摆出副没劲的表情往另一张赌"色子"的桌子晃过去时，我眼角的余光发现贾清廉已经喝下了那杯酒。

"成功！"我在石榴身后轻轻地说道，足够让他听见。

他低声嘟囔了一句，"你小子的命真好，这么轻松就搞定了。"然后他一把抓过了我手上拎着的箱子，"活干完了，现在，开始HAPPY吧！豹子啊！我来啦！"

这混蛋，望着石榴拎着皮箱几乎是冲进赌桌的背影，我无奈地苦笑。那个叫贾清廉的家伙现在不用管他了，因为他死定了。"刺秦"秘制的毒药，潜伏期可以随需要而调整。送给贾清廉的这颗，我把时间设定在8小时之后，那个时候，这混蛋肯定正搂着女人睡得正香，只可惜，他这一睡，就永远别想再起来了。

这是我第一次以杀手这个身份杀人，而且，用的还是下毒这样龌龊的手段。这是艺术吗？我不知道。我只知道石榴这家伙今天晚上肯定又会输个精光。

石榴正在赌桌边上"大啊大，小啊小，豹子啊豹子……"疯子一样的大呼小叫，他现在这副样子，哪还有一点艺术可言？无奈地叹了口气，我站在一旁静静地等着他输光光走人。一边看我还一边在心里想，好在我身上还留了点钱，不然，我们今晚怕是只能走路回宾馆了。

第三十二章　杀手不冷

"'刺秦'不是普通的杀手组织"，这句话是石榴告诉我的。那么，"刺秦"到底是个什么样的杀手组织呢？它到底又是怎么一个不普通法呢？石榴没有告诉我，郑建军也没有告诉我，他们只是跟我说，"这些东西，慢慢你就会知道的。"

"慢慢就会知道的"，这"慢慢"需要多长的时间？几个月？一年？几年？甚至是更久？我不知道。但有一点我是可以肯定的，我不想做一个职业杀手，我来这里是有任务的，我不想长时间地待在这里，我迫切地想着回到那座熟悉的大山里去，虽然，这个希望很渺茫。

掐着指头数一数，从越狱逃亡到现在，已经三个月了吧，这期间我从未与陆云巍联系过，因为他早就告诉过我，在没有彻底摸清这个组织的底细前，不要与他进行任何联系。这样做的原因很简单，就是为了避免我的暴露。要知道，世界上任何一个组织，对于"卧底"的清洗，都是毫不留情的。我们谁都不想因为一个微小环节上的不注意，而导致这根沉默的枪刺折戟。

现在，完成了三个入门任务后，我也算是交够了投名状，正式入伙了。也就是在这时，我见到了"青龙"，今后我的直属上级。单看表象，你很难相信，这个衣着得体、笑容和蔼，宛如一个商界成功人士的中年大叔，居然会是一个杀手组织的头目。

又一个"人不可貌相"啊！我在心里没来由地感慨。自打混上了郑建军这艘贼船，形形色色的人接触下来，就越发觉得老祖宗们传下来的这句古训，实在是再精辟不过了。所以，我自然不会再露出什么诧异的神情，而是点点头，侧过身，很平静地把他让进了屋内。毕竟，如今的我，不也算是这"不可貌相"中的一员么？

"林凡，我今天来的目的，想必'天枢'已经跟你说过了吧？"没有过多的客套，他直接进入了正题。我点了点头，算是回应。见我点头，他接着往下说道："现在，你算是组织的正式成员了，而且，还是我'青龙'麾下的'东方七宿'，所以，有些事情，还有组织内的一些规矩，我这个'灵官'，有必要事先跟你好好交代一番……"

"刺秦"内部的等级职务划分很森严，大体分成了"北斗""四灵"以及"二十八宿"三个层次。"北斗"属于组织的高层，"四灵"则是中层的管理者，而"二十八宿"，不用说也知道是最底层的杀手了。也就是说，作为东方七宿之一的"尾宿"成员，我的上面还有一个叫作"青龙"的"灵官"负责管理我们。而"北斗"对于我们来说，那是遥不可及的存在，更不用说代表"刺秦"最高层的领袖人物"北极星"了。这是我现在对"刺秦"最详细的了解，而显然的，这些东西，对于我所背负的那个任务来说，根本就没有任何作用。

我曾问过郑建军他属于哪一个层次，这家伙这次倒挺诚实，他告诉我：他是"北斗七星"中的"天枢"。对于星象，我的所知有限，但是在星图当中，作为离北极星最近的一颗星，我可以猜测到他在"刺秦"里的重要性。因此，他为什么会被关进那个专门用来关押军队重犯的军事监狱也可以理解了，至少，我还想象不到，在丹商，还有哪个用来关押囚犯的地方，会比军事监狱更保密、更安全。

"青龙"还给我讲了一大堆组织内部的规矩，然而我一句都没听进去。我现在只想了解这"刺秦"内部的机构组织及其各自职能分工，于是就找来石榴进行解答。因此，经由他之口，我才真正算得上对自己"卧底"的这个杀手组织，有了一个较为直观和全面的了解。

"刺秦"内部的组织架构或者说分级，是按诸天星象进行排列的。其中，以"北极星"居首，其下是"天枢""天璇""天玑""天权""玉衡""开阳""摇光"七位"星君"。而郑建军这老狐狸，就是这"北斗七星"里，位列第一的"天枢"。"北斗"之下，则是"四灵"。"四灵"，即古神话中的"青龙""白虎""玄武""朱雀"四大神兽，通常的叫法是"四象"，也有称之为"四兽""四维""四方神"的。

所谓"四象"，指的就是二十八个星群，在天穹的四个方向上，组合而成的图像。其中"角、亢、氐、房、心、尾、箕"七宿，位于星区之东，所构成的图像似龙，于是就叫"东方青龙"，抑或"苍龙"；"奎、娄、胃、昴、毕、觜、参"七宿处于天穹之西，状若大猫，故称"西方白虎"；"斗、牛、女、虚、危、室、壁"七宿在北，其形如龟，是为"北方玄武"；剩下的"井、鬼、柳、星、张、翼、轸"七宿，则在天幕之南组成了一只凤凰形状，所以被称作"南方朱雀"。

四大"灵官"，以及麾下各自所属的"七宿"，又各自有着不同的分工：其中，"青龙""白虎"主杀，不过一个是对外，一个是对内。简言之，就是一个是业务部门，另一个是纪检部门；"玄武"取其沉稳不动如山之意，整个"刺秦"的内政、后勤乃至人事，都在其管控之中；"朱雀"灵动，来去如风，主司情报的搜集整理。

若单论人数，所有直接或间接为"朱雀堂"干活儿的人，其余的三个堂加起来，估计都比不过它的零头。而若是陆云巍他们要动手清除"刺秦"，首要的目标，恐怕就是打掉"朱雀"这个"刺秦"的眼睛和耳朵。

如此说来，我最应该去的地方是"朱雀堂"才是。奈何，以我的性格和能力来说，"刺秦"里适合我待的地方，除了当下所在"青龙"的"青龙堂"外，便只剩下一个"白虎堂"了。显然，郑建军还是很会知人善任的。我现在在"刺秦"里的身份，不能算太高，按照"刺秦"的等级划分方法，我属于"东方青龙"下，"二十八宿"里"尾宿"中的一员。

至于为什么是把我放在"青龙堂"而不是"白虎堂"，石榴又给我讲了个关于"刺秦"内部的八卦，传闻郑建军和余文龙两人，与"北斗"中的另两位——"开阳"和"摇光"不太和睦，而"白虎堂"，则刚好又是这两位星君的地头。

这又应了那句"有人的地方就有江湖"的老话。不过，想想这也很正常，不管是什么样的团体，也不管它成立之初有多齐心协力，随着时间的推移，总会有人因为兴趣、爱好、性格、共同的利益诉求等原因，而各自抱拢成团，形成一个个的小团体。再然后，内斗和内耗，就会无可避免地产生。"刺秦"这个组织，显然也未能幸免这一人类社会的必然规律。

石榴告诉我这些八卦也是好意，毕竟我身上打着明显的"郑系"标签。"摇光"一派的人，或许不敢公然对我怎么样，但下绊子、穿小鞋之类的事情，一旦有机会，他们铁定是不会放过的。所以，他这也是在提醒我，别一个不注意，踩进了别人挖的坑里边儿。

说到底，虽然有郑建军这一层关系在，但我终归还只是个没什么根脚的新人。若真是不小心掉进了人家设计的坑里边儿，再被人拿制度之类的说事儿，怕是会堵得郑建军他们像吃了苍蝇一样恶心。

不得不说，石榴这提醒对我来说很及时，不但能让我小心地避开一些不必要的麻烦，还让我了解到了"刺秦"高层不合这一重要讯息。我下意识地觉得，这条信息，对于我要完成的任务来说，应该能派上很大的用场。

只是，怎么利用这一点，一时半会儿，我也想不出什么好法子来。毕竟，我还只是一个刚刚入门的新人而已。"终归会有办法的吧！"默默在心里叹了口气，我用这句连自己都不太确定的话，暂时终止了继续虐待脑细胞的打算。

"我说林凡，你不至于吧，这就被吓着了？"见我郁着脸半天不再开腔，石榴这家伙摆出了一副很是吃惊的样子，歪着脑袋盯着我瞅个不停。

"没有没有，就是觉得信息量太大，有点儿烦琐一时难以理清头绪……"悻悻地瞪了他一眼，又轻轻摇了摇头，略带索然地叹了口气。

或许是以为我是在为组织里这些上不得台面的事情闹心吧，他没再调笑，反倒是安慰我说："好啦，其实也没啥大不了的。你啊，就当这里是个业务比较特殊的公司就行了。'北极星'是董事长，从不露面，属于只闻其名、不见其人的那种。'北斗'那七位，就是董事会里的高层，执行董事或CEO什么的。然后，四位'灵官'就是各种部长之类的高管。至于咱们这些二十八宿里的人，就是业务员、办事员之类的小喽啰。你想想看，哪个公司里的业务员不是靠跑单子、拿提成过活的？咱们'青龙堂'的伙计，每个人也要靠跑单子、拿酬金吃饭，这不是业务员又是啥？所以啊，咱们'青龙堂'的人，只要做好上面派下来的单子就行了。再说了，新人没'人权'知道不？你以前不是当兵的吗？新兵蛋子，哪有不被老兵欺负折腾的？你就是真到一家公司去上班，人家那些老人，不也一样拿新来的不当人看？这种事儿，哪儿都少不了，到哪儿都一样。"

我转过头，半带玩笑地斜眼看着他问道："怎么，听你这话，难不成以前也被欺负过？"他的表情室了室，然后就冲我翻起了白眼："我说你这人吧，怎么回事？会不会聊天啊？你这样会没朋友的知道吗？"

看他一副气急的样子，我忍不住想继续逗他一下，于是，很平静地反问他说："'杀手是不需要朋友的，除了自己之外，谁都不能信。尤其是，要提防那种，看起来像是你朋友的家伙。'我没记错的话，这话还是你跟我说的吧？"

"你小子！……"他指着我，愤嘶着气，恨恨地咬牙切齿，"属狗的吧你？那句话是怎么说的，狗咬什么来着？老子那是给你这菜鸟传授经验，免得你将来被人卖了，还在帮卖你的家伙数钱好不？真是气死老子了！你别说话了啊，今天你石榴爷爷不想理你了！"

不得不承认，石榴这家伙，就和郑建军给他的评价一样，"是个相当有意思的家伙"。他的一些论调，虽说听起来很有些问题，但不能不说还是有那么一点道理。记得他带着我的那段时间，见我成天都很闷，一副生人勿进的样子，就摆出一副过来人的姿态，语重心长地跟我说什么"杀手应该时刻对任何事物都保持警惕和怀疑，但这并不代表杀手就不能有朋友。"他说，"就好比我们两个吧，算起来你跟我混也不是一天两天了，我石榴亏待过你没有？你老实告诉我，我够不够朋友？"

当我刚点头承认说，"没错，你很够朋友！"谁知道这家伙又突然冒出来一句大相径庭的话来，"作为一个老资格的杀手，我不得不提醒你：除了自己之外，杀手不应该相信任何人，尤其是那种似乎是你朋友的家伙。所以，一个真正的杀手，是不需要朋友的！"

而现在，我这么说，无异于拿他自己说的话，来打他自个儿的脸，也难怪他会急眼了。细想想，他刚才说的还真没错，我这么个聊天法，还真是很容易会变得没朋友的。

于是，我也就没了继续跟他斗嘴的兴致。两个人都干坐着不说话，气氛变得很冷、很闷。显然，石榴这跳脱的性子，忍受不了这种沉闷。于是，这原本嚷嚷今天不想理我的家伙，又选择性地"忘记"了自己刚才所说的话，问我说："林凡，你读书比我多，应该知道那句话吧？"

203

"嗯？哪句？"我有些奇怪地看着他，不紧不慢地问道。

"就刚刚我说的那句啊，'狗咬什么来着？'"

这家伙……我有些无奈地摇了摇头，觉得有点儿想笑。"你就想让我承认自己是属狗的，'狗咬吕洞宾，不识好人心'是吧？不好意思，我真不属狗，我属猪。"

估计是发现没把我绕进去，他挠了挠头皮，呵呵地傻乐。于是，我没好气地冷笑说："就算我真属狗，可我也没看出您石榴大爷哪点儿像好人啊？您要真是好人，那还骗那个女孩子做啥？"

虽然这句话刚出口我就觉得不妥，说得有些过了，但却已经收不回来了。还没来得及道歉，他就已经像头被激怒的狮子一样蹦了起来，"谁说我骗她了？"大概是触到了他的痛角，他大声地冲我吼道，恶狠狠的，那气急败坏的样子，一点儿都没有作假，"我是真心喜欢她明白不？真心喜欢！算了，跟你这木头说不明白。杀手也是人，杀手也是人知道不？"

"对不起！"轻轻地道了声歉后，我又选择了沉默。不是我不想多解释几句，解释自己要表达的并不是那个意思，是在顺着他的话开玩笑，只是，这玩笑开得很失败……

之所以不解释，是因为他刚才那一通吼叫，让我突然想到了自己。他以为我不明白，可事实上我很明白他心里的想法，更明白他的顾虑。其实，他现在这样子，和当年T大队的我差不了多少吧？不对，他至少比我强一点儿，因为他还能经常去看那个女孩子。对，是他去看那个女孩儿，而那个女孩儿却看不到他，因为，那个长得很文静、很清秀的女孩子，是个盲人。

知道这个女孩子的存在，是在我和石榴执行完我的最后一次入门任务之后。或许，是这一段时间的接触下来，他觉得我这个人，是个值得信赖的人吧，所以在有一天，石榴突然问我能不能陪他去看一个人，没有说什么，我直接去车库把车子给开了出来。然后，石榴带着我去到了那僻静的小巷，一个在喧嚣都市里难得安静的所在。

按门铃的时候，我居然发现石榴这家伙的手在发抖，而且，呼吸也明显加快了不少。这让我很是惊奇，要知道，他可是"刺秦"里排名第三的金牌杀手啊，因此，紧张这种情绪，按理说是绝对不应该出现在他身上才对。而等到对话器里传来清脆悦耳的询问声时，我禁不住偷笑，也明白了石榴紧张的源头。原来，这混蛋是来看心上人的啊。

石榴对着对话器轻轻说了声"是我"，对话器里头，那个女孩儿的声音立刻就变得兴奋起来，"是石榴哥哥吗？是你吗？"

"是的……是我……"石榴的声音因为紧张而变得颤抖。我想，我现在算是明白这家伙为什么要一而再、再而三地跟我强调什么"杀手也是人"了，原来，是因为这小子有喜欢的人了。

不一会儿，门内传来了细碎的脚步声，好像还有什么东西被碰倒的声音。我当时还在心里纳闷，纳闷这个女孩子至于激动成这样子吗？然而，等门打开之后，我不禁为自己刚才那点无聊的想法感到深深的惭愧。这是个美丽的女孩儿，美丽到令人心颤，令人忍不住想要用一生来呵护。可是，命运有时候偏偏就是如此的不公平，它给了这个女孩儿如此美丽的容颜，却偏偏让她一出生就带上了不能弥补的缺憾。她是个盲人，先天性的双目失明，尽管她拥有一双大大的眼睛，可那眸子里，却映照不出任何光线。

女孩儿很热情，摸索着要去给我们倒茶。自然的，这被石榴温柔而又坚决地阻止了。从她脸上幸福的笑容里，我能看出，她很喜欢石榴。虽然，她看不见石榴的样子，看不到石榴注视着她时，那脸上温柔、怜爱的笑容，但我相信，她的心能感受到，感受到石榴对她的呵护和爱，因为，她手指下跃动着的琴声，能让每一个人都听懂，她现在很高兴、很开心。

突然间，我有种想流泪的感觉，我已经多少年没有这样的感觉了。我曾以为自己早已经不会再流泪，可现在我发现我错了，原来，我还是会被感动，还是会因为他与她给我带来的感动而热泪盈眶。

从那个女孩儿家出来之后，石榴问我可不可以答应他一件事情。我知道他想要说什么，他想要对我说的是：如果他有一天不在了，我能不能帮他照顾这个叫芊芊的女孩儿。

我摇头说："不，我可没时间来帮你照顾她，所以，你小子必须得好好活着，就算是为她，你也得好好活着，哪怕是像条狗一样的活着。"

石榴突然搂住了我的肩膀，他极其认真地说："林凡，我就知道我不会看错人。虽然你现在成天跟块木头没什么区别，但我知道你够朋友，绝对够朋友！"

"谁跟你是朋友？"我一把推开了他，面无表情地说道。见他一脸错愕的样子，心里忍不住又一阵好笑。只是，这次的笑意太强烈了，以至我没能把它彻底藏住，一不小心就从脸上给露了出来。

"林凡，你敢耍我？"看到我的笑容，石榴总算明白我是在跟他开玩笑，立刻就捏着拳头要冲过来揍我。于是，两个大男人就在这条僻静的小巷内打成了一团，拳来脚往的好不畅快。

等打累了，两个人衣衫不整地靠在墙上一边呼呼喘气，一边对望着哈哈大笑时，我才突然发现，我已经很久没像现在这样开心了。自从我答应陆云巍接受这个该死的任务之后，像刚才这种在T大队时经常与战友之间的打闹，就再也不曾出现过，直至刚才的那一刻。

205

第三十三章　海外奇刺

花都，与丹商隔着一个大洋，远在另一个大陆的文明古都。这里有全世界最贵、最出名的香水，也有价值不菲的洋酒，还有与丹商不同的异国气息。尤其是夜晚的花都，在璀璨灯光的映照下，宛如一个身着华丽晚装的贵妇，浪漫、高贵而又典雅。

只可惜，这一切都与我无关。虽然我置身其中，行走在她的街头，但无论是她的浪漫还是美丽，都与我无关。作为一个杀手，在执行任务时，唯一与他相关的东西，便是杀人。

我已经盯了那个目标三天了，今天晚上，便是动手的时候。

也许是听到了什么风声的缘故，这个家伙增强了对自己的防卫。石榴说得没错，如今这个世界，钱就是好东西，有了钱，你就可以干很多事情。他还打了一个很混蛋的比方，他说："就比如说在花都这个地方，只要你有钱，你可以天天喝那种差不多与黄金等价的红酒，还可以奢侈到用香水来洗澡，甚至还可以去某些高级的俱乐部品味世界各国的美女。总之，只要你出得起钱，那几乎就没有办不到的事情。"

但是，我的回答却让他丧失了继续海吹的欲望，我对他说："即使你有再多的钱，芊芊也不能复明。"石榴愤恨地回道："你小子说话怎么就这么残忍呢？怎么老喜欢戳人的痛处啊？"

"我残忍吗？我不觉得。我只不过是想告诉你一个道理罢了：诚然，钱是个好东西，有了钱，你可以做许多没钱时想做却又做不到的事情，但是，这并不代表有了钱就能拥有一切。毕竟，有些东西，即使花再多的钱，也是买不到的。"

石榴曾说过，他带芊芊去看过最好的眼科医生，但医生的回答比我刚才说的话还要残忍。医生说："她的眼睛没有复明的可能，就算是给她换一双眼睛，她仍然看不到任何东西。"并且那医生居然还很白痴地在石榴面前摇着头说什么，"可惜啊，多漂亮的女孩子……"

石榴说当时他真有杀了那医生的冲动，只是，在芊芊面前，他不敢。他说，芊芊一直都认为，他是上天恩赐给她的天使，是上天送给她心灵的阳光。她不知道自己的天使长什么样，但她熟悉这个天使的声音以及他的味道。她不知道自己的天使是做什么的，但她相信，自己的石榴哥哥，是全天下最好的人。爱屋及乌，石榴的朋友，也就是唯一被石榴带着去看她的我，在她心里，也肯定是好人。

她喜欢音乐，因为音乐是门高尚的艺术，她对石榴说："音乐不需要看见，因为它是用心去感受的，它可以洗涤一个人的心灵，升华一个人的灵魂。"她说，"这就是艺术的力量。"

艺术有力量吗？我不知道。音乐是否可以洗涤人的心灵、升华人的灵魂，我也不知道。我不懂艺术，石榴这连高中都没毕业的人同样不懂艺术，虽然他成天都把"杀人是门艺术"这句话挂在嘴边，但我知道，他其实跟我一样是个粗俗不堪的家伙。因为，只要是搞艺术的人，不管他们的穿着打扮如何，他们的身上总有点艺术的气质在里头。而石榴呢？很可惜，他跟我一样，身上没有那种叫作艺术的细胞。我现在总算是明白他那些当得上混账这两个字"杀人是门艺术"的论调是从哪儿学来的了，这家伙，他盗用了芊芊的话。

杀手没有朋友，只有合作的伙伴。杀手也是人，而是人都会有弱点。毫无疑问，芊芊，就是石榴的弱点。因此，作为一个杀手，是不应该把自己的弱点暴露出来的。

我问过石榴，问他为什么会带着我去看芊芊，难道，他就不怕有那么一天，我们会站在对立面吗？

见我这么问他，他静静地看了我好一会儿，然后才说："我相信自己看人的眼光，我相信你！因为，我觉得，你是我可以信赖的朋友。我也相信，就算有天我们真的会站在敌人的立场上，你也不会用芊芊来威胁我。而且，只要我们不背叛组织，这一天永远都不会发生，不是吗？别告诉我你想这么干啊？我可不想杀自己的朋友！"

我承认，就算我再怎么不择手段，也不会将这些用在芊芊那样美丽善良的女孩儿身上。但是，我加入"刺秦"的目的，不就是为了消灭它么？我在心里苦笑：石榴，我们本身就是势不两立的敌人啊！不过，你放心，我不会伤害芊芊的，不但不会伤害她，相反，只要我还活着，我就会好好地保护她。

无奈地摇头笑笑，自己怎么会突然想起石榴呢？本来，这任务的难度很高，上面是安排我和石榴两个人一起完成的，我负责狙击，石榴则负责近身刺杀，远近结合，相当于双保险。但就在昨天，我们突然收到"青龙"传来的消息，让石榴立刻赶往别处。急切间，又找不到合适的人手来替代他，故而这次的任务，就只好由我一个人进行下去了。

我不确定，石榴突然被调走这事情，背后是不是有什么阴谋在里头。如果真有的话，那就只能说明一个问题，我这个"郑系"的新人，已经被某些人盯上了，被他们当成了向郑建军发难，抑或是试探他这个"天枢"忍耐底线的棋子。

若真是如此，那组织在这边的所有资源，不管是情报、还是后勤支援，恐怕我都不能去依靠和相信。因为，我无法确定，他们会不会给我挖个坑，然后等着我往里跳。

所以，在这异国异乡，现在能依靠和相信的，只有我自己。而眼下，如何独自完成这单任务,才是我迫切需要考虑的东西。无论是作为一个名杀手也好,还是一个跑单的业务员也罢,倘若连本职的事情都做不好,那就更没资格去跟领导们讲条件了。

更何况,作为一个"卧底"来说,"刺秦"内部的窝里斗,不应该是我乐见其成的事情吗?只是,若双方争斗的战场搁在了自个儿身上,怕是换谁也乐不起来了吧?

不过,转念一想,这于我来说,未尝不同样是个难得的机会。这个世界,终归还是凭实力说话的。若是这次任务失败了,那些人自然可以用种种理由,向郑建军发难。可若是我成功了,那他们不但没机会借此找麻烦,反倒得重新审视一下我的实力。然后,自然心生警惕忌惮,不敢再随便下绊子。说不定,还会琢磨,是不是有收买拉拢我的可能。当然,这些都是后话。当务之急,自然还是怎么将目标干掉,了结这项任务。

目标是个从沙漠地区来到花都的石油商,用富得流油来形容也毫不为过。人们常说,越是有钱有势的人,就越怕死,他们贪恋金钱和权势给他们带来的利益,这是人性的通病。所以,这个家伙自然也不会例外。他有钱,除了用那些"黑色黄金"换来的钞票让自己享受奢侈的生活外,还可以请足够多的保镖来护卫自己的安全。比如说现在,保护他的人,除了自己从沙漠地区带来的保镖外,还多出来了一队雇佣兵。有一点忘了说了,花都这个地方,因为某些特殊的原因,她在享有浪漫之都美誉的同时,还是全世界雇佣兵的天堂。

雇佣兵,这是人们对这些战争掮客的俗称。他们是一群靠战争为生的动物,以各种军事或准军事行动作为自己赚钱的途径,同样是一群只求达到目的而不择手段的家伙。由于他们每天几乎都在生与死的边缘徘徊,因此,他们对于危险有着灵敏的嗅觉。尤其是那些知名的雇佣兵组织内的雇佣兵,比如曾经和我们交过手的老牌雇佣兵组织"地狱火",西洲的"十字军""骑士"以及在某段时期风头强劲的"狼群"等等,其成员几乎都是各国特种部队的退役人员,战斗力强悍不说,在经验上更是丰富。因此,雇佣兵,绝对要比那些保镖难对付得多。

很不幸,目标请来保护他的雇佣兵,正是"骑士"的人。不过还好,"骑士"只派了三个人过来,虽然会费点工夫,但我相信自己有能力独自完成这个任务。

这个富得流油,同时也肥得流油的胖子很会享受,他在花都的别墅就位于河边,当得上风景如画这四个字。不过,我很怀疑,这个每天都在高级红灯区倚红偎翠的家伙,他有多少品味来欣赏河畔的美景。

我没打算在他住的别墅里杀他,那无疑是自己给自己找不自在。先不说这片别墅区的安保措施十分严密,就是他那足够一个加强排人数的保镖以及三个"骑士"的雇佣兵也足够我喝一壶的了。所以,我的计划是在他每天必去的那家高级俱乐部的路上下手,我是狙击手出身,当然要选最适合我的方法来做事,至于石榴那些什么狗屁杀人艺术,我可没打算学习。抹喉,虽然华丽和潇洒,但我却更喜欢在隐蔽的角落给猎物来个绚烂的爆头。

午夜,多姿多彩的夜生活正在每一个城市精彩地进行着。

趴在一栋建筑的楼顶,久违的淡绿色视野静静地呈现在我的眼前。目标还没来,因为这家伙很没时间观念,虽然他每个晚上都会来这里玩乐,但从来都没有个确定的时间。没办法,谁叫这人富得流油,德性却跟个暴发户没什么区别呢?谁叫他是来自那个最没时间观念的沙漠呢?

腕表上的数字跳到了午夜1点,久候的目标终于出现了。

"饱汉不知饿汉饥。"在心里咕哝了一句,十字线开始慢慢地跟随进入视线的车队。

最前面打头的是一辆纯黑色的汽车,防弹的那种。车队中间的那辆便是目标的座驾。虽然这"暴发户"品味不高,但排场倒是做得十足的。我突然有点喜欢这家伙了,要不是他这么喜欢讲排场炫耀自己,我要完成这任务,恐怕还有点难度,毕竟,他那些保镖不是吃素的,更不用说那三个打仗都打油了的雇佣兵了。

车队缓缓地在这家高级俱乐部的门前停下。第一辆车与最后一辆车上的保镖们先一步下车构成警戒线,紧接着,倒数第二辆车上走下来了三个人,从他们身上散发出来的气息,我可以肯定,他们,就是那三个"骑士"。

不知道是出于职业的习惯,还是每个从战场回来的人对于危险那超强的直觉,靠着我这边的那个雇佣兵迈出车门的第一时间,锐利的目光便射向了我藏身的楼顶。

"果然是高手!"我在心里暗叹。只有经过无数次战火考验的战士,才能在第一时间内准确地找到对自己最具威胁的位置。显然,在这一点上,他们做得非常好。他们是高手,他们经验丰富,他们是从无数次的残酷战斗中生存下来的精锐战士,而我,同样也是。

我相信他们能感觉到今晚有危险的存在,不过,这没关系,因为我早就做好了安排。

轻轻地转动枪口,将黑色的十字线牢牢地印在中间车辆的后座玻璃上,我的目标就在里面,现在,我要等的,是一场好戏的上演。

"有钱不但能使鬼推磨,甚至还能让磨推鬼。"不知道从什么时候起,这句话已经成为了当今社会颠扑不破的"真理"。只要你出得起钱,只要你不是要摘天上的星星月亮,那么,很多事情,基本上你都能如愿以偿。就比如说,我即将要杀死的这个像暴发户一样的石油商,就需要我花钱去准备一些事情。因为担心被"刺秦"内的某些人下套,故而,我不得不自掏腰包来准备一些需要的东西。

说实话,如果没有那三个"骑士"的突然加入,我觉得自己其实不用额外花这冤枉钱的。

然而，现实就是这样的无奈。真要怪的话，就只能怪那个该死的暴发户钱多得没处花，居然能想到请雇佣兵来保护他这个不着调的主意。所以，我只能安慰自己说：但愿，任务完成后，郑建军能给我报销这笔经费。

虽然一辆车再加上一个自动驾驶系统的价钱不是很昂贵，但这里毕竟是花都，时间上又挺紧，举目无亲的我，靠自己能找到这么一家专门改装汽车的作坊，就已经是件很不容易的事了。至于被人家宰一刀什么的，也在预料之中，心理上，勉强可以接受。

轻轻按动手中的遥控器，早已停放在路边的改装车开始起步，然后开始加速，在高速旋转的马达驱动下，直直地冲向了那辆目标车。

雇佣兵们的反应很迅速，保镖们的速度也不慢。负责警戒的保镖以及佣兵们在发现异常的瞬间，便已掏出枪向那辆疯狂扑来的改装车射击，同时，立刻招呼还在目标车内的"暴发户"赶快下车躲避。

等的就是现在！淡绿色的视野下，等候已久的目标一脸惊惶地打开了车门，那张堆满了肥肉的脸，在象征死亡的十字线下，是如此的清晰。

扳机扣动，熟悉的枪机运动声让我感到一股久违了的亲切。然后，是击针与底火清脆的撞击，再然后，是枪身兴奋的颤动，以及微弱的鸣叫声中，那一朵绽放开来的绚烂血花。

任务完成！漫长的准备和等待，就是为了这必杀的一枪。猫着腰迅速地离开潜伏位置，我开始将已完成使命的枪支分解、丢弃。就算那些佣兵和保镖的速度再快，他们要上到这楼顶，至少也得半分钟的时间。半分钟，足够我从容的离开。

从花都回来之后，除了一笔相当丰厚的酬劳外，我还会得到一个不短的假期。在跨国航班上昏昏欲睡的时候我就在想，要不要去找郑建军问问石榴突然被调走这件事。古话不是说"不怕贼偷，就怕贼惦记"吗？

我可不想下次再接单子的时候，又出现类似的情况。但转念一想，又觉得这样直截了当地问，是不是有些不妥。也许，"青龙"把石榴调走，确实是有事情必须他去办呢？也许，只是我自己心里太阴暗，想多了呢？于是，我便犹豫了。

航班顺利地在外岛国际机场着陆了，可让我万万没想到的是，刚出航站楼，就看到郑建军的汽车停在航站出口。而斜靠在车门上等我的，居然是本堂的老大——"青龙"。

"小子，不错，没让我们失望！"青龙乐呵呵地迎了上来，很是热情地当胸搡了我一拳。

不等我发问，他就一把揽住我的肩膀，将我往车上拖。"知道你有问题要问，"将我按到副驾驶位置上之后，他脸上的笑容也收了起来，"不过别急，坐了这么久飞机也挺累人的。你先养养神，等会儿，自然会给你个交代。"

已经坐上驾驶位，正朝身上系安全带的他，见我一副欲言又止的样子，又抬起手做了个"打住"的手势。"听我的，先别说话。闭上眼睛休息一会儿，等到了地方，我再叫你。"

看样子，就算我犟着脾气问他，他也是什么都不会说的了。无可奈何地摇了摇头，又自嘲似地苦笑了一下。我将整个人的重心都扔在了椅背上，索性真的就眯起了眼睛。

这些天来，说心里不紧张，显然是骗人的。毫不夸张地说，直到飞机落地，双脚踏在了外岛的土地上，胸膛里那颗一直悬着的心，才算是真正落到了实处。

第三十四章　初见"朱雀"

一个多小时后，当我睁开眼时，车子已经开进了郑建军位于山上的那幢别墅。

"走吧，傻站着干吗呢？进去啊，都在里面等着你呢！""青龙"脸上依旧是笑眯眯的，见我下了车后，却站在车子旁边不挪脚，呵呵一笑，朝着屋子偏了偏脑袋，示意我进去。

"哦！好！"下意识地应了声，我抬脚往屋里走去。

其实，刚才愣了一下子，我脑子里如电影般闪过的，竟是那种黑帮片里常见的情节：行家法、三刀六洞什么的。通常来说，干这种事，应该选的是诸如废弃的厂房、破旧的仓库什么的。于是，我就走神了，忍不住在想，郑建军选自己住的地方来干这种事情，是不是太煞风景了点儿？

被女佣引到客厅之后，我才发现自己想多了。没有什么"行家法"，更没有什么"三刀六洞"。客厅里的沙发上，郑建军和余文龙正老神在在地坐着喝茶。唯一有点儿不同的，大概就是这喝茶的人里头，多了一个女人——很漂亮的女人。

我贫瘠的词汇，无法去形容那种漂亮。只是觉得，那一袭红裙只是在沙发里慵懒地斜靠着，这整间屋子，所有的光线都自然而然地汇聚到了她的身上。光彩夺目，令人不敢直视。偏偏，只要看上一眼，却又不再舍得挪开眼睛。大概，那些书上所说的"尤物"，指的就是她这样的吧。

大抵是察觉到了我的目光，她那双原本飘忽着没有焦距的眸子，立刻就朝我这边飘了过来。只是那么轻轻的一个斜睨，我就听见自己胸膛里那颗心，不争气地快速弹动了几下。慌忙移开视线的同时，脸颊上微热的感觉，让我不由得暗骂自己没出息。

又不是没见过长得好看的女人？至于么？可实际上，我却很清楚，刚才那种被惊艳到的感觉，做不得假。

这是我第一次见到"朱雀"，"刺秦"内主管着庞大信息情报部门的首脑。也是在见到她之后，我才真正相信，原来，"红颜祸水""祸国殃民"这些成语，并非来自古时穷酸文人的杜撰，而是，有些女人，真的能美到那个程度。

"回来啦？站那干吗，快过来，过来坐！"郑建军的招呼声，间接地化解了我心里的尴尬。等我将目光转向他时，才发现他已经从坐着的沙发里站了起来，正冲我招手。而他的脸上，此刻已经浮起了毫不作伪的笑容。

余文龙立刻就从沙发里蹿了起来，三两步走到了我的跟前，抓着我的肩膀，一边用力地拍着，一边上下左右"啧啧啧"的好一阵打量。相比郑建军这老狐狸的沉稳，年轻的余文龙，显然要活跃许多。

估计是拍够了也看够了，余文龙就将我往沙发那边拖。然后，把我往前一推，跟献宝似的摆在了郑建军面前，"大哥，你看，我没说错吧，这小子，准行！"

老实说，那一刻，我心里是有股子莫名的感动的。对于一个有家却不知何时才能回的游子来说，这种被人关心且信任的感觉，真的是能让一个人觉得，心里头热烫热烫的。

"这就是那个跟你一起越狱的小家伙？"略带沙哑的嗓音响起，明明不似绝大多数女声那般清脆入耳，动听若银铃，却偏偏糯软得似乎能侵进骨子里，让人一听见这声音，连骨头似乎都跟着软了下去。

"可不就是！"郑建军微笑着没说话，搭腔的是余文龙，"咋样？'朱雀'，咱这兄弟厉害吧？一表人才咱就不说了，关键是身手了得啊！你想想，他这入门才多久，一个A+级的任务，硬是只凭自个儿就给完成了，连组织里的人手和资源都不用……"

"呵呵，不是不用，而是不敢用吧？"余文龙的话还没说话，就被她一句戏谑的"呵呵"给堵了回去。

本来，余文龙在那吹嘘我的时候，我还觉得挺不好意思来着。可当我发现，这个女人一句话就能让余文龙讪笑着说不出话，还不敢出言反驳的时候，我就知道，这位"朱雀"堂主，恐怕不仅仅只是长得"祸国殃民"那么简单了。

要知道，作为"天上人间"的常客，余文龙这货，可是游戏花丛的老手了。换句话说就是，从来都只有他占女人便宜的，何尝在女人身上吃过鳖？

不过，再转念一想，也是啊，一个女人，还是个漂亮到了极致的女人，若是光凭身材长相，自身没两把刷子的话，又怎么可能成为"刺秦"这一杀手组织的一堂之主？

只是,她这个主管情报工作的"灵官",在这里做什么呢?总不会是向郑建军和余文龙这两位"星君"汇报工作吧?莫非……还是跟花都那件事有关系?

果然,郑建军的开口,证实了我心里一直以来的猜测。这老狐狸先是哈哈地笑了两声,算是给陷入尴尬中的难兄难弟打个圆场,然后开口说道:"小'朱雀',你说你要看看人,现在我这兄弟你也见到了。怎么样,值得上你手头一个'星官'吧?"

哦,忘了说了,"星官",就是二十八宿中,每一宿的主管。硬要扯个级别的话,应该相当于一个科室的科长之类的吧。而由于情报信息工作的重要性和特殊性,"朱雀"手下七宿的"星官"手头的权力,相比其他三堂,又要更大一些。甚至,还有直接跟"北斗"这个董事会高层汇报联络的特权。

"还行吧!马马虎虎,顶多也就看着不招人厌。"她撇了撇嘴,突然又"嗯哼"了一声,斜倚着沙发的身子舒展着,伸了一个慵懒的懒腰。一瞬间,魔鬼般的身材,在厅里几个大老爷们儿眼前展露无遗,风情万种。甚至,我都能听见,紧挨着我的余文龙,下意识地吞咽唾沫的声响。而我自己,似乎也没好到哪儿去,体内一股子莫名的火气,让我干渴得只想喝水。

遗憾的是,这一切的始作俑者,似乎压根儿都不在意自己所带来的影响。"就这样吧!"说着,她站了起来,对于几个大老爷们的样子视若无睹,"我'朱雀'既然答应了的事,自然会做到!'天枢'你放心,不会让这小家伙白受委屈的!"

留下这句话后,她就走了。从我身前经过的时候,不知出于何种目的,她居然还扭头看了我一眼。视线对上的瞬间,她的嘴角勾起了一抹意味不明的笑。

嘲讽、蔑视、挑衅、诱惑?都像,又都不像。总之,那眼神给我的感觉,不是一个女人在看一个男人,反而如同一位女王般,俯瞰苍生。说不定,我觉得意味不明的笑容,于她而言,仅仅只是顺便看上一眼而已。

鼻端依稀还能嗅到幽幽的香气,可那一袭火红,却早已摇曳着消失于门外。

"这妖精,可算是走了!"良久,我听见余文龙近乎解脱般的牢骚,而后,一屁股将自己摔进了沙发里,再才发出一声长长的,仿佛呼吸都得到了自由的长叹。

这个不知道该算是前奏还是插曲的"朱雀"离开后,郑建军、余文龙,还有"青龙",三位领导级的人物加上我这个小业务员,转场到了郑建军的书房。

显然,郑建军要说正事了。这老狐狸首先是把我一顿好夸,"这次的任务你完成得很出色,也很有创意,不愧是世界第一陆军里培养出来的特战精英,做起事来,不仅让人放心,更让人省心!"笑了笑又说,"我也是真没想到,你这个刚入行的新人,居然真能仅靠自己就完成这么一个A+级的任务,实在是难得的人才啊!"

我知道，他这是在真心的夸我，只是，他这样的夸奖，却只能让我在心里无奈的苦笑。

我这个世界第一陆军里培养出来的特战精英、王牌狙击手，如今，却沦落到了当杀手的地步，虽然，这不是我的本意，真实的情况也不是这样，但我现在是杀手却是不可否认的事实。曾经的军中精英，如今却是以杀人为生的杀手，这身份上的巨大变化，让我怎么可能不苦笑？

然后，就进入了正题，也就是石榴突然被调走这件事情。经由郑建军之口，我总算是清楚了整件事情的始末。严格来说，倒也不算是针对我所设的局，我这么一个刚入行的新人，还没重要到专门对我设局的地步。

说白了，人家只是顺手为之。而顺手做这件事的，就是那位"朱雀"手下的一名"星官"。一名组织的叛徒，前"青龙七宿"中"角宿"里的一个杀手被他们发现已经投靠了其他组织。

对于任何一个组织来说，叛徒，都绝对是零容忍的。原本，处理这种事情的，是"白虎堂"职司。可事实上，真要出现了叛徒，各大堂口基本都是内部解决的。真正要劳驾到"白虎"的时候并不多。至于原因，无他，觉得丢脸而已。

照理说，这位"星官"也是好意。毕竟他没把发现叛徒的消息通知"白虎"，反而是先告诉给了"青龙"。让"青龙堂"可以自行清理门户，以免被"白虎堂"给压了一头。故而，在得到消息后，"青龙"才立刻把石榴给调了过去。因为，那个叛徒曾是排在"角宿"里的高手，还有其他势力庇护。所以，也只有派石榴这种金字招牌出马，才能镇得住场子，找得回面子。

当然，这么大的事情，"青龙"不可能不告诉郑建军这个"青龙堂"的幕后大佬。而这老狐狸，立刻就发现了蹊跷。"北斗"里有七位执董，争权夺利这种戏码，自然不会少。当然，更少不了彼此向对方手下的势力里掺沙子。

而那位看似好心的"星官"，被郑建军掺进"摇光"一方的沙子，最近才得知是早已投靠了"摇光"一派的人。

对方的人，怎么可能安好心？这里头，肯定有阴谋。要么是针对石榴，要么就是针对我。而针对石榴的话，先不说石榴本身就是组织里的"天字第三号"金牌，光凭石榴这么多年攒下来的人脉，他们恐怕都得掂量掂量。更何况，清理门户这种事情，对于任何一个组织来说，都是上纲上线极端严肃的事件。谁若是敢拿这种事来做文章，设局打击异己，只怕异己没打击成，自己反倒成了众矢之的。

所以，"摇光"他们要设计的对象，自然就只剩我这个新人了。这个杀手失败了没关系，反正组织有的是厉害的业务员。至于我这个失了手的家伙，是死是活，压根儿就不放在人家心上。而顺手干这么点儿龌龊事，说白了，就是想恶心一下郑建军而已。若是能由此打击一下郑建军在"刺秦"中的威信，稍微动摇点儿他的地位，那就更好了。谁叫我这个新来的，是郑建军的人呢？谁叫我点儿背，刚好就遇上了呢？

郑建军让"青龙"直接从机场把我接过来，无非就是准备安慰一下我。虽然，他没明说，可我大致也能猜到，他这位"刺秦"董事会里排名第一的人物，显然是跟那位"情报部长"达成了什么协议，做了某种利益交换。而"朱雀"手下那名"星官"，显然就要成为这次事件的"替罪羊"了。这样一来，既可以避免派系之间的直接冲突，维持着表面和平的同时，又能给对方敲敲警钟，不动声色地告诉他们，"不好意思，这一局，我方小胜。"至于那名"星官"，下场就不用明说了，总之，人间蒸发，就应该是他最后的结局了。

然而，我的直觉却告诉我，"朱雀"那样的女人，肯定不是个轻易就会妥协的主儿。说不定，因为这事儿，我已经算是把她给开罪了。毕竟，再怎么说，那也是她手底下的人。虽然，她不能拿郑建军他们如何，但若是要拿我撒气，穿穿小鞋什么的，只要不是原则性的问题，就算我把状告到郑建军这，换来的恐怕也只是一声无可奈何的苦笑以及聊胜于无、诸如"不要和女人家计较"之类的安慰。

整个事情说完，外面的天已经全黑了。郑建军便留了我和"青龙"吃晚饭，说就当给我接风洗尘了。要搁以往，余文龙这厮肯定又会嚷嚷，"那咋行，怎么也得到'天上人间'开个豪包，再喊上一打漂亮小妞。"还会说什么，"这小子现如今也算身揣巨款了，不狠狠宰他一顿哪儿行？"

可今天，这家伙却安静得紧。老老实实的扒拉着饭碗，连酒都不怎么喝。他这一反常态的表现，再结合先前他在"朱雀"面前的反应，让我极度怀疑，这厮是不是在那女人手上吃过不小的亏，以致留下后遗症了。要真是如此的话，对于那位尤物一般的美丽女人，我这心里的警惕，怕是得再调高一个档次才行。

心里想着这些，再美味的佳肴，也会变得味同嚼蜡。所以，这顿接风宴结束得很快。

告别郑建军出来的时候，他笑着使劲儿拍了拍我的肩膀，"别多想！不管遇到什么事儿，别忘了，你身后还有我这个当大哥的顶着。接下来的假期，好好安排，想去哪儿就去哪儿。要是钱不够，就给我打电话。去吧！人这一辈子，很短的，所以，能让自己过得舒服点儿的时候，就别强逼着自个儿苦熬！"

默默点了点头后，我坐上了"青龙"的车，他会把我送回我租住的那栋公寓。当然了，不再是郑建军那台，而是他自己的车。

一路上，"青龙"跟我说，"这单任务的酬劳已经打进了你的账户里，而且，你要求报

215

销的那笔经费也在里面。"说到这个的时候,他忍不住笑了起来。他说,"林凡,你这小子可真有意思。你知不知道,你小子可是组织里第一个要求报销行动经费的。你难道不知道每一次任务的酬劳足够你花天酒地上很长一段时间么?当然了,鉴于事出有因,'天枢'也点了头,所以,这报销我就批准了。接下来嘛,就像刚才'天枢'跟你说的,揣着这笔钱,该潇洒就潇洒去。正所谓'人生得意须尽欢'啊,好好玩吧,赚了钱不好好享受,怎么对得起自己的辛苦?不过,要记得将手机24小时开机,我可不想在需要你的时候却找不着你。"

"记住了,'人生得意须尽欢'啊!"将我放在公寓的大门前,这家伙冲我挥了挥手,然后一打方向盘,哈哈大笑着走了。笑得很贱也很暧昧,白瞎了他那一副"好修养的成功人士"的外皮。

"'人生得意须尽欢'?"他这话里的意思再明显不过了。男人啊……望着这混蛋离去的车影,我无奈地摇了摇头,哭笑不得。也难怪女人们爱说男人有钱就变坏了,这可怨不得谁,要怨就怨荷包里有了点银子的男人们管不住自己的裤腰带。

可说实话,这该死的"卧底"任务一天不结束,我哪又真正能"尽欢"得起来?

第三十五章　宿缘执海

接下来的日子,我突然发现自己过得很无聊。很久以前吧,久到还在那大山中的营房里的时候。战友们之间的日常神侃、愿望什么的,排最前两位的,一是哪天能睡觉睡到自然醒,不用大半夜被内卫哨从被窝里拉起来站岗;二嘛自然就是有钱,有多得数不清、花不完的钱。

而现在呢,我可以赖床上一整天都不起来,账户里头的钱,虽然还没去查,可真要换成现金一张张数的话,真能把两只手数到抽筋。

要知道,这趟花都之行,上面光定金就付给了我100万元,按照我花钱的习惯,这100万元我这一辈子也用不完。

可为什么,明明当初的愿望,现在已经满足了,我却一点儿都高兴不起来呢?

睡觉睡到自然醒,数钱数到手抽筋,这是让多少人做梦都能笑醒的美事?要是再有个上得厅堂、下得厨房,温柔贴心的媳妇儿,那对一个男人来说,这辈子就算完美了吧?所谓的幸福,莫过于此了吧?

可是……想到这里,我的心没来由地抽搐了一下,疼得我差点喘不过气来。从我入狱起到现在,已经有大半年了吧。这大半年的时间里,我都下意识地回避着,不让自己想起过去的事情。因为,对于我挚爱的亲人们,我的心里有着深深的愧疚。

在监狱的时候,我忙着去接近郑建军,忙着跟他小心翼翼地玩心机,忙着思量怎么越狱;从监狱里逃出来之后,我们忙着逃亡,忙着躲避追捕,忙着逃出升天;而到了外岛之后,我又忙着怎么混进郑建军他们的组织,忙着完成"刺秦"交给的任务,忙着去杀人……这些事情几乎占据了我全部的精力,让我没有时间去想起以前。

可是,这个假期却让我闲了下来,让我的脑子有了空闲去想起那熟悉的山、熟悉的人、熟悉的事……想起那些让我回避想起、害怕想起的一切。这所有的一切,足以让我那颗一直包裹在冷静和坚强下的心,一阵阵抽搐的疼。

不行,我不能让自己闲下来,不能让自己的脑子有力气去想那些让我害怕的事情。我不敢面对,所以,我只能选择逃避。我不知道自己能逃避多久,但我现在却只想,能逃一天,便是一天。

于是,在休假的第三天,我便拨通了郑建军的电话。接到我的电话,郑建军一开始还很高兴来着,调侃我说:"你小子这是烧钱了还是怎么了?这么快就烧光了?要多少,说个数,我这就给转过去!"

我又一次忍不住苦笑。敢情,他是以为我把钱都烧光了,找他求援来着。可他也不想想,这才两天啊,我是得有多大的花钱本事,才能把那上百万元的酬劳花干净?可转念一想,好像他现在能够给我的东西,除了钱以外,似乎也只剩下钱了。

于是,我只好跟他说:"不是,我只是不想让自己闲着。"问他有没有比较困难点的任务让我去做,他很奇怪地问我:"为什么?为什么放着好好的假期不享受?偏要自己给自己找事做?"

我在电话里苦笑,半真半假地告诉他:"我不习惯悠闲的生活,我的肢体和神经都已经习惯了紧张和忙碌,它们,闲不下来啊!"

电话那头突然沉默了下来,好一会儿,才听见他发出的一声叹息。那音调里,满满的都是无奈。接着,他才缓缓地说:"好吧,如果你愿意的话,就去趟扒海吧。相关的资料,我会让'青龙'交给你。"

没有丝毫的犹豫,我就答应了。我需要忙碌来麻痹自己的神经,需要用忙碌来逃避那些令我害怕的回忆,可我当时却忘了,扒海,同样有着我熟悉的人。我急切中的逃避,反倒将自己送入了罗网。

郑建军做事的效率很快，下午的时候，"青龙"就将这次任务的资料送到了我的面前。

对于我这种纯粹是自己给自己找事的做法，"青龙"同样很不理解，以至这位中年大叔，看我的眼光都有点怪怪的，仿佛我是从这个世界之外来的生物一样。不过，郑建军显然交代过他，所以，虽然他很奇怪我的举动，却知趣地什么也没问。只不过，在临走的时候，这家伙却摆出副过来人的姿态语重心长地对我说："一个人，不管他选择了什么职业，都要学会享受生活。至少，不要自己跟自己过不去！"

送走"青龙"后，我在洗漱间刮胡子的时候，看着镜子里那张明明熟悉，却又感觉陌生的脸，再次无声地苦笑了起来。如果可以，试问这世上，又有谁会愿意自己跟自己过不去？

这也是一个 A+ 级的任务，目标是一个金融界的巨鳄，身家过百亿，他所干的事情，就是进行风险投资，用金钱换取更多的金钱。因此，这样的人自然会得罪很多人，所以，有人要买他的命，也是再正常不过的事情了。

对于一个杀手来说，他不需要知道雇主是谁，更不需要知道杀人的理由。他需要做的，不过就是怎样完成组织交给的任务，用自己的手，去结束目标的生命，仅此而已。

或许是知道自己有很多仇家的原因，这个大投机商请来了很多保镖保护自己。"青龙"给我的资料中说，目标的保镖队伍中，有许多都是从特种部队退役的特种兵。

若是放在国外的话，这个任务的评级，撑死了也不过的是 B+。试想在花都干掉的那个石油商，不但保镖众多，甚至还请了雇佣兵，"刺秦"给出的评级也不过 A+ 而已。要知道，国外可不像国内，搞安保的人，都是可以带枪的。反观国内，别说枪械了，连超过尺寸的刀具都属于治安管制范围。所以，像这种商人的保镖，他们能随身携带的武器，有根伸缩甩棍就算很不错了。

当然，也不排除某些有渠道的人，会整点儿违禁的家伙事提升自家保镖的实力。可问题在于，这些玩意儿，即便他们装备着，也不敢像电影或电视里演的那样，光明正大地拿出来使唤。否则，当地的公安机关，恐怕就该请当事人进去喝喝茶、聊聊天，顺便问问枪证之类的事情了。

同样是基于这个原因，执海的这个任务，才会被定级到 A+。这说明，"朱雀"手下的情报部门，对国内的情况是很了解的。因为，很多时候，对于罪犯来说，最可怕的，不是警察，而是那些走街串巷的大爷大妈。

大街小巷、胡同里弄，大爷、大妈的身影几乎无处不在。任何一个突然出现在他们管区内的陌生人，都难逃他们的耳目。

所以说，这个任务吧，真正要对目标下手，其实难度并不算多高。真正难的地方在于，怎么不落下马脚，并在事后顺利脱身。

这应该算是我加入"刺秦"后，第一次真正地单独执行任务。虽然上次在花都杀那个"暴发户"也是我一人干的，但刚开始的时候还有石榴那家伙陪着，只不过是这小子中途溜掉了而已。

为此，"青龙"还调侃我说，"你小子可算是开了'刺秦'不少的先河啊。先不说你是组织里第一个要求报销的杀手，就连这种A+级的任务，你也是第一个刚入门就能得到的。所以，林凡，你小子还真当得上'前途无量'这四个字啊。嘿嘿，你会让好多人羡慕死的！"

"羡慕？"我摇头笑了笑，"是嫉妒还差不多吧？"对于人性，我想我已经了解得不少了。只要是有人存在的地方，就少不了嫉妒这东西的存在。别看表面上一群人都笑哈哈地你好我好大家好，可内心里，谁都会嫉妒比自己强的人，只不过，在嫉妒的强弱程度上，因人而异罢了。

记得有人说过，人类一切罪恶的根源都来自人性，而代表人性阴暗面的正是人性中的负面情绪：怨憎、仇恨、嫉妒……当这些负面的情绪积累到理智无法压制的时候，它们便会爆发出来，罪恶，便由此产生。就比如杀手杀人，在杀手和被杀者之间，没有任何冤仇，更没有任何利益上的纠葛，甚至，在没有接到任务之前，杀手们根本就不知道这世上还有目标这个人。然而，正是因为目标与雇主之间的利益冲突，导致了雇主无法控制自己的怨恨或者说嫉妒的负面情绪，要杀之而后快，但是，碍于他们的身份、地位，他们又不可能亲自出手杀人，于是，便有了杀手。拿人钱财、替人消灾；你给我钱，我便替你杀人。因此，杀手，无论对于雇主还是组织来说，其实就是一件工具，替雇主除掉仇人或是竞争对手的工具，给组织赚钱的工具。

我现在是不是"刺秦"的工具呢？答案显然是肯定的。甚至，再说得直白一点，我这颗被陆云巍打进"刺秦"内部的棋子，对于整个"卧底"行动的策划者们来说，也是一件工具。我想，对于一个人来说，谁都不愿意成为别人的工具吧。然而，现实往往就是这么无奈的，如果纯从利益的角度上来讲，人和人之间，似乎就只剩下了利用与被利用的关系。也就是说，每个人，实际上都是件工具。或许，这样的说法过于偏激了一点儿，但是，在现在这个金钱与利益至上的社会，这一切，却是每个人都不得不承认的现实。而现实，一向都是残酷的。

现实很残酷，就像我要去杀的这个目标。尽管在商界，他是一个令很多人痛恨的投机者，但他却有个幸福的家庭，有着爱他的老婆，有着可爱的孩子。因此，他肯定不想这么早就死去，他还想等着孩子长大、成家、抱孙子。可是，有人出钱买了他的命，有人不想再让他继续活着，所以，他必须死。因为，"刺秦"要杀的人，还从来没有一个活着的。显然，作为"刺秦"的一员，我还没那权利去开这个先例。不然，面对残酷现实的，恐怕就是我了。

虽然我在"刺秦"的地位现在并不高，还处于它整个金字塔架构的最底层。但是，作为"北斗"之一的"天枢"郑建军看重我，因此，我相信，用不了多长时间，我就能在组织内拥有更高的地位。同时，我也相信，以自己的实力，我完全可以成为"刺秦"内的又一金牌杀手。到了那个时候，我应该就可以了解更多"刺秦"的内幕，更加接近它的核心，甚至是最高层的"北极星"。然后，是掌握整个组织的详细资料，交给陆云巍，从而一举将其清除。

为了达到这个最终目的，我已经付出了太多、太多，因此，我不能允许自己所有的付出白费，不能允许这根"枪刺"因为意外而折戟。所以，我必须努力地完成"刺秦"交给我的每一项任务，让它彻底地相信我，让我可以接触到它神秘的核心。所以，这个"投机商"必须死，虽然他有幸福的家庭、他与妻子彼此间的深爱，还有他可爱的孩子等等让我不忍心去毁掉这个幸福美满的家庭，但为了我所背负的任务，我不得不杀了他。

我的直觉告诉我，这次任务完成后，我在"刺秦"内的地位肯定会提高许多。因为，作为一个刚加入组织不久的新人便能单独完成A+级的任务，而且还是短时间内的先后两次，我相信，这足以让"刺秦"的高层重新判定我的实力。说不定，等这个任务结束后，之前那些打算阴我的人，就会找上门来了。而那，正是我所需要的。

在我答应郑建军来扠海之后，他在电话里跟我说，他会交代下去，让组织在扠海的人手全力配合我。而他通过"青龙"交给我的资料里，就有当地接头人的联系方式。那是个绰号叫"罐子"的家伙，"朱雀"那女人的手下。按照"刺秦"内的职责划分，我到扠海之后，除动手之外的一切，都会由这个叫"罐子"的替我安排好。

扠东新村，这是"罐子"住的地方。敲开他家房门的时候，这家伙正在床上抱着一个女人呼呼大睡，而这个时候，已经是中午一点了。看他那哈欠连天的样子，以及一副看起来怎么都给人一种营养不良的身板，我就知道，这家伙，肯定又是一个过惯了夜生活的主儿。

"你是谁哇？"大概是有人打扰了自己的好梦，所以，这家伙的口气很不客气，一双眼眶明显下陷的眼睛上下打量着我，虽然在打哈欠，可眸子里已经带着明显的警惕。

"林凡，从外岛来的。"轻声报出来自己的来路，我等着他的反应。

"你……您就是林先生？"他显得有点惊讶，先前的警惕立刻换成了微笑，"来得这么快啊？怎么不给我打个电话呢？我好去机场接你啊！"一边说着，一边忙着将我让进屋里。

笑了笑，我有点欣赏他的机灵。不说别的，就凭他知道我不是扠海人后立刻就把跟我说的话换成了官话，就能证明这小子是个很有眼色的家伙。难怪郑建军会让我找他，就凭他这份反应，干那种搜集消息的活儿再恰当不过了。

"罐子"告诉我，我住的地方他已经帮我找好了，需要的东西也放在那里。然后就是关于那个投机商的一些资料，比如这段时间的活动规律什么的。

我试着问他，"怕不怕你们堂主"的时候。这家伙居然猛地打了个哆嗦，立刻就缩头缩脑地左右张望了起来，像是生怕看到那一身耀眼的红裙，会突然出现在某个角落一样。

"可吓死我了！"他拍着胸口喘气，一副劫后余生的后怕样。

再一看到正憋着笑的我，就忍不住埋怨了起来。"林先生啊，可不要开这种玩笑啊。会吓死人的知道不？"说着，他停了一下，像是突然想起了什么似的，问我道，"林先生，您跟我们堂主，是不是很熟哇？"

我？跟"朱雀"很熟？这是开哪门子玩笑？满打满算，也就是在郑建军的客厅里见了一面，时间没超过一刻钟，然后还因为高层之间那些事情，把人给得罪了。这算很熟？

于是，我摇头，然后诧异地望着他，搞不明白，他怎么会这么问。

"那就奇怪了！"他抬手抓起了头皮，一脸纳闷地自言自语。"既然不熟，那她老人家怎么还专门打电话过问呢？要知道，我'罐子'也就是个'鬼宿'里的一个小喽啰而已，连个组长都没混上的那种……"

一个能安排我在扎海一切行动事宜的人，居然只是'鬼宿'中的一个小喽啰，连个组长都不是？要么，就是这个"罐子"没说实话，要么，就是"朱雀七宿"的实力，比我想象中的更强大？

为了更加准确地了解"刺秦"内的组织架构，我其实是恶补了一下流传已久的星象知识的。

在古代星象家对"二十八宿"的注解中，"鬼宿"，又被称为"舆鬼"。对于"舆"的解说为"众也"，因此"舆鬼"可理解为"众鬼"之意；另一种说法为"舆，车底也"，鬼宿四星呈方形，似车，这又是另一层意思；也有的说"四星册方似木柜，中央白者积尸气"，还有"鬼中央白色如粉絮者，谓之积尸气。一曰天尸，主死丧祠"，则是进一步的引申。

显然，"罐子"他们是不具备这种能力的。而"鬼"在西方国家则被称为幽灵，因此，我个人觉得，把他们列为"鬼宿"，可能就是指他们像幽灵一样潜伏在世间的各个角落，不需要很强的战斗力，但却能为组织搜集、提供所需要的一切信息吧。

开着车将我送到落脚地的路上，这只"罐子"都在小心翼翼地打探，我这个组织派过来的业务员，是不是跟他们的顶头上司，那只"朱雀"有什么关系。而每次从我这得到否定的答复后，他都会"奇怪啊！真奇怪！"地念叨着。仿佛，"朱雀"这女人亲自打电话到他这个自诩的小喽啰手里，专门过问我这个人，在他看来，是件多么不得了的事情一般。

很显然，他对我这一律否认的回答，并不信服。以至告辞的时候，那脸上的神情也变得越发的谦卑和恭顺。说什么，"有什么事尽管给我打电话，保证随叫随到"之类的话。尤其是最后，还来了一句，"以后还请多多关照，帮我美言几句！"

这谨小慎微到几近卑微的作态，让我无奈好笑之余，又突然觉得有些可悲。也许，他干这一行，收入会很可观。不然，也不可能在扡海这寸土寸金的城市，住进算得上高级的小区里，开上名牌车。

忘了是谁跟我说过，能搞情报工作的人，就没有一个是善茬。可从这个"罐子"身上，我却没发现一点儿不善茬的地方。他给我的感觉，像极了那些体制内，抑或企业里，接待上级领导时，那几近惶恐，刻意压低身板的卑微。而导致这一切的源头，竟然只是因为"朱雀"的一通电话。

或许，这就是小人物的生存之道吧？在强者乃至更强者面前，保持足够的谦卑和恭顺，哪怕仅仅只是假装，只有如此，才能让他们在这赤裸裸地写着"弱肉强食"四个大字的地下世界中，继续活下来。而只有活着，才能有机会享受，他们抛却尊严或者公理正义后所换回来的一切。

将自己扔在柔软的床上，点上一支烟，美美地喷出一个烟圈后，我决定不再想这些无关的东西，开始计划起这次的行动方案。要么就不出手，要出手就是一击必杀，这是一个优秀杀手必须具备的能力。而要做到这一点，我还有很多的准备工作要做。比如，根据目标的生活习惯、安保力度，制订出详细周密的刺杀计划，便是我能否成功完成任务的前提。更重要的，是得手后的脱身问题。我可不想自己去尝试世界知名的大爷大妈们，所组成的"汪洋大海"的威力。

第三十六章　巧遇故人

人的习惯大多数时候决定于他的性格，比如说性格莽撞的人，那么他干任何事情时，自然脱离不了冲动和粗心大意这个范畴；反之，性格谨慎的人，他们做起事情来自然会小心、小心、再小心。我要刺杀的目标是个投机商，而投机是个风险相当大的活儿，因此，他自然是个胆大心细的人，从某种意义上来说，他，其实就是个赌徒，而且，还是一个很成功的赌徒。

手里关于目标的资料很详细，详细到他每天如厕的次数和时间都记录在案。在他如厕的时候杀他？这念头让我自己都忍不住好笑。不过，好笑归好笑，如果真的有这种机会，我还真不会放过。

将自己关在临时落脚的屋子里详细地分析有关目标的所有资料，以便从中找到对我的刺杀行动有利的东西。作为一个风险投资者，他的骨子里就存在着寻求刺激与冒险的血液，也就是说，这种人喜欢挑战，喜欢不按照常规来做事情。显然，要杀他，的确有难度，因为，越是没有规律的东西，人们就越难把握。更何况，他身边的保镖里不乏高手，其中一个家伙更得让我小心地应付。在"青龙"给我的资料里，这个家伙的名字下面被画上了一条粗粗的红线。

"刘志刚，男，24岁，前N军区特种大队特种兵，在部队期间，曾多次出色完成各种任务，荣立二等功一次，三等功三次……一年前，因为严重违反纪律而被部队除名……"

基于猎人那敏锐的直觉，我知道这个叫刘志刚的前特种兵将是我这次任务最大的障碍。从他的资料中可以看出，这小子在部队的时候绝对属于精英中的精英那种类型。一个军中的精英，如今却不得不因为生计问题而给人当保镖，不知道是不是因为他的经历而联想到了自己的现状，我的嘴角不觉露出了一丝苦笑，同时也为这个原本在部队中很有发展前途的兄弟感到有点儿惋惜。

仅仅是因为一个男女感情的问题没有处理好，导致女方到部队告状说这个男人玩弄她的感情，对她始乱终弃。部队是个讲政治、讲作风的特殊集团，对于这类问题，在处理上从来都不会手软。所以，这个叫刘志刚的兄弟只能提前结束他的军旅生涯，背着一个除名的处分黯然地离开部队。一个本应该很优秀的特种兵的前程，竟然被如此断送，怎么可能不让人为之扼腕叹息？

因为他而想到自己，我的亲人们，在得知我所犯的事情之后，恐怕也是痛心不已吧？他们，肯定早已知道我越狱逃跑的消息了，就算再没有法律常识的人，也会知道"越狱"这两字代表的会是什么！那他们，岂不是会更加的心痛、愤怒，以及无奈和叹息？

这个问题让我的心脏又是一阵强烈的抽搐，不行，我不能再想下去，我得找些事情来转移自己的注意力。惊慌地掐断脑海中那足以让自己窒息的思绪，我逃一般地冲出了屋子。我决定去踩踩点，用任务来分散自己的注意力。因为我知道，只要自己一进入执行任务的状态，脑子里就只会剩下与任务相关的一切，别的东西，不管是快乐还是悲伤，都无法打扰到我，那个时候的我，将是绝对的冷静。

是的，这又是一次不敢面对自我的逃避，可是，老天爷这一次没有打算放过我，他跟我开了一个残酷的玩笑。我迫切想要逃避的东西，被这爱看人类笑话的老家伙，以一种叫作天意的手段，突然间送到了我面前，让来不及躲避的我，直直地堕入了那张同样由他编织的罗网里。

夜晚的扰海，霓虹闪烁、流光溢彩。灯火辉煌中，扰海，她并没有因为夜晚的到来而沉睡，此刻的她，依旧活力四射，充满了白日里无法见到的媚惑。

这里是闻名旧扰海的十里洋场，时至今日，仍是扰海娱乐性行业最为发达的地方。"罐子"告诉我，目标三天后会在这家名叫"斯迪亚"的高级俱乐部参加一个聚会。他说，"斯迪亚"俱乐部是全扰海最顶级的会所之一，安保措施十分严密，尤其是这家"俱乐部"的神秘主人，其安保级别，居然能夸张到与一个国家的元首媲美。

虽然说越危险的地方，往往便是越安全的地方。但当我大致打量了一下这家俱乐部的防卫设置后，我立刻放弃了在这里动手的打算。从外表来看，这栋建筑的装饰并不奢华，但是，这并不奢华的外表却能给人一种高贵典雅的感觉。看来，这"斯迪亚"俱乐部的主人，他的身份的确很不简单。

杀手的原则是，除了目标之外，绝不干多余的活儿，更不能给自己增添无谓的麻烦。而显然，我要是选择在这里向目标下手的话，肯定会给自己找不小的麻烦。毕竟，任何一家店的老板都不愿看到顾客在自己的地盘上出事，更何况是这种财大气粗、身份神秘而又高贵的主儿呢？我要是敢在他的地盘上杀人，那无异于用大耳刮子抽他的脸，他要是能咽得下这口气，那才叫怪了！一个安保级别能比得上一国元首的人，显然不是我这小小的杀手能得罪得起的。

装作漫无目的地从"斯迪亚"俱乐部晃了一圈，正当我转过身准备离开的时候，俱乐部门口的服务生殷勤地为往外走的客人拉开了高大华贵的高强度玻璃门，而这时候，我刚好从这门口经过。也许是出于好奇，我扭过了头去，想要看看能进入这种会员制高级俱乐部的人都是些什么模样。而正是因为这好奇的一扭头，我的目光撞上了另一对目光，那目光属于一个我无比熟悉的人，也正是我一直逃避着不敢去回想的人。因为，那个我刚好看到她，而她又刚好看到了我的人，是若寒姐。

"该死！"我在心里暗骂自己为什么会突然冒出这该死的好奇心，同时又在心里暗叫糟糕，我得赶紧离开，不对，应该说是逃走，她已经在向我走过来了，再不逃那就晚了。

然而，最终我仍然没能逃脱。因为我听见了若寒姐用颤抖着的声音喊出的"小弟！"那颤抖的声音让我已经抬起的腿，再也迈不出去。还好，若寒姐很聪明，她没有喊出我的名字。要知道，"文墨尘"这三个字，可是公安部的A级通缉犯，只要是消息不那么闭塞，平时会看看报纸、新闻的人，都会知道我这个被打上了"极度危险"标签的逃犯。虽然经过了简单的易容，让人不能第一眼就认出我，但是，这简单的掩人耳目的手法毕竟不像武侠小说中的易容术那样神奇。有心人仔细一看，多少都能看出点端倪，更不用说若寒姐这种本就熟悉我的人了。

"小弟啊,你怎么来了?"那股熟悉的体香已经来到了我身边,让我苦笑的同时,再也兴不起一丝逃走的勇气。

"我……"艰难地扭过头去,嗫嚅着不知该怎么回答。

"都跟你说不用来接我了嘛,真是的!"她突然伸出手紧紧地挽住了我的胳膊,好紧好紧,好像生怕我会在突然间飞走一样。

好聪明的姐姐,我在心里暗叹,艰难地向她露出了一个微笑。正准备说话时,一个男人的声音传来过来。

"若寒,他是你弟弟?"我闻声下意识地将头低了少许,让若寒姐走过来的同伴们看不清我的面容。

"是啊!我都跟他说了不用来接我的,可他非说晚上的治安不太好,一定要来接我。"若寒姐微笑着向她的同伴们解释。我快速地打量了一下眼前这些衣冠楚楚的男男女女,暗暗松了口气,还好,没有再认识我的人在里面,不然,我可不敢保证每个人都能像若寒姐这样聪明。

"那……"先前说话的那个男人有些迟疑地看了我一眼,然后说道,"我送你和你弟弟一起回去?"也许是看到若寒姐挽着我胳膊的样子太过亲昵,这个一副成功人士派头的男人眼里闪过了一丝轻微的嫉妒。

这家伙对若寒姐有意思,我在心里偷笑。可这偷笑还没持续到半秒便被胳膊上传来的剧痛给扼杀了。若寒姐,她在掐我!咬着牙忍受胳膊上痛楚的同时,我倒抽了一口凉气。若寒姐,她也太聪明了吧,居然连我心里想什么都能猜到?

"不用了罗总,我和我弟弟一起回去就好了!"若寒姐的脸上仍带着美丽的微笑,任谁也看不出,她挽着我胳膊的手,此刻正在虐待我的胳膊。

"这样啊……"那个男人似乎不太甘心,"那我送你们上车吧!"

上车?我哪来的车?还好若寒姐够聪明,立刻很有礼貌地回绝道:"不用了罗总,我和我弟弟准备散会儿步再回去。"

"那……我陪你们一起?"这男人看来对若寒姐的心思不是一般的小,"你弟弟说得对,晚上的治安不太好。你们两个人,我不太放心。"

他身后的男女都在掩着嘴巴偷笑,而这位叫"罗总"的男人似乎根本还没意识到自己刚才那句话有何不妥。

"谢谢罗总的关心,不过,真的不用了!"难得若寒姐还能保持着得体的微笑,"有我弟弟在，罗总您不用担心！"

然后，不再理会那个仍旧嗫嚅着嘴唇想要说什么的罗总，若寒姐向她的同伴们挥着手说了声"再见"，又向依旧呆站着的罗总说了声"再见！"后，转过身，挽着我的胳膊，一路拖着我走了。

"墨尘……"一直紧紧搂着我胳膊的若寒姐突然轻轻叫我的名字。

"什么事？"条件反射般地问道，心里却升起一丝莫名的害怕，害怕她问我现在在做什么。

"你……过得还好吗？"

"还好！"我敷衍着回答。

若寒姐突然停了下来，转过身静静地看着我，那已经流转着水光的美丽双眸，令我心里一阵阵地发慌。"你在骗姐姐！"她一字一顿地说道，眼眶中流转的水光终于无法抑制地淌下了脸颊。

"我……"支吾着，我不知道该怎么回答。是的，我在骗她，可如果不骗她，难道还要我向她说实话？告诉她我现在是在当杀手？告诉她我来扒海的目的就是为了杀人？还是告诉她，我杀人质、越狱、当杀手的目的，其实是为了执行任务？我能说吗？当然不能说。哪怕就是让她知道我现在是个靠杀人为生的杀手，让她对我彻底的心痛和失望，我也不能告诉她我所背负的任务。因为，这是从我对着那个无辜的女孩儿扣下扳机的那一刻起，就已经选择承受的命运，在这个任务最终完成之前，我只能一个人默默地承受着由此带来的一切。这，就是"沉默的枪刺"的代价或意义。

"墨尘，你还是这样，还是什么都不肯对人说，你为什么要这样啊？你一个人能承受起多少？"

她哭泣的声音令我心痛，让我不敢抬起头面对她痛心的目光，不敢去看那张淌满了泪痕的脸颊，不敢说话。

于是，我只好低着头对她说"对不起"，然而，一句"对不起"，对于一直关心着我、爱着我、为我担忧不已的亲人们来说，又有什么用？

"对不起？"她诧异地看着我，如同在看一个她从来都不认识的人，"你就只会说这一句话吗？你知不知道我……我们多为你担心？知不知道妈妈一说起你就会掉眼泪？知不知道你的爸爸妈妈……"她生气了，如同一只发怒的狮子。

痛苦地闭上眼睛，我能清晰地听到自己心底的呻吟。我说："我知道，全都知道，可我能说的，只有'对不起'。"

"啪！"一个重重的耳光打在了我的脸上，在黑夜中异常的清晰响亮。脸有些微微的疼痛，还有点发烫，它，应该红了吧。

"啊！"若寒姐不可思议地看着自己的手，再看着直愣愣站着的我，"墨尘，墨尘，对不起，对不起！姐姐……姐姐……"

轻轻摇了摇头，我说："没事，姐姐你打得好！文墨尘这个混蛋早就该打了！"

"不许你这样说！"一双纤细柔软的手突然温柔地捧住了我的脸颊，在那刚刚挨了记耳光的一侧轻轻地抚摸。"傻孩子，疼吗？你怎么这么傻，怎么就不躲啊？"

脸颊上温柔的抚慰让我惊恐地发现，自己努力堆砌起来的坚强伪装，正在那只纤手的温柔抚摸下一寸寸龟裂、破碎、崩塌。不行，我必须阻止它，不能让它再继续碎裂下去。

我的手搭上了停留在我脸颊上的双手，然后，强行将它们抽离我的脸颊。

"为什么？"若寒姐望着我，美丽的眸子里写满了疑问。

深吸了一口气，我强迫自己向后退了小半步，拉开了与她的距离。然后，我松开了抓着她手腕的手，以自己都不敢相信的冷漠口吻对她说："以前的文墨尘已经死了，现在站在你面前的，不过是个罪犯，这一切，都是他咎由自取，他不值得你们去关心，更不值得你们为他痛心……"

"不是的！"若寒姐使劲儿地摇头，她伸出手想要抱住我，可又一次被我冷漠地用双手阻止了。她哭着问我为什么，为什么我会这样？

我无奈而冷漠地说："没有为什么，我只是不想把自己的青春浪费在那该死的监狱里！"她没有说话，只是不住地摇头、不停地流泪。这让我的心一阵阵撕裂的疼，可我还是得继续用那冷漠的口气说："我现在是通缉犯，是'极度危险'的罪犯，所以，你还是快走吧，跟我在一块儿，很危险。当然，你现在也可以选择报警，应该有不少的奖金呢……"

"不要说了！"若寒姐突然哭喊了一声，声音很大，让我下意识地闭上了嘴巴，"墨尘……"她的声音变得柔弱，让我听在耳里，感觉是那样的无力，"你不要这样好不好？你知不知道，你这样，我的心好疼，好疼！……"

我只能痛苦地在心里说："姐姐，我也不想这样，我的心也好疼、好疼，可是，对不起，有些事情，我只能选择自己一个人承受。"

正在这时候，一辆车顶闪烁着红蓝的小车缓缓地在我们旁边停了下来。该死，我心里一紧，停在我们旁边的居然是辆警车。

跑？显然是相当愚蠢的行为，见到警察来就跑，那不就证明你自己心里有鬼吗？继续待在这儿？似乎又有点冒险，万一碰到个火眼金睛的家伙，那我不是栽得很冤？

若寒姐真的很聪明，一见两个警察下了车正朝我们走来，她立刻抱住了我。抽抽搭搭地说什么，"亲爱的，对不起，我以后再也不调皮了，一定乖乖听你的话……"

眼角的余光发现两个巡警停住了脚步，而且，还相互无奈地对视了一眼。最后，一个年长点的巡警走过来问我们："年轻人，都这么晚了？怎么还不回家啊？"

我故作无奈地冲他笑了笑说："对不起啊警官，刚才和女朋友闹了点矛盾。呵呵，没想到……"

"没想到居然把警察都惹来了是吧？"年长的巡警笑着把我的话接了下去，"没事，我们只是刚才听见这位小姐，噢！也就是你女朋友的哭喊……我们又刚巧经过，所以就过来看看。"

我赶忙说："谢谢警官，给你们添麻烦了！我们这就回去，谢谢你们了！"

目送着两位责任心挺强的巡警驾车离开，我不由得长长地松了口气。这应该算是我变为罪犯后第一次与警察的近距离接触吧，还好，只是虚惊一场。如果不是有若寒姐配合我，我很难保证自己不在警察的盘问下露出什么马脚，毕竟，有句俗话叫"做贼心虚"。虽然，这两个巡警对我来说，根本构不成什么威胁，但如果被他们认出我就是那个A级通缉犯，那摆在我面前的，除了杀他们灭口外，恐怕再没有第二种选择。如果真是那样的话，我不知道若寒姐会怎么看我……她肯定不会允许我杀警察的，可如果不杀掉这两个警察，我就得面对警方铺天盖地的追捕，只要运气稍微差一点儿，能不能活着离开扐海都成问题……

"墨尘，我们回家吧？回家好吗？妈妈很想你的，我也好想你的……我们回家，好吗？"若寒姐轻柔的声音，将我的神志从有些混乱的思绪中拉了回来。

我的身体被她温柔地抱住，鼻尖能清晰地闻到她身上熟悉的淡淡幽香。这香味一闻便知道是来自花都著名的香水品牌，一小瓶的价格，足以抵得上普通人家一年的收入。它在提醒我，提醒我现在的身份与若寒姐是如此的不同。回家？多少次的梦里，我都梦到自己回家，回到那些熟悉的人身边，可是，那终归只是个梦，而我如今所面对的，却是残酷无情的现实。

再一次狠起心脱离她的怀抱，强迫自己用无情的冷漠去应对她的温柔。我必须赶紧离开，因为我不清楚"刺秦"会不会有人暗中监视我。我不能让组织知道我与过去认识的人有过接触，那会将我在乎的人们陷入危险之中。我可以自己去承受一切，但不能允许自己所在乎的人有任何一点的危险。所以，尽管我的内心是那样地贪恋眼前温柔的怀抱，但我不得不立刻离开，从此再不与他们相见。

于是，我只好无情地对她说："姐姐，对不起。你所认识的文墨尘已经死了，现在你看到的不过是一个抛弃了自己过去一切的罪犯。我不想再回到监狱里去，所以，不要对别人说见过我，尤其是阿姨。我该走了，姐姐，尽管我知道说"对不起"没有任何作用，可我还是得向你说声'对不起'。对不起姐姐，忘了你这不成器的弟弟吧！不要再想起他，他已经死了！"

说完，我立刻转过身仓皇地逃走，我不敢再停留下去，因为我不知道自己这装出来的冷漠能够维持多久。

"不！"远远地，我听到若寒姐悲泣的哭喊，可我不敢停下脚步，不敢回头。我知道，只要我停下，我就再也迈不动脚步；如果我回头，我就再没有勇气逃走。所以，我只能狠下心强迫自己不去理会，只能强迫自己像丧家之犬一样惊惶地逃走，直到，我再也听不见。

浑浑噩噩地回到落脚的屋子，将整个身体无力地扔在床上，我那强装出来的坚强终于彻底崩溃。心在抽搐、在疼痛、在滴血。脑子里翻江倒海的思绪，任我如何努力也无法压制。瞪大了眼睛，呆呆地望着头顶泛黄的天花板，那种灵魂都在颤抖的痛楚，让我的泪水终于不受控制地奔涌而出。我有多久没有流泪了？一年、两年，还是更久？我以为自己早已经丧失了流泪的能力，以为自己真的可以坚强地承受住一切，可是，直到现在我才发现，我错了，而且错得很厉害，因为，我根本就没有自己想象中那样坚强。我所谓的坚强，不过是强行加在自己脆弱心脏上的一层薄弱外壳，仅此而已。

第三十七章　异途知音

还好，我没有多少时间来烦恼，因为"罐子"刚刚给我传来了最新的消息，目标会在今晚出席一个宴会，如果要杀他，今晚无疑是个绝好的机会。

既然是宴会，那自然少不了喝酒。"罐子"这家伙的情报工作做得十分详细，竟然连目标喝酒时喜欢跑厕所这个习惯都给搞到了。

这让我忍不住一阵好笑，因为刚来的时候，我还在想，如果可以的话，我绝对会趁目标如厕的时候干掉他。而从眼前得到的消息来看，我这最开始纯粹不过是玩笑的想法，现在倒很有可能成为现实。

宴会开始的时间是晚上9点，不过，基于国人的习惯，这场宴会真正开始的时间，至少得等到 10 点以后。为什么？因为领导们总喜欢以工作繁忙的理由姗姗来迟，越大的领导，拖的时间就会越久，领导不来，宴会又如何能够开始？但愿，今晚这种商业界的宴会，这些惜时如金的商人，不要染上那种官僚的作风才好。

"罐子"说他在酒店的服务生里面找了一个内应，当然，这内应不会帮我干多少事情，他要做的事情，只是在目标离席去厕所的时候，给我发个信息。而在收到他的信息之前，我就得一直躲在厕所的天花板里，等着猎物自己送上门。

这样的等待对于我来说自然是小菜一碟，任务完成后，我就可以从厕所的窗户溜之大吉，从而避免与他的保镖，特别是那个刘志刚交手。从感情上来讲，我不愿和刘志刚交锋，并不是说我怕他，我只是狠不下心对他下杀手而已。毕竟，他和我一样，曾经都穿着丹商特种部队的迷彩马甲，都是响当当的丹商特种部队的大老爷们儿。虽然我们都因为各自的原因不得不脱下那身马甲，但有句俗话叫"穿过军装的人都是战友"，对于自己的战友，我自问我狠不下那个心。

静静地潜伏在厕所的天花板内，等待着今晚猎物的出现。厕所里不时有人进出，"稀里哗啦"的水声让我不觉有点小小的郁闷。要是石榴这家伙在，他八成会嘲笑我变态，没事儿居然跑到厕所里玩偷窥。他肯定会说，"你说你偷窥也得有点品位才行啊，要是我，肯定会到女厕所偷窥去，可你到好，居然偷窥人家男人上厕所，你说你这不是变态又是什么？"

还好，这令我有点小郁闷的等待并没有持续太长的时间。大约两个小时后，我收到了"罐子"的内应传来的信号，目标已经离开席位往厕所这边来了。

过了约一分钟，厕所的门被推开了。在厕所门推开的那一刹那，我立刻凝神闭气，就好像武侠小说中的武林高手一样，将自己的气息降低到最弱。这个时候进到厕所里面来的，绝对不会是我的目标，因为，他的保镖得先替他进来观察里面的情况，确认安全后，目标才会进来，而保镖则出去在门外守着。

他的保镖们很尽责，听下面的响动，保镖们肯定是把每个大厕坑位的门都打开检查了一遍。大约 10 秒钟后，保镖们拉开门走了出去，同时，我听到了轻微的对话声——"老板，可以进去了！"

为了避免被细心的保镖们发现问题，我事先并没有在天花板上钻个洞偷窥，所以，就算石榴知道这事后嘲笑我，我也可以理直气壮地说："我可没有那种变态的嗜好去偷窥男人上厕所，顶多、顶多，我那也只能算是偷听。"

下面的脚步声停了下来，紧接着是一个男人的喘气声和拉裤链的声音，再然后，是"稀里哗啦"的水响。

等的就是现在！已经事先处理过的天花板被我缓缓地移开，稍探头打量了一下情况，我便轻轻地跳了下去。整个过程，我的力道掌握得很好，厕所门外的保镖，绝对听不到这里面的动静。

当我站到目标身后的时候，这家伙还在一边哼着小曲儿，一边惬意地撒着尿。

没有任何过多的动作，抬起左手轻轻地拍了拍他的肩膀，我等着他回过头来。

大概是突然被人拍了下肩膀打扰了他原本畅快的"放水"，这家伙居然还打了个尿颤。回过头来，他正准备开口骂骂是哪个不长眼的家伙敢打扰他撒尿时，却只剩下用手捂着脖子"嘶嘶"喘气的份儿，而那表情上的惊愕，表示着他还不敢相信自己现在的遭遇竟是事实。

不知道，这算不算得上是一个华丽的抹喉，不过，要是石榴混蛋，一定又会嚷嚷我亵渎了他"杀人的艺术"。因为，我是在厕所里挥刀切断了目标的脖子，显然，厕所这地方，肯定与"艺术"那两个高雅的字眼儿搭不上边。

轻轻扶住目标倾倒的身体，让他慢慢地滑坐到地上。他的眼里写满了惊恐，他的左手正死死地捂着自己不断冒血的脖颈，他伸出右手想要抓住我，可他显然不会成功。

摇了摇头，我放轻脚步走到了窗户边上，然后，轻轻地拉开窗户，将绳子的爪勾往窗户上一挂，右手抓住绳索，一个轻巧地腾身，便从六楼滑了下去。从六楼滑到地面，只需要短短数秒的时间，等目标的保镖们察觉不对劲儿进去察看的时候，我就早已经溜得没影了。

一击必杀，然后远遁千里，这是杀手生存的不二法则。那个被我一刀抹断了喉咙的"投机商"不可能有活下来的希望。所以，我不用担心这家伙没死而导致任务失败。如果他要真是命大的被人抹断了喉咙还能活下来，那只能证明这家伙还不该死，或者说，不该被我杀死。

如果真是那样，这个任务只能换个人来进行了，反正，我是不会再来杀他第二次。因为，杀手界有个不成文的规矩，或者说是一种迷信。如果你的目标不能被你一次杀死，那么，你就不要抱希望再第二次杀他，如果哪个杀手有这样的想法，甚至把这想法付诸行动，那只能证明这个杀手是个笨蛋。而通常，这种笨蛋，会死在向那种命不该绝，或者说不该被自己杀死的目标的第二次出手上。

我不是那种笨蛋，我对自己的手法很有信心，从切开他的脖颈到他因大量快速失血而死亡，整个过程不会超过5秒钟。也就是说，等我从六楼滑到楼底的时候，这个身价过百亿，有着众多保镖日夜保护的风险投资商，已经成为一具肢体还在抽搐，尚还温热的尸体了。就算是华佗再世，也不可能把他救活。

一击必杀已经被我完成，剩下的，则是远遁千里。这种恶性的杀人案，而且受害者还是知名的成功人士，警方的反应速度，肯定不会慢。故而，我必须得赶在他们完成布控之前离开。否则，一个不慎，就又可能来一场亡命天涯般的逃亡了。

一路马不停蹄地赶到机场，通过安检之后，广播里好听的女播音正在提醒着旅客们，从扎海飞往外岛的最后一班航班已经开始检票登机了。而机票，则是在得手之后，就已经通知"罐子"帮我订好的。

排队登机的时候，透过候机厅高大的玻璃墙向外望去，夜晚的扎海依旧不知疲倦地散发着她迷人的魅力。只是，在这城市闪烁的霓灯下，又有着多少罪恶正在发生？

引擎开始旋转，飞机巨大的身躯开始在跑道上慢慢地滑跑、加速，直至一飞冲天。而我有些紧张的心情，随着飞机离地时的那股超重感，反而彻底冷静了下来。任务至此，已经算是圆满完成了，接下来，就是等着相应的酬劳，划进我的账户里。

透过舷窗，我最后一次俯瞰着夜色中的扎海。那无数闪烁的灯光，如同一颗颗闪亮的星辰，然而，在那些星辰的周围，却始终有着它们无法照亮的黑暗。而黑暗，永远是滋生罪恶最好的温床。

轻轻吁了口气，我开始闭目养神。我真的应该算是逃离这城市的吧，不是因为我害怕警察的抓捕，而是因为，这里，有我急切想要逃避的东西。在我的任务没有完成之前，我还需要一层坚强的伪装来包裹自己。而这城市里，有足以撕碎我伪装的存在，所以，我不得不逃离，越快越好，越远越好，最好是永远不要再回来！

不知道这个"卧底"还要当多久，但我知道，只要我还在这里待着，我就得继续做我的杀手，继续杀人。从潜意识里来说，我是排斥"卧底"这个身份的。我是个军人，是个战士，我应该待的地方是军营，应该去的地方是战场，而不是像现在这样，在黑暗的不能见光的地下世界里，做一个用他人的生命来换取金钱的杀手。

忘了是谁问过我，"你觉得，杀人之后，最令你害怕的是什么？是心灵的痛苦，还是夜半的噩梦？"

我是怎么回答他的呢？喔！我想起来了，我的回答是："当一个人习惯于做某种事情的时候，是不会再觉得纠结和痛苦的。杀人也如是。要说痛苦，也许，这才是最痛苦的地方吧。"

他很奇怪地问我为什么，我说："感觉不到痛苦，说明你的心已经死了。死人能感到痛苦吗？"

他沉默，很久才叹道："'哀莫大于心死'么？作为人来讲，或许，这的确是最痛苦的事情。"

我没有再回答他的问题，因为觉得这个问题没有必要继续讨论下去，不管以前我是做什么的，现在我都只是个杀手，有人出钱请我杀人，那我就杀人，收钱。这只不过是最原始、最简单的价值交换而已。至于杀人时会是什么样的感觉，会不会觉得痛苦，我想，没有哪个杀手愿意在杀人时分心去考虑这些事情。

平心而论，我并不想做一个以杀人为生的杀手，虽然我的心已经死了，但我还没有丧失对生命那起码的尊重，于是，我给自己杀人找了个借口——我要执行陆云巍交给我的任务，我要在这个叫作"刺秦"的地下杀手王国里做"卧底"，我要找到可以一次性铲除这个组织的人员编制情况，找到都有哪些人，哪些组织与它有来往，找到可以名正言顺地剿灭它的犯罪资料……而要完成这一切，那我首先就得使自己成为一个杀手，完成"刺秦"交给我的每一个任务，只有这样，我才能取得他们的信任，才能将我的"卧底"行动继续进行下去。

算起来，我加入"刺秦"的日子也不短了吧，那么，我是否已经取得了他们的信任呢？这问题我也拿不准。虽然郑建军曾对我说他很相信我，但对于这只在江湖上打滚了不知多少年的老狐狸的话，说什么也不能全信，不过我这个曾与他一起蹲过黑牢，一起惊险地越狱，一起千里逃亡的难友有一份患难之情在里面，所以，在我从扎海回来之后，明显察觉我的情绪有些不对的郑建军强令我放了一个长假。

对于他这个命令，我当然不会赞同。我本来就是怕自己闲下来会想起太多的东西才不停地要任务来做的，他要我休一个长假，这不是要我的命么？可郑建军这次似乎是铁了心让我悠闲一段时间，非但不理会我的抗议，反而将一张去国外的机票，包括以林凡这个身份办的护照之类的东西直接甩到了我的面前。

"墨尘！"他突然叫出了这个我许久未曾听到的名字，见我愕然地望着他，这混蛋微微笑了笑，"咱们兄弟俩好像很久没有坐下来好好聊聊了吧？"

我轻轻点了点头，"是的，你有你的事要忙，我也有事情要做。"

他呵呵笑了笑，从精致的烟盒里取出一根雪茄扔给了我，"别告诉我你现在还抽不惯这玩意儿啊！"

耸了耸肩，我将那根雪茄点燃，浓郁的味道立刻浸满了整个鼻端。深深吸了一口，感受着烟雾在肺泡内打转的味道，良久，才缓缓将已经变成灰白的烟雾吐出。

"还好吧！"我淡淡应了一声，"能冒烟儿就行。"

"你小子！"他哈哈大笑，"咋就学不会享受呢？"

"人不能让自己活得太舒服，太舒服了就会变得懒惰。"笑了笑，我回道。

他嘿嘿地笑着望着我，"别告诉我这就是你不想闲着的原因吧？墨尘，没有人会傻到和舒服日子过不去。跟大哥我说实话吧，你不肯让自己有时间闲下来，到底是在逃避什么？"

我苦笑，到底是在江湖中闯荡已久的人物啊。恐怕，他早就看出我的状态不大对劲儿了吧，只是今天才把话挑明而已。

"怎么，是不好意思说，还是不相信我这当大哥的？"见我苦笑着不说话，郑建军问道。

"不是！"我轻轻摇了摇头，"不是不相信你，我只是觉得，我一个大老爷们儿，老为一些过去的事情烦心……"

"很丢人是吗？"他乐呵呵地望着我，顺便给自己嘴里也塞了一根粗大的雪茄。

"啊……"我苦笑着点了点头，算是同意了他的话。

"墨尘啊！"他突然叹了口气，"你知道人与动物最大的区别在哪里吗？"

"人与动物最大的区别？会说话？会写字？会制作工具？还是会思考？"我试着说出自己想到的答案，可全被郑建军微笑着一一否决掉。

"人与动物最大的区别在这儿，"他指着自己的心说，"是感情！人都是有感情的动物，而感情这个东西，又常常是令人们感到困惑和无奈的根源，就比如说你吧，你放不下自己的过去，忘不掉以前的人和事，而你又不能与他们中的任何一个人联系，这令你很苦恼甚至很烦躁，所以你选择逃避，靠不停地去执行任务，不让自己有精力去回忆的办法来逃避，对吧？"

苦笑着点头承认，我打趣道："老大，你不去当心理医生，是不是太可惜了？"

他哈哈大笑，等笑够了才说道："这就是所谓'当局者迷，旁观者清'了。再说了，墨尘，每一个狙击手都是心理战的行家，我就不信你不清楚自己的问题在哪儿。说白了，你只不过是还不知道该怎么处理，没找到应对的方法罢了。呵呵，你说，我说得对不对？"

我会心地点了点头道："没错，是这样的，所以我才选择了逃避。"

"可你不能逃一辈子啊？！"他牢牢地盯着我，一字一顿地叹道。

我脸上的苦笑越发浓重，郑建军这家伙，他明知道我现在最怕、最不敢想的东西就是这个，可这混蛋偏偏就把它给抛了出来，让我除了无奈苦笑之外，再也说不出一句话。

"墨尘！"郑建军突然走到我身前，拍了拍我的肩膀，"大哥是过来人，有些东西，就算你再放不下，也还是得放下，明白我的意思吗？"

一瞬间，我有些感动，抛开我们彼此的身份，抛开我那该死的任务，郑建军包括"刺秦"内的很多人，都是值得交心的汉子。可是……想到这里，我连脸上的苦笑都难以为继，难道说，这就是人们经常所说的造化弄人？可是，这个为什么会是我？

"好好想想吧兄弟，我相信你一定能从这困惑中走出来的！"郑建军的手掌又一次拍上我的肩头，那说语里的关心和诚挚，让我禁不住再次感动，"在这种事情上，没有人可以帮你，明白吗，兄弟？"他继续说着，却不知此刻我的心里所想的完全不是他所谓担心的东西。

"昨夜西风凋碧树，独上高楼，望尽天涯路……"他突然念了这么一首词出来，见我不解地望着他，郑建军笑了笑，"墨尘，人生在世，不如意者十有八九，每当这个时候人都会觉得迷茫与无助，就好像登上了高楼，却发现天地虽宽竟无自己的去路和退路。墨尘啊，当大哥的还是那句话，你固然可以逃避，可你要记住，你逃不了一辈子的。不管你愿意还是不愿意，那些要面对的迟早都会面对，那些放不下的终归还得放下。这都是命，每个人从出生那一天起就早已注定了的命，是逃避不了的！"

"我知道，你说的这些其实我都知道，可一时半会儿，我真的找不出解决的办法，我需要时间。"

"所以，我才会让你出去休息一段时间，远离这个能勾起你太多记忆的地方，明白吗？"

轻轻地点了点头，我说了声"谢谢！"，这感谢是发自内心的，没有任何作伪的成分。

"兄弟之间不要谈谢！"郑建军笑了起来，"出去好好玩玩，放松放松心情，等你回来，我还有重要的事情交给你做呢！"

"重要的事情？"我疑惑地望向他，心里却蓦地一动，仿佛在一瞬间抓住了什么，又好像什么也没捉到。

"没错！"他脸上的笑容先敛去，接着又嘿嘿地笑了起来，"不过呢，你现在可别问，问了我也不会告诉你，呵呵，一切等你休假回来再说。"

我无奈地冲他翻了个白眼。

"哈哈……哈！"这混蛋哈哈大笑。一边笑还一边拍着我的肩膀说什么，"人生苦短啊，所以，该享受生活的时候就一定不要客气。不然，可对不起自己辛苦赚来的钞票啊！"

我苦笑着摇了摇头，在心里暗骂了句"混蛋！"，正准备反驳他两句时，心中又蓦地一动，也许，这就是他们这些人面对这无奈现实的看法吧。人生得意须尽欢，这是一种洒脱的心境，可是……心里再次涌起深深的无奈，我从来都不是一个洒脱的人，我的身份、我所肩负的东西也不可能让我洒脱。也许，这本身就是我的命吧，就如郑建军所说的，从一生下来，就已经注定了的宿命，无可更改，也无法逃避，只能面对。

如果，我是说如果，这世上要真有老天爷这东西存在的话，我真的很想把他拖出来狠狠地揍一顿。因为，这个明显为老不尊的老家伙，实在是太喜欢和人类开玩笑了，而他所开的玩笑，往往会让人措手不及，陷入前所未有的困境里。就比如说我吧，他明明知道郑建军安排我去度假是为了让我放松心情，远离故土那些我熟悉的人和事，让我慢慢地学会那些放不下、却又不得不放下的东西。可是，这个该死的老家伙他却偏偏要和我开恶劣的玩笑，将那些我努力逃避的东西，毫无征兆地送到了我的面前。

那是我到国外一个星期以后，一个星期的时间里，这个风景秀丽、处处透着安宁与祥和之美的国外小城，确实让我的心感到前所未有的宁静。我很喜欢这种心如止水的感觉，甚至有些天真地想着，要是能一直在这里住下去该多好。没有那些俗世的纷争，没有尔虞我诈的阴谋算计，也不用再去杀人……如果觉得日子太过清闲待不住，我还可以去郊外买个不大不小的农庄，养养马、放放牛，和心爱的人过着男耕女织、只羡鸳鸯不羡仙的生活。想到这儿，我的脸上露出了许久未曾有过的微笑。只可惜，正应那句俗话——美梦通常都不会维持太久，所以，当我正幻想着那基本上不可能实现的美好生活时，一个影子忽地从心灵深处跳了出来，转瞬间便占据了我整个心房。

第七部 "刺秦"内斗

第三十八章 狭路惊魂

是的,我想到了肖凝,虽然我们谁都没说出那意义深重的"三个字",但彼此间的心照不宣,已经让一切的话都无须言表。然而,正是这份情,却成了如今我心中最深重的痛,那双泪如泉涌的美丽眸子,还有那张泪痕满面的瘦削小脸,已经在无数个夜晚让我从熟睡中惊醒。而这一刻,当我因一周来的安逸生活而情不自禁地幻想起今后的日子时,肖凝,她的身影便顽强地从我强迫关闭的记忆之门中挤了出来,狠狠地、毫不留情地将我所有的幻想撕碎,让我不得不再次面对这残酷的现实,面对我那该死的卧底身份。

说到任务,我禁不住有些头痛。杀手这一职业,作为从人类社会形成便已产生的最古老的职业之一,经历了人类文明几千年的成长进步,却仍然在地下世界中牢牢地占据一席之地,如果用哲学家"存在即是合理"的论述来解释的话,那么,杀手以及杀手组织的存在,显然是合理的,犯不着费尽心机去铲除它,因为,杀手杀人,说明只是为了利益,身在黑暗中的他们并不为大多数人所知晓,也不会去打扰大多数人的生活,他们牢守着地下世界的规则,向来行事隐秘而低调。如果有哪个杀手或哪个组织违背了这一规则,便会成为整个杀手世界的叛徒,不需政府出面,那些地下规则的维护者们便会对这些叛逆者诛而杀之,绝不容情。

说起来,这和那些江湖帮派的情形也差不多吧,只不过,黑道帮派里会有杀手,但职业杀手却绝对不会是黑帮分子,说得再明白点就是,黑帮里的杀手再强也只能算是业余,而职业杀手呢,这些以杀人为生的家伙,他们杀起人来,那是绝对的专业。业余和专业,两者一经对比,便知道差距所在。

黑道帮派危害社会治安,扰乱百姓生活,所以是各国政府打击铲除的对象,所以,就像警匪片中的情节一样,警察会派人打入黑帮内部收集其他犯罪证据。可是,作为比黑帮隐蔽更深的杀手组织,似乎还没有听说有哪个国家会派卧底进去。这就是我头痛和想不明白的地方,陆云巍他把我塞进"刺秦"的用意何在?是不是真如他所说的那样,郑建军他们这个组织会对国家不利?如果是的话,为什么我却连一点端倪都看不出来呢?而且,就我所接触的

"刺秦"的人来说，也没发现哪一个是对这国家和政权仇恨非常的人。那么，我这卧底的意义到底何在？是陆云巍以及他背后那些下棋的老头子们判断有误，还是"刺秦"真的藏着什么天大的秘密，以致"七部"这种神秘的铁血机构要对他进行彻底的清除？如果是前者，那还好说，可如果是后者呢？如果是后者，那我这个卧底就得找出"刺秦"的那个秘密，最终让这个组织包括这组织内所有的人，永远从这个世界上消失。

仅从感情上来说，我不希望这个可能是后者，因为，通过这一段时间的相处，我发现郑建军他们当得上"爷们儿"这个称呼，都是响当当的血性汉子。固然，他们算不上什么好人，无论是从大众的眼光还是法律的角度来看，他们都应该是彻头彻尾的坏蛋，坏的不能再坏。他们用自己的力量剥夺别人的生命，并以此赚取巨额的金钱，他们潜藏于黑暗，破坏着大众遵守的法律。

可是，他们真的就坏么？如果说他们是坏人，可我却亲眼看见郑建军扶着老人过马路，甚至还会抽时间跑到福利院做义工；如果说他们是坏人，可余文龙这家伙却会将大把的钱捐给公益基金，还开了好几家孤儿院；如果说他们是坏人，可在芊芊的心田里，她的石榴哥哥却是全天下最好的人；如果说他们是坏人，可当有人找到"刺秦"，要找杀手去杀那些丧尽天良的坏蛋、恶棍、贪官污吏时，哪怕你没有钱，他们也会接手……

也许，他们不能被称为好人，但是，他们未必就一定是坏人，至少，他们比那些满口仁义道德，背后却一肚子男盗女娼的人要好得多、可爱得多。也许，在这个世界上，好与坏，本来就没有一个严格的界限，在某些人眼里，你的所作所为是不能容忍的坏，可在另外的人眼里，你却是当之无愧的好。古往今来，好与坏，又有几人能真正分清？

随着年岁渐长，我越发觉得，老祖宗们流传下来的只言片语，真的凝结着对于人生最深刻的感悟。就比如，这句"无巧不成书"。

那是我被郑建军"发配"到国外休假的一个星期后，在那个雪山脚下的小镇，一个再普通平凡不过的清晨，我接到了郑建军打来的电话，让我立刻赶回外岛。电话那头，他凝重的声音，让我心头一凛的同时，尚还有些迷瞪的脑子猛地清醒过来。

"出事了！"这是我的脑子里瞬间便掠过的念头。可电话里"嘟嘟"挂线的忙音，却让我来不及去找郑建军追问，究竟出了什么事情。

该不会，是自己已经暴露了吧？这个可能性并不是没有。毕竟，"朱雀"手下的情报网很强大；也不排除知悉这项计划的人里头，会不会有人将我出卖。

可石榴紧跟着进来的短信，打消了我心头的疑虑。短信很短，仅仅不过五个字："'青龙'出事了！"

"'青龙'？他怎么会出事？出了什么事？"我连忙打电话过去，可听筒里响起的，却只有占线的忙音。而当我回过头来打郑建军的电话时，能够听到的，同样也只有忙音。

作为组织丹商位仅次于"北斗"这些执董们的"四灵"，而且还是掌管着组织内战力最强的东方七宿的"青龙"，他若出事，对于整个组织来说，不亚于一场高里氏级数的地震。

郑建军和石榴的电话都忙音占线，间接说明，现在的"刺秦"，应该正处于紧张和忙碌中。甚至，很大可能，已经进入了临战状态。

"外敌？内鬼？还是内外勾结？"赶往机场的路上，我脑子里一直在思索着这些可能，可惜，都只是徒劳。要想了解具体情况，还有那个儒雅式中年大叔，现在是生是死，恐怕，只有等我回到外岛之后，才能知道吧。

于是，这次本就是被郑建军强逼着安排的休假，因为"青龙"出事这一横生的枝节，无疾而终。等到巨大的跨国航班降落在机场的时候，整个外岛早已是灯火璀璨，如同一颗镶嵌在漆黑天幕与深蓝大海之间的明珠。

早在登机之前，我便已经把航班信息发给了郑建军。可令我无论如何也没想到的是，来机场接我的，竟会是"朱雀"。

作为"刺秦"的情报头子，出了这么大的事情，这个时候，最忙的那个，不应该就是她么？郑建军这又是在出哪门子的幺蛾子，居然让这个女人来接我？

所以，看着那台火红色的跑车跟前，被一身紧身的黑色皮衣，将整具身体包裹得凹凸有致的她，我迟疑着停下了脚步。一时之间，竟不知是不是该走过去。正犹豫着是不是该给郑建军打个电话的时候，却发现她抬起胳膊冲我招了招手后，便已转身钻进了驾驶位。

这接人都能接得这么大牌的吗？虽然心里其实是有些抗拒和不情愿的，可最后，我还是老老实实地拎着包钻进车里，坐在了副驾的位置上。因为我相信，郑建军会这么安排，肯定有他的用意在里头。

若可以选择，我是想坐后排的。因为我的潜意识告诉我，"朱雀"这个女人，漂亮美丽诱惑到极致的同时，也危险到了极致。离她远点儿，才是最好的选择。可现实往往就是这么的无奈，这跑车吧，它就没有后排座。

耳边是窗外极速掠过的风声，以及转速几近极致的发动机，如同闷雷的咆哮；鼻端，幽幽的馨香萦绕，而这馨香的源头，就在我的左侧。只是，那张精致如画的脸，此刻却面沉如水，冷得怕人。

"什么都别问。到了地方，就跟我进去，我叫你揍谁，你就揍谁；让你杀谁你就杀谁！"知道我在看她，可她却连扭头看一眼的意思都欠奉，只是死死地盯着被车头大灯照亮的前方。

而冷冰冰的话语，却从她的齿缝里，一个字、一个字地迸了出来。

我能感觉到她心里压抑着的愤怒，就仿佛，那身紧身的黑色连体皮衣底下，包裹着的不再是一具曼妙的身体，而是一座快到喷发临界点的火山。

就在这时，我发现了一丝不妥。左侧的后视镜里，那辆深灰色的汽车，跟在后面的时间，似乎太长了些。虽然，它时不时借着其他的车子做掩护，可从机场出来，已经拐了好几个路口了。这恐怕不是恰好同路说得过去的。

正想提醒她，后面有人跟踪的时候，她那压抑着火气的声音，就先一步在耳边响了起来。"不用说了，我知道！"接着，又是咬着牙齿的一声冷哼。

再然后，我就听见引擎舱里猛然响起的狂暴怒吼，紧跟着，巨大的惯性，便将我牢牢地摁在了座椅上。而身下的跑车，骤然加速，在这夜暗中的外环高速路上，拉出了一道耀眼的火红色流光

这疯女人，也不先打声招呼！我真想骂她一句，可在高速中不停变道超车的跑车，却令我不得不靠死死抓住车门顶上的扶手来固定身体。

这时，我才发现，跟在我们身后的车，是三辆。

现在的时间已经接近午夜，外环快速路上虽然零星有车辆在跑，可总体上来说还算空旷。于是，跑车出色的性能，就彻底展现了出来。

不得不说，这位姑奶奶的车技，真的很厉害。反正，给我的感觉就是，眼看着就要怼上前面的车屁股了，偏偏她手中的方向盘就那么一拨一回，就能恰到好处地避开，紧贴着人家的车子超到了前面，只给那些被吓得惊魂甫定的司机，留下一排红艳艳的尾灯。于是，这午夜的外环线上，时不时就会响起刺耳的刹车声和喇叭声，以及一声声的破口大骂。

通过后视镜，我远远地看到后面那三辆车虽在锲而不舍地跟着却也在慌忙避让周边车辆。再者，本身车子都没在一个档次上，车技估计也很悬殊，双方的距离拉开了不少。不出意外的话，没准下一个路口，就会被彻底的甩掉。

可意外，偏偏就出现了。就在我们从外环的高架上下来，准备一鼓作气冲过那个亮着通行绿灯的路口时，一辆货柜车无视它那条道上亮着的红灯，直接就闯了过来，横在了道路的中央。

这时候，我的脑子已经来不及反应了。尖锐的刹车声从跑车的底盘处传来，钻进耳朵，扎得人耳膜生疼。巨大的惯性，将我原本紧贴着椅背的身体，狠狠地推向了前方。要不是有安全带勒着，我整个人恐怕都已经从前挡玻璃上撞飞了出去。

车身随着向左打死的方向盘，一边因为惯性继续向前冲，一边迅猛地向左甩头，整个车

子，几乎是瞬间，就从车头向前，变成了打横往前滑行。而副驾上被安全带牢牢拴住的我，在那短短的零点几秒内，仿佛变成了一个"不倒翁"。被那只叫作"惯性"的大手扒拉着，从前倾变成了右倒，再又迅速地被压在了车门上，紧接着重又被压回了椅背上。

而这时，跑车已经完成了教科书式的漂移甩尾掉头，冲着那些迎面而来，还没从刚才惊险的一幕中回过神来的车流中，咆哮着逆行而去。

"这疯女人！"我听见心里有个声音在无力地呻吟。飞车追逐、极限漂移，除了没有别车互撞、开枪驳火外，那些电影或电视里才会出现的场面，这回全都被我赶上了。饶是我平日里再能掩盖情绪、再稳得住，这会儿也只觉得浑身发软，胸膛里那颗心"嘭嘭"地猛跳着，仿佛下一刻就能从里面蹦出来。

车子逆行至最近的一个路口后，就立刻向右拐了出去，结束了这种严重违反交规的逆行状态。而"朱雀"也一改之前在宽阔大道上狂飙的做法，不停地拨弄着方向盘，操控着座下的红色跑车，在一幢幢楼宇之间的窄道上钻来钻去，最后，将车停在了某栋楼下的地下停车库。

"这是到了吗？"

"换车！左边第三辆，黑色的车，钥匙在车上，你来开。"还没来得及细问，就听见她喘着气说道。那原本略带沙哑的妩媚声线，此刻，竟显得有些颤抖和虚弱。

推开车门，解开安全带，深吐了口气后，正准备走向那边的黑车，又突然听见她喊了声，"等等！"

"嗯？"我回头，疑惑地看向她。

"不知道来扶一下？"她没好气地扔了我一个白眼。

我哑然，旋即又释然。当一个人经历过极度的紧张之后，浑身乏力、动弹不得是再正常不过的事情了，这是身体进行自我保护的一种应激反应。

自己这个坐车的，都被先前那刺激的一幕吓得心跳失常，更何况她这个把着方向盘的人？当时那情况，只要反应稍慢一点儿，估计明天就能在报纸上看到"一男一女，飙车惨死"的新闻了。

这是我第一次，与肖凝、若寒姐之外的女性近距离接触。没有所谓"软玉温香抱满怀"的旖旎，反倒是小心翼翼地如同一个初出道的蟊贼。生怕一个不留神，碰到了不该碰的地方，惹恼了这位看似娇弱、实则霸气的姑奶奶。故而，这短短的几步路走下来，心里的紧张，居然不比先前的极速狂飙差多少。

"没出息！"好不容易将她搀进这台黑车的副驾，没给句好评不说，反倒被赏了个满是鄙夷的白眼。

惹不起，我躲还不行么？于是，我很知趣地没有答话，老老实实地上车、打火，然后问她，接下来去哪儿？

"天星大厦！"丢下一句话后，她就将整个人重重往椅背上一靠，闭上眼假寐了起来。

第三十九章　　"天星"谈判

基本上，所有见不得光的组织和团体，明面之上，都会有些披着合法外衣的产业。这些产业的存在，除了可以给组织成员提供合法的掩护身份外，更重要的一个作用，就是用来"洗钱"。

所谓"洗钱"，就跟字面上的意思一样，将所有来路不明的钱"洗"干净，变成能够在银行系统中自由转入转出的合法资金。

不然，当某个人的账户中，突然多出了一大笔钱，而这笔钱又说不清来路，更与他的正常职业收入不匹配时，银行内的相关监控机制就会被触发。而同时，负责侦办金融案件的警察部门，也会注意上你。

"天星大厦"与"港生商贸"，还有那个初到外岛，便给我留下尴尬记忆的"天上人间"一样，都属于"刺秦"名下的产业，当然，这仅仅只是其中的一部分。而这栋大楼，正是"摇光"一系的大本营。

意料之中，车在大厦门口被保安拦了下来。挡在车头前的保安一边紧张地注视着我们，一边摁着挂在肩膀上的对讲机跟上面汇报。而他后面的三名保安，两个摘下了甩棍，还有一个，手一直按在腰侧，不用猜都知道，那地方藏着枪。

"闪开！"下车后还没等我招呼，"朱雀"已经推门下车了。那一身包裹在黑色紧身皮衣下的魔鬼身材，让几名原本紧张兮兮的保安，立时就看傻了眼。然后，又想起了什么似的，赶紧把脑袋埋了下去。好似多看一眼，就会遭灾一样。

"'朱雀'大人！……"为首的保安低着脑袋喊了一句，声音有些发颤，也不知道是因为紧张还是害怕。仅从他这句话，我就能够断定，他们是"刺秦"的内部人员，而不是那种雇佣来的普通保安了。

"让开！"生冷的两个音节从"朱雀"的牙缝里喷了出来。保安头目的脑袋垂得更低了些，连身体都在发抖，可依然还是拦在"朱雀"前边儿，没有要让路的意思。

"啪！"一记响亮的耳光在大厦楼前响起。可在"朱雀"的威压之下，那位可怜的保安头目，竟是连伸手捂下已经明显红肿起来的脸颊都不敢。可即便是这样，那伙计还是跟块石头一样戳在那儿，一步不挪。

这时，他左肩上挂着的对讲机突然响了起来："'朱雀'，何必为难下面这些小的。上来吧，我在办公室！"

这一次，无须"朱雀"再发话，四名保安便齐齐地退到了一边儿。"朱雀"的鼻孔里又喷出了一声冷哼，抬脚便朝大楼内走去。黑色的中跟靴子，在门厅前的大理石地面，敲出了一连串清脆的音符。

"自己去找袋冰敷一下！"自感应的玻璃大门无声朝两侧划开。等待开门的间隙，"朱雀"突然扭头说了一句。而那个惨挨了一耳光的伙计，非但没有半丝的怨怼，反倒还带着些不知道是激动还是感动的颤音儿，低头躬身，连忙应了句，"是！谢谢'朱雀'大人关心！"

"那个谁，还跟木头似的杵那儿干吗？跟上！"略显沙哑却又清冷的嗓音再次响起，我心里没来由打了个激灵，连忙快步跟了过去。从几个保安旁边经过的时候，我发现这几个哥们儿在偷偷瞅我。只是，那眼神儿里的意思，怎么看，我都觉得像是充满了同情。

不过，这是不是从另一个方面可以说明，"朱雀"这位女情报头子在"刺秦"内的权势？同时，也能说明，"摇光"一系，对于下属人员的掌控力？

我敢肯定，当时那种情况，若不是有人在对讲机里说话了，那几位保安，肯定是不会让道的。而当时"朱雀"的忍耐明显已经快到极点了。再多僵持一会儿，恐怕就不是一个耳光的事情了。

说实话，当时我心里头，其实是想听到"朱雀"喊我动手的。一动手，那这矛盾就会不可避免的激化。如此一来，本身就因为"青龙"的事情而显得"山雨欲来"的"刺秦"内部，形势就会变得更加的紧张。说不定，两个派系之间，就此开战都有可能。

若是那样……想到这儿，我不由觉得有些遗憾。暗怪自己，临场的应变能力还是欠缺了些。居然没能把握住这么好的机会。当时，我若是直接动手，以"朱雀"当时的脾气，应该是不会认为我越俎代庖的。

甚至，在她看来，几个不长眼的小喽啰而已，教训了也就教训了。只要没死人，就没什么大不了的。而且，她本身就是因为"青龙"的事来问罪的。更何况，路上还出了那么惊险的一场插曲。

原本，我还以为，她是要一路打进去的。而我，就是被她抓来充当打手的。可细看眼下

243

这状态，我不得不承认，这组织里所有的人，现在，都在保持着最大限度的忍耐和克制。不然，任何一丁点儿迸出的火星，都有可能将之点燃。

"想什么呢？"电梯内，不断跳动增加的红色数字，表示着这间小小的屋子，正在一路上行。身后传来的询问，打断了我脑子里已经有些脱缰的思绪。

"没想什么。"强压住那些纷杂的念头后，我轻声说道，尽量让自己的语气显得自然一些。

"是吗？"她的声音里带着明显的不相信。正不知道该怎么回答时，她却已经改变了话题。

"'天枢'一直说，你是个值得信任的人。刚才，你没在门口动手，说明你心里也清楚组织内现在的形势。所以，待会儿进去之后，你就老老实实待着。我没叫你，你就不要乱动……你记住了，要不是姑奶奶身边暂时没有可用的人，我也不会跟'天枢'把你借过来。明白吗？"

"嗯！知道了，'朱雀'大人！"我闷闷地回道。这语气还真不是装出来的。任何一个男人，只要还有点儿自尊心的，被一个女人用这种高高在上的态度跟你说话，想必，那心里都不会舒服到哪儿去。

而"朱雀"，似乎已经习惯了别人这种明明心头有火，却只能憋着的状态。是以，一声傲娇范儿十足的"哼！"，就是她对我的回答。

不多时，电梯在大厦的顶层，也就是81层停了下来。

电梯门刚打开，就发现两侧各站了一个黑西装、白衬衫、外加黑墨镜的彪形大汉。而从电梯中走出来后，这些每个都佩戴着空气耳麦、装束一模一样的汉子，居然从电梯间起，分左右贴墙背手而立，以两米的间距，一直排到了整层楼那唯一的一间房间门口。

"朱雀"目不斜视地走在前面。仿佛，这两侧所有对她恭谨地行注目礼的人，都是空气一般。整条廊道内，全是她脚下的皮靴踩出来的"咯噔"回响。

我突然就觉得，此时的"朱雀"，应该换一身装束才对，不然，完全配不上她这如同女王般的气势。至于我这个还穿着一身休闲装的跟班，就只能默默地跟在女王陛下的身后，宛如一个可有可无的人。

两扇巨大的玻璃门，早已被守在两旁的保镖推开。骄傲的脖子几乎快扬到天上的"朱雀"走进去后，两个保镖左右把手一伸，拦住了正要跟进去的我。

察觉到了身后的情况，"朱雀"的步子立刻停了下来。扭头扫了一眼后，那双妩媚的眸子，带着凛凛的冷意，直接投向了里面的大厅。那里面，两个原本在沙发里坐着的男子已经站了起来。而偌大的房间内，四下里站着的，全是与这外边一样打扮的保镖。除了鼓鼓囊囊的腰间之外，还有几个拿的，居然是微冲。看这阵势，想必就是防着有人会铤而走险，来杀他们泄愤吧。

"他就是林凡吧？"出乎意料，先开口的，居然是其中的一位男子。看他的年纪，跟余文龙年纪相仿，估计也就四十出头。但看外表的话，像极了电影电视里，那种英俊多金的公子哥儿。

他显然是在问"朱雀"，可"朱雀"这位傲娇的女王陛下，却压根儿没有答话的意思。她就那么双手环胸地站着，嘴角轻撇，用一抹不屑的冷笑，作为她的回答。

此时，我不得不承认，"朱雀"这女人的骄傲，或许真的是天生的而不是装出来的。不然，光面对这人多势众、全副武装的架势，就足够自己好好掂量掂量下态度了。

"让他进来吧！"不知道是不是已经习惯了"朱雀"这脾气，男子好像并没有生气的样子，反倒是摇头苦笑了一下，而后冲门口拦住我的两名保镖挥了挥手，让他们放行。

进屋之后，出于习惯，我一边跟着"朱雀"往里走，一边不着痕迹地打量着这间大得离谱的房间的陈设。一边看，一边在心里暗自琢磨，等会儿要是谈崩了，怎么才能让我们这两个人撤出去。

当然，琢磨出来的结果，只能是不可能。那种仅凭单枪匹马，便能在敌群中大杀四方，来去自如的存在，从来都只存于编剧们的脑洞中。而现实却是，我和"朱雀"，自打走出电梯开始，就和两只待宰的羔羊一样，毫无区别。

可这女人好像根本就无视这种危险一样，进去之后，很随意地就坐进了沙发里，还抬手指了指玻璃茶几上摆放着的红酒。而那个男的，除了和刚才一样摇着头苦笑之外，还真就像个服务生一般，将酒倒进高脚杯里，再送到了"朱雀"手上。

至于我这个当跟班的，自然只有继续站在女王身后的份儿。别说红酒、茶水了，人家连客套下、招呼你坐的意思都没有。

"朱雀"用手指夹着杯脚，妩媚的眸子注视着杯子里那薄薄的一层猩红液体，轻轻摇晃着，好整以暇。既不端起来往唇边送，也不开口说话。

仿佛，在那杯子的轻轻晃动间，这位女王，就已经将这整个空间的气场，都置了自己的掌控之下。就好像，不是她来找人问答案的，反而是对方欠她一个解释一般。

终于，另外那个身材魁梧，长着一脸络腮胡子的中年人，忍受不了这诡异且压抑的气氛，先开口了。

"'朱雀'，你能不能把你那副审犯人一样的表情收起来？怎么说我和'摇光'也是'星君'，你一个'灵官'，对我们是不是应该有起码的尊重？"

这时，我终于能确定这二位的身份了。他们，就是"北斗"中与郑建军他们不太对付的那两位，"开阳"和"摇光"。

"心里没鬼，又怎么会怕？您说对吧，'开阳'大人？""朱雀"轻轻地开了口。只是，她的目光，却依旧落在指间荡漾的液体上。

"你……"相比"摇光"，"开阳"的性子明显要急躁些。当下就恼怒地就要站起来，伸手指着"朱雀"，满脸的络腮胡子，都跟着哆嗦的嘴唇颤抖了起来。

"'开阳'！"这时候，"摇光"说话了。他抬起手掌放在了"开阳"前伸的膀子上，拦住了处于爆发边缘的"开阳"。

"'朱雀'！"叫完"朱雀"的名字后，"摇光"略微沉吟了一下，似乎是在组织语言，而后才又接着说道："如果我说，'青龙'的事，与我们无关，你信不信？当然，你可以认为我们现在是做贼心虚。"

说着，他的目光在房间里巡视了一圈，从那些全副武装、面无表情的保镖身上掠过，而脸上，又露出了无可奈何的笑。"可不管你信不信，我们现在只是为了以防万一，为了自保而已。说实话，当听到'青龙'在国外出事的消息时，我们心头的惊讶，不比任何人少。没错，我和'开阳'，在关于组织未来的发展上，是和'天枢'他们有矛盾，也导致各自所属的人马，势同水火。因此，为了打击对方，难免就会有各种各样的小动作。但是！……"

说到这儿，他停顿了一下，长吐了口气，像是把心头的烦闷都倾泻出来后，才接着说道："但是，这所有的一切，都从没有超过底线。大家都是在同一个锅里舀饭吃，我们也好，'天枢'他们也罢，争的、抢的，无非就是那柄舀饭的勺子，以便让跟着自己的兄弟，能够多吃几口而已。所以，不管怎么争抢，都不能把勺子摔了、锅掀翻了。那样，就谁都没饭吃了……"

"朱雀"终于把目光从酒杯里移了出来，然后，突然笑了。笑得很狐媚、很迷人，可从她嘴里说出来的话，却很诛心。因为她说的是："既然勺子不能摔、锅也不能掀，那就干脆把抢饭吃的都灭掉好咯。这样，不就没人跟你们抢了吗？"

"摇光"的表情室了窒，苦笑更浓了些，摇着头说："对，这是最直接有效、一劳永逸的法子。可问题是，我们可以这么做，别人是不是也可以这样干？那最后呢？就不再是扔勺子、掀锅的问题了，而是把这口做饭的锅给砸了。你觉得，是我会蠢到这份儿上，还是'天枢'会傻到那种程度？"

"你们不蠢，不代表别人不会犯蠢啊！""朱雀"依旧笑眯眯的，只是，若我换成"摇光"和"开阳"他们，恐怕就会觉得这女人笑得很可恶、很欠揍。

于是，络腮胡子的"开阳"忍不住说话了，瞪着"朱雀"问道："什么意思？"

"什么意思？字面意思啊！"说着，"朱雀"又将杯子端了起来，与眉齐平，一边欣赏着那杯中红色液体的旋动。

"开阳"似乎没明白她这话里的意思,正想再问,却被已经变了脸色的"摇光"拦住了,"是谁?"他看向"朱雀",脸色铁青,眼睛里闪烁着杀意凛然的凶光。

"我要知道是谁,还会一个人单枪匹马的来么?哦!对了,忘了还临时抓了个跟班儿。"说着,她侧首往我站的位置瞅了瞅,然后,很没诚意地道歉:"不好意思啊小朋友,姐姐今天被吓倒了,脑子现在还有些迷糊。"

"谁能吓倒你'朱雀'呢?"说话的是"开阳"。看得出来,他已经快被"朱雀"阴阳怪气的话给挤兑到发狂了。所以,一有机会,就要反讽一下。

"哎……算了算了,懒得提了。要想知道我被谁吓着了,看看今天外环线上的交通新闻不就知道了?唔,好了,酒醒得差不多了!"

我突然觉得,我的脑子跟不上这女人跳跃的思维了。这不,前一刻还在说先前被人设计围追堵截的事儿,可转瞬她又关注起杯子里晃荡了半天的红酒来了。

然后,就见她举起杯子,将杯口贴近那红艳欲滴的唇,再优雅地一扬头,一饮而尽。最后,居然还吐出一小截舌头,绕着唇边舔了一圈,一副意犹未尽的馋嘴模样。

"味道不错,谢谢'摇光'和'开阳'两位大人的款待,'朱雀'就先告辞了!"她把玩着已经空掉的高脚杯,从沙发里站了起来。

这就走了?我有点儿不敢相信自己的耳朵。来的时候不是气势汹汹、咬牙切齿的吗?还说要我听她招呼,叫揍谁就揍谁,喊杀谁就杀谁?结果呢?说了几句不着边际的话,打了几段哑谜,就结束了?

可事情,偏偏就是这么滑稽和扯淡。"朱雀",她就真的这样施施然走了。见我愣着没动,还没好气地瞪了我一眼说:"还不走干吗?等着人家留你过夜啊?"

于是,我只好一脸懵逼地跟了上去。快走到门口的时候,才听见"摇光"的声音从后面传来:"放心吧,我会查的。如果真是下面的人做的,我会给你一个交代!"

"不是给我交代!"她止住步子,回首,妩媚的脸上,那欠揍的微笑又挂了上去。"'摇光'大人,您应该明白,需要一个交代的人,不是我。另外,希望大人您手下的人效率能高一点儿,不然,要是我先找到的话,到时候,还请两位大人不要怪'朱雀'多事哦。毕竟,人家都想要我的命了,我若是不表示表示,别人还会觉得'朱雀'好欺负呢!"

她突然停顿了一下,脸上的笑容更盛,而后,她笑盈盈地问那头的"摇光":"大人,您应该知道的,'朱雀'虽然只是个女人,可也不是好欺负的呢,对吧?"

没等脸色难看的"摇光"回话,这女人又绽着她那迷死人的笑容说道:"今天是'朱雀'唐突了,有冲撞冒犯的地方,还希望两位大人,不要与我这小女子一般见识啊!'朱雀'先行告退了!"

说完,她还像模像样地抱拳躬身行了个礼,这才转身,摇曳着腰肢走了,留下一屋子男人,对着她娉娉婷婷的背影,瞠目结舌。

可就在她转身的瞬间,我却分明看见,她那浅笑倩兮的脸上,妩媚的双眸中,闪烁着的光芒,却冷得几无温度。近在咫尺,我能清晰地感受到,那冰冷目光中,已经浓烈到了极致的杀意。

第四十章　别墅夜会

从"天星大厦"出来后,依然还是我开车,而目的地,自然是郑建军在山上的别墅。至于"朱雀"这女人,上车伊始,便钻进了后排座。

"去'天枢'那,我要睡一会儿,到地方之前不要吵我!"她困倦地说道。然后,就真的躺在了座椅上,不一会儿,居然还响起了轻微的鼾声。看样子,今天,她是真累坏了吧。

目光划过后视镜,因为椅背的遮挡,我看不到她的脸,只能瞥见那横呈在后座上的一段玲珑曲线。她倒是真放心我啊!

没来由地,我突然觉得心里有点儿难受,有点儿憋得慌。然后,一股子苦涩就从心底涌了上来,在嘴角处凝结成淡淡的笑——苦笑。我是个卧底啊,肩负着特殊使命的卧底啊!而现在,我却不知道,自己这个卧底卧了这么久,到底算是成功,还是失败?

说失败吧,可就目前来说,这组织里我所认识的每一个人,对我,好像都是无保留的信任。比如老狐狸一般的郑建军,比如带着我去见他心上人的石榴。而现在,似乎还要加上她,一个理应对谁都怀有戒心的女情报头子。

对于一名卧底来说,这应该算是不得了的成功了吧?

可若要说这就算成功的话,似乎又太牵强了些。从加入"刺秦"到现在,我非但没给陆云巍他们传回一丁半点儿有价值的信息,甚至,直到现在,我都未曾和他联络过。

或许,可以用保护我,避免暴露的理由来当借口,可事实上呢?我自己却很清楚,我是在逃避,逃避作为一名"卧底"的责任,逃避那种出卖朋友、出卖信任自己的人,所带来的负罪感。

记得有句话是这样说的:"既然没有经历过,那就永远不要提什么感同身受。"以前,我还无法完全理解,为何电影里的卧底会抑郁到不得不靠大剂量的安眠药入睡,会需要心理医生的诱导催眠,才能缓解不堪重负的心灵。那时候的自己,沉默寡言、近乎自闭;那时候的自己,可以因为一次潜伏或者狙杀,耐得住寂寞和孤独,一动不动地趴在掩体里许久许久。甚至于,为了最终能完成任务,都可以冷静到对身旁战友的鲜血视而不见,把对战友的缅怀藏在心底。

现在想来,那时候的自己,心思还是太简单、太天真了。因为,那座山,还有那座山里的人,其实都活得简单而又纯粹。在那里,你只需要做好自己的事情,完成分内的工作,剩下的,自然有你的班长、排长、连长、指导员去为你操心。真正有能力、有本事的人,该是你的功劳、该是你的荣耀,谁也别想抢走。

所以,那时,我这个所谓优秀的狙击手,所谓的王者般的人物,其实,不过是一只活在更多人护翼之下的雏鸟罢了。我们的简单、纯粹,是因为,有人站在更高的地方,替我们遮挡着风雨。

所以,我们无须去钩心斗角,无须去想及背叛、甚至出卖。所以,我们可以活得堂堂正正,可以笑对遇到的一切艰难困苦,甚至,连死亡都可以用放声的大笑去迎接……可现在呢?现在的我,什么时候又真正地笑过?

于是,我发现自己开始慢慢地理解电影中的角色了。因为,在他的身上,我看到了自己的影子。我甚至怀疑,将来的某一天,我是不是,也会变成那副样子。

也许,也正是因为如此,我才会下意识地去逃避吧。逃避身为一名卧底,不可推卸的责任——"出卖!""出卖"那些信任你,把你视之为他们朋友、兄弟的人。而当"出卖"成为了职责,"背叛"成为了习惯,我还是我吗?

破天荒地,我突然有了想要大醉一场的冲动。可我知道,那也仅仅只能是想想罢了。只要我这卧底的身份还存在一天,我走的每一步、做的每一个动作、甚至说的每一句话,都和行走于横在悬崖间的钢丝上没任何区别。一个行差踏错,带来的后果,就只能是万劫不复。古往今来,当了叛徒的人,又有几个会有好下场?

其实,还有最最关键的一点,那就是我一直没能搞明白,为什么陆云巍要如此大费周章地将我送进这个组织当卧底?

如果说,郑建军他们是毒贩、是黑帮、是恐怖分子,那这个卧底,我不但可以当得心甘情愿,还能当得毫无心理负担。可偏偏,他们却不是。至少,就我现在所了解和知道的,他们这些人,不过是群收雇主的钱,替雇主杀人的杀手罢了。

当然，我的意思，并不是为他们开脱。既然是杀人，不管被杀的那个，是好是坏、是善是恶，只要没经过法律的审判，原则上来说，都属于擅自剥夺他人的生命权，都属于犯罪。而犯罪，理所应当要被打击、被消灭。

所以，困扰我的就在这里。打击犯罪也好、打击地下黑恶势力也罢，怎么说，都应该是公安部门的事情。

换句话说，这个卧底的任务，本身就已经超出了军人这一职业的业务范围。除非……除非"刺秦"这个以"杀人"为主营业务的组织，实际上另有身份和图谋。而他们图谋的事情，严重威胁到了国家或者军队的安全。所以，我会被选来当这个卧底，而陆云巍，以及他身后的人，才想要把这个组织连根拔起、彻底铲除。

可是，真的是我想的这样么？直到许久之后，偶然间沉湎往事的时候，我才突然间想起，原来，在那个夜晚，我的猜测已经无限接近了真相。只可惜，当时的我，却并不知道。而当时，脑子里纷乱如麻的我，开着价格不菲的纯进口汽车，穿梭在霓虹闪烁、流光溢彩的繁华都市中，在那大多数同龄人夜生活最丰富精彩的时段，从心底翻涌而出的，除了无法言语的烦躁之外，就只剩下浓浓的挫败感。

一个不知道为什么卧底而卧底的卧底，一个连任何与卧底任务有关的秘密都未能刺探到的卧底，一个连自己现在的直属上司，堂主"青龙"，到底出了什么事，都还不清不楚的卧底……这样的卧底，不算失败，又算什么？

这种糟糕的心境，一直持续到了此行的目的地，郑建军那幢位于山上的别墅。车子刚开进别墅的院门，我就发现，这整个院子里，或明或暗、影影绰绰的人手，少说也有三十来个。甚至，在下车的那瞬间，我浑身的肌肉都下意识地紧缩了一下。这熟悉的威胁感让我意识到，有人正通过瞄准镜看我。

于是，我抬眼望向了别墅顶端的阁楼。果然，那百叶窗的后面，有微弱的镜片反光。不过，这伙计倒挺有意思，明明知道已经被我发现了，居然不闪不避的继续用瞄准镜锁着我。那感觉，就好像是要跟我较劲儿似的。

不过，这倒让我先前乱糟糟的心情，奇迹般地沉静了下来。正想着，是不是要跟这伙计玩儿玩儿时，却发现，那种被锁定的感觉消失了。再一听身后的动静，我就知道，阁楼上藏着的这伙计，现在正通过瞄准镜，窥视着刚刚下车的那位尤物。

显然，"朱雀"这女人也不是个省油的灯。她本来正伸懒腰的动作，突然就顿住了，然后，猛地一扭头，森然的目光，就从那对妩媚的眸子里射到了阁楼上。再然后，她的嘴角勾了起来，一个能让雄性心神荡漾的笑，就出现在了她那张完美无瑕的脸上。

我听见了候在车边的保镖们，陡然间加重的呼吸声。再然后，是这女人明明笑吟吟，却让人毛骨悚然的话语——"你们两个，去，将楼上那家伙打一顿。不用太狠，变成猪头熊猫眼就可以了。"

被她点到名的两位保镖立时就愣在了当场，那期期艾艾、欲言又止的样子，要多为难，就有多为难。

"怎么？是要我自己动手吗？"这女人还是笑吟吟的，只是，这说出来的话，却始终带着让人心惊肉跳的冷意。

"是！'朱雀'大人！"这下，这两保镖再也不敢迟疑。齐齐低头应了声之后，连忙快步去了。甚至，我还能瞅见，这两哥们儿，一边飞奔，一边偷偷地抹着额头的冷汗。至于这车子周围，似乎连空气都瞬间变得凝固。一个两个全都把脑袋埋得低低的，几乎连呼吸都屏住了。

一瞬间，我不禁怀疑起"朱雀"的真实身份来。她真的仅仅只是个负责"刺秦"情报的"情报头子"吗？虽然，任何一个地下组织，内部的等级都很森严。可无论是"摇光"那边也好，郑建军这里也罢，能在这时候守在他们身边的人，都应该是心腹了吧？

正所谓"宰相门前七品官"，大领导的心腹，很多时候，都是能见"官大一级"的存在。你看那些诸如领导秘书啊、助理什么的到了下级单位，谁不是被当大爷一样伺候讨好？

所以，我就觉得很不正常。这女人，虽然在"刺秦"内也算是位高权重，可终归不过是个部门领导而已啊？到底是基于什么底气，才能让这些高层们的心腹手下，都畏她如虎，连抬眼看她的胆子都没有？

可惜，这些东西，没法正大光明地问。本来，石榴倒是个很好的打听对象，奈何这家伙，除了大早上的那条短信外，就再没了动静。更无奈的是，刚下飞机，我就被"朱雀"这女人给抓了差，一直折腾到现在，硬是没工夫跟这家伙联系。

于是，心下疑惑的同时，我只能又一次悄然调高对走在我前面这女人的警惕级别。没来由地，我心里有种隐隐的预感：我的卧底任务想要顺利完成，这个代号叫"朱雀"的女人，恐怕是个无法绕过的坎儿！

走进客厅，毫无意外，郑建军和余文龙两个人都在。只是，与上次老神在在地品茶、抽雪茄不同，这两位的脸色，现在都不是很好。那茶几上的香茗、点心、雪茄，摆得满满当当，却几乎连动都没动过。

"回来啦？挺快！真是对不住啊兄弟，打扰你休假了！"见我和"朱雀"进来，郑建军原本阴沉着的脸上，居然勉力挤出了丝微笑，"你们在路上遇到的事情，我已经安排人去查了。等找到人，哼哼……"

说这话的时候，郑建军的神情阴冷而狰狞。可听到他这恶狠狠的语气时，实话实说，那一刻，我的心里烫热了一下。若是抛去所有与身份有关的东西，郑建军，的的确确是个能让人心折的人物。若是一定要给他一个评价的话，我个人觉得，他更像一条响当当的汉子，一位真正的大哥，而不是一位黑道枭雄。

当然，这或许也跟我没见过他多少阴暗面，干什么伤天害理的事有关系。可正是这种烫热的感觉，让我那好不容易才稍稍平息的心境，又变得糟糕了起来。好在，曾经那个"死人脸"的绰号没被白叫。尽管心头暗潮翻涌，可我的脸上，依旧能保持一副波澜不惊的模样。有时候，我甚至在想，是不是正是因为这个原因，陆云巍才会选中我来当这个卧底？

脑子里开着小差，耳朵却将他们三人之间的对话，一句不漏地全听了进去。许是因为年纪尚轻的缘故，余文龙最先沉不住气问朱雀，"怎么样？见到那两家伙没有？是不是他们干的？"而朱雀，则用一种看白痴一样的眼光看着他。而后，更是连看都懒得看了，直接把目光转到了郑建军身上，问郑建军，"'青龙'那边有消息了没有？石榴赶到了没有？"

"嗯！一个小时前刚接到的消息，'青龙'已经安全了。只是，命保住了，却丢了一条腿……"

经由郑建军之口，我才算知道了这整件事情的始末：远在大洋彼岸，星国的土地上，一位早就阖家移居星国的"洪门"宿老过九十岁大寿。而这位宿老，当年又与"刺秦"有些渊源。故而，"青龙"这位在组织内也属于高管层次的"灵官"，就奉命代表组织，前去为老人家祝寿。

参加一个寿宴而已，跟公费出国旅游有啥区别？更何况，"刺秦"虽然在地下世界里，是数一数二的杀手组织。可正因为"杀手"这一行业的特殊性，故而，组织里的每个人，在明面上，都有一个相当正当的身份。

就比如"青龙"，我第一次见到他时，给我的感觉，就是一个仪表堂堂的商界成功人士。而事实上，也确实如此。在"刺秦"里，他是掌管东方七宿的灵官"青龙"；而在"港生商贸"，他正当合法的身份，是这家跨国贸易公司的常务副总。故而，因为贸易磋商等工作原因，他那本护照上，几乎盖满了其他国家的入境签章。他这次入境星国的理由，就是旅游访友，拜访一下与公司有商业合作的客户。

对于一个主营国际贸易的公司来说，高管们这种商务性质的访问，再正常不过，更何况，'青龙'，他只是去参加一个寿宴而已。故而，谁都没把他的这趟行程当作什么不得了的大事。可偏偏，老天爷却像是搞恶作剧一般，硬生生把他的这趟星国之行，整成了大事。

寿宴之前，一切正常。等寿宴结束，离开那位"宿老"位于星国的农场后，他才发现情况不太对劲儿，他被当地政府盯上了。更要命的是，盯上他的除了当地政府外，居然还有当地的黑手党。

被当地政府盯上，倒还没什么大不了。因为，在很多外国人的眼里，与他们长相不同，本身就是一种原罪。哪怕你再奉公守法，他们也能鸡蛋里挑出骨头，攀扯出无数的理由来把你拷走。所以，若只是被当地政府带了去喝咖啡，凭借他正当的身份，再联络律师缴纳足够的保释金，"洋大爷"们过足了刁难的瘾之后，没准还有脱困的可能。

可现在，黑手党同时出现，事情恐怕就不是那么简单了。因为，"刺秦"曾经做过的业务里，可是有不少刺杀黑手党大佬的单子。而黑手党现在盯上他，显然不是那些街头的帮派小混混，想要敲诈勒索那么简单。若是被他们堵住，人家是请你喝咖啡还是吃"花生米儿"，就由不得你做主了。

势单力薄，又是在别人的地盘上，是以，"青龙"唯一能做的，自然只能是逃命，从当地政府和当地黑帮的围追堵截下，争一线生机。至于为什么会同时被这一白一黑两股势力同时盯上，那都是把命保住之后，才再计较的事情。

可以想象，"青龙"的这次逃亡，比起当初我和郑建军的越狱天涯，不遑多让，甚至，还犹有过之。稍有不慎，堂堂"刺秦"的"东方青龙"，就得饮恨星国大地了。好在，总算是逃出来了，虽说丢了一条腿，可至少是保住了身家性命。

也是这时候，我才知道，石榴已经带着人赶到了那边。难怪他早上发来条短信后，就没了音讯；难怪这之后，他电话一直打不通。想必，那时候，他正在越洋的飞机上吧。

当听说石榴已经快赶到"青龙"的藏身地时，"朱雀"明显松了一口气。然后，她问郑建军，接到"青龙"之后的安排，是不是直接回来？

"不！"郑建军微微摇头，"他的伤势不轻，得养一段时间。而且，这件事背后的人还没找到，更不知道他们的图谋，所以，为了安全起见，'青龙'暂时不能回来。"

"嗯！""朱雀"先是轻轻点了点头，认可了郑建军的安排。可旋即，她又摇着头说，"是不是换个地方？那边……太不安全了！"

"是啊！"郑建军叹气，声音里透着疲倦和无奈，"可没办法，他现在的身体，经不起折腾。所以，只能等他身体好点儿了再说。"

见"朱雀"还是轻蹙着眉，郑建军挤出了个笑容。"放心吧，我会让石榴待在那儿。等'青龙'伤势稳定点儿，就转去他国接着休养。我们接下来要做的，就是把背后搞事的人揪出来。不管他们是谁，我会让他们后悔来到这世上！"

说出最后这句话的时候，郑建军从沙发里猛地站了起来。那双略显疲惫的眼睛，透过大大的落地窗，望向了外面的满天星斗，陡然间，杀气四溢。我还是第一次见到这种状态的郑建军。怎么说呢，当时，我的感觉就是，这样的他，才是一个杀手组织的首脑，一个枭雄级的人物，应该有的气势。

只是，他这杀气腾腾的架势，没能维持三秒钟，便被"朱雀"打着哈欠的声音给打破了。这女人懒洋洋地从沙发里站起来，再懒洋洋地捂着嘴，一边打着哈欠，一边说："安排个房间，姑奶奶要好好睡一觉，天塌下来也不许吵我！那个谁，姓林的小子，这几天别瞎跑，随叫随到。要是让我找不到人，哼哼！有你好看！"

这意思，就是说，我变成她手下了？我错愕地望向她，可她却连瞟我一眼的意思都没有，只丢给我一个被黑色的紧身皮衣包裹着、扭动摇曳的背影。

等到那背影消失于视线里，我转过头，将询问的目光看向郑建军，结果，他回应我的，却是无可奈何地笑笑。那意思，仿佛是在说，"兄弟，这姑奶奶惹不起，你就委屈下吧。"至于余文龙，这货正幸灾乐祸地笑得挺开心呢，欠揍得很，问也是白问。

那个晚上，我也留宿在了郑建军的别墅里。草草洗了个澡，躺在床上后，我发现自己失眠了。不过，想想这一天里的经历，失眠似乎也变成了情理之中的事了。既然睡不着，我就索性下了床，走到窗户边上抽烟。

夜风微凉，灰白色的烟雾就在这微风中缭绕翻腾，再渐渐飘散，归于虚无。仔细想想，我们每个人，当生命走到尽头时，不也正如同这随风而逝的烟雾么？眺望着那山下的万家灯火，我禁不住扯了扯嘴角，勾出了一个自嘲的苦笑。

我想起了很久很久以前，与林默一起站夜岗的时候。那时，我们只能在那偏僻的山沟里，遥望着那山外，被城市的灯火映亮的天空。我还记得当时，尚还年轻的我们，指着那看不见的繁华说，看吧，那就是我们这些傻当兵的，大半夜不睡觉，站在这里的意义——守护这片土地上的万家灯火。

他们，我曾经的战友们、兄弟们，此刻，依旧穿着那身朴实的军装，依旧在那些远离了繁华和喧嚣的穷乡僻壤里，践行着守卫万家灯火的诺言。而我呢？或许，人都是这样的吧？一旦陷入了回忆，就仿佛思绪被敲开了闸，难以收拾，更不想收拾，任由自己在记忆的漩涡里越陷越深，无法挣扎。

我想念那身军装，想念那藏在山沟里的军营，想念那军营里每一个同样穿着军装的人……想念那里的一切！这突如其来的思潮，让我的呼吸，连同整具身体，都忍不住颤抖了起来。林默、老班长、高连、冷锋、小宋、老洪、杨中队、苏姐、若寒姐……还有我出生长大的那个山村里，日渐老迈的父母。一张张熟悉的面孔，从记忆的深处浮现出来，最后，肖凝的脸庞占据了我整个脑海。

她就那么定定地望着我，那眼眶里闪动着的泪光，竟让我失去了站着的力气。于是，我跌坐在了窗台下，背靠着墙，呆呆地望着天花板，任由温热的液体，在脸上肆意流淌。

如果，我是说如果。如果可以再一次选择，我想，当初我一定会拒绝陆云巍，一定不会让自己，再重蹈如今的覆辙。可这世上，从来都没有如果。从来，都没有！

第四十一章 "刺秦"心脏

回忆是杯苦酒，可一旦入喉，却总能让人深陷其中，难以自拔。我试图寻找过那晚，情绪如同崩溃般突然失控的原因。是长久以来的压力，在心头积累太久，所以不堪重负了？还是说，从一开始，我就高估了自己的心理承受能力？遗憾的是，我找不到答案。

而当乍破的天光映亮双眼的时候，我才赫然惊觉，自己，竟在这窗户底下，枯坐了一整夜。新的一天开始了，不管对于过去，我内心里有多么的不舍和不甘，可除了徒增烦恼之外，并无济于事。

就像当年，我和林默一起去到"T大队"时，那位已经记不清相貌的参谋对我们说的那样："人这辈子，在得到一些东西的时候，注定就得失去一些东西。而失去的，永远都比得到的多。"

所以，那些已经失去的东西，注定已然失去，没有失而复得的可能。而这条当初自己选择的路，还得继续走下去。要么，功成身退；要么，功败身死，再无第三种选择。

有时候，我忍不住会想，命运这个看不见的东西，是不是也具有惯性。因为，它总会将被它掌控着的所有人，沿着既定的方向往前推。不管这中途，你是如何的挣扎与反抗，可最终，都逃不过这惯性的驱使。比如我在"刺秦"如今的现状。

之前，我一直以为，郑建军与"摇光"之间的矛盾，只是任何一个团体内都常见的利益纠葛。正所谓，"财帛动人心"。看看这世上有多少原本亲如手足的兄弟，最后却因为这"财帛"二字而分道扬镳、甚至反目成仇。

有句话不就是这么说的吗，"日光之下，并无新事"。人类历史这几千年，大至国家民族,小到家庭个人,所有的纷争、恩怨,甚至杀戮,追本溯源,不都是因为一个"利"字使然?

即便,你个人并不看重这些身外之物、淡泊名利,可那些追随你、聚拢在你身边的人呢?他们要生存、要更好地生活、要自己付出之后应得的收益,你能强迫他们,也跟着你淡泊名利,只讲付出,不图回报么?

若真能行,史书之上,又何来那许多"劝进"的从龙功臣?

可经由"朱雀"之口,我才发现,原来,郑建军和"摇光"之间的矛盾,由来已久。纯粹利益层面的原因自然会有,但更多的,却是彼此间信念上的冲突。

那是我被郑建军派给她充当跟班的第三天。三天来,我这位跟班,还兼任着司机、苦力、保镖等等一系列职务。也是在这三天里,我才算是真正见识到了,这位叫"朱雀"的女人,作为一个情报头子的杀伐果断。

她带着我最先找上的,是她们"南方朱雀七宿"中的最后一宿——"轸宿"。而"轸宿"的职责,就是将所有搜集到的情报信息,进行汇总分类,以供整个组织调用。

简单来说,它就是"刺秦"的信息处理中心。"朱雀七宿"这只"刺秦"的眼睛和耳朵,所看到、听到的东西,都需要经由这里分类归档之后,才会传递给负责谋划、决断的大脑。

稍微有点儿常识的人都应该知道,整理各式各样的情报信息,是件多么劳心劳力的细致工作。工作做得好,不一定有奖,因为那本就是你应该做的。可若是出了疏漏,造成了损失,那铁定会受罚。

相对男性来说,心思细腻的女性,显然更适合这类工作。故而,"轸宿"中的绝大多数成员,都是女人。而统管她们的"星官",同样也是个女人。跟"朱雀"的红颜祸水相比,这个被她都要喊一声"颖蓁姐"的女"星官",容貌上虽然逊色了许多,可那气质,却温婉得如同大家闺秀。

当然,这些都是我跟在"朱雀"身后,走进这栋挂着"蜂鸟商业信息咨询公司"牌子的建筑后才知道的。那一瞬间,我突然有种仿佛误入了"女儿国"的错愕。紧接着,就是一种难以置信的不真实感。

我突然想起,"青龙"给我这个刚交够三次"投名状"的新晋杀手,交代组织内的诸多事宜时,自己还默默想过,要完成我那个卧底的任务,最好是去"朱雀七宿"才对。而现在呢,我居然已经站在这个情报部门的心脏位置了。所以,我才会觉得不真实,甚至荒谬。因为,我似乎,明明还什么都没做来着。于是,刚一进门,我就如同看傻了一般,呆立在了门口。

"小朋友,咋样,美女很多吧?看花眼了吧?要不要姐姐把你调到这里来啊?"不用猜都知道,用这种戏谑口吻调戏我的会是谁。我已经看到那些跟着"星官"颖蓁姐,前来迎接

"朱雀"这位顶头上司的女孩子们，互相眨着眼睛，甚至捂着嘴偷笑了。

我不知道别人在面对这种情形时，会如何应对。但对于我来说，显然，不吭声、不回应，才是最好的选择。于是，我干脆别过了头去，不搭理"朱雀"，更不去看那些打量在我身上，有几分好奇、更还有几分八卦意味的目光。

"没劲儿的家伙！""朱雀"先是嘟囔了一句，似乎还撇了撇嘴。而后，她才对着那一众莺莺燕燕挥挥手说："都忙自己的去吧。颖蓁姐，走，去你办公室。"颖蓁姐微笑着点点头，半侧过身子，做出了一个请的姿态。

"走啊，还像根木头似的杵着干吗？是不是舍不得这么多漂亮妹子？要不要留你在这儿看个够？"

"这死妖精……"我忍不住在心里恨恨地骂了句。骂完了，又觉得有些奇怪，她今天这情绪，好像有点儿反常啊。自打成了她的临时跟班，没少被她拿话挤对，但只要我保持着任你风吹浪打，我自岿然不动的神情，她也就偃旗息鼓了。可今天，打从进这门开始，我怎么就觉得，她有些没完没了了呢？

带着这不明所以的小疑惑，我跟了上去。从颖蓁姐身前经过的时候，她依然保持着侧身邀请的姿态，还很有教养地轻轻颔首，冲我致以微笑。

我也微微点了点头，算作回应。只是，当我的视线，从她微笑着的脸庞上扫过时，我突然觉得，她的眼神，似乎闪烁了一下。而当我再想看得仔细点儿时，却发现，我能看到的，只有那张温婉的笑脸。

难道，是我眼花了？是因为昨晚没睡觉的缘故？立刻，我又推翻了这猜测。作为一名曾经优秀的狙击手，细致入微的观察力，是最起码的基本功。否则，在那猎人与猎物顷刻间就能身份互换的战场上，根本就没有活下来的可能。

所以，我确信，刚才的那一瞬间，我从她的眼眸深处，看到了那丝一闪而逝的慌乱。表情可以骗人，可以伪装，但唯独眼神，这个直达心灵的窗户，最是难以隐藏的。

对于这一发现，要不要告诉"朱雀"呢？当颖蓁姐从我身侧越过，以拖后一小步的距离，引着"朱雀"往里走的时候，我看着前面那两个，由一袭红裙和一身白领职业装组成的曼妙背影，轻轻地皱了皱眉。

而这时，我听见身后传来了一阵窃窃私语：

"这小哥是谁呀？"

"有点儿小帅呢！"

"刚才那装冷酷的样子，呆萌呆萌的！"

……

得益于良好的听力，这些女孩子之间的八卦之语，一丝不落地全钻进了我的耳朵。这感觉，怎么说呢，难以形容的尴尬。至少，我这二十多年，所有的人生经验，无法告诉我，面对这样的情况，该如何处理。是转过身去，问她们，"背后议论人好吗？"还是，装作没听见，听之任之？好像，我能选择的，也只有后者了。

只是，被她们这么一打岔，我哪还顾得上去寻思什么眼神儿的问题。虽然没有回头，可我能感觉到，那落在我背上的一道道目光。从门口穿过大厅，再到颖蓁姐办公室这段并不算长的路程，我居然有种硬着头皮才走完的感觉。直到，关上房门，隔绝掉了外面的视线与声音，我才大松了一口气，而那涌上心头的乏力感，似乎比跑完一趟武装越野还要来得累人。

当心情平静下来后，我才发觉，这屋子里的氛围有些微妙。办公桌后面的靠背转椅上，坐着的是一身大红裙装的"朱雀"。而这间屋子原本的主人，却低眉顺眼地站在一旁。

本来，这种主客易位的情况，并无异常。毕竟，"朱雀"怎么说都是她们的顶头上司。所以，让我觉得微妙或者说诡异的，不是她们两个现在的位置，而是，她俩此时的神情。

"朱雀"的脸上似乎还挂着丝淡淡的微笑，只是，从她那双眼睛里，我却看不到一丁点儿的笑意。她就那么靠坐在椅子里，摊开的双臂搁在扶手上，微偏着头，看着垂首静立在桌子旁的颖蓁姐。

她的右手腕在轻轻地抬起，复又放下，带动着手掌，一下一下地轻轻拍打着扶手。每敲一下，颖蓁姐的呼吸，似乎就跟着紧了一分。甚至，连那具包裹在西装裙里的身躯，都随着那敲击声，开始微微地颤抖。

"朱雀"脸上的笑意，越来越浓。可那目光里的温度，却越来越冷，以至连这屋子里的空气，似乎都跟着将到了冰点。她那哪儿是笑啊，分明，是心中的怒火，已经燃烧到了极致。

"说吧！"终于，"朱雀"开口了。面对这突如其来的简单两字，颖蓁的身体明显地颤抖了一下，但她却没有说话，更没有抬头。

"啪！"估计是颖蓁这样子，让"朱雀"再也压不住心头的邪火，她猛地一拍桌子，站了起来，厉声喝道："朱颖蓁，看着我！"

颖蓁姐被"朱雀"直呼其名后，这才缓缓地抬起了头，迎上了"朱雀"饱含着怒火的目光。只是，她的嘴唇却紧紧地抿着，似乎想要维系自己最后的倔强。

我本以为，她这副样子，会让已经愤怒至极的"朱雀"，大发雷霆。然而，令人诧异的是，"朱雀"居然没有继续逼问，反倒是仰起头，闭上了眼睛。那拖长了的粗重呼吸，以及急剧起伏的胸腔,无一不在表明,这妖精,正在努力地平抑着自己的心情。

或许是暂时压住内心的盛火了吧,在长长地吸了口气后,她才将头低了下来,睁开了眼睛。不过,却不是看向依旧紧抿着嘴,一言不发的朱颖蓁,而是将目光转向了我。

"你先出去!"顿了顿,她又补充了一句,"在门口守着,别让任何人进来!"

我先是愣了下,旋即又反应过来。显然,她们接下来要说的话,不太方便我这个外人听到。于是,我点点头,依言退了出去,并在门口充当起了门神的角色。

学着那些影视中的西装保镖背手而立的时候,我感受到了那一道道有意无意地落在我身上的目光。当然,我很清楚,她们好奇或者说关注的,并不是我,而是我身后的屋子,以及被紧闭的房门,和里面的两个女人。

其实,相比她们,我更想知道屋子里的"朱雀"和朱颖蓁,会说些什么。结合之前所看到的情况,我现在已经敢断定,在"青龙"一事上,朱颖蓁这个"轸宿"的主管,脱不了干系。

所以,"朱雀"才会第一个找上她吧?而找她的原因,无外乎是"朱雀"想确认,自己的属下,到底是不小心被人利用了,还是本身就参与了其中。然而,从朱颖蓁的反应来看,我个人觉得,前一种可能,要更大一些。

房间的隔音效果很好,所以,即便是贴门而立,屏气凝神细听,我依然听不到里面有何声响。本来,这是个能让我很好地,更深入了解"刺秦"内部矛盾的机会,无奈可惜了……

正在我不无遗憾的时候,一阵"哐啷啷"的声响,从门内传了出来。

这是在摔东西?疑惑刚从心头升起,我就听见了"朱雀"的咆哮。没错,就是在咆哮。即便是这隔音良好的屋子,也无法阻拦她那近乎歇斯底里的怒吼。

"朱颖蓁,你是不是傻?为了一个臭男人,值得吗?啊?值得吗?你说啊!你倒是说啊!……"

大厅里,落针可闻。以致这一刻,所有人都屏住了呼吸。甚至,我还能仿佛看到她们脸上,那掩饰不住的惊惶。

这是谈崩了?不然,"朱雀"怎么会发这么大的火?要不要进去看看?

正犹豫着,门却突然开了,满脸怒容的"朱雀","腾腾腾"地走了出来,直奔大厅。那一袭红色的长裙,带着风从我身前掠过,如同一团流动的火。

"都听着,从现在起,解除朱颖蓁的一切职务,'星官'一职,暂由洛嫣代理。洛嫣,你东张西望地看什么?还拿手指自己,是我说得不够清楚吗?"

"朱雀"叉着腰,站在大厅的中央,那气势,威风凛凛,尽显上位者的威严。以至偌大的大厅里，几十号人都只敢老老实实地垂首而立，大气都不敢喘。即便是那位突然间升职为"星官"的姑娘，那俏脸上，除了惶恐和紧张之外，竟是看不到一丝惊喜。

至于还在屋子里没出来的朱颖蓁，我悄然回头，看到的是一张毫无生气的脸。她静静地站在那儿，空洞洞的眼神儿里，已然没有了聚焦。就好像，此刻的她，已经被抽走了灵魂，只余下一具行尸走肉般的躯壳，停留在原地。

那个晚上，"朱雀"喝了很多酒。一边喝，一边指着我的鼻子骂："你们这些臭男人，没一个好东西！滚！滚出去！别让老娘再看到你！"于是，我就狼狈地被她用空的、半满的、甚至是整灌的啤酒罐子，给砸出了房间。

"让这丫头发泄一下吧，她心里啊，现在比谁都难受。颖蓁……哎！……糊涂啊！"郑建军拍了拍我的肩膀，似乎不想再继续这个话题，叹了口气后，摇着头走了。最后，还是余文龙给我解了惑。

他告诉我说："'朱雀'和颖蓁她们，都是组织收养的孤儿，也是同一批进的训练营。因为颖蓁的岁数要大一些，相对来说，就更懂事一点儿，没少照顾年纪小的弟弟妹妹们。而这些孩子当中，她照顾得最多的，就是'朱雀'。

"你也见识过'朱雀'的脾气了吧？这是天生的，改不了。所以，因为她这脾气，没少闯祸，更没少受罚。而她每一次闯了祸、得罪了人，最后，几乎都是颖蓁来替她受过。因为，颖蓁觉得自己是姐姐，是她这个当姐姐的没把妹妹看好、带好，所以，责任在她。

"后来吧，她们从训练营毕业了。因为天赋，'朱雀'渐渐在那批新人中崭露头角，最后，更是凭本事，成为了'朱雀七宿'的'灵官'。至于颖蓁，老实说，这样的女人啊，其实更适合居家过日子。哪个男人要是能娶到颖蓁这样的姑娘，这辈子真的就不亏了。只是，你也知道组织的规矩的，逢场作戏，解决生理需求可以，但真要像常人一样谈恋爱结婚，那可就是犯了'天条'了。就更别说，是跟组织里的人有了私情。"

说到这儿，他也叹起了气。然后，也跟之前的郑建军一样，一巴掌拍在了我的肩膀上，喟然长叹："可惜了啊！可这都是命，是命啊兄弟！你明白不？"

经他这么一说，整个事情的来龙去脉，我差不多也就大致清楚了。简而言之就是，朱颖蓁爱上了一个男人，而这个男的，刚好还是"摇光"那边的人。至于那个男的对她是真心，还是打一开始就另有所图，就是见仁见智的问题了。至少，对于我们这些局外的旁观者来说，肯定倾向于后者，但对于已经陷入情网的朱颖蓁来讲，她会相信哪一种，不言而喻。

然而，不管她和他是真心相爱也好，还是她被那人用"美男计"勾引、利用也罢，"刺秦"的禁律之下，都没有容忍的可能。更何况，还出了"青龙"这档子事。故而，等待着颖

260

萦的将是什么，不难想象。

难怪，"朱雀"会这么生气。毕竟，那是打小就一直照顾她，替她受了许多惩罚，不是亲姐，却胜似亲姐的人啊。而现在，她却被逼得要"大义灭亲"！

"那，颖萦就没救了吗？"沉默了片刻，我问余文龙。

"救？喏！你以为'朱雀'这丫头今天是去干吗的？兴师问罪么？真要处理哪个人，还用她亲自跑一趟？她就是想救颖萦的命啊。只要颖萦承认，自己是被人骗了、利用了，那她虽然有过错，要受罚，但怎么都不谈不上死罪。可颖萦呢，还是一如既往地认死理。这陷入爱情中的女人啊，真的是不能拿常理来度量的。恐怕，就算她明知道自己是被人骗了，也心甘情愿吧……"

"'其情可悯，其罪当诛'，说的就是颖萦这样的吧？记得'朱雀'从'轸宿'离开的时候，在门口踌躇了好一会儿。而颖萦，也同样在办公室的门口站着。'朱雀'没有回头，颖萦也没有改口。最后，失望至极的'朱雀'，给颖萦丢下了一句'自己去"思过堂"吧！'的话，才恨恨地一跺脚离开。"

"'思过堂'，在'刺秦'之内，直接属于'星庭'，不归任何一方势力管辖。"余文龙补充道。

"'思过堂''星庭'，又是两个新部门？"

见我露出疑惑的表情，余文龙解释道："'星庭'，只是'刺秦'内部的叫法。那里，其实就是供奉历代先辈的地方。所有的'星宿'，不管是横死的，还是寿终正寝的，只要没被开除出去，死后，都会在那里有一席之地。"

他这么一说，我总算明白了。倘若把"刺秦"看作一个江湖帮派，那么，"星庭"，就等同于祖师堂。至于"思过堂"这个名字，就很好理解了，无非就是字面意思，给犯了错的人，悔罪思过的地方。

也就是说，即便"朱雀"都已经被颖萦的倔强，给气得暴跳如雷了，也依然没有就此放弃，仍旧想着，怎么让颖萦留住命。

"不过，这'思过堂'有这么厉害吗，连犯了'刺秦'必杀禁律的人，都能保住？"我带着不解的疑惑问道。

"那当然，你也不想想，坐镇'星庭'的是谁。只要颖萦进了'思过堂'，何老不点头的话，放眼'刺秦'，还有谁能进去把她带走？"余文龙信誓旦旦地说道。

"何老？"我下意识地问了句。余文龙的言下之意，这个何老，在"刺秦"内的权威，居然比他们这"北斗七星"还大。难不成，他就是那个传说中的"北极星"？如果是真的，那我还真是在无意之中，知晓了一个天大的消息。

"呃……"余文龙张了张嘴，明显是意识到自己说漏嘴了。于是，他连忙摆摆手，岔开了话题，"这个，林凡啊，你才刚入'刺秦'还不是很久，有些事情嘛，那啥，你现在知道了也不合适。所以，那个……嘿嘿，你懂的吧？"

如此明显的欲盖弥彰，让我心里的判断，又笃定了几分。只是，这时候，显然不适合追着问下去，不然，反倒会让他起疑心了。于是，我只好点点头，"嗯"了一声，很是配合地装傻说，"你刚才说什么来着？"

"够兄弟！"他猛地搂了搂我的肩膀，咧开嘴直乐呵，"照我说啊，老大还是太谨慎了些，有些小气。要换我啊，早让你去'星庭'刻名了。不过嘛……"说到这儿，他又停顿了一下，那挤眉弄眼的架势，仿佛就是在说：小子，你倒是快问我啊，问我"不过什么啊？"

只可惜，我没打算满足他这吊人胃口的恶趣味，所以，我稍侧着头，就那么静静地看着他，就是不开口。

"你小子！还真不能夸。亏我刚刚还觉得你小子上道呢！算了算了，不逗你了，反正老大迟早都会跟你说的，就当我是提前给你吹吹风吧。"他摇着脑袋，叹着气，一副"被你打败了"的样子。然后，才心有不甘地告诉我，刚才他用来吊我胃口卖的那个关子，是郑建军已经有了让我去星庭"刻名"的打算。

这就相当于，以前的我，虽然算是入门了，可终归还不算彻底的自家人，顶多就是个记名的外门弟子。而一旦在"星庭"刻了名，那意义，就相当于得到了祖师堂的认可，从此，身份上就不一样了。简单来说就是，录名祖师堂，我就从一个记名弟子，变成了入室弟子。

别小看了这一身份的变化，这要搁武侠小说里，那些什么门派绝学、不传之秘之类的，从此往后，我都有了一窥究竟的资格。不得不承认，这的的确确是个好消息。这代表着，我可以接触到"刺秦"更深层、更核心的东西了。

第四十二章　替罪羔羊

于是，那个晚上，我又失眠了。因为，我一直在纠结，要不要启用陆云巍留给我的联络渠道。严格来说，任务进行到现在，我作为一个卧底，早就应该向他汇报情况，并接受新的指令什么的。

而事实上,这念头隔三岔五就会从脑子里闪过,可每一次,我都下不了决心。我知道导致自己犹豫的原因是什么,可偏偏,我却想不到更好的法子去解决。

郑建军、余文龙、石榴、"青龙""朱雀"……他们每一个人,都是那样地真实和鲜活,与之相比,记忆更深处的那些人和事,反倒显得遥远和模糊。感觉就像是,明明时间并不算多长,可于我来说,那些过往,却已经变得相当的久远。

于是,内心的煎熬,便无可避免。因为,我实在说服不了自己,把这些真诚待我的人,当作敌人。

第二天,快天亮才勉强睡着的我,还没完全睡熟,就被踹门而入的"朱雀",从床上拽了下来。

几乎是下意识地,我抱住了胳膊,试图遮挡下只穿了条裤衩儿的身体。没曾想,她居然一点儿不好意思的样子都没有,冷冷地瞥了我一眼,丢下句"穿上衣服,马上跟我走!"的话后,立刻就转身走了。非但连个让我发出抗议的机会都不给,走到那扇被她一脚踹开的房门口时,还头也不回地催促我,"快点儿,别磨蹭!"

这么火急火燎的,又是出了什么事情?草草洗漱了一下,带着这样的疑惑,我来到了楼下的客厅。郑建军、余文龙、"朱雀",三人都在,不过,这三人的脸色似乎都不太好,尤其是"朱雀"。刚才被她闯进屋掀被窝那会儿,脑子还迷糊着,所以没顾得上注意。而现在,我才发现,这女人,居然破天荒地穿了一身素黑的长裙。

更令我心头一紧的是,此时此刻她的样子。我不知道该如何去形容那种神情,只是感觉,现在的她,跟以往的任何时候都不一样。她就那么静静地站在那儿,任由余文龙在一旁说着什么,却始终紧抿着嘴角,不发一言。

见到我下来,她那不知道看向哪里的眼神,才如同回魂般有了动静。而当我对上那目光时,我捕捉到了那双冷冽的、溢散着杀气的眼眸深处,无处隐藏的哀伤。再一结合她今天这身装束,我心里猛地"咯噔"了一下。难道是……颖蓁?

"早上刚收到的消息,颖蓁那孩子,昨晚……哎……"郑建军叹了口气,没把话说完,但那话里的意思,我已经完全懂了。颖蓁没有如"朱雀"期望的那样,去往"思过堂",反倒是选择了自行了断,以死谢罪。难怪,"朱雀"换上了一身素黑,还风风火火地踹开门将我扯出被窝。

人死如灯灭,身故百事消。无论这之前颖蓁做过什么、错了多少,她现在已经死了,就不可能再去追究。所以,"朱雀"的意思很明显,她要杀人了。至于要杀的人是谁,不用猜都能知道。

谁欺骗了颖蓁的感情,谁利用了她,那么,谁就该死。甚至,我忍不住想,"朱雀",她是不是也把自己对颖蓁的愧疚,一起算到了那些人头上?

虽说,她本意是想救颖蓁的,可在"爱之深、责之切"的心态之下,难免就会逼迫得急了些。说不定,她心里甚至会觉得,若不是她逼得太急,颖蓁,也许就不会选择以死来解脱。

一边是爱人,哪怕这爱是带有目的的;一边是亲人,是一起长大的姐妹,而颖蓁,就夹在这两者之间,左右为难。或许,在得知自己只不过是被利用后,她的心里,就已经存了死志了吧。"朱雀"找上门去,只是加速了她求死的进程而已。

"'摇光'之前来过电话,说人已经被他控制住了,要杀要剐,全遂'朱雀'的心意。本来,他还提出大家是不是碰个头的,不过被我拒绝了。我跟他说,我已经跟'星庭'申请'七星令'了,反正到时候都要在'星庭'见面,不用急这几天。所以,林凡,这次还是你陪'朱雀'去吧。另外就是,看好这丫头,别让她做出什么过激的事来。"

郑建军这最后一句话,让我立刻忍不住苦笑道:"让我看住'朱雀',老大,你确定我能看得住她吗?这不是开玩笑吗?"

至于"摇光"为什么要如此做派,这倒很好理解,无非就是想撇清"谋害同门"的关系而已。而提出要跟郑建军碰头,大概就是想试探下郑建军的底线,看看他们需要付出多大的代价,才能让这场风波平息。

按理说,人家都已经表态低头了,郑建军借此就坡下驴,把好处拿到手,才是最好的选择。可郑建军却偏偏又拒绝了,难不成,是想借着开这个"董事会",一举解决"刺秦"内部的派系问题?可他就不担心,会逼得"摇光"他们,狗急跳墙,拼个鱼死网破么?

看着他眉头微锁的样子,我不得不承认,我这点儿道行,还猜不透这老狐狸,究竟想干什么。

目的地依然还是"天星大厦",不过,却不是上次去往的顶层。

我和"朱雀"开车赶到的时候,早就在门口候着的保镖,毕恭毕敬地引着我俩走进了一部印着"虎头"标志的电梯。而后,电梯开始下行,在 –7 这一数字上,"叮"的一声停住。

一出电梯,就是一条长长的甬道。习惯性地打量了一下,甬道顶端那些或明或暗布置着的摄像头,像是在无声地宣告,这里的戒备森严。若是,只有这一条出入的通道;若是,两侧的墙壁里,还布置着各式防卫武器,那么,一旦有人闯入,这条只能容两人并行的狭长通道,顷刻间,就会化为通往地狱的死亡之路。

走出甬道,第一眼就能看到那照壁之上硕大的白虎浮雕。在灯光的映射下,这雕刻仿佛活了一般，狰狞毕现、杀意凛然。

显然，这里就是白虎堂的所在了。

这个位于地下七层的"白虎堂"总体的风格和色调，都以铅灰色为主。再加上似乎刻意调暗的光线，一踏入其中，就会让人打心眼里觉得压抑。

相信，对于任何一个正常点儿的人来说，都不会愿意长期待在这样的环境里。不过，再想一想"白虎七宿"在组织内的职能，这种厚重、肃杀、压抑的风格，倒还真是恰如其分。

见到"摇光"的时候，他没有过多的寒暄，点点头，说了声"来啦！"之后，就带着我们向着更加阴森幽暗的更里面走去。

穿过一道厚重的大铁门之后，我赫然发现，这铁门之后，居然是座监牢。过道两侧，是一扇扇紧闭着的铁门。透过门上栅栏般的小窗，依稀可以看见，某些房间内，或蜷缩一角；或听到动静后，趴在门后观望的影子。

"摇光"带着我们一直走到了过道的尽头，那里，两扇铁门早已经打开，两名全副武装的守卫，各端着一把冲锋枪，正面无表情地守在大门的两侧。时不时，有惨叫声从那大门内传出来。显然，这里是用来刑讯的地方了。

"'白虎'正在里面审问，看是不是还能审出点别的东西来。"估计是觉得动静大了些，"摇光"皱了皱眉说道。

"没必要做给我看！"从进门起就冷着脸一语不发的"朱雀"，终于出声了。只是，这短短的一句话，几乎是从牙缝里迸出来的。显然，这姑奶奶对"摇光"这么明显放低姿态的示好，并不买账。

"摇光"的嘴角明显地抽了抽，然后，一抹带着尴尬和自嘲意味的苦笑，浮现在了他脸上，于是讪讪道："我这不是做给谁看，只是想还自己个清白！"

"清白？""朱雀"出乎意料地笑了起来，只是，从她微偏着头看向"摇光"的双眸里，我看到的却不是笑意，而是满满的戏谑。那意思，分明是在说：你好意思说自己"清白"？

"摇光"的嘴唇动了动，似乎是想争辩一下，可最终，他却只是摇了摇头，明智地结束了这尴尬的对话。

"刑讯室"，姑且先这么称呼这间屋子吧。跟在"摇光"的身后，我打量着这个只在电影或者电视中才能看到的场所。

固定在墙上的镣铐、刑架，以及束缚在它们之中的人体；分门别类，或挂在架子上、或摆在台案上的刑具；甚至，还有燃着通红炭火的炭盆和烙铁……再加上暗淡的光线，混杂着血腥味、汗臭味、甚至是排泄物味道的空气……这里带给人的感觉，已经不能用"压抑"来形容了，"毛骨悚然"，才是最合适的注解。

"'青龙'，还有你路上遇袭，两件事的几个主谋，都在这里了。至于那些参与的喽啰，我已经派人去处理了。保证一个不留，清理得干干净净的。"

说话的人，是与"朱雀"这个"灵官"属于同一级别的"白虎"。这个"西方七宿"的头头儿，相当于宪兵部长抑或是秘密警察首脑的人物，长得人高马大不说，还剃了个醒目的大光头。也不知是因为刚给人用完刑，还是天生如此，总之，任何人看到他的第一感觉，恐怕都会觉得这人不是善类，很是穷凶极恶的那种。

"朱雀"没理他，只是冷冷地看着前方数步远处，那几个被绳子将四肢反捆在一起，悬吊在半空中的人形。没错，他们现在，除了还有个人的外形之外，已经被折磨得几乎没有人样了。

我瞅了瞅脸上挂着狰狞笑容的"白虎"，又看了看微眯着眼睛、面无表情的"摇光"，心下禁不住疑惑：难不成，这场风波，真的跟他没关系？他也是受害者？

"朱雀"之前曾经跟我讲过：不管这事情里头有多少的阴谋诡计，也不用去管他们把自己隐藏得多深多好，你只要看最后得利的人是谁就可以了。只要盯住他，那么，迟早马脚就会露出来。就算，事情不是他干的，但也绝对跟他脱不了干系。

我自然猜得到，"朱雀"口中的这个"他"，指向的是谁。所以，那天她才带着我，直接奔着"摇光"他们而去。想必，她心里早已经认定，在排除外敌的因素后，有动机对"青龙"下手的人，除了"摇光"和"开阳"之外，不会再有别人了吧。

就如同她所说，就算这事儿不是那两位"星君"干的，可他们手底下的人呢？谁敢保证，那些下属们当中，没有那种想要捞取"从龙之功"的存在？

而"青龙"作为郑建军这个"天枢"的心腹，手下又掌管着"刺秦"业务能力最强的"杀手部门"。只要将其除掉，就相当于砍断了郑建军的左膀右臂。而同时空出来这个"青龙"之位，少不得又会引起一番明争暗斗。

"天枢"一派，之所以能在"刺秦"内独占鳌头，拥有最大的话语权，不就是因为他独占着"青龙"和"朱雀"两大堂口吗。只要这两堂一天还支持他，那他在组织内的地位就不会被动摇分毫。大概，这就是为什么，这老狐狸明明都在国内被关进军事监狱了，依然没有失势的底气了。也是为什么，他刚一逃回外岛，便能重掌大权，连个东山再起的过程都不需要的原因。

想必，在他被关进监狱之后，"刺秦"之内，就已经有不少人盯上了"天枢"这个位置吧。

谁知道,人算不如天算,这老狐狸居然还能从军事监狱的重犯仓逃出来。估计,在那天余文龙大摆洗尘宴的时候,那些失望至极的谋划者,背地里还不知道摔坏了多少名贵的心爱物件。

于是,我这个帮着他越狱归来的人,自然而然,就成了某些人捎带着记恨的对象。所以,才会被人在出任务的时候,下绊子、穿小鞋。突然地,我觉得,我可能找到"青龙事件"背后的真相了。这些人,之所以会沉不住气动手,无非就两个可能:

第一,郑建军会在国内被抓,就是他们下的手脚。而现在,郑建军回来了,也或许查到了些什么,故而,为了不被秋后算账,他们不得不先下手为强;第二,"青龙"这个郑建军的心腹大将、左膀右臂,也察觉到了某些东西,对他们构成了威胁,所以,不得不将其除去。而采用的方法,居然跟当初对付郑建军如出一辙。不然的话,星国政府怎么会如同事先约定好一般,跟"黑手党"一起出动?星国政府的脸面还要不要了?

而要证实我这猜测,只要问明白眼前这吊起来的几个人,在星国联系的是哪一家就可以了。只可惜,我这个跟班的,没资格,更没必要去当这个主审。而"朱雀"这个够资格的女人,却似乎压根儿就没有刨根问底的意思。

"白虎"还在那里喋喋不休地显摆自己是如何的英明神武、当机立断,从蛛丝马迹找到这几个叛逆之后,就亲自带人将其从藏身的地方围捕拿下,再突击审讯出同党的功劳,而我们的"朱雀"大人,却连个正脸都懒得给他。

"别人我不管,你们该怎么处理怎么处理!可那个人,我想看看,他的心是黑的还是红的。""朱雀"的声音很平静,不带一丝的情绪与波澜。可正是这平静的一句话,却决定了那几个人的命运。

只是,挖心这么凶残的话语,她是怎么用如此平静的语气说出来的?于是,我忍不住转头向她看去,这才发现,她的视线,虽然落在那个早已看不出本来面目的男人身上,可那浸透了哀伤的目光,却根本没在那里停留,而是穿了过去,甚至穿透了这深深的地下,投向了那远方不知名的虚无。

第四十三章　组织接头

"意外",辞典里对这两个字的释义,是意料之外的事件。不过,但凡用上了"意外"这么个前缀,那么,所发生的事情,基本不会是什么好事。故而,意外之喜少有,更多的,常常都是惊吓。

然而，人生却总是充斥着各种各样的意外。比如，当初意外的去当兵，又意外地成为了狙击手，再意外地进了"T大队"……而最大的意外，就是被陆云巍找上，从一名军人，变成了犯人，再成为了越狱的逃犯，而后又成了"杀手"。这么细细一想，忽然就觉得，我这一辈子，似乎都是由各种各样的意外堆叠而成的。

而眼下，又一个意料之外的事，在让我恼怒异常，恨不得将某些人杀死，以绝后患的同时，又成为了促使我下定决心，完成覆灭"刺秦"这一卧底任务的主要原因。

那是在"青龙事件"暂告段落之后，郑建军请出"星庭"的"七星令"，召开"刺秦"的非例行高管会议之前。那是我和"朱雀"从"白虎堂"离开后的第七天。这时间我记得很清楚。因为，在那个弥漫着浓重血腥气的刑讯室里，"朱雀"这个女人，就环抱着双臂站在那儿，冷眼看着"白虎"这个凶人，活生生地将人胸膛剖开，扯出了里面的心脏。从头到尾，她连眼睛都没有眨一下。

当"白虎"献宝一样，用血淋淋的双手，将那颗犹自在跳动的人心，高举着向她示意时，她也只是淡淡地瞥了一眼，然后说了句，"拿去喂狗"。而四肢被大张着钉在墙上的那个人，竟还没完全断气。

那时，我的心里，莫名就升起了一股彻骨的寒意。突然就觉得，眼前这个一身素黑的"朱雀"，和以往火红长裙笼罩的她，完全是两个人。

"怎么，很怕我？还是觉得，我残忍狠毒？"回去的路上，换成了她自己开车。或许是从我的脸色中看出了什么，她便如此问我。

我想摇头否认来着，可最终，却鬼使神差地点了点头，还说，"'杀人不过头点地'，他确实该死，可这样的死法，未免……"

"未免太过，太残忍了是吗？所以是我狠毒了是吗？"她冷笑着打断了我的话，不等我接话，她又接着说道："你以为'刺秦'是什么？善堂吗？不狠不毒，我能在这弱肉强食的地方活到今天？颖蓁姐那傻女人倒是不狠毒，可结果呢？嗯？"

她猛地刹住车，让猝不及防的我，狠狠地往前栽了一下。若不是被安全带勒着，脑袋就得和风挡来次亲密接触了。这女人搞什么？不知道高速行驶的时候，急刹车容易出事么？

正想质问她时，却听见她说了句，"下车。"见我一副没反应过来的样子，她的声音拔高了少许，冷冰冰地重复了一遍刚才的话，"下车！"最后，又加了一个字——"滚！"

于是，我就被她撵下了车，扔在了路边儿。看着那咆哮着远去的车子，我不禁摇了摇头，自嘲而笑。所谓"鸟尽弓藏，兔死狗烹"，现在，这事情差不多算是告一段落了，我这个临时凑数的跟班，自然也就没了存在的必要。当然了，这不过是被人抛下后，聊作安慰的自我解嘲罢了。

不过，这样倒也不错，至少，可以让自己稍稍松口气。毕竟，"朱雀"这种女人，本就喜怒无常的难以伺候。更何况，经历了今天这档子事儿，那无形的精神压力，着实让我有些透不过气来的感觉。所以，缓缓气也挺好。反正现在时间还早，刚好，我可以去做一些自己早就该做，却一直没做的事情。

拦了辆出租车，我径直回到了租住的公寓。先是洗了个澡，而后换了身衣服，确认身上再无从那地下七层沾染的气息后，我没有急着出门，而是点了一支烟，就着那缭绕翻腾的烟雾，将曾经陆云巍留给我的，关于联络点的相关信息，暗语之类，从大脑的某个角落里挖出来。

这种翻捡记忆的过程，于我而言，无异于又经历一次心灵上的折磨。因为，总有些平日里刻意回避、不敢回想的东西，会被这翻捡给带出来。于是，不知不觉间，大半盒烟，都变成了堆在烟灰缸里的，一截截长短不一的烟头。而当我想要再点一支时，才惊觉，这烟盒竟然已经空了。

呆愣了片刻后，我默然苦笑，而后，将这空空的烟盒，在掌心里揉捏成了一团。这样的日子，是该早点儿结束了，不是吗？否则，将来的某一天，被挂在那地下七层的人，或许就是我了吧？只是不知，那时，会不会也有人要挖出我的心来，看看它究竟是什么颜色。

也许是真的厌倦了这种卧底的日子，也或许是今天看到的一切，尤其是活挖人心的那一幕，让我感到了恐惧。总之，我终于下定了出门的决心，去往联络站，联系陆云巍。

不得不说，陆云巍也算得上用心良苦。他知道我这样的人没多少爱好，所以，基本上不会有多少消遣的地方可去。是以，像什么酒吧、咖啡厅甚至餐厅之类人来人往，便于交换信息的地方，放在我身上，都变成了不太合适的场所。

是以，这个类似于"交通站"的联络点，居然被他别出心裁地放在了一家出售仿真武器模型的专卖店，而那店名，就叫"兵器迷"。当站在这家店的门口时，我才发现，这地方，我居然来过，只是没有进去罢了。

没记错的话，那还是我刚来外岛不久的时候。美其名曰为了让我尽快熟悉新环境，隔三岔五，我就会被郑建军和余文龙带着四下里瞎转悠。我还记得，当时，我就如眼下这般站在店门口，观望着那些摆在玻璃橱窗里的模型。然后，余文龙还打趣地说，一堆假把式有啥看头，回头哥哥带你去咱们的靶场，长短大小、国内国外、想打哪个打哪个，随便你挑，保证让你过足枪瘾。

郑建军这老狐狸，明显比余文龙更会察言观色。他显然已经看出来了，引得我驻足不前的，不过是橱窗里那杆1∶1的狙击步枪模型罢了。但他却没说破，而是将一只手搁在了我的肩头，用力地按了按，"喜欢的话，就买下来。"他不无会心地微笑着说道。

"不用！"我摇了摇头，再深深地看了一眼那把我无比熟悉的枪，而后，转身离开。现在，我又站在了这门前，下意识的第一眼，依然是望向了那橱窗中再熟悉不过的形状。

那一瞬间，我心里升起股莫名的荒谬感。因为，这未免也太巧合了些，就像在演戏一样。以致我都忍不住以为，莫非，这就是所谓的"天意"？

"老板，有没有JQ-03的高仿，12.7毫米口径，附件齐全，所有部件都可拆卸组装的那种？"——这是陆云巍告诉我的接头暗语。JQ-03，是丹商建设厂在2003年开始立项并研制定型的高精度战术步枪，又根据用途和口径的大小，分为了7.62和12.7两种型号。

相比许多人都耳熟能详的那些世界名枪，JQ-03在那时，基本没什么知名度。即便是在部队里，在许多的野战单位，你跟士兵们说"JQ-03"，保管大多数人，都只会一脸懵圈地望着你。

由此可见，为了我这个放飞的"云雀"，陆云巍还真是煞费苦心。这不，连设计个接头的暗号，都要贴合我的性格、习惯，量身打造。

在听到这暗语时，面前这位略显富态的中年店主，稍稍愣了一下。看在旁人眼里，多半只会觉得，我这顾客想买的东西比较冷门儿，以至连店老板一下子都没反应过来。

"不好意思先生，小店没有您说的这种货呢。要不，您看看有没有别的喜欢的？"

老板很快就从愣神中恢复了正常，满脸堆笑地说道。若不是知道他的真实身份，他现在这热情的样子，换谁来，都只会把他当成一个殷切招揽生意的老板。然而，虽然他的神情掩饰得无可挑剔，可我依旧从他的眼神里，看到了一丝隐藏不住的激动和颤抖。

实话实说，当时，我自己同样因为这成功对上了这第一条暗语，而心头轻颤。强忍着那股子直冲脑门的悸动，我开始按照预先设定好的对答，继续与他对话。

我会拒绝他挑选其他仿真枪的建议，再问他，"店门口的招牌上写着可以接受定制，那么，我要的这个JQ-03，能不能定制？"而他则会回答说，"可以是可以，但这个款式毕竟不是很出名，定制的话，厂家需要单独开模，甚至纯手工制作，所以，比较费时间，而且，价钱也要贵上许多。"

然后，我会问，"需要多长时间，多少钱？"，他就会说，"需要先打电话问问厂家"。自然，这所谓的"厂家"，自然就是陆云巍他们了。打完电话后，他会告诉我，"需要三到五天的时间，价格是8000块，而且，必须先付一半定金"。再然后，我只需要交钱，留下电话号码或者电子邮箱，静候他通知取货就可以了。

三到五天，意指陆云巍会在这个时间内跟我联系。先付一半的定金，自然是要交了解搜集到的情报，先交上去。是以，在付款的时候，我在其中一张纸币的编号上点了点，那是我留在便签条上的邮箱密码。

店主微不可查地点了点头，而后，收好钱和便签，以一声"承蒙惠顾！"结束了这次接头。至此，这有生以来第一次如同"地下党"般的联络碰头，圆满结束，无惊无险。

莫名地，我有些期待起来。期待陆云巍的回复能如期而至。更期待，能从他的回复里，看到早日结束这卧底生活的曙光。

陆云巍没有让我等太久。第三天，不对，算起来应该是第四天了。大概中午的时候，刚胡乱吃了点东西填肚子，我就接到了那个店主打来的电话。他告诉我说，我定制的JQ-03高仿已经到货了，方便的话，最好现在就过去拿。因为，他老家很多年没见的亲戚来了，下午，甚至后面几天，都要招呼亲戚，没时间开门了。

老家来的亲戚？很多年没见？

右手握着手机贴在耳边，我捕捉到了他这话里包含的信息。那就是，国内派人来了，下午就会到他店里。

这一发现，让我的呼吸陡然间变得有些急促，连胸膛里那颗心，也跟着加速跳动了起来。以至那一刻，我都有种恨不得肋生双翅，下一秒就能出现在他店里的迫不及待。

陆云巍，他会派谁来呢？该不会，他亲自来了吧？

我猛然间想到了这个可能。这念头刚一升起，就变得无法遏制，以致在驱车赶去的路上，它就一直在我的脑子里来回打转，半刻不肯消停。那种迫切和激动的心情，就如同荒野中迷途的旅人，远远地看到了人烟，看到了希望。

可当我赶到店里时，却发现，除了那位店主，这店里，再没有第二个人。

"林先生来啦！"他站起身，一边笑眯眯地打招呼，一边将那就搁在柜台上的长条纸箱推到了我面前。

一时间，我有些愣神。难道，是我自己想多了？而他，也确实只是老家来了亲戚？

"一个多小时前才送到，你看，还没拆封呢，就等着你亲自验收。"他像是没看到我眼中的疑问一样，拍了拍纸箱，依旧笑眯眯地说道。

莫非，玄机就在这箱子里？

接过他递来的裁纸刀，划破封箱的胶带、打开纸箱后，躺在里面的，还是一个箱子，JQ-03高仿真模型的收纳箱。取出来再打开，里面自然是这把1：1模型的大口径狙击步枪，

271

外加整套的附件以及说明图册。

可除了这些之外，再没有任何特别的东西。而这店铺的主人，仍然保持着那副笑眯眯的表情，不曾给我半点儿提示。

正当我忍不住想要问他，这葫芦里到底卖的什么药时，门口外传来了一阵喧哗。

"各位小红帽旅行团的团员，现在是自由购物时间，这条商业街的商品，都是外贸免税的正品，大家可以放心选购。现在是下午一点整，大家有三个小时的时间用来购物，四点钟，我们准时在这里集合……"

那经扩音器放大的声音刚落，店铺的门口便有了动静。

"老梁，快来，你那宝贝孙子不是天天跟你要'大巴'么，这家就有！"

"嘿哟，还真有啊！好家伙，家伙事儿还不少呢！那啥，老陈、老李，我先跟老陆进去瞅瞅啊，一会儿再去找你们。"

话语声随着脚步，紧跟着屋内突然明暗变换的光线，钻进了我的耳朵。

老陆？陆云巍！他居然真的亲自来了？

虽然，他那声音变得"苍老"了许多，但我敢肯定，刚刚那第一个说话的人，就是他！

心跳，在那一瞬间，仿佛漏掉了半拍。而当我下意识地想要回头看时，笑眯眯的店主，却微微冲我摇了摇头。

我疑惑地望向他，他却用手指了指靠墙脚的一张条案说："林先生，您可以去那里仔细检查下模型，看看符不符合您的定制要求。这边来客人了，我先失陪咯。"

说完，他就钻出柜台，朝门口迎了上去。而一头雾水的我，只好按着他的安排，抱着箱子挪到了条案旁边，将那杆长长的JQ-03高仿取出，心不在焉地打量着，耳朵，却竖了起来，听着那边的动静。

"老板，我这老伙计想给他宝贝孙子买个那啥'大巴'，麻烦您给他介绍介绍。老梁，你先看你的'大巴'去啊，我随便转转，这店里好东西不少呢，我也得给家里那些小辈带点宝贝回去。"

"行行行，你转你的去，老板，有劳，能不能把那'大巴'拿给我看看？"

话音渐落，脚步声却越发清晰。陆云巍，他正向我走来。

脚步声越来越近，我的呼吸也随之越发急促，当那脚步在我身侧停住时，我整个人，竟然不由自主地轻颤起来。

"咦，小伙子，你这枪看起来不错哎，借我看看行不？"

他装模作样地打量着我手里的高仿玩具，转过头去，看到的是一张苍老的脸。只是，那眉眼之间，依然能看出这张脸属于谁——陆云巍，居然真的是他！

"小子，别来无恙！"见我目不转睛地盯着他，他笑了起来，从他口中吐出的声音，不再"苍老"，变回了那个我熟悉的声音。

瞬间，我的视线变得模糊。他那张经由化妆而面容苍老的脸，仿佛藏在了一片波动的水光中，明明近在眼前，偏偏模糊得看不真切。

那一刻，我忘记了说话，只有他压低的声音在耳边轻轻回荡。他让我别紧张，放自然些。也听见他说，"墨尘，辛苦你了！"还听见他说，"你存在电子邮箱里的情报，我们都已经仔细地分析研判过了，很有价值，也为进一步的行动，打下了坚实的基础。"最后，他希望再坚持一段时间，争取接触到更核心的东西。尤其是，我情报中提到的"星庭"。等把那个相当于"祖师堂"一样的地方摸清楚了，差不多就是收网的时候了。

最后的最后，他嘱咐我一定要保证自己的安全。一旦身份泄露，立刻就撤离，千万不要犹豫。他说，他希望看到的，是一个活着的英雄，而不是死去的烈士。不单他等着我回归，还有很多人，也在等着我。

虽然没有言明，但我知道，他说的这"很多人"，指的是哪些。父母、战友，还有那个无数次出现在我梦中，用婆娑的泪眼，无言地看着我的肖凝。

虽然，他告诉我，他们都还好。但我心里却很清楚，"还好"这个词，其实就是勉强过得去罢了。就比如我那一辈子老实巴交的父母，曾经在亲戚邻里间引以为傲的儿子，却突然变成了罪犯，还越狱逃之夭夭……

尽管我看不到、听不到，可我却能想象，当他们面对上门盘问的公安时，会是一个怎样的心情；而当他们每一天里，都得承受着亲戚邻居那或同情、或讥嘲的眼光时，又是怎样的一种折磨……

而只要我这卧底的身份一天不完结，他们，就得一直生活在这异样的目光中，持续忍受着被所有人有意无意戳脊梁骨的煎熬。这，分明是极坏，哪里有"还好"？

这次会面的时间并不长。等那位老梁给他家孙子买好"大巴"之后，陆云巍就与他一起说说笑笑，拌着嘴走出了店门，继续他们的旅游购物之行。

至于陆云巍为何要把个碰面弄得如此复杂，或许是出于谨慎使然，或许，仅仅只是他的职业习惯，也或许，有他不得不这样做的理由。但不管是什么样的原因，于我而言，都算是好事。起码，可以降低许多暴露的风险。

只是，他临走前留下的那句话，却让我原本已经趋于平静的心绪，重又被掀起了波澜。

因为他说的是，"在保证自身安全的前提下，尽可能、把'刺秦'这摊浑水，搅得更浑。"

回到自己那只能称为屋子，却永远不可能成为"家"的地方，我开始思考他这话里隐藏的用意。

"搅浑水"，自然是为了方便浑水摸鱼。毕竟，"青龙事件"引起的风波，还没完全平息。由"朱雀"这女人主导的内部排查清洗，还在继续。这种情况之下，"刺秦"之内，不说人人自危吧，但人心惶惶肯定是免不了的。

只是，这"浑水"该如何去搅，他却没给我任何提示。显然，他这是把选择权交给了我。无论我是用笑里藏刀的阴谋诡计也好，还是打着"清理门户"，或者替"青龙"讨公道的旗号，暴起杀人也罢，都由我自己来做决定。

显然，这也是一只老狐狸，比之郑建军，恐怕也不遑多让。

那么，我该如何去搅这摊"浑水"呢？

无论是曾经的特战队员、王牌狙击手文墨尘，还是现在以杀人为业的杀手林凡，阴谋诡计这类东西，向来都不是我所擅长的。而我唯一擅长的东西，似乎，也只剩下杀人了吧？难不成，我要靠杀人去搅这摊浑水，在这整个"刺秦"都风声鹤唳的敏感时期？

我忽然觉得有些迷惘。虽不致一筹莫展，但似乎除了"杀人"这个法子外，一时之间，也确实想不出更好的主意。杀人，对于现在的我来说，并不是件多为难的事。令我犯愁的是，选谁作为下手的目标，才能起到把水搅浑的效果。

本来，这目标其实很好选的。谁在组织丹商位越高，一旦出事，造成的影响就越大。就比如，之前出事的"青龙"。可同样也是因为他的原因，导致"北斗""四灵"这些组织高层，现在都深居简出，护卫成群。别说刺杀了，想近身都不容易。

别看我在郑建军的别墅来去自如的样子，可那是在"青龙"没出事之前。即便如此，每次进门，虽然不至于被搜身，可也得自觉遵守上交武器的规矩。

而反观先后两次去"天星大厦"，就没这么好的待遇了。哪怕是跟着"朱雀"一起去的，而且是在他们都不敢开罪、刁难这位小姑奶奶的情况下，我这个当跟班的，照样逃不过被搜身检查的命。

也是这时候，我才猛然想起，自己错过了多好的动手机会。因为，那两天，"朱雀"的身边都只有我一个人，甚至，她还毫不提防地在后座上睡觉。而以当时我们本就遭遇过袭击的情况，"朱雀"若是再出点儿什么事情，这罪名，完全就能安在那些人的头上。

按理说，我应该感到很遗憾才对。可不知为何，潜意识里出现的，却是一种如释重负的感觉。

苦涩的笑，又一次自嘴角爬上脸颊，我放弃了继续想下去的念头。因为我知道，就算当时有了这"搅浑水"的指示，我也下不去那个手。不单单是对"朱雀"，也包括郑建军、余文龙、石榴他们这些人中的任何一个。所以，无关什么怜香惜玉，仅仅只是，我过不去自己心头的那个坎。

或许，这就是所有做卧底的人，那无时无刻不在内心深处，折磨着心灵的矛盾和纠结吧。而之前所说的"意外"，就刚好在这种情况下发生了。

第四十四章　阴谋交易

那是与陆云巍短暂碰面之后的第三天。那天，气象局升起了橙色的风暴预警气球。第六号台风"泰娜"，正以每小时一百千米的速度，擦着外岛海域的边缘，一路向北疾驰。作为一个在内陆山村出生长大的人，这还是我第一次得见台风天是什么样子。

黑压压的云层，笼罩在整个城市的上空。仿佛，下一刻就会砸落到地面。强劲的风从海上扑来，呼啸着、嘶吼着，穿过林立的高楼，扫过低矮的屋舍，肆虐无忌。无数的杂物被撕扯到了空中，纸张、塑料袋、衣物、残枝败叶……漫天都是，仿佛垃圾场搬到了半空。

黑云压城、电蛇飞舞、惊雷滚滚，虽然雨还没完全落下来，可已然有豆大的雨滴，被狂风裹挟着扑打下来，在窗玻璃上砸出一声声"噼噼啪啪"的碎响。

此情此景，宛如，末日降临。

电视机里正播放着紧急插播的新闻。仪表端庄的主持人，正在和最前方穿着雨衣，被大风刮得站立不稳的记者连线，播报着台风带来的灾情，以及区政府诸如警务、消防、卫生、交通等等部门，如何努力地救援受灾的民众。

一如那位主持人的善意提醒一样，这样的天气，最好就是待在家里，锁好门窗，不要出门。而偏偏就是这时候，门铃，突然被人按响了。

出于谨慎，我并没直接开门，也没将眼睛贴在猫眼孔上看。毕竟，干了这么久的杀手，看到的、接触的，都可以说是人性中最坏、最恶的那一部分。所以，我并不能确定，当我把眼睛凑在猫眼上时，看到的会是什么。可能是蓄势待发的枪口、可能是烧瞎眼睛的激光，也可能，是那种可以刺穿并不坚固的猫眼，直接从眼眶扎进脑子的尖锥……

所以，或明或暗地安装在门外的摄像头，是避免遭遇这种袭击的最好选择。只是，一看那摄像头传进来的图像，我瞬间有些愣神，紧接着，脑子里就是一个大大的问号："摇光"和"白虎"，他们来做什么？

虽然疑惑不已，但我还是打开了房门。人家既然找上门来，显然是确定了我这人肯定在家的。更何况，我也确实想知道，这一星君、一灵官，突然出现在我这个基层业务员，而且还不是同一阵营的小喽啰家门口，到底用意何在。

只是开门的那一刹那，我的右手，却放在了后腰。那里，别着一把开了保险、处于上膛状态的手枪。而我的手，就握在枪柄上。

防患于未然是一方面的原因，而另一方面，是我突然间想到了一个可能，那就是，我的身份暴露了。毕竟，前两天才刚和陆云巍碰过头，今天，他们就找上门来了。更关键的是，来的人里头，除了"摇光"之外，还有"白虎"这凶人。这家伙，在"刺秦"内，可是相当于秘密警察头子的存在。

所谓"做贼心虚"，大抵，就是我当时的心情吧。

"有事？"开门之后，我并没有第一时间让他们进屋，而是堵在门口问道。

"嗯，的确是有点事情想跟你聊聊。""摇光"点了点头。见我依然堵着门，没有让路的意思，他推了推鼻梁上的眼镜，而后似笑非笑地看着我问，"怎么，觉得我们是恶客登门，所以，不打算让我们进去？"

"不敢！只是屋里没收拾，乱糟糟的，怕污了星君和灵官大人的眼睛。"

这么明显的借口，任谁都不会相信。是以，"白虎"的鼻孔里喷出了一声极不耐烦的冷哼。看他那摆弄着拳头的样子，好似我要再不知趣请他们进屋，他就要扑上来拎着我的脖子，好好教导教导我，什么叫规矩了。

单看他那壮硕的身板，若纯粹肉搏的话，我估计自己还真不是他对手。可右手中的枪，却给了我足够的依仗和底气。我确信，在他那硕大的巴掌抓住我衣领之前，手枪的枪口，能先一步顶在他额头上。

"摇光"轻咳了一嗓子，而后，又冷冷地瞟了"白虎"一眼。仅仅是这么淡淡地一瞥，这满脸凶戾之气的大汉，居然就偃旗息鼓，老老实实地垂首站着了。而后，他又看向我，淡淡的笑意浮现在脸上，仿佛在表示，他并无恶意。

"林凡，我知道，你心里很疑惑也很奇怪，为什么我会来找你，又有什么事情找你？当然，换我是你，也同样会觉得奇怪。所以，何不把你右手里一直抓着的东西先放下，坐下来好好聊聊？万一走火了，多不好。你觉得呢？"说着，他还将双手摊了摊，示意他并没带武器。

我沉吟着没吭声，可一直放在后腰间，紧握着枪柄的右手，却已经放松了下来。顺便，用拇指轻轻拨上了保险。

"要不这样，我让他留在外面，就我和你，聊一聊。事情说完就走，不会耽搁你太多时间，如何？你若实在不放心我，一直拿枪指着我，也没关系。"

他这话都说到了这份儿上，我若再不同意，未免就显得胆怯和小气了。

于是，我让开了门口，摊开从腰间抽出来的右手，做了个请的手势："'摇光星君''白虎灵官'，请进！"

进屋之后，没有多余的寒暄，也没有端茶倒水之类的客套，等他俩在沙发上坐下来之后，我就背靠着壁橱，冷冷地看着他们，等着他们开口。至于那把枪，也被我从后腰里抽了出来，就搁在右手边上，动动手指就能抓到。

"摇光"的脸上依旧挂着那淡淡的笑，那胸有成竹的样子，仿佛压根儿就没把那隐隐对着他们的枪口放在眼里。

"林凡。"他的双手在身前交叠着，轻轻地叉了几下手，然后扭头看向我，突然喊了声我现在的名字。可还没等我答话，他又说了声"或者"，接着叫出了我另一个名字，"文墨尘。"

下意识地，我的瞳孔缩了缩，连带着右手的指头也跟着微微动弹，想要将近在咫尺的手枪抓回手中。

显然，我的反应，全都落在了他镜片之后的眼中。于是，他又轻笑了起来，摆摆手说："别紧张，你曾经的身份，对我来说，并不算什么秘密。"

他这倒是实话。毕竟，作为"刺秦"的高层，还是"白虎七宿"这些"刺秦"秘密警察或者说宪兵之类的实际掌控者，他要想知道我这么一个普通杀手的信息，压根儿就不叫事儿。很显然，他在这台风天里找上门来，自然不是来跟我讨论，我曾经的身份什么的。

所谓"事出反常必有妖"，我在心里冷笑，我已经嗅到了一股浓浓的阴谋味道。故而，我索性不说话，继续冷冷地看着他，等着他说出来意。

对于我这冷淡的反应，他似乎并不怎么介意。是以，他的脸上，始终挂着那淡淡的笑。本来，他这微笑，再配上他那张斯文气的脸，应该算是很得体、很有亲和力才对。只是，或许是因为先入为主的成见之类的原因，他这笑容落在我眼里，却总让我觉得有些意义不明，甚至高深莫测，以致打心眼儿里不喜欢，甚或反感。

"想必，'天枢'已经跟你说过，他请下'七星令'，召集包括'北斗''四灵'在内的所有组织高层开会这件事吧？"

"嗯！说过。如果不是因为这台风，你们现在应该已经去开会了。"我点点头，承认自己知道这件事。

接下来，他问我："知不知道，郑建军为什么要突然开这高层紧急会议？"这问题，我觉得他是多此一问。为什么开这个会，不是"秃子头上的虱子，明摆着吗？"

我的反应，显然在他的预料之中。他又推了推鼻梁上的眼镜，微微点头说："没错，就是为了'青龙'这事。同时，也正是因为'青龙'出了这档子事儿，所以，有必要确定新的'青龙'。"而后，他突然又问我，"知不知道，'天枢'打算推举谁来接任这个职位？"

我摇了摇头，表示自己不知道，也确实是不知道。因为，郑建军和余文龙，都没跟我提过。而且，自那天被"朱雀"轰下车后，这些天来，我还一直没去过郑建军那半山上的别墅。郑建军倒是给我打过一次电话，也就是惹恼"朱雀"的那天晚上。不过，他也就是说了些诸如男人要大气点儿、心胸要宽广点儿，别跟女人怄气之类的劝慰话。而后，就又给我放了假，算是小小地补偿我之前突然被中断的假期。

既然都给我放假了，那就说明，"朱雀"已经不再需要我充当跟班。换言之，"刺秦"这场内部的骚乱，已经基本得到了控制。即便还有漏网之鱼，但也没可能再翻起多大的浪花。

陆云巍应该也是看清了这一点，所以，才会提出让我去"搅浑水"的吧？

只是，这跟他"摇光"今天来找我，又有什么关联在里头？

我猜测着他的用意，试图从他那被镜片遮挡的双眼中，发现一丝端倪。可惜，除了他脸上始终挂着的笑意，我却什么都没能看出来。也就是这时，他又开口了。他说，郑建军打算让"朱雀"去接手"青龙"的位置。

我依然没吭声，不过，却在默默消化，他这短短的一句话里，包含的意思。

人走茶凉、权力更替，这似乎没什么特别的地方。唯一让我稍感惊讶的，无非就是"朱雀"她是个女人罢了。更何况，"东方七宿"如此重要的战力，换成谁，也不会容忍它落到别人手上。所以，郑建军手头，有资格去接任"青龙"这位置的，似乎也只有"朱雀"了。

只是，这样一来，"朱雀七宿"呢？作为整个组织的眼睛和耳朵，郑建军会放心谁来接手？还有就是，我突然想到了个不合时宜的问题，倘若"朱雀"真的接任了"青龙"的灵官之位，那不就成了我的顶头上司？貌似我那天还得罪了她来着，都说女人心眼儿小，那她若是要给我穿小鞋，我的日子岂不变得很惨？

但是，你堂堂北斗七星之一的"摇光星君"，总不至于，会因为担心我这个郑建军派系的人，被即将成为我顶头上司的"朱雀"穿小鞋，所以专程来提醒我吧？于是，我半歪着头，望着他，等着他继续往下说。

"想来，你也知道，我和'开阳'，跟'天枢'他们不太对付。至于原因嘛，说简单也简单，说复杂也复杂，你要有兴趣知道，等以后有机会，我再讲给你听。相信你一直在想，我突然找上门来，究竟有什么目的，对吧？所以，我就不兜圈子了，直接说吧。"

说到这儿，他顿了顿，目光从我身上挪开，移向了斜上方的墙脚。两手的十根手指，打开又合拢，合拢又打开，连着虚握了好几次拳后，他猛地拧回头，将目光重又投射回我身上，一脸严肃地说："我准备推举你！"

"推举我？推举我什么？"一瞬间我有些愣神，接着，又才反应过来：他，"摇光"，打算推举我接任"青龙"！

可问题是，为什么是我？我加入"刺秦"才多久？就算本事还凑合，同时也算是郑建军的救命恩人，可资历呢？人脉呢？

若说有这打算的是郑建军，倒还勉强算说得过去。可偏偏，说出这话的人，却是"摇光"。他那些已经被"朱雀"清算，还有正在被清算的手下，之所以要对"青龙"下手，甚至飞车追逐"朱雀"，归根结底，不就是图谋这"青龙"之位么？

所谓"主忧臣辱、主辱臣死"，即便这些事，是那些立功心切，抑或别有图谋的手下，背着他这主子干的，可他"摇光"和"开阳"就真能完全撇清干系？现如今，他那些手下们，尸骨未寒吧？他呢，却对我这个应该是铁杆"郑派"的人说，准备推举我接任"青龙"之位。

先不说他究竟想要对我使什么心机。"摇光"，他这个当主子的，就不怕那些为他卖命的人寒了心么？

"很奇怪对吧？奇怪我为什么想要推举你？怀疑我到底是什么居心？"

他哂然一笑，站起身来，走到了窗户边上，背着手，看向了那被玻璃阻隔在外的大雨磅礴。而等他转过身来时，我终于从他口中，听到了缘由。

"一场交易而已！"他如此说道。然后，又用那种似笑非笑的眼光看着我。那笃定的神情，仿佛，根本就不担心我会拒绝。

"交易？"我复述着这两个字，疑惑更甚。我大约能猜到，他说推举我做"青龙"的目的，无非就是离间我和郑建军，以及所有"郑派"的人而已。有句话不是这么说的吗，"所谓忠诚，不过是背叛的价码还不够高。"

故而，无论我当不当得成"青龙"，都会让我在"郑派"之中落不着好。哪怕，郑建军想维护我，却也同样不得不担心"众口铄金，积毁销骨"的威力。而我呢，若还想继续在"刺秦"里待下去，就只能被逼着，不得不向他"摇光"靠拢。

很拙劣的"离间计"不是吗？偏偏，效果似乎还很好。看看史书上多少名臣良将，最后不是倒在这拙劣至极，一眼就能看穿的"离间计"上的？更何况，这计策，无论最后是成功还是失败，对他"摇光"而言，都没有多大损失不是吗？惠而不费之下，为何不用？

也正是因为如此，我才会觉得疑惑，他"摇光"，凭什么就笃定，我会答应这交易？而同时，他这"交易"，需要我付出的，又是什么？莫非，他真的知道了我卧底的身份？若真是如此，那他以此为要挟的话，恐怕，我还真只能就范了。

再一想，又似乎有些不对。他要是知道我是国家派来的卧底，那么，他现在何必来找我做什么交易，直接以此向郑建军发难不是更好？所以，他所依仗的，到底是什么？于是，我回答他的是，"我凭什么相信你？还有，你又凭什么觉得，我会答应这交易？"

"你会答应的！"他倚着窗户，两手扶着窗沿，脸上，又现出了那好似胸有成竹般的自信微笑。与此同时，一直大剌剌地坐在沙发里的"白虎"，也"嘿嘿嘿"地笑出了声。这笑声，再配上他那幅尊容，怎么看，都显得狰狞和不怀好意。

"文墨尘。""摇光"突然叫出我的名字，待我将目光转向他后，他却又低下头，用右手的食指顶着鼻梁上的眼镜架子问我，"有家不能回，所爱隔山海，是种什么感觉？心会不会痛？会不会常常夜不能寐？甚至于，哪怕只是在梦里，都不敢相见？"

说着，他的眼睛抬了起来，那镜片刹那间的反光，仿佛一下子刺进了我的内心，竟让我情不自禁地眯起了眼睛。

"什么意思？"深吸了一口气，我沉声问他。可他回应我的，却只是嘴角勾起的一抹轻笑，说不出的高深莫测。

而就在这时，原本半躺在沙发里的"白虎"，忽然"哼哧"着伸了个懒腰，坐了起来。而后，他从怀里掏出了一个牛皮纸的信封，再将那未曾封口的信封往茶几上一倒，一叠照片，就被抖落了出来。再而后，他又用手指，把那些照片一张一张捏起来，将那上面的人物，冲着我轻轻摇晃。

作为一名优秀的狙击手，我的视力自然很好。是以，即便隔着这一小段距离，我依旧能清楚地看到，那一张张明显是偷偷拍摄的照片，拍的是谁。

瞬间，我的双眼，便瞪到了最大。因为，那一叠照片里，拍的，几乎都是我的父母，而背景，居然就是我出生长大，再熟悉不过的山村。他们略显佝偻的身影；与不知道谁说话时，那苍老的脸上，谦卑而讨好的笑；还有，他们的头发里，大片大片的斑白……

视线，就在这一张张被"白虎"拿起又放下的照片中变得模糊，再然后，温热的液体，便不受控制地淌过脸颊。而当我想要冲过去将那些照片悉数夺过来时，"白虎"脸上的笑容，忽然变得邪恶起来。

他先是将最后一张照片拿在手里，一边看，一边还发出"啧啧啧"的声音。而后，瞟了眼已经处于暴怒边缘的我，他脸上的狞笑加剧，朝我举起那张照片的同时，又转动着手腕开始画圈，摆明了不想让我轻易看清楚。那神色、那姿态，就好像是拿着食物逗弄笼子里的猴子，又仿佛是在戏弄台上可怜的小丑。

窗户边的"摇光"发出了两声轻咳，"白虎"这才撇撇嘴，停下了晃动的手。而我，也终于看清了这最后一张照片上，拍的是谁。

是她！是肖凝！是我不敢去想，偏偏又无法不想的人。她的温柔、她的倔强、她的哭、她的笑……即便是在梦里，我都不敢走上前去拥抱，说一句我好想她！

照片中的她，穿着警服，应该是刚出门，准备去上班。因为，背后，就是她住的小区。显然，她并没有发现自己已经被人从正面偷拍，是以，我才能从这张照片，看到她那明显消瘦的脸……

心脏在这一瞬间，狠狠地抽搐了起来，无法言喻的疼痛，似锥刺、又如刀割。我听见自己的呼吸变得颤抖起来，整个身体，也跟着抑制不住地轻颤。先前还奇怪，"摇光"那一副笃定我不会拒绝的样子，底气何来？现在，我总算知道了他有恃无恐的原因了。

正如同先前他自己说的那样，对于他们这些组织高层而言，我这个普通的业务员，并无秘密可言。所有与我有关的信息，只要他想知道，自然会有人整理好后，送到他的案头。

虽然，江湖道上都有条所谓"祸不及家人"的规矩。可事实上，这条规矩，从讲出来那天起，就几乎没被人遵守过。而对于这世上绝大多数的人而言，家人、爱人，既是坚硬的铠甲，又是致命的软肋。

上了膛的手枪，就搁在手边，一抬手腕就能抓到。打开保险，也不过是动动拇指的事情。

可是，就算我现在拿起枪，将他们两个都杀掉，又能如何呢？他既然敢在这台风天里找上门来，哪怕只有"白虎"一个人跟着，哪怕他们身上真的没带任何武器，哪怕这把上了膛的手枪，枪口一直都遥遥地对着他，他也丝毫不会担心，我会因为盛怒而失控出手。

诚然，我现在是可以杀掉这两个人。可我的父母呢？肖凝呢？就算我马上联系陆云巍，就算陆云巍马上就派人营救，可谁又能保证，这救援就一定能及时赶到？

我固然能看淡自己的生死，可对于自己的亲人呢？爱人呢？对于那些自己深深在乎的人呢？谁又能做到生死看淡，无动于衷？更何况，他们，还是因为我的缘故，才会被牵连进这危及生命的阴谋中。所以，我不能赌，更不敢赌，而眼下我能选择的，似乎只有妥协这一条路可走。

"你想怎么样？"深深地吸了口气，强压住一枪打死他的念头，我咬着牙，一个字一个字地问他,"你、究、竟、想、怎、样?"

"别紧张,放轻松。刚刚不是告诉你了吗,一场交易而已。"他又笑了起来。只是那笑容,在此时的我眼中,却显得无比的阴险和邪恶。

"交易?用我的家人来要挟我的交易?"我冷笑着问他。

"不不不!"他竖起右手的食指,左右摆动着说道,"这只是为了给我们的交易加一层保险。当然,这法子是下作了些。我也知道,你刚才、包括现在,都在想着,要不要拿起枪杀了我们。可是,你不敢,不是吗?因为你知道,就算你现在杀了我俩,你的父母,还有那个叫肖凝的漂亮女警官,就得给我们陪葬。"

说到这儿,他停了下来,歪着头看着我,突然转移话题问我说:"知不知道,我为什么想要推举你去跟'朱雀'争那个'青龙'的位置?难道你就不好奇,我为什么偏偏选你吗?"

这的确是我一直疑惑的地方,所以,尽管心头依旧愤怒不已,可我还是强逼着自己先冷静下来,问他"究竟是为什么?图什么?"

"文墨尘,你大概还不知道,'天枢'本来打算的,就是让你以后接'青龙'的班吧?只不过,因为我手下那些蠢货的擅自行事,打乱了他的计划而已。若是现在把你推出来,无论从哪个方面来说,都不能服众。所以,他才不得不让'朱雀'先接手这个位置作为过渡。而你,到时候肯定会被安排成为那丫头的副手,熟悉业务的同时,顺便积攒资历。呵呵,不得不说,'天枢'他是真的很看重你啊!⋯⋯"

郑建军对我很不错,很照顾我,这我自然知道。但我一直以为,那不过是因为我和他是"患难之交"的缘故。郑建军是重情义的人,这一点,从他对我,乃至对"刺秦"的态度,就能够看出来。但我还真不知道,他对我居然有这样的长远计划和安排。

要说心底没一点儿触动,那自然是骗人的。只是,"摇光"他是怎么知道郑建军这心里头的打算的?这种事情,郑建军显然不可能自己说漏嘴。就算他跟余文龙或者"朱雀""青龙"他们聊过这想法,这几个人,应该也不会告诉"摇光"。

只可惜,"摇光"显然没有继续为我排疑解惑的打算,故而,在突然插了这么段题外话后,他又转回了此行的本来目的上。他告诉我,"等台风一过,他们这些组织的高层,就会前往'星庭'开会。那时,他就会先郑建军一步,把推举我作为'青龙'候选人的提议提出来。"

至于他这提议能不能通过,就不是我需要考虑的事情了。总之,他这场大费周章,甚至以我父母和肖凝的安危来要挟我,触怒我的交易内容,就是"青龙"这个位置的归属。

"可话说回来,交易、交易,那自然是双方都要拿出东西来互换,才能称其为交易。所以,在这场交易里,我,需要付出的什么?"

"果然是聪明人！"他"啪啪啪"拍了几下手掌，"啧啧"赞叹。"文墨尘啊文墨尘，难怪'天枢'这么看重你。重情重义、有本事、脑子也好使，这样的人，谁不喜欢？可惜啊！可惜！……"

"可惜？可惜什么？可惜我不是你的手下？"我不知道他这忽然间的摇头大叹可惜所为何来，但我却终于从他嘴里，听到了这场交易里，我需要付出的究竟是什么。

"到时候，你自然就知道了！"这是他临走时，给我留下的答案。可这模棱两可的回答，跟完全没说，又有什么区别？

靠坐在沙发里，手里捧着那叠散落在茶几上的照片，想着"摇光"最后那句有等于无的话，我的眉头忍不住紧紧地皱到了一起。而这时，窗外的狂风和暴雨，也更大了……

第四十五章 "棋子"命运

眼下的当务之急，是处理好父母和肖凝所面临的危险。

不是没想过将这件事告诉郑建军，可就在我准备拨通他电话的时候，我突然想到了"摇光"之前说的，郑建军关于我以后接任"青龙"的打算。这看似无意之间透露的信息，无非就是想告诉我，郑建军的身边，有他"摇光"安插的眼线。

再一想，"摇光"为何会只带着"白虎"找上门来，甚至都不担心我被激怒之后，会不会跟他拼个鱼死网破，也很好理解了。无非，也是为了防着自己身边的人里，有属于别人的眼线罢了。

要搁往常，或许我还会有兴趣刨究一番。可现在，我只想早点儿联系上陆云巍。因为，除了他之外，我再也想不出，还有谁，能帮我去护住家人和心上人的安全。

我相信，只要他出手，"摇光"派去的那些人，就会变成疥癣之患，不值一提。唯一麻烦的地方，是解决那些人的同时，又不能引起"摇光"的怀疑。不然，一个操作不当，我这卧底的身份，就藏不下去了。

事实上，我是有些"关心则乱"了。陆云巍这样的老狐狸，怎么可能会犯如此低级的错误。后来，听"熊猫"，也就是那个"兵器迷"的胖老板说，我家人被人盯梢，有可能遭遇危险这事，他是用加急的形式传递回去的。而陆云巍那边收到消息之后，并没有直接派人去保护。

但是，就在当天，外岛这边依旧还在台风的淫威下瑟瑟发抖的时候，远在内陆的我的家乡，突然就开始了一场名为"安全文明月"的综合整治行动。而该行动的目的，则是为了迎接国家"双创办"即将在全国范围内进行的，包括文明城市、文明街道、文明社区乃至文明乡村的评选。

"熊猫"说，可不要小看这个"文明"评选，这里头，包括的内容可就太多了。大到一城一地的治安、小至一街一巷的卫生，都在评委会评定的范围之内。所以，别说是从外地来的"过江龙"，即便是本地那些大流氓、小混混之类的"地头蛇"，都一样得老老实实夹着尾巴做人。不然，公安机关的铁拳，会让他们知道，什么叫作人民民主专政。

至于这会不会引起"摇光"的疑心，"熊猫"则让我大可放心。因为，陆云巍本人，已经专门为此赶去了我家那个地级市坐镇。而且，按这位上校处长的意思，直接动手抓人，那是最下乘的手段。真要对付这些小杂鱼，办法有的是，随便找个理由，就能把人请进去"喝喝茶"。

只不过，考虑到我这边的情况，现在还不是动他们的时候，所以，只能先密切监视着，以免打草惊蛇，坏了全局。

然而，正如那句"只有千日做贼，没有千日防贼"的俗话一样，既然是"安全文明月"，那这种专项治理行动，最多也就能持续一个月左右的时间，不可能无限期拉长。换言之，我这边的进度，也必须得加快，最好，就是在一个月之内，把这柄沉默已久的枪刺捅出去，扎进"刺秦"的要害。

而眼下，那个即将在"星庭"进行的"七星聚会"，或许，就是个很好的契机。可惜，我至今仍不知道，"星庭"这个"刺秦"的"祖师堂"，究竟位于何处。不然的话，只需在郑建军、"摇光"他们这些高层开会期间，通知陆云巍来个突袭，那不就什么问题都解决了？

群龙无首之下，自然就是被各个击破。然后呢，"刺秦"这幢大厦就只剩土崩瓦解的份儿。而那时，我也就再不用当什么卧底了。我可以用回自己"文墨尘"这个从出生起就跟着我的名字，可以光明正大地走在故乡的大街小巷，更可以张开双臂，将心爱的姑娘，拥入胸怀……

可是……我使劲儿晃了晃脑袋，将那些不切实际的妄想驱赶出了脑海。那样的日子，很美好，但在一切没能结束之前，都不过是镜花水月，可望、但却不可及。

就在我琢磨着，该怎么跟郑建军开口，才能让他毫不疑心地带我去"星庭"时，台风"丽娜"带来的坏天气结束了，而我，则被郑建军一个电话敲到了他的别墅。

院子显然刚打扫过，残枝败叶之类的垃圾都已清理干净，也就地上还残留了些无法扫净的积水。是以整个院子，非但看不到半点儿台风肆虐的痕迹，反倒多出了种"空山新雨后"

的出尘意境。

郑建军他倒挺悠闲！就在这雨色初霁的院内凉亭中，摆开了全套茶具，烹茶为乐，怡然自得。亭子里就他一个人，没看见余文龙，更没有"朱雀"那招牌般的一身火红。于是轻轻撇了撇嘴，将身上的枪交给了守在亭子前的保镖，我抬脚走了过去。

"来，尝尝这极品野生大红袍。"见我过来，他笑着冲我招了招手。

"不怕我暴殄天物？"在他对面坐下后，我捏起那斟满红色茶汤的小小紫泥杯，放在鼻子下嗅了嗅，没急着入口，反倒重又放回了茶盘上。

"你啊！什么都好，就这点儿不好。要么，闷着不吭声，要么，一张嘴就能气死人。"他摇了摇头，而后，拿起茶杯做了个邀饮的姿势，抿入嘴中后，还微仰起脑袋眯上了眼睛。好一会儿，才吁出口气说："这茶啊，就跟这过日子一样，是要细细品，才能品出滋味儿来的。第一口喝进去，只会觉得苦涩。可等这苦劲儿一过，那就是苦尽甘来，唇齿留香啊……"

只可惜，他这番"茶如人生"的道理，显然是对牛弹琴了。因为，他说着话的时候，我已经手到杯干，一口就将那小小的一杯茶水倒进了肚里。

"你小子，你这叫'品茶'吗？'牛喝水'还差不多！还真是暴殄天物。"他愣了愣，然后又无奈地摇头笑骂。

"老余呢？怎么没在？"我耸耸肩，一副轻松自如的样子，岔开了话题。

"明天开会，让他先过去准备下。"他说完，然后突然看着我，不再说话。

他这欲言又止的样子，让我心里忍不住轻轻"咯噔"了下，甚至有些担心，他是不是已经知道"摇光"找上我的事情。正当我犹豫着，是不是该跟他主动说起这事的时候，他开口了。

"对'朱雀'，你怎么看？"

"嗯？什么怎么看？"我疑惑地看向他，不确定地问。

"揣着明白装糊涂！"他没好气地瞪了我一眼，一边拿起茶壶往我杯子里续茶，一边说道，"我就不信你不知道，我准备让'朱雀'接手'青龙'的事。"

这个，我自然知道。先不说"摇光"跟我说过，整个组织内部，也早已经传得纷纷扬扬。明眼人都能看出来，"朱雀"接手"青龙"这位置，几乎已经是板上钉钉的事情了。因为，论资历、论人脉、论能力，眼下，这"刺秦"之内，恐怕再找不出第二个比"朱雀"更合适的人。

所以说，"摇光"打算把我推出去跟"朱雀"打对台，居心叵测、其心可诛什么的先不谈，我是真的疑惑，这明明毫无胜算的事情，他找我做这笔所谓的交易，有何意义？

至于离间我和郑建军他们的关系什么的，当时我确实是这么想的。可后来再仔细一琢磨，又觉得这不大说得通。这么明显的离间计，连我都能看出来，更遑论郑建军这老狐狸？

除非……猛地，我想到了一种可能。除非是，"摇光"他真有把握，让我当上那劳什子的"青龙"！假如，我是说假如，我这猜测成立，那就说明，"北斗"之中，原本的势力或者说派系划分中，出现了变数。最大的可能就是，那本属于"中间派"、两不相帮的三位星君里头，有人已经倒向了"摇光"。

换言之，就是他"摇光"不再如之前一般，只能在处于弱势的情况下，勉强与郑建军一派分庭抗礼，而是已经悄悄占据了上风，稳操胜券。

虽然，这一切仅仅只是我的猜测，可不得不承认的是，我或许还是低估了这些"北斗星君"。这些人，能坐到今天这位置上，一个个的都是人精。

"怎么了？眉毛都皱一堆去了。"见我一直不答话，郑建军问我。

立刻，我警醒了过来。正想说声"没有"来敷衍过去，可一抬头，看到的却是他那略微的疑惑中，带着关切的眼神。

那一刻，我心里涌起来的，竟然是愧疚。我明明知道"摇光"针对他的阴谋，可因为我这个卧底的身份，以及"搅浑水"的任务，我却什么都不能跟他说。

正当我想着该找个什么样的借口来搪塞他时，他突然笑了起来问我："是不是在担心，等'朱雀'成了你的顶头上司后，会因为上次得罪她的事情，而给你穿小鞋，打击报复你？"然后又抬起手指着我数落说，"要不是因为你小子自己不会说话，怎么会把人给得罪了？你又不是不知道'刺秦'的规矩，就那些干的事情，拉去千刀万剐都是活该。你觉得'朱雀'心狠了，歹毒了。怎么就不想想，颖蓁的死，她的心里有多伤、有多痛？"

"我……不是……"我张了张口，还没想好该怎么分辩，却又被他摆着手打断。

"算了算了，不说这个了。"他摇着头，发出了一声像是无奈，又仿佛是感慨的叹息。"总之呢，那丫头挤兑下你，给你点儿难堪什么的，你就多让着点儿，大老爷们儿的，别跟她姑娘家计较。放心吧，顶多也就是让你出点糗啥的，这个，我绝对能给你保证。"

于是，我只好默默点头。他这是误以为，我先前的纠结，仅仅是因为"朱雀"即将成为"青龙"吧？"朱雀"是个什么样的脾气，他这当老大的岂能不清楚？而且，"摇光"不是说过，等"朱雀"接任"青龙"后，郑建军打算让我给她当副手么？那就可以预想，在"朱雀"心里那口气没完全消散之前，我这副手，日子得有多"好"过了。

见我点了头，他似乎也放下了心事一般，探身拍了拍我的肩膀，终于说出了今天叫我来的用意。"等下你回去，收拾点换洗的衣服和平常要用的东西。明天一早，我来接你。"

"嗯？"我抬眼望着他，正准备问要去哪里，然后就想到了一个地方，刚想张口，却又被他打断。

"想到了是吧？"他"呵呵"轻笑了一下，说："知道就行了，不用说出来。回去准备吧。去吧！"

从郑建军那里离开后，我直接去了"熊猫"那间仿真武器模型的小店。明天就要去"星庭"了，虽然郑建军没明说，但我确信，他明天要带我去的地方，肯定就是那个"刺秦"的"祖师堂"。

而明天，"摇光"就会向郑建军发难，推出我这颗"棋子"。说实话，我很难想象，到时候的郑建军，会是个什么反应。会不会认为，我已经"背叛"了他。而届时，等待我的，又会是个什么样的结果？

所以，在这之前，我必须得先联系陆云巍。汇报情况也好，未雨绸缪也罢，总之，得他这个当负责人的，拿个主意才行。

或许是货品太过小众的缘故，"熊猫"这家"兵器迷"，无论我什么时间来，几乎都看不到什么顾客。当然，这对我来说，自然不是什么坏事。故而，很快，陆云巍那边的答复，就传到了"熊猫"手上。

他让我放心大胆地去，同时，更要注意自己的安全。而且，这未尝不是一个把"刺秦"这摊水，彻底搅浑的良机。至于怎么做，他的意思是，抓住郑建军这条线不要松。至于"摇光"这种图谋不轨的家伙，应该是我们利用他，而不是反过来被他所利用。所以，可以在恰当的时机，向郑建军透露我被"摇光"要挟的事情。

什么样的时机才叫恰当，陆云巍让我自己把握。不能太早，太早了表现不出我内心的纠结、矛盾、左右为难。也不能太晚，若等到"摇光"发难之后才向郑建军坦白，非但没有任何意义，反而还会失去好不容易得来的信任。

一个卧底一旦被跟随的老大打上了"叛徒"的标签，那下场，不会比真实身份暴露好到哪儿去。故而，这即将到来的"星庭"之行，陆云巍已经给我定下了基调：静观其变、见机行事！

从店里出来的时候，"熊猫"将一个装着步枪模型的长条纸箱塞进了我怀里。"小心无大错！"他如是对我说，而后，又笑着加了句，"承惠，5000块。现金还是刷卡？"

点点头，我爽快地刷卡付账。非常时期，自然还是谨慎点儿的好。

搁以前，我这么个小人物，自然不会有人闲到来盯我的梢。可现在不同了，我或许可以不去防备郑建军，但却不能不提防"摇光"。说不定，我今天前脚刚踏进郑建军的别墅，后脚，他就已经收到了消息。而以我跟郑建军的关系，难保他不会怀疑，我会借这机会向郑建军求助，同时，顺手将他给"卖"了。

果然，就在我刚走到商业街的地下停车库取车时，旁边的一辆车子，突然降下了车窗，露出了"白虎"那颗锃亮的光头。

"小子，挺悠闲啊！"他邪邪地说道。瞥了一眼我怀里的长条盒子，又加了一句说，"哟！爱好还挺独特！"

"还行！"不置可否地随意回了他一句，我自顾自地打开车门，将东西都堆进了后座，然后，我环抱着双手，靠在车门上问他："有事？"

我这态度自然不算好，不过，他显然也没指望我会笑脸相向，打量了我两眼后，直接就问我，郑建军今天找我去，都说了什么。

这倒没什么不可说的，只是，他却不太相信。

"就这些？"他歪着脑袋盯着我看，仿佛是要从我的表情里，看看我到底有没有说谎。

"不然呢？"我耸耸肩，冷冷一笑反问，"'白虎大人'，莫非是想我告诉他些什么？"

"你敢吗？"他也跟着咧开了嘴，狞笑着反问。

"不敢！"我垂下头，声音也跟着低了下去。在他看来，我这反应，自然属于那种很不甘心，却又不得不屈从服软的无奈。

"谅你也不敢！"他轻蔑地看着我，脸色一沉，半是讥嘲半是警告地对我说，"小子，提醒你一句，记住自己的身份。明白吗？"

我低头笑了笑问他，"这是大人自己的意思，还是'摇光星君'的意思？"

"有区别吗？"他脸上的讥嘲更重了些，最后丢给了我一句话，"身为'棋子'，就要有做'棋子'的觉悟！"

"棋子"么？望着扬长而去的车子，我无声地笑了。这些身居上位的人，似乎都喜欢把别人当作"棋子"，视自己为下棋的人。也总以为，自己可以操控棋局，左右每一颗"棋子"的命运。我是颗"棋子"不假，可握着我这颗棋子的人，却是陆云巍。至于他"摇光"，若"白虎"这番话是出于他的授意，那我只能说，他这位"北斗星君"，无论是格局还是气量，未免都太小了点儿。

所以，若我之前的猜测成真，那我很好奇，他是怎么说服那些"中立派"支持他的。是足够的利益引诱，还是，跟要挟我一样，抓住对方不得不妥协的弱点。抑或，两者皆有？

想一想"白虎七宿"那等同于秘密警察的权力，我的这些猜测，极有可能成立。若是能弄清楚这里头的龃龉，说不定还会有意外的收获。

只是……我忍不住摇了摇头，为自己的不自量力感到好笑。

除了一个"铁杆郑系"的名头之外，我其实就是个孤家寡人。要人手没人手，要资源没资源，单凭我自己，拿什么去查？再则，"摇光"的这些小动作，若说郑建军那老狐狸一点儿都没察觉的话，未免也太不合逻辑了点儿？毕竟，作为"刺秦"的眼睛和耳朵，"朱雀"手下的南方七宿，可不仅仅是个用来看的摆设。

或许，"摇光"会选我来当他的"棋子"，原因就在这里吧。一旦我这颗"棋子"被他推出来，必然就会和"郑系"决裂，背上个"卖主求荣"的叛徒骂名。那时候，先别说当什么"青龙"了，能不能活下来，都还两说。而即便是我坐上了"青龙"之位，短时间内，恐怕也降服不了"青龙堂"里的老人们，依然还是个毫无根脚的光杆司令。

不管是为了保命，还是想要掌权，从此以后，我这颗"棋子"，恐怕都只能仰仗"摇光"的鼻息存活。而等他彻底将"青龙堂"掌握在手中时，想必，就是我再没有利用价值的时候。一颗不再被需要的"棋子"，除了被抛弃之外，显然不会再有第二种结局。

不得不说，"摇光"谋划的很好。若我真是个不得不沦落江湖的杀手，面对至亲至爱所受到的威胁，哪怕再不甘愿，也只能就范，受其摆布。至于拼个鱼死网破什么的，看起来是痛快了，可但凡还有一丝希望，谁又能真正下得了那种同归于尽的决心？

第二天一早，郑建军那台车，很早就停到了小区楼下。

"精神不错！"上车后，他先是笑着夸了我一句，接着又皱了皱眉，"胡子怎么不刮一下？"

摸了摸有些扎手的下颌，我回了他一句，"怪你来得太早！"

他笑骂了一句"臭小子！"，而后，摊开手伸向了我。见我不解地望着他，他有些歉意地解释说，"这是规矩，每个第一次去'星庭'的人，都得交出通信工具，同时，还需要蒙上眼睛。"

这种桥段，那些黑帮电影里，倒是经常能够见到。防止泄密是一方面，而另一方面，若是真有内鬼，这手机的通信记录里，没准儿就能查出点儿要命的东西来。

这时候，我不由得有些佩服陆云巍的先见之明。那种"地下交通站"般的联络方式，看似落伍过时，却在眼下这种情形，杜绝了我身份暴露的可能。

所以，没有任何犹豫，我掏出手机递了过去。没曾想，他却没立刻接，而是让我关机后再给他。这也应该算是一种信任吧？不管是不是表象，可至少，这样的细节确实让人暖心。作为回应，我将手机直接放在了他的掌心。

他怔了怔，看了看手掌中的手机，又看了看我，然后，又摇着头笑了起来。一边笑，一边直接按住了手机的电源键，将那部处于待机状态的手机给关了机。

然后，我闭上眼，任由一块黑布将它们蒙上。再然后，随着他"开车"的吩咐，车子微微地颤动了一下，开始起步向前滑行。

由于什么都看不见，所以，车子的每一次起、停、减速和转弯，回馈给身体的感觉，反而更加地清晰。甚至，我还能通过座椅震动程度的不同，分辨出路面的材质和好坏。

没有刻意地去记忆路线，因为，外岛就这么大块地方。只要到了目的地，有了参照物，自然就能知道身处何处了。

车上除了开车的司机，副驾上还坐着一个保镖。显然，这不是向郑建军"坦白"的时候。因为，我无法确定，他们当中，是否就有"摇光"埋下的眼线。

看来，只能等到了地方之后，再找机会了。而郑建军，他到时会是个什么样的反应呢？勃然大怒？不动声色？还是，他其实早就已经知道？

没来由地，我心里忽然有些忐忑。至于忐忑的原因，我说不上来，总之，就是觉得心里不踏实。就好像你明明知道危险就在身边，却因为身处极度的黑暗，看不到危险究竟藏在哪儿一样。

眼睛看不见，时间的流逝，仿佛也跟着停滞了一样。直到，听见他突然说了声"到了！"，我才惊觉，车子，已经彻底停了下来。

当蒙在眼睛上的黑布被解开，我终于松了一口气。重见光明的瞬间，似乎，那心里头的忐忑与不安，也随之消散。

眯着眼适应了光线的变化后，这座被山林环抱着的古朴院落，映入了我的眼帘。

还没想好跟郑建军说点儿什么，余文龙就已经带着几个手下迎了上来。"老大，都准备好了，就等你来了！"

他先是跟郑建军汇报了下情况，接着，就把眼睛转向了我，张开双臂，就给我来了个熊抱。嘿嘿笑着说，"你小子，可算是来了。来得正好，等会儿，刚好能给我搭把手。你是不知道，哥哥我这几天可是忙坏了。早就跟老大说，让他把你派来给我帮忙了，也不知道他怎么想的，白白放着你这精壮劳力不用……"

余文龙还在喋喋不休地抱怨着，而郑建军，却仿佛没听见一般。他的目光，落在了门前右侧那棵高大的桂树上，默然而立，似乎在沉思，又仿佛陷入了回忆。于是，余文龙也悄悄闭上了嘴。庭院之前，偌大的空地上，一时之间，安静得近乎诡异。

"人都到了没？"好一会儿，这沉默才被郑建军的声音打破。只是，他却没有回头，而我，却分明听见，他开口之前，那一声微微的叹息。

"除了'摇光'和'开阳'，其他人都到了。哦，对了，'朱雀'那丫头说，她还有点儿事要处理，估计得晚点儿到。"余文龙连忙说道。

"嗯！那就好。"郑建军点了点头，转回身，目光投向了我，"墨尘……哦，不对！"才刚开口，他就发现不应该叫我这名字。于是，又摇头笑了笑，改口说："林凡，跟我来，我先带你去见个人。"

第四十六章　螳螂黄雀

郑建军要带我去见的人，就是何老。

没错，就是那位数次耳闻，还被我误以为，很可能就是"北极帝星"的人。

见到他的时候，这位须发皆白的老人，正半躺在后院山房的门廊下，一张老得快掉牙的藤椅里，盖着条薄毯，享受着久违多日的太阳。而在离他不远的地方，一个跟郑建军年岁相仿的汉子，正拿着一把尺寸夸张的剪刀，修剪着花圃般的天井里，那些叫得出或者叫不出名字的花卉，因台风而折损的枝枝叶叶。

见到我们进来，准确地说，是见到郑建军，正修剪花枝的那位，立刻就挥舞着手上的大剪刀，"啊啊啊"地叫了起来。原来是个哑巴。

虽然不知道他那"啊啊啊"的叫声，表达的是什么含义，但从他那兴奋的表情上可以看出，看到郑建军，他很高兴。

"来啦！"不知道是不是被哑巴花匠的吼叫声吵醒，老人也睁开了眼睛，缓缓地从椅子里坐了起来。

"何老！"郑建军走上前去，恭恭敬敬地叫了一声。我也跟着微微弯腰，喊了一声"何老好！"

何老点了点头，目光从我身上轻轻扫过，而后问郑建军："这就是你说的那个小伙子？"

"是的，何老，就是他。"郑建军站直了身子，低着头，很恭谨地回答。

老人淡淡地"哦"了一声，似乎在表示他知道了。只是，不知道是有意还是无意，他的目光，又一次从我身上扫过。

然而，就是这看似不过很随意的一瞥，却让我整个人，如过电般轻颤了一下。那是全身的肌肉，因为感知到危险，条件反射地收缩。可当我下意识地回望过去时，看到的，却只是一对如同死鱼般浑浊的瞳仁。

是错觉么？我暗暗问自己。可头皮依旧隐隐发麻的感觉却明白无误地告诉我，那不是错觉。就是这位慵懒地躺在老藤椅上，如同风烛残年，数着日子等死的老人，那看似漫不经意的一眼，却仿佛能穿过身体，直刺藏在最深处的灵魂。

"林凡，何老是咱们'刺秦'硕果仅存的老前辈。我们这些人，几乎都是他老人家看着长大的……"

照面结束，郑建军开始正式向我介绍这位何老。总之，意思就是，我能不能成为"祖师堂"留名的内门弟子，能不能成为"刺秦"的核心成员，都得这位老人点头才行。所以，最后，他告诉我，之所以让我在这里住上一段时间，目的，就是让我接受何老的教导。

有点儿让我给这老人家当关门弟子的感觉，以这老人在"刺秦"里的身份地位，真要多了个他的关门弟子的身份，对我来说，显然不是坏事。只是……一想到刚才那几乎被他一眼看穿灵魂的感觉，我心里就有些情不自禁的发虚。

郑建军还在说着，不过，是改向老人介绍我的情况。而老人，则微阖着眼，静静地听着，时不时地微笑、点头。看上去，似乎，对我这个即将成为他关门弟子的人，很是满意。

至于我，这种时候，自然只能老老实实地站着，低着头，以表恭敬和谦逊。我能感觉到，他们说着说着，偶尔又会落到我身上的目光；也用眼角的余光，看到了那个哑巴花匠，抱着那把鳄鱼嘴般的大剪刀，乐呵呵地张着嘴，坐在门廊前的台阶上，转着脑袋，一会儿看看郑建军，一会儿又瞅瞅我。

"建军啊！"这次见面结束的时候，老人忽然拉着长音，发出了一声叹息。"这些年，辛苦你了！"他将郑建军的右手抓在手里，重重地拍了拍，"你们都长大啦，我也老啦。所以，很多事，即便是知道了，也不好说。即使说了，也不一定管用。所以，只要不闹得太出格，我也就懒得说、懒得管了。"

"何老，可别这样说，这又不是您的错……"郑建军忙准备安慰，却被何老摇着手打断。

"怎么就不是我的错了？"老人的声音变得激动起来，抓着郑建军的手，也因为用力，而蹦起了一根根的青筋。"要不是因为对他们太放纵，这回，能闹出这么大的事情来？要是再不管，还想当年的事情，再来一遍么？还想再铸成一次大错？"

"当年？大错？难道，'刺秦'以前也出现过内讧？而且，后果还很严重？"正想着，是不是能就此了解些"刺秦"的过往秘密时，郑建军却反握住了何老微微颤抖的手，安抚住老人激动的同时，也让老人不再继续说下去。

"何老，过去的事情，毕竟已经过去了。再怎么想，也只是于事无补、徒增烦恼。对吧？所以啊，您老就不要总去想过去的事情了，都过去了啊。而且，'刺秦'能有今天，大多是您的功劳啊。所以，老爷子您啊，就别老是自责了，对身体不好。您可是咱们的'定海神针'呢，只要有您在，'刺秦'就还是'刺秦'，乱不了！"

我这还是第一次见识到郑建军拍马屁的功夫，很了得。这不，原本情绪激动的老爷子，被他这么一番又哄又夸的，眼看着气就顺了，手也不抖了，转眼就安静了下来。

而后，郑建军又接着说什么，"知道老爷子你一个人守在这里无趣得很，这不，现在就给您送了个消遣来了。咋样，还成吧？"

说这话的时候，他眼睛瞟向了我，那揶揄的眼神儿，怎么看，怎么的不怀好意。这时，何老的眼睛也着落在了我身上。一边眯着眼看我，一边点头说："嗯，不错，好好雕琢雕琢，就是块好玉。"

合着我好端端一个人，就成了你郑建军拿来哄骗老人，变成供人打发时间的消遣了？

即便知道他们其实并不是这个意思，可我仍旧觉得哭笑不得。只是，看这情形，我好像连个说"不"的资格都没有啦。

最后，告辞离开的时候，何老对郑建军说，"要做什么，就大胆去做。只要我这把老骨头还在，就永远是你坚实的后盾。"

"等的就是老爷子您这句话呢！"郑建军笑嘻嘻地说道。那一副嬉皮笑脸、奸计得逞的德性，怎么看，都应该是出现在余文龙身上才算正常的。

而更让我无语的是，这家伙在卖完乖之后，又一把抓着我对同样笑得合不拢嘴的老人说，"老爷子，这小子我先抓去当阵子壮丁。您放心，那头一忙完，我立马把人给您送过来！"

然而，这个样子的郑建军，在跨出院门的瞬间，立刻就变回了本来的模样。微擎起的双眉，以及一声若有若无的轻叹，让我知道，他的心情，远没有先前表现的那样轻松。

这场因为"青龙"遇袭、继任而发起的"刺秦"高层聚会，召集的人是他，压力最大的，同样也是他。至于原因，很简单，因为这本身就是一场权力的重新洗牌，关系到的是利益的再次分配。

蛋糕就那么大，谁都不想自己的那份变少，同时，谁都又想多分一块。是以，他自然能够预见，这场马上就要开始的会议，将会是一场怎样钩心斗角的暗战。

而"朱雀",这妖精虽说能力、资历,乍一看都是接任"青龙"的不二人选。可这女人那女王般的脾气和做派,平日里得罪的人,恐怕不在少数。更遑论,她还主导了这一次内部的"清洗"。其他几位"北斗"里头,又因此而损失了多少的心腹和切实的利益,恐怕也只有他们自己才清楚了。

所以,对于郑建军他们来说,这次所谓的会议,其实就是一场举目皆敌的战斗。难度,可想而知。更何况,还有"摇光"精心准备的狙击。而我,自然就是那枚射向他要害的子弹。

这时候,应该就是陆云巍所言的"恰当时机"了吧?于是,我张口,喊了一声"大哥",叫住了正欲抬步的他。

"怎么了?有事?"他转过头问我。

"嗯!"迎着他的目光,我点了点头,"有点儿事,想单独先跟你说说。"

"跟我来!"他示意我跟上他,同时,也命保镖们离得远一点儿。既没先问我缘由,也没有半分迟疑。这份儿信任,算是毫无保留了吧?

他带着我登上了后院与中庭之间的一座阁楼。阁楼下,是一片面积不小的水池,种满了荷花。这时节,本就是荷花开得正艳的时候,若没有之前的台风,那么,现在呈现在我们眼前的,就应该正如诗句所写那样——"接天莲叶无穷碧,映日荷花别样红",只是可惜了……俯瞰着那些翻折的荷叶、歪伏的花箭,我心里升起的,居然是一股完全不合时宜的感慨。

"一夜劲风摧百花……可惜了啊……"或许是同样地触景生情吧,在我默默感慨的时候,一旁的郑建军竟也轻轻地拍打着身前的栏杆,发出了声喟然的叹息。

而后,他才侧过身,看着我说道:"说吧,我看看是什么大不了的事情,竟让你这泰山崩于前都能面不改色的家伙,变得这么慎重其事了。"

说这话的时候,他脸上挂着淡淡的笑意,很随性的样子,看不出丝毫的勉强。这感觉,就好像是,他的心境,并没被即将面对的困难所影响,以至还有心情,小小地调侃一下我。

"'摇光'找过我!"犹豫了许久,这数次涌到嘴边,又被莫名憋回去的话,终于被我从口中吐了出来。

"哦!"他点点头,一副我知道了的了然模样。接着,又挑了挑眉问,"然后呢?"居然连一点儿吃惊、诧异的反应都没有,更遑论气愤和恼怒。我有种说不出话的感觉。好歹,你也得给点儿情绪波动,才算正常啊!

见我说不出话来,他脸上的笑意反而更盛了些,乐呵呵地说:"咋了?奇怪我的反应?这么跟你说吧,他们找你,我一点儿都不奇怪。要是不找你,那我反而还会觉得奇怪。所以,预料之中的事情,有什么好惊讶的?"

"你这是什么意思？"我被他这一番话绕得有点儿迷糊，不明白他到底是猜到了，还是早就知道了。

而他接下来的话，在让我悚然而惊的同时，又莫名地觉得感动。他说："其实我一直在等你跟我说这件事情。因为我相信，你绝不是那种为了点儿蝇头小利，就会出卖朋友、出卖兄弟的人。而你会和'摇光'虚以为蛇，以致拖到现在才向我说明，肯定是有你不得已的原因。而这世上，能将一个面对死亡都毫无畏惧的人，逼到不得不委曲求全地妥协，必然是他极其在乎的人遭受到了威胁。而对于你来说，'摇光'能用来要挟你的，自然就是你家人的安危了。"

"墨尘！"他抬起手，拍在了我的肩上，今天第二次喊出了我的本名。"当你说出要单独跟我说事的时候，我心里真的很高兴，这说明我没看错人，说明我郑建军的为人还行，是个值得让兄弟掏心掏肺的大哥。所以，我现在必须得跟你道歉。因为这个事情，我确实存着试探你的意思。想要看看，你这个兄弟，在关键的时候，是不是靠得住，值不值得信任……所以啊……"

他按在我肩膀上的手，用力地按了按，接着说道："在这件事上，你没必要对我心怀愧疚什么的。毕竟，是我这个当大哥的，试探你在先。真要愧疚，那愧疚的人，也应该是我啦。不然，你何必因为家人被'摇光'威胁一事，担惊受怕、纠结这许久？以我郑建军的实力，完全可以在收到这消息的第一时间，就能让'摇光'的图谋破产。然而，我却偏偏没这么做。一方面，是我想试探你，或者说考验你；而另一方面，则是我想反过来利用'摇光'的图谋，来一场'螳螂捕蝉，黄雀在后'，借着'摇光'那些人的手，把你推到'青龙'的位置上。"

"而'朱雀'，最开始，我倒确实是准备让这丫头接手'青龙'的，可没想到，'摇光'居然会想出利用你这步棋。所以，得到消息之后，我索性就装作真的毫不知情，为的就是给'摇光'来个将计就计。至于我是怎么得到消息的，也很简单，因为，会在别人身边安插眼线的，可不仅仅只是他'摇光'的专利。甚至，我早就知道，身边的人里头，都有哪些是他安排或者收买了的卧底。"

他顿了顿笑着问我道："'来而不往非礼也'，墨尘，你说对吧？"

我勉强地笑了笑了，不知道该怎么接话，准确地说，是我已经无话可说了。"刺秦"的这些人，都是属狐狸的，没一个好结交的。而就目前来看，郑建军这老狐狸，显然要更狡猾一些。只是可怜了"摇光"，自以为得计，结果呢，却是机关算尽终成空，反为他人做了嫁衣。那该是何等的恼羞和愤怒？会不会因此而做出什么丧失理智的事来，这还真不好说。

在这次谈话的最后，郑建军提醒我道："'摇光'这人，打小就是个只能占别人便宜却不能吃亏的主。而这一次，这个亏，他明显就吃大了。说他是'赔了夫人又折兵'都不为过。恼羞成怒之下，他定然就会认为，是你这个本该做'棋子'的家伙不甘认命，所以才联合了我来对付他。"

说白了，就一个意思："摇光"肯定会事后报复，而他要报复的对象，首当其冲的，自然就是我。

再坚固的堡垒，也能从内部轻易地攻破。同理，再强盛的组织或者集团，一旦内部开始为了争权夺利而无所不用其极，开始出现分裂，那么，它离败亡，也就不远了。

有时候，我突然会想，即便没有我这个卧底，没有陆云巍他们的清剿，"刺秦"的消亡，其实也只是个时间的问题，早晚的事。而我，以及陆云巍他们，不过是加速了这个进程而已。

毕竟，"刺秦"内部，几个派系之间的明争暗斗，早已经埋下了分裂的种子。而郑建军主导的那场"七星聚会"，本意是想解决已经开始失衡的内部态势，重新让其回到大家一直尽力维持着的平衡点上。

如果，我是说如果。如果没有我这卧底的话，或许，他真的能够成功，能够凭借实力以及威望，压制住蠢蠢欲动的"摇光"，也能让摇摆不定的"天玑"一系，认清谁才是"刺秦"真正的掌舵人。

如果给他足够的时间，或许，他真的能把"刺秦"改造成他想要的那个样子，即便是变不回最初的那个"刺秦"，但也不至彻底沦为金钱的奴隶，眼里只剩利益，没有道义。

只是……每当回想起这些的时候，我都会忍不住为他、为余文龙、为石榴，还有那许多我认识的人，默默地点上三支烟，希望，能够慰藉一下，他们那不甘的魂灵。而每当这时候，我也会忍不住喟叹"命运"这个明明看不见、却又仿佛无处不在的东西。

命运是什么？是一个人从出生那天起，就已经注定好了的结局。不管这途中，你如何的挣扎、反抗，可最终，依然逃不出那一根根命运之绳的捆绑。所以，命运又是一张看不见、看不破、挣不脱、逃不出的无形之网。所有的人，都困在这张网中，从生到死，再到下一个轮回。

当然，这种玄学抑或哲学范畴内的东西，自然不是我这最高学历不过中专的乡下人能想出来的。跟我谈及这些的，是"星庭"的后园里，那位总爱眯着眼睛，躺在老掉牙的藤椅中晒太阳的老人——何老。除了这个"命运"，他跟我谈得最多的，还有一个跟命运息息相关的东西——"因果"，种什么"因"，得什么"果"的因果。

说到这里，就不得不提一下，那场在"星庭"的"祖师堂"里进行的会议，无论对于我，还是对于"刺秦"来说，那场会议，都应该算是一个分界线，抑或拐点——命运的拐点！

我还记得，跟郑建军在那个荷花池上的露台阁楼里，说完"摇光"要挟我做的"交易"之后，这早打算将计就计的老狐狸，却在最后的关头，为了我，更改了他最初的计划。

还是将计就计，不过，却不再揭穿"摇光"的图谋，而是假装与我决裂。说白了，就是要我配合他演一场戏：我这个当手下的，背叛大哥的戏。而为了戏演得逼真，能骗过疑心病很重的"摇光"，这场戏的剧本，在没有谢幕之前，除了我们俩人之外，不会再有第三个人知道。

就相当于，我又变成了一个卧底，是他郑建军插进"摇光"一派中的内应。至于为什么这么做，他的解释是：为了防止"摇光"知道阴谋败露后，恼羞成怒地对我这枚不听话的"棋子"进行报复。

我自然不惧怕"摇光"的报复，可我的父母呢？肖凝呢？他们能挡得住职业杀手的报复么？即便是有陆云巍的人在暗中保护，然而，在顶级的专业杀手面前，再周密细致的保护，只要有一点点的疏忽，就会被他们抓住空子，从而一击必杀。这不是夸张，而是因为，我自己就是那样的一个杀手。而"刺秦"之内，我相信，比我更有耐性、更厉害的杀手，还有很多很多。

甚至，只要肯出钱，足够多的钱，可能都不需要他"摇光"派出手下的高手，因为，这世上有的是要钱不要命的亡命之徒。只要钱给到了位，他们自然乐意去做这种用他人的生命来换取金钱的事情。

我可以拿自己的生命去冒险，但是，却绝不允许，用至亲和至爱的安危，去赌那个不愿意看到的万一。所以，我毫不犹豫就答应了郑建军的新计划，配合他演好接下来的这场戏。

"刺秦"的"祖师堂"，就设在这院落的中庭，是一个单独的大跨院。至于建筑风格嘛，与电视或电影里那些传统保存得很好的家族祠堂相差不大，只是规模要更大一些。

迈过高高的楠木门槛，踏进祠堂的那一刻，最先映入我眼帘的，便是屋子尽头的墙上，摆放着无数排灵位的供案后，那一副巨大的壁画。

在丹商的传统里，宗祠，从来都是个很庄重、肃穆的地方。非有祭祀或者大事需要向祖宗禀告，这宗祠之地，等闲之人不可进入。故而，即便是今日"刺秦"的祠堂之门大开，可除了"北斗""四灵"这些组织的高层，其余能有资格跨进这道门槛的，还真是不多。而我之所以能进来，其实还是沾了郑建军嫡系的光。因为，他给我安了个"青龙堂参会代表"的名头。

进了宗祠，自然得给那些供奉着的祖师牌位们上香。可这时候，"天玑"却站了出来说："这不合规矩！一个在'星庭'连名字都没有的无名小卒，连进祠堂的资格都没有，还想给祖师们上香？"

那一刻，我有些疑惑。"天玑"，他现在不是应该和"摇光"一伙的吗？难道，是我猜错了？可惜，不知出于什么原因，"摇光"他们还没到，不然，我或许就能从"摇光"的反应上，看出点儿什么来。

这种时候，自然轮不到我说话。郑建军也没说话，甚至，连个被冒犯的不悦表情都没有，只是很淡然地看着"天玑"。率先发起反击的是余文龙。他直接就站了出来，瞪着"天玑"几人的同时，质问他们，"这是什么意思？"

"什么意思？""天玑"呵呵冷笑了两声，"什么意思……我刚才说得不够明白吗？'玉衡'，你是不是大哥当太久了，连祖宗留下的规矩都忘了？"他明里是在说余文龙，可实际上，矛头对着的却是郑建军。

以余文龙的性子，怎么可能受得了这个激？眼看着鼻孔里就开始喘起了粗气，拉开架势，就要好好跟"天玑"理论理论的时候，郑建军轻轻咳嗽了一声开口道："何老的关门弟子，不能给祖师们上炷香？嗯？"

这句话，他是面带着微笑说的，说得风轻云淡。就连结尾那个"嗯"字里带着的疑问，都透露着恰到好处的讶异，看不出半点儿的烟火气。可就是这么短短的一句话，就彻底地压住了"天玑"自以为站住了道理的气势汹汹。

"什么？他？怎么可能？""天玑"似乎不肯相信自己的耳朵，先是看着郑建军，接着，又恶狠狠地瞪向了我。至于他那一派里的另两位，此刻，那不约而同望向我的目光里，也是满满的震惊和不可思议。

甚至，这整个祠堂里，在这个瞬间，所有的窃窃私语，都是那一句与"天玑"同样的疑问——"怎么可能？"

"怎么就不可能？"余文龙的嗓门立刻就拔高了几个音阶，讥笑着反问。"我大哥难道还会说假话？谁要是不信的，可以去后院找何老求证啊！不过，就是不知道他敢不敢去！"末尾这句，他是看着"天玑"说的。那满眼满脸的讥诮，还真是个有仇必报、快意恩仇的主儿。

拦路的人灰溜溜地退了回去，接下来，自然是跟着郑建军给那些供案上的牌位上香。相比郑建军的虔诚、庄重和肃穆，我这有样学样的上香磕头，完全就是属于虚应故事的样子货。所以，"天玑"其实说的一点儿都没错，我确确实实，没有进这祠堂、上这炷香的资格。若真是祖宗有灵的话，现在，他们的牌位，应该气得直哆嗦才对吧。

上完香，拜完了"刺秦"的祖师们，我被领到了属于"青龙"的那张椅子后边儿。没错，我的位置，就是放置在这把交椅后面的方凳。因为，我仅仅只是个"代表"，而前面这把椅子,只有拥有"青龙"这个身份的人,才有坐下去的资格。

十点整的时候,"摇光""开阳",还有他们的得力干将"白虎",几乎是踩着点儿走进的祠堂。进门之后,一样是先给列祖列宗们虔诚地磕头、上香,而后再按位置落座。

这期间,我一直在注视着"摇光",以为他会给我个眼神儿、看我一眼什么的。可直到他在位置上坐下,都未曾向我稍偏一下头。反倒是"白虎"这个光头,因为就坐在我对面的缘故,大马金刀地坐下之后,阴恻恻地朝我咧出了一口白牙。那意思,好像是在说,我就是他们口中的菜,跑不了!

且先容你张狂。没必要跟这种小人得志般的货色计较,我干脆别头看向了门外。

现在,除了"朱雀"之外,所有要参加这次会议的人,都算是到齐了。所以,我这会儿,竟有些期盼,那一身标志性的火红,下一秒就能在门口出现。

因为,只有她来了,这个会才能开始。然后,我才能真正知道,这祠堂内,看似泾渭分明的三派人,各自所打的盘算;才能选择,怎么去把这摊浑水搅得更浑。

毕竟,眼下的形势,似乎已经脱离了我最初的猜测。从"天玑"方才对我的态度来看,我实在很难确定,这三位所谓"中立派"的星君,到底打的什么主意。

也就是这时候,"开阳"突然开口了,"这'朱雀',谱越来越大了吧?这么多人等她一个?我看啊,她那把椅子怕得挪个位置才行,不然,配不上她这架子啊!"他这看似自言自语的抱怨,放在今天这种场合,就不再仅仅是不满了,分明就是诛心。

现在坐在这祠堂里的都是什么人?七位"北斗星君",外加两个"灵官"。而按照从古到今的惯例,能有资格让所有人等着,最后才施施然出场的人,从来都是身居最高位者,没有例外。

所以,"开阳"这话里的意思,再明显直白不过。那就是,单单一个"灵官"的位置,已经配不上"朱雀"这让所有人等她一个的排场了,连"北斗"都不行。那么,唯一能与之匹配的,自然只有上首那个空着的尊位——"星帝"之位。这不是诛心,又是什么?

是以,他这话一出,整个祠堂内的氛围,瞬间就变得诡异起来。"啪"的一声,余文龙拍案而起,只是还没来得及开骂,郑建军的声音,却先响了起来。"'开阳'!不会说话,就把嘴闭上。没人把你当哑巴!"他原本微阖着的双目已经睁开,声音不大,可任谁都能听出,那话语里,带着冰冷杀意的警告。

第四十七章 "星庭"交锋

还未开始，就已经剑拔弩张。这个会，将会开成什么样？恐怕，在座的这些人里头，心里都有些敲鼓了吧？

不知道是因为郑建军积威太盛，还是因为所有人都不想过早地冲突。总之，郑建军发话之后，那头的"开阳"算是消停了下来。只不过，那隐现得意的神色，分明像是在说，他的目的，已经达到了。

就在这当头，门外传来了高跟鞋清脆的敲地声。紧接着，那一袭耀眼的火红，就出现在了祠堂的门口。霎时间，所有人的眼睛，几乎都转向了门口，落在那曼妙摇曳的身影上，形如万众瞩目。

而"朱雀"，显然早就习惯了这样的场面，是以，压根儿就不曾理会那些着落在她身上，意义不明的眼神儿。

一股馨香，随着那一身火红在身旁的椅子里坐下，钻进了我鼻端。她的位置，就排在"青龙"这把椅子的右手边。故而，从我所处的角度，我只能看到她的侧脸，冷若冰霜的侧脸。

"既然人都到齐了，那，开会吧！"郑建军"咳咳"两声，清了清喉咙说道。

开这场会的目的是什么，在座的人里头，每一个都心知肚明。所以，郑建军一说开会，周围的闲杂人员，立刻就知趣地退了出去。片刻之后，这祠堂之内，便只剩下这十来个有资格坐在桌子前的高层。哦，对了，还有我这个"充数"的堂口代表。

接下来，应该就要进入正题了吧？我看向郑建军，想听听他最先会说什么。可偏偏就是这时候，对面的"开阳"又跳了出来。

"等等！"他抬了下手，感觉跟举手发言似的。而后，他的眼睛，便又阴恻恻地落在了"朱雀"身上。"我没记错的话，咱'刺秦'的规矩，是进祠堂先拜祖师吧？所以，很奇怪啊，为啥有的人就能那么特殊呢？嗯？这是不把规矩当回事呢，还是说，连列祖列宗，都不放在眼里啊？"又是诛心之语！

难道，这是他和"摇光"早就商量好的？咬着"朱雀"不放，甚至上纲上线，就是为了不让"青龙"这位置，落到"朱雀"手里？

郑建军的眉头皱了皱，似乎是在思索破解之法。虽然"开阳"的话很难听，用意也很明显，可偏偏，确实占住了道理。"朱雀"不但迟到了，而且，的的确确没有去给牌位上的祖师爷们磕头、上香，行拜祭之礼。

交锋还没正式开始，郑建军他们，似乎就已经落在了下风，形势很不利。

"规矩？列祖列宗？""朱雀"那略显沙哑的声音，在我的右前侧响起。冰冷的语调里，竟还带了些嘲讽的笑意。"我也很奇怪，有些人竟然有脸在那里说'规矩'，说'列祖列宗'！'人在做，天在看'，这话应该听过吧？列祖列宗的牌位就在那看着呢！就是不知道，某些人坐在那儿，心里头虚不虚？"

"小贱人，你什么意思？""开阳"一拍桌子，"嚯"地从椅子里蹿了起来。那脸上的表情，也变得很精彩。不知是因为被女人嘲讽，所以怒形于色，还是因为被切中了痛处，以致心虚的色厉内荏。

"什么意思？'开阳'大人心里，应该比'朱雀'更清楚吧？老话不是都说过嘛，'若要人不知，除非己莫为'。我为什么来得这么晚，大人，您那些心腹，难道没向您求救吗？""朱雀"这会儿真笑了起来。只是，这笑容，一如我最初见到时那样，非但没有一丝温度，反倒冰冷得渗人。

"贱人！你敢……"不知是因为气极还是怒极，"开阳"抬手指着"朱雀"，哆嗦着，竟没能把剩下的话说完。

"朱雀"没说话，但脸上的笑容更盛。冰冷依旧的同时，又因为那稍稍勾起的嘴角，多出了份鄙夷和讥讽。

似乎，原本对郑建军他们不利的局面，又因为"朱雀"的凌厉反击而扳了回来。只是，看"开阳"这情况，再继续这样的口舌之争的话，冲突恐怕就要升级了。那样一来，这会，估计也就开不成了吧。

显然，不管是郑建军、"摇光"，还是"天玑"，都不愿意看到那样的情况发生。更何况，这里毕竟还是"刺秦"的"祖师堂"。要是闹得太过，甚至演起了全武行，那就真成了对列祖列宗的大不敬了。这罪名，真要上纲上线，这里边儿的人，怕是谁都担待不起。

是以，郑建军也拍起了桌子，看似各打五十大板地喝问："像话吗？都转头往左边看看，看看那里都供着谁？一口一个'列祖列宗'，就是这么敬祖宗的？知道为什么今天要把你们都叫来开这个会吗？知道吗？我就是想知道，今天的'刺秦'到底怎么了？想让列祖列宗们知道，今天的'刺秦'，到底怎么了！"

这一刻，偌大的祠堂内，只剩下郑建军一个接着一个的质问在回响。四面八方，不绝于

301

耳。连那供案前、烛台上的一朵朵火苗，似乎，都忍不住晃动摇曳起来。原本怒形于色的"开阳"，在"摇光"的示意下，悻悻地坐回了椅子里。没错，此时此刻，在郑建军一声声近乎悲愤的喝问中，这屋子坐着的人，脸上挂着的，几乎都是一副悻悻之色。

他们，或许有那么一点点触动；也或许，在这列列祖列宗的灵位前，确实感到了一丝丝的愧疚。可大概，也仅限于此了。这是个很现实的世界，所谓的醍醐灌顶、振聋发聩、幡然醒悟等等，绝大多数时候，都只存在于那些编撰的故事里、文人的臆想中。而放诸现实，或许真的有，但也应是凤毛麟角，绝对不多。

因为郑建军的强力弹压，这场眼看着还没开始就将夭折的会议，终于得以照常进行，开始了今天的议题。只不过，不知为何，我却突然间对这个会没有了关注的兴趣。

"天下熙熙皆为利来，天下攘攘皆为利往。"这句话放在"刺秦"这场高层会议上非常适用。所有的冲突、矛盾、争执、谋算，甚至是刀兵相向，无非，都是为了给自己多争夺一点儿利益而已。

也许，唯有郑建军不是。因为，他一直想要争取的，是当下已经被绝大多数人当作过时了的"道义"；是想带着"刺秦"，找回最初成立之时的那颗"初心"。或许，正是这份不知道该说是天真还是理想化的坚持，反而成了郑建军最后注定失败的原因吧。因为，时代不同了，所以人心不古。也因为，无论古今，这滚滚红尘中，人心多趋利。

当然了，这些东西，我自然是后来才知道的。而告诉我这些的人，却是"摇光"。因为，当"摇光"在会上将我推出来，作为"青龙"的候选人，并在随后的表决中，以 7：3 的绝对优势获胜时，在他人眼中，我就已经成了个"背主求荣"的叛徒。

也就是说，无论是最初"天玑"对我的诘难，还是"开阳"那么明显刻意地对"朱雀"的针对，都属于"摇光"计划的一部分，为了这最后的一刻做铺垫。而结果，自然是"摇光""完胜"，郑建军"惨败"。

是以，当会议一结束，郑建军铁青着脸，一语不发地率先离开，甚至，连看都没看我一眼。紧跟着他离开的，自然是余文龙和"朱雀"。我还记得余文龙回头看向我时的表情，那脸上，除了难以置信之外，剩下的，便只有愤怒。至于"朱雀"，她那离开前的淡淡一瞥里，是丝毫不加掩饰的森然杀意和厌恶鄙夷。

而后，是"天玑"他们那一帮人。在走出祠堂之前，这位"中立派"的大佬，先是深深地看了我一眼，随后，又对"摇光"说了句，"别忘了你答应我的事"，然后才施施然离开。

这时，还留在这祠堂里的，自然就只剩下我，还有"摇光"他们三个。

"恭喜你啊小子，现在，你可就是正儿八经的'青龙'了。啧啧啧，年纪轻轻就能身居高位，怕是要招来不少人嫉恨哟。所以，小子，要记住、记牢，你这位置，是怎么得来的。明白吗？说起来，现在也算是自己人了，所以，哥哥我好心提醒你一句，要小心点儿'朱雀'。她刚才那眼神儿你也看见了吧？被这小妞给记恨上，呵呵……别到时候怎么死的都不知道啦。"

说话的是"白虎"这个光头。他阴恻恻地笑着，三角眼里，是满满的嘲弄。嘴上说着"恭喜"，可实际上呢，无非就是提醒、或者说警告我，要记住自己的身份，不要以为当上"青龙"了，就能脱离他们的掌握。

"白虎！""摇光"轻轻咳嗽了一下，有些不悦地叫了他一声。

"我这不是提醒他一下嘛，免得他得意忘形……""白虎"替自己分辩着，却被"摇光"的一声冷哼打断。"我看得意忘形的那个人是你！"

"我……""白虎"还想开口，又被一旁的"开阳"用手肘轻轻拐了他两下，"少说两句！"于是，这货才挠了挠他光秃秃的头皮，悻悻地闭上了嘴。

"没想到啊，何老居然会收你做关门弟子！"绕过"开阳"和"白虎"，"摇光"看着我，忽然笑了起来。"我知道，你其实很讨厌我这类人，尤其是现在。你现在对'天枢'很愧疚对吧？对他有多愧疚，对我就有多厌恶对不对？甚至，因为家人的事情，杀死我的心也有对吧？"隔着一层镜片，让他的眼神里，仿佛多了些说不清道不明的意味。

不否认，他说的都是事实。既然他自己都这么清楚，那我好像也无须说什么了。果然，他也没指望我会答话，而是自顾自地往下说："林凡，或者说文墨尘。我承认，拿你家人和心爱的女孩子威胁你这事，确实很没江湖道义。可话说回来，现在是什么年代了？金钱为王、利益至上！道义？这天底下，谁还在真正的讲道义？呵呵，即便是有那把道义二字挂在嘴上的，可也从来都只是要求别人，你让他自己讲道义试试……"

顿了顿，稍歇了口气，他又接着说道："听过那句话吧，'杀人放火金腰带，修桥补路无尸骸'？是不是觉得这话不对？没错，谁都觉得这话不对。可偏偏，这世道，它就是这个样子，永远都是弱肉强食，从古至今，有变过吗？没有！"

他似乎有些激动，这倒让我觉得有点儿奇怪。因为，这种情绪，一般来说，不应该出现在一个"阴谋家"身上才对。所以，是什么原因，竟然会让他变得失态呢？

显然，他也是察觉到了这一点，所以，就又停了下来。而后，他推了推鼻梁上的眼镜，嘴角微微翘起，竟露出了一抹明显带着自嘲的笑。

"文墨尘，"他又叫起了我的本名，就那么自嘲地笑着说道，"我从没指望你会真的听我使唤，不过没关系，总有一天你会知道，对于'刺秦'来说，我和'天枢'，谁才是对的。'道义'？'信仰'？那是这世上最昂贵的东西，同时也是最没用的东西！"

他说："我之所以会跟你说这些，无非是想让你知道，我'摇光'，对于'刺秦'的感情，不比任何一个人，尤其是'天枢'差。所以，我不会允许、更不会眼睁睁地看着'天枢'为了那所谓的'道义'和'信仰'，将整个'刺秦'最终拖向毁灭的深渊。

"你是个聪明人，所以，我相信，你应该很清楚这以后，自己的处境是什么。'青龙'这个身份，对别人来说，或许是个好东西，但对于你，说不定反倒成了催命符。即便是你成了何老的关门弟子，可对于那些一心想置你于死地、杀你平愤雪恨的人来说，你是'青龙'也好，是何老的关门弟子也罢，都不会成为他们放过你的理由。而那些人是谁，想来，不需要我明说，你也应该知道吧？

"我们是杀手，对于杀手来说，人，永远只分成两种：活的，以及死的。'白虎'刚才的话虽然难听了点儿，但他确实也没说错。你是该认清自己的身份了。在愧疚与活下去之间，我希望，你能知道自己该怎么选。"说完这句后，他居然学着郑建军的做派，抬起一只手，拍了拍我的肩头，而后，轻轻一笑，转身离开。

而现在，他只需要我记住：我和他，已经拴在了同一条船上。没有人会再去相信一个曾经背叛了自己的人，即便是重情重义如郑建军也不会例外。虽然，不管是因为碍于情面还是别的什么原因，郑建军不会把我怎么样，但郑建军不会，不代表别人也不会。

于是，这偌大的祠堂内，便只剩下我一个人，孤零零地站在门口。

门外，阳光灿烂。那亮堂堂的光从门洞里漫进来，洒在青砖铺就的地面上，就在我身前不到一步远的地方，散成了一片明亮的光斑。可偏偏就是这一步之遥，却仿佛成了无法逾越的天堑，让这光，再不能更进一步，洒落到我的身上。

身后，是空寂、晦暗，甚至有些阴森的"刺秦"宗祠，形如囚笼；身前，是光、是亮、是阳光正好，以及大门之外的晴空万里，仿佛抬手就可触及。

而此时此刻，我，却只能站在这晦暗的囚笼里，眼望着那触手可及的光明。

"星庭"，"刺秦"的"祖师堂"。那天之后，我就在这山中的庭院里住了下来。刚开始，还以为是因为成了何老关门弟子的缘故，后来我才知道，这是"外门弟子"变成"内门弟子"，必不可少的一段流程。更何况，我现在还多了个"青龙堂"堂主的身份。升任"灵官"，在正式就任之前，更少不了得在"思过堂"里住上几日，沐浴斋戒、静思己过。

也正是在这里住下来之后，我才发现，我之前对于"星庭"的判断，有很大的谬误。当然，对于"刺秦"来说，作为供奉着列祖列宗的"祖师堂"，这座庭院，确实是个非常重要的地方。但这个重要，却只是象征意义上的。用我那名义上的师父，也就是何老的话来说就是，"这里是'刺秦'的根，是'星宿'们的来处，同时，也是归宿。"这句话，他是在后山跟我说的。

后院之后，就是"星庭"的后山。而后山之上，青松翠柏之间，是一块块的墓碑，以及一座座的坟茔。

活着的"刺秦"人，会将刻有名字的楠竹片，挂在祠堂内的七星碑上，是为"星庭刻名"。而死去的"刺秦"人，找得回尸首的，都会连同那块刻着名字的楠竹片，一起葬在这后山。至于那些找不回来的，则由那块姓名牌，代替他在此入土为安。

总之，生时是"刺秦"的人，死后亦为"刺秦"的鬼。也是在这里，这位垂暮之年的老人，望着那山巅的落日，跟我讲述起了"刺秦"的往事。

"这是个有些年头的故事了啊，还得从丹商还没建立，满真还没灭亡的时候开始说起，那时候，住在皇城里的，还是满真的小皇帝……"他仰起了头，半眯起眼睛，在夕阳下，陷入了对过往的沉湎里。

"那是个黑暗、混乱的年代，哀鸿遍野、民不聊生。西方列强的坚船利炮、轰碎了满真朝廷天朝上国的美梦。而后，洋人的铁蹄，又撕掉了满真大人们身上最后的一块遮羞布。一份份的条约、天文数字般的赔款、一片片被美其名曰租借、甚至割让出去的土地……

"达官贵族们，依靠啃噬民众的血肉，依旧过着'朱门酒肉臭'、醉生梦死的生活，而黔首黎民们，日子却越发的困苦，越来越活不下去，看不到明天，更没有希望可言。

"好在，上苍依然垂怜这个多灾多难、却顽强地存活了几千年的民族。每每风雨飘摇、神州晦暗之际，总会有英雄横空出世，力挽狂澜。

"没错，这位英雄，就是一手创立了革命军的孙先生。他聚拢无数志同道合之士，经过艰苦卓绝的斗争，付出了无数的牺牲之后，终于将那个腐朽不堪的王朝连同它的最后一位皇帝，一起埋进了历史的故纸堆。

"然而，史书上的寥寥几笔，又如何能道尽那些为民族争命的英雄们可歌可泣的一生？

"百姓想活命，昔日的达官显贵，自然也不会引颈待屠。正所谓'百足之虫死而不僵'，更何况，一个统治了这片土地近三百年的朝廷。是以，满真朝廷，对于'革命党人'的清剿和屠杀，从未停止过。而这其中，手上沾染鲜血最多，最臭名昭著的，自然就是那支满真朝廷的'秘密部队'，从满真建国起，就专司暗杀清除反对者的暗卫。

"为了应对暗卫几乎无孔不入的暗杀，许多胸怀大义的江湖门派，自告奋勇地接过了保护那些为民争命的仁人志士的重任。

"但是，光被动的保护自然是不够的，必须还得反制才行。如何反制，自然是杀回去。于是，就有了'刺秦'。以杀手来对付杀手，以暗杀来反制暗杀。你刺杀我们的革命志士、贤达良绅；我就杀你的贪官污吏、恶霸豪强。总之，宗旨就只有一个：以牙还牙、血债血偿！

"然而，一个只是草创，另一个，却是经验丰富，还有整个满真朝廷为其后盾。所以，这场'以杀止杀'的战争，从一开始，'刺秦'就处于极其不利的位置。但是，在民族大义之前，这些创立'刺秦'的先辈们，哪怕是明知此行必死，他们依旧毅然决然地慷慨以赴，从不退缩。

"世道崩塌、神州蒙尘；奸恶当道、民不聊生。'刺秦'，唯有以杀破之！这是何等的大义凛然！"

"'天不罚奸，则我罚！天不惩恶，则我惩！天不收贼，则我收！'"当这"刺秦"昔日的誓言，从何老的口中吐出时，哪怕是我这个从未经历过那段岁月的人，在近百年后的今天，也为之震撼，忍不住神往。

可也正是因为如此，心头那个一直未能找到原因的疑惑，反倒越发深重难解。这疑惑就是，陆云巍以及他身后的那些人，为什么会咬住"刺秦"不放，必须除之而后快。

"可惜啊！这人心，它总是会变的啊！"就在我陷入疑惑的时候，何老突然发出了一声长长的叹息。那张满是皱纹的脸上，因为辉煌过往而涌起的激动，也随着这一声叹息而褪去，取而代之的，是无奈、不甘以及痛心的落寞。

而随着他接下来的讲述，我总算知道了他这伤怀和落寞的由来。因为，后来的"刺秦"，发生了巨大的变故，甚至，差点儿惨遭灭门。

正如他所感慨的那样，热血可以沸腾一时，却难以激荡一世。而人心这东西，终究是会变的。尤其是在足够大的利益诱惑面前，誓言抑或忠诚，往往会变得如同瓷器般易碎。

那是在那场伟大的革命成功之后，当所有人都以为，苍西大陆即将迎来新生的时候。某个姓齐的家伙，却为了权力，背叛了当初的誓言，背叛了革命。而后，为了剔除反对他的人，血腥的大清洗，在绝大多数人都毫无防备的时候开始了。几乎所有人都未曾想到，在革命胜利之后，第一个迎来的，却不是新时代的曙光，而是他齐某人的屠刀。

由于那时候，他还顶着个伪皇帝的名头，是以，不管是顾及脸面，还是所谓的国际影响，这种迫害、杀戮昔日战友、同袍的丑事，自然不敢摆在明面儿上做。于是，"刺秦"曾经的死对头，当初满真最忠实的走狗爪牙，那些暗卫的余孽，就被他收编过来，成为了他手中最锋利、恶毒的屠刀。

故而，新仇旧恨之下，"刺秦"，这个本就对他极具威胁的组织，就成了他首先要铲除的目标。是以，面对军队和暗卫的双重剿杀，"刺秦"的内部，也出现了问题，开始分裂。因为，有的人害怕了，不再有当初无谓生死的勇气。因为害怕，所以退缩，所以，背叛和变节，便不可避免。而这，对于本就生死一线的"刺秦"来说，无异于腹背受敌，雪上加霜。

为了生存，也为了给"刺秦"保存一丝香火，那些侥幸从这如同天罗地网般的追杀中逃脱的人们，在那些昔日同道的暗中帮助下，最后，辗转来到了外岛。当时，这里是西方人的地方，而当时国内的诸多军阀，包括那个一心想要复辟称帝的人，最不敢得罪的，就是这些所谓的"洋大人"。

然而，正所谓"人离乡贱"。外岛，虽然能暂保大家的性命无虞，可毕竟不是什么乐土。这里，不但有天王老子一般的西方人，还有诸多本土的江湖帮派。而偏偏，为了能从西方人手头漏下的零碎里，多抢一口饭吃。这些本应同气连枝的同胞，彼此间的厮杀和恶斗，反而更加的残酷和血腥。

正是因为这场几乎灭门的变故，"刺秦"的宗旨，不知不觉间，就发生了变化。替天行道也好，家国大义也罢，在迫在眉睫的生存问题面前，似乎，也就没有了再坚持下去的必要。于是，才刚刚遭受了重创的"刺秦"，还活着的人们当中，又一次在意见上产生了分歧。

各有各的理由，故而，谁也说服不了谁。所幸，在活着这个大前提下，分歧和争议，都被暂时搁置了起来。本来，这选择并没有错。毕竟，要是连活都活不下去了，还死守着那些虚无缥缈的大义，又有何意义？

只是，还是应了那句"人心易变"的古话，那个当初搁置起来的矛盾，并没有随着生活的日益安稳而自动消弭于无形。反而，随着"刺秦"的日渐壮大、兴盛，变成了一颗不知何时会被引爆的炸弹。

古话常言道，"由俭入奢易，由奢入俭难"。"刺秦"，作为一个专司暗杀的杀手组织，其业务能力，自然是不容置疑的优秀、高效，这带血的钱不仅来得快，而且还来得极其容易。是以，当享受到大把的金钱带来的好处后，尤其是当年的老人们一个个故去之后，对于新生代的"刺秦"来说，那些近百年前的宗旨、信念、誓言，自然而然就变得遥远和不切实际了。

毕竟，这是个利益至上，连传统的江湖道义，都已经没落到几近于无的年代。"替天行道""家国大义"这些"刺秦"的先辈们曾不惜用生命追求和捍卫的东西，如今，反倒变得不真实起来，如同一个虚无缥缈、不切实际的传说。

所以，那个一直搁置着悬而未决的分歧，逐渐就演变成了"刺秦"内部，在根本理念上的冲突。是重拾那代天罚恶的"初心"？还是安于现状，继续追逐看得见摸得着的利益，保住如今奢侈安逸的生活？依旧是各有各的想法，所以，这矛盾，也就愈演愈烈，再已无法调和。虽然还没到兄弟阋墙的境地，可彼此之间，早已越行越远，几近寇仇。

用何老的话来说：这就是因果，前因后果的因果；种什么因，得什么果的因果。

所以，什么"人在江湖身不由己"也好，什么"宿命难逃"也罢，其实，都只是一个再简单平常不过的因果循环罢了。

若不是先入了江湖，又何来随后的身不由己？脚下的路，不管是自愿还是被逼迫，终归还是你自己的脚踏了上去。所以，不管这条路上将会遇到些什么，也就注定只能你自己去承受。比如我、比如郑建军、比如"摇光"……

第八部 在黑暗中守护光明

第四十八章 "原罪"之殇

我本以为进入"星庭"之后,我能找到自己会被派来当这卧底的原因。这个问题,一直困惑着我。尤其是何老——我那位名义上的师父,给我讲述了关于"刺秦"的历史之后,这心头的困惑,反而更加沉重了。因为,我实在是想不明白,对于这样一个带着"侠气"的"刺秦",陆云巍他们,为何要将其彻底铲除。哪怕是"招安"什么的,单从感情上来说,也能让人更容易接受一些啊。

"那只是你的想法!怎么说呢,算是人之常情,不过,也幼稚得可笑!"很久以后,陆云巍如此驳斥我。"再辉煌的过去,也掩盖不了他们是一个犯罪集团的事实。还'天诛'?'替天行道'?他们以为自己是谁?"

"至于'招安',没错,我们是可以选择'招安',可最后呢,招安!呵呵!这不就成了变相地鼓励别人杀人放火?"

我还是第一次见到陆云巍这么激动,于是,目瞪口呆之下,我竟不知该不该提醒他,我所谓的"招安",其实,就是想问,对于"刺秦",是不是除了剿灭之外,就没有比较温和的解决办法么?毕竟,不管怎么说,他们那个"天诛"的计划,本意是好的。只是那手段,确实太激进欠妥了些,严重触犯法律的同时,也的确会给这社会,带来很坏的影响。

还好,他自己把已经跑偏的话题,又给拧了回来。"小子,你屁股一撅,我就知道你想拉什么屎。"他有些嫌弃地瞥了我一眼,冷哼着说。"没错,'替天行道''为民除害'什么的,的确是大快人心。可是,你想过没有,事后怎么办?你看看那些小说里、电影或电视里,那些惩奸除恶的这个大侠、那个剑客,看到他们手刃坏人、恶霸、贪官的时候,大家都拍着巴掌觉得兴奋、痛快,恨不得自己也变成个大侠,将这世上的坏人全杀个干干净净。对吧?可是,那可能么?

"再说杀贪官污吏。他们那'天诛'里头,最主要的就是这个吧?贪官该不该杀?确实该！可光杀就能解决问题么？那贪污的人，前赴后继，如过江之鲫。你这里杀了一个，那里就又能多出来一堆……"

"文墨尘，我知道你心里想的是什么。你觉得他们应该罪不至死，甚至，内心深处，没准还会认同他们的想法。可你有没有想过，那后果会是什么样？而届时，这个国家、这个社会，又会是个什么状态？一看你就没想过，对吧？"我点点头，算是默认，因为，我确实没想过，至少没想到那么远。

"你啊！"他指着我，轻轻地叹了口气，摇着头说道："还是太年轻！行吧，刚好今天我有空，就帮你把心里那根刺给拔了，不然啊，你这辈子，恐怕都得纠结在这里头，过不痛快。"

而后，他开始给我分析，若是放任"刺秦"不管，让他们去搞什么"天诛"，去按自己的想法"替天行道"，一如当年"天不收，我收"那一套，会对我们这个国家，带来怎么样的冲击。

"丹商奉行的治国之道与他国不同，所以我们这个国家，从成立之日起，在这个世界上，就被另眼看待。所以，我们这个国家越强大，某些国家对我们的仇视和敌意，就会越深。说白了吧，在那些所谓的'民主'世界，发达国家的眼中，丹商就应该是个贫穷、落后，可以被他们随意揉捏、欺凌的小国。在他们眼中，丹商是低劣的、卑贱的。低贱的种族，就应该活在他们的俯视之下，靠着他们的怜悯生存。所以，你的崛起、你的复兴，对他们来说，是不可容忍的、不被允许的，是必须被扼杀、制止的'原罪'！

"是不是觉得不可思议？或者说，不应该这么夸张？可不好意思，事实就是如此。你不妨想想，从建国至今，国内的哪一次动荡，没有他们在背后搅风搅雨？这些事件中，有的你或许只是听说，但有的，却是你自己经历过的。那些蛊惑民众的邪教，那些闹独立、搞恐袭的极端分裂势力，哪一个，不是他们在后面支持、煽动？知道现在国家为什么要大力'维稳'，严防各类群体性事件么？想到了是吧？没错，因为每一次群体性事件，一开始，都只是当事人自发的小范围矛盾，可只要当地相关部门懒政、怠政处理不当，立刻就会被有心人所利用，变成有组织、有谋划的骚乱。

"是，必须承认，我们这个国家、这个政府，确实存在这样或者那样的问题。我们的官员，也确实有这样那样的毛病。尤其是政治稳定之后，在经济大潮的冲击下，许多人的眼就花了，心就乱了。简而言之就是，思想建设、制度建设，没能跟上经济发展的脚步，让人心、道德、修养，因为跛脚而滑了坡。以至曾有那么一段时间，社会上才会流传那么一句嘲讽：把当官的全拉出来站一排，挨个枪毙有冤枉的；隔一个毙一个，有漏网的。

"咱们老百姓，从古至今，最恨的是什么？贪官污吏若排在第二，没人敢当第一。你以为历朝历代的皇帝都是傻子么？不知道贪污的危害？可为什么他们没把贪腐的官员全砍了？那是因为光靠杀，解决不了问题。西方的那位'上帝'不是说过么：贪婪，本就是人类的'原罪'，是与生俱来的东西。并不会因为你是黄种人、白种人、黑种人而改变，更不会因为你加入了某个党派，接受了多高的教育，就能杜绝。

"但凡一个脑子正常、心理也正常的人，谁不想这天下海晏河清？可是源头问题不解决，那河水能变清么？可一棵树，从树苗变成森林，是一朝一夕就能行的吗？它不需要时间，一点点长大吗？不能因为这树栽下去好几年，河水没见着变清，你就觉得这些树没用，干脆全砍了吧？

"墨尘啊，你想想，为了这个国家，为了祖祖辈辈生活在这片土地上的人民，我们牺牲了多少，付出了多少？又是在怎样的国际环境中，将这个国家，一点一点的，建设成今天这番模样？我们不说太远，就说十年前和十年后，你自己的生活水平，你家里的生活水平，有没有变化？变化大不大？是变好了，还是变坏了？答案很明显，不是吗？而且，在可以预见的将来，这生活，只会变得更好，对不对？这些变化，是一夜之间就完成的吗？还不是跟我们治风、治沙、治河一样，一次次的吸取教训、调整方案、完善制度，将几乎病入膏肓的身体，一点点调理回来的？这期间，肯定会犯错，会出问题，会跑偏，可只要国家崛起、民族复兴这个根本目标没有变，那么，我们前进的方向就不会动摇。

"古话不是说过吗，'治大国如烹小鲜'，涉及的问题千头万绪、方方面面，岂是一个快刀斩乱麻就能解决的？你说，我们能允许'刺秦'来捣乱，破坏这一代代人呕心沥血，好不容易才开创出来的局面吗？他们为这国家做过什么？为人民付出过什么？他们拿着用人血换来的钱，住着豪宅、开着豪车、过着锦衣玉食的日子，有什么资格来讲什么'替天行道'？哦，只看到几个贪污腐败的害群之马，就把我们全盘否定了？就要代表老天来惩罚了？谁给他们的底气？"

那一天，陆云巍跟我讲了许久，也讲了许多。可以说，前因后果，都给我讲了个透彻。尤其是，假若"刺秦"那个"天诛"的计划，真的发动了，其结果，或者说带来的危害，将远远超出那"计划"的本身。

"也许，最开始，会有人为其鼓掌叫好，可若是任其发展下去，那给整个社会带来的，只会是恐慌。单就一个'人权'问题，就足以让国家，在国际社会上陷入极大的被动。

"更何况，人心、人性这东西，本就是世上最复杂、最难琢磨的。古往今来，好心办成了坏事的例子还少么？而且，'刺秦'那些执行计划的人呢，当他们开始觉得，一个人是不是有罪，是不是该死，全都可以凭借他们的好恶来决定的时候，他们的心态会不会变化？会不会觉得自己成了主宰世间的'神'？一群本就对生命毫无尊重、敬畏可言的杀手，既当审判者、又当执刑者，他们敢保证自己的判罚绝对公正、正确么？不会见财起意、见色起意，就给本来无罪的人，来个'莫须有'的罪名么？就算'刺秦'的首脑们，能保证自己的行事绝对公正客观，可下面具体执行的人呢？"

最后，他对我说："并不是我们不愿用相对温和的法子去解决'刺秦'的问题，也不是没给过'刺秦'机会，早在郑建军被抓住的时候，就苦口婆心地劝说过，希望'刺秦'可以投降，可以自首。可结果……自然是无功而返。所以，才有了你后来的卧底任务。

"去拜祭一下吧！应该能让心里好过些。"最后的最后，他将手搭在了我的肩膀上，用力地按了按，话语里，多出了丝说不清道不明的喟叹。"抛开立场，单就个人观感来说，他们，也算得上一时人杰。只是，'志不同、道不合，不相为谋'罢了！去吧，记得帮我也上炷香。等什么时候想通了、想明白了，就回来。"

"那要是一直想不明白呢？"或许是心头那根刺，已经被他拔出来了吧，我竟有心情开起了玩笑。

"想不明白？"他瞪了我一眼，搁在我肩膀上的巴掌由按改抓，捏得我一阵龇牙咧嘴。"想不明白也得给老子想明白！说你胖你还真喘上了是不？滚滚滚，赶紧滚！最多一个月，一个月你小子不给我滚回来，看我到时怎么收拾你！"

于是，在时隔许久之后，我又来到了这山中的古朴庭院，来到后山。青山依旧，只是，那青松翠柏之间，却多出了几块墓碑、几堆坟茔。

将一束花轻轻放在郑建军的墓碑前，再倒上一杯酒，清澈的酒液自杯中倾洒而下，在青砖上溅起了一朵朵细小的水花，酒香扑鼻。

"老哥，我来看你了！"扶着大理石雕成的墓碑，我听见了自己心里发出的叹息。于是，我扬起头，闭上了眼睛，在轻轻的呢喃中，不由自主地陷入了回忆的漩涡。

"天诛"，对，没错！一切的根由，都是因为这个名为"天诛"的计划。不立文字，却在每一代的"刺秦"高层之中，口口相传的计划。

"天诛"，天者，上天；诛者，诛除、诛杀、诛灭。故而，"天诛"就是来自上天的诛罚，亦可称之为"天罚"。"天罚"，在那些流传至今的神话故事中，出现过很多次。

但"诛"与"罚"，单从字面上看，其力度，明显要更大、更强一些。惩罚，好歹还留着一线生机，给人留个改过的机会。而诛杀，却是彻底的毁灭，让你连想要后悔都来不及。是以，虽然同样是源自上天的意志，可"天诛"显然要比"天罚"更加的凶猛和暴虐。

不过，这反而更符合"刺秦"那种"万事以杀破之"的行事作风。不杀人的杀手，还叫杀手么？所以，"刺秦"的"天诛"，说白了就是以更极端、更激进的手段，去进行所谓的"替天行道"，去杀那些他们认为该杀的人——贪官污吏、恶霸豪强等等，通常被定义为"坏人"的人。

也就是说，一旦"天诛"开始，那么"刺秦"这些杀手，就变成了正义的化身，惩奸罚恶，可以对所有被他们认为有罪之人，生杀予夺。

既然是计划，那自然会有个执行计划的条件、或者说时机。可这个"天诛"，发动的唯一要求，竟然是，只需要"北极星帝"的一个命令。没错，就是那位迄今为止，不但是我，更是连"刺秦"中的绝大多数人，都仅仅只是听说过一个名号的"星帝"。

换言之，只要那位神秘的"星帝"觉得，是时候开始"天诛"了，那么，不管当下是太平盛世还是流离乱世，"刺秦"，都会按照这"星帝令"，开始"替天行道"。

"刺秦"内部的派系矛盾，源于理念上的冲突。而导致这理念产生严重分歧的，除了"人心易变"之外，恐怕，根子就在这个"天诛"上了吧。

何老，我那位名义上的师父对我说，"本来，这些事情，还没到你该知道的时候。而之所以现在会告诉你，我也是思虑了许久才做的决定。毕竟，眼下'刺秦'是个什么情形，大家都心知肚明。而我这位'星庭'的长老，说是德高望重，看似所有人都对我敬畏有加，可也只是占着个名义罢了，就跟你这所谓的'关门弟子'差不多是一个意思。说起来好听，实际上没权没势，屁用不顶。说白了，我这个所谓的长老，现在就是个给祖宗们守墓的，同时，数着日子等死而已。"

有些自嘲的意思，不过，细想想，似乎这也是情理之中的事。所谓长老什么的，其实就跟退休卸任后的前领导差不多。顶着个顾问、高级顾问、抑或荣誉顾问的名头，只要不涉及到根本的权和利，大多数后辈，都会卖几分面子。但若是真倚老卖老地去对继任者的行事指手画脚……人走茶凉是个什么味道，谁喝谁知道。

或许，这就是他为什么明知"刺秦"内的派系斗争越来越激烈，却从不插手的原因。一是，他除了个长老的名分外，实际并没权管；二嘛，手心手背都是肉，不管几帮人怎么争、怎么斗，只要"刺秦"这口锅没坏，肉也好、骨头也罢，哪怕是烂掉了，终归都还在自家锅里，不会糟蹋，更便宜不了外人。

大概，也正是因为这样，所以，即便是他收了我做关门弟子，而且还是郑建军牵的线，"摇光"他们也没对我产生什么怀疑的原因。不然的话，我这明明都算是叛出"郑系"了，他老人家却没改变收徒的主意，岂不是摆明了告诉所有人，我和郑建军是在合起来演戏么？

如此看来，所谓的"星庭"，所谓的"祖师堂"，实际上，不过是"刺秦"的养老院罢了。

对于"刺秦"来说，这里是祖宗祠堂，是传承之地，意义确实重大。但论其实际的功能，"四灵二十八宿"里任何一宿的基地，都远比它重要。所以呢，"刺秦"这三家分立的局面，会不会就是那些退居二线，却又不甘寂寞的老家伙们，故意为之，以彰显一下自己的存在感呢？

猛地，我心里闪过了这一念头，不无恶意地揣测。这可能性不是没有，甚至很大。若不是刻意的纵容甚至诱导，一个等级森严的杀手组织，其内部的矛盾和冲突，怎么会发展到今天这种无法调和的地步？

古时那些所谓的"帝王心术"，玩的不就是这套"平衡之道"的把戏么？可最后的结果呢？看看那一个个的王朝更迭就知道了，无一例外！所以，这算不算"咎由自取"？算不算何老自己所说的那个"因果循环"？

只是，身在其中的人，又有几个能想得明白，看得透彻？就算想通了、看透了，在大势之下，还不是只能身不由己地被推着向前，转不了弯，更回不了头！一时之间，我有些疑惑他告诉我这些的目的。是单纯的只想让我知道？还是说，想让我支持郑建军，成为这"天诛"计划的坚定拥护者？还有就是，他对于"天诛"，又是个什么样的态度？

显然，他没打算为我解惑，而是突然转了话题，问我："你知道建军那次为什么会在丹商被抓住吗？"

是啊，为什么？以"南方七宿"的情报能力，以郑建军那老狐狸的机警和狡猾，为什么会栽这么大一个跟斗？而且，他作为堂堂"北斗"之首的"天枢"，什么样的事情，还需要他亲自出马？

就这个问题，我曾经还专门问过陆云巍，只是，这位同样属狐狸的上校处长，却只给了我个含糊其词的答案：收到线报，有个极端危险分子从外岛到了丹商内地。至于这情报从何而来，如何证实，无论是出于保密纪律，还是别的什么原因，他不说，我就更无从得知了。而现在，这个困惑我许久的问题，似乎，就要揭穿谜底了。

"其实，前面跟你说了这么多，你只要仔细想想，就能猜到个大概了。"他没直接说出答案，而是先卖了个小小的关子。

他前面说的？于是，我开始在脑子回忆他讲过的东西。"天诛""北极星帝"……难道？我的眼睛瞬间瞪大，不敢置信地看着他。"您是说，'天枢'他去丹商内地，是去找'星帝'？'星帝'在丹商内地？"

他没肯定，也没否定，但从他那赞许的目光里，我知道自己猜对了。只是，另一个更深的疑惑，紧接着又涌上了心头：郑建军去找那位'星帝'，做什么？

"之前忘了跟你说了，'星帝'的传承，和'北斗'，以及你们'四灵二十八宿'都不一样。知道'刺秦'的第一任星帝是谁吗?"说着,他忽然问我。或许是坐太久累了,老人将身体躺回了那张老藤椅里,仰望着天空,声音忽然变得缥缈和幽远。

"您没跟我说过!"我摇了摇头,一边回答,一边将搭在他大腿上的薄毯拉起,帮他盖住身体。

"对哦,好像是没跟你说过。老啦,记性不好咯!"他有些自嘲地笑了笑,然后告诉了我答案。"'刺秦'的第一任星帝,就是孙先生。"

"原来是孙先生?"我恍然,而后又觉得理所当然。那个年代,也只有孙先生这样的伟人,才能配得上"北极星帝"这个尊号吧。

而关于"星帝"的传承,就像"星帝"不会插手"刺秦"的管理一样,只要上一任"星帝"将"星帝令"传给了谁,谁就是新一任的"北极星帝"。所以,"北极星帝"之于"刺秦",其实就如同"星庭"这"祖师堂"一般,象征意义远大于实际意义。

但有一条,却在"刺秦"成立之初,就已经定下了铁律——"星帝"一旦发出"星帝令","刺秦"上下,必须无条件地服从和执行。倘若有人抗命不遵,逐出门墙什么的,就算是最轻的惩罚。再重点儿,恐怕就得清理门户了。

"后来,你也知道,因为那场变故,孙先生不得不远避海外,而我们,也只能躲在这山里苟延残喘。再之后,这世道,就越来越乱,看不见个太平的时候……"

老人眯起了眼睛,那话语里,充满了对往事的唏嘘。事实上,从1840年起,这一百多年的时间里,苍西大陆之上的一桩桩、一件件过往,又岂是一个唏嘘可以囊括?世界战争爆发,邻国和本攻入丹商,全国沦陷。而外岛,这个本还算安全的避难所,也被攻陷。

于是,"刺秦"与"星帝"之间的联系,就这么彻底的断掉了。实际上,那时候的"刺秦",也是自顾不暇,在艰难地死中求活。原因很简单,"刺秦"来到外岛后,因为抢钱、抢粮、抢地盘等原因,跟不少的本地帮派都结了仇。

和本人来了之后,同样是为了活命,不少帮派就投靠了和本人。这当中,自然少不了那些"刺秦"的仇家。江湖上寻仇本就是司空见惯的事儿,更何况,这些仇家们,现在又换了个厉害的主子?

大概,这就是古人们为何会说,"宁为太平犬,不做离乱人"的原因吧。乱世人命贱如草,即便是那些看似世道越乱,越能混得风生水起的江湖人,在比他们更强横、更野蛮、更不讲道理的侵略者面前,也会如同那些平日里被他们任意欺凌的弱小一样,惶然无助,身家性命,更是朝不保夕。

即便是有那为虎作伥者,最终,也逃不过一个"杀人者,人恒杀之,天理循环,报应不爽"的果报。或许，这就是人们常常所说的"冥冥之中自有天意"吧？

随着战争的结束，那加诸这个民族、这片土地上长达百年的屈辱，也正式翻篇，成为了过去的历史。

而大乱之后便是大治的历史规律，也让劫后余生的"刺秦"，走上了发展的快车道。因为，对和本人，以及那些投靠追随和本人的二鬼子们的清算开始了。这些犯下了累累血债的家伙，像"刺秦"这种自己有能力报仇的，其实是少数，更多的，却是没能力或者无法亲自动手，却又一心想要报仇雪恨的人。所以，花钱雇人，自然就成了这些苦主最佳的选择。而"刺秦"这种专业的杀手组织，立刻便成了抢手的香饽饽，想不发展壮大都难。

只是，不知为何，"刺秦"却再没有收到任何与"星帝"有关的消息。仿佛，随着孙先生的病逝，那块对"刺秦"有着最高权力的"星帝令"，也跟着消失无踪了一般。即便是以"刺秦"越来越强大的情报信息网络，也没能查到任何的蛛丝马迹。

直到有一天，"刺秦"收到了一封由丹商辗转而来的信笺。而那信纸上打着的印记，赫然便是那方失踪多年的"星帝令"。

第四十九章　营救未果

"星帝令"重现，这对"刺秦"来说，自然是一等一的大事。故而当天，"北斗""四灵"这些组织的高层，就匆匆赶到了"星庭"。就在那间"祖师堂"里，围绕着那封信，展开了激烈的讨论。

"星帝令"的印记，何老再三确认过，确确实实是真的。所以，引起争论的，自然就是那信里的内容。因为，那位失踪了几十年的"星帝"，第一次来信，居然就是要求"刺秦"，做好启动"天诛"的准备。

倘若还是那个乱世，"天诛""替天行道"什么的，倒还可以理解，可现在是什么年代了？虽说，整个社会，还做不到绝对的公平公正，但老百姓的生活越来越好，民主法治越来越健全，这是不争的事实吧？毫不夸张地说，当得起国泰民安这四个字了吧？

所以，现在来发动"天诛"，理由何在？我估计，那时候的郑建军他们，和我现在听到这消息之后的反应，应该相差无几。最初的震撼之后，紧接着在心头涌起的，便是一种强烈的荒谬感吧。

何老说，那一天，大家在祠堂里争吵了许久，最后，一致同意，派人去丹商，接触一下这位当代的"星帝"。搞清楚他身份的同时，更想知道，他发来这封信的真实目的，究竟是什么。

至于派谁去，自然没有人比郑建军这个"天枢"更合适。可没曾想，郑建军这一去，竟差点儿没能再回来。"星帝"没见着不说，反而被抓起来，关进了军事监狱。

郑建军的被捕，在"刺秦"内无异于又掀起了一场轩然大波。而最值得怀疑的，自然是那位神秘的"星帝"。当然，也不排除是组织内部，那些不愿改变组织现状的人，故意向丹商的公安或者安全部门，透露了郑建军的消息。

可惜，在没有确凿证据的情况下，谁也不能单凭猜测，就指定谁是真凶。更何况，那时营救郑建军，才是"刺秦"的当务之急。只是，每一次的营救行动，无一例外，都以失败告终。为此，"刺秦"还折进去了不少明里暗里的人手。损失惨重之下，才不得不暂停了对郑建军的营救。直到……我协助郑建军成功越狱，再逃到了外岛。

这一切，郑建军从没跟我讲过，若不是何老说起，恐怕，我仍旧理不清这前前后后的脉络。现在，唯一还剩的疑惑，应该就是"刺秦"内那个同样没查出来的问题，当初，到底是谁出卖了郑建军？

我突然想起，上一任"青龙"之所以会在国外出事，不就是因为他查到了些什么东西？而紧接着，"朱雀"又把矛头，第一个对准了"摇光"。虽然"摇光"极力否认，可那些被"朱雀"清理掉的人，绝大部分，偏偏还是他那一系的手下。

难道说……真的是"摇光"？以他为达目的，不择手段的行事风格，最容易让人产生怀疑的，必然是他无疑。但偏偏，也是因为这原因，所以，那个出卖郑建军的人，反倒不应该是他。

因为，像他这样的聪明人，若真是他下的手，必然会在动手之前，把所有可能指向他的不利证据，都清理得干干净净，不可能留下这么明显的把柄来让别人抓。

或许，真相究竟为何，幕后那个黑手又到底是谁，只有等到"青龙"回来之后，才会得出答案。只不过，那些人，会让"青龙"活着回到外岛么？

一想到我那位曾经的顶头上司，我就不由得想起了石榴，那个"刺秦"之内，唯一算得上朋友的家伙。算算时间，这家伙已经很久没有消息了。显然，这也是为了确保"青龙"的安全，不给暗中的那些人，再一次下手的机会。

只是，一去这么久，那个叫芊芊的姑娘怎么办？也不知道这家伙，在临走前，有没有找

317

到个好的借口，安抚好她。还有就是……那些人，知不知道这个叫芊芊的女孩子？若是不知道，那倒还好，可万一他们要是知道的话，那以他们那种不择手段的行事作风，届时肯定会对那个可怜的姑娘下手，以此来要挟石榴！

这不是有可能，而是绝对会！所以，我必须得去一趟，确认那个被石榴看得比自己性命还重要的女孩子，有没有被人盯梢，会不会遭遇危险。而这时间，自然是越快越好。

然而，我醒悟的终归是晚了些。虽说，错不在我，可由此而来的遗憾，却将伴随我终生。每每想起，便难以安宁。而每当回想起这段过往时，我都会忍不住问自己，假如，我能早一点儿想到这一层，再早一点儿赶去，那后面所有的事情，是不是都会不一样？

我还记得，那天，是我结束在"星庭"省身思过，下山履任"青龙"的日子。若是搁以前，肯定是郑建军安排车子来接我。可现在么，就算他真派车来了，我也不敢坐进去。一是怕"摇光"起疑，二嘛怕冤死。毕竟，我现在的身份，可是"郑系"的叛徒来着，要是被他那些忠心耿耿的手下给杀了泄愤，那死得可就太憋屈了。

虽说，以郑建军的智商，应该不会这样干。但余文龙呢？"朱雀"呢？甚至，还有"青龙堂"里的那些老人呢？抑或者，郑建军为了演得更像一点儿，真的派个车来，彰显他胸怀大度的同时，顺带给"摇光"他们添下堵呢？

故而，当走出"星庭"的大门，发现门口停着的车里，坐着的人是"摇光"的时候，我心里，竟然不由自主地松了口气。这才是应有的剧本啊！而他作为一名"北斗星君"，亲自来接我这个新鲜出炉、走马上任的"灵官"，看似有点儿屈尊降贵了，但反过来，不正是说明对我的重视么？

笼络和邀买人心的同时，还能向所有人再次宣告，我这个新一任的"青龙"，到底是谁的人；而这次内部交锋的最终胜利者，究竟又是谁。

"怎么样？跟在何老身边这么些天，长了不少见识吧？"路上，"摇光"笑着问我。这轻松的语气和神色，无一不在说明，他现在，心情很好。

是因为计谋得逞，所以心情舒畅么？如是想着，我在琢磨要不要给他这好心情添点儿堵。可再一想，又觉得逞口舌之利什么的，其实没啥实际意义。于是，我就点了点头，用一声"嗯"，权做回应。

然后，车内的气氛就变得有些尴尬了。因为，谁也没再说话，更因为，没什么好可说。这尴尬，一直持续到车子驶进一个依山临海的别墅区，再在一幢独栋别墅前停了下来。

"怎么样？这里环境不错吧？"他示意我下车，先是指了指这别墅区，再又指着身前的别墅对我说，"走，带你看看你的新家，家具电器什么的都已经备齐，直接住就可以。"

"这是什么意思？"我站着没动，看着他问。

他先是愣了愣，而后又笑了起来，说道："一栋房子而已，这是你应得的。再说了，你现在可是'青龙'，是一堂之主，再住在出租房里，像什么话？"

"对不起'摇光'大人，好意心领了，不过，这个，请恕我不能接受！"我摇头拒绝，转过身准备往外走，却被他一把拉住，揽住了我的肩膀。

"林凡！"他的胳膊往内使劲收了收，使得我的身体离他更近。"给你的，你就收着。我'摇光'这人虽然卑鄙了点儿，但从来不会亏待自己人。相信这段日子，何老已经把有些事情，都告诉你了吧？用你的脑子想一想，这年头，还需要什么'天诛'，什么'替天行道'呢？世道早就变了啊！

"这是个金钱为王的时代，这世上所有的人，有谁不是在围着它打转？为它服务？'替天行道'？呵呵！"他松开我，冷笑了起来，那表情里，满是对那四个字的不屑。"哪个男人年少时，没做过一个英雄的梦？可最后呢？又有几个成了英雄？即便是成了英雄的，结局又有几个好的？你已经知道'刺秦'的历史了啊，过去的'刺秦'，英雄吧？大义吧？血性吧？可最后呢，换来的是什么？那史书上可有我们半个名字？

"林凡，你要记住，这世界很现实。知道今天的人，为什么总爱说什么'人心不古''道义不存'么？就是因为，现实里容不下这些东西。所以，才只能嘴上念念，心里想想。你把钱堆那些人面前，让他们选试试。一百万不够两百万，两百万不够三百万，再不然一千万、两千万，你就一直往上加，看看最后，还会有几个人去选'道义'？

"'天玑'他们为什么会跟我合作？不就是因为，他们同样清楚，真按他'天枢'的想法来，'刺秦'只会是死路一条？就包括他'天枢'，难道他不清楚？不，他清楚得很！他要想守他的'道义'，我管不了，也拦不住。但他要是想拉着整个'刺秦'跟他一起去死，我绝对不会答应！

"你自己好好想想吧！用脑子，好好想想！"他深吸了两口气，平复着明显有些激动的情绪。而后，他扔下了这句话，转身走回了车里。

"对了！"车子启动的瞬间，他摇下车窗，探出头对站在别墅前的我说道："那些人，我已经撤回来了。所以，你没必要再担心。我刚刚也说过，从来不会亏待跟着我的人。可若是谁跟我动小心思，玩虚的、阴的，我能把人撤回来，自然也能再派出去。林凡，你是个聪明人，我相信，你知道该怎么选。哦，还有，听说你的上任要回来了，你这个'青龙'，该好好想想，准备准备怎么站住脚了。我等你电话！"

我的上任？那个儒雅的中年大叔要回来了？望着"摇光"那辆扬长而去的汽车，我不由

319

自主地皱起了眉头。这消息，难道又是郑建军刻意透露给他的么？这老狐狸，又想下什么棋？用"青龙"做诱饵，把那躲在暗处的黑手钓出来，再一劳永逸地解决问题？

显然，这是个很好的局，迫使那些人不得不咬钩的局。只是，因为那个名叫芊芊的女孩子，石榴就成了郑建军这原本必杀的布局里，唯一的破绽和隐患。所以，我得尽快去找到芊芊。不对，是现在就得去，立刻、马上！

若是换成以前，我想要去个什么地方，肯定是直奔目的地。就连每次去"熊猫"那个小店也是如此。大大方方，毫不遮掩。就目前的结果来说，显然，这种做法很成功。

因为，对于那些内心阴暗、习惯于把所有事往坏了想的人来说，你越是表现得襟怀坦荡，就越不容易引起怀疑。反之，若是事事小心，诚惶诚恐，反倒容易让人起疑，疑心你是不是别有用心。

至于原因，很简单，越是心机深沉的人，就越不喜欢和同样心头有太多城府的人打交道。那种无论说话做事，时时刻刻都要相互提防的感觉，太累。而与一个头脑简单、心思单纯的人打交道，就要轻松愉快得多。那种智商层面上的绝对碾压，会让人不由自主地产生一种高等级生物，在低等级生物面前，居高临下的优越和俯视。就好比，人不会在意脚下的蚂蚁会不会有什么想法。蚂蚁就是蚂蚁，即便想法再多，一根指头也能轻松将其捻死。

所以，在郑建军、"摇光"、陆云巍等这些惯于布局下棋的上位者们眼中，我们这些棋子，在有用的时候，自然就是棋子。可一旦棋子有了自己的小心思，不听话、不好用了，那被抛弃、捻死的时候，比之那脚下的蚂蚁，并没太大区别。

因此，在找到芊芊之前，我不得不考虑可能存在的监视和跟踪。毕竟，我现在的身份不一样了。而这身份的变换，自然会有形无形地得罪到许多人。若只是我一个人，再多少双眼睛盯着，我也可以装作毫不在意。可这次不行，起码，我不能因为自己的疏忽大意，将一个无辜的人，一个原本可能毫无瓜葛的女孩子，反倒拖进了这个危险的漩涡里。

侦察与反侦察，跟踪与反跟踪，这是每个特战队员都必须掌握的基本技能之一。所以，从别墅区出来之后，我就叫了一辆计程车，直接回了原来租住的小区。换了身衣服后，我再次出门，步行到了最近的一家商场。要想摆脱监视和跟踪，自然是人流越多越密集的地方越容易。故而，一进商场，哪里人多，我就往里走。而后，在路过一个拐角的安全门时，我闪了进去，并迅速地将内外层都能翻面穿的外套换了个面，再掏出事先准备好的帽子扣在头上。同时，脚步不停，顺着安全通道又往上走了一层。

刚刚走到上一层的安全门出口，我就听见那下面传来了略显急促的脚步声。而且，还是两个。两个脚步在刚刚那一层的门口明显停顿了一下，而后，再次响起。一个往下行，而另一个，则往上，朝我而来。

原本只是以防万一，没想到，还真有尾巴跟着。我冷笑了起来。若是换个时间，我没准儿会陪他们好好玩一场猫鼠游戏，可现在不行，没那工夫陪他们耗。所以，从安全门走回这一层的大厅之后，我又混进了人流里，而后乘坐下行的观光电梯，重又回到了最初进入商场的大门，再随手拦了一辆计程车离开。再然后，每过一段距离，我就会下车，换车。一路兜兜转转，终于来到了芊芊住的地方。

这是一栋老旧的住宅楼，位于一条同样老旧的巷子里。在外岛这寸土寸金的地方，除了那些精英阶层居住的高档小区、高楼大厦之外，更多的普通人，或者说没钱的人，都是住在这样的地方。中间是街道、街道两侧的楼房底层，则是挂着各式招牌的店铺。再往上，就是安装着防盗窗的住房。密密麻麻、层层叠叠、狭窄逼仄的如同鸽子笼。

石榴曾说，他本来是想给芊芊换个条件更好的住所的，可芊芊不同意。而这姑娘不同意的理由很简单，好一点儿的房子，太贵了。而她一个只能靠社会救济保障生活的盲人，没法工作，挣不了钱。那样的话，换个好房子，所有的经济压力，都得石榴一个人承担。她不希望她的石榴哥哥太累了。再则，周围都是认识了多年的老街坊，对她都挺照顾。这样，她的石榴哥哥就可以安安心心地工作、赚钱，而不用过多地为她分心。

很好、也是很善良的女孩子啊。所以，千万不要有什么事才好！

可是，当我站在她家的房门前，看着防盗门把手上那厚厚的一层落灰时，我这心里，就忍不住"咯噔"了一下。不死心地敲了敲门，可能够听到的，却只有在楼道里空荡荡回响的敲门声。

正想着要不要找周围的邻居问问时，"吱呀"的开门声钻进了我的耳朵。旁边的房门打开了，一位老婆婆从半开的房门里，探出了大半个身子。先是狐疑地打量了我几眼后，才问我，"你是谁，是找芊芊吗？"

我忙点头说："是的，我是芊芊的朋友，刚从外地回来，过来看看她。婆婆您知道她去哪儿了吗？"

"芊芊啊，被她那个男朋友接走了啊。都走了好几天啦！"

男朋友？接走了！瞬间，我的心便沉到了谷底。果然还是来晚了！下意识地问那婆婆，芊芊是什么时候被接走的，走了几天了，有没有留个地址什么的。

那老婆婆却开始絮叨了起来，说什么，"这丫头是个福气好的。她那个男朋友啊，说是发财了。工作太忙，走不开，就派人来接她享福去咯。也就前几天的事儿，三天，还是五天来着？岁数大了，记不清楚了。反正啊，我听街坊们说，那天，来接芊芊的车，都有两三台呢，还都是几百万一台的汽车。老天垂怜啊，这丫头，以后就可以享福咯！"

跟老婆婆道了声谢后，我心情沉重地下了楼。询问了几个路边的老头老太太之后，终于知道了芊芊被接走的确切时间，就是三天之前。也就是说，可能郑建军刚刚放出要把"青龙"接回来的信息，那些人，便紧接着动了手，打着石榴的名号，骗走了芊芊。

当然，芊芊现在应该没有什么生命危险，可只要那些人一得到"青龙"到港的确切时间，或者说只要他们能联系到石榴，那么，就是用芊芊的安危，来要挟石榴的时候。

至于救人，不是没想过。可问题是，怎么救？别看我现在顶了个"青龙"的名号，可事实上，却调不动"青龙堂"里的任何一个人手。更何况，"刺秦"的规矩是什么？颖蓁的例子摆在那儿。故而，这种事情，就算叫得动人，我也不敢用。

难道，我就只能这么眼睁睁地看着？看着一个无辜的女孩子因此而遭受苦难、折磨、甚至丢掉性命？我做不到！可偏偏，我却无能为力。因为，我连到底是谁挟持了她，都还不知道。

那些仅凭一丝丝蛛丝马迹，就能推导出谁是幕后真凶的桥段，通常都只会出现在编撰而出的影视剧里。而现实中，任何一桩预有图谋的作案，侦破起来，往往都费时经年。而且，还需要投入极大的人力、物力。

而我呢，我却只有一个人。放眼外岛，无人可以真正地信任，更遑论找人帮忙？不是没想过找陆云巍，可我无法确定他的态度和反应。毕竟，站在他的角度，这件事情，不仅不会妨碍消灭"刺秦"的任务，反而还能催化、加速其内部的分裂过程。至于一个普通人的生死，老实说，我真的无法确定，他会不会在乎。

常言道，"成大事者，不拘小节"。任何一个能成功走上高位的人，或多或少，都会变得功利和冷血。所以，严格来说，郑建军、"摇光"、陆云巍，他们实际上都是同一类人，只看结果，不讲过程。唯一不同的，也就是立场罢了。

真的就只能这样眼睁睁地看着么？看着局势一步步的发展，看着那个可怜的女孩子，最后被这几方角力的漩涡撕碎？我也好，"刺秦"也好，即便是最后都淹死在了这摊浑水里，都属于罪有应得，可唯独她不是！

若是我不知道这件事，甚至，压根儿就不认识她。或许，我也能像个看客一般，冷静、冷血地旁观。至多、至多，最后发出觉得她可怜无辜的叹息。可偏偏，这些假设都不成立。所以，无论如何，我必须做点儿什么。不是因为石榴，也不仅仅只是因为同情，而是因为，我过不去心头的那道坎。

至于该怎么做，在最初的茫然和纠结之后，我终于有了个大致的想法。光靠我一个人，做不了这件事情。所以，还是得找帮手，足够可靠的帮手。而能为我提供可靠帮手的，或者说，能让我彻底放心交底的，只有陆云巍。

要想让他点头，自然得拿出足够说动他的东西。这个似乎不难。他最想要的，还派我来当这卧底，目的不就是要除掉"刺秦"么？我觉得，这就是个很好的契机。

我跟他汇报说，"你看，郑建军已经布了局，以'青龙'为饵，钓出那些藏在背后搞事的人。而这个诱饵，那些人偏偏又不得不咬。一旦咬钩，双方就算彻底撕破了脸皮。鱼死网破自然不可能，因为还有'摇光'那一帮人在一旁盯着。所以，最多也就是个两败俱伤。

"再然后，就该是江湖上常见的套路，'罢手讲数'。怎么讲数，无非就是利益交换，重新分下蛋糕罢了。所以，这几方人马钩心斗角的算计、博弈，所为的，其实都是为了最后分蛋糕时，多给自己添加点儿筹码。毕竟，他们还都得在'刺秦'这口锅里捞饭吃，盘子、碗摔碎了没关系，只要锅不被打破，谁都饿不着肚子。

"而我们，却可以趁此机会，趁他们各自心怀鬼胎的相互提防之时，添柴加火，趁着他们摔盘子、砸碗的当儿，一举烧穿'刺秦'这口大锅。"

第五十章 "青龙堂"会

"心急吃不了热豆腐！"这是通过"熊猫"联系到陆云巍之后，他给我的答复。按他的意思，本来是想让我切切实实在"青龙"这个位置上站住脚，再一步步挑动"刺秦"的内斗，最后，等这组织内的人，都拼到筋疲力尽的时候，才真正动手收尾，一网打尽。

而现在，我提出的这个想法，明显打乱了他原本的计划步骤。不是说没有可操作性，而且，能提前把整个事情完结，也不是什么坏事。只是，主战场毕竟是在外岛，不可控的因素太多，增加了额外的风险。就比如，光一个不能用官方身份介入，就使得很多事情操作起来，远不如丹商方便快捷。所以，他必须慎重地考虑一下，同时把情况报上去，看看上面那些老头子们怎么说。

"不过，有些事情，你可以先做。至于上面，我去争取。"结束这次联络之前，他在网线的另一头对我说。然后，他给了我一个先期准备的方向，或者说方案。那就是，想办法联系上石榴。如果他对那位名叫芊芊的姑娘，真的很在乎的话，那不妨试试，有没有将他策反的可能。

再就是，如果想要整个计划提前发动，光策反一个石榴肯定是不够的。怎么着，也得让这摊浑水乱起来。至于怎么个乱法，无非就是让某些足够分量的人物出点儿失踪之类的意外。

毕竟，现如今这几方人马，本就互相提防着，生怕一不小心就擦枪走火，搅乱了各自的布局。而这时，我们突然插一脚进去，给他们加把火……那会带来什么样的影响，不言而喻。而且，若是觉得一把火不够，那不妨就再烧一把，哪拨人敌意最深，就往他们头上各添一把。如此一来，这本就如火药桶一般的局势，想不炸都难。

至于选谁当目标，"摇光"那边，陆云巍让我自己考虑。只要分量足够，有好的时机，选谁都可以。至于郑建军这边，他却专门提了个人。不管是我先期的添柴加火，还是后续的收网，按他的意思，这个人，都必须先一步控制住。

而这个人，自然就是"刺秦"的情报头子，"南方七宿"的"灵官""朱雀"。控制住了她，就等于让"刺秦"在一定程度上变成了"聋子"和"瞎子"。

只是……当陆云巍提到她时，我的脑海里，那一袭耀眼的火红，便不由自主地浮现了出来。而同时，浓浓的苦笑，也从嘴角，慢慢爬上了整个脸庞。当初的预感成真了啊！这个美丽的如同红颜祸水的女人，果然是我必须面对的一道坎，一道绝不好过的坎。

"怎么着，这是怜香惜玉了？"正犯愁该怎么对付呢，陆云巍这厮居然还在那头调侃。于是，我没好气地回他说："对啊，可不就是怜香惜玉么？倾国倾城的大美人儿呢，我见犹怜不行吗？"

"哟呵，还生气了！小子，这花是漂亮啊，可惜却是朵杀人花，不仅浑身带刺，而且还有毒。别到时候怜香惜玉没怜惜成，反倒死在了这朵花底下，那就亏大了。关键是，连个风流鬼都没捞上，那才真叫可怜啊！"

这老狐狸，你不就是告诉我小心美人计吗，就不能直说吗？非得这么阴阳怪气、拐弯抹角地损人？这是你一个上校处长该干的事儿？可论耍嘴皮子，我还真不是他的对手，所以，只能打出一长串的感叹号过去，以示抗议。

"好了好了，不逗你了！"这厮倒是很懂得占了便宜见好就收，重又开始说起了人话。他先是很严肃地说："作为你的直属上级，虽然很相信你的人品，但本着为你负责的态度，该提醒的事情，我必须得提醒。古往今来，多少英雄豪杰，最后不是栽在了温柔乡里？所以，小心无大错，我可不想看到你因为所谓的恻隐之心，或者一时心软，犯下不可挽回的大错。"

这种担心，倒也算人之常情。我苦笑着摇了摇头，正想着该怎么回他时，他的话风又变得不严肃起来，阴笑着说什么，"难得你小子终于肯主动做事了，吾心甚慰，甚慰啊！不过呢，小子，要想救人，要想上面同意你这方案，你总得拿点儿干货出来对吧？计划没有变化快,这句话当兵的时候没少听过吧?所以,从来都没有一成不变的计划和预案,形势变了,计划,自然也会被推着改变。所以,能不能提前行动,关键是看你能把局势推动到哪一步。明白了吧?"

我有些汗颜,因为,他说的都是事实。当了这么久的卧底,平心而论,我还真没有主动地去做过多少事情。这一步步走过来,似乎都是在被动地顺势为之。

"放手去做,我会尽快赶过去,这之前,需要什么帮助,就找'熊猫',他会协助你。"他最后这句话,无疑是给我吃了颗定心丸。因为,从这一刻起,我不再是只孤立无援的"云雀",不用再孤军奋战了。这种感觉,就如同落单已久的士兵,在历尽艰难之后,终于找到自己的队伍。那发自内心的兴奋和喜悦,根本无法用言语来描述。

是以,当从"熊猫"的小店回到自己的住处,重新回想与陆云巍的这次联络,想看看是否还有什么遗漏的信息时,我才发现,当他听到我说起"天诛"的计划,以及有关"星帝"的事情时,居然没表露出多少惊讶。这是不是说,他们早就知道了这些事情?而那个神秘的"北极星帝",要么就是已经被他们控制,要么,干脆就是他们假扮的。

只不过眼下,显然不是去为这些事情刨根究底的时候。当前,我应该琢磨的,是怎么联系上石榴,以及该怎么去给"刺秦"这个随时都可能爆炸的火药桶,提前点上一把火。

港生商贸,这栋挂着跨国贸易公司牌子的大楼,就跟"摇光"的天星大厦一样,既是郑建军一系的根据地,同时,又是"东方七宿"的堂口驻地。

这还是我第一次以"青龙"的身份走进这扇大门。打从进门起,到进入电梯,再到最顶层宽敞的会议大厅,一路走来,那一道道落在我身上的目光,尽是敌视、轻蔑抑或冷漠,没有一个带着善意。

其实,我还没有正式走马上任。按照"摇光"的想法,是准备搞个很隆重的就任仪式的。所以,在仪式之前,我都不会来这里,而仪式当天,"刺秦"所有的高层,都会到场。届时,"玄武堂"负责维持秩序,而"白虎堂"的秘密警察们,则由光头"白虎"亲自带队,随时准备收拾"青龙堂"里跳出来挑事的家伙。

简言之,他就是要给"青龙堂"以及所有的"郑系",来一个下马威。表面上,是我假借"摇光"和"天玑"两派的威势,强势入主"青龙堂"。而实际上,却是他借此赤裸裸地向郑建军示威。告诉郑建军以及所有人,从今往后,"青龙堂",不再姓郑,他"摇光",才是这里真正的主人。

只可惜,就如同先前陆云巍那句"计划没有变化快"一样。"摇光"的盘算,郑建军仅仅只用了一个召集"青龙七宿"集合的命令,便将其打破。因为,就目前来说,他这个"天枢",依然还是"青龙堂"的实际拥有者。这同样是"刺秦"内的规矩之一。倘若某位"灵官"出了意外,新的"灵官"尚未接任之前,该堂口内一应事务,皆由分管的"星君"代理。

也就是说,不管我是原来的业务员也好,现在的部门主管也罢,只要"摇光"还没能把"青龙七宿"的管辖权从郑建军手里拿走,我依然还得听从郑建军的号令。不然,一个抗命不遵的帽子,立刻就会砸到我的头上,让我吃不了兜着走。

在会议厅的门口,我又享受了一次,曾经在天星大厦顶层的待遇。被搜身、很彻底的搜身。若不是里面的郑建军发出了一声不悦的咳嗽,我想,那四个守卫,不介意将我扒个精光。

进去之后,我才发现自己是到的最晚的一个。郑建军、余文龙、"朱雀"、"青龙七宿"里的各宿"星官",以及曾在轸宿见过一次,那个名叫洛嫣的女孩子。这应该算是"郑系"所有的骨干力量了吧?而现在,他们,都在看着我!而他们的眼神,与外面那些目光相比,并无分别。

被众目睽睽审视的滋味儿绝不好受,尤其是,那一道道的目光里,还饱含着恶意。所以,我也只能装作无视,就在门口站着,只看着郑建军,等着他给我一个答复。

都当了这么久的卧底了,这点儿起码的演技还是有的。只要郑建军一天没有公布我是他派出的卧底这个身份,那这戏,我就只能继续陪着他演下去。是以,那一刻,顶着那一道道不善的目光,我心里想的居然是,我这演技,是不是也能去评一下影帝了?

"坐吧!"郑建军指了指他左下首那张空着的椅子,对我说道。

点点头,我默然地走了过去,正准备坐下的时候,余文龙猛地拍了下桌子。只可惜,他还没来得及张口,便被郑建军用一声冷哼给憋了回去。于是,他只好喘着粗气,对我怒目而视。紧接着,又猛地别过头去,似乎只要再多看我一眼,就会脏了他的眼睛一样。

连余文龙都没能说话,在座的其他人,哪还能不明白郑建军的意思?所以,一个个地都学起了余文龙,眼观鼻、鼻观口、口观心,再没人往我这边多瞟一眼。

"我不管你们有什么想法,也不管你们对他有多大意见,但他现在是'青龙堂'的'灵官',这是事实。所以,这个会,他就有资格参加,也必须参加。这是规矩!规矩就是规矩,不管你们高不高兴,服不服气,都得遵守!现在,开始开会,有话要说的,有意见的,都给我先憋着,等开完会再讲!"

郑建军的表情很严肃,好似完全不讲情面的样子。这让大厅里的所有人也跟着正色起来,哪怕是疑惑为什么他还会维护我这个"叛徒",也只能悄悄地在心里嘀咕。

这时,大厅里的守卫、端茶送水的服务人员,也全都退了出去,偌大的房间里,便只剩下我们这些够格参会的人。一个个正襟危坐,仿佛面无表情的木偶。

而随着郑建军再次开口，我总算知道了他突然开这会的目的何在。那就是，确保那个丢了一条腿的"青龙"安全回来。而这个接应前"青龙"的任务，将由我带队执行。至于其他人要做什么，到时候，他会直接将任务下达到每一个负责人。而在接到他的命令之前，所有人要做的事情，就只有一个——集合人手，随时待命。并且，在行动开始之前，这屋里所有的人，不得离开这栋楼不说，也不能单独活动，即便是出个恭、上个厕所，也会有人跟着。

至于跟外界联络什么的，那就更不用想了。所有人的手机都必须上交，而任务中的通信联络，一律使用由"轸宿"提供的单兵通信设备。

他这是不打算再跟"摇光"他们耗下去，决定落子收官了吗？是因为出了什么变故？还是说，从他放出这个风声开始，就在等着对方如何应手、筹谋，而他，等的就是那些人的准备还没完全到位之时，提前挥戈一击，将他们所有的盘算，打得七零八落？

老狐狸就是老狐狸！要么不出手，一出手，就打了所有人一个措手不及。这时，再想联系陆云巍，显然是不可能了。那么，只能独自面对的我，又该如何去应对？前所未有的茫然！

值得庆幸的是，我还有个卧底的身份。当然，是指给郑建军当卧底。

是以，会议结束之后，郑建军就把我单独叫到了里间。当然，为了不让人起疑，这屋子里的人，都被挨个叫进去过。而我，则是最后一个。

"'摇光'那边，有什么反应？"

这问题我不知道该怎么回答。我也想知道"摇光"是什么反应呢，可问题是，你突然来这么一出"神仙手"，手机也被余文龙给收了，我上哪儿知道他的反应去？故而，我给他的答复，是无奈地耸耸肩，再摊了摊手，表示我也不知道。

"哈哈！对不住，对不住！倒是我疏忽了。不过，兄弟啊，你这卧底当得可真不称职啊！"

他打了个哈哈，嘴上说着对不住，可看那嘚瑟的德行，哪有半点儿不好意思的样子！而后，他收了笑容，解释说："之所以限制行动和对外联络，防的人自然不是你，而是其他人。至于原因，很简单。'青龙堂'虽说一直在我的掌控之下，可也防不住有心人的渗透和收买。"

即便现在封锁了消息，可大家本就互相提防着，任哪一方突然有了反常的举动，怎么可能瞒得住那一双双死盯着的眼睛？故而，郑建军从来就没想过，他能把别人完全蒙在鼓里，做到瞒天过海。他想要的，无非就是打个时间差，赶在别人还没反应过来之前，达成控制局面的目的。

所以，他单独把我叫过来的原因，就是让我做一个卧底应该做的事，想办法把这边将要展开行动的消息透露给"摇光"，包括我负责的任务，同样原原本本地传过去。显然，他想借此来判断，"摇光"究竟是不是藏在暗处下黑手的那个人。

如果是，那"摇光"一定不会允许"青龙"活着回到"刺秦"。如果不是，一个已经少了一条腿的残废，自然没可能再重掌"灵官"之位，对他并无多大威胁，自然就没有动手的必要。

而不管他是或者不是，对于已经占据了先机的郑建军来说，都自有应对之法。当然，怎么个应对法，这老狐狸自然不会跟我说。他只是让我把消息透露给"摇光"而已，至于"摇光"会是个什么反应，他好似并不在意，以至都没要求我，及时向他反馈信息。

我默默地听着，心里头却早已波澜起伏，感慨万千。这些人啊，就没一个是好接触的。一个个都在不停地算计，都在引诱别人先亮出底牌，整个就如同一场令人烧脑的谍战大戏。若没有我和陆云巍，这场博弈最后的赢家，无疑就是郑建军。

只是……我有些犹豫，犹豫要不要告诉他关于石榴的事情。因为，我不确定，他会不会因为一个无辜的女孩子，而更改所有的布置。站在他的角度，一旦得知石榴有可能成为影响他布局的破绽，那只需将石榴换掉，就什么问题都解决了。至于一个盲人女孩子的死活，跟他有关系吗？

不得不说，这老狐狸的眼睛就是毒辣。我这边才稍稍皱了下眉头，他就已经发现了异样。问我遇到啥为难的事了，一副愁眉苦脸的样子。

"能不犯愁吗？"我心下一惊，干脆把眉毛皱得更紧了些，佯作痛苦地抓起了头皮，苦笑着冲他抱怨，"'摇光'有多精明，你又不是不知道！就这栋楼里，他的眼线就应该不少吧？更别说，你自己身边都还有。也就是说，他，以及其他人，现在肯定知道我们这边开会的事儿，就算不知道具体的开会内容，也能猜到个大概。所以，这消息，我该怎么传到他手里，才能让他相信是真的，而不是你'天枢''请君入瓮'的局？"

"嗯，说得很对，一看就是用心了的！"他颇为赞许地点起了头，甚至轻轻鼓了鼓掌，那样子，居然还挺乐呵。估计是看我脸色有点儿黑，他才"咳咳"了两声，变得正经起来，说道："他们聪明，你大哥我也不笨啊。所以，放心吧小子，你且等着，到时候，自然会有人想办法接近你的。"

这倒也是。估计，"摇光"在这栋楼里的眼线们，现在都已经接到了他的命令，找机会，甚至创造机会，跟我接触吧？

"好了，你先出去吧，再待下去，倒真会让人起疑了。"该说的事情似乎也说完了，于是，他下起了逐客令。

我点点头，正起身欲走，却又被他"诶"的一声叫住，指着他自己的脸，提醒我说："你倒是注意下表情啊！别总是一副没事儿人的样子啊！专业一点儿啊小子！不知道外面一堆人等着看你笑话呢？"

稍一愣神之后，我很认真地点了点头，然后，恨恨地一咬牙，一脸阴沉地走了出去，连门都没给他关。

果然，这大厅里的人，居然一个不落地全在，所有人的目光，又在我踏出房门的瞬间，全落在了我身上。而这时，里间很适时地传来一声"砰"地闷响，也不知道是哪件物品，被郑建军顺手抓来当了演戏的道具。

这些人，还真是都在等着看我笑话啦。那讥嘲和蔑视依旧的目光中，瞬间多出来的幸灾乐祸，让我暗自苦笑之余，又有些莫名的自得。这说明，我还是有些演技的嘛。

接下来，我要做的事情，自然就是等待。等待"摇光"埋在这楼里面的眼线，找到机会跟我碰头。当然了，不能一味地等，我也得给人创造点儿机会才成。

只是，看了一眼跟在身边那位，我不禁有些头疼。也不知道郑建军是怎么想的，居然让"朱雀"这女人跟我在一组活动。名义上是互相监视，可实际上呢，摆明了是她监视我好不好？

有这位姑奶奶在一旁虎视眈眈，哪个眼线敢不开眼地凑过来？这肯定是郑建军故意的，可目的呢？这么明显的提防我，即便是逮住机会把消息传出去了，"摇光"他们会相信吗？会不会怀疑，这是故意放给他们的假消息？

对！没错。他打的就是这主意。难怪他让我原原本本地告诉"摇光"会议的内容，因为他很清楚，不管是"摇光"还是别人，都不会相信，他会让我这个"叛徒"，得知他真正的计划。所以，哪怕消息真得不能再真，可只要是从我口中传出去的，别人也会当成假的来听。

可偏偏，他还让"朱雀"来盯着我，不让消息那么轻易就漏出去。这么明显的欲盖弥彰，肯定又会让人疑神疑鬼，对自己的判断产生怀疑。而为了得到确切的消息，他们就不得不发动更多的眼线来确认。然后，那些好不容易才埋进"青龙堂"里的眼线，就会一个接一个地暴露……

看似随意的一步棋，结果，却是一举多得！这老狐狸！还真的是把人心都算死了啊！若真是如此，那他就不再是只占着个先机了，分明是，已经稳操胜券。"摇光"也好、"天玑"也罢，都只能按照他设好的局，一步步走下去，越陷越深，再无翻盘的可能。

所以，我这个所谓的打入"摇光"阵营的卧底，对郑建军来说，其实压根儿就不需要。他当时会点头的原因，其实就是因为我吧？因为我的父母，以及肖凝，受到了来自"摇光"的威胁。

而他呢，从他所有的布局里可以看出，根本就不用我这所谓的卧底做些什么。唯一的用处，或许，就是用来迷惑一下"摇光"和"天玑"这些人，让他们自以为得计。实际上，却只是他信手拈来的一步闲棋。

既然是闲棋，那自然就可有可无。这样的郑建军，用老谋深算，已经不足以形容他了吧？该是算无遗策才对。所以，我和陆云巍所设想的什么浑水摸鱼、黄雀在后的计划，此时看来，都如同一个痴心妄想的笑话，不过是我们的一厢情愿罢了。

我确实是个不称职的卧底，从来都是。以致郑建军已经布下了这堪称无解的局，我才后知后觉。该怎么办才能打乱他的部署，在这完美的布局身上，开一个足以致命的缺口？

瞟了一眼身旁闲庭信步一般的"朱雀"，我转身走进了旁边的洗手间。因为就在刚才，有个人捂着肚子，急匆匆地从我们面前跑了进去。错身而过的瞬间，我看到了从我脸上一掠而过的眼神，以及捂在肚子上的那只手，微微勾动的食指。

这种小动作，显然瞒不过"朱雀"。是以，当看到我转身时，她脸上的表情，变得微妙了起来。似笑非笑，如同在看一只自诩聪明的猴子。至于为什么没揭穿，自然是郑建军早有授意。

洗手间的蹲位区，一个关着门的隔间里，发出了"吭哧吭哧"的声音。看来，这家伙正在努力地让自己演得更逼真一些。

轻轻笑了笑，我也走进了旁边的蹲位。关上门之后，我轻轻敲了敲隔板，立刻，那头的"吭哧"声就停了下来。接着，一部手机，就从隔板下的缝隙里递了过来。手机是老式机，身材小巧、防摔耐造、价钱便宜，即便是用完就扔，也不会觉着心疼。

随即，隔壁便响起了"哗啦啦"的冲水声。然后是开门关门，以及脚步的远去声。他的任务完成了，至于出去之后，等待他的会是什么，就不是我需要关心的事情了。

而我，作为一个双面卧底，我的任务，从拿到手机的这一刻起，正式开始了。

第五十一章　接驾"青龙"

身为卧底，不管出于什么样的立场，就本质来说，都是为了最后的"出卖"。出卖朋友、信任、情义等一切可以让你完成任务的东西。我还记得我这卧底行动的代号，是我曾经无比熟悉的一句话——"沉默的枪刺"。

陆云巍告诉我，之所以用这个代号来命名，是因为，他们需要我做一根沉默的枪刺。就像我曾经作为狙击手那样，用绝大多数时间的沉默，来换取关键时刻的一击必杀。

所以，在他的应急预案之中，一旦计划出现了巨大的变故，不得不提前行动，那么，我只需要告诉他四个字——"枪刺出鞘！"无论我通过什么方式。"枪刺出鞘"，自然是为了搏命杀敌。所以，只要他看到这四个字，应急预案就会立刻启动，开始对"刺秦"的全面打击。不再求稳、求准，而是要快、要狠。

事后想想，其实可以再等等的。因为，郑建军看似完美的布局，都围绕着一个大前提——"青龙"必须得活着。否则，哪怕他明知事情是谁干的，但死无对证之下，也不能拿同为"北斗"的对方问罪。因为，这会坏了规矩。而他郑建军，偏偏又是个一心要维护"刺秦"规矩的人。

只是，当时那种情况，太多的东西我无法确定。无法确定那些绑架了芊芊的人，是否能联系到石榴；无法确定石榴究竟会不会为了芊芊而背叛郑建军；更无法确定，我所以为的这个破绽，是不是早在郑建军的谋算之中；甚至，我连到底是谁带走了芊芊，都还无法确定。

任何事情，事后再回头看时，总会觉得，其实还有更好的选择。只是，在当时那种情况下，为了破掉郑建军那一旦成功，就能彻底压住"刺秦"内部矛盾的布局，已经无法再与陆云巍商议对策的我，除此之外，再想不出更好的办法。

所以，在拿到那部手机之后，我发出的第一条信息，就是这四个字——"枪刺出鞘！"而收信人，自然是"熊猫"。

删除记录之后，我又发了条信息，给这部手机里唯一预存着的那个号码。没有姓名，但我知道，收到这条信息的人，肯定就是"摇光"。而后，我将记录删除，手机拆开，扔进了马桶，用一阵"哗啦啦"的流水，将那些零碎冲得无影无踪。

其实，这手机我完全可以留着，毕竟，我是可以"奉旨通风报信"的卧底。但因为多发给"熊猫"的那条信息，我不得不小心一点儿，以防万一。

至于后续该怎么传递交换信息，我想，总会找到机会的。不仅"摇光"不会放任我这颗棋子不发挥作用，郑建军那边，说不定也会让我继续漏出点儿亦真亦假的消息，故布疑阵，迷惑人心。

从洗手间出来，迎接我的，仍然是"朱雀"那张似笑非笑的脸。这样的表情，会让你情不自禁地觉得，自己的一切，都尽在她的掌握之中。所有的遮掩和伪装，都不过是自作聪明的掩耳盗铃。

"这女人，是不是已经知道我其实是郑建军的卧底了？"我心里没来由地犯起了嘀咕，但又不能真的去问，所以，只能窝心地继续在这楼里漫无目的的走走停停，继续给别人制造接近我的机会。

只可惜，这女人显然不打算继续放水，任由我在她眼皮子底下搞这些小动作。所以，在我又一次从洗手间里出来的时候，她笑眯眯地凑到了我耳边，轻声说道："适可而止啊！"

软玉在侧，幽香盈鼻，只是这心里，却升不起半点儿的旖旎。她这是什么意思？扭头，对上了那双无论何时，都带着妩媚的眸子。我试图从中找出，她突然间说这话的用意。

可遗憾的是，我却什么都没能看出来。而她，则只是轻轻地勾起了嘴角，回了我一个近似邪魅的微笑。这是把我当跳梁小丑在看吗？还是觉得，我身为棋子却不自知，可恨可悲可怜又可叹？

不管是不是，姑且先这么着吧。能做的，该做的，我都已经做了。现在，唯一还能做的，似乎就只剩等待。或许，这也是身为棋子的悲哀吧。因为，身处棋盘之内，你能看到的就只有眼前，永远别想跳出去纵观全局。更无从得知，那些执子对弈的人，心中所思、脑中所想，下一次举棋，又将落子何处。就好像，你所有的挣扎，其实都只是徒劳。而最终，你所能做的，只有听天由命。

在这充满了各种不确定的茫然中，郑建军这个下棋的人，终于在这块决胜的棋盘上，落下了他谋算已久的第一颗子。当夜幕降临的时候，我被他派了出去，带着分配给我的人手，前往海滩。

任务很简单，就是在海边接应一艘从邻国开过来的偷渡船。至于"青龙"和石榴他们，是不是就在那艘船上，他没说，我更无法确定。因为，今晚将会被他派出去的队伍，可不止我这一支。除了他自己，恐怕，这所有的队伍里头，谁都不知道，自己究竟是属于诱饵，还是捕食的猎手。

星光黯淡，几近于无。即使用尽全力，目光也无法及远。于是，那波涛翻滚的大海，仿佛就与这黑暗融成了一天，凭空多出了些令人心悸的恐惧。空气耳麦里一片沉默。间或，会响起几声轻微的"窸窣"。那是参加行动的手下们，在小幅度地活动身肢。

为了防止可能出现的意外，绝大部分的人，都警惕地望着我们来时的方向。看了看表，离约定的时间还有差不多一小时。于是，我忍不住在想，若换成我是"摇光"，他会怎么办？尤其是那个幕后的"黑手"，面对如此局面，又该如何应对？还有陆云巍他们，开始行动了吗？部署得如何了？时间如此仓促，来得及吗？

这，大概就是占了先手的优势所在吧？而一旦抢占了先机，那么，你所有的对手，都只能一步步地被你牵着鼻子走。一步慢、步步慢，最终，再无翻盘的可能。

所以，只有打开一个缺口，才能从这一环扣一环的连环局中，争得一线生机。而眼下，我能想到的唯一缺口，似乎，就只有石榴了。通过他，控制住"青龙"，让郑建军这原本环环紧扣的布局，突然间断了衔接，为所有人，抢来一丝宝贵的缓冲时间。

至于石榴会不会同意，说实话，我真的不知道。所以，我只能赌一把，赌他对芊芊的感情，有没有他自己说的那样真、那样深。他不是想要照顾芊芊一辈子，和她厮守一生的吗？可只要"刺秦"还存在一天，他这愿望，就注定不能实现。所以，这对他来说，未尝不是个脱离的机会。

虽说，现在还不知道，芊芊究竟在谁手里。但我相信，只要"青龙"被我们控制在了手中，那他就一定会找上门来。同理，只要"青龙"还没回到"刺秦"，芊芊就不会有生命危险。

跟我一起来接船的有七个人，都是"青龙七宿"中，"心宿"里的好手。若是石榴和"青龙"就在那艘船上，那么，上面肯定还有忠于他的手下。要想在这么多人手下将他劫走，很难。但再难，也好过毫无办法。

"大人，船来了！"耳麦里响起的声音，打断了我的沉思。举目望去，那在暗夜中似乎混成了一团的天海之间，一个模糊的黑影，正在视野中渐渐变得清晰。而同时，微弱的马达轰鸣，也随着"哗啦啦"的浪涛声，一起被海风送到了耳旁。

"发信号吧！"我沉声吩咐，而心里，却在默默祈祷，祈祷石榴和"青龙"，就在这艘船上。负责发信号的手下，应了声"是！"，而后朝船来的方向亮起了红外线的信号灯。很快，借助戴在头上的夜视仪，我也看到了那艘船上，一闪一灭节奏的信号灯光。

"注意警戒，等船靠岸了再下去。狙击手，把所有可能藏人的地方，再过一遍。"听着耳机里那一声声的"明白！"，我将目光轻轻地转向了那个狙击手藏身的地方。若等下真要动手，他，必然是我首先要清除的目标。

距离那艘船靠岸还有段时间，若不是无法确认石榴他们在不在船上，我甚至都在想，要不要现在起，就悄悄地开始解决这些"手下"。只是，我不确定，"摇光"有没有按我最后发给他的信息说的那样，派人跟着我。如果有，那接下来要劫持"青龙"，就无须担心人手的问题了。若是没有……都还不能确定"青龙"是不是在这船上，多想无益，走一步看一步吧。

终于，那艘船停了下来，然后，放下了一艘小艇。通过夜视的望远镜，我能看到，几个人影，正顺着船舷上垂下的绳梯，转移到小艇上。而其中的一个人，是被另外的人背着下来的，因为，他缺了一条右腿。

果然是他们！那种大石落地的感觉，让我心头不由自主地涌起了一股狂喜。是时候动手了，即便石榴不同意，我也会用既成的事实，来逼得他别无选择。只是，该怎么动手才能悄无声息地把这几个名为"手下"，实则处处防着我的人解决掉呢？

瞥了一眼从出门起就寸步不离跟着我的2号，我开始在心里盘算。而这时，耳麦里突然传来了狙击手的示警："左前方，有人靠近！"

这是"摇光"派来的人吗？来得可真是时候。如是想着，我心下便有了计较。于是，我让其他人留在原地别动，提高警惕。而贴身监视我的2号，则跟着我，摸上去探探来人的底。他明显地有些犹豫，估计是在担心会不会被我暗算之类的。显然，他的担心很对，我确实是打算借此机会弄掉他，只是这话嘛，自然不能这样说。

"怎么，怕了？那要不你在这等着接人，我换个人？"说完，假装没看见他那羞恼的神色，我转而在耳麦里问，"有敢跟我去看看的吗？"很拙劣的激将法，不过，貌似效果很不错。耳麦里传来了一阵阵加粗的呼吸，而前一刻还犹豫不决的2号，此时，竟二话不说，当先便朝着来人的方向迎了上去。

不愧是堂内的精锐好手，这家伙虽然被我憋了一肚子火气，却并未因此而丢掉应有的反应和警觉。在狙击手的提示下，我和他同时放低了身形，悄悄地往前摸了过去。

很快，我就发现了那躲在一块石头后面窥视的人。显然，2号也发现了。于是，我们彼此交换了一个眼色，左右分开，朝那家伙包抄了过去，准备给他来个生擒活捉。

能被"摇光"派出来的人，显然不会是庸手。所以，我和2号这包抄的计划自然就落了空。一感觉到危险逼近，那家伙便猛地蹿了起来，朝着来路飞奔而回。

不是"穷寇莫追"吗？那就当是废话，当下自然是要追的。不然，我的计划怎么进行？然后，我就听见2号骂了句脏话，而身后的动静说明，他也跟着追了上来。

不一会儿，耳边就响起了狙击手略显急促的呼喊，他看不到我们了，需要换个位置，提醒我们小心。等的就是这时候！我猛地停步，等着后面的2号赶过来。同时，一把匕首，已经悄然抄在了右手之中。

"大人，别追了！"他在我的左后侧刹住步子，喘着粗气说。

"嗯！"我点点头，然后向左转身，让他以为我是准备往回走。而当我的目光从他脸上划过时，他终于意识到了不对，双眼猛地瞪大，可还是晚了些，因为，我右手中的匕首，已经从他的左肋下斜向上插了进去，扎破了他的脾脏。

在他的身体因为疼痛而下意识蜷缩的瞬间，我的左掌盖在了他的嘴上，顺势将已经丧失了反抗能力的他摁倒在了地上，同时，抽出匕首，再扎进了他的心脏。直到他大瞪着双眼，彻底不再动弹后，我才有工夫大口地喘息。

待呼吸平稳点儿，在他身上蹭干净血迹，想了想，又替他合上了眼睛，然后，这才转头，看向那个已经在不远处蹲了好一会儿的人。

"'青龙'大人，'星君'派我们来听候您调遣。"显然，他目睹了刚才的那一幕，所以，显得特别的恭谨。

我问他："你们来了几个人？"他回答说："一共六个。如果有必要，还随时可以呼叫增援。"话音刚落，几个身影就从隐身的暗处冒了出来。加上他，不多不少，刚好六个。

我点点头，说了声"好！"，而后，看了看已经是具尸体的2号，我让他站起来，对比了下身材，和2号相差不大。于是，我指了指他，又指了指躺着的2号，让他假扮2号跟我一起回去。

计划有了个不错的开局，那么，接下来的事情，就变得相对简单了。有心算无心之下，那还剩下的六个人，解决起来，并没多大麻烦。甚至，都无须我再亲自动手了。

而后，我还做了一件在这几人看来微不足道的小事。我把那个"假冒2号"的手机要了过来。他或许是以为我要跟"摇光"汇报，所以，毫不怀疑就递给了我。而我，则如之前般故技重施，先将位置发给了"熊猫"，然后，才是发给"摇光"。之后，这手机，就被我堂而皇之地据为己有，揣进了自己的裤兜。

其实，很多事情都是这样，一旦开始做了，就无法再停手。所以，才会传下来那么多的俗语哲言：比如，"一条路走到黑"；比如，"开弓没有回头箭"……

黑夜掩盖了杀戮，海浪遮蔽了惨呼。当那艘小艇划扎海滩时，这岸上的一切都已结束。只是，那身上的血腥气，又怎能瞒过那位曾经的"青龙"？是以，刚一上岸，他的眉头就皱了起来。狐疑地看着我，问我这是怎么回事。

"还能怎么回事，有人不想大人您回来呗。"我耸了耸肩，故作轻松地说道。顺便，还朝正咧着嘴冲我傻乐的石榴挥了挥胳膊。

"怪不得把你给派来了。"静默片刻后，他释然地点头笑了。"换谁来老大估计都不会放心，所以，只有你小子最合适！"

"怎么不装个假肢？"看着他被人左右架着，在沙滩上艰难地一蹦一跳，我有些好奇地问。

"天天东躲西藏的，能保住命就不错了，哪还有工夫整那些。"他笑着说道。

"可不是吗。"石榴终于逮住机会插起了话，"林凡我跟你讲，要不是哥们儿我身手了得，你今天可就见不着我啦！现在好了，终于回来了！"

是啊，终于回来了。可马上，你就觉得，整个人都不好了啊！微不可查地轻叹了口气，我犹豫着该怎么开口，跟他说芊芊的事。

这时，冒名顶替的手下，已经把车子开了过来。扶着"青龙"坐进中间的车里后，我给那几位手下使了个眼色。然后,跟着"青龙"和石榴一起回来的三名下属,立刻就被枪顶住了脑袋,缴了械后,摁跪在了沙滩上。

这突如其来的变故,立刻让他们变了脸色。"青龙"到底是大风大浪里闯过来的,所以,此刻反而最是镇定,坐在车里,看着我,也不说话,等着我给他解释。而下意识要拔枪,却又同样被枪口指着脑袋缴了械的石榴,则满脸不可思议地看着我,问我:"这是什么意思?到底怎么回事?"

"老哥,我先跟石榴说点儿事,待会儿,再给您解释。"我没理会石榴,而是先对"青龙"说道。他点了点头,我则回了个他个微笑,而后,吩咐那几个手下说,"看好他们,我先跟他聊两句。"

"是,'青龙'大人!"这几个冒名顶替的伙计,回答得很是整齐划一。只是这一声"'青龙'大人",立刻又让"青龙"他们几个,再一次变了脸色。没错,连本来还很镇定的"青龙",那脸上的表情,也变得微妙了起来。

"你成了'青龙'?"将满脸问号的石榴拖到一边后,他迫不及待地问我,"什么时候的事?还有,你刚才是啥意思?啊?说啊!你倒是说话啊!"

望着已经被这些变故弄得失去耐性的他,我长长地吐了一口气。终归还是要赌一赌的呵,唯愿,我能听到自己想要的答案。于是,我扣住了他的肩膀,望着他的眼睛,一字一顿地告诉他:"芊、芊、出、事、了!"

"什吗?"他的眼珠子立刻就鼓圆了起来,反手抓住了我的胳膊,使劲儿地冲我吼,"林凡,你说什么?芊芊怎么了?芊芊她怎么了?啊?快告诉我!你快告诉我啊!"

"石榴,冷静点儿!"我也用双手扣住了他的肩膀,猛地一阵摇晃,"我现在告诉你,但是你必须要冷静。明白吗?"

他狠狠地吁了几口气,然后,松开了我的胳膊,点头说:"好,我明白,我会冷静。你现在告诉我,芊芊到底怎么了?到底出了什么事?"

于是,我就把从我想到芊芊会不会遇到危险,再到我去她家里找她,而她却被目前都不知道是谁的人提前接走,以及我所有的分析和猜测,还有这段时间发生在我身上的一切,一五一十地告诉了他。

"所以,车上那位,现在绝对不能让他回去。他要是回去了,那些人恼羞成怒之下,会对芊芊做什么,不用想都能知道吧?但他也不能死,他要是死了,芊芊就没有利用价值了,结果是什么,也不用说了!总之,要想救芊芊,我们就得把他握在自己手里。明白吗?"

说完,我放开了他,抱着胳膊,静静地站在一旁,静静地看着紧握着拳、埋着脑袋、身体微微颤抖着，正做着激烈思想斗争的他，等着他自己做出选择。

"你是要我背叛'天枢'吗？"好一会儿，他才抬起了头，瞪着一对已然发红的眼睛，沙哑着声音问我。"我怎么才能相信，你说的都是真的？"

"我没法证明！"我摇头，忍不住苦笑，"因为我连到底是谁带走了芊芊都不知道。但我相信，他们一定会找你。但前提是，'青龙'他还在你手上。至于'天枢'，说心里话，他确实是位好大哥。若是有得选择，我也不会去当这个'叛徒'。但是……"

说到这儿的时候，我忍不住停了下，脸上的苦笑更浓，还多了些浓浓的自嘲。"但是，在他布的这个局里，你、我，所有人，都只是棋子。你应该认识颖蓁的吧？若不是在这组织里，她那样的女人，就应该是个贤妻良母，有个幸福的家。可是，她死了。因为她触碰了组织的禁律，爱上了一个男人。好，就算她是明知故犯，死有余辜，那芊芊呢？芊芊有错吗？如果一定要说有，那她唯一的错误，就是不该遇上你，不该喜欢你，不该爱上一个宁可自己住着老旧的房子，过得清苦一点儿，也不愿为了给她买个大房子，而让工作变得更辛苦的石榴哥哥。"

石榴的脑袋又垂了下去，身体颤抖的比上次更加厉害。而我却没打算就此放过他，于是，我接着说道："要说该死，你、我、'天枢''摇光'等等，哪一个不该死？哪一个又不是罪有应得？可芊芊呢？她有多善良，你比我更清楚、更明白吧？就因为遇上了你，喜欢上了你，她也变得'罪有应得'了吗？若是我不认识你石榴，不认识她芊芊，或者说，我压根儿就不知道她被人绑走的事，那我可以心安理得地继续这样的生活。可以甘愿给'天枢'当一颗棋子，去替他到'摇光'那里卧底，去帮他清理门户。可偏偏，我知道了，所以，我做不到眼睁睁看着她死。否则，我这一辈子，再也别想心安。而你呢，石榴，你告诉我，你能心安理得吗？"

叹了口气，我又按住了他的肩膀，接着说道："知道为什么我要答应跟'摇光'做交易吗？因为那王八蛋拿着我父母，还有我喜欢的女孩子的照片来威胁我。而现在，那边那几位，其实都是'摇光'派来的人。至于真正的那七个'心宿'，这会儿，尸体都已经凉透了。所以，不管你愿不愿意，事情我已经做了。'开弓没有回头箭'，就只能'一条道走到黑'了。你不想背个叛徒的骂名，没关系，我能理解。毕竟，'刺秦'把你从小养大，对你来说，就跟家一样。但我不同，我有父母、有喜欢的人，我不怕死，但我却害怕有人用他们的安危来要挟我、对付我。所以，怎么做，选择权在你。但无论你怎么选，'青龙'我肯定不会放他走。在你们上岸之前，我就已经让他们把消息放出去了，告诉所有人你已把'青龙'控制住了。至于为什么，你应该明白：因为只有这样，才能保证芊芊的安全。我相信，很快，那些人就会主动找上门来的。

"好了，该说的、不该说的，都已经说了。你自己好好考虑吧。我会给你留辆车，你想去哪，自己决定。如果，我是说如果，你想救芊芊，那么，除了你、我、'青龙'，这里剩下的人，一个都不能留。除非，你敢保证，跟你一起回来的那三个，都能跟你一条心。"拍了拍他的肩膀后，我终于结束了这次谈话。这估计是我这辈子，一次性说话最多的一次了吧？以致连我自己都不太敢相信，我居然还会有这么能说的时候。

往回走的时候，我其实一直竖着耳朵，留意着石榴的动静。虽然他的枪被收了，可别忘了，这家伙玩得最溜的其实是刀。虽说是在赌一个可能，但我也不能不防着他脑袋抽筋，突然背后给我来上一刀什么的。

"等等！"石榴已经完全嘶哑的声音从后面传来，停住步子，还没回头，就听见他接下来的话，与有些蹒跚的脚步，一起响起——"我跟你走！"

呼……我长吁了一口气，心头一块大石安然落地。总算是赌赢了，我那一番口水，总算没有白费。于是，我问他："想好了？"

"想好了！我要救芊芊！"他重重地点头回答。

"那他们……"我望了望车子边儿上的那些人，再扭头看向他。

他先是闭上了眼睛，脸上满是痛苦的挣扎。随后，他猛地睁开了眼，从齿缝中挤出了杀气凛凛的几个字——"一个不留！"

"好！"我点点头，"怎么做，你说！"

"嗯！"他又是重重地一点头，"我杀人，你补漏！"这一刻，这气势，那个纵横捭阖的金牌杀手，又回来了。

当然，我们毕竟只有两个人，所以，要对付他们，还是要讲点策略的。什么样的策略最好用，自然还是有心算无心。故而，走回去之后，我一语不发，直接就从离我最近的人手里夺过了枪，在他们一脸的惊疑中，"啪！啪！啪！"连开了三枪，将那三个原本被枪指着跪在地上的人，全都爆了头。

趁着他们面面相觑犯愣的当儿，石榴动了。一溜寒光自他手中亮起，而后翻飞，划断了一个个反应不及的脖颈。如此近的距离，对于高手来说，枪械，远不如短刀来得好使、高效。即便是有那反应过来的人，仓皇地举起枪，可也没机会扣下扳机。因为，旁边还站着个补漏的我。

"本是同根生，相煎何太急？"望着这一地的尸体，"青龙"居然没有问我们这是为什么，而是念出了这句诗。言下之意，无非就是，都是同门，何至于此？

"对不住了老哥，我们，没得选！"说完，我替他关上了车门，再绕到另一侧上了车。

而石榴，则钻进了驾驶室，当起了司机。马达的轰鸣声中，车子轻轻一颤，开始驶离这片萦绕着血腥气的海滩，驶向了前方依旧被黑暗笼罩着的前路。

第五十二章　自我救赎

车上的气氛很沉闷，因为，没有人开口说话。

"现在，可以告诉我原因了吧？"许久，"青龙"才开口打破了这沉默。

我点点头，又讲了一次前因后果。

"所以，就是为了救那个叫芊芊的姑娘？"听完之后，他似乎并没多少愤怒，而是略感奇怪地问我，"若是石榴这样做，倒无可厚非。可你呢，林凡，你是为了什么？是为了兄弟两肋插刀？还是说，仅仅是不忍心？"

"也是，也不是！"我不置可否地答道。想了想，又补充了一句说："其实，我只是想求个心安，不知道你信不信？"

"求心安吗？"他轻轻地念了声，眯起了眼睛，若有所思。而后，又突然问我，"准备怎么处置他？就这么把他交出去，换芊芊回来？是不是太天真了点儿？就不怕把他交出去了，结果，人也换不回来？甚至，换回来的，可能只是具尸体？"

他这话明显触到了石榴最担心的痛处，是以话音还没落，车子就在刺耳的刹车声中，猛地往前一栽，巨大的惯性，让坐在后座的我和"青龙"，齐齐撞上了前方的椅背。

意识到自己说错了话，"青龙"说了声"抱歉"，而后，就干脆闭上了眼睛，假寐起来。仿佛，一副认命了的样子。石榴也没吭声，重新启动车子后，就只是板着张脸开车。

如此一来，这车里的气氛，就变得更加的沉闷。而与这车里的沉闷相比，外面的"刺秦"，想必，已经如同炸锅一般热闹了吧？我手上拿着那部原本属于别人的手机，目前为止，它还没有任何动静。但我相信，等不了多久，它一定就会响起来。

只不过，谁会第一个找过来，就不是我能猜到的了。但如果要我选的话，我希望是陆云巍。因为只有他，才是我真正可以相信的人。哪怕，对于他来说，我同样也只是一颗棋子，但终归，意义是不一样的。说不定，这只狐狸，现在正被我气得牙痒痒来着。毕竟，原本好好的，按部就班的计划，被我这随机应变的一搅和，全搅成了一团乱麻。所以，如何收网、善后、不让苦心经营许久的计划落空，就只能看他这把刀，够不够锋利，斩不斩得断这乱麻一般的局面了。

可惜，我的愿望落空了，因为，第一个打来电话的人，是"摇光"。

所以，这电话只能让石榴来接。倒不是我想撇清关系，而是，这样才能迷惑住绑架了芊芊的人。因为，除了那个人和我们车上这三个，别人都不会想到，石榴劫持"青龙"，只是为了换回芊芊。

其实，本来可以问旁边这位假寐的大叔，那个人是谁的。毕竟，他都为此丢了一条腿了。只不过，他心里自然也清楚，我们若把他交出去，他肯定就是个死。于他而言，尽可能地拖延时间，是他目前唯一有可能得救的办法。所以，他自然不会告诉我们，即便是说了，我们也不敢信。

当电话又一次响起，而且是个陌生的号码时，我知道，正主儿终于来了。

果然，那个显然改变了声音的主儿，张口的第一句话就是，"想要保住这姑娘的命，就把'青龙'带去指定的地方。"而且，他还警告说，"不想这瞎子姑娘身上再少点儿别的东西的话，你们最好老实点儿，别耍什么花招。否则，这姑娘虽然是个瞎子，但还是挺诱人的，我可不保证，会不会发生点儿什么你们不愿看到的事情来。"

受制于人，放狠话什么的，除了让对方更加得意之外，并没什么实际意义，反倒还可能累及在他们手中的芊芊。所以，石榴很耐心地听人说完，而后对那边说："让我跟芊芊说两句话。"

电话里安静了一下，少顷，又传来了脚步声，再一会儿，隐约听见一个女性的声音在问，"是石榴哥哥来电话了吗？"接着，一声柔柔的、怯怯的"喂"，便从电话里响起，带着哭音问，"石榴哥哥，是你吗？"

我看见石榴在用力地点头，一边点头，一边语无伦次地说着"是是是，对对对，是我，是我。芊芊别怕，我马上来接你，马上就来。"

随即，芊芊的声音又变得模糊和遥远，可那断断续续的哭泣，却一下下地抓挠着人心。连我都尚且如此感觉，更何况石榴？于是，当电话那头又响起那个变调的声音，问他想好了没时，石榴就只回答了一个字："好！"

至此，我的整个谋划，算是成功了一半了。而剩下的一半，就得看陆云巍已经准备到了哪一步。但愿，不要再出什么变故才好。

如是想着，我心里却有了隐隐的不安。因为，郑建军居然没有打来电话质问。既然连那个神秘人都知道这个电话了，没理由他不会不知道。我、石榴、"青龙"，这本应该是他计划里最万无一失的一环,却偏偏出了最大的纰漏,他又怎么可能不闻不问?

所以,这里头一定有问题!可问题在哪儿?究竟又是什么问题?无从猜测,我想不出答案。正为此纠结的时候,手机又一次响了起来。而这一次,终于是陆云巍发来了信息。

信息不长,就给了一个地址。而末尾,则是四个字,"万事俱备"。

万事俱备,所以,只欠东风?无疑,我们车上的这三人,就是他要等的东风。于是,我把先前那个神秘人给的地址发给了他。虽说,按照通常的做法,交换的地点,会更改许多次。但对方既然给出了这个地址,不管真假,总是要去探一探的。

说完这个之后,我又跟他提了对于郑建军反常行为的担忧。毕竟,这是头真正的老狐狸,任何一点儿对他的轻视和侥幸,恐怕,都会带来无法承受的后果。

"放心,他现在,恐怕顾不上你。"针对我的担忧,他如此回道。

我问他这是什么意思,没想到他却卖起了关子,让我猜猜他们抓住了谁。嗯?我的眼睛忍不住瞪了起来。陆云巍他们,已经动手了吗?而且,还抓到了活的?可是,到底是谁被捉住了,才会导致郑建军顾不上理会我们这边?

"红颜祸水!"终于,在我差点儿忍不住直接敲电话过去骂他的时候,已经过足了吊人胃口瘾的陆云巍,给我发来了这四个字。

"朱雀"?怎么会是她?她可是"刺秦"的情报头子啊,怎么会这么容易就被抓住?你要说是抓到了余文龙,我都不会感到怀疑。可偏偏,你陆云巍却跟我说抓到是"朱雀"。这简直太让人难以置信了!

照理说,"朱雀"被抓了,我应该觉得大松口气才对吧?可不知为什么,我心里升起来的,却是一股说不清道不明的惋惜。就好像,我内心深处,其实并不希望她会被抓一样。

"你在跟谁发信息?"石榴突然间的问话,让我警醒过来。刚刚跟陆云巍的消息往来太频繁了。而现在的石榴,本就处于极度敏感的状态,所以,自然会引起他的警觉。

偏偏,"青龙"在这时突然又插嘴问我,"林凡,你到底是谁的人?"

而听到这话的石榴,立刻就将车子减速,再缓缓地靠在了路边。而后,他从前排座椅之间的空当里探出身,定定地看着我。"手机给我!"他将手伸向了我,用一种不容拒绝的语气对我说道。

没有犹豫,我直接把手机递给了他。他翻看了两下,又问我,"信息呢?"

"删了!"我老老实实地回道。

"下车!"说着,他打开车门,率先走了下去。

这是……要跟我好好聊聊？扫了一眼旁边的"青龙"，用眼神警告他安分点儿后，我也推门下车，走到了石榴旁边。

"林凡，拿我当兄弟，就跟我说实话。你刚才一直在跟谁联系，你究竟是什么人？"石榴用冷冷的眼神盯着我。

要摊牌吗？要告诉他我的真实身份么？反正，都已经走到这一步了，再继续藏着掖着，似乎也没多大必要，早晚，他终归会知道的。于是，我轻轻吁了口气，对他说："其实，我真的是个卧底。不过，派我来的人，是丹商的有关部门。"

他默默地听我说完，又沉默了好一会儿，才说道："所以，你的任务，就是消灭'刺秦'，消灭我们，是吗？"我点头承认。这是事实，没什么好遮掩的。

"你走吧！"忽然，他这么说了句。

"什么？"疑心听错，我下意识地问。

"我说，让你走！之前你为了我和芊芊做的一切，我很感激。但接下来的事情，我自己处理！所以，你走吧！我会记得我有个兄弟叫'林凡'，但是，不是你！"说完，他便转身，朝着车子走去。我想拉住他，却被他反手亮出的刀光拦住。拉开车门上车的瞬间，他猛地回头，一字一顿地对我说道："别、让、我、再、见、到、你！"

这是过河拆桥么？望着那呼啸着扬长而去的汽车，我呆立当场，随即，摇着脑袋苦笑。这叫什么事儿啊？跟我所设想的完全不一样了啊！

我急忙准备联系陆云巍，可一掏口袋，又忍不住苦笑了起来。石榴这家伙，没把手机还给我！

对于这世上绝大多数的人来说，这个夜晚，跟以往的任何一天，并没有什么不同。可对于我，对于石榴、对于芊芊、对于郑建军、对于"摇光"、对于"朱雀"……对于所有身处那滩浑水、那个漩涡中的人来说，这个夜晚，却刻骨铭心，永生难忘。哦，不对，不能忘的，其实只是我而已。也不对，应该是，只剩下我。

原本，按照郑建军的布局，这个夜晚，即便是会流血，会有纷争，但也能控制在一定的范围内。可正是因为我，才使得他那几乎完美的布局落空，让原本极力克制着冲突的各方，最终变成了同门之间，你死我活的火拼，再无转圜的可能。

而杀戮，一旦有人开了头，便会像瘟疫一样传染。只要还有敌人活着，那仇恨就会一直蔓延下去，直到，一方被另一方，彻底消灭。因为，一旦拉开了弓，放出了箭，那箭，就再也回不了头了。

或许，这也是一种因果吧。杀人者，人恒杀之，天理循环，报应不爽的因果。就跟"雪崩到来时,没有一片雪花是无辜的"一个道理。只是,那毕竟是一条条鲜活的生命啊。而这个血色之夜,又将会有多少人,不甘地倒在这场被我引来的杀戮里?

没错,那个夜里,第一个挥刀杀人的我,就是这瘟疫的源头,是这杀戮之夜的始作俑者,是要毁掉"刺秦"的刽子手。

而"刺秦",纵使有千般不好,万般罪过,但对于石榴、对于"朱雀",对于所有自幼便在其中长大的孤儿来说,它,始终是家一样的存在。而我呢,我这个卧底,却要毁了他们的家。所以,石榴当时只是把我扔在了路边,而没有直接杀了我,已经算是念着情义,手下留情了吧?

原计划的"策反"石榴算是失败了,可说实话,我并没觉得有多遗憾。惋惜是有,可更多的,反而是种说不出原因的欣慰或者说钦佩。因为,这才应该是个有血性、讲道义的人应该有的样子吧?

故而,不管他是想单枪匹马地去救芊芊,不愿再与我有任何瓜葛;还是直接向郑建军坦白一切,对我来说,其实都没多大区别了。骰子已经掷下,只要身处这漩涡中的人,都无法再选择重来,都只有像棋盘上过河的小卒一般,一直向前、向前、再向前。要么生、要么死!

是以,当我好不容易搞到台车,赶到陆云巍给出的汇合点时,我才得知,在陆云巍他们精确地打击和诱导下,"刺秦"内本就素有嫌隙的几方,早已打得不可开交了。尤其是,陆云巍这边下手又快又准,直接抓住了"朱雀"。这一下,无异于瞬间点燃了火药桶。于是,一场混乱的内战,在各方都没完全做好思想准备的时候开始了。

都觉得自己是被冤枉的,一旦受到攻击,有了伤亡,那心头的怨气,自然就会更大。报复起来,也就更加的凶狠,如此便成了恶性循环。郑建军今晚派出来接应"青龙"以及故布疑阵、外加暗中埋伏的队伍,少说也有十来队。而相应的,"摇光""天机"这两派,至少也会派出差不多数量的人手去暗中盯防。

也就是说,今晚这局势,本来就在一个很微妙脆弱的平衡点上。"刺秦"内的派系平衡,实际上一直就是跟这般差不多的勉力维持。不然,各派之间,又岂会有如此多的积怨?长年累月积压下来的公愤抑或私仇,一旦被激发出来,就不再是首领们说罢手就能罢手的。更何况,还有陆云巍在暗中盯着。想要停手,也得他老陆答应才行啊。

所以,但凡他们中的某一方,察觉到情况不太对劲儿,想要呼吁罢手休战的时候,"暗影",也就是陆云巍投入到这次行动中的力量,就会立刻出手,各打五十大板,重又把局面推入互相猜忌的混乱之中。

而能做到这一切,陆云巍说,主要得益于我所搜集的信息。不然,"四灵""二十八宿"

这众多有着正当掩饰身份的堂口和据点，又哪是这么容易掌握的。更遑论，他们这山头派系之间的恩怨情仇。

他还说，要说收网啊，其实早就可以收网了。只不过，老头子们都觉得稳妥点儿更好，以最小的代价获胜就更好。毕竟，"鹬蚌相争，渔翁得利"嘛。不过，现在也不错，无非就是要多费点儿力气罢了。

"所以啊，现在嘛，其实已经没你小子啥事了。就安心在这儿待着，抽烟、喝酒、睡觉什么的都行，等着一切结束，就可以收拾东西回家了。"

这算是对我的保护吗？自嘲地笑了笑，我摇头，拒绝了他这个提议。事情自我的卧底开始，那么，我也希望从我手上结束。即便只是亲眼看着结束，也比坐在这屋子里枯等强。

于是我问他，石榴去了哪儿。之所以会这么问，是因为我相信，他们不可能不对那部手机进行跟踪定位。

"怎么，你要去？救那个盲人姑娘？"他连续用了两个问句，而我，自然是肯定地点头。我说："是的，或许其他人都该死，可唯独，她不该。不救，我心不安。"

"不对！"他摇着头，眼睛牢牢地锁住我说："你没说实话。这理由，不能说服我。"

"还记得，你让我开枪，打中的那个女孩子吗？"微仰起头，我闭上了眼睛，问他，也是在问自己。"芊芊，让我想起了那个我连名字都不知道的女孩子。同样的无辜，可我，却因为你的一句'开枪！'，真的开了枪。"

许久，我才听见他叹着气说了声，"好吧！我同意你去。"然后，他告诉了我他所掌握的情况。他说，"石榴已经连着换了好几个地点了。尤其是，几方开打后，石榴的定位信号，更是像小孩子涂鸦一般，在地图上胡乱地画着圈。"

也就是说，虽然被他半道扔下，使得我耽搁了许久，但到目前为止，他还没能见到芊芊。我现在赶过去的话，并不晚。

而后，他让人调出了那部手机最新的定位地点，居然在龙门滩，与之前"青龙"上岸的海湾相比，都是紧靠海边，刚好一个东、一个西。所以，那些人，是打算跑路？如果是，那对他们来说，"青龙"交不交换，岂不是都变得无所谓了？

不好！这下不仅芊芊有危险，石榴带着"青龙"这样送上门去，跟送死有啥区别！电子地图上，代表手机位置的蓝点还在移动，这就说明，石榴他们目前还没跟对方碰头。所以，抓紧点儿时间的话，应该来得及。

但是，从本岛赶到龙门滩，开车过去，肯定来不及了。于是，我回头望着陆云巍，提了个近乎无理的要求，"派直升机送我过去！"

陆云巍盯着我看了两秒，而我，也毫不退让地与他对视。然后，我看着他抽了抽嘴角，然后转身，按下了控制台上的通话器，火气腾腾地吼：“原铁森，带上你的小队，再带上文墨尘这混账玩意儿去海湾基地，再坐直升机去救人，听明白没有？"

"明白！"通话器里传来一声响亮的回答。

我喏嚅着嘴唇，正想跟他道个谢，说声"麻烦了"。不料，这家伙就已经扭过了头来，瞪着我，鼻息哼哼地骂：“不是着急得要飞么？还跟木头似的杵这儿干啥？还不快滚？赶紧滚！滚滚滚！看见你就来气！"

一边说着，他还一边拿手往外使劲儿扇。那架势，好像真不待见我一样。很认真地说了声"谢谢"，我正要转身离开，却听见他突然说道：“那个姑娘，还活着！"

"我知道！"停住脚，我回答他，"但是，我开了枪！对一个无辜的人开了枪。"说完，我头也不回地离开，不再理会他那明显的欲言又止。

其实，那件事情过后，我就仔细地想过，这里面，肯定另有文章。因为，时间太过凑巧了。我前脚刚答应他，紧跟着，就出了那么起恶性的人质劫持案件。天底下，哪有那么碰巧的事儿？

虽然，出于种种原因，陆云巍或许永远不会告诉我真相，但我却知道，无论是那些匪徒，还是那个成为人质的姑娘，应该，都出自他的安排。

那个拿着女孩子挡前面当盾牌的匪徒，自然是死了，这点我很确定。因为，子弹是从我的枪口里射出去的。开枪之前，我就计算过，弹头会贴着那女孩子左锁骨的下沿，从肋骨的缝隙间穿过，那个距离上，弹头的初速足够，翻滚和形变都会很小，更不会形成太大的空腔。所以，只要抢救及时，就不会致命。至于那名匪徒，那枚从女孩子身上贯穿而过的弹头，刚好会打爆他的心脏。除非他是那种万中无一的"右心人"，否则，绝无活命的可能。

当年的那一枪，不管是出于自愿还是被迫，最后的结果，就是改变了我的整个人生。从那一刻起，我就不再是当初那个简单而纯粹的战士。

或许，这些都是作为一个卧底要学会面对的。但偏偏，我却因此丢掉了自己最重要的东西，那颗纯粹的心。所以，这些年来，哪怕是笑得最开心的时候，内心的深处，其实，都从不曾真正的快乐过。

那一枪，那一朵在白色连衣裙上绽放的血花，那个软软倒下的身影，早已成为了我心中，无法驱除的心魔。所以，我才迫切地想要去救芊芊，不仅仅是为了救她，也是为了救我自己。

然而最终，我们还是到得晚了些！等我和原铁森的小队，赶到龙门滩的海边时，那个善良的盲人姑娘，已经浑身是血地躺在了石榴的怀里。而石榴的身上，几个恐怖的血洞，正汩汩地渗冒着殷红的血液。

他用左手,紧紧将芊芊已经闭上眼睛的身体搂在怀里,而右手中,则握着那把滴血的短刀。当看到我朝他走去,他费力地撑开眼睛,想要咧开嘴对我笑笑,可从他嘴里涌出来的,却是一大团一大团暗红色的血。

"'开阳',别让他跑了!别让他……跑……"他用最后的力气抬起手,指了指那海滩上歪歪扭扭延伸出去的血痕。然后,他低下头,最后看了眼那如同熟睡了的姑娘,淌着血的嘴角又咧了咧,勾出了一抹温柔的微笑。

我看着他的头慢慢地耷拉了下去,埋在了他心爱的姑娘肩头。然后,两个紧紧连着的身影,慢慢地倒下,在这黎明前的海滩上,在大海连绵的涛声中,一起陷入了永恒的安眠。

原来,那个人是"开阳"么?

站起身,我看了看那条逃命的血路,又回头望了望那如同相拥而眠的两个人,嘴角勾起了一抹讥嘲的冷笑。然后,我默默地对他说:"石榴,你放心吧,他跑不掉的!我一定会把他拖到你面前,然后,宰了他!"既然命中注定不让我完成自我的救赎,那么,心头的那只恶魔,放出来,又有何妨?

第五十三章　守望黎明

很快,肚子上有条深深刀口的"开阳",就被原铁森给拽了回来。

"是你?"他先是很惊讶,而后,明显是察觉到了我那浓浓的杀意,他居然打了个哆嗦。然后,他开始哀求,求我放了他,"你想要多少钱,我都可以给你。""只要你放我走,只要我有的,你想要什么我都给你。"

我点点头:"好啊!只要你肯给就行!"

他显然没想到我会答应得这么痛快,愣了愣之后,立马就变得喜形于色。一边捂着还在淌血的肚子呻吟,一边使劲儿地点头说:"给!肯定给!这样,你给我个账号,我马上转账给你。一千,不,两千万,怎么样?我外岛的房产也可以全部给你,等我到了国外,马上就让律师来跟你办转赠手续……"

"不不不!不用那么多!"我竖起食指,轻轻冲他摇了摇,"我只要一件东西就够了!"

他又愣住了，然后问我："你到底想要什么？"

"你的命啊！"我笑了起来，咧着嘴，笑得很开心。一字一顿地对他说："我、只、要、这、一、样、就、够、了！"

"啊……你……"终于明白我是在戏耍他，他哆嗦着说不出话来。转身想要跑，却被原铁森一记铁脚给掼倒在了沙地上。

"说吧，为什么这么做？把你知道的都说出来，我可以答应你，给你个痛快。否则……"我在他身前蹲了下来，右手拈着石榴那把短刀，小小地挽了两个刀花后，将冰凉的锋刃，搁在了他因惊恐而抽搐颤抖着的脸皮上。"'白虎堂'里那些刑具，想必'开阳'大人您不陌生吧？不过，放心，那些手段我不会。但别的法子，我还是学过一些的。不过，就是没怎么用过，不太熟。大人您要是不介意的话，我刚好能用您练练手。您觉得呢？"

说完，我就将那把刀在他脸上来回轻轻地拖动。没割破他半点儿油皮，但刀刃在皮肤上移动时，那细碎的摩擦声，却足以让他恐惧到不敢有丝毫动弹。突然，空气中多了一股子臊味儿，再一看，我忍不住笑了起来。堂堂"北斗星君"之一的"开阳"，居然被一把放在脸皮上的刀片吓尿了。若不是亲眼看到，我还真是不敢相信。

有句话说：生死之间有大恐怖。所以，不是每个人，在面对死亡，甚至被虐杀的威胁时，都能做到怡然无惧，笑对生死。所以，没再怎么恫吓他，也没有真个儿的动刑，他就因为心理防线的崩溃，一五一十地招了。

郑建军会被捕，是他向丹商透露的消息，因为他想让郑建军死，自己一系成为"刺秦"的主导；而"青龙"出事，同样也是他做的。不做不行，因为"青龙"一直在暗中调查，是谁泄露了郑建军的行踪，导致其被捕。眼看着，"青龙"已经把怀疑的矛头指向了他，为了自保，他只好先下手为强。只是没想到，"青龙"命大，居然能逃出升天。再然后，自然是绑走芊芊，要挟石榴。

而他之所以会这么做的原因，说起来可笑，但又特别的真实。因为，他怕死。怕死的同时，又贪图现有的豪奢生活。所以，他才会和"摇光"成为一党。但"摇光"做事的原则和底线，那就是以"刺秦"的利益出发。而"开阳"呢，则是一切从自己的利益出发。

所以，这所有的事，"摇光"并不知道。而偏偏，"摇光"的行事作风，又是最容易被人怀疑成凶手的。于是，他这个真正的凶手，反而被所有人所忽视，安全地躲在了"摇光"背后，继续搅风搅雨。

同时，但凡贪生怕死的人，对危险的敏感性，也特别的高。故而，他其实一早就做好了跑路的准备。只要"青龙"一回来，就是他逃之夭夭的时刻。但他没想到的是，石榴居然会如此地配合他，将"青龙"给"劫持"了。

说白了，不管石榴将不将"青龙"交给他，他都不会让芊芊继续活着。包括石榴、包括"青龙"，只要出现在他眼前了，都得死。所以，"青龙"呢？我这才想起，还没找到那位中年大叔的尸体。

但很快，原铁森的队员就汇报说："尸体找到了。在海边的悬崖下。而且，还有一具尸体，跟他纠缠在一块。应该是被他拖住，一起跳的崖。这大叔，也是个狠人啊！"

终于，所有的谜底都解开了。只是，却感觉不到丝毫的如释重负。右手猛地向后一拉，锋利的刀刃，就在"开阳"的脖子上拉出了一道细细的红线。而后，红线开始变粗变大，喷射而出的血液，居然在脖颈上空，形成了一片血瀑。

"开阳"捂着脖子，嘴里发出绝望的"嗬嗬"声，瞪到了极致的眼睛，翻出了大片大片的眼白。看着那具在沙地上翻滚扭曲的身体，渐渐地归于平静，最终不再动弹。我重重地吐出了一口气，将那边短刀，重新放回了石榴手边。

"要是，当时你不赶我下车，结果会不会不一样？"我在心里轻轻地问他，可惜，却永远得不到答案。

"回吧！"原铁森走到了我身边，稍微拖长的尾音里，也带着股郁郁的叹息。

"嗯！"我轻轻地点了点头，同样忍不住拖出了个低八度的长音，"回吧！"

"他们，怎么处理？留给警察？"他指了指这些尸体，问我。

"帮我把芊芊和石榴带回去吧，回头，我给他俩找块墓地，把他们合葬在一起，我想，这应该也是他们的心愿吧。哦，对了，还有那个大叔，也一起带回去吧，他应该，是想回到那山里去的。"

"行，好吧！我来安排。"

"谢了！"向他道了声谢，我又忽然想到了郑建军和余文龙，他们，现在怎么样了？于是，我又问他："那边现在怎么样了，能不能问到消息？"

"稍等，我帮你问问。"他爽快地应了句，而后，开始在指挥终端里查询。

很快，他就把查到的信息，转述给了我。

这场战斗，或者说"收网行动"，进行到现在，已经基本接近尾声了。除了还有零星的敌人在负隅顽抗之外，绝大部分，都已经被俘或者被消灭。尤其是"北斗""四灵"这些高层，现在，也只剩下三五个还没落网。而这没落网的人里头，恰好就是我刚刚还在想的郑建军、余文龙以及"摇光"。前方传回来的消息里说，这些残余的人已经聚集在了一起，正往山里逃窜。由于这些残敌已经联合了起来,故而,正在从各个作战队伍抽调人手,组织追击。

往山里逃,那么,很明显,郑建军他们要去的地方,就是"星庭"。仗打到现在,他们应该已经明白,是在跟谁作战。逃出升天,显然是不可能的。所以,他们其实并不是真的逃亡,而是,准备退守"刺秦"的"祖师堂",在那里,在"刺秦"的列祖列宗面前,殊死一战。

所以,我也应该去,去送郑建军他们最后一程。而且,还得抓紧点儿时间,毕竟从这海边赶过去,还有很长一段路。不快点儿的话,或许,就来不及了。

今天,已经有一次来不及了,我不想再来第二次。然而,等我火急火燎地赶到的时候,实际上,我还是来晚了一步。

"星庭",这个原本被大山环抱、古朴安静的院落,此时,已经变成了遍地瓦砾、残垣断壁的修罗场。到处都是激烈交火留下的痕迹,鲜血、尸体,或者残肢断臂。

对于这庭院里剩下的人来说,这是一场没有退路的战斗。这里是他们的"祖师堂",是他们的根。这里没有了,那"刺秦"也就没有了。如果这里保不住,那么,就干脆一起烟消云散吧。

正是因为如此,这场仗,交战的双方,都打得很苦、很残酷,都是在拿人命换人命。但在绝对压倒的实力面前,再多么坚强的抵抗,也终有崩溃的时候。所以当我赶到时,战斗实际上已经结束了。偶尔有零星的枪声响起,但旋即又归于沉寂,这代表着又有一个负隅顽抗者被消灭。

在那间供着祖宗牌位的祠堂里,我看到了郑建军。不仅是他,余文龙和"摇光"也在这里。只是,余文龙已经闭上了眼,而"摇光",也仅剩下半口气。见到我进来,他的眼珠子,在少掉一块镜片的眼镜下动了动。嘴唇也微微地颤动了两下,似乎想说什么,可除了从嘴角溢出的暗红色血液外,却发不出一个音节。

于是,他笑了起来,仿佛认命之后的洒脱。可白色的牙、再混上红色的血,又让这笑容,看似洒脱的从容里,多出了几分狰狞,还有些许瘆人。

而郑建军,他就在香案前,在那一块块牌位下面跪着,对于身后涌进来的脚步,仿佛充耳不闻,更遑论回头。

我缓缓走过去,站在了他的身侧,还没想好怎么说,他却先开了口。"是不是该先上炷香?"他轻轻地说道,像是询问,实则提醒,依旧没抬头。

默然片刻,我回了一声"好!",而后,取来三炷香,凑在烛火上点燃,扇灭火苗,再轻轻插进香炉。做完这一切后,我又走回他旁边,盘腿坐了下来。

这一次,还是他先开口问我:"还有什么想问的没有?"

摇了摇头，我说："没有。不过，倒是有一点儿想不太明白，为什么你这么聪明的人，会去相信，甚至是坚持，那明显不切实际的东西？"

他笑了起来，终于将目光转向了我。他说："再聪明的人，也有糊涂的时候。"不过，他并不认为自己那是糊涂。他说："其实也知道，一直都知道，对于'刺秦'这样的黑道杀手组织来说，'摇光'的选择才是最正确的。哪怕是像'天玑'他们那样混吃等死，'刺秦'只要自己不去作死，就能一直存在下去。

"可是，林凡，哦，不对，现在该叫你文墨尘才对。你知道'刺秦'是怎么来的，知道它为何叫'刺秦'。可现在呢，现在的'刺秦'，还是'刺秦'吗？"

然后，他忽然吟起了诗：

赵客缦胡缨，吴钩霜雪明。

银鞍照白马，飒沓如流星。

十步杀一人，千里不留行。

事了拂衣去，深藏身与名。

………

这才是他心目中的"刺秦"吧？所以，他才会一直始终坚持着已经"过时"的道义。所以，他才会想要去试一试"天诛"，去刺醒一下这世道人心。明知不可为而欲为之。

我默默地听着，觉得自己已经明白了他的意思了。而他，随着诗行越吟诵到最后，声音就变得越发低沉、缓慢，甚至，还颤抖着，几乎难以为继。

"纵死侠骨香，不惭世上英……谁能书阁下，白首……太玄经。"终于，他艰难地念完了最后一句。然后，他看着我，咧着嘴，露出了个不知该如何形容的笑。

"墨尘！"猛地，他抓住了我的胳膊，抓得很紧、很用力，几乎要扣进我的肉里，而他的呼吸，也变得越发的粗壮急促。"天快亮了吧？"他吃力地问我，"明天，一定会比今天好吧？"

"嗯！"我重重地点头，"马上就要天亮了。明天，也一定会更好！"

我扶着他的肩膀，一边回答他，一边狠狠地吸着鼻子，努力不让眼泪从眼眶里滑出来。因为，我看到了他左胸上，插着把直没刀柄的短刀。无声无息流出的血液，已经将他的上身，洇湿了一大片。

"那就好！"他又笑了起来，费力地抬了抬头，朝门口处的"摇光"和余文龙望了一眼，然后，又任脑袋落回我的臂弯，勉力地睁着眼说："帮大哥个忙，回头，把我跟他们放一块儿。"

我颤抖着点头，颤抖着说"好！"，眼泪，终于忍不住滚出了眼眶。

"走啦！"短短的两个字，仿佛一声轻轻的叹息。叹息声落，他原本紧紧扣住我臂膀的手，便已然松开，无力地垂落在了身侧。

他走了，就在说出"走啦"两字的瞬间，便已经闭上了眼。他的脸上，还挂着解脱般的微笑，似乎在这最后一刻，对所有的一切都已释然。而我，则呆呆地跌坐着，抱着他渐渐冰凉的身躯，泪流满面。

"星庭"，后山。走进这片"刺秦"的墓园时，需要安葬于此的尸体，又多了两具：一个是何老，而另一个，则是那个哑巴花匠。

当我带着郑建军的遗体进入后院时，何老，我这位名义上的师父，已经斜靠在他那张老藤椅里，没有了呼吸。而哑巴，则用愤怒的目光看着我，然后，"啊啊啊"地大叫着，挥着那把硕大的剪刀，朝我扑了过来，根本无视那些指着他的枪口。

"别……"我只来得及喊出了一个"别"，清脆的枪声，就将还没出口的"开枪"变得毫无意义。时间的流逝，仿佛在那一刻突然变慢，以致我能清楚地看见，哑巴的前胸绽出了几朵凄厉的血花。然后，他原本前扑的身子，倒飞了起来，再又重重地砸回地上，摔倒在了他最喜欢的那棵月季前。殷红的血从他倒地的身体下泅开，转眼间，就浸湿了月季树下的泥土。

从他身旁经过时，我俯下身，轻轻地帮他合上了眼睛。然后，我来到了那张老旧的藤椅前，看着那个仿佛睡着了一般的老人。他的脸色居然出奇的红润，只是，已经不再起伏的胸膛，却宣示着生命早已离这位老人远去。他的嘴角，还挂着尚未干涸的血迹，再加上这红润的脸色，显然是服用了某种毒药。

想来，在"星庭"被攻入的那一刻，他就存了死志了吧？就像在祠堂的香案前，一边吟诗，一边将匕首一寸寸扎进自己心脏的郑建军。

至此，"刺秦"，就算是成为历史了吧？而我这只飞出来了许久的"云雀"，是不是就可以归巢？

忽然，有只手从旁边搭上了我的肩头。转头一看，原来是不知什么时候进来的陆云巍。"结束了！"他的巴掌在我的肩膀上用力按了按。那声音里，满是如释重负的感慨，却没多少战斗胜利后的喜悦。

"是啊，结束了！都结束了！"我也跟着轻叹。只是不知为何，明明算是从此解脱，心里却偏偏觉得无比彷徨，不知道这以后，该去往何方。

"出去转转吧，想去哪儿就去哪儿，就当散散心！"他拍了拍我的肩膀说，"我知道你现在心里很不好受。我也是过来人，所以，更能感同身受。但没办法，身为军人，从穿上军装的那一天起，就注定我们会付出很多、承受许多、失去很多。这是军人的宿命，至少，对丹商军人来说，就是如此。因为有些事情，总得有人去做。所以，好好休息阵子吧。什么时候歇够了，想通了，就回来找我！"

点点头，我说："好，等安葬了他们，我就出去走走、转转，权当又给自己，放一个长假。"

"嗯！"他也点了点头说，"应该的！即便他们生前再有什么罪过，死了，也就翻过去了。所以，就让他们入土为安吧！"

于是，我和他，就站在那后山的墓园里，看着那些熟悉的人，一个个没入那一座座新垒的坟茔，与他们的先辈们，一起长眠在了这山上的青松翠柏之间。

走的时候，我突然想起了那个不知该算是直接，还是间接导致了这一切发生的人。于是，我问他："那个'北极星帝'，到底是谁？"

他沉默了一小会儿，然后才回答我说："墨尘，不管他是谁，如今，都不重要了。'刺秦'已经从这个世界上消失，所以，所谓的'北极星帝'也不会再存在。有些事情，不知道，反而比知道更好。"

倒也是！无奈地笑了笑，我转身准备离开。可这时候，他却又叫住我说："不准备回去看看肖凝？"

肖凝！这个许久未曾听见的名字，让我刚刚迈出的步子，瞬间定住。她的样子，她的笑，她的眼泪，她的倔强……一瞬间，全都从脑海里奔涌了出来。

去看她？现在？

卧底的任务已经完成，身份也就可以恢复。从今天起，我就不再是"逃犯"，更不再是杀手。所以，我可以回去见她，还可以去见我的战友、我的亲人，去见那些过去我一直想念着，却不敢去想的人。

我有些意动，可最终，我还是摇了摇头。不是不愿，不是不想，而是不敢！我还是我，可却再做不回当初那个心思单纯的大男孩儿。这段卧底的生涯，改变的不仅仅是我的生活，更让我从习惯到性格，从身体到灵魂，都变成了一个连自己都觉得陌生和害怕的人。

虚伪、多疑、敏感、狡诈、焦躁、冷静、甚至心狠手辣……这就是现在的我，在黑暗中待得太久的我。虽然，对那阳光下的温暖和光明无比向往，可却只敢把自己藏在阴暗的角落里，眼馋着、羡慕着、幻想着，唯独，不敢去尝试和触碰。

所以，我又如何敢去见她？又以何种面目去见她？甚至，我都不知道现在的我，到底应该是谁。于是，我开始流浪，在四处的流浪中寻找答案。我不想回家，不想去见那些熟悉的人，在我还没有弄清楚自己到底是谁之前，我不敢回去。

很久很久以后，当我在一次任务中遇到林默时，我这已经扛着上尉肩章，成为了一名优秀特战指挥军官的兄弟对我说："墨尘，其实你一直都不曾忘记，你是因为记住了太多太多。"他说："虽然我不知道这些年你都经历了些什么，但是别忘了，我是你的兄弟，还有谁能比我更了解你？你眼睛里无时不在的疲惫和沧桑，让我心酸。"

我苦笑，然后，轻轻地摇头说："是啊，可那时候，我不明白啊，而等后来明白了，却已经晚了。错过的，失去的，都不会再回来了。"

他也苦笑、沉默，他说："墨尘，你知不知道，我们都很想你，尤其是肖凝……你出事的时候，我都不敢相信自己的耳朵，不敢相信那是真的……算了，算了……"他摇头苦笑，"不说这个了，不说这个了，反正你现在也回来了，回来了就好，回来了就好！"

"呵……"我苦笑，"她还好吗？"喷出一股烟雾，我问林默。

"肖凝吗？"林默脸上的笑容僵住了，"前段时间还碰到过一次，已经做妈妈了。"

"哦！"淡淡地应了一声，然后，我机械地问，"男孩儿还是女孩子？"

"男孩儿！"他答道，"她跟我说，她给孩子取的名字叫'念尘'。"

"'念尘'！"咀嚼着这两个字，我的大脑似乎瞬间变成了空白。肖凝，她儿子的名字居然叫"念尘"？我突然想笑，不知道是笑自己还是笑别人。可我却笑不出来，因为，在我听到"念尘"这两个字时。我听到了自己胸腔里某种东西碎裂的声音，就好像被自己手中的狙击步枪射穿一般，那剧烈的疼，让我再没有力气发出一个音节。

"墨尘！"恍惚中，肩膀被一只大手有力地拍了拍。

"我没事！"扭头，我冲林默露出了一个微笑，不过，那微笑，很苦！

他很不自然地笑了笑，然后叹了口气说道："是啊，过去的、错过的，都不会回来了。不过……"他的表情突然变得凶狠起来。他说："文墨尘，你小子老实交代，你那个任务什么的我不问，我就问你这一年多的时间都跑哪儿去了，连人影都找不着一个。我还为此专门跑去找那个陆处长，可那家伙一个'保密'就把我给顶回来了。今天你要是不给我说清楚，家法伺候。"

"呵呵……"我被他的样子逗笑了，心里的疼痛因为这一笑而减轻了不少。我笑了笑说："其实，也没什么，就是在外头流浪了一年。"

"流浪？"他有点儿不可思议地看着我，"你说你去'流浪'？"

"是的。"点了点头,我轻轻说道:"去流浪,在流浪的过程中寻找一些问题的答案。"

"那现在呢?找到答案了?"他接着问。

"没有!"无奈地摇了摇头,"有些事情,本来就是没有答案的。"

"你小子!"他在我肩膀上狠狠擂了一拳,"没事就爱搞些复杂的东西!"

"是啊!"我舒服地伸了个懒腰,惬意地呻吟了一声,"本来就没有那么复杂的,可惜啊,我却花了那么久的时间才想明白。"

"行了行了,不说这个了。"他不耐烦的摆了摆手,"兄弟,你跟我说实话,为什么不回来?为什么要去那个地方?"

"呃……"我再次苦笑。他所说的那个地方,就是我现在待的那个地方。那个地方,生活着一群不容于阳光的生物,他们的名字叫——"暗影"。

说到这儿,我不由得想起在我经过一年的流浪之后,重又出现在陆云巍面前时的情景。他很高兴,声音都变得有些哽咽。他说:"我知道你小子一定会回来的。走,今天晚上上大哥家里去,让你嫂子给弄两个拿手的好菜,大哥一定要和你好好的喝两杯。"

当两个人都喝得差不多的时候,陆云巍大着舌头问我:"想好了吗?"

我斜着眼睛看他,哆嗦着手将那杯子里的酒灌进嘴里,然后,我也大着舌头说:"半年前就想好了,只不过,我还想在外面多玩会儿,因为我知道,只要我一回来,就再没机会玩儿了。"

他笑骂道:"你这小子混蛋!害得我白白多担心了半年。"我也笑骂道:"半年算什么?老子在那鬼地方待了快两年还没说什么呢?"

一听我提起那档子事儿,他连忙说:"打住、打住,过去的事儿就不要再提了!"他问我:"以后想去哪儿?是回T大队继续当你的王牌狙击手,还是留下来跟我混?"

低着头笑了笑,我反问他:"你说我还能去哪儿?除了那里,我还能去哪儿?"

他瞪着我,直勾勾地瞪着我,好一会儿才指着我哈哈大笑,惹得他老婆和女儿在客厅里一直抗议。吐了吐舌头,这家伙压低了声音说:"我就知道,你小子,肯定会去那儿。嘿嘿,'暗影''暗影'!"说到这两个字的时候,他的表情突然变得严肃,一字一顿地对我说,"你、知、道、那、选、择、意、味、着、什、么,你、真、的、准、备、好、了、吗?"

我了无牵挂地坦然道:"当然!其实,在这一年里,我一直努力地尝试着去融入普通人的生活,可惜,无论我如何努力,结果都是失败。所以,只有那个地方最适合我,一个在黑暗中生活太久的人,已经不再习惯阳光了。我知道我这选择意味着什么,也知道这样的选择会让我失去什么，但是，我不会后悔，至少现在绝对不会后悔。"

"好吧！"他重重地叹了一口气，"既然你自己已经做出了选择，那我尊重你的选择。"说完这句，这家伙的脸上突然又浮现出那熟悉的坏笑。他说："文墨尘，欢迎你加入'暗影'，欢迎你成为暗夜的影子，也许，从今以后，你只能永远地生活在黑暗中，但是，只要你心中有光，就永远不会在这黑暗中迷失方向。文墨尘，欢迎你成为我们的一员，欢迎你加入我们，与我们一起，在黑暗中守护光明。"

在黑暗中守护光明，这就是我现在的生活，不融于阳光，行走于黑暗，在这充斥着堕落与欲望的世界，用心中对于光明的信念和向往，守卫着最后的光明。

他又突然问我说："真不打算去见见那个'朱雀'了？现在不见，以后，或许就再见不到了哦！"

"什么意思？为什么以后就见不到？"我停住步子，转过身问他。

"你以为，你能知道她以后会被关在哪里？就算知道又如何，你以为，关押重犯的军事监狱，能允许你去探监？"

见我一副松了口气的样子，他嗤笑了一声说："怎么，是不是以为，这些人，我们不会让他们活着啊？你当我们是什么？屠夫么？他们可以搞什么'天诛'，可以有杀错，无放过。但我们不行。至于为什么，一时半会儿跟你也讲不明白。你只要清楚一点，我们是军队，是用来维护国家安全、社会稳定、领土完整、人民安居乐业的就行。杀人，只是不得已而为之。没错，直接把人杀了，看起来确实简单又实用，还能避免许多麻烦。但若真那样做了，我们与他们这些杀手，又有什么区别？

"当然了，既然是战斗，那死伤自是在所难免。可若是抓到了，那么，这人该不该杀，就不是某个人说了算了。只有法律，才有权决定。所以啊，小子，去不去在你。不过，话说回来，不去也对。因为，即便你去了，估计人家想的还是怎么杀了你泄愤来着。"

"什么话都被你说完了，我还能说什么？"我有些无语地看着他，挺想朝他那一副什么都了然，所以嘚瑟劲儿的脸上，狠狠招呼一拳。

最终，我还是选择去看了"朱雀"一眼。没错，就是站在角落里，远远地看了她一眼。小臂粗细的铁栅栏内，依然一身红色长裙的她，在囚室内的小床上，静静地抱膝而坐。她的下颌搁在膝头，乌黑的长发恣意洒下，遮挡了大半个脸颊，没有焦距的眸子望着墙壁，不知道正在想些什么。

这个样子的"朱雀"，很安静，我从未见过。即便是那裙裾上有着破损和脏污，手上腿上还有明显的擦痕，却也无损那份恬静的美。同时，更还多出了几分楚楚可怜的动人。

而后，我便如来时一样，默默地离开。只是，内心的深处，却多出了些没来由的感伤。曾经的"朱雀"，美丽、骄傲，是自在翱翔的凤凰；而以后，她或许美丽与骄傲依旧，可却变成了囚鸟，再无法自由飞翔。而造成这一切的罪魁祸首，好像就是我了吧？所以，又何来颜面，走到她近前？

不过，相比身死魂灭，活着，至少还能有个念想，有可以期盼的希望。我试图给自己找一点减少负疚的理由，可事实上，却连自己都不敢相信。虽然，绝大多数人都贪生怕死，可若是只能行尸走肉般地活着，那或许，还不如有尊严地死去。

最终，我放弃了继续想下去的念头，该来的总会来。这是从我成为这个卧底那天起，就注定了的结果。逃不脱，也躲不掉，一样是因果。所以，结束吧！就在今天。